식민지 시대 민족 계몽 담론과
근대 장편소설의 탈식민성 연구

이 저서는 2011년도 정부(교육과학기술부)의 재원으로 한국연구재단의 지원을 받아 연구되었음(NRF-2011-812-A00125)

식민지 시대 민족 계몽 담론과
근대 장편소설의 탈식민성 연구

김 병 구

역락

책머리에

　이 책의 제목이기도 한 '식민지 시대 민족 계몽 담론과 근대 장편소설의 탈식민성 연구'가 2011년 한국연구재단 인문저술지원사업에 선정된 지 벌써 6년이 넘는 시간이 흘렀다. 나의 학문적 능력에 비해 버거운 과제명을 내세워 지원했던 터라, 애초에 선정될 것이라는 기대를 하지 않았다. 그런데 막상 선정되고 나니 막막함이 앞섰던 기억이 난다. 민족주의, 장편소설, 탈식민주의 등 이 과제가 내건 핵심 주제들에 대해서는 오래 전부터 관심을 가져오기는 했지만, 의욕만 앞섰을 뿐 연구를 수행할 충분한 준비가 되지 않았기 때문이다. 한국연구재단과 약속한 기한을 훨씬 넘겨 이제야 책의 꼴을 갖춰 최종 결과물을 내게 된 데에는 이런 속사정이 있었음을 미리 밝힌다.

　책의 제목에 맞춰 짜임새를 갖추려고 했지만, 그렇다고 이 책에 실린 글들의 많은 흠결들이 가려지는 것은 아닐 것이다. 그래서 부족함이 많은 글들을 모아 책을 만든다고 생각하니 여전히 쑥스럽고 두려운 마음을 떨칠 수 없다. 책을 낸다는 것이 책임이 뒤따르는 공적인 일이라는 생각을 하면 더더욱 그렇다. 그럼에도 불구하고 이 글들은 그간 나 자신의 착실하지 못한 모습을 반영한 것이기도 하기에 부족한대로라도 솔직하게 드러내는 것도 연구하는 사람이 지켜야 할 최소한의 도리라 생각하여 용기를 내어 책을 만들게 되었다.

　이 책은 탈식민주의 관점에서 식민지 시대 한국 근대 장편소설과 민족 계몽 담론을 비판적으로 분석하고자 한 시도이다. 순서를 바꿔 그 취지를 간략히 말하자면, 2부, 3부, 4부는 1930년대를 전후로 하여 등장한 리얼리즘 지향의 본격 장편소설을 다시 읽고 그것에 내포된 서사적 욕망의 역설적 특성을 분석한 연구들이다. 1930년대를 전후로 하여 본격적으로 등장한 리얼리즘 지향의 장편소설들은 식민 제국 일본의 식민지 통치로 인해 민족국가의 건설이 좌절된 식민지적 조건에서 '근대'라는 타자와 거울 관계를 맺으며 민족적 동일성을 구축하고자 했던 서사적 욕망의 산물들이었다. 그러나 그 서사적 욕망들은 식민지 사회 구조의 효과로 인해 식민주의의 덫에 걸려드는 역설을 보여준다. 이광수의 『무정』, 『재생』, 『흙』, 염상섭의 『사랑과 죄』, 『만세전』과 『삼대』, 『무화과』, 이기영의 『고향』, 『신개지』, 『봄』 등 총 10편의 장편소설들을 대상으로 하여 개별 작품론 형식의 글들을 이들 작가들이 식민 제국 일본에 대하여 반응한 이념적 양상에 따라 나누어 각각 2부, 3부, 4부로 구성하였다. 주체와 객체, 심리적인 것과 사회적인 것의 통일을 지향하는 리얼리즘 서사가 불안정과 동요가 일상화된 식민지의 상황과 이율배반적 관계에 놓임으로써 이들 작품에 함축된 서사적 욕망은 역설적 의미를 가질 수밖에 없다. 2부, 3부, 4부로 나누어 묶은 개별 작품론들은 바로 이와 같은 문제의식을 공유하고 있다.

식민지 현실에 대한 반성적 인식에 바탕을 둔 사회적 총체성 회복을 통하여 민족적 동일성을 구축하고자 한 리얼리즘 서사의 역설은 한편으로 식민지 민족주의 이념이 내포한 아이러니한 성격에 상응하는 것이다. 민족 문화의 내부와 외부 '사이'의 차이를 절대화하는 대립의 정치학에 근거하여 민족적 동일성을 추구하는 식민지의 모든 민족주의 기획은 그 형이상학적 특성으로 인해 길항 관계를 맺고 있는 식민 제국의 민족주의와 동일성을 띨 수밖에 없다. 즉 식민지의 민족주의는 식민 제국의 민족주의를 자신의 성립 조건으로 전제하기 때문에 식민주의와 서로 공생 관계를 맺게 되는 아이러니를 수반한다. 1930년대를 전후로 하여 전개된 리얼리즘 지향의 장편소설에 내포된 서사적 욕망의 역설이 식민지 민족주의 이념의 아이러니와 호응한다는 것은 이런 맥락을 염두에 둔 것이다. '식민지 시기 민족 계몽 담론과 탈식민주의'라는 제목을 단 제1부는 식민지 상황에서 제출된 민족주의 이념의 아이러니한 성격을 규명하고자 한 시도이다. 사례 연구(case study) 차원에서 근대 계몽기 신채호의 국수 이념, 1920년대 이광수의 민족성개조론, 1930년대 고전부흥의 기획 하에 제기된 '조선적인 것'의 담론 등을 다루었기 때문에 1부는 시론적인 성격이 짙다. 하지만 이들 연구는 2부, 3부, 4부에서 다룬 리얼리즘 지향 서사의 역설적 성격을 이해하는 데 도움이 될 수 있는 문화사적 배경으로서 그 의미를 가질 수 있을 것이다.

이 책을 내며 그 동안 나를 이끌어준 분들께 감사의 마음을 전하고 싶다. 부족함이 많은 제자를 따뜻한 마음으로 지켜봐 주신 이재선 선생님께 고개 숙여 감사드린다. 또한 흠결 많은 원고의 출판을 기꺼이 맡아주신 도서출판 역락의 이대현 사장님과 권분옥 편집장님께도 감사의 말을 전하고 싶다. 특히 원고를 꼼꼼히 읽어주고 교정하는 데 애 써준 아내에게 마음 깊이 감사의 뜻을 전하고자 한다.

2017년 12월

김 병 구

차례

제2부 이광수 장편소설과 제국주의에 대한 동일화의 서사

제3부 제국주의에 대한 차이화의 서사
— 염상섭의 『사랑과 죄』, 『삼대』, 『무화과』

제4부 제국주의에 대한 대립적 동일화의 서사
—이기영의 『고향』, 『신개지』, 『봄』

서장

1. 식민지 시대 장편소설과 탈식민주의

한국의 근대 문학사에서 1930년대는 문제적인 시기이다. '총동원체제'란 말이 상징하듯, 1930년대가 식민 제국 일본의 식민주의적 통제가 정치, 경제, 사회, 문화 전 영역에 걸쳐 강화되어감에 따라 문학 생산의 조건 또한 점차 악화되어간 시기였다는 것은 주지의 사실이다. 그럼에도 불구하고 1930년대는 식민지시기를 통틀어 가장 다양한 문학적 성과들이 산출된 때이기도 하다. 이와 같이 문학사적으로 역설적인 현상이 빚어졌다는 점에서 1930년대는 문제적이라 할 수 있다. 문학사를 10년을 단위로 나누는 것이 다분히 관습적인 시기 구분이기는 하지만, 소설사만 놓고 보더라도 1930년대는 '소설적 관심의 원근법이 수평·수직적으로 확산'됨으로써 소설 양식의 내적 분화가 일어났을 뿐만 아니라 새로운 소설적 실험들이 활발히 이루어진 역동적 변화를 보여준 시기였다.[1]

---

[1] 1930년대는 소설적 원근법이 수평적으로 확산되어 도시소설, 지식인 소설, 농촌계몽소설, 농민소설 등이 산출되었고, 그것의 수직적 심화로 역사소설, 가족사소설과 주술적 세계를

1930년대 소설사의 역동적인 변화가 우연히 일어난 일은 아니다. 1920년대 중반 이후부터 문단의 주도권을 행사해 오던 카프(KAPF)의 조직적 힘이 약화되고, 그에 따라 프로문학이 퇴조하게 된 문학사적 사건이 이 시기 변화를 추동한 내적 계기로 작용하였음은 익히 알려진 사실이다. 그러나 1930년대 소설사의 역동적인 변화를 단지 지배적인 특정 문학 이념의 퇴조라는 사실에 근거하여 설명할 경우, 곤란한 문제와 맞닥뜨릴 수밖에 없다. 그런 설명은 문학사의 전개를 특정 이념의 자기실현 과정으로 파악하는 관습적인 사고방식을 암암리에 전제하고 있기 때문이다. 가령, 프로문학 퇴조 이후를 '전형기(轉形期)'2)로 파악하는 경우가 그 대표적인 예라 하겠다. 이에 따르면, 프로문학 퇴조 이후 문학사는 '주조의 상실'과 이에 따른 '방황', '동요', '혼돈', '불안', '암중모색' 등의 다양한 수사적 용어에 의해 분식되곤 한다.3) 이러한 수사들이 그 자체 한 시기 문학사를 엄밀하게 학문적으로 특정짓는 것이라고는 할 수 없지만, 그런 수사적 용어들의 바탕에는 '시대정신(=세계관)'이나 '시대양식(=사조)' 등과 같이 문학사 구성을 위한 원리적 범주를 설정하여 문학사를 특정 이념이나 정신의 자기 운동 과정으로 파악하는 목적론적 사고방식이 함축되어 있다.4) 문학사 서술이 모든 문학의 대상을 포괄할 수

중시하는 소설 등이 출현하였다. 또한 심리소설과 대중소설이 본격적으로 등장하고, 소설의 장편화 경향이 현저해진 때도 1930년대이다. 이재선, 『한국현대소설사』, 홍성사, 1979, 313-315쪽 참조.

2) '전형기'란 객관적인 내외 정세의 변화로 인해 프로문학이 퇴조하고 그에 따라 문학계의 정신적 구조 일반의 공백 지대가 초래된 시기를 가리킨다. 김윤식, 『한국근대문예비평사연구』, 일지사, 1976, 202-203쪽 참조.

3) 백철의 『조선신문학사조사 현대편』(백양당, 1949)은 이에 대한 전형적인 문학사 서술이다. 『조선신문학사조사 근대편』(수선사, 1948)과 더불어 개화기 '신소설'로부터 해방 직후의 문학 운동에 대한 개관에 이르기까지 '신문학사'를 총괄하다시피한 이 저서에서 백철은 30년대 중반에서 후반에 이르는 문학사의 시대적 성격을 '주조 상실과 문학 지상시대'라 규정하고 있는데, 그 세부적인 특징들을 '불안', '위기', '고뇌', '반성', '암흑' 등의 수사로 분식하고 있다.

는 없는 만큼, 문학사 서술에서 원칙을 설정하고, 그 원칙에 따라 대상을
취사선택하는 것은 불가피한 일이다. 그러나 특정 이념이나 정신의 자기
운동 논리에 따라 문학사를 서술할 경우, '주조의 상실'로 표상되는 카프
의 해산 및 프롤레타리아 문학의 퇴조를 전후한 시기는, '방황', '동요',
'혼돈', '불안', '암중모색' 등의 다양한 수사적 용어들이 내포하고 있는
것처럼, 괄호로 묶여져 소설사의 공백으로 남게 되는 역설적인 상황을
낳게 된다. 이와 같이 1930년대는 '소설(=사상)의 공백'이 곧 '소설의 만
개'라는 이율배반적 평가가 중첩되고 있는 시기라는 점에서 문제적일 수
밖에 없는 것이다.

　그렇다면 1930년대 소설사의 역동적인 변화를 가져 온 근본 동력은
무엇이며 그런 변화는 어떻게 의미화할 수 있을까. 우선, 1930년대 소설
사의 변화를 카프 해산이라는 문학 외적인 요인으로 환원하여 설명할 수
없다 하더라도, 카프 해산과 프로문학 퇴조라는 문학사적 사건 자체가
함축하고 있는 상징적인 의미를 따져봄으로써 이 물음에 접근할 수 있는
실마리를 찾을 수는 있다. 카프의 해산이라는 사건이 프로문학 계열의

---

4) 「조선신문학사론서설」(≪조선중앙일보≫, 1935.10.9-1935.11.13), 「개설 신문학사」(≪조
선일보≫, 1939.9.2-10.31), 「신문학사」(≪조선일보≫, 1940.2.2-5.10), 「개설 조선신문학
사」(『인문평론』, 1940.11-1941.4) 및 「소설문학의 20년」(≪동아일보≫, 1940.4.12-4.20)
등, 임화가 집필한 일련의 '신문학사' 서술과 관련된 글들은 이와 같은 목적론적인 사고
의 전형적인 모습을 보여준다. 「조선신문학사론서설」이 사상사적인 관점에서 신문학이
프로문학으로 발전해 갈 수밖에 없는 필연성을 고찰하고 있다면, 나머지 글들은 양식사적
인 관점에서 신문학사의 전개 과정을 고찰하고 있다. 비록 미완에 그친 시도였지만, 임화
의 문학사 서술은 그 나름의 '과학적인' 방법론에 서서 근대 문학사의 체계적 기술을 도
모했던 첫 시도였다는 점에서 그 의의가 작지 않다. 그러나 임화의 문학사 서술들이 공히
보편사적 과정의 일환으로 신문학사의 특수성을 살피고 있다는 점에서 목적론적이고 진
화론적인 사고에 근거하여 이루어졌음은 부인할 수 없다. 특히, 양식사적 관점에서 기술
된 「개설 신문학사」는 '신문학사'의 형성 및 전개과정을 서구적인 의미에서의 '근대적인
형식'과 '시민적 정신'의 결여라는 '이식문학'의 시각에서 살피고 있는데, 이러한 시각 자
체가 그의 문학사 서술이 오리엔탈리즘적 사유의 한계 안에 머물고 있음을 보여주는 단
적인 예이다.

문사들에게만 아니라, 동시대 문단 전체에 미친 영향이 적지 않았음은 분명한 사실이기 때문이다. 그럴 경우 문제의 초점은 카프의 해산이 함축한 상징적 의미가 무엇인가 하는데 놓이게 될 터인데, 문학을 '상징 행위'[5]로 파악하는 역사 시학적 관점, 즉 문학을 특정 역사적 상황을 반영하는 '상징'일 뿐만 아니라, 동시에 그러한 역사적 상황에 대한 작가 주체의 전략적인 반응 '행위'이기도 하다는 관점에서 바라볼 때, 카프의 해산이라는 사건이 가져 온 파장은 겉으로 드러나는 형태상의 변화 자체보다 더 근본적인 데서 찾을 수 있다. 여기에서 주목해야 할 것이 이 시기에 들어서 사회 현실을 이해하는 인식의 틀 자체가 변화했다는 사실이다.

식민 제국 일본의 군국주의화에 따른 정세 악화, 그런 객관적 상황 변화에 대한 카프의 무력한 대응은 경향소설의 이념적 토대였던 계급 이념을 전면적인 회의의 대상으로 부각시키는 결과를 초래하였다. 그러나 이런 회의의 바탕에는 '신소설' 이래 근대 소설의 서사적 원근법(perspective)을 제약해 왔던 '보편주의' 이념과 그것에 근거한 근대화 담론 자체에 대한 반성적 성찰이 함축되어 있었다. 이를 토대로 식민지 상황에 대한 성

---

5) '상징 행위'란 문학 텍스트가 '상징' 행위임과 동시에 상징 '행위'라는 이중적 의미를 갖고 있다. 텍스트는 일종의 언어 게임이기 때문에 현실을 단순히 있는 그대로 남겨둘 수밖에 없지만, 그럼에도 불구하고 사회 현실에 대한 행위라는 성격을 갖고 있다. 가령, 내가 누군가를 '죽이고 싶다'고 말할 때, 그 말은 상대방에게 위협을 가하는 범죄 행위는 아니지만 '상징'적인 행위이다. 그러나 그런 나의 발언을 들은 상대방에 대해 내가 현실적으로 위해를 가할 수도 있다. 이 경우 나의 발언, 즉 '상징' 행위는 단지 말이 아니라 '행위'와도 같은 자격을 획득하게 된다. 이런 이중성을 고려하지 않을 때, 텍스트를 단지 '상징'이나 하부 구조의 반영으로 파악하는 속류 마르크스주의에 빠질 수 있고, 다른 한편으로 텍스트가 현실을 구성하는 측면만을 강조하여 언어로부터 독립한 현실을 괄호 안에 묶어 버리는 구조주의로 귀착된다. 이러한 딜레마를 해소하기 위한 해결책을 제시한 것이 텍스트가 현실을 창출한다는 '상징 행위'라는 관점이다. 여기에서 말하는 현실이란 속류 마르크스주의가 상정하는 객관적인 현실도, 구조주의가 상정하는 언어의 감옥도 아닌 것이다. 이에 대해서는 K. Burke, *The Philosophy of Literary Form*, Uni., California Press, 1973, pp.8-18 참조.

찰적 자의식이 문학적으로 형성·심화되었는데, 바로 이것이 카프 해산 및 프로문학의 퇴조가 초래한 파장의 심층적 의미라 할 수 있을 것이다. 이광수를 비롯한 한국 근대 문학 형성 초기 작가들의 서사적 원근법을 제약했던 '문명개화' 이념은 물론, 이와 대립적인 입장에 선 프로문학 계열 작가들의 사회주의 이념 또한 식민 제국 일본의 조선에 대한 식민지 지배를 합리화하는 근대화 담론의 산물이기는 마찬가지였다.6) 카프의 해산이라는 문학사적 사건의 상징적 의미를 파악하는데 있어서 이에 대한 인식이 특히 중요한 까닭은 근대 보편주의 이념의 상이한 두 국면이라 할 수 있는 근대주의와 사회주의가 공히 식민지의 타자화에 기초하여 문명화의 당위성을 역설하는 이른바 '계몽의 서사'에 근거한 이념들이었기 때문이다. '계몽의 서사'란 이른바 세계의 지정 문화적 분할, 즉 문명 대 야만, 개화 대 완고, 식민자와 피식민자, 서양과 동양 등 인식론적이고 존재론적인 이분법적 경계 설정에 근거하여 세계를 구성하는 '타자성'의 수사학적 담론에 입각하여 구축된 것이다.7) 이런 타자성의 수사학적 담론이, 문명화의 사명이라는 명분을 강조함으로써 식민지 지배의 본질이라 할 수 있는 경제적 착취를 은폐하고 그것을 합리화하기 위하여 식민 제국이 식민주의 담론의 실천을 통해 상상적으로 만들어낸 허구적 표상들의 체계라는 사실은 굳이 말할 필요도 없다.

---

6) 근대화 담론은 기본적으로 비 서구사회에 대한 서구 사회의 지배를 정당화하려는 권력의 논리를 내재하고 있다. 여기에서 유념할 점은 자본주의에 한정되어 온 근대화 담론이 사회주의와는 완전히 다르다고 생각하는 통념이다. 보통 자본주의를 극복하고 사회주의가 발생한다는 것이 상식으로 통용되어 왔지만, 동시대의 사회주의 담론은 경제적 합리성과 기술합리성, 그리고 이를 뒷받침해 주는 생산력중심주의에 근거하고 있었다. 따라서 기본 발상의 측면에서 사회주의는 자본주의와 동일한 이념태라고 평가할 수 있다. 자본주의와 사회주의를 근대의 서로 다른 얼굴이라고 하는 까닭이 여기에 있다. 이마무라 히토시, 이수정 역,『근대성의 구조』, 민음사, 1999, 39-41쪽 참조

7) 酒井直樹·フレット·ㅏ·ハリ·伊橡谷登士翁 編,『ナショナリティの脱構築』, 栢書房, 1996, 137-141쪽 참조.

이렇게 볼 때, 카프 해산이라는 사건은 근대주의와 사회주의로 표상되는 보편주의 이념에 의해 '억압된 것들의 회귀'라는 의미를 함축한 것이라 할 수 있다. 그런 점에서 1930년대 소설사를 특징짓는 서사적 원근법의 심화와 확산은 보편주의 이념에 의해 억압된 것들이 분출된 결과라고 할 수 있다. 그리고 이 '억압된 것'의 분출이 적어도 명시적이든 암묵적이든 식민 제국에 연원을 둔 근대 보편주의 이념에 대한 자기 성찰을 함축한 것이라면, 그것은 식민지적 상황에서 민족적 동일성을 새롭게 모색하려 했던 식민지 작가 주체들의 전략적인 반응 행위의 산물로 해석할 수 있는 것이다. 이 시기 식민지 작가 주체들의 민족적 동일성에 대한 모색은 '조선적인 것', '민족적인 것', '향토적인 것', '단군적인 것'에 대한 욕망으로 표출되었다. 비록 이러한 욕망이 긍정적인 의미에서 소설적 육체를 얻었다고 말할 수는 없을지라도, 적어도 논리적인 차원에서 볼 때 1930년대를 전후로 한 소설사의 바탕에 식민지 현실에 대한 자기 성찰의 흐름이 있었던 것만큼은 부인할 수는 없을 것이다.

이런 맥락에서 주목해야 할 중요한 것 중의 하나가 1930년대를 전후로 한 시기에 본격적인 의미의 장편소설, 즉 리얼리즘 지향의 장편소설이 출현했다는 점이다. 서구에 기원을 둔 새로운 문학 장르 관념을 염두에 두고 의식적으로 창작된 최초의 장편소설이 1917년 ≪매일신보≫에 연재된 이광수의『무정』인 것은 통념상 부인할 수 없는 사실이다. 임화의 언급처럼,『무정』은 '정치와 민족과 도덕과 전통과 그 외의 초개인적인 전체'의 경험을 큰 스케일을 갖고 시도된 이광수의 첫 장편소설이자 한국 근대 소설의 본격적인 개시를 알리는 작품으로서 의미를 갖는다. 그러나 이와 같은 문학사적 의미에도 불구하고,『무정』은 근대성의 성취 여부를 둘러싸고 내용과 형식 양 측면에 있어서 끊임없이 논란의 대상이 되어 왔다는 점, 1920년대 소설사의 주류가 단편소설이었다는 점 등을 고려한다면, 1930년대를 전후한 시기에 비로소 근대적 의미의 장편소설이 본격적으로 전개되었다고 할 수 있을 것이다.

그렇다고 이 시기에 장편소설이 절대적인 의미에서 만개한 것은 아니다. 여전히 단편소설이 소설 문단의 주류였고, 장편소설의 상당수가 신문·잡지 등 미디어의 상업주의 논리에 따라 통속화 양상을 띠었던 것은 부인할 수 없는 사실이기 때문이다. 더욱이 식민 제국 일본의 식민지 수탈 정책의 노골화와 그에 따른 절대 다수 조선인의 빈곤화, 식민주의적 통제 정책 강화에 따른 출판 및 미디어 산업의 빈약화, 교육 기회의 확대에도 여전했던 높은 문맹률 등, 문화의 물질적 토대가 취약했다는 것 역시 근대적 의미의 본격적인 장편소설의 발전을 가로막는 객관적 조건으로 작용하였다.

그럼에도 불구하고 1930년을 전후로 한 시기에 고전적 의미의 리얼리즘 지향의 장편소설이 본격적으로 등장했다는 사실은 매우 주목할 만한 사건이다. 무엇보다 장편소설이 주체의 자기 성찰을 통하여 '사회적 총체성' 회복을 지향하는 예술 형식이라는 역사 철학적 관점에 근거할 때, 성찰적 자기 인식을 토대로 식민지 현실을 총체적으로 형상화하고자 하는 리얼리즘 지향의 장편소설이 등장한 것은 식민지 현실과의 맞대결을 통하여 민족적 동일성을 새롭게 구축하고자 하는 모색이 본격화된 1930년대 소설사의 흐름과 궤를 함께 하기 때문이다. 그러나 1930년대를 전후로 한 시기에 리얼리즘 지향의 장편소설이 등장했다는 사실과 관련하여, 고전적인 의미에서 리얼리즘 장편소설이 정착과 안정성의 형식이자 개개인의 삶을 통합된 전체를 향해 집적하는 형식이라는 의미를 갖는다는 사실에 주목할 필요가 있다. 고전적인 리얼리즘 장편소설이 내포한 이러한 형식적 특성과, 개별 주체가 자신의 삶을 통합할 수 있는 낙관적인 전망 자체가 원천적으로 봉쇄당한 식민지 상황 사이에는 근원적으로 메워질 수 없는 간극이 존재하기 때문이다.

본래 리얼리즘 장편소설은 현실 세계가 서사의 세계와 동일하게 형성되어 있다는 것을 서사 구성의 기본 원리로 하고 있다. 리얼리즘 장편소설의 임무가 현실 세계를 표상하는 데 있는 까닭은 이와 같이 소설에서 구성된 서사와 동일한 것이 현실 자체에 함축되어 있기 때문이다.[8] 이것이 리얼리즘 장편소설을 '근대성의 상징 형식'이라고 말하는 이유이기도 하다.[9] 여기에서 근대성이란, "견고한 모든 것이 대기 속에 녹아버린다."는 「공산당 선언」의 유명한 언명이 시사하듯, 전통 속에서 축적된 경험들을 쓸모없고 죽은 것들로 지각하는 영속적인 혁명이라 할 수 있다. 그런 의미에서 전통적인 공동체의 해체, 시골의 도시화 등 자본주의가 초래한 새롭고도 불안정한 사회적 삶의 유동성을 미래로 향한 낙관적인 전망 속에 통합하여 의미를 구축하고자 하는 형식이 바로 리얼리즘 장편소설인 것이다.

그런데 문제는 식민지의 삶의 조건이, 적대적인 관계에 있는 식민 제국의 상황과 연동될 수밖에 없기 때문에, 불안정과 동요가 일상화되는 사회 병리학(social pathology)에 관련된 잠재적 위기 상황이라는 데 있다.[10] 더욱이 식민지 특유의 사회 병리학은 식민 제국의 정치 · 경제 · 군사적인 압력만이 아니라, 식민주의의 담론 실천을 통하여 더욱더 심화된다.

---

8) T. Eagleton, *Heathcliff and the Great Hunger*, Verso, 1995, pp.145-149 참조.

9) 프랑코 모레티에 따르면, 서구의 고전적인 리얼리즘 소설, 특히 영어권의 '가족소설'과 고전적인 교양소설은 근대성의 상징 형식이다. 그는 이들 형식의 특징을 서사시에서 '젊음'이 갖는 의미와 소설 속에서 '젊음'이 갖는 의미 간의 상징적 대조를 통해서 설명하고 있다. 모레티가 유동성(mobility)과 내면성(interiority)으로 요약하는 리얼리즘 소설의 '상징적' 젊음은 불안정한 자본주의의 힘들이 낳은 유동성의 결과로써 미래 속에서 의미를 찾는 세계의 기호인 것이다. 프랑코 모레티, 성은애 역, 『세상의 이치』, 문학동네, 2005, 1-15쪽 참조

10) A.R. JanMohamed, *Manichean Aesthetics : The politics of literature in colonial Africa*, Massachusetts Uni, P., 1983, pp.2-5 참조.

식민주의의 담론 실천은 지배와 민족적(ethnic) 차별, 가령 일본과 조선, 선과 악, 구원과 파멸, 문명과 야만, 우월성과 열등성, 이성과 감정, 보편과 특수, 주체와 객체 등의 이분법적 경계 설정을 정당화하는 제도적 기제들을 통하여 허구를 끊임없이 재생산하고 유포함으로써, 식민지 사회의 구조적인 균열을 재생산해내기 때문이다. 식민지 특유의 사회 병리적 정신성을 배태하는 식민지 사회의 구조적인 균열성이 식민지 시대 문학을 이해하기 위한 근본 조건이 되는 까닭이 여기에 있다.

바로 이런 맥락에서 1930년대를 전후하여 출현한 리얼리즘 지향의 장편소설은 특히 문제적 대상이 될 수밖에 없는 것이다. 왜냐하면, 식민지 사회는 리얼리즘 지향의 장편소설 형식에 내포된 안정성을 근원적으로 결여하고 있기 때문이다. 그래서 식민지 삶의 조건과, 주체와 객체, 심리적인 것과 사회적인 것의 통일성을 지향하는 리얼리즘 서사 간에는 배리 관계가 형성될 수밖에 없다. 식민지 사회의 구조적인 균열의 효과라고 설명할 수 있는 이러한 배리 관계는 식민지 작가 주체가 놓인 '장소'11)의 이중 구속(double bind) 상황을 투영한 것이기도 하다. 식민지 작가 주체는 문화적 보편성을 표상하는 식민 제국과 문화적 특수성을 표상하는 식민지국 사이에 놓인 '간극의 존재'일 수밖에 없다. 이로 인해 그들은 자아와 타자, 동일성과 차이, 보편과 특수 사이에서 사유함으로써 끊임없이 자기 정체성의 동요를 경험할 수밖에 없다.

11) 에드워드 사이드에 따르면, '장소'에 대한 발상은 '본래의 장소로부터 추방되어 소외되었다는 느낌'을 가능하게 해주는 것으로 '문화의 힘이라는 차원'과 밀접한 관련을 맺는다. '장소'에 대한 발상이 가장 완벽한 형태로 구현된 것은 다른 장소에 대하여 정립된 주권적 실체인 '민족국가'라는 발상이기 때문이다. 문제는 이 '장소'라는 사고방식이 'at home'이라든가 'in place'라는 표현이 표상하듯 안정감, 적합성, 귀속성, 연대감, 공동체 의식 등의 뉘앙스를 내포하지 않는다는 점이다. 이런 맥락에서 사이드는 '장소'를 문화의 차이화 실천에 따른 식민 제국과 식민지 사이의 경계에서 생겨나는 주체의 정신성을 지시하는 개념으로 사용하고 있다. E. W. Said, *The World, the Text, and the Critic*, Harvard Uni, P., 1983, pp.8-16 참조.

이 책이 탈식민주의 관점에서 식민지 시대 한국 근대 장편소설, 특히 리얼리즘 지향의 장편소설이 본격적으로 등장하기 시작한 1930년대를 전후 한 시기 이광수, 염상섭, 이기영 등 대표적인 장편소설 작가들의 주요 작품의 식민성 문제를 다루고자 하는 것은 이와 같은 문제의식에 서 있는 것이다. 탈식민주의란 식민 제국 중심의 지정학적 분할에 기초한 문명과 야만, 식민지민과 피식민지민, '우리' 민족과 '다른' 민족 등 수많은 인식론적·존재론적 경계 설정을 허물고, 지정학적 중심의 경험과 주변 대항 서사의 상호 중첩 및 상호 연결을 통하여 새로운 공동체성을 모색하는 지적 실천이다.[12] 그런 점에서 탈식민주의는 '식민성'에 대한 탈구축을 고유한 과제로 삼을 수밖에 없다. 이에 근거할 때 식민지 특유의 사회 병리적 정신성을 배태한 식민지 사회구조의 효과가 식민지 작가 주체에게 내면화된 양상을 장편소설 텍스트의 분석을 통해 밝히는 것은 탈식민주의 문학 연구의 주요 과제 가운데 하나라고 할 수 있다.

이와 같은 맥락에서 이 책에서 주목하고자 한 것은 식민지 현실에 대한 '성찰적 인식'을 바탕으로 사회적 총체성의 추구를 통하여 민족적 동일성을 구축하고자 했던 식민지 작가 주체의 서사적 욕망이 식민지 사회의 구조적인 균열성 탓에 식민주의의 덫에 걸려들 수밖에 없는 아이러니를 수반하게 된다는 사실이다. 민족 문화의 내부와 외부 '사이'의 차이를 절대화하는 대립의 정치학에 근거하여 민족적 동일성을 추구하고자 하는 식민지의 민족주의의 기획은 그 형이상학적 특성으로 인해 적대적인 길항 관계를 맺는 식민 제국의 민족주의와 동일성에 기반함으로써 식민주의와 공생 관계를 맺는 역설적 상황에 맞닥뜨릴 수밖에 없기 때문이다. 이와 같은 식민지 사회의 구조적 균열의 효과로 인해 빚어지게 되는

---

12) 姜尙中 編, 『ポストコロニアリズム』, 作品社, 2001, 2-5쪽.

'식민성'을 이광수, 염상섭, 이기영 등이 1930년대를 전후로 하여 발표한 주요 장편소설의 분석을 통해 탈구축하고자 하는 것이 이 책의 주된 목적이다.

2. 탈식민주의와 리얼리즘 서사의 식민성

식민지 시대 장편소설의 식민성에 대한 탈식민주의적 접근은 식민지 상황에서 생산된 장편소설의 텍스트 구조에 식민지 사회 구조가 미친 효과에 관심을 갖는다. 여기에서 식민성이란 범주가 제국 중심의 인식론적·존재론적 경계 설정에 의해 형성된 식민 제국과 식민지 사이의 권력 관계를 표상하는 것임은 물론이다.

그러나 식민지 작가 주체가 놓인 장소의 이중구속이라는 불안정한 상황은 리얼리즘 서사의 가능성 자체를 문제의 대상으로 만들어버린다.[13] 리얼리즘 서사의 식민성에 대한 탈식민주의적 접근은 바로 이와 같은 이율배반성이 개별 작가의 장편소설에서 어떻게 드러나는가를 밝히는 데 있다. 그렇다면 우선 리얼리즘 시학의 특징과 식민지적 삶의 조건 사이의 배리 관계를 검토해 보아야 할 것이다.

---

13) 임화는 '근대적인 것의 완성을 도모'하는 형식인 '본격소설'을 대망하면서 집필한 「세태소설론」과 「본격소설론」 등 일련의 소설론에서 조선의 현대 소설이 처한 근원적 딜레마로 '작가에게 있어서 창작심리의 분열'과 '작품에 있어서 예술적 조화의 상실'을 지적하고 있다. 그의 논의에 따르면, "작가가 주장할려는 바를 표현할려면 묘사되는 세계가 그것과 부합되지 않고, 묘사되는 세계를 충실하게 살리려면, 작가의 생각이 그것과 일치할 수 없는 상태"이며, 이러한 딜레마 상황은 소설 내적으로는 '성격과 환경의 부조화'로 나타난다. 임화는 이러한 상황이 "우리가 사는 시대의 이상과 현실이 너무나 큰 거리로 떨어져 있는 현실 자체의 분열상의 반영"라고 평가했다. 임화 논의의 기본적인 발상은 근본적으로 식민지 작가 주체가 놓인 이중구속의 상황을 지적한 것이라 평가할 만하다. 임화, 『문학의 논리』, 학예사, 1940, 341-386쪽 참조.

고전적인 의미의 리얼리즘 장편소설이 '사회적 총체성'이란 범주와 관련을 맺는 까닭은 그것이 사회적 삶의 내재적인 인식 가능성을 특징으로 한다는 데 있다. 그래서 리얼리즘 서사가 가능하기 위해서는 특정한 공동체의 지속성이 전제가 되어야 한다. 그러한 안정된 공동체 속에서 개인의 경험은 자신이 귀속된 사회·경제적 메커니즘과 불가분의 관계를 맺게 된다. 리얼리즘 장편소설에서 개인의 경험이 여전히 사회적 삶의 고유한 구조를 전달할 수 있고, 그것에 대한 내재적인 인식 가능성을 획득할 수 있었던 것은 이 때문이다. 즉 개별 인물의 운명에 대하여 리얼리즘 서사가 인식론적인 가치를 가질 수 있고, 서사의 규칙과 논리를 통하여 사회적 삶의 내적인 진실을 전달할 수 있었던 것도 이에 말미암은 것이다. 리얼리즘 소설의 서사 담론을 이른바 '투명성의 수사학(rhetoric of transparency)'이라 하는 까닭이 여기에 있다.14)

한편, 리얼리즘 서사는 과거의 신성한 가치를 표상하는 삶의 기호들을 세속화시키고, 낡은 봉건주의 체제의 위계 구조 아래서 형성된 인간의 삶과 실천을 조직화하는 구조의 잔존 흔적들을 체계적으로 해체시켜가는 것을 자신의 사명으로 삼는다. 이른바 '탈약호화(decoding)' 과정이라고 할 수 있는, 리얼리즘 서사의 임무는 계몽 철학자들이 기획하였던 세속화와 근대화의 전체적인 기획을 실현시키는 것에 상응한 것이었다.15) 요

14) F. Jameson, "Rimbaud and the Spatial Text", Tak-Wai Wang & M.A. Abbas eds., *Rewriting Literary History*, Hong Kong Uni, P., 1984, p.69. 리얼리즘은 정착과 안정성의 형식이며 개개의 삶을 통합된 전체로 향하여 집적하는 형식이다. 리얼리즘의 기획은 세계가 서사와 같이 형성되어 있다는 상정위에서 이루어지며, 투명한 서술을 통하여 지시적 환상(referential illusion)을 산출하는 것을 목적으로 한다. 이처럼 리얼리즘의 관습을 탈역사적으로 바라보는 구조 시학적 관점은 리얼리즘의 관습이 발생하게 된 역사적 조건의 탐색-근대화의 기획에 상응하는 문화적 양식이라는 규정-에 초점을 맞추는 역사 시학적 관점과 결코 모순되지 않는다.
15) 이런 맥락에서 리얼리즘 서사는 목적소설(roman a these)의 형식을 취한다. 리얼리즘 소설에서 서술자의 해석적 기능이 중시되는 까닭이 이와 관련된다. 구조 시학적인 관점에

컨대, 리얼리즘 서사는 객관적인 측면에서는 근대화 과정에 상응하는 문화적·문학적 양식이라 할 수 있고, 주체적인 측면에서는 그에 상응하는 자율적인 개인 주체의 형성을 과제로 삼는다고 할 수 있을 것이다.[16)

문제는 식민지 상황이 식민 제국의 제반 상황과 연동될 수밖에 없기 때문에 식민지의 사회적 삶을 개별 주체가 총체적으로 인식할 수 있는 가능성 자체가 의문에 부쳐질 수밖에 없다는 데 있다. 물론 이것은 근대적인 형태의 안정적인 공동체, 곧 근대 민족국가(nation-state)의 구축이 좌절된 데에서 기인한 것이지만, 좀 더 시야를 확장해 보면 식민지 상황을 초래한 식민 제국 체제의 형성에서 비롯한 것이라 할 수 있다. 왜냐하면 식민 제국의 삶 자체가 구조적으로 복잡한 지배의 그물망을 형성하고 있을 뿐만 아니라, 그런 그물망이 식민 제국의 민족적 경계 외부에 놓여 있는 문화적 타자의 장인 식민지에까지 연결되어 있기 때문이다. 따라서 식민 제국 체제 속에서 개인의 제한된 경험과 그 경험을 통제하고 관리하는 분산된 조건들 간에는 필연적으로 모순적 관계가 발생할 수밖에 없

서 리얼리즘 소설의 서사적 관습을 살핀 수잔 슐라이만(S. Suleiman)의 견해에 따르면, 리얼리즘 소설의 서술자는 문화적 가치의 절대적 권화이며, 또한 그러한 점에서 특정 집단이나 공동체의 존재를 전제로 한다. 서술자는 독자와 인물 사이에 전략적으로 개입하여 독자들로 하여금 인물을 적절하게 판단할 수 있는 기준을 제공한다. 그리고 이러한 가치 규범은 주요 인물의 행위와 사고 및 인물들 간의 관계의 체계를 통해서 표현된다. R. Robin, *Socialist Realism : An Impossible Aesthetic*, Stanford Uni, P., 1992, pp.250-254 참조
16) 프레드릭 제임슨의 논의를 보다 구체화하면 다음과 같다. "탈약호화(decoding) 과정이라 할 수 있는 부르주아 문화혁명은 군주제와 교회의 신학적인 권력의 낡은 형식의 전복일 뿐만 아니라 발생기 과학의 옹호 및 미신이나 오류의 제거를 통해서 근대화의 기획을 주제화한다. 그 임무란 바로 생활 세계 자체를, '지시대상' 자체를 산출하는 것, 더욱이 그것이 마치 처음인 듯이 산출하는 것이다. 시장의 확장을 지향하는 새롭게 수량화된 공간, 계측 가능한 것이 된 시간의 새로운 리듬, 상품 체제에 지배되고 '신비를 벗기고서 취한' 새로운 세속적 물질세계 등이 바야흐로 탈전통적인 일상생활과 함께, 그리고 놀랄 만큼 '무의미하고' 불확실한 것이 된 경험적 '환경세계'와 함께 맹렬한 기세로 계속하여 산출되고 있던-이처럼 지속적으로 변모하고 있는 세계에 대한 '리얼한' 반영을 소설이라는 새로운 서사담론 자체가 목표로 내걸었던 것이다." F. Jameson, 위의 글 및 *The Political Unconscious*, Cornell Uni, Press., 1980, pp.151-154 참조.

다. 즉 식민 제국 체제 내부에서 고향에 안주하고(at home) 있는 주체는 자신의 실존을 가능하게 하는 광범위한 범위에 걸친 제국주의 체제를 투명하게 인식할 수 없는 역설적 상황에 놓이게 되는 것이다.17) 이것이 바로 식민지 작가 주체가 놓인 장소의 이중구속 상황이며, 이는 식민지 상황에서 리얼리즘을 지향하는 작가 주체들이 동일성과 차이, 보편과 특수 사이에서 끊임없이 유동하게 되는 근본 원인이기도 하다.

더욱이 이와 같은 이율배반의 상황은 식민 제국과 식민지 사이의 문화적 차이를 강조하는 식민주의의 담론 개입을 통하여 더욱 강화된다. 이런 담론 개입은 이른바 '오리엔탈리즘'18)이라 불리는 식민주의 담론에 내재된 민족 차별적 권력 관계의 그물망을 통해 이루어지는데, 식민 제국 일본 또한 이러한 지배의 그물망을 공고히 하였다는 점에서 예외일 수는 없다.19) 식민지가 '근대의 실험실(laboratories of modernity)'이라는 점에

---

17) 테리 이글턴 외 2인, 김준환 역, 『민족주의, 식민주의, 문학』, 인간사랑, 2011, 56-60쪽 참조. 프레드릭 제임슨의 논의를 참조하자면, 서구의 전통적인 리얼리즘이 일정한 사회적 욕망이 갖가지 이데올로기를 산출하면서 현실 속에서 그 욕망의 실현을 부단히 추구하는 데서 형성된 것이라면, 식민지 상황에서는 식민지적 억압의 특수성 때문에 그러한 실현의 추구가 가로막혀 있다는 점에서 이러한 역설을 낳는 것이다.

18) 에드워드 사이드가 '식민주의'를 특징짓기 위해 사용한 용어이다. 그에 따르면, 오리엔탈리즘이란 "동양을 지배하고 재구성하며 위압하기 위한 서양의 스타일"로서 "계몽주의 시대 이후의 유럽문화가 정치적, 사회적, 군사적, 이데올로기적, 과학적으로 또 상상력으로써 동양을 관리하거나 동양을 생산하기도 한 경우의 거대한 조직적 규율-훈련"의 제반 담론 체계이다. 그는 또한 오리엔탈리즘이 "동양을 문화적으로 또는 이데올로기적으로 하나의 모습을 갖는 언설로서 표현하고 표상"하며 "담론은 제도, 낱말, 학문, 이미지, 주의 주장, 나아가 식민지의 관료 제도나 식민지적 스타일로써 구성"된다고 특징짓고 있다. E. 사이드, 박홍규 역, 『오리엔탈리즘』, 교보문고, 1991, 13-17쪽 참조.

19) 가라타니 고진[柄谷行人]이 밝힌 식민 제국 일본의 식민주의 특징은 시사적이다. 그에 따르면, 일본의 식민지 정책의 특징 중 하나는 피지배자를 지배자인 일본인과 동일한 존재로 보는 것이다. 그것은 '일조동조론'과 같이 실체적인 피의 동일성으로 향하는 경우도 있지만, '팔굉일우(八紘一宇)' 이념과 같은 정신적 동일성으로 향하는 경우도 있다. 이는 영국과 프랑스의 식민지 정책이 각각 다르면서도 끝까지 지배자와 피지배자의 구별을 보존했던 것과는 대조적이다. 일본의 제국주의자들은 그러한 해석에 근거하여 자신들의 지배를 서양의 식민주의 지배와 대립하고 아시아를 해방하는 것이라고 합리화하

서 '식민지와 동떨어진 근대의 담론'이란 성립할 수 없다고 하는 까닭이 여기에 있다.[20] 이러한 식민주의적 권력 관계는 기본적으로 '문화의 힘이라는 차원'에서 행해지는 '차이화의 실천'을 통해 성립한다.[21] 따라서 식민주의의 담론 실천을 통한 허구의 유포는 식민지 작가 주체가 놓인 이중구속의 딜레마를 더욱더 강화하게 되는 주요한 요인이 된다. 요컨대,

---

였다. 그런데 지배를 사랑이라고 간주하는 것과 같은 '동일성'의 이데올로기는 오히려 피지배자에게 불분명한 증오를 만들어 냈다는 것, 그리고 지배자에게 과거를 망각하게 했다는 것이 가라타니 고진이 말한 식민 제국 일본의 식민주의의 주요 특징이다. 柄谷行人,「日本植民地主義の起源」,『ヒューモアとしての唯物論唯物論』, 講談社, 1999, 332-335쪽 참조. 강상중의『오리엔탈리즘을 넘어서』는 일본의 오리엔탈리즘 특징을 이해하는 데 좋은 자료가 된다. 한편, 일제의 '무단 통치'에서 '문화 정치'로의 이행은 무엇보다도 다이쇼(大正) 데모크라시의 맥락에서 이해되어야 한다. 이러한 맥락에서, 당시 식민지 조선의 통치에 대하여 기본 입장을 제출한 바 있는, 일본의 대표적 지식인 植原悅二郎, 中野正剛, 石橋湛山의 '조선통치론'의 내용과 이 같은 다이쇼 데모크라시의 맥락에서 제출된 논의들이 실제 '文化の 發達과 民力의 充實', '一視同仁', '內鮮融和'를 핵심 내용으로 하는 '문화정책'적 담론과 맺는 상관성 또한 일본의 식민주의의 특징을 이해하는 데 좋은 자료가 된다. 小態英二,「有色の植民帝國--一九二O年前後の日系移民排斥と朝鮮統治論」, 酒井直樹・フレット・ト・ハリ・伊橡谷登士翁 編,『ナショナリティの脱構築』, 栢書房, 1996, 81-103쪽 참조. 糟谷憲一,「朝鮮總督府の文化政治」, 大江志乃夫 外 編,『岩波講座 近代日本と植民地-帝國統治の構造』2, 岩波書店, 1992, 121-147쪽 참조.

20) 강상중, 앞의 책, 15쪽.

21) 에드워드 사이드는 매튜 아놀드의『교양와 무질서』에서 연유하는 문화의 개념을 '힘' 또는 '헤게모니'와 연관지어 '문화의 힘'이 지니는 차원을 다음과 같이 특징지은 바 있다. "문화는 인가하고, 지배하고, 합법하고, 금제를 행하고 법적으로 유효한 바의 고양된 또는 우월한 입장으로부터 발휘"되기 때문에 "문화가 사회나 국가에 대한 헤게모니를 달성할 수 있게 하는 자기 강화와 자기 인식의 변증법은 문화가 문화가 아니라고 믿고 있는 것으로부터 스스로를 끊임없이 차이화(differention)하려는 실천에 바탕을 두고 있음을 확신해야"하며 "이 차이화는 안성된 가치를 지닌 문화를 '타자'보다 상위에 놓아둠으로써 달성되는 것이다." 따라서 "문화는 위로부터 규정된 것이면서도 그 통치를 통하여 실행된 배제의 체계이며, 그 체계에 의해서 무질서, 혼란, 비합리, 열등, 열악한 취미 그리고 비도덕적 등이 지탄받고 그 뒤 그것들은 문화의 영역 밖으로 밀려나고 국가의 권력 및 국가의 제도에 의해서 거기에 머물게 되는 것을 의미하고 있다. 왜냐하면 하나의 문화가 한편으로는 지금 생각되고 알려지는 한의 최선의 것에 관한 적극적인 원리임이 올바르다고 한다면, 그 문화는 다른 편에서는 최선의 것이 아닌 모든 것에 관하여 차별적으로 부정을 행하는 원리이기 때문이다" E. W. Said, *The World, the Text, and the Critic*, Harvard Uni, P., 1983, pp.10-13 참조.

식민지 작가 주체는 식민 제국과 식민지 사이의 문화적 차이, 즉 동화와 차별, 보편과 특수 사이의 내적인 긴장과 대립의 상태에 놓일 수밖에 없게 되며, 이것은 주체와 객체, 사회적인 것과 심리적인 것의 통일이라는 리얼리즘 서사의 지향성과 식민지적 상황 사이의 이율배반적인 관계를 강화시키는 주요한 계기로 작용한다.

따라서 탈식민주의 관점에서 리얼리즘 서사의 식민성을 문제화하고자 하는 이 책은 식민주의적 지배를 통해 강화된 식민지 특유의 내적 균열 및 그로 인해 발생하게 되는 식민지 작가 주체의 이중구속 상황이 리얼리즘적 서사 지향과 맺고 있는 이율배반의 관계를 텍스트 분석을 통하여 살피는 것을 주요 과제로 삼는다. 식민지 상황이 낳은 근본적인 모순을 작가 주체가 어떻게 내면화 하고 있으며 그것에 어떻게 반응을 했는가를 살피는 것이 식민지 시기 리얼리즘 지향 장편소설 식민성 분석의 핵심 논점인 것이다.

3. 사회적 상징 행위로서의 서사

한국 근대 장편소설의 리얼리즘 서사 지향성과 식민지적 조건 사이의 이율배반적인 관계에 대한 탐구는 분석 대상이 되는 개별 텍스트의 사회·역사적 발생 조건에 대한 탐구를 그 자체 내에 함축한다. 여기서 텍스트는 식민지 상황을 규정하는 경제적·정치적·사회적 요인들의 관계성을 표현하는 매개물로서 그 의미를 갖는다. 따라서 이 책에서는 장편소설 텍스트를 기본적으로 사회와의 밀접한 관련성 속에서 분석할 것이다.

그러나 문학 텍스트와 사회의 관련성에 주목을 한다고 하여 이 책에서 수행할 분석이 문학 작품과 사회를 아무런 매개 없이 연관 짓는 문학 사회학적 상동 모델에 기반하고 있음을 뜻하지는 않는다. 문학 텍스트의 구조와 사회 구조는 서로 층위를 달리하는 범주이기 때문에, 사회를 단순히 주어진 '맥락'으로 파악하는 문학 사회학적 접근을 통해서는 이 양자 사이의 연관성을 설득력 있게 해명할 수 없다. 따라서 이 양자의 관계를 적절하게 연결시켜 줄 수 있는 매개 범주의 설정이 필요한데, 여기에서는 그 매개 범주로 이데올로기적 구조를 설정하고자 한다. 이데올로기 구조는 문학 텍스트의 기초가 되며 사회 구조를 소설 텍스트들의 미적 구조로 변형시키는 매개가 된다. 소설 텍스트는 단순히 미적 담론일 뿐만 아니라, 인식론적 구조와 정서적 구조로 구성된 이데올로기적 담론이기도 하기 때문이다.[22]

한편, 식민성에 대한 탐구에는 식민지 작가 주체가 식민지적 삶의 조건에 반응하고 그것을 내면화하는 양상에 초점을 두는 것을 의미화 작용의 실천 양식으로 이해한다는 사실이 함축되어 있다. 이러한 면에서 문학 텍스트를 '사회적 상징 행위'의 차원에서 접근하는 프레드릭 제임슨의 관점은 식민성 분석에 유용한 방법론을 제공해 준다.

프레드릭 제임슨에 따르면, 문학을 포함한 모든 문화 텍스트는 '정치적 무의식'에 의해 형성되므로, 그것은 '공동체의 운명에 관한 상징적인 매개로 읽어'야 한다. 이에 근거할 때 문학 텍스트 해석의 일차적 기능은

---

22) 소설 텍스트를 담론의 유형으로 인식하는 것은 작가와 독자를 담론의 발신자와 수신자로 상정하여 이루어지는 의미화 작용의 실천으로 파악하는 것을 전제한다. 테리 이글턴에 따르면, 이 의미화 작용의 실천 과정에 이데올로기의 개입은 필연적이다. 그는 이데올로기와 의미화 작용의 실천 간 관계에 대해 논하면서, 이데올로기적 진술을 지시적인 발화와 구분짓는 근거를 전자가 '정서적' 담론으로 해호화될 수 있는 데서 찾고 있다. 예컨대, '조선은 일본보다 열등하다.'는 진술은 마치 대상을 기술하는 것처럼 보이지만 실제로는 '우리 일본인들은 조선인을 싫어하는 것이 당연하다.'와 같은 이데올로기적 진술로 해석할 수 있는 것이다. T. Eagleton, "Ideology, Fiction, Narrative", *Social Text, vol2*, 1979, pp.65-66 참조.

'사회적 상징 행위'로서의 문화적 인공물들의 가면을 벗기는 데 있다. 따라서 '문학 텍스트 자체는 그보다 먼저 존재하는 역사적 · 이데올로기적 근저 텍스트[subtext][23]를 다시 쓰거나 재구축'한 것이 된다. 여기에서 주목해야 할 점은 사회적 맥락으로도 이해할 수 있는 이 '근저 텍스트'라는 것이 문학 사회학의 상동 모델이 전제하고 있는 것처럼 독자에게 결코 자명한 것으로 주어지지 않는다는 사실이다. 그것은 텍스트를 읽는 과정에서 사후적으로 재구축되어야만 하는 것이다. 텍스트는 항상 역사적인 근저 텍스트와 능동적인 관계를 유지하며, 이러한 관계를 통해 역사적인 근저 텍스트는 그 자체 서사 형식 속에 변형되어 드러나게 되는데, 프레드릭 제임슨은 이 과정을 '상징 행위'라 칭하고 있다.

　이런 맥락에서 프레드릭 제임슨이 말한 '상징 행위' 개념은 서사와 불가분의 관계를 맺는다. 그에 따르면, 서사란 억압적 현실 속에서 해방과 자유의 영역을 지향하는 인간의 근원적 욕망이 상징적으로 드러나는 장(場)이다. 따라서 서사는 특정 장르에 구애됨이 없이 언어로 표현된 '인간 정신의 중심적인 기능'을 뜻한다. '사회적 상징 행위로서의 서사'에는 이와 같은 의미가 함축되어 있는 것이다. 이 근원적인 욕망은 개별 텍스트에 흔적을 남기며 텍스트의 이데올로기를 형성하는 기제가 된다. 그러나 이러한 욕망은 직접적으로 텍스트에 표현되는 것이 아니라, 미적으로 변형된다. 따라서 텍스트의 해석에서 인간의 근원적인 욕망을 미적 · 서사

---

23) 'subtext'는 프레드릭 제임슨이 맥락 또는 문맥으로 번역되는 context 개념 대신에 사용한 용어이다. 제임슨은 전통적인 사회비평 또는 역사비평에서 말하는 'context' 개념 대신에 '근저 텍스트(subtext)'라는 개념을 내세우고 있다. 그가 근저 텍스트 개념을 사용하는 이유는, 전자 즉 context의 경우 실체적, 객관적인 의미가 강하기 때문에, 마치 서사 또는 텍스트 외부에 객관적인 현실이 존재하고 있는 듯한 인상을 부여하기 때문이다. 이에 대하여 subtext 개념은 텍스트 자체가 그 상징 행위 속에서 자신의 내부에 만들어 낸 외적 맥락의 환영과 같은 것이고, 텍스트는 그것을 효과로서 만들어낸 것이라는 점에서 현실과 텍스트의 관계를 연출한다. 그럴 경우, 표상 불가능한 지평으로서의 역사는 이 근저 텍스트 너머에 효과로서 존재하는 것이다.

적 형식으로 변형시키는 과정, 즉 '서사전략'은 중요한 의미를 갖게 된다.[24]

이를 식민지 맥락과 연관지어 생각할 때, 텍스트와 '근저 텍스트' 사이의 능동적인 관계는 발생적인 측면에서 사회의 주요한 모순의 확증으로부터 출발하게 된다. 그리고 그러한 사회적 모순들이 작가들에게 미치는 효과 및 그것의 내면화의 과정을 조사하고, 이러한 모순들이 텍스트의 형태와 실체를 한계 짓는 방식을 분석하는 것이다.[25] 그리하여 개별

---

24) 서사 전략(narrative strategy)이란 이야기를 보고할 즈음에 지키는 일련의 수속, 혹은 어떤 특정한 목적을 달성하기 위해서 사용되는 이야기의 일련의 궁리라고 정의할 수 있다. G. 프린스, 이기우 외 역, 『서사론 사전』, 민지사, 1992, 175쪽. 이런 맥락에서 리얼리즘 소설에서 서사 전략은 리얼리즘 소설의 관습이라 할 수 있는 이른바 이데올로기적 폐쇄=완결성(closure)의 체계와 밀접한 관련을 갖는다. 왜냐하면, 그것은 리얼리즘 서사가 가능한 조건이기 때문이다. 기본적으로 서사는 처음과 끝을 가지고 있고, 그 시간 속에서 주체의 행위가 이루어진다. 리얼리즘적 서사 관습이 지시적인 환상을 창출하는 한에 있어서 인물들의 행위는 경험적인 시공간 위에서 펼쳐지게 된다. 그러나 아무리 이데올로기적 완결성을 가진 서사도 텍스트의 균열과 불일치를 낳게 마련이다. 이와 같은 균열과 불일치는 '정치적 무의식'의 양상을 살필 수 있는 단서가 된다. 백일몽의 꿈 이야기에 유비되듯이, 이러한 텍스트의 균열과 불일치는 서사의 형식적인 장치를 통해서만 확인될 수 있다. 즉, 로뱅의 표현을 빌면, 리얼리즘 또한 '텍스트 효과(Text effect)'를 낳는다. 이러한 균열과 불일치를 통해서 서사의 표층에 일관되게 추구되는 인식론적 구조의 폐쇄의 틈을 뚫고 나오는 욕망의 흔적, 즉 서사의 정서적인 구조의 흔적을 찾을 수 있다. 그것은 선험적으로 주어지는 것이 아니라 독서의 과정에서 사후적으로 재구축되어야 한다. 이러한 맥락에서 서사 전략의 분석에서 핵심을 이루는 것은 서사의 표층을 이루고 있는 인물의 행위 양상과 더불어 서사의 균열과 불일치를 통해 드러나는 인물들의 행위 이면에 숨겨져 있는 욕망의 탐색이라 할 수 있다. 물론 그것은 서술자의 전략적인 행위의 산물이다. 그리고 서사가 전략적인 행위일 수밖에 없는 데에는 '부재 원인'으로서의 역사, 즉 현실 원칙이 작용하기 때문이라 할 수 있다. 요컨대 서사란 드러냄과 숨김의 변증법적인 과정이라고 할 수 있다

25) 문학을 '상징 행위'라는 관점에서 볼 때, 주목해야 할 점은 텍스트 발생의 메커니즘과 이데올로기의 상관관계의 문제이다. 프레드릭 제임슨은 현실적인 사회적 모순을 문학 텍스트에 형태를 부여하고 활성화시키는 그것의 이데올로기적 구현체, 아포리아 및 이율배반과 구분한다. "전자(사회적 모순들)에서는 단지 실천의 개입을 통해서만 해결될 수 있는 것이 여기 순수하게 명상적인 정신 앞에서는 논리적인 덫이나 이중적인 난관으로, 생각할 수 없고 개념적으로 모순적인 것으로 되며, 또한 순수한 사고 작용에 의해서는 풀릴 수 없기 때문에 면적이 원과 같은 정사각형을 만들려는 것과 같은 헛수고를 하고

텍스트들을 '상징 행위'로 파악하는 관점에서는 각각의 소설 텍스트들이 그것의 특수한, 역사적·경제적·정치적 환경과 맺고 있는 관계뿐만 아니라, 식민지 사회의 근본적인 구조적인 균열성, 식민주의 담론이 유포한 허구와 어떠한 연관을 맺고 있는가를 분석하게 된다.

이런 맥락에서 주목해야 할 것이 바로 이데올로기의 기능이다. 역사적 근저 텍스트를 서사적·미적인 텍스트로 변형시키는 과정에 개입되는 것이 바로 작가의 이데올로기이기 때문이다. 여기에서 이데올로기란 단순히 허위의식이 아니다. 그것은 작가가 "현실"과 맺게 되는 일련의 실천적인 관계를 의미화하는 것이다. 그런 점에서 이데올로기의 궁극적인 목적은 자기 타당성·합리화에 있다. 프레드릭 제임슨이 정의한 것처럼, 이데올로기가 "지성적인 것이든 서사의 경우와 같이 형식적인 것이든, 포섭 전략"[26]으로 이루어지는 것은 바로 이 때문이다. 작가는, 자신과 자신이 귀속한 집단의 입장을 안정화시키려는 시도를 무의식적으로 수행하기 때문에, 자신이 귀속된 계급 및 집단의 제한된 현실적인 경제적, 사회 정치적인 이해관계를 넘어설 수 없다. 그러나 현실적인 것과 이데올로기 사이의 이와 같은 관계, 즉 이데올로기가 개인 및 계급의 욕망에 적합하도록 현실적인 것을 틀 짓고 제한한다는 사실은 근본적으로 이원적이다. 그것들은 서로 공생하면서 위반한다. 아무리 교묘한 방식으로 이데올로기가 현실을 은폐하고 모든 사회적 모순들의 존재를 부정하려 하더라도, 현실은 늘 이데올로기에 스며들게 마련이다. 텍스트는 계급 이데올로기의 어떤 측면을 안정화시키는 것에 비례하여 또한 현실을 '체험하기' 때문이다. 그러한 의미에서 텍스트는 '상징 행위'이자 정치적인

___

서사적 운동을 통해서 그 참을 수 없는 각진 모서리들을 떼어내기 위해서 틀림없이 전체적으로는 더 순수하게 서사적인 기구-텍스트 자체-를 발생시키는 것이 된다." F. Jameson, *Ibid,* 1980, pp.87-88.

26) F. Jameson, *Ibid,* 1980, pp.52-53.

행위를 내포하게 된다. 그리하여, 프레드릭 제임슨에 따르면, 미학적 행위 자체가 이데올로기적인 까닭에 미학적이거나 서사적인 형식의 생산 자체도 이데올로기적인 행위로서, 해결할 수 없는 사회적 모순들을 상상적이거나 형식적으로 '해결'하는 기능을 가진다.[27]

그러나 문학의 이데올로기적 '기능'뿐만 아니라 '해결'은 많고 다양하며, 그러한 기능들은 텍스트 속에 체현된 '이데올로기적 의도'와도 구별되어야만 한다. 이 둘을 종종 동일하게 보지만 반드시 같은 것을 뜻하지는 않기 때문이다. 이러한 사실을 감안할 때, 공공연하거나 인식론적인 텍스트의 구조와 텍스트에 숨겨져 있는, 정서적 또는 '이데올로기적' 구조를 잠정적으로 구분하는 테리 이글턴의 견해[28]는 '현실 모순의 상징적 해결'로서의 개별 텍스트에 대한 분석의 절차를 구분하는 데 좋은 참조의 틀이 될 수 있다. 즉, 문학 텍스트의 '상징 행위'는 개별 텍스트들의 인식론적인 구조와 정서적인 구조의 변증법적인 관계로 설명될 수 있는 것이다.

텍스트의 인식론적 구조는 어떤 특정한 종류의 세계 또는 특별한 주제를 재현하거나 묘사하기 위한 의식적인 텍스트의 '의도'로서 정의할 수 있다. 반면에, 정서적인 구조 또는 '이데올로기적' 구조는 재현된 세계가 조직되는 무의식적인 선택성과 폐쇄로 정의된다. 여기서 정서적인 구조는 주체-정향적(subject-oriented)인 특성을 지니기 때문에, 개인 및 그 개인이 귀속되어 있는 집단의 상대적인 일관성이나 입장을 확증하는 의지나 욕망의 산물로서 파악된다. 그리하여 역설적으로 텍스트의 표층에서 공공연하게 표명되는 인식론적인 이데올로기적 담론의 구조는 실제

---

27) F. Jameson, *Ibid*, p.79.

28) T. Eagleton, "Ideology, Fiction, Narrative", *Social Text*, vol2 (1979 summer), pp.62-64 참조.

로는 그것의 은밀한, 정서적 구조에 종속되게 된다. 테리 이글턴에 따르면 텍스트의 구조는 전체적으로 요구, 담론 유희의 영역, 그것이 체현한 정서적인 '의도성'에 따라 표현된다. 요컨대, 양자 사이의 관계는 서사의 표층 구조와 그것의 심층 구조에 상응하는 것이라고 유비적으로 말할 수 있다.

이 책은 '상징 행위로서의 서사'라는 관점에 서서 식민지 시대 대표적인 장편소설 작가라고 할 수 있는 이광수, 염상섭, 이기영 등이 1930년대를 전후로 하여 발표한 주요 장편소설을 그 형성 맥락에서 분석하고자 한다. 그리고 이를 통하여 한국 근대 장편소설의 '식민성'을 해명할 수 있는 실마리를 제공하고자 하는 것이 이 책의 궁극적인 목적이다.

이를 위해 우선 이광수, 염상섭, 이기영 등 이 책에서 다룰 작가들의 주요 장편소설 텍스트들을 둘러싼 근원적인 모순이 식민 제국과 식민지 사이에서 비롯되었다는 점을 고려하고자 한다. 그러나 식민지적 모순이 다양한 층위에서 작동한다는 점, 식민성 논의의 핵심이 이들 작가 주체가 식민지 경험을 내면화하고 있는 양상에 있다는 점 등을 고려할 때, 개별 작가 및 텍스트들이 의식하고 반응하는 식민주의적 타자에 주목할 수밖에 없다. 이런 맥락에서 한국의 근대화 과정이 자본주의의 지구화 과정, 즉 자본주의적 근대의 보편화 과정의 역사적 산물로서 식민화 과정과 맞물려 있을 뿐만 아니라, 식민화의 과정 자체가 타자로서의 근대를 '대립하면서 닮는' 모순적인 과정이었다는 점을 고려하여 이들 작가 주체들이 '타자'로서의 근대를 경험한 특수한 상황을 전제로 하여 논의를 전개할 것이다. 이들 작가 주체가 어떠한 서사적 원근법에서 식민지적 현실의 모순을 서사화했는가에 따라 타자로서의 '근대'를 표상하는 제국주의에 대한 반응 양상이 달리 설정될 수 있는 것이다. 물론, 이 타자로서의 제국주의가 개별 텍스트 및 작가들에게 가장 주요한 모순으로 부각되는 양상은 서로 다르다. 이런 사실에 근거하여 타자로서의 제국주의가 작가와 맺는 관계를 근저 텍스트로 설정할 수 있을 것이다. 단, 사회주의의 경우는 제국주의와 자본주의를 극복하기 위한 대안으로 수용되었지만, 그 역시 '타자성'의 수사학이라는 근대 담론에 근거하고 있다는 점에서 제국주의와 적대적 공생 관계를 맺으면서 당시 문인들에게 '절대적 타자'로서 의식되었다는 사실을 고려해야 한다.

이런 맥락에서 이들 식민지 작가 주체가 타자로서의 근대를 표상하는 제국주의에 대하여 반응하는 양상을 차이화와 동일화로 구분한다. 이와 같은 전제에서 각각의 개별 서사 텍스트의 인식론적 구조와 정서적 구조 사이의 변증법적 관계에 초점을 맞춰 장편소설에 대한 분석을 행할 것이다. 이광수 장편소설의 경우 제국주의에 대한 동일화의 서사(2부)로, 염상섭 장편소설의 경우 제국주의에 대한 차이화의 서사(3부)로, 이기영 장편소설의 경우 제국주의에 대한 대립적 동일화의 서사(4부)로 각각 구분하여 개별 장편소설들을 인식론적 구조와 정서적 구조 사이의 변증법적 연관 속에서 다시 읽고자 하는 것이다. 그리고 이에 앞서 식민지 상황에서 민족적 동일성을 구축하고자 한 장편소설이 민족 계몽 담론의 실천의 일환으로 기획된 것이라는 점을 고려하여 장편소설 텍스트 생산의 근본 조건이 되는 민족주의 담론의 기원과 특성(1부)에 대해 몇몇의 사례 분석을 통해 살펴보고자 한다.

제1부

식민지 시기
민족 계몽 담론과
탈식민주의

제1장

근대 계몽기 민족주의 형성의 아이러니
─ 신채호의 '국수' 이념을 중심으로

1. 들어가는 말

　'민족'이 근대 국민국가(nation=state)를 기획하였던 민족주의 지식인들이 근대 계몽기 공적 담론의 장을 매개로 창안한 개념이라는 것은 주지의 사실이다. ≪황성신문≫, ≪대한매일신보≫ 등 근대 계몽기를 대표하는 공적 담론의 장에서 '민족'은 '국민', '동포', '인민' 등과 같은 인간집단을 표상하는 새로운 용어들과 상호 교착하는 가운데 의미론적 변용의 과정을 거치고 나서야 '네이션(nation)'에 상응하는 의미를 획득하게 된 것이다.[1] 이러한 '민족' 관념의 형성과 관련하여 한 가지 특기할 만

---

1) '민족'이란 용어가 처음 등장한 것은 1898년 '대한유학생친목회'가 일본에서 발행한 『친목회회보』 6호에 실린 장호익의 「사회적 경쟁」이란 논설이다. 하지만 처음에 '민족'은 단순한 인간집단의 의미를 가졌을 뿐이다. '민족'이 근대적 의미의 'nation'에 상응한 개념으로 정립된 시기는 1908년 이후라는 것이 통설이다. 근대계몽기 '국민', '동포', '인민' 등의 개념과의 관계 속에서 '민족' 관념의 형성 과정을 규명한 연구는 꾸준하게 이루어져 왔다. 이와 관련한 대표적인 논의들로, 김동택, 「≪대한매일신보≫에 나타난 '민족' 개념

한 것은 1908년 이후가 되어서야 근대 국가의 이념적 주체로서 '민족'의 의미가 안정화되었다는 사실이다. 물론 그 이전부터 '네이션'에 상응하는 용어로 '국민'이 '민족'보다 안정적인 의미를 갖고 사용되었고 그 이후에도 더 빈번하게 사용되었던 것도 사실이다.[2] 주목할 점은 '민족'이 법적 정치적 공동체로서의 '국민'과 준별되는 의미에서 역사적·문화적 공동체로서 자립적인 의미를 획득하게 된 시기가 바로 1908년을 전후라는 사실이다.

1908년 이후가 되어서야 공적 담론의 장에서 '민족'이 부상하게 된 배경에는 민족주의 지식인들 사이에 '국망'의 위기의식이 고조되어간 역사적 상황이 개재되어 있다. 1904년 러일전쟁을 승리로 이끈 일본 제국주의가 '을사늑약'(1905), '정미7조약'(1907) 등 불평등 조약을 강제적으로 체결함으로써 '대한제국'이 일본의 보호국으로 전락하게 되었고, 이에 따라 민족주의 지식인들이 기획하였던 근대적인 국가 구축에 차질이 빚어지게 된 것이다. '대한제국'을 매개로 자주적이고 독립적인 근대 국가의 길을 모색했던 지식인들에게 '대한제국'의 법적 지위가 불평등 조약의 체결로 인해 부정당하는 '국망'의 위기 상황은 근대 국가의 정치 이념적 주체의 의미를 가진 '국민'이란 용어의 지위에 동요를 초래하였다.

에 관한 연구」(『대동문화연구』 61집, 2007), 앙드레 슈미드, 정여울 역, 『제국, 그 사이의 한국』(휴머니스트, 2007), 권보드래, 「근대 초기 "민족" 개념의 변화 : 1905-1910년 ≪대한매일신보≫를 중심으로」(『민족문학사연구』 33, 2007), 백동현, 「러일전쟁 전후 '민족' 용어의 등장과 민족의식」(『대한제국기 민족담론과 국가사상』, 고려대학교 민족문화연구원, 2009) 등을 들 수 있다.

2) 권보드래의 조사에 따르면, ≪대한매일신보≫에 '민족'의 출현 빈도는 1907년 47회, 1908년 139회, 1909년 126회, 1910년 79회로 1908년 이후 급등하는 양상을 보인다. 1908년 324회, 1909년 418회, 1910년 319회 등 '국민'의 출현 빈도에 비하면 훨씬 적지만, '민족'의 증가 비율이 매우 큰 것은 사실이다. 이러한 자료에 근거하여 '민족'이 역사적 문화적 공동체의 의미를 갖게 되는 과정을 세밀하게 논증하고 있다. 권보드래, 앞의 글, 197-200쪽 참조.

그 결과 이를 극복하고자 하는 담론 실천의 차원에서 '민족'이 전면에 부상하게 되었다. 즉 '국망'의 위기 상황 극복이라는 과제 앞에서 일본 제국주의에 대한 타자성의 인식과 더불어 법적 정치적 공동체를 넘어서 역사적 · 문화적 공동체로 국가를 새롭게 인식하게 되면서 '민족' 관념은 공적 담론의 장에 급부상하게 된 것이다. '국수', '국혼', '국성' 등 역사적으로 계승되어 왔다고 상상된 국가의 자기 동일적 본질을 표상하는 용어들이 '민족'을 환기시키면서 '민족'과 '국가'를 역사를 매개로 결합하는 기능을 하고 있는 것이 이러한 사실을 뒷받침해 준다. '민족'이 역사에 그 거처를 마련함으로써 종족적 공동체의 영속성을 지닌 객관적인 존재로 '민족'을 새롭게 조명하게 된 시기가 바로 이때이다. 그런 점에서 '민족'은 근대 계몽기 '국망'의 위기 상황 속에서 일본 제국주의에 의해 부정당한 현실의 '국민'을 구원하여 '새국민'으로 거듭나게 해 줄 수 있는 민족주의의 새로운 이념적 주체로 탄생한 것이라 할 수 있다.

이렇게 볼 때 민족주의의 새로운 이념적 주체인 '민족'은 근원적으로 일본 제국주의와의 대립의 정치 역학을 기반으로 형성되었다고 할 수 있다. 그런 점에서 무엇보다 새삼 주목해 볼 필요가 있는 것이 신채호의 근대 계몽기 민족주의 이념이다. 무엇보다 '위대한 민족주의자이자 사학자이며 애국계몽 사상가이자 언론인이고 독립운동자'[3]로 표상되는 삶이 말해주듯, 근대계몽기 '민족'에 대하여 신채호가 보여준 사유의 폭과 깊이가 남달랐기 때문이다. 특히 일본 제국주의에 대해 저항적인 담론의 장을 제공했던 ≪대한매일신보≫의 주필로서 역사, 문학, 정치사상 등 다양한 영역을 횡단하면서 펼친 신채호의 글쓰기 실천은 일관되게 일본 제국주의와 대립의 정치학에 기반하여 이루어졌던 만큼 동시대의 그 어

---

3) 신용하, 『신채호의 사회사상 연구』, 한길사, 1984, 333쪽.

떤 지식인보다도 '민족'에 대한 인식에 있어서 가장 근본적이었다. 그래서 근대 계몽기에 형성된 신채호의 민족주의는 혈통적 민족주의, 문화적 민족주의, 유기체적 민족주의 등을 특성으로 하는 한국 근대 민족주의의 진전 과정을 명확하게 보여주는 문제성을 갖는 것으로 평가된다.[4] 더욱이 1920년대 아나키즘을 수용한 이후에도 신채호의 담론 실천은 그 대립의 주체가 '민족'에서 '민중'으로 무게중심이 옮아갔을 뿐 근본적으로 일본 제국주의와의 대립의 정치학에 기초하고 있다는 점[5]에서도 근대 계몽기 그의 민족주의는 문제적이라 할 수 있다. 요컨대 일본 제국주의 타자와의 대립의 정치 역학에 근거하여 형성된 신채호의 민족주의는 선험적으로 주어진 민족주의 대 아나키즘이라는 이분법적 개념의 틀 속에 회수할 수 없는[6] 고유의 특성을 갖는 것이기에 새삼 주목해 볼 필요가 있다.

이와 같이 근대 계몽기 신채호의 민족주의 이념이 문제적인 만큼, 일본 제국주의와의 대립의 정치에 기초하여 전개된 신채호의 사상 체계 전반에 대해서는 진작부터 그의 민족주의 이념을 긍정하는 입장에서 방대한 연구가 이루어졌다.[7] 한편 이와 같은 연구 경향을 넘어 역사적 문맥

---

4) 윤해동, 「한국 민족주의의 근대성 비판」, 『역사문제연구』 제4호, 2003, 42-46쪽 참조.
5) 헨리 임은 1925년 이후 신채호의 아나키스트 저작들에서는 민족이라는 포괄적 정체성 대신 '민중'이라는 좀 더 당파적인 범주를 사용함으로써 민족 개념의 본질주의를 벗어나려는 양상을 보여준다고 평가한다. 헨리 임, 「근대적 민주적 구성물로서의 민족 : 신채호의 역사서술」, 신기욱·마이클 로빈슨 편, 도면회 역, 『한국의 식민지 근대성』, 삼인, 2006, 496-503쪽 참조.
6) 윤영실은 민족주의나 아나키즘 모두 그 안에 폭넓은 스펙트럼을 지닌 무정형의 사상일 뿐 아니라 지속적으로 논쟁이 되는 현재진행형의 사상이기 때문에 신채호 사상 변화를 연구자의 시각으로 환원할 수 없다는 문제의식에서 신채호 사상의 고유한 특성을 규명하기 위해서는 그의 사상의 내적 특성을 역사화하여 바라볼 필요가 있음을 강조하고 있다. 윤영실, 「근대계몽기 신채호의 민족론에 나타난 '아(我)'의 의미」, 『한국학연구』 제24집, 2011, 275-279쪽 참조.
7) 대표적인 연구서로, 신일철, 『신채호의 역사사상연구』(1980, 고려대학교 출판부), 최홍규, 『신채호의 민족주의사상』(1983, 형설출판사), 신용하, 위의 책, 단재신채호선생기념사업

에 비추어 신채호의 민족주의를 상대화하여 바라보는 역사주의 관점에서 그것의 의의와 한계를 객관적으로 조명하고자 하는 국문학과 역사학 영역에서의 다양한 논의,8) 탈식민주의 관점에서 신채호의 민족주의가 갖는 한계에 초점을 맞춰 그 특성을 규명하고자 하는 논의9) 등 근대 계몽기 신채호의 민족주의를 재조명하고자 하는 시도들도 지속적으로 이루어져 왔다. 이러한 역사주의적 접근이나 탈식민주의적 접근은 기존의 민족주의적 시각의 자기 폐쇄성을 넘어서 근대 계몽기 신채호의 민족주의의 성과와 한계를 비판적으로 보여주었다는 점에서 의미 있는 연구 성과들이라 할 수 있다.

그런데 한 가지 주목해 볼 사실은 민족주의, 역사주의, 탈민족주의 등 다양한 시각에서 이루어진 근대 계몽기 신채호의 민족주의에 대한 논의들이 공히 일본 제국주의와 대립의 정치학을 기본 전제로 삼아 이루어진 것임에도 불구하고, 정작 근대 계몽기 신채호 민족주의를 추동한 대립의 정치 역학 자체의 내적 특성에 대해서는 심도 있는 논의를 보여주지 못했다는 점이다. 바로 이런 문제의식에 서서 이 장에서는 일본 제국주의와의 대립의 정치학에 의해 추동된 근대 계몽기 신채호의 민족주의의 아이러니한 특성에 주목하고자 한다.

회, 『신채호의 사상과 민족독립운동』(단재신채호기념사업회, 1986), 이만열, 『단재 신채호의 역사학 연구』(문학과지성사, 1995), 김주현, 『계몽과 혁명』(소명출판사, 2005) 등을 들수 있다.

8) 이에 대한 대표적인 논의로, 백동현, 「신채호와 국의 재인식」(『역사와 현실』 29, 1998), 한기형, 「동아시아 담론과 민족주의-신채호의 논의와 관련하여」(『민족문학사연구』 17, 2000), 김현주, 「신채호의 역사 이념과 서사적 재현 양식의 연관성에 대한 연구」(『상허학보』 14, 2005), 장공자, 「단재 신채호의 국가사상에 관한 연구」(『민족사상』 5, 2011), 윤영실, 앞의 글, 우남숙, 「신채호의 근대국가사상 연구」(『문화와 정치』 3권 2호, 2016) 등을 들 수 있다.

9) 이에 대한 대표적인 논의로, 박노자, 「1900년대 초반 신채호 민족 개념의 계보와 동아시아적 맥락」(『순천향인문과학논총』, 2010), 박노자, 「문명개화, 선망과 대일 적대심 사이에서 : 신채호의 일본관」(『일본비평』 3, 2010) 등을 들 수 있다.

　　민족주의는 그 자체의 고유한 본질을 어떤 특정한 실체적 형식 속에서 구현하려는 욕망에 의해 작동하기 때문에 필연적으로 형이상학적 측면을 가질 수밖에 없다. 문제는 식민 제국과 식민지 간에 상호 길항하는 민족주의가 그 자체의 고유한 본질이 표상하는 민족주의적 자아 개념을 다른 모든 것들이 순응해야 하는 이상적 모델로 상상한다는 데 있다. 즉 식민 제국의 경우는 자기 스스로를 보편화시키기 때문에 자신들에 저항하는 모든 반란을 필연적으로 편협하다고 간주하며, 이에 대한 반응으로 반란을 도모하는 식민지의 민족주의는 항상 그 자체의 고유한 본질이 드러나는 역사를 창조한다. 이를 통하여 식민지의 민족주의는 자신이 대체하려는 식민 제국의 민족주의와 마찬가지로 과거를 단일하게 해석하게 되는 아이러니를 수반할 수밖에 없다.[10] 식민지의 민족주의는 의도와는 상관없이 적대자인 제국주의와의 동일성에 기반함으로써 그것의 파생 담론의 성격을 띠게 되는 것이다. 이 장에서는 근대 계몽기 신채호 민족주의의 근간을 이루는 '국수' 보전 논리의 형이상학적 특성 및 그로 인해 초래되는 아이러니에 대하여 ≪대한매일신보≫에 발표된 신채호의 논설들을 주요 분석 대상으로 하여 규명하고자 하는 데 목적이 있다.

2. 대립의 정치학, 민족주의와 '국수' 보전의 아이러니

　　근대 계몽기 신채호의 글쓰기 실천을 추동했던 이념이 민족주의라는

---

10) 민족주의의 형이상학은 '민족'이라는 단일 주체가 완전한 자기실현에 진입한다고 말한다. 따라서 민족이란 개인적 주체를 투영한 것이다. 이 형이상학에서의 단자론적 주체는 그 자신이 육화되는 과정을 시작하기 이전에 이미 존재하는 것이어야만 하고, 자율적인 인간의 개성이라는 모델에 근거하여 확고한 욕구와 욕망을 갖춘 것이어야만 한다. 테리 이글턴 외 2인, 김준환 역, 『민족주의, 식민주의, 문학』, 인간사랑, 2011, 21-23쪽 참조.

것은 새삼스럽지 않은 사실이다. 민족주의는 신채호에게 동시대의 현실을 해석하는 인식의 틀이었을 뿐만 아니라 일본 제국주의의 보호국 지위로 전락한 대한제국의 망국적 상황을 극복해 줄 수 있는 이념적 비전으로 받아들여졌다. 제국주의 열강의 각축장으로 변해버린 20세기 초 세계의 추이 속에서 신채호는 민족주의를 민족적 동일성을 구축하고 일본 제국주의에 맞설 수 있는 대한(大韓) '국민'이라는 근대적 의미의 정치적 주체를 형성할 수 있게 해주는 유일한 이념으로 인식하였던 것이다.11) 이런 의미에서 현실에 부재하는 국민국가 이념을 바탕으로 성립된 신채호의 민족주의가 그 자체 제국주의와의 적대적 관계에 기반한 대립의 정치학을 내포하고 있다는 것에 주목해 볼 필요가 있다. 신채호의 논설 「데국쥬의와 민족쥬의」는 그의 민족주의에 함축된 대립의 정치적 성격을

---

11) 신채호 민족주의의 특성과 관련하여 그가 '국민'과 '민족' 두 용어를 어떻게 인식하였는지 주목해 볼 필요가 있다. 신채호가 이 두 용어를 민족주의의 이념적 주체로 내세우고 있어 용어상 착종을 보여주고 있기 때문이다. 이와 관련하여 신채호의 논설로 추정되는 「민족과 국민의 구별」(≪대한매일신보≫, 1908.7.30)은 시사적이다. 이 논설에서 신채호는 '민족'을 "곳혼 조샹의 ᄌ손에 민인 쟈" "곳혼 디방에 사는 쟈", "곳혼 력ᄉ를 가진 쟈" "곳혼 종교를 밧드는 쟈", "곳혼 말을 쓰는 쟈"라 정의하고, 이 민족을 규정하는 요소들 외에 "반ᄃ시 ᄀ혼 정신을 가지며 곳혼 리해를 取ᄒ며 곳혼 힝동을 지어서 그 너부에 혼몸에 근골과 곳ᄒ며 밧글 더혼 정신은 혼 영문에 군디 곳치 ᄒ여야"만 '국민'이라고 말하고 있다. 이 구분에 근거할 때, 그가 '민족'을 혈연을 바탕으로 한 문화적·역사적 공동체로, '국민'을 법적·정치적 공동체로 각각 인식하고 있음을 알 수 있다. 그런데 문제는 신채호에게 '민족'과 '국민'이 어떤 관계로 이해되고 있는가에 있다. 여기에서 주목되는 것이 신채호가 '민족'과 변별되는 '국민'의 구성하는 요소로 "같은 정신"을 강조하고 있다는 사실이다. 신채호의 '민족'과 '국민'의 구별은, II장에서 논의하겠지만, 량지차오[梁啓超]를 매개로 하여 수용한 독일 헌법학자 J. 블룬칠리의 '국가유기체설'에 근거한 것이다. 이 사실을 고려한다면 신채호의 민족주의가 기획한 근대 국가의 이념적 주체는 당연히 '국민'이라고 할 것이다. 『독사신론(讀史新論)』에서 밝히고 있듯, '국가는 기시(旣是) 민족정신으로 구성된 유기체'라는 말로 집약되는 '국가유기체설'에 비추어 볼 때 「민족과 국민의 구별」에서 '민족'과 '국민'을 구분하는 절대적인 요소로 제시한 "같은 정신"이란 곧 '민족정신'을 가리킨 것이다. 바로 이런 맥락에서 신채호가 '국민'과 구별하여 제시한 '민족'은 법적·정치적 공동체 '국민'의 형성을 매개하는 범주로서 의미를 갖는다고 볼 수 있다.

압축적으로 보여준다.

> 풍운이 니는 듯 홍슈가 끌는 듯 벽력이 뒤놉난듯 죠슈가 몰니는 듯 불
> 이 타는 듯훈 이십세긔 졔국쥬의여 (령토와 국권을 확장ㅎ난 쥬의) 션셩
> 훈 미국 몬로 대통령의 쥬의(내가 다른 사름을 간셥지 아니ㅎ고 다른 사
> 름도 나롤 간셥지 못ㅎ는 쥬의)가 빅긔롤 훈 번 세운 뒤으로 동셔 대륙
> 에 소위 륙대 강국이니 팔대 강국이니 ㅎ는 렬강이 모다 열셩으로 이 졔
> 국쥬의를 슝비ㅎ며 모다 셔로 닷토와 이 졔국쥬의에 굴복ㅎ야 셰계 무디
> 가 활발훈 졔국쥬의를 일우웠도다. 그러훈즉 이 졔국쥬의를 져항ㅎ는 방
> 법은 무엇인가 굴으터 민족쥬의(다른 민족의 간셥을 밧지 아니ㅎ난 쥬의)
> 룰 분발훌 뿐이니라. 이 민족쥬의는 실노 민족을 보젼ㅎ난 방법이라
> (…중략…) 이런 고로 민족쥬의가 셩ㅎ야 웅장훈 빗츨 나타내면 밍렬ㅎ
> 고 포악훈 졔국쥬의라도 감히 침로치 못ㅎ느니 원리 졔국쥬의는 민족쥬
> 의가 박약훈 나라만 침로ㅎ느니라. 금슈ㅈ고 꼿 ㅈ흔 한반도가 오늘날에
> 니르러 캄캄ㅎ고 침침훈 마귀 굴 속에 쩌러짐은 무슴 연고인가 곳 한국
> 사름의 민족쥬의가 어둔 씬둙이라.12)

인용문에 따르면, 제국주의는 '영토와 국권을 확장하는' 이념인데 반
해 민족주의는 '다른 민족의 간섭을 받지 아니하는 주의'로써 '제국주의
에 저항할 수 있는' 유일한 대립적 이념이다. 신채호에게 민족주의란 제
국주의와의 적대적 길항 관계 속에서만 인식될 수 있는 이념이었던 것이
다. 민족주의에 대한 신채호의 이와 같은 인식은 국가 간 '생존경쟁'이
치열하게 전개되고 있는 20세기 '세계의 추세' 속에서 한국 민족이 생존
하려면 평등, 자유, 정의, 의용, 공공 등의 덕목을 기르고 무력, 경제력,
정치력을 키우며 교육과 종교를 진흥시킴으로써 '시국민'으로 거듭나야
할 당위성을 역설한 장문의 논설 「이십셰긔 시국민」(≪대한매일신보≫,

---

12) 신채호, 「졔국쥬의와 민족쥬의」, ≪대한매일신보≫, 1909.5.28.

1910.2.22-3.3)에서 더욱 구체적으로 확인된다. 이 논설에서 신채호는 20세기를 '제국주의', '민족주의', '자유주의' 등의 이념이 서로 각축을 벌이는 세계로 파악하고, '생존경쟁', '우승열패', '약육강식' 등의 표어로 요약되는 사회진화론의 관점에서 '이십세기'의 '세계무대'가 '제국주의'를 신봉하는 '열강'들에 의해 분할되어가고 있는 상황을 문제화하고 있다. '강훈 쟈가 약훈 쟈를 숨키고', '엇딘 민족이 엇던 민족을 니긔든지 니긔고 패ᄒᆞᄂᆞᆫ 그 스이에 참독훈' 것이 전면화한 것이 20세기 '세계의 추세'라는 것이다. 신채호는 이와 같은 세계 인식에 근거하여 '수천 년 동양 중 외로온 셤ㅅ 속 나라로셔 시로 된지 몃ᄒᆡ 못되난 일본도 아라스와 싸화 니긔고 한국에 다리를 셰우고 만쥬에 셰력을 확쟝'한 결과 '한국이 뎨국쥬의ㅅ 속에 ᄲᅡ지고 민족쥬의의 고통훈 디경을 당ᄒᆞ여 쇠잔훈 명이 급ᄒᆞ'게 되었다는 진단을 내리고 있다.[13] 「이십셰긔 신국민」에 나타난 신채호의 현실 인식에 비추어 볼 때, '금슈ᄀᆞ고 못 ᄀᆞᆺ흔 한반도가 오늘날에 니르러 캄캄ᄒᆞ고 침침훈 마귀 굴 속에 ᄶᅥ러'졌다는 인용 글의 수사적 진술은 한국이 일본 제국주의의 세력 아래 놓이게 된 '국망'의 위기 상황을 가리킨 것이라 추론할 수 있다. 그렇다면 신채호가 '국망' 위기의 근원을 '한국 사람이 민족주의가 어둔' 데서 찾고 '민족의 보존'을 위한 방법적 이념으로 '민족주의'를 강조한 것은 곧 민족주의를 제국주의와의 상호 적대적인 길항 관계 속에서 파악하고 있음을 잘 말해준다. 이런 의미에서 신채호에게 민족주의는 제국주의의 대립적 통일물로 그 자체 내에 대립의 정치학을 내포하고 있다고 말할 수 있는 것이다.

민족주의가 20세기의 세계사적 맥락에서 억압받는 식민지 민족의 해방을 위한 방법적 이념으로 등장하여 제국주의와의 대립 관계 속에서 작

---

13) 신채호, 「이십셰긔 신국민」, ≪대한매일신보≫, 1910.2.23.

동해 왔다는 것은 역사적 경험이 증명하는 사실이므로 신채호의 민족주의에 함축된 대립의 정치가 특기할 만한 사안은 아닐 수 있다. 19세기말 식민지로 전락할 위협에 노출된 여러 지역에서 자국의 독립과 '국민국가'화를 목표로 내건 내셔널리즘의 전지국적인 확산을 추동한 이념이민족주의였다는 점14)에서 신채호의 민족주의는 제국주의와 대립 관계를 맺으며 작동해 온 동시대 내셔널리즘 운동의 '세계적 추세'에 조응하는역사적 산물이라 할 수 있기 때문이다. 그럼에도 내재적인 측면에서 볼때 그의 민족주의가 제국주의와의 대립과 차이를 절대화하고 있다는 점에서 형이상학적 성격을 내포할 수밖에 없다는 것은 문제적일 수밖에 없다. 국민국가를 기반으로 하는 민족주의는 '민족'의 형성 및 '국민'의 창출이라는 과제의 수행을 위해 일반적으로 국가 영역 밖을 타자화하여 배제하는 동일화의 원리에 의해 작동되는 것이 보편적이다.15) 물론 이러한동일화의 원리가 모든 민족주의에 내재된 보편적 특성이기 때문에 신채호의 민족주의 특유의 문제라고 볼 수는 없겠지만, 적어도 '우승열패', '약육강식', '생존경쟁' 등의 표어가 표상하는 바, 사회진화론적 관점에서서 '민족의 보존'과 '국망'의 위기 상황 극복을 역설하는 것 자체가 신채호의 민족주의가 모순적일 수밖에 없음을 말해준다. 사회진화론이 제국주의를 정당화하는 담론이라는 점에서 그의 민족주의는 적대자로 설정하는 제국주의로 귀착될 수 있는 역설을 함축할 수밖에 없는 것이다. 「이십세긔 신국민」에서 보여주었듯이 민족 간 생존 경쟁이 확대되어가는 20세기의 추세 속에서 제국주의란 민족주의 내부에 있던 동일화의원리가 외부화한 것에 지나지 않는 것이기 때문에 민족주의와 제국주의는 서로를 성립 조건으로 하여 상대에게 기생하는 관계를 맺을 수밖에

---

14) 시오카와 노부아키, 송석원 역, 『민족과 네이션』, 이담, 2014, 116쪽.
15) 이마무라 히토시, 이수정 역, 『근대성의 구조』, 민음사, 1995, 186쪽.

없다. 민족주의가 그 형이상학적 특성으로 인해 스스로 지양하고자 하는 제국주의에 의해 구속될 수밖에 없는 아이러니를 수반하는 까닭이 바로 여기에 있는 것이다.16)

신채호 민족주의의 형이상학적 특성을 뚜렷하게 보여주는 것이 '국수 (國粹)' 보전의 논리이다. 그는 「나라ㅅ 정신을 보전ᄒᆞᄂᆞᆫ 말」(「國粹保全說」, ≪대한매일신보≫, 1908.8.12)을 비롯하여 「국한문의 경중」(≪대한매일신보≫, 1908.3.21, 22, 24), 「녯글을 수습하는 거시 필요홈」(≪대한매일신보≫, 1908.6. 14-16), 「근일 국문쇼셜을 져술ᄒᆞᄂᆞᆫ 쟈의 주의홀 일」(≪대한매일신보≫, 1908.7.8), 「국문연구회 위원 졔씨에게 권고홈」(≪대한매일신보≫, 1908.11.4), 「문법을 맛당히 통일홀 일」(≪대한매일신보≫, 1908.11.7), 「녯젹 셔칰을 발간홀 의론으로 셔젹 출판ᄒᆞᄂᆞᆫ 졔씨에게 권고홈」(≪대한매일신보≫, 1908.12.20), 「동향에 이태리」(≪대한매일신보≫, 1909.1.28-29), 「정신으로 된 국가」(≪대한매일신보≫, 1909.4.29), 「학셩계에 시 광치」(≪대한매일신보≫, 1909.6.12), 「만쥬 문뎨를 인ᄒᆞ야 다시 의론홈」(≪대한매일신보≫, 1910.1.19) 등의 논설들에서 직간접적으로 '국수' 보전의 중요성을 강조하고 있다. 신채호가 이 논설들에서 '나라 정신', '자국 정신', '본국 정신', '조국 정신', '국가 정신' 등 표현을 달리해 가며 풀어 쓴 '국수'란 "즉 기국(其國)에 역사적으로 전래하는 풍속, 습관, 법률, 제도 등의 정신",17) 또는 "자국의 전래종

---

16) 테리 이글턴은 민족주의의 형이상학적 특성을 강조한다. 그에 따르면, 민족주의는, 젠더나 계급과 같은 범주와 마찬가지로, 매우 불안정하고 불명료한 민족적 동일성을 폭력적인 방식으로 그럴 듯한 자기동일적 본질로 고정시킨다는 점에서 형이상학적이라고 주장하는데, 이런 형이상학적 특성으로 인해 민족주의는 제국주의의 지배를 극복하기 위해 민족적 동일성을 추구하지만 그 동일성이 식민주의적 억압자의 구성 개념인 한 아이러니를 수반할 수밖에 없음을 역설한다. 테리 이글턴 외 2인, 김준환 역, 앞의 책, 44-46쪽 참조

17) 신채호, 「국수보전설」, ≪대한매일신보≫, 1908.8.12. 이 논설의 국문 판 「나라ㅅ정신을 보전ᄒᆞᄂᆞᆫ 말」에서 인용한 부분은 "나라ㅅ 정신이라 ᄒᆞᄂᆞᆫ 쟈는 무엇이뇨 곳 그 나라에 력ㅅ 샹으로 젼러ᄒᆞᄂᆞᆫ 풍속과 습관과 법률과 졔도들 중에 션량ᄒᆞ고 아름다온 쟈"라고

교 풍속, 언어, 역사, 관습 상의 일체 수미한 유범(遺範)을 지칭한 것"18)이다. 즉 국수란 시대를 초월하여 이어져 내려온 "순미한" "정신"으로 종교, 풍속, 언어, 역사, 관습 등 일체의 문화적 제 형식들 속에 편재해 있는 형이상학적 본질과도 같은 것이라 할 수 있다. 특히 역사적으로 "전래하는" 것이기 때문에 '국수'는 현재는 망각되었지만 역사적 '기원'에 놓인 훼손되지 않은 순수한 본질을 의미하기도 한다.19)

더욱이 신채호가 '민족'을 혈연에 바탕을 둔 문화적·역사적 공동체라고 인식했다는 사실에 근거한다면, '국수'는 곧 망각된 민족 고유의 자기 동일성을 표상하는 형이상학적 자연으로 근대적 국가의 주체 '국민'을 형성하는 원리라고 할 수 있다. 국민의 창출 및 단결을 위해 민족의 자기 동일적 본질을 표상하는 고유의 전통을 재발견하거나 인위적으로 구축하는 것이 근대 내셔널리즘의 보편적인 특징20)이란 사실을 감안한다면, 신채호가 '국민정신'을 유지하고 '국민의 애국심'을 일깨우려는 목적에서-'국문'의 중요성을 강조한 것(「국한문의 경중」), 국문의 문법의 통일의 필요성을 주장한 것(「문법을 맛당히 통일홀 일」), 재래하는 고서적의 인멸을 우려하며 구서적을 보전하고 그것의 간행 중요성을 역설한 것(「녯글을 수습하는 거시 필요홈」, 「녯적서칙을 발간홀 의론으로 셔젹출하는 졔씨에게 권

번역되고 있다.

18) 신채호, 「國粹」, 《대한매일신보》, 1910.1.13. <談叢>. 이 글의 국문 판 「국슈」란 제목의 <잡동산이>란에 인용한 부분은 "국슈라는 것은 제 나라에 젼리ᄒ여 오는 종교와 풍속과 언어와 습관과 력ᄉ 샹의 졍밀ᄒ고 아름다온 말을 ᄀ르쳐 말혼 것"이라고 풀이되어 있다.

19) 정은기와 고인한은 '국수'에 대한 신채호의 정의에서 '전래하는'이라는 구절에 주목하여 그것이 무엇인가 전혀져 내려오기 시작하는 기원을 전제하는 진술이라는 점에서 기원이란 현재라는 시점에서 과거로 거슬러 올라가는 역사 인식구조를 지니고 있음을 밝히고 있다. 정은기·고인한, 「근대계몽기 순수 담론 연구」, 『한국언어문화』 56집, 195-196쪽 참조.

20) 시오카와 노부아키, 송석원 역, 앞의 책, 116-117쪽 참조.

고흠」), 국문 소설에서 '국민의 혼'을 담아야 할 필요성을 강조한 것(「근일 국문쇼셜을 져술ㅎ는 쟈의 주의홀 일」) 등 언어, 문학, 고전 등의 문화적 전통의 재구축 필요성을 강조하고 있다는 것은 '국수'가 민족의 자기동일성을 표상하는 형이상학적 원리임을 뒷받침해 준다.

　이와 같이 신채호가 '국수'의 보전을 일관되게 역설한 것은 근본적으로 일본 제국주의에 의하여 '국망'이 현실화되어간 당시 역사적 상황에 대한 위기의식에서 비롯된 것임은 물론이다. 즉 '국수' 보전의 주장은 민족적 동일성 구축을 통하여 '국망'의 위기 상황에 맞설 수 있는 새로운 국민 주체를 형성하고자 하는 욕망의 표현이었던 것이다. 신채호가 "국가의 정신이 망ㅎ면 국가의 형식은 망ㅎ지 아니ㅎ엿슬지라도 그 나라는 이믜 망흔 나라이며 국가의 정신만 망ㅎ지 아니ㅎ면 나라의 형식은 망ㅎ엿슬지라도 그 나라는 망ㅎ지 아니흔 나라"[21]라고 한 까닭이 여기에 있다. 그러나 '국망'의 위기 상황 극복과 민족 보전 방법으로 역설한 신채호의 '국수' 보전 논리는 아이러니하게도 그 극복의 대상이 되었던 일본 제국주의 담론에 포섭될 수밖에 없는 역설을 내포하고 있다. 신채호의 '국수' 보전 논리 자체가 메이지 시기 후반에 등장한 일본 국수주의자들의 국수 보존에 입각한 민족주의 담론을 모방적으로 전유한 것이기 때문이다. 신채호의 표현대로 '몇 천년 동안 동양의 고도(孤島)'였던 일본이 메이지 '유신(維新)'을 이룩하고 '노일 전쟁'을 승리로 이끌어 제국주의의

---

21) 신채호는 국가를 '정신으로 된 국가'와 '형식으로 선 국가'로 구분하고 "국가의 정신은 곳 국가 형식의 어미"라 하며 전자의 선차성을 부여하고 있다. 그에 따르면, 정신으로 된 국가는 "민족의 독립홀 정신 주유홀 정신 싱존홀 정신 굴복지 아니홀 정신 국권을 보전홀 정신 국가 위험을 발양홀 정신 국가의 영광을 빗나게 홀 정신"을 말하며, '형식으로선 국가'는 "강토와 님금과 정부의 의회와 관리와 군함과 대포와 륙군과 힉군 등의 나라 형톄롤 일운 것"이다. 이와 같이 '국가'를 정신적인 측면과 형식적인 측면으로 나눈 다음 전자에 선차성을 부여한 것은 '국망'이라는 역사적 상황의 극복의 의지를 표현한 것이라 할 수 있다. 신채호, 「정신으로 된 국가」, ≪대한매일신보≫, 1909.4.29.

열강에 합류할 수 있었던 사상적 뿌리가 메이지 시기 후반에 등장하여 '국수 보존'을 주창한 국수주의자들이었던 것은 주지의 사실이다. 신채호의 '국수' 보전 논리는 아래의 인용이 보여주는 바와 같이 신채호가 블룬칠리의 국가학에서 '국수' 보전의 이론적 근거를 찾고 있다는 사실에 의해 일본 국수주의자의 모방적 전유라는 것을 뒷받침해 준다.

> 중재(重哉)라 국수의 보전이며 급재(急哉)라 국수의 보전이여 차(昔)에 국가학 개산시조(開山始祖)되는 백륜지리(伯倫智理) 씨가 유언(有言)ᄒ되 범(凡) 종조(祖宗)의 전래ᄒ는 풍속 습관 법률 제도가 기(其) 국가발달에 방해가 무(無)ᄒ 자어던 차(此)ᄅ 보전홈이 가ᄒ다 ᄒ얏스니 오호라 파괴ᄅ 주장ᄒ는 자의 삼복(三復)ᄒᆯ 비로다"22)

신채호는 여기에서 국가유기체설을 주장한 독일의 헌법학자 J.C. 블룬칠리를 '국가학 개산시조'라 칭하며 그의 국가학을 근거로 '국수' 보전의 중요성을 강조하고 있다. '국수'란 본래 일본의 국수주의자들이 '내셔널리티(nationality)'를 번역한 용어로 1880년대 이후 일본의 공적 담론의 장에 처음 등장하였다. 그들은 '국수'가 역사적 전통적으로 형성되었음을 강조하고 이를 근거로 메이지 정부의 이른바 로쿠메이칸[鹿鳴館] 외교로 상징되는 서구화주의를 비판하면서 '국수'의 체현물로서 '민족'이란 관념을 천명하였다. 이를 기점으로 '국수'는 메이지기 후반 일본 사상계의 주요한 흐름으로 자리 잡게 되었다.23) 이는 또한 메이지 전반기 공적 담론의 장에서 보편화된 개념이었던 '국민'보다 '민족'이란 관념을 강력하게 인식의 지평에 오르게 만든다.24) 이와 같이 '국수'와 그것의 체현

___

22) 신채호, 「국수보전설」, ≪대한매일신보≫, 1908.8.12.
23) 윤건차, 하종문 외 역, 『일본, 그 국가·국민·민족』, 일월서각, 1997, 106-108쪽 참조.
24) 박양신에 따르면, 일본의 국수주의는 세이교사(正敎社) 계열의 인물들을 중심으로 형성되었는데, 이들은 1886년 중엽 일본 정부가 외국인 관사 고용과 서양식 법률 제정을 골

물로써 '민족' 관념을 형성하는데 결정적인 영향을 미쳤던 것이 블룬칠리가 저서『일반국법』(*Allgemeines Staatsercht*)에서 국가를 구성하는 정치적 존재로서의 '국민(Volk)' 개념과 역사적·문화적 존재로서의 '민족(Nation)' 개념을 구분한 논리였다. 블룬칠리의 국가학 수용을 매개로 하여 국수주의자들에 의해 형성된 민족 관념은 서양 국가들과의 불평등조약의 개정이라는 과제 앞에서 일본이 그들에 대한 타자성 인식과 더불어 자신을 역사 문화 공동체로 인식하게 된 이론적 근거가 되었다.25) 그리고 서구

___

자로 한 서구 열강과의 조약에 반대하는 조약개정 반대운동을 펼치면서 일본의 민족주의 사상이 본격적으로 제시된다. 바로 이들 세이교사 지식인이 주장한 것이 내셔널리티를 주장하는 사상을 표현한 용어 '국수보존주의'였다는 점에서 메이지 시대 전반기 번역을 통해 수용된 nation 개념을 토대로 1880년대 후반 일본에서는 마침내 내셔널리즘의 사상이 형성되기 시작했던 것이다. 세이교사 그룹이 창간한『日本人』을 무대로 한 '국수보존주의' 관련 논의들은 과연 일본이 지켜내야 할 '국수'란 무엇인가를 둘러싸고 여러 모색을 시도했고, 이 논의들은 문화공동체로서의 '일본인' 만들기를 본격화하는 계기가 되었다. 이들 논의를 계승한 것이 1890년대 문화공동체로소의 '민족' 개념을 혈통과 결합시켜 일본의 내셔널리티의 핵심으로 이끌어낸 집단이 국체론자들이다. 이들은 가족을 일가(一家)를 확대한 하나의 유기체로 인식하는 가족국가론을 주창하게 된다. 박양신,「근대 일본에서의 '국민' '민족' 개념의 형성과 전개」,『동양사학연구』제104집, 252-262 참조.

25) 본래 nation은 국민과 민족의 두 함의를 함께 갖고 있는데 그것이 일본에 수용되었을 때 국민의 측면이 먼저 인식되어 '국민'이라는 번역 개념이 먼저 성립하였다. 이는 메이지 유신을 통해 근대국가를 건설해가는 일본의 당시 역사적 과제와 부합하는 것이었다. 하지만 1880년대 이후 서양이라는 타자를 거울삼아 일본인 자신을 '민족'이 부각되기 시작한다. 그 계기가 된 것이 후쿠자와 유키치가 추진했던 근대화 전략에서 반대편에 위치해 있던 가토 히로유키[加藤弘之]가 블룬칠리(J.C. Bluntschi)의『일반국법』(*Allgemeines Staatsercht*)을『國法汎論』으로 번역하면서 독일의 Nation 개념을 수용한 것이다. 가토는 블룬칠리의 'Volk'를 '국민'으로 번역했지만 'Nation'은 '민종'이라는 생소한 조어로 번역하였는데, 이것이 후에 다른 번역자들에 의해 '민족'으로 자리잡게 된다. 주목할 점은 블룬칠리가 일반적으로 알려져 있는 독일어의 'Nation=국민'과 'Volk=민족'의 개념을 전복하여 'Volk'를 '국민'으로 'Nation'을 민족으로 규정하였던 것이다. 앞에서 논했던 신채호의 논설「민족과 국민의 구별」에 나온 '국민'과 '민족'의 구분은 전적으로 블룬칠리의 이와 같은 구분법에 근거한 것이다. 블룬칠리가 이 양자의 구분을 통해 강조했던 것은 'Nation=민족'에 대한 'Volk=국민'의 우위였다. 즉 그는 모든 민족이 국가를 이루어 국민이 될 권리를 갖는 것이 아니며 스스로를 통치할만한 지와 덕을 겸비하지 못한 민족은 국민이 될 권리가 없음을 주장하였다. 따라서 우수한 지력과 기력을 갖춘 민족은

와의 불평등 문제와 국가 독립의 문제가 해소된 청일 전쟁 이후 국수 보존론자들을 축으로 한 '민족주의'가 전면에 등장하게 되었다. 이를 계기로 '국체', '국수', '국풍' 등을 바탕으로 한 '민족' 담론은 한편으로는 국체론자에 의해 천황가의 혈통을 근거로 한 혈연공동체를 강조하는 논의와, 정치학자들을 중심으로 제국주의 발전을 정당화하는 '민족주의' 논의로 전개되었다.26)

이처럼 '동양의 고도' 일본이 메이지 '유신' 이후 천황제 국가체제를 확립하고 제국주의로의 길로 나아가는데 학문적 근거의 원천이 블룬칠리의 '국가학'이라 할 수 있을 터이다. 이런 맥락을 고려할 때 신채호가 민족주의의 형이상학적 원리로 제시한 '국수' 보전의 논리는 아이러니하게도 메이지 시기 일본 국수주의자들의 '국수보존주의'를 모방한 것이라 할 수 있다. 바로 이런 점에서 신채호의 민족주의는 그 스스로 극복하고자 한 일본 제국주의의 파생 담론이라 할 수 있는 것이다. 물론 신채호가 「민족과 국민의 구별」에서 보여주었듯이, 블룬칠리의 '국민'과 '민족'에 관한 논의를 입론으로 삼았던 것은 동시대 일본 제국주의에 의해 초래된 '국망'의 위기 상황을 극복하기 위한 정치적 주체로서의 '새국민'을 창출하려는 데 있었다는 것은 의심의 여지가 없다. 그러나 신채호가 제국주의의 극복을 위해 민족의 자기동일성 회복의 차원에서 역설한 '국수' 보전의 논리 자체가 적대자 일본 제국주의에 그 기원을 두고 있는 한, '국수' 보전의 논리를 근간으로 하는 근대 계몽기 신채호의 민족주의는 그 부정의 대상인 일본 제국주의에 구속될 수밖에 없는 아이러니를

자신의 국가를 건설을 가질 뿐만 아니라 가장 고등한 국가는 한 민족에 의해서가 아니라 여러 민족의 합동으로 이루어진다고 주장함으로써 20세기 들어 '민족주의'가 제국주의를 정당화하는 하나의 논리적 근거를 제공하였다. 이에 대해서는, 앞의 글, 247-256쪽 참조.

26) 앞의 글, 262-263쪽 참조.

수반할 수밖에 없다. 요컨대 제국주의와 민족주의 두 범주 간의 차이를 절대화함으로써 신채호 민족주의를 뒷받침해 주는 '국수' 보전의 논리에는 잠재적으로 제국주의의 욕망이 매개되어 있는 아이러니를 갖는다. 이로 인해 신채호의 민족주의는 역설적이게도 일본 제국주의의 본질을 모호하게 만드는 효과를 낳게 된다.27)

3. 민족주의의 형이상학, '국수' 이념과 민족 대서사 구축의 욕망

국민국가를 중심에 놓고 수행되는 모든 문화적 실천은 민족적 자기동일성을 확인하고자 하는 욕망을 내장하고 있다. 그것은 나름의 독특한 수사를 지니고 있으며 고전이나 기원의 역사 등과 같은 의례적이고 상징적인 수단을 통해서 표출된다.28) 이와 같은 문화적 실천을 통해 민족 문화의 내재적인 것과 외재적인 것을 나누는 관념이 작동하고, 그 결과 민족 문화의 경계 바깥에 놓인 타자에 대한 차별이 행해짐으로써 민족의 동일성이 구축된다. 이처럼 민족의 동일성이란 민족 문화의 내부와 외부 '사이'의 차이를 절대화하는 대립의 정치학이 작동한 결과로 형성된다. 이것이 민족의 자기동일성은 본질적이고 형이상학적일 수밖에 없는 이유인 것이다.

---

27) 신채호가 '제국주의'란 용어를 처음 사용한 것은 『을지문덕』의 국한문본의 제5장에 나오는 "(…전략…) 嗚呼라 土地의 大로 其國이 大홈이 아니며 兵民의 衆으로 其國이 强홈이 아니라 惟自强自大者가 有ᄒ면 其國이 强大ᄒᄂ니 賢哉라 乙支文德主義여 乙支文德主義ᄂ 何主義오 曰 此卽 帝國主義너라"라는 구절이다.(『乙支文德』, 大韓皇城廣學書舖, 1908.5) 다음 장에서 살펴보겠지만, 민족의 대서사를 구축하는 데 핵심 영웅인 '을지문덕'의 행위를 근거로 '제국주의'를 '을지문덕주의'와 등치하고 있는데, 이처럼 제국주의를 긍정적인 의미로 사용하고 있다는 점은 신채호의 민족주의가 갖는 모순 및 아이러니를 뒷받침해 준다.

28) 강상중, 『오리엔탈리즘을 넘어서』, 이산, 1997, 13-14쪽.

이런 맥락에서 신채호가 민족적 동일성의 원리로 제시한 '국수' 역시 형이상학적 범주일 수밖에 없다. 그것은 근대적인 국민국가의 창출을 위해 동일화의 원리에 의거하여 역사의 기원에서부터 현재에 이르기까지 민족의 전 역사를 관통해 작동해 온 순수한 본질로서의 절대정신이기 때문이다. 신채호의 아래와 같은 진술은 '국수'의 이와 같은 본질주의적이며 형이상학적 특성을 더욱 뚜렷이 말해주고 있다.

> 국셩(나라의 셩질)도 국슈를 인ᄒ야 보젼ᄒ며 국혼(나라의 혼)도 국슈를 인ᄒ야 싱기ᄂ니 질뎡(質定)ᄒ야 말ᄒ올진디 내가 나를 놉히며 내가 나를 ᄉ량ᄒᄂ 모음이 국슈를 인ᄒ야 발싱ᄒᄂ 바라. 그런고로 파괴라 홈은 국슈를 파괴홈이 아니오 악혼 셩질을 파괴ᄒ야 국슈를 부식(扶植)케 홈이라. 만일 국슈를 파괴ᄒ고 법국의 문명을 슈입ᄒ면 이ᄂ 제 나라ㅅ 사롬들을 몰아 법국의 노례를 믄들게 홈이오 (…중략…) 그런고로 외국의 문명을 슈입ᄒ려ᄂ 쟈 위션 국슈 이즈를 다시 싱각ᄒ올지니라. 우리나라에ᄂ 왕건 태조 이후로 천여년에 국슈쥬의를 가진 사롬이 업셔 노례의 셩질이 졈졈 자랏도다.[29]

여기에서 신채호는 '국수'를 '국성', '국혼' 등의 개념과 분리하고 그것들을 생성하는 원리적 범주로 특권화하고 있다. 본래 '국성', '국혼' 등은 '국수'와 더불어 근대 계몽기 공적 담론에서 민족의 정신적인 측면을 강조하는 차원에서 '국망' 의식의 극복을 위해 요청되었던 '애국심'을 환기시키는 개념으로 서로 혼재되어 사용되었다.[30] 따라서 신채호가 '국

---

29) 신채호, 「국슈」, 《대한매일신보》, <잡동산이>, 1910.1.13.
30) '국수', '국성', '국혼' 등의 개념은 민족의 정신적 측면을 강조하는 언표들로써 을사늑약 이전에도 존재했지만, 이들 개념이 애국심을 환기시키면 정치적인 효과를 낳으며, 신문 사설의 공적 담론의 장에서 주된 주제로 부상하게 된 것은 을사늑약 이후 민영환의 자살, 시데하라의 일본 교과서 채택안 등과 같은 민족에 대한 정신적인 사유 방식을 자극하는 사건들이 빈번하게 발생하게 된 되부터이다. 앙드레 슈미드, 정여울 역, 『제국 그 사이의 한국』, 휴머니스트, 2002, 341-342쪽 참조.

수'를 특권화한 것은 그의 사상적·이념적 입장이 반영된 것이다. 적어
도 1908년 이후 공적 담론의 장에서 '국망' 극복의 방향과 노선을 둘러
싼 입장에 따라 민족주의 계열 지식인들 사이에서 이들 용어는 서로 분
화되는 경향을 보였기 때문이다. 가령, 공립협회 세력은 '국혼'을, ≪황
성신문≫ 계열은 '국성'을, 신채호의 몸담았던 ≪대한매일신보≫ 계열은
'국수'를 각각 이념적으로 특권화하는 양상을 띰으로써 '국망' 극복의
방향을 둘러싼 민족주의 지식인들 간 사상적 분화를 보여준다.31)

따라서 신채호가 '국수'를 특권화하여 '국성'과 '국혼'을 생성하는 근
본 원리로까지 제시한 것은 다른 정치 세력에 대한 사상적 비판의 의미
를 함축한 것이다. 그렇다고 신채호가 '국성'과 '국혼' 개념 자체를 부정
한 것은 아니었다. 신채호가 '국수' 개념의 특권화를 통해서 근본적으로
부정하고자 한 것은, 인용문에서 강조하고 있듯이, '국수'를 '파괴'하고
'악한 성질'을 옹호하는 세력이었다. 그들은 "자긔 나라에 젼리ᄒ던 제
도며 풍쇽과 습관을 아름답고 악ᄒ며 됴쿄 됴치 못ᄒ 거슬 물론ᄒ고 일
톄로 파괴ᄒ려ᄂᆞᆫ 쟈", "다른 사롬의 파괴를 환영ᄒ야 자긔의 파괴와 ᄀᆞᆺ
치 아ᄂᆞᆫ 쟈" 등과 같이 "외국의 문명을 슈입ᄒ려ᄂᆞᆫ 쟈"들이다.32) 이들은
바로 "노예의 성질"을 낳은 악한 타자였기 때문에, 신채호는 민족적 개
아인 '나를 높이고 나를 사랑하는 마음', 나아가 '국성'과 '국혼'을 형성
하는 형이상학적 원리로까지 '국수'를 특권화 하였던 것이다. 이런 점에
서 신채호의 '국수' 이념은 "외국문명"에 그 연원을 두고 있는 악한 타
자와의 차이와 대립에 기반을 둔 것이라고 할 수 있을 터인데, 신채호가

---

31) 백동현에 따르면, 이러한 분화 현상은 문명개화론, 체용론적 서구수용론, 유교개량론, 국
  수보전론 등의 사상적 흐름 외에도 보호국 체제에 대한 이해 방식, 민족 담론의 특성 등
  과 상호 연관이 있다. 백동현,『대한제국기 민족담론과 국가사상』, 고려대학교 민족문화
  연구원, 2009, 156쪽 참조.
32) 신채호,「파괴를 쥬쟝ᄒᄂᆞᆫ 쟈의 오회」, ≪대한매일신보≫, 1908.2.15.

'국수'를 '부식'케 하려면 '악훈 성질' 곧 '노예 성질'을 파괴해야 한다
고 주장한 것은 당연한 일이다. 따라서 신채호의 '민족주의'가 '제국주
의'라는 타자와의 대립을 기반으로 하여 성립하고 있듯, '국수' 또한 민
족 외부의 악한 타자와 맺는 대립의 정치학를 전제로 해서 성립하고 있
다.[33]

　그런데 신채호의 '국수' 이념에서 또 한 가지 주목해 보아야 할 특징
은, 그가 고려를 창건한 태조 왕건에까지 거슬러 올라가 천여 년 동안
'국수주의'를 가진 사람이 없어 우리나라에서 '노예의 성질'이 자라났음
을 문제화하고 있다는 점이다. 이는 곧 '국수'가 근본적으로 역사에 대한
관심과 맞물려 있다는 사실을 말해준다. 실제 신채호는 '국수'의 보전을
위한 방법의 일환으로 "선현 네 옛글의 정화를 뽑아서 본국에 정사와 풍
속사와 학술사와 문학사 등의 일체 신서적"[34] 간행 및 보급의 중요성을
강조하면서 '본국'의 역사에 대한 관심을 드러내고 있다. 이와 같이 본국
의 역사를 강조한 까닭은, '애국심'이 국수를 원천으로 하듯, 역사 또한
'애국심'의 원천이라는 신채호의 인식에 근거한다. 그에게 '역사'란 '아
(我) 이천만의 이(耳)에 항상 애국이란 일자(一字)가 갱장(鏗鏘)ㅎ게'하고, '아
(我) 이천만의 안(眼)에 항상 국(國)이란 일자(一字)가 배회ㅎ게' 하고, '아(我)
이천만의 슈(手)가 항상 국(國)을 위ㅎ야 길거(拮据)케' 하고, '아(我) 이천만
의 각(脚)이 항상 국(國)을 위ㅎ야 용약(踊躍)케' 하고, '아(我) 이천만의 후
(喉)가 항상 국(國)을 구가(謳歌)케' 하고, '아(我) 이천만의 뇌(腦)가 항상 국

---

33) 김주현에 따르면, 신채호의 "민족주의는 대내적으로 국수주의의 발현이며, 대외적으로는
　　제국주의에 대항하는 방법"이다. 김주현, 위의 책, 75쪽. 신채호의 '민족주의'가 '국수주
　　의'의 다른 표현이라는 지적은 적절하지만, 그의 민족주의가 제국주의와의 대립에 기초
　　하고 있다는 점에서 '국수주의'를 '제국주의'와 분리하여 생각할 사안은 아니다.
34) 신채호, 「옛적서책을 발간할 의론으로 서적출판하는 제씨에게 권고함(속)」, ≪대한매일
　　신보≫, 1908.12.20.

(國)을 위ᄒ야 침사(沈思)케' 하며, '아(我) 이천만의 모모발발(毛毛髮髮)이 항상 국(國)을 위ᄒ야 삼립(森立)케' 할 뿐 아니라 '아(我) 이천만의 혈혈루루(血血淚淚)가 항상 국(國)을 위ᄒ야 열적(熱滴)케' 할 만큼 '공효의 신성함'을 갖고 있는 것이기 때문이다.[35]

그만큼 신채호에게 "민족 소장성쇠(消長盛衰)의 상태를 열서(閱敍)ᄒ" 국가의 역사란 민족의 존재 양식이자 기초[36]로서 그 의미가 있었던 것이다. 따라서 국수는 민족이 역사를 통해서 스스로를 정당화할 수 있는 근거였던 셈이다. 신채호가 "민족을 사(捨)ᄒ면 역사가 무(無)홀지며 역사를 사(捨)ᄒ면 민족의 기(其) 국가에 대ᄒ 관념이 부대(不大)홀"[37]이라고 말한 것은 '역사'와 '국수'를 매개하는 것이 '애국심'이기 때문이다. 물론 신채호에게 모든 역사가 애국심을 '주동'하는 것은 아니다. 그에게 역사란 민족의 존재 양식이자 그 기초인 까닭에 애국심을 주동하고 잉태하는 역사는 '본국'의 신성한 역사, 그 중에서도 특히 이민족과 길항하는 역학관계를 다룬 '정치사'이다. 외국사는 '지피지기ᄒ여 경쟁을 자(資)'할 뿐이고 '宗教史, 文學史 等의 各史는 知識을 發達ᄒ야 國家에 憲'하는 데 국한되기 때문이다. 곧 그에게 '일국 산하를 장려케 하고 일국 민족을 소성케 하는 것'은 오직 '본국'의 정치사, 곧 민족사(national history)뿐이다. 그런 점에서 신채호가 최초의 민족사 서술로 일컬어지는 『독사신론』을 집필한 것은 어쩌면 필연적인 일이었다.[38] 신채호에게 민족사를 서술하

---

35) 신채호, 「歷史와 愛國心의 關係」, 『대한협회회보』 제2호, 1908.5.26.
36) 프라센지트 두아라, 문명기・손승희 역, 『역사로부터 민족을 구출하기』, 삼인, 2004, 56쪽.
37) 신채호, 「독사신론」, ≪대한매일신보≫, 1908.8.27.
38) 1908년 ≪대한매일신보≫에 연재된 『독사신론』은 기존의 왕조 중심의 기술체계를 혈통적 '민족' 중심으로 처음 바꾸어 놓았다는 의미에서 최초의 '국사', 곧 민족사라고 평가할 수 있다. 도면회, 「국사는 어떻게 구성되었는가? 한국 근대 역사학의 창출과 통사체계의 확립」, 도면회・윤해동 편, 『역사학의 세기』, 휴머니스트, 2009, 175-215쪽 참조

는 것 자체가 '외국문명'의 수입에 의해 '파괴'의 위험에 처한 민족의 자기동일성, 곧 '국수'를 보전하고자 한 그의 근대적 소명의식의 산물이었기 때문이다.

이런 맥락에서 신채호에게 민족의 자기동일성을 표상하는 '국수'가 민족의 대서사(=역사)를 구축하고자 하는 욕망으로 발현되는 것은 당연한 일일 터인데, 이와 관련하여 주목해 볼 것이 일련의 영웅론 관련 논설들이다. 신채호가 "나라ㅅ 정신(國粹)은 무엇이뇨 즈긔 나라의 력디를 존숭ᄒ며 즈긔 나라 영웅을 공경ᄒ야 즈긔 나라의 정신을 발달케 홈이라."[39] 라고 말하고 있듯이, '국수'는 '자국 역사'의 존숭과 '자기 나라 영웅'의 공경으로 발현된다. '자기 나라 역사를 존숭'하는 차원에서 『독사신론』의 집필이 이루어진 것과 동일한 차원에서 '자기 나라 영웅'의 공경은 일련의 '영웅론' 관련 논설들의 지속적인 집필로 구체화되는데, 특히 이들 논설들을 주목할 필요가 있는 것은 민족의 대서사의 구축을 통해 발현되는 '국수' 이념의 특징을 잘 보여주기 때문이다.

「영웅과 셰계」(≪대한매일신보≫, 1908.1.5), 「긔회는 가히 안져서 기ᄃ리지 못홀 일」(≪대한매일신보≫, 1908.4.1), 「대한의 희망」(『대한협회월보』, 1908), 「한국에 뎨일 호걸대왕」(≪대한매일신보≫, 1909.2.25, 26), 『이십셰긔 새동국의 영웅』(≪대한매일신보≫, 기서, 1909.8.17-20) 등은 민족의 대서사의 특징을 헤아릴 수 있는 단서를 제시하는 대표적인 영웅론 관련 논설들이다. 이 논설들에서 가장 특기할 점은 신채호가 반복하여 민족 기원의 역사로 거슬러 올라가 민족적 자기동일성의 원초적이고 순수한 표상으로 '단군'을 특권화하고, 그를 계승하는 영웅 계보 작성을 통하여 민족의 대

---

39) 신채호, 「파괴를 주장ᄒᄂᆫ 쟈의 오회」, ≪대한매일신보≫, 1909.2.15. 이 논설의 국한문 본에 인용 부분은 다음과 같이 기술되어 있다. 國粹ᄂᆫ 何오 自國의 歷史롤 崇ᄒ며 自國의 英雄을 拜ᄒ야 自國의 精神을 發揮홈이니라.

서사를 구축하고 있는 사실이다.40) '거룩한 사람'으로 역사적 인물일 뿐
만 아니라 '세계를 지어내는 성신'으로 신화적 상징성을 갖는 민족적 자
기동일성의 원초적 표상인 '단군'의 특권화는 곧 중화주의와의 완전한
단절을 의미하기 때문이다. '국수' 이념이 등장하기 전까지 공적인 담론
의 장에서 민족의 자기동일성의 기원은, '단기(檀箕)'란 표현이 말해주듯,
'단군'과 '기자'로 이원화하여 파악하는 것이 지배적이었다. 즉 '단군'은
혈연적 기원으로 '기자'는 문화적 전통으로 인식하는 '단군 기자계승의
식'이 동시대 지식인 담론의 주류였다. 그러나 신채호는 민족의 대서사
구축에서 '기자'를 배제하여 전통문화 또는 전통의식 속에 내재해 있던
중화주의적 요소를 제거함으로써 '단군민족'으로 민족의 자기동일성을
단일화하였다.41) 이것은 '기자'로 표상되던 중화문명과 다른 우리의 고
유의 전통을 강조하고자 한 의도를 드러낸 것이라 할 터인데, 실제『독
사신론』에서 '기자'는 단지 이민족 출신의 조선에 흡수 동화된 인물에
불과한 존재로 서술되고 있다는 사실이 이를 잘 말해준다. 이는 '주종족
론'에 근거하여 혈통을 민족의 핵심으로 본 것42)과 무관하지 않은데, 이
와 같이 신채호는 '국수' 이념의 순수한 기원을 이루는 단군의 표상을
절대화하고 이를 부루, 동명성왕, 대무신왕, 부분노, 광개토왕, 을지문덕,
연개소문, 대중상, 대조영, 강감찬, 이순신 등으로 이어지는 '군사 영웅'

---

40) 신채호는 이 시기 을지문덕, 이순신, 최영 등의 역사적 인물들의 영웅적 행위를 허구화
   한 『을지문덕전』(광학서포, 1908.7.5),『슈군의 뎨일 거룩흔 인물 리순신젼』(≪대한매일
   신보≫, 1908.6.11-10.24),『동국에 제일 영걸 최도통젼』(≪대한매일신보≫, 1909.12.5
   -1910.5.27) 등의 역사 전기소설을 계속하여 발표하는데, 이 또한 민족의 대서사를 구축
   으로 구현되는 신채호의 '국수' 이념의 특징을 뒷받침해 주는 예라고 할 수 있다.
41) 백동현, 앞의 책, 242-245쪽 참조.
42) 박노자에 따르면『독사신론』이 보여주는 바, 신채호가 '단군 자손의 대가족'으로서의
   '우리 민족'의 범위로부터 매우 상세히 설정하고 그 혈통적 집단을 역사 무대의 핵심적
   주인공으로 등장시킨 것은 동시대에 흔치 않은 사건이다. 박노자,『1900년대 초반 신채
   호 민족 개념의 계보와 동아시아적 맥락』,『순천향인문과학논총』, 2010, 117쪽 참조.

의 표상과 연결하여 '국수'의 순수한 동일성의 계보를 작성함으로써 민족 대서사의 구축을 모색하였던 것이다.

신채호가 영웅의 계보 작성을 통해 민족의 대서사를 기획한 까닭은 '국망'이라는 위기 상황의 극복 의지를 찬란했던 민족의 전설적 영웅에서 찾고자 한 욕망의 산물이었음은 물론이다. 그러나 욕망이 부재의 형식인 한, 신채호의 욕망은 역사적 현재에 부재하는 미래의 영웅에 대한 기대를 함축한 것이기도 하다. 그래서 신채호에게 '세계를 지어내는 성신'이자 '거룩한 사람'으로 현재 부재하는 '영웅'은 "그 사상이 텬디에 쒸여나고 그 정성이 하늘을 쎄여셔 삼천리 강토를 그 집으로 알고 이천만 민족을 그 권쇽으로 알며 지나간 사쳔년 력사를 그 족보로 알고 쟝리 억만딕 국민을 그 주손으로 알며 간고ᄒ고 험난ᄒᆫ 경력을 그 학교로 알고 샤회 상에 공익을 그 싱애로 알며 나라를 사랑ᄒ고 동포를 걱정ᄒᄂ 거스로 그 직칙을 숨으며 독립 주유 ᄒᆫ 가지를 그 목숨으로 알아셔 뭉치고 싸힌 혈셩이 텬디간에 가득ᄒ며 국가의 위엄과 신령을 의지ᄒ여 일쳔 마귀와 일빅 괴물노 더브러 싸화셔 동포의 싱명을 위ᄒ여 압길을 열어주ᄂ 쟈"43)로 구체화된다. 이것이 "불가불 그 조상의 내력과 사적"에서 신화적 전설적 영웅의 표상을 찾은 이유이자 '이십세기 새 동국의 영웅'을 대망한 까닭이다. 그런 점에서 민족의 대서사 구축으로 귀결되는 국수에 대한 욕망은 미래를 향해 열려진 근대적인 기획이었던 것이다.

이런 맥락에서 민족의 대서사의 구축으로 발현되는 국수의 또 다른 특징이 도출된다. 사실 역사적 현재에 영웅이 부재하다는 의식에는 현재의 시간이란 순수하고 원초적인 동일성으로 충만된 축복의 상태로부터 소외된 상태라는 근대적인 시간 의식이 함축되어 있다. 이런 시간의식에

---

43) 신채호, 「이십세긔 새동국의 영웅」, 《대한매일신보》, 기서, 1909.8.17.

근거한다면, '국망'이라는 역사적 현재의 위기는 신화적 영웅 '단군' 및 그를 계보학적으로 계승한 민족의 영웅들이 표상하는 '국수', 순수한 민족적 자기동일성의 타락으로 인해 초래된 결과인 것이다. 따라서 민족적 자기동일성의 원리로서의 '국수'를 타락하게 한 근원으로 "외국문명"에 그 연원을 둔 "악한 성질", 즉 "노예의 성질"이 자연스럽게 문제화되는 것이다. 신채호는 "외국문명"에서 연원하는 악한 타자를 "수 백 년 동안의 지낸 겁운"에서 찾으면서 문제화하고 있다.

> 지금 대동반도국에 겁운이 비참ᄒ야 삼천리강토가 키업ᄂ비를 씌움과 ᄌᆞᄒ며 이천만 ᄉᆡᆼ명이 도탄에잇셔셔 지ᄉᆞᄂᆞ 투셔죽고 영웅은 말ᄂᆞ녀죽ᄉᆞ오니 나라이 망홈은 고샤ᄒ고 종족의 멸홈이 당장에 잇ᄉᆞ온지라 신이 단ᄉᆞ무타ᄒᆞ온 ᄆᆞ옴으로 참아 보지못ᄒ와 밤낫으로 폐하의 ᄌᆞ손을 보호홀 방침을 ᄉᆡᆼ각ᄒ온즉 그 병든 근본이 오리엿ᄉᆞ며 독해를 씻친쟈ㅣ 여러 사롬이라 대뎌 ᄉᆞ천여년동안에 무수ᄒᆞᆫ 간신민적이 비루ᄒ고 용렬ᄒᆞᆫ ᄉᆞ상을 고동ᄒ고 압졔하ᄂᆞ 사오나온 불ᄭᆺᆺ을 더ᄒ야 국가의 정신을 죽이고 민족의 ᄒᆡᆼ복을 박탈ᄒ야 신셩지존ᄒᆞᆫ 대동대국이 오늘날 이참혹ᄒᆞᆫ 디경에 달ᄒᆞ엿ᄉᆞ오니 신은 그윽히 ᄉᆡᆼ각건디 큰죄악을 용셔ᄒ오면 훗ᄉᆞ사롬이 무엇을 보고즁계ᄒ며 근원을 맑히지 아니ᄒ오면 하류가 엇지 맑으리잇고 그런고로 신의ᄯᅳᆺ은 이런죄인을 불가불 죠률엄징ᄒᆞᆫ온후에야 쟝리ᄌᆞ손이 본밧고 징계홀바ㅣ 잇스리라ᄒ와 이에 간신과 민적등의 죄악을 나렬ᄒ와 알외옵ᄂᆞ이다. (···중략···) ᄯᅩ 지금 죠뎡에 니르러ᄂᆞ 오빅십여년간에 무수ᄒᆞᆫ 간신과 비부들이나셔 문ᄌᆞ의 옥을 셜치ᄒ고 언론의ᄌᆞ유를 박탈ᄒ며 대국을 셤기ᄂᆞ 쥬의로 ᄌᆞ쥬의 정신을 말살ᄒ고 당파ᄭᅵ리 ᄉᆞᄉᆞ쏨에ᄂᆞ 용밍이잇고 국가의 공변된 리익은 불계ᄒ며 벼슬에 부귀만 탐ᄒ고 민족의 흥망은 불고ᄒ야 힉마다 늘어가ᄂᆞ거ᄂᆞ 다만 압졔의 졍칙이오 날마다 더ᄒᆞᆫ쟈ᄂᆞ 오즉 의뢰의 ᄉᆞ샹이니 이런 무리들을 ᄒ로라도 머물너두면 그 유젼ᄒᆞᄂᆞ 악독의 결과ᄂᆞ 필경 샤회와 국가를 멸망ᄒ고야 말지니 이것을 불가불 속히 쳐단홀거시니이다[44]

인용문은 신채호가 「허다흔 녯사룸의 죄악을 심판홈」이란 논설에서 꿈 형식을 차용하여 '대동제국'이 망국적 상황에 처하게 된 역사적 원인에 대하여 서술하고 있는 대목이다. 여기에서 신채호는 "국가의 정신"을 죽이고 "민족의 행복"을 박탈하여 '신성지존'한 '대동제국'의 사회와 국가를 멸망하게 만들 '병의 근본'이 '대국을 섬기는 주의로 자주의 정신을 말살한' 수 백 년 동안의 간신난적에 있음을 밝히고 있다. 즉 '국수'를 타락하게 만들고 '노예의 성질'을 자라나게 만든 것은 우리 내부의 타자인 사대주의를 신봉한 자들이라 하면서 그 표상으로 최치원, 김부식, 고려임금 왕호, 왕전, 설인귀 등으로 이어지는 계보를 제시하고 있다. 이들은 곧 대국을 섬기고 자주정신을 말살하여 "국가정신", "국수"를 훼손한 민족 외부의 타자와 내통한 내부의 적이라는 것이다. 이런 내부의 부정적 타자와의 차이와 대립을 통해 신화적 영웅 단군으로부터 이어지는 '신성한' 민족 대서사 영웅들의 계보가 부각된다. 요컨대 민족의 대서사의 구축을 통하여 발현되는 '국수'의 본질은 민족 외부의 '대국'을 섬기는 내부 타자와의 대립 및 그들의 배제를 통해 확립되고 있다.

이와 같이 신채호가 '국수' 이념이 구축하고자 한 민족의 대서사는 궁극적으로는 '간신난적'이 표상하는 사대주의자들이 신봉하는 민족 외부의 '대국'이라는 타자와의 적대적 길항 관계를 통해서 구축된다. 그가 제시한 민족의 전설적 영웅들은 '대국'에 맞서 민족의 자주와 독립을 지켜낸 '국수'의 본질을 표상한다. 이처럼 신채호가 민족의 대서사를 구축하고자 한 것은 근원적으로 이들 영웅이 표상하는 독립하고 자유로운 '신성한 국가'를 보전하고자 하는 욕망에서 비롯된 것이다. 왜냐하면 신채호에게 '대한민국의 목뎍지'는 "그 문은 독립이오 그 길은 즈유니 국가

---

44) 신채호, 「허다흔 녯사룸의 죄악을 심판홈」, ≪대한매일신보≫, 1908.8.8.

롤 위ᄒ야 정신을 가다듬고 모든 스업을 국가로 위ᄒ야 힝ᄒ여 신셩혼 국가롤 보젼ᄒᄂᆫ"45) 것이었는데, 이를 위해 요구되었던 것이 바로 '애국심'의 원천이쟈 '국민정신'의 기초가 되는 '국수'였기 때문이다.46) 그런 점에서 민족 바깥의 '대국'이란, 신채호가 '기자'의 전통을 인정하지 않았던 것과 마찬가지로 중국을 일관되게 '지나(支那)'라고 격하시켜 표현하고 있는 데서 짐작할 수 있듯이, 직접적으로 중화주의의 중심인 구 제국 중국을 나타내는 것이기도 하지만, 다른 한편으로는 중국을 대체하여 동양의 새로운 맹주로 부상한 제국 일본을 상징하는 것이기도 하다. 따라서 '대동제국'의 신성한 대서사의 구축으로 발현되는 '국수' 이념은 '대국'이 표상하는 보편적 동일성으로부터 벗어나 민족적 차이를 확립함으로써 중국과 일본이라는 신구 제국에 의해 훼손된 '대동제국'의 민족적 자기동일성을 회복하고자 하는 데 그 본의가 있다 할 수 있다.

그러나 앞장에서 논의하였듯이 민족의 대서사 구축의 욕망으로 구체화되는 신채호의 '국수' 이념은 일본 제국주의의 파생 담론이란 점에서 그것에 내포된 메이지 시기 일본 '국수주의'를 전제로 하여 성립할 수밖에 없다. 요컨대 메이지 시기 일본의 국수주의는, 이른바 '동양주의'로 표상되는바, 보편적 동일성을 추구하는 일본 제국주의의 자기부정을 의미하며, 일본 제국주의와의 대립의 정치에 바탕을 두고 제시한 신채호의 '국수' 이념은 보편적 동일성으로부터의 일탈이자 민족적 차이의 긍정이라는 사실을 함축한다. 그런 점에서 신채호의 '국수' 이념은 일본 제국주의와 적대적인 길항 관계를 맺음과 동시에 자신의 성립 조건으로 전제함으로써 그것에 구속되는 아이러니를 수반한다. 신채호가 중국 제국을 가리킨 '지나'란 말의 어원이 일본의 제국주의 담론의 산물이라는 사실, 그

45) 신채호, 「오늘날 대한민국의 목적」, 《대한매일신보》, 1908.5.26.
46) 신채호, 「정신으로 된 국가」, 《대한매일신보》, 1909.4.29.

리고 민족적 자기동일성의 타락의 근본 원인으로 들고 있는 사대주의적 '노예의 성질' 역시 일본 제국주의 담론이 구축한 조선인의 표상과 겹쳐진다는 사실 등은 이러한 신채호의 민족주의가 수반하는 아이러니를 뒷받침해 준다.

4. 맺는 말

지금까지 근대 계몽기 신채호의 민족주의 이념에 내포된 아이러니를 그가 민족주의의 핵심으로 내건 '국수'의 논리를 중심으로 살펴보았다. 신채호의 민족주의는 근원적으로 일본 제국주의라는 적대적 타자와의 대립의 정치학에 근거하여 형성된 것이었다. 그래서 그는 동시대의 어떤 민족주의 지식인들보다 민족주의에 대한 근본적인 인식을 보여줄 수 있었다. 그러나 신채호의 민족주의는, 모든 근본적인 민족주의가 그러하듯, 민족 고유의 자기동일성을 표상하는 '국수'를 문화적 전통과 같은 특정한 실체적 형식을 통해 구현하고자 하는 욕망에 의해 추동되기 때문에 불가피하게 형이상학적인 성격을 가질 수밖에 없다. 『독사신론』과 같은 민족사의 서술도 마찬가지이지만, 일련의 영웅론 관련 논설들에서 뚜렷하게 나타나고 있듯이, 민족적 자기동일성의 순수한 기원을 표상하는 신화적 존재 '단군'을 특권화하고 그것을 잇는 민족 영웅들의 계보 그리기를 통해 구축된 민족의 대서사는 신채호 민족주의의 근간인 '국수' 이념의 형이상학적 특성을 잘 뒷받침해 준다. 또한 신채호의 민족주의가 일본 제국주의와의 대립의 정치에 기초하고 있듯이, 민족의 대서사 구축의 욕망으로 발현된 '국수' 이념도 민족 내부의 부정적 타자와의 대립의 정치 역학에 바탕하고 있다. 즉 '국수' 이념 역시 중화주의를 섬기는 사대주의자들에 의해 민족의 자기동일성이 타락한 결과로 역사적 현재 '국망'의 위기 상황이 초래되었다는 역사 인식에 근거하고 있다는 것도 '국수' 이념의 이러한 형이상학적 특성을 잘 말해준다.

이와 같이 신채호의 민족주의가 민족의 대서사 구축의 욕망으로 발현되는 '국수'의 이념을 형이상학적 원리로 내건 궁극적인 까닭은 일본 제국주의에 의해 초래된 '국망'의 위기 상황을 극복하고자 하는 의도를 함축한 것이었음은 의심의 여지가 없다. 그러나 신채호의 '국수' 이념이 일본 제국주의의 원천이 되었던 메이지 시기 국수주의자들의 논리를 모방한 제국주의의 파생담론이라는 점에서 그것은 스스로 부정하고자 한 일본 제국주의에 의해 구속될 수밖에 없는 아이러니를 수반한다. 일본 국수주의는 보편적 동일성을 추구하는 일본 제국주의의 자기부정을 의미하며 신채호의 '국수' 이념은 그러한 보편적 동일성으로부터의 민족적 차이의 긍정을 의미한다. 이 점에서 신채호의 '국수' 이념은 일본 제국주의와의 적대적 길항관계를 맺으면서도 일본 제국주의의 기원을 이루는 국수주의를 자신의 성립 조건으로 전제함으로써 그것에 구속될 수밖에 없는 아이러니를 함축하고 있는 것이다.

같은 맥락에서 신채호가 아나키즘을 수용하고 일본 제국주의와의 적대적 대립 관계를 극복하기 위한 이념적 주체로 '민중'을 제시한 것은 새로운 의미를 갖는다. 왜냐하면 '국수'를 형이상학적 원리로 하는 신채호의 근대 계몽기 민족주의가 부정의 대상으로 삼은 식민 제국 일본의 민족주의와 동일성에 기반하고 있다는 의미에서 민족의 대서사 구축으로 발현되는 '국수'에 대한 욕망은 역설적이게도 욕망의 대상 그 자체를 초월해야만 비로소 목적을 달성할 수 있다는 아이러니한 성격을 갖기 때문이다.

제2장

1920년대 문화적 민족주의의 역설
― 이광수의 '민족성 개조론'을 중심으로

1. 들어가는 말

민족주의는 '상상의 공동체'인 특정한 '네이션(국민 또는 민족)'에 애착을 갖고 이를 특권화하는 특수주의 이념의 한 형태이다. 민족주의가 특수주의의 이념의 한 형태인 한, 그것에 대한 비판이 코스모폴리타니즘이나 사회주의, 마르크스주의 등과 같은 보편주의 이념의 관점에서 이루어져왔다는 것은 역사적 경험이 말해주는 사실이다. 그러나 제1차 세계대전 촉발 직후 제2인터내셔널에 참가하고 있던 유럽 각국의 사회주의 정당 대부분이 자국의 전쟁을 지지하는 쪽으로 선회한 사태, 즉 보편주의자들의 갑작스러운 특수주의로의 방향 전환이라는 역설적 사태는 보편주의 이념이 민족주의를 극복할 수 없다는 것을 확인시켜 준 최초의 역사적 사건이었다. 이 사건은 민족주의가 특수주의와 보편주의의 교차, 즉 특수하게 한정된 공동성으로의 지향과 보편적인 사회성으로의 지향

양자 사이의 역설적인 접속을 본질로 하는 이념이라는 데 근거를 제공해 준다. 그렇다면 민족주의란 그 자체에 내재된 보편주의와 특수주의 간의 대립적 모순을 가시화시키지 않고 그것을 자연스럽게 만들어 주는 사회적인 메커니즘이라고도 할 수 있을 터이다. 이에 근거할 때 상호 대립하는 두 벡터의 역설적인 접속을 가능하게 하는 메커니즘이 무엇인가는 민족주의를 둘러싼 논의에서 던져야 할 중심 물음일 것이다.[1)]

식민지의 민족주의가 그 자체에 내재된 형이상학적 속성으로 인해 적대자인 식민 제국 민족주의의 파생 담론일 수밖에 없다는 아이러니도 보편주의와 특수주의 간의 역설적 접속이라는 민족주의 이념의 본질에서 비롯한 것이라 해석할 수 있다. 식민 제국의 입장에서 볼 때 제국주의란 민족주의의 발전이자 부정이다. 즉 제국주의란 이민족 지배의 역사 속에서 민족주의의 자기 부정의 계기가 배태되고 자기모순이 심화되는 것을 노정할 수밖에 없는 이념태인 것이다.[2)] 따라서 식민 제국의 민족주의는 보편적 동일성을 추구하는 제국주의의 자기부정을 함축한다. 그러나 제국의 지배를 받는 식민지 민족주의의 경우 그와 같은 보편적 동일성으로부터의 일탈과 민족적 차이를 긍정할 수밖에 없는 아이러니가 발생한다. 식민지 민족주의는 외견상 제국주의와 적대적 길항 관계를 맺지만 보편적 동일성을 추구하는 식민 제국의 민족주의를 자신의 성립 조건으로 전제할 수밖에 없다는 점에서 그것에 구속되기 때문이다. 근대 계몽기 민족주의의 형성 과정에서 식민 제국 일본에 가장 적대적인 태도를 보여준

---

1) 오사와 마사치, 김선화 옮김, 『내셔널리즘의 역설』, 어문학사, 2014, 29-31쪽 참조.
2) 마루야마 마사오는 "제국주의는 내셔널리즘의 발전이며 동시에 그 부정이다"라고 하면서 제국주의의 이중적 측면을 지적했다. 그에 따르면, 제국주의가 이중성을 갖는 것은 제국과 국민 사이의 모순에서 비롯된 것인데, 제국이 초민족적 권력 단위를 전제로 하는 반면, 국민은 단일민족으로 이루어진 국가체제 하에서 통합된 인식을 전제로 성립하기 때문이다. 고마고메 다케시, 이명실 외 2인 옮김, 『식민지 제국 일본의 문화통합』, 역사비평사, 2007, 22-24쪽 참조.

신채호의 민족주의는 이러한 식민지 민족주의의 아이러니를 단적으로
보여주는 좋은 예이다. '국수(國粹)' 이념으로 표상되는 근대 계몽기 신채
호의 민족주의가 일본 제국주의의 기원을 이루는 메이지 일본 국수주의
의 파생담론이었다는 점에서 그렇다.

한편, 근대 계몽기 신채호의 민족주의 이념과는 대조적으로 1920년대
전반기 '문화적 민족주의의 가장 극단적인 형식'3)이자 식민 제국 일본의
문화정치에 호응하여 제기한 '합법적 민족운동의 하나의 가능한 최대치
의 세계관'4)을 보여준 이광수의 '민족성 개조론' 또한 보편주의와 특수
주의의 역설적 접속을 말해준다는 점에서 주목해 볼 필요가 있다. 근대
계몽기 신채호의 민족주의와 '민족성 개조론'으로 표상되는 1920년대
전반기 이광수의 민족주의는 식민 제국 일본에 대하여 서로 상반되는 태
도를 보여주었지만, 둘 다 국권회복을 위한 민족 계몽운동의 일환으로
제기되었다는 점,5) 각각 '국수'와 '민족성'이라는 민족 자체의 고유한 본
질을 상정하는 형이상학적 원리를 바탕으로 하여 구축된 것이었다는 점
등에서 서로 동일성을 갖기 때문이다. 이 두 민족주의 모두 문화적 · 역
사적인 차원에서 선험적으로 주어진 형이상학적 민족 개념에 근거하여
민족의 현재를 민족성이 타락한 소외된 상태로 인식하고 있다는 것이 이
를 뒷받침해 준다.

이 장은 민족주의 이념이 갖는 역설적 특성에 주목하여 1920년대 전

3) 김현주, 「민족과 국가 그리고 '문화'-1920년대 초반 『개벽』지의 '정신 · 민족성 개조론'
   연구」, 『상허학보』 제6집, 상허학회, 2000.8, 217쪽.
4) 김윤식, 『이광수와 그의 시대』 2, 솔출판사, 1999, 732쪽.
5) 도면회 · 윤해동 엮음, 『역사학의 세기』, 휴머니스트, 2009, 32-33쪽 참조. 도면회에 따르
   면, 근대 계몽기 신채호는 국권회복운동의 한 갈래인 계몽운동에 참여하고 있었기 때문에
   사회진화론의 약육강식, 우승열패의 논리에 근거한 문명론적 패러다임에서 크게 벗어날
   수 없었다. 즉 그는 한국의 무기력화와 식민지화의 원인을 조선왕조의 정체성과 당파투
   쟁, 관리의 부정부패로 설명하고 있었다. 바로 이와 같은 한국 근대사에 대한 인식은 이
   광수의 '민족성 개조론'과 관련된 논설들에서도 동일하게 나타난다.

반기 이광수 '민족성 개조론'의 이념적 특성을 다시 읽고자 하는 데 목적이 있다. 이를 위해 이광수의 「민족개조론」(『개벽』, 1922.5)을 전후로 하여 발표된 일련의 논설들을 분석의 대상으로 한다. 나아가 이 장에서는 이광수의 '민족성 개조론'의 이념적 특성의 고찰을 토대로 1920년대 전반기 문화적 민족주의의 역설적 양상을 밝힐 수 있는 단서를 제시하고자 한다.

이광수의 '민족성 개조론'은 1920년대 전반기 이광수의 정치적·문화적 실천을 해명할 수 있는 중요한 단서[6]가 될 뿐만 아니라, 동시대 문화적 민족주의가 맞닥뜨릴 수밖에 없었던 역설을 살펴볼 수 있는 단서가 된다. 무엇보다 이광수를 비롯하여 이 시기 문화적 민족주의자들이 제기한 '민족성 개조'란 말 자체가 다분히 보편주의와 특수주의의 역설적인 접속을 표상하는 특이한 조어법이기 때문이다.[7] "「지금은 개조의 시대다!」하는 것이 현대의 표어요, 정신"[8]이라는 이광수의 언급이 시사하듯, '개조'란 말은 '인류', '해방', '상호부조', '인격주의', '사회주의' 등 다이쇼 데모크라시 담론에서 연원하는 보편주의적·이상주의적 지적 흐름을 표상하는 '표어'였다.[9] 이런 의미를 갖는 '개조'란 말이 특정한 '상

---

6) 김현주, 「논쟁의 정치와 <민족개조론>의 글쓰기」, 『역사와 현실』 제57집, 역사비평사, 2005, 114쪽.

7) 김항은 민족주의란 한편으로 자기명명과 자기표상에 관련된 자폐적 언설구조임과 동시에, 다른 한편으로 시작부터 전지구적인 범주체계에 접속되어야 했기 때문에 글로벌한 자기개방의 의식체계라는 '역설적 접속'을 본질로 한다는 전제에서 이광수의 「민족개조론」이 1910년대 일본 다이쇼 데모크라시의 대립되는 사상 조류를 하나의 논조 안에 마름질한 기이한 텍스트라 평가한다. 김항, 「개인, 국민, 난민 사이의 '민족'」, 『민족문화연구』 제58호, 고려대학교 민족문화연구원, 2013.2, 164~166쪽 참조.

8) 이광수, 「민족개조론」, 『이광수전집』 17, 삼중당, 1963, 169쪽.

9) '개조'는 세계주의를 바탕으로 세계질서의 재편을 도모하고자 한 제1차 세계대전 직후의 지적 흐름을 표상하는 말이다. 당시 '개조'의 흐름은 식민 제국 일본에서는 '민본주의'로 상징되는 다이쇼 데모크라시 운동의 고양과 맞물리면서 사상계의 지배적인 담론으로 자리 잡게 된다. 일본의 사상계에 유행하던 다양한 표어들이 말해주듯, '개조'의 흐름은 이념적으로 단일한 것은 아니었지만, 적어도 '세계주의'라는 보편주의 이념에 기반하여 '세

상의 공동체'의 공동성을 표상하는 '민족성'과 결합하고 있다는 것 자체
가 '민족성 개조'가 보편주의의 경향성과 특수주의의 경향성이 역설적으
로 접속하여 이루어진 조어라는 점을 말해준다. 문제는 이광수의 '민족
성 개조'론이 동시대의 '개조'의 흐름과 접속하여 조선민족을 '현재의
쇠퇴에서 건져 행복과 번영의 장래'로 인도할 수 있는 방안 제시의 차원
에서 기획된 것이었지만, 역설석이게도 '민족'을 추상적인 근대적 '개인'
으로 해소할 가능성을 내포하고 있었다는 데 있다. 이 장에서 이광수의
'민족성 개조론'의 이념적 특성을 다시 살펴보고자 하는 것은 이와 같은
문제의식에서 비롯된 것이다.

지금까지 이광수의 '민족성 개조'론에 대해서는 「민족개조론」이란 논
설의 문제성으로 인해 다양한 층위에서 논의가 집적되어 왔다. 우선 이
광수의 '민족성 개조론'은 그것이 3·1운동 직후 '신문화 건설'을 내세
우며 전개된 문화운동의 일환으로 제기된 것이라는 데 착목한 운동사적
관점에서 민족자본가의 이해를 대변하는 개량적·타협적 민족주의 또는
엘리트주의, 조화와 비폭력, 점진주의를 특징으로 하는 문화적 민족주의
로 평가되었다.[10] 그러나 운동사적 접근은 식민지 상황의 극복을 민족주
의의 과제로 하는 관점에서 이루어진 것이기 때문에 이광수의 '민족성
개조론'에 대하여 그 내재적 특성을 간과한 채 부정적으로 평가할 수밖

계 개조'를 기획하려는 차원에서 제기되었다는 점에서 공동된 특성을 갖는다. 1920년대
전반기 이광수를 비롯한 문화적 민족주의자들이 제기했던 '민족성 개조론' 역시 다이쇼
데모크라시 시기 일본 사상계를 풍미했던 보편주의 담론 '문화주의'를 '개조' 맥락에서
수용하여 조선민족의 정체성을 새롭게 구축하고자 한 기획이라 할 수 있다. 이광수를 비
롯한 일본 유학생들은 다이쇼 데모크라시의 '개조'론을 주도했던 요시노 사쿠조, 오야마
이쿠오 등과의 교류를 통하여 자신들의 민족주의 담론을 구축하는데 그들의 큰 영향을
받았다. 이에 대해서는 이경훈, 「『학지광』의 매체적 특성과 일본의 영향」, 『대동문화연구』
제48집, 2004, 성균관대학교 대동문화연구원, 109-120쪽 참조.

10) 이에 대한 대표적인 논의로, 박찬승, 『한국근대정치사상연구』, 역사비평사, 1992. 마이클
로빈슨, 김민환 옮김, 『일제하 문화적 민족주의』, 나남, 1990 등을 들 수 있다.

에 없었다는 문제점을 안고 있다. 이와는 달리 '민족성 개조론'이 제기된 역사적 문맥에 주목하여 서양의 개인주의와 자유의지를 내면화한 논리에 주목한 논의,[11] '문명'에서 '문화'로의 이광수 문제의식 전환이 가져온 이념적 효과의 차원에서 그의 '민족성 개조론'의 특성을 밝히고자 한 논의들[12]이 있다. 이들 논의들은 편협한 민족주의적 관점을 벗어나 이광수의 '민족성 개조론'을 동시대의 문맥 속에서 역사화하여 바라봄으로써 그것이 갖는 정치 · 사상사적 의미를 새롭게 조명하였다는 점에서 '민족성 개조론' 논의의 지평을 확대하였다는 데 의의가 있다.

이 장에서는 이광수 '민족성 개조론'의 이념적 특성을 다시 살피고자 한다. 다이쇼기 식민 제국 일본의 '문화주의'가 이광수의 '민족성 개조론' 형성에 미친 이념적 효과는 무엇인지, 그리고 이광수의 '민족성 개조론'이 어떤 점에서 근대 금욕 윤리의 특성을 갖는지가 여기에서 다룰 두 논점이다.

2. 다이쇼(大正) 문화주의, '민족성 개조론'의 이념적 근거

1922년 『개벽』에 발표된 「민족개조론」이 '민족성 개조론'의 특성을 집약적으로 보여주는 대표적인 논설이라는 것은 주지의 사실이다. 이광수는 이 논설에서 제1차 세계대전 직후 유행하던 '세계 개조'의 흐름에

---

11) 이에 대한 대표적인 논의로, 신기욱, 이진준 역, 『한국 민족주의의 계보와 정치』, 창작과 비평사, 2009를 들 수 있다.

12) 서로 논의의 결을 달리 하고 있지만, 이에 대한 대표적인 논의로, 김현주의 앞의 논문들, 최주한, 『제국 권력에의 야망과 반감 사이에서』, 소명출판, 2005, 엘리 최, 「이광수의 〈민족개조론〉 다시 읽기」, 『문학사상』, 문학사상사, 2008.1, 김경미, 『이광수 문학과 민족담론』, 역락, 2011, 김항, 「개인, 국민, 난민 사이의 '민족'」, 『민족문화연구』 제58호, 고려대학교 민족문화연구원, 2013.2 등을 들 수 있다.

호응하여 '민족 개조'의 중요성을 역설한다. 그는 민족개조 운동의 역사적 흐름을 세계사적 차원과 조선의 근대사의 차원으로 나누어 개괄하면서 그 의의와 한계를 밝히고, 이를 토대로 조선민족의 개조 가능성의 근거를 제시한 뒤 구체적인 실행 방안을 제안함으로써 '민족성 개조'의 당위성을 체계적으로 뒷받침하고자 했다. 정치성의 배제, 도덕성의 강조, 강고한 단체의 중요성 등을 골자로 하는 이광수의 '민족성 개조론'은, 1919년 3월 1일 이후 조선민족이 '무지몽매한 야만인종 마냥 지각없이 추이하여 간 정신적 변화'에서 벗어나 "자기의 목적을 의식적으로 확립하고 그 목적을 달하기 위하여 일정한 조직적이요 통일적인 계획을 세"워 '조선민족의 갱생'을 도모하려는 데 있다는 이광수의 언급[13]에서 알 수 있듯이, 3·1운동의 실패에 대한 성찰을 토대로 조선민족의 정체성을 새롭게 구축하고자 데 그 기획의 근원성이 있다고 할 것이다.

그러나 이러한 기획 의도에서 제기된 것이라 하더라도 이광수의 '민족성 개조론'에 내포된 이념적 함의를 살피려면, 무엇보다 동시대의 맥락에서 그것의 이념적 근거에 대한 파악이 선행되어야 할 것이다. '민족성 개조론' 자체가 이광수만의 독특한 주장이 아니라 3·1운동 전후로 하여 '신문화 건설'이라는 기치 아래 일군의 지식인 집단에 의해 펼쳐진 문화운동의 이념을 표상하고 있기 때문이다. 이돈화, 김기전 등이 주도한 천도교 기관지 『개벽』이 '민족성 개조론'을 가장 적극적으로 재생산하는 매체였다는 사실이 주목되는 것이 바로 이런 맥락에서이다. 특히 제1차 세계대전 직후 유행하던 '세계 개조' 사상을 수용하는 맥락에서 '조선민족'의 '개조' 향방을 둘러싸고 '민족주의', '사회주의', '무정부주의' 등 다양한 이념들이 상호 쟁론하는 담론의 장을 제공한 유일한 매

---

13) 이광수, 「민족개조론」, 『이광수전집』 17, 삼중당, 1963, 171쪽.

체14)였다는 점에서 『개벽』은 더욱 주목할 가치가 있다. '민족성 개조론' 은 김기전, 이돈화 등이 주축이 된 이른바 문화적 민족주의자들이 담론 투쟁의 차원에서 제기한 이념이었기 때문이다. 이들은 3·1운동 직후 식 민 제국 일본의 통치전략이었던 '문화정책'에 호응하여 '인격의 개조', '정신의 개조'를 '민족성 개조'의 이념적 목표로 내걸었다는 데 공통성 이 있었는데, 이광수가 1921년과 1922년에 걸쳐 '민족성 개조'의 당위성 을 역설한 논설들을 『개벽』에 집중적으로 발표하고 있다는 사실을 감안 한다면, 그의 '민족성 개조론' 역시 담론 투쟁의 차원에서 전개된 1920 년대 문화적 민족주의의 기획과 이념적으로 궤를 같이 한다고 볼 수 있 다.15)

『개벽』을 중심으로 전개된 '민족성 개조론'의 형성에 다이쇼 시기 식 민 제국 일본의 '문화주의'가 미친 영향은 결정적이라 할 것이다.16) 그 러나 주목할 점은 '문화주의'의 수용 사실 자체보다 '문화'와 '정치'의

---

14) 김현주, 「논쟁의 정치와 <민족개조론>의 글쓰기」, 『역사와 현실』 제57집, 역사비평사, 114쪽.

15) 이돈화와 김기전의 '민족성 개조론'의 형성에 결정적인 영향을 미친 것은 쿠와키 겐요쿠 [桑木嚴翼], 소다 키이치로[左右田喜一郎] 등 다이쇼기 식민 제국 일본의 '문화주의'를 대표하는 사상가들이다. 이돈화가 다이쇼 데모크라시를 상징하는 일본 잡지 『改造』 제2 호(1919.5)에 실린 쿠와키 겐요쿠의 논설 「世界改造の哲學的基礎」를 「문화주의와 인격상 평등」(『개벽』 제6호)에 발췌 번역하여 소개하고 있고, 「사람성(性)의 해방과 사람성의 자 연주의」에서도 부분 인용하고 있는 것에서 알 수 있듯이, 다이쇼 '문화주의'는 1920년대 문화적 민족주의자들에 큰 영향을 미쳤다. 이광수 역시 자신의 논설 「중추계급과 사회」, (『개벽』, 1921.7)에서 이돈화를 비롯한 문화적 민족주의자들의 '문화운동'을 언급하면서 자신이 주장한 '중추계급조성운동'과 동일시하고 있는 점, 3장에서 논하겠지만 「예술과 인생」(『개벽』, 1921.1)이 쿠와키 겐요쿠가 「世界改造の哲學的基礎」에서 제기한 '노동즉 이상(勞動卽理想)'론에 일정 정도 근거하고 있다는 점 등을 볼 때, 1920년대 전반기 문화 적 민족주의들이 주장한 '민족성 개조론'이 다이쇼기 '문화주의' 이념에 근거하고 있다 고 할 만하다.

16) 1920년대 '문화주의'의 수용 양상 및 그 특징에 대한 전체적인 조명을 하고 있는 글로, 유선영, 「식민지의 '문화'주의, 변용과 사후」, 『대동문화연구』 제86집, 성균관대학교 대 동문화연구원, 365-407쪽을 참조할 만하다.

분리 기조 아래 '문화'의 가치를 특권화한 '문화주의'가 '민족성 개조론'에 어떠한 이념적 효과를 미쳤는가이다. 이광수가 '민족개조운동'을 정치성을 배제하고 '도덕적 방면'에서 시작해야 할 것을 강조한 까닭, 나아가 1920년대 문화적 민족주의자들이 합법적 틀 안에서 '민족성 개조' 운동을 전개할 것을 주장한 이유 등을 일본 '문화주의'의 이념적 효과로 설명할 수 있기 때문이다. 제1차 세계대전을 전후하여 메이지 '문명'과의 대비 속에서 형성된 다이쇼 '문화주의' 이념은 비단 사상의 영역에서뿐만 아니라 제국의 통치 전략의 변화도 견인하였는데,[17] 3·1운동 이후 시행된 '문화정책' 또한 '문화주의'의 이념적 효과라 할 수 있다.

이런 맥락에서 '문화주의'가 미친 이념적 효과를 살피기 전에 먼저 '문화주의'가 특권화한 '문화'의 용법에 대하여 두 가지 사실을 전제할 필요가 있다. 첫째, 1920년대 전반기 '문화'는 동시대 지식인들에게 일종의 화두와도 같은 개념이었지만,[18] 문제는 그것이 통일되고 안정된 의미를 가진 개념은 아니었다는 사실이다. 따라서 우선 '문화주의' 맥락에서 사용된 '문화'의 의미를 한정해야 한다. 가령 사회주의 계열의 지식인들은 '문화'를 '민중'이라든지 '프롤레타리아'와 같은 수식어 함께 사용하였기 때문에 '문화주의'에 이념적 근거를 둔 '문화'의 용법과는 그 의미가 다를 수밖에 없었다. 한편 다이쇼 시기 '문화'가 특권화된 것은 메이지 시기의 국가 중심 이데올로기를 표상하였던 '문명'과의 대비를 전제로 하여 그것에 대한 지성적 거부의 차원에서 선택적으로 구성된 데서

17) '문화주의'가 다이쇼기 식민 제국의 통치 전략에 미친 효과에 대해서는 H. Harootunian, "Introduction : Asense of an Ending and thr Problem of Taisho", H. Harootunian & B. Silberman ed., *Japan in Crisis; Essays in Taisho Democracy*, Princeton Uni., 1974, pp.22-25 참조.
18) 김현주, 「이광수의 문화적 파시즘」, 『현대문학의 연구』 제14집, 한국문학연구학회, 2000, 13쪽.

비롯된 것이었다. 그런 점에서 '문화'는 '문명' 개념과 서로 착종되어 사용될 수밖에 없었다는 사실이 전제되어야 한다. 이광수의 사유가 1917년을 경계로 '문명개화' 패러다임에서 '문화'의 중요성을 역설하는 방향으로 변화하고 있지만, 그의 글에서 '정신문명'과 '문화'가 동일한 뜻으로 사용되고 있다는 것은 이를 잘 말해준다.

사실 '문화'란 생각 자체가 붐을 일으켜 엘리트와 대중들의 담론 속에 독특한 위치를 차지했던 때는 1920년대 이후였다. 1920년대 이전 대중적인 차원에서 '문화'에 대한 논의가 거의 이루어지지 않았고, 사상적인 측면에서만 '문명'과의 대비 속에서 초점화되었던 것이다.[19] 흔히 메이지를 '문명'에, 다이쇼를 '문화'에 연관지어, 전자가 '자기희생 및 봉사에의 참여', '민족주의' 등을 환기하며, 후자가 '인격주의', '문화주의', '세계주의', '자기수양' 등을 연상케 한다는 사유는 지성적인 차원에서 재구성된 결과여서 '문명'과 '문화' 간 착종 현상은 불가피한 면이 있었다.[20] '민족성 개조론'에 이념적 근거를 제공했던 쿠와키 겐요쿠[桑木嚴翼]가 '문명'과 '문화'를 이해하는 방식은 이와 같은 착종 현상이 빚어지게 된 배경에 대하여 시사하는 바가 크다.

> 문명이라는 말은 종래 특히 메이지 초기에 왕성하게 사용되었고 개화라는 말과 결합하여 당시의 이상을 표현한 말이다. 이른바 문명개화란 주로 새로 들어온 서양문물을 가리키는 것으로, 그것에 대립된 것을 구폐 야만이라 불렀다. (…중략…) 말하자면 소위 물질문명이라 칭해야 할 것이 그 주요 부분을 형성하고 있었던 것이다. (…중략…) 그런데 또 서

---

19) '문화주택', '문화요리', '문화 나이프', '문화 기저귀' 등의 말이 표상하듯, '문화'라는 용어의 대중화가 이루어진 것은 1920년대 이후로 서구화와 대량소비 등과 연동되어 나온 것이다. 엘리스 K. 팁튼 외 1일 엮음, 이상우 외 2인 옮김, 『제국의 수도, 모더니티를 만나다』, 소명, 2012, 163-165쪽 참조

20) H. Harootunian, *Ibid*, p.15.

양문명으로 종래의 소위 물질적 방면만이라 하지 않고, 특별히 종교 예술 철학 등의 풍부한 분야가 있는 것을 깨달은 자도 나오게 된다. 그리하여 문명을 단지 물질적 발달에 국한하여 이해하지 않고 비물질적 문명, 이른바 정신문명이란 것을 말하는 자가 생겨난 것이다. 이때 독일어의 쿨트르에 상응하는 말로 우연히 나온 것이 문화라는 말이다. 그것은 소위 정신문명을 가리키는 것에 상응하는 것으로 이해되어 오늘날에 있어서 문화라는 말이 문명이라기보다 몇몇의 점에서 좋게 반향된 것이라 생각된다. 따라서 자의로부터 말하면 문명과 문화와 우열해야 할 까닭이 없기 때문에, 문명이라는 말만을 사용하는 자가 있어도 그는 굳이 문책해야 할 것은 아니다.[21]

인용문에 따르면, '문명'과 '문화'는 그 말의 의미에 있어서 큰 차이가 없으므로 서로 우열을 따질 개념은 아니다. 다만 영어 'civilization'의 번역어 '문명'이 주로 서양의 '물질문명'으로 인식되었고, 서구 문명 중에 종교, 예술, 철학 등과 같은 '비물질적 문명', 즉 '정신문명'이 있음을 자각하게 된 사람이 생겨남에 따라 '정신문명'이란 말이 우연히 그것에 상응하는 독일어 쿨투르(Kultur)와 결부됨으로써 '문화'란 말이 생겼다는 것이다. 이는 곧 다이쇼 초기 '문명'과 '문화'가 절대적인 단절선을 갖는 용어로 사용된 것이 아니라는 점을 확인해 준다.

이와 같이 '문화'가 단일한 의미를 갖는 안정된 개념이 아니었다는 점, '문명' 개념과의 착종 현상이 빚어졌다는 점 등을 고려할 때, '문화주의'의 수용 맥락에서 이광수가 사용한 '문화'는 '정신문명'과 동일한 의미를 갖는다. 다만 주목해 보아야 할 것은 이광수에게 '문화' 또는 '정신문명'은 '물질문명' 중심의 '문명개화'에 대한 사상적 비판의 의미를 함축하고 있다는 사실이다. 이광수가 일찍이 '민족적 이상'의 실현을 '문화'

---

21) 桑木嚴翼, 「大戰と文化」(大正6년 6월), 『文化主義と社會問題』, 東京, 至誠堂, 7-13쪽 참조.

에서 찾으며 '신문화 건설'의 중요성을 역설한 까닭이 '물질중심'의 '현대문명'에 대한 비판에서 비롯하였기 때문이다. 이를 뚜렷히 보여주는 것이 1917년 유학생 잡지 『학지광』에 발표한 논설 「우리의 이상(理想)」이다.

> 지금 야단인 구주전란(歐洲戰亂)도 마치 도깨비불과 같이 세상 사람이 보고 떠들 뿐이오 그 원인이 무엇이며, 그 실질이 무엇이며, 그 진행이 어떠하고 결과가 어떠할 것을 아는 자가 없습니다. (…중략…) 더구나 이번 구주대전란은 현대문명의 어떤 결함을 폭로한 것인 즉 이 끝남을 따라 현대문명에는 대혼란, 대개혁이 생길 것이외다. 가령 국가주의의 가부(可否)라든지 경제조직의 불완전이라든지, 정신문명에 대한 물질문명의 편중이라든지, 남녀문제라든지 국제법, 국제도덕문제라든지, 이러한 것은 가장 분명하게 일어날 대 문제외다.[22]

이광수는 제1차 세계대전을 '현대문명의 어떤 결함'을 폭로한 것이라 인식하면서 세계적 차원의 '대개혁'이 일어날 가능성을 예측하고 있다. '대개혁'이란 물론 제1차 세계대전 직후 일어난 '세계 개조'의 흐름을 뜻하는 것이다. 주목할 점은 이광수가 '현대문명의 결함'의 원인으로 정치, 경제 전반의 불완전성과 함께 '물질문명의 편중'을 들고 있다는 사실이다. 이는 '현대문명의 결함'을 해결하기 위해서는 '정신문명', '문화'의 역할이 그만큼 중요하다는 것을 말한 것이라 할 수 있을 터이다. 이광수가 「우리의 이상」에서 '일한합병' 이후 '몰이상의 상태'에 빠져 정신적으로 멸망하는 지경에 이른 조선민족이 새로운 '민족적 이상'을 정할 필요성을 논하면서 '신문화 산출'의 가능성을 역설한 까닭은 바로 이런 맥

---

22) 이광수, 「우리의 이상」, 최주한 외 1인 엮음, 『이광수 초기 문장집 2』, 소나무, 2015, 663-664쪽.

락이다.

그러나 '정신문명', '문화'를 준거로 하여 '신문화 창조'의 가능성을 강조한 이광수의 비전은 역설적 의미를 함축하고 있다. '물질문명' 편중의 '현대문명'에 대한 반동으로 '정신문명', '문화'의 역할을 특권화하는 이광수의 태도는 문화와 정치의 분리를 전제로 한 것이어서 현대문명의 정치적·경제적·사회적 차원의 '대개혁'을 괄호화할 수밖에 없기 때문이다. 바로 아래의 인용은 이와 같은 역설의 가능성을 뒷받침해 준다.

> 반드시 문화는 정치의 종속적 산물이라 할 수도 없고, 따라서 어떤 민족의 가치를 논할 때에 반드시 정치사적 위치를 판단의 표준으로 할 것은 아닌가 합니다. 만일 저 로마 제국과 같이 정치적으로나 문화적으로나 같이 우월한 지위를 점할 수 있다 하면 게서 더 좋은 일이 없건마는, 그렇지 못하고 만일 이자(二者)를 불가부득(不可不得) 겸할 경우에는 나는 차라리 문화를 취하려 합니다. 정치적 우월은 그때 일시는 매우 혁혁하다 하더라도 그 세력이 쇠(衰)하는 동시에 조로(朝路)와 같이 그 영광도 스러지고 마는 것이로되, 문화는 이와 반대로, 그 당시에는 그대도록 영광스럽지 못한 듯하나 영원히 인류의 은인이 되어 불멸하는 영광과 감사를 받는 것이외다.[23]

여기에서 이광수는 '민족의 가치'가 '정치사적 위치'만이 아니라 '문화'를 준거로 해서도 판단이 가능하다는 주장을 펴고 있다. 이런 주장에는 '정치적 우월은 일시적'일 수 있지만 '문화'는 '불멸의 영광과 감사'를 받을 수 있으므로 '민족의 가치'를 판단할 때 '문화'가 '정치'보다 더 우월하다는 의미가 내포되어 있다. 이광수가 '민족개조운동'이 정치성을 배제하고 '도덕적 방면'에서 이루어져야 한다는 것을 반복해서 강조한

---

23) 위의 책, 659쪽.

까닭은 바로 정치와 문화의 분리, 문화의 특권화라는 인식에서 비롯된 것이다. 그런데 정치와 문화의 분리가 다이쇼기 식민 제국 일본 '문화주의'의 특징임을 감안한다면, 이광수의 이런 인식은 다이쇼 일본 문화주의의 이념적 효과로 평가할 수밖에 없다.

그렇다면 이와 같은 문화와 정치의 분리를 전제로 한 '문화'의 특권화가 낳은 이념의 구체적인 효과는 무엇인가. 이 물음에 접근하기 위해 먼저 '문화'가 독일어 '쿨트르(Kultur)'의 번역어란 사실에 주목할 필요가 있다. 독일의 신이상주의에 그 연원을 둔 이 말은 '인간의 정신적 활동'을 가리킨다.[24] 이광수가 '문화'를 '정신적 생활', 예컨대 '종교적 생활, 예술적 생활, 철학적 생활, 사교적 생활' 등이라고 한정했을 때의 '문화' 개념은 독일어 '쿨트르'에 상응한 것이라 할 수 있다. 이처럼 '문화'를 '정신적 활동'에 한정할 경우 당연히 문화의 목적은 그 문화를 창조하고 향유할 수 있는 내적 통일을 가진 '인격'의 형성, 개인의 '수양'에 놓이는 것은 당연하다.[25] 문화주의 맥락에서 '문화'가 '정신', '인격', '도덕', '예술', '내적 개조', '수양' 등의 용어와 내적으로 연관을 맺을 수밖에 없는 것이 이 때문이다. 이광수가 '민족성 개조론'에서 '수양', '인격'의 형성, '정신적·도덕적 개조', '내적 개조', '예술적 개조' 등을 '외적 개조', '사회 개조'를 위한 전제로 강조하고 있는 것이 이를 뒷받침해 준다.

그러나 '문화'의 특권화는 예술과 삶, 정신과 권력의 혼동을 초래함으로써 역사적 현실 그 자체를 괄호화하는 이념적 효과를 낳을 수밖에 없

---

24) 문화주의는 문화의 영역을 과학 도덕 예술 종교로 나누고 문화가 추구해야 할 가치로 잔, 선, 미, 성(聖)을 열거하는 것이 일반적이었는데, 문화주의자 소다 키이치로는 여기에서 더 나아가 정치, 법률, 경제, 기술 등 여러 영역을 포함시켜 많은 수의 문화가치의 병렬을 주장하였다. 이에나가 사부로, 연구공간 수유너머 일본근대사상 옮김, 『근대일본사상사』, 소명출판, 2006, 277쪽.

25) 미야카와 토루 외 1인 엮음, 이수정 옮김, 『일본근대철학사』, 생각의 나무, 2001, 294쪽.

다.26) 이광수가 '문화의 정수(精髓)'로서 '예술'의 가치를 강조하면서 인생의 '도덕적 개조'와 함께 '예술적 개조'의 필요성을 역설한 「예술과 인생」(『개벽』, 1922.1)은 '문화'의 특권화가 낳은 이념적 효과의 특징을 구체적으로 보여주기에 주목할 만하다. 그에 따르면, '문학과 예술'은 신문화 건설에 있어서 '민족의 정신 중'에서 '활기 있는 정신력'을 '계발하는 가장 큰 힘'을 발휘할 수 있다. 따라서 그에게 문학과 예술은 '일국 문화의 꽃'이자 '신문화의 선구'로서 각별한 의미를 갖는다.27) 이런 맥락에서 그는 인생의 '예술적 개조'의 중요성을 다음과 같이 밝히고 있다.

> 사람아 너를 먼저 개조하여라! 이것이 개인의 내적 개조의 도덕적 일면이니, 이것만 가지고 될 수 없습니다. 이것으로써 사람의 갈등과 내적 불평을 제(除)할 수 있지마는 더욱 적극적이요 건설적으로 인생의 행복을 발하게 하는 것은 인생의 예술적 개조외다. 예술적 개조라 함은 개인이 자연과 인사(人事)를 대할 때에 가지는 심적 태도의 방향을 변환함을 가르침이외다. (…중략…) 자연과 인사를 볼 때에 그것을 예술품으로 보고, 나를 볼 때에 예술을 감상하는 자로 보아라—이것이외다. 이렇게 하도록 우리 인생을 개조하는 것이 예술적 개조외다.28)

이광수는 여기에서 인생을 개조하는 두 가지 방법을 제시하고 있다. 도덕적 방면에서 이루어지는 '내적 개조'가 하나라면, '자연과 인사'를 예술과 같이 대할 수 있도록 하는 '심적 태도의 방향 변환'에 근거한 '예술적 개조'가 다른 하나다. 그가 '인생의 도덕화'와 '인생의 예술화'를 주장한 것은 이에 근거한 것이다. 그런데 '예술적 개조'가 '내적 개조'보

---

26) H. Harootunian, "Introduction : Asense of an Ending and thr Problem of Taisho", H. Harootunian & B. Silberman ed., *Japan in Crisis; Essays in Taisho Democracy*, Princeton Uni., 1974, pp.15-16 참조.

27) 이광수, 「문사와 수양」, 『이광수전집』 16, 삼중당, 1963, 17쪽.

28) 이광수, 「예술과 인생」, 『이광수전집』 16, 삼중당, 1963, 31-33쪽.

다 인생을 '더욱 적극적이고 건설적으로 행복하게' 할 수 있다는 그의
주장에 비추어 볼 때 모든 문화의 영역 중에서도 특히 '예술'을 이상화
하고 있음을 알 수 있다. 문제는 이광수가 '예술적 개조'를 주장하는 근
거가 현실이 고통에 찬 불행한 삶으로 가득하다고 본다는 데 있다. 바로
불행에 찬 현실의 삶을 예술품과 같이 볼 수 있도록 하는 '심적 태도의
변환'을 통해 불행한 삶을 극복할 수 있다는 것이 그의 '예술적 개조'에
내포된 중요한 의미이다. 즉 현실적인 고통에서 나오는 온갖 감정들을
억누르고 인생을 예술로 바라보아야 한다는 것이 '예술적 개조'의 요체
일 터인데, 이러한 이광수의 주장에는 예술과 인생을 서로 대립적인 것
으로 보는 관점에 함축되어 있다. 이와 같이 예술과 인생, 나아가 정신
(문화)과 권력을 이분법적으로 바라보는 태도에는 이미 '인간의 정신적
활동'을 총칭하는 '문화' 자체가 매우 타당한 '정치'의 대체물이 될 수
있다는 신념이 내재되어 있는 것이다. 따라서 이광수에게 '문화', 란 근
본적으로 '정치' 자체와의 대립을 함축한 관념이라 할 수 있다. 그가 '문
화'의 목표를 정신의 수양, 개인의 내적 개조에 국한한 것은 '정치'에 대
한 '문화'의 도덕적 우월성의 확신이라는 신념에서 비롯된 것이라 할 수
있는데, 여기에서 정치와 문화의 분리, 문화의 특권화를 특징으로 하는
다이쇼기 일본 문화주의가 낳은 이념적 효과를 구체적으로 확인할 수 있
는 것이다.

3. '민족 개조'라는 '대종교', 근대 금욕 윤리의 정치학

이광수가 '민족성 개조론'을 본격적으로 펼친 것은 1921년에서 1922
년 사이 『개벽』에 발표한 일련의 논설들을 통해서라는 것은 주지의 사

실이다. '민족성 개조론'을 논리적으로 체계화한 「민족개조론」을 비롯하여 「중추계급과 사회」(『개벽』, 1921.7), 「팔자설을 기초로 한 조선인의 인생관」(『개벽』, 1921.8), 「소년에게」(『개벽』, 1921.11-1922.3), 「예술과 인생」 등이 이광수의 '민족성 개조론'과 관련된 대표적인 논설들이라 할 수 있는데, 이 논설들을 통하여 그는 '민족성 개조론'을 정당화하는 논지를 반복적으로 전개하고 있다. 그런데 이광수가 이미 1919년 경 '민족성 개조론'의 근본 취지와 방향성을 밝힌 바가 있었다는 데 주목할 필요가 있다. 상해 임시정부 기관지 『독립신문』의 주간으로 있던 시절 이광수는 제2호부터 총 18회에 걸쳐 「개조」라는 제목 하에 발표한 기획 논설에서 '민족개조'의 당위성을 주장하고 있는 것이다. '실(實)', '밋뿜', '십년생취십년교훈(十年生聚十年敎訓)', '원려(遠慮)', '단합(團合)' 등 5개 주제 군으로 나누어 전개한 이 논설에서 그는 '민족개조'에 대하여 다음과 같이 언급하고 있다.

> 이리하여 5백명의 새로운 인재를 양성하되 특히 주의할 것은 저들로 하여금 참된 사람, 믿음 있는 사람이 되게 함이외다. 하늘을 말아 나팔을 부는 재주가 있더라도 참되고 믿지 아니한 사람은 소용없소. 저들은 실로 민족개조라는 대종교(大倧敎)의 사도가 되기에 족한 인격을 구비하여야 할 것이외다. (…중략…) 이리하여 전 국민이 인재양성이 이렇게 중요하고 긴급한 것을 깨닫는 때면 이는 실현될지니 우리는 인재양성으로 민족적인 공동요구를 삼아야 하겠오. 국시(國是)를 삼아야 하겠소.29)

인용문에서 이광수는 '인격'을 갖춘, 인재양성의 중요성을 역설하면서 '민족개조라는 대종교'를 '민족적인 공동요구', '국시'로 삼아야 할 것을 강조하고 있다. 이런 이광수의 주장이 도산 안창호의 실력양성론에 근거

---

29) 김사엽 편수, ≪독립신문≫, 문학생활사, 1988, 286-288쪽.

하고 있다는 것은 이미 알려진 사실이다. 「민족개조론」의 '변언(辯言)'에서 "민족개조의 사상과 계획은 재외동포 중에서 발생한 것으로 내 것과 일치하여 마침내 일생의 목적을 이루게 된 것"이라고 밝히고 있듯이, 이광수의 '민족성 개조론'은 이미 이 논설에 그 사상의 맹아가 내포되어 있다고 볼 수 있다.[30]

이런 맥락에서 이광수가 '민족개조'를 '대종교'에 비유하며 마치 그것을 절대적인 진리인 양 언급하고 있다는 사실에 주목해야 한다. 이 같은 종교적인 비유는 '민족개조'가 금욕 윤리에 기반을 둔 기획이었음을 시사해 준다. 전통적인 종교가 추구하던 세속 밖 금욕의 이상을 세속 안의 실천으로 방향을 전환하여 일상적인 삶을 살아가는 모든 사람을 마치 종교의 '사도'처럼 만드는 것이 근대 금욕 윤리의 특징이기 때문이다.[31] '민족개조'라는 '대종교'의 '사도'가 갖추어야 할 요건으로 '인격'을 내세우고 있는 것이 이를 뒷받침해 준다. 앞에서 논했듯이, '인격'의 완성은 이광수 '민족성 개조론'의 이념적 근거가 되었던 '문화주의'의 목적이었다. 그런 점에서 '민족개조'의 '사도'가 갖춰야 할 '인격'은 민족을 구성하는 개인의 '내적 개조'의 목표가 된다. 그런데 이광수가 '인격'을 '덕성을 기초로 건전한 체력과 일문(一門) 이상의 완성한 지식'[32]라고 규정하며 '덕성'을 '인격'의 가장 중요한 요소로 보고 있다는 점에 비추어 보더라도 '민족성 개조론'이 근대의 금욕 윤리에 기초한 것이라 할 수 있다.

물론 '인격', '덕성', '도덕', '수양'을 내세운다고 '민족성 개조론'이 근대의 금욕 윤리에 기초한다고 단정할 수는 없다. 적어도 '자기규율'의

---

30) 「개조」와 「민족개조론」 사이의 연관성에 대하여 주목할 만한 논의로, 김경미, 『이광수 문학과 민족 담론』, 역락, 2011, 123-146쪽을 들 수 있다.
31) 이마무라 히토시[今村仁司], 『近代の思想構造』, 人文書院, 1998, 138쪽 참조
32) 이광수, 「문사와 수양」, 『이광수전집』 16, 삼중당, 1963, 26쪽.

내면화, '근면에 기초한 노동표상' 등 근대 금욕 윤리의 두 가지 근본 특징을 충족시켜야 '민족성 개조론'이 근대의 금욕 윤리에 바탕하고 있다고 말할 수 있을 것이다. 근대의 금욕 윤리는 '노동'이 사회적·문화적 가치 기준이 된 '근대'를 떠받치는 근본 원리이기 때문에 '자기규율'의 정신이 직업윤리로 성장함으로써 세속적 금욕의 규범에 비추어 자신의 전체 생활을 방법적으로 조직해가는 것과 그 내면에 작동하는 세속적 규범 '근면주의' 등을 내재적으로 요청한다는 점에서 그렇다.[33] 뒤에서 살펴보겠지만, 이광수가 '민족성 개조'의 근본사상으로 제시한 '무실(務實)'과 '역행(力行)'은 바로 이와 같은 근대의 금욕 윤리의 특징을 잘 보여준다는 점에서 이광수의 '민족성 개조론'은 근대의 금욕 윤리에 기초해 있다고 할 수 있다.

그러나 이를 살펴보기 전에 이광수가 '민족성 개조'의 근본 사상으로 '무실'과 '역행'을 제시하게 된 형이상학적 근거를 먼저 파악해야 한다. '민족성 개조론'의 형이상학적 원리를 구축함으로써 이광수는 '무실'과 '역행'의 사상을 정당화해 줄 수 있는 근거를 마련할 수 있었기 때문이다. 이에 주목되는 것이 구스타브 르봉의 '민족심리학'의 수용이다. 이광수는 르봉의 '민족심리학'의 수용을 바탕으로 '민족성 개조론'의 형이상학적 토대를 구축할 수 있었기 때문이다.

그렇다면 르봉의 '민족심리학'이 어떻게 이광수 '민족성 개조론'의 형이상학적 원리가 될 수 있었는가. 이 물음과 관련하여 그가 '인격'의 완성을 목표로 하는 '자기'의 '내적 개조'에서 출발하는 '사회 개조'의 동력을 '정신'에서 찾고 있는 점[34]에 유념해야 한다.

---

33) 이마무라 히토시, 『近代の思想構造』, 人文書院, 1998, 141~146쪽 참조.
34) 「예술과 인생」에서 "「네가 너부터 개조하여라」 (…중략…) 그대 자신의 개조가 완성되는 날이 천국에 임하는 날이외다. 우리를 신세계로 인도해 줄 자는 종교와 철학과 과학과 예술이다. 정치나 경제는 이런 것을 응용한 것에 불과한 것이니 정치·경제적 해결

조선민족의 중추계급(中樞階級)이라 하려면 적어도 전 조선이 민족적 생활에 대한 공통한 이상을 포(抱)하고 이 생활의 조직을 능히 하며 그 조직의 모든 기관을 족히 분담하여 운전할 만한 인격(덕과 지와 체)을 비(備)한 개인의 집합이라야 할 것입니다. 이 민족적 생활이라 하면 정치적, 경제적, 종교적, 예술적, 사교적 모든 부문을 이름이요, 차(次)에 대한 공통한 이상이라 함은 이 모든 부문의 생활의 기초가 되고 혼이 되는 정신을 이름이니, 위선(爲先) 이 정신되는 이상이 확립한 연후에야 건전한 사회가 조직될 것이요.[35]

여기에서 이광수는 조선 민족의 생활이 정치, 경제, 종교, 예술 모든 부문에서 건전하게 조직되기 위해서는 '중추계급'에게 '공통한 이상', 즉 모든 생활 부문에 기초가 되는 '정신', '혼'이 확립되어야 한다고 말하고 있다. 여기에서 '중추계급'이 '민족개조'라는 '대종교'를 이끌어갈 인격을 갖춘 '사도'를 가리키는 것임은 물론이다. 이광수가 '민족개조'가 '도덕적일 것'을 강조한 사실을 고려한다면, '공통한 이상'이란 '민족개조'가 궁극적인 목표로 삼는 '건전한 사회'의 조직을 추동하는 형이상학적 원리라고 할 것이다. 따라서 이광수가 '민족개조라 함은 민족성개조라는 뜻'이라고 말한 것은, '공통한 이상'이 표상하는바, '민족개조'의 형이상학적 원리를 확립할 필요가 있다는 인식을 전제로 한 것이다.

이와 같은 '민족개조'의 형이상학적 원리의 구축이 의미 있는 까닭은 그것을 통해 이광수 특유의 근대 민족주의 서사가 성립되고, 그 서사에 의해서 민족적 현재의 타락을 극복하기 위한 '민족성 개조'의 당위성이 정당화되고 있기 때문이다. 근대 민족주의의 형이상학은 근대의 인류가

은 개조의 완성을 의미하는 것이지마는 순서로는 후(後)외다."라고 밝히고 있듯이, 이광수는 '내적 개조', '나' 혹은 '자기'의 개조를 사회 개조의 출발점으로 삼고 있다. 이광수, 「예술과 인생」, 『이광수전집』 16, 삼중당, 1963, 39쪽.

35) 이광수, 「중추계급과 사회」, 『이광수전집』 17, 삼중당, 1963, 154쪽.

은총의 상태로부터 근대적 소외 상황으로 타락한 것이라는 이야기를 내
포하고 있는 것이 일반적이다. 이에 비추어 볼 때, 이광수 역시 '민족성
개조론'에서 '조선민족'이 쇠퇴하게 된 현재 상태의 원인을 '민족성'이라
는 형이상학적 본성의 타락에서 찾고 있다는 점에서 '민족성 개조론'을
제기하게 된 근거, 즉 '현재 조선민족이 당면한 쇠퇴'는 이미 '민족성'이
타락한 결과라는 관념을 그 자체에 함축할 수밖에 없다.[36] 따라서 이광
수가 제기한 '민족성 개조'란 현재 조선민족의 소외된 상황을 초월하기
위해 본래부터 지니고 있던 민족의 형이상학적 본성을 회복해야 한다는
주장을 함축한 것이다. 이와 같은 민족의 형이상학적 본성 회복을 정당
화하기 위한 입론으로 끌어들인 것이 다름 아닌 르봉의 '민족심리학'이
다.[37]

> 그러면 조선민족의 근본성격은 무엇인고. 한문무관념(漢文武觀念)으로
> 말하면 인과, 의와, 예와, 용(勇)이외다. 이것을 현대식 용어로 말하면 관
> 대, 박애, 예의, 금욕적(염결:廉潔), 자존, 무용(武勇), 쾌활이라 하겠습니다.
> 구체적으로 말하면 조선민족은 남을 용서하여 노하거나 보복할 생각이
> 없고, 친구를 많이 사귀어 물질적 이해 관념을 떠나서 유쾌하게 놀기를

---

36) 테리 이글턴 외 3인, 김준환 옮김, 『민족주의 · 식민주의 · 문학』, 인간사랑, 2011, 22-23
쪽 참조

37) 이광수가 '민족성 개조론'을 심리학적, 사회학적 차원에서 정당화하기 위해 동시대에 유
행하던 민족심리학의 한 경향을 표상하는 구스타프 르봉의 '민족심리학'에 근거하고 있
다는 것은 주지의 사실이다. 「國民生活에 對한 思想의 勢力」(『개벽』, 1922.4)이란 제목을
달고 르봉의 『민족심리학』의 일부분, 즉 「종족의 심리적 성격은 어떻게 하여 변화하는
가」의 제1절을 번역할 만큼, 이광수는 르봉의 '민족심리학'을 자신의 '민족성 개조론'을
정당화하기 위한 입론으로 삼고 있다. 르봉의 민족심리학은 동시대 강력한 영향을 미쳤
던 사회주의 평등론에 대항하기 위해 많이 활용되었을 뿐만 아니라, 식민 제국 일본의
식민정책론의 근거로 활용될 만큼 중요한 역할을 하였는데, 이런 외재적인 측면을 차치
하고라도 르봉의 민족심리학이 이광수의 '민족성 개조론'의 내재적인 측면에서 미친 영
향을 자못 적지 않기에 주목해 볼 필요가 있는 것이다. 이에 대해서는, 南富鎭, 「ル・ボ
ンの民族心理學の東アジアへの受容 : 李光洙・夏目漱石・魯迅を中心に」, 靜岡大學人文
社會科學部飜譯文化研究會, 『飜譯の文化/文化の飜譯』 9卷, 2014.3, 14-19쪽 참조.

좋아하되(사교적이요), 예의를 중(重)히 여기며 자존하여 남의 하풍(下風)
에 립(立)하기를 싫어하며, 물욕이 담(淡)한지라 악착한 맛이 적고 유장(悠
長)한 풍(風)이 많으며, 따라서 상공업보다 문학, 예술을 즐거하고, 항상
평화를 애호하되 일단 불의를 보면「투사구지(投死求之)」의 용(勇)을 발하
는 사람이외다. 이제 그 반면인 결점을 보건댄 (⋯중략⋯) 조선민족을 금
일의 쇠퇴에 끌은 원인인 허위와, 나타(懶惰)와, 비사회성과, 및 경제적
쇠약과 과학의 부진은 실로 이 근본적 민족성의 반면이 가져온 화(禍)입
니다. 그러나 그렇다고 이 민족성 그것이 악한 것은 아니니, 이것은 우리
민족의 타고난 천품이라, 어디까지든지 발휘하여야 할 것이외다. 그러므
로 우리의 개조할 것은 조선민족의 근본적 성격이 아니요, 르봉 박사의
이른바 부속적(付屬的) 성격이외다. 그러할진댄 우리의 개조운동은 더욱
가능성이 풍부하다 할 것이외다.38)

여기에서 이광수는 『산해경(山海經)』, 『동방삭신이경(東方朔神異經)』, 『후
한서(後漢書)』, 『삼국지(三國志)』 등 중국의 옛 문헌에 기록되어 전해오는
조선인에 대한 긍정적인 평가에 기대어 조선민족의 '천품', 즉 변하지 않
는 '근본적 성격'을 '관대, 박애, 예의, 염결, 자존, 무용, 쾌활'이라 규정
하며 '민족성 개조' 운동이 가능한 근거로 내세우고 있다. 주목할 점은
그가 르봉의 '민족심리학'을 토대로 하여 조선민족의 쇠퇴의 원인을 '근
본적 성격'의 반면, 곧 '부속적 성격'에서 찾아 그것을 개조의 대상으로
삼고 있다는 것이다. 이처럼 르봉의 '민족심리학'에서 말하는 '근본적 성
격'과 '부속적 성격'에 근거하여 민족성의 형이상학적 원리를 구축함으
로써 조선의 쇠퇴 원인에 대한 진단 및 해결 방안을 제시한 것은 '민족
성 개조론' 이전의 조선민족에 대한 태도에 있어서 근본적인 차이를 보
여주는 새로운 논리이기 때문이다.

이광수가 '민족성 개조론'을 펼치기 이전 발표한「혼인에 대한 관견(管

---

38) 이광수, 「민족개조론」, 『이광수전집』 17, 삼중당, 1963, 192쪽.

見)」(『학지광』 제12호, 1917.4), 「야소교(耶蘇敎)의 조선에 준 은혜」(『청춘』 제9
호, 1917.7), 「금일 조선야소교회의 흠점」(『청춘』 제11호, 1917.11), 「자녀중
심론」(『청춘』 제15호, 1918.9) 등의 논설들에서 조선인에 대한 부정적인 인
식을 반복하여 부각하면서 그것을 조선 현실을 비판하기 위한 근거로 동
원하였던 것은 주지의 사실이다. 예컨대 조선인은 '음일(淫佚)', '이기(利
己)', '기만(欺瞞)', '시기(猜忌)', '사곡(私曲)', '폭학(暴虐)' 등의 악덕성에 의
해 제약되었고, 이로 인해 산업, 경제 및 교육의 쇠퇴, 정치의 부패가 초
래되었다고 보면서 이광수는 그 근본 원인을 '이조의 유교'에서 찾았
다.39) 그가 '이조' 시대와의 역사적 단절을 통해 조선민족이 '신인종'으
로 거듭나야 할 것을 역설한 까닭이 여기에 있다. 물론 이광수의 조선민
족에 대한 이와 같은 부정적 인식은 식민 제국 일본이 문명과 야만의 이
분법에 기초하여 구축한 조선인 이미지에서 비롯된 것이기 때문에 식민
제국 일본의 지배의 논리를 그대로 답습한 것이기도 했다.

  그러나 르봉의 '민족심리학'의 수용을 통해 이광수는 '민족성'이라는
형이상학적 본성을 상정함으로써 이전과는 다른 차원에서 '민족성 개조'
의 가능성이라는 논리를 새롭게 제시할 수 있었다.40) 이를 뒷받침해 주

---

39) 이광수, 「야소교의 조선에 준 은혜」, 『이광수전집』 17, 삼중당, 1963, 17쪽.
40) 한편, 르봉의 '민족심리학'의 수용은 이광수에게 생물학적 차원의 '인종'과 분리된 문화
    적 층위에서의 '민족'에 대한 개념을 명확히 할 수 있는 근거로도 작용하였다. 르봉의
    '민족심리학'에 근거하여 이광수는 '민족성'을 '해부학적' 측면과 '심리적' 측면으로 구
    분하고 '민족성'을 '심리적 성격'에 국한된 것이라 규정한다. 이에 근거하여 "일 국민의
    역사는 반드시 그 종족의 심리조직에서 배태되"기 때문에 "그 국민의 심리적 특성만 알
    면 그 국민의 생활의 과거와 현재와 미래를 판정할 수 있"다는 관점에서 "일국민의 문
    명을 조직한 각 요소는 그 국민의 정신의 발현"이라고 말함으로써 '민족', '국민'을 생물
    학적 층위보다는 '정신'이라는 문화적 층위에서 규정할 수 있게 된다.(이상의 인용은, 이
    광수, 「팔자설을 기초로 한 조선인의 인생관」, 『이광수전집』 17, 삼중당, 1963, 166쪽)
    이와 같이 르봉의 '민족심리학'에 근거하여 문화 공동체로서의 인식이 강했던 '민족' 개
    념은 그 토대 위에서 '종족의 심리조직에서 배태된' '정신'이 더 강조되는 방향으로 전
    개되었다. 이광수가 「조선민족론」(『동광총서』, 1933.6~7)에서 '민족'의 본질적 요소로
    '혈통'을 강조하면서도 '민족심리학 및 사회심리학적 측면'에서 '인종'과 구분되는 '성격

는 것이 르봉의 '민족심리학'의 수용을 계기로 민족의 쇠퇴 원인에 대한 이광수의 이해 방식이 이전과 사뭇 달라졌다는 사실이다. '민족성 개조론'을 주장하기 전과 동일하게 그는 '사회의 도덕적 타락'을 문제화하고 있기는 하지만, 민족적 쇠퇴의 원인을 '유교'가 아니라 민족 구성원 전체의 '민족성'의 타락에서 찾게 됨으로써 자신의 '민족성 개조론'을 정당화한 것이다.

> 조선민족이 어떻게 이처럼 쇠퇴하였느냐 하는 문제에 대하여 일본인은 흔히 이조(李朝)의 악정이 그 원인이라 하고, 서양인도 그와 같은 뜻으로 Maladministration(악정)이라 합니다. (…중략…) 구태 악정이라 하는 말에 무슨 의미가 있다 하면 그것은 「조선민족의 쇠퇴의 책임은 그 치자계급(治者階級)-즉 국왕과 양반에게 있다」함일 것이외다. (…중략…) 하지마는 한 걸음 더 내켜 생각하면 이 역시 전 민족의 책임이요, 또 한 걸음 더 내켜 생각하면 이 역시 민족의 소사(所使)외다. 만일 영인(英人)같이 자유를 좋아하는 정신이 있고, 불인(佛人)같은 평등을 좋아하는 정신이 있다 하면 결코 신임치 못한 치자계급을 그냥 두지 아니하였을 것이외다. 또 치자계급인 그네에게도 자유, 평등, 사회성, 진취성이 있었다 하면 결코 조선민족을 이렇게 못 되게 만들지는 아니하였을 것이외다. (…중략…) 요컨대 조선민족 쇠퇴의 근본원인은 타락한 민족성에 있다 할 것이외다.[41]

이광수는 조선민족이 쇠퇴한 '직접적이고 총괄적인 원인'이 '이조의 악정'에 있기에 그 책임은 치자계급인 양반과 국왕에 있다고는 하지만, '치자계급'을 '산출하고 존속케 한' 일반 민중에게도 책임이 있으므로

의 기조', '정치, 철학, 문학, 예술, 과학, 습관, 취미, 언어' 등의 관념을 함축한 '문화'의 공통성을 꼽은 것은 르봉의 '민족심리학'의 영향에 근거한 것이라 할 수 있다. 요컨대 르봉의 '민족심리학'을 수용함으로써 이광수는 '민족' 개념에서 주관적인 '민족심리', '민족정신' 등을 강조하게 된 것이다.

41) 이광수, 「민족개조론」, 『이광수전집』 17, 삼중당, 1963, 183-184쪽.

일반 민중을 포함한 전 민족의 타락한 '민족성'에 조선민족 쇠퇴의 근본 원인이 있다고 주장하고 있는 것이다. 이처럼 이전과 달리 조선민족의 쇠퇴 원인을 '민족성'이라는 '심리적 성격'의 타락에서 찾게 된 것은 '민족성'이라는 형이상학적 원리를 구축하는 데 이론적 근거가 된 르봉의 '민족심리학'을 수용한 결과라고 할 수 있다. 르봉의 '민족심리학'에 근거하여 쓴 논설 「팔자설을 중심으로 한 숙명론적 인생관」에서도 조선민족의 '도덕의 넋' 결여를 문제화하면서 그 원인을 '나타', '요행', '미신', '의뢰' 등이 표상하는, 민중들의 '팔자설', '숙명론적 인생관'에서 찾고 있다는 것이 이를 뒷받침해 준다.

이와 같이 조선민족의 현재 쇠퇴 원인을 '민족성'의 타락에서는 찾는 것은 그의 '민족성 개조론'의 내재적 특징을 파악하는 데 중요한 의미를 갖는다. '민족성'의 타락이 현실을 인식하고 평가하는 준거가 되고 있을 뿐만 아니라 '민족 개조'의 방향을 '도덕적 방면'의 '내적 개조'에 제한함으로써 심리의 외부, 즉 역사적 현실을 괄호화하는 이념적 효과를 낳기 때문이다. 「민족개조론」을 비롯한 여러 논설들에서 현재 조선민족이 '경제적', '도덕적', '지식적' 측면에서 파산한 양상을 일상 삶의 모습과 결부지어 구체적으로 기술하면서 그 원인을 민족의 '병적 심리' 결과로 설명하는가 하면, 당시 '세계 개조'의 분위기 속에서 일어난 '국제연맹', '태평양회의', '강화회담' 등이 표상하는 일체의 '정치적·경제적·사회적 개혁'의 가능성을 '조선민족의 생활 개선'과는 무관하고 의미 없는 것이라고 반복해서 폄하하는 것 등은 그러한 이념적 효과를 말해주는 구체적인 예라 하겠다.

바로 이런 맥락에서 이광수가 조선민족의 현재 쇠퇴를 극복하기 위한 민족성 개조의 실천 원리로 제시하는 것이 '무실'과 '역행'의 사상으로 표상되는 근대의 금욕 윤리인 것이다. 그렇다면 '무실', '역행'의 사상이 어떤 면에서 근대의 금욕 윤리를 표상하는가. 아래의 인용은 이 물음과 관련하여 시사적이다.

> 사람의 생명은 하는 일에 있습니다. 일이란 직업이외다. 직업으로만 오직 사람이 제 의식주를 얻는 것이요, 제가 맡은 국가와 및 사회의 직업을 다하는 것이니, 일을 아니하는 자는 국가나 사회의 죄인이외다. (…중략…) 그러므로 사람을 비평하는 표준은 그의 하여 놓은 일뿐이니, 이것을 두고는 다른 표준은 없는 것이외다. (…중략…) 그러므로 우리는 행하기를 역(力)하자, 즉 역행하자, 누구나 한 가지씩의 직업을 가지자, 그리하여 그 직업을 부지런히 하자 하므로 민족개조의 근본칙(根本則)을 삼아야 합니다. 바꾸어 말하면 새로 개조하려는 민족성의 근본을 실(實)과 행(行)에 두자 함이외다. 그밖에 모든 도덕은 이 실과 행에 기초하여 건설될 것입니다.42)

여기에서 이광수는 '민족개조'의 '근본칙'으로 삼아야 할 실천 원리가 '무실'과 '역행'에 있음을 강조하고 있다. 즉 '무실'과 '역행'은 '개조'하려는 '민족성'의 근본 원칙들인 것이다. 나아가 그는 '무실'과 '역행'을 내면화하기 위한 여덟 개의 실천 강령을 제시한다. '거짓말과 속이는 행실이 없게', '공상과 공론은 버리고 옳다고 생각하는 바, 의무라고 생각하는 바를 부지런히 실행하게', '표리부동과 반복함이 없이 의리와 허락을 철석같이 지키는 충성되는 신의 있는 자가 되게', '고식, 준순(浚巡) 등의 겁유를 버리고 옳은 일, 작정한 일이어든 만난(萬難)을 무릅쓰고 나가는 자가 되게', '보통상식을 가지고 일종 이상의 전문 학술이나 기술을 배워 반드시 일종 이상의 직업을 가지고', '근검, 저축을 상(尙)하여 생활의 경제적 독립을 가지게', '가옥, 의식, 도로 등의 청결 등 위생의 법칙

---

42) 위의 책, 205-207쪽.

에 합치하는 생활과 일정한 운동으로 건강한 체격의 소유한 자가 되게'
등43)이 그것들이다. '실'과 '행'으로 집약되는 이 강령들은 민족을 구성
하는 개인이 '자기규율'에 따라 성실하고 근면한 '직업인'으로 성장해
나가기 위해 내면화해야 할 삶의 규범들이다. 주목할 것은 '모든 도덕의
기초'가 되는 '실'과 '행'을 내면화하려면, 이 여덟 개의 실천 강령이 보
여주듯, 감정과 감각에서 비롯되는 세속적인 욕망을 억압해야 한다는 점
이다. 근대의 금욕 윤리를 특징짓는 '자기규율'의 정신이 세속적 욕망이
억압될 때 발생할 수밖에 없는 황폐한 내면을 채우는 것이라는 사실을
고려한다면, '실'과 '행'은 곧 근대의 금욕 윤리를 표상하는 가장 중요하
는 특징이라 볼 수 있다.

또한 이광수는 '일'과 '직업'이 '사람을 평가하는 절대적인 표준'이라
는 이유에서 '일'을 하지 않고 '직업'을 갖지 않는 사람을 국가와 사회의
'죄인'이라고까지 단언하고 있다. 이것은 직업윤리 및 노동윤리의 내면
화가 중요하다는 것을 강조한 것이라 이해할 수 있는데, '자기규율'의 정
신이 근대적인 의미에서의 직업윤리 및 노동윤리를 떠받치는 토대가 된
다는 점에 비추어 보더라도 '무실'과 '역행'은 근대의 금욕 윤리를 표상
하는 사상이라 할 수 있다. 이광수가 '민족성'의 '부속적 성격' 가운데
특히 '허위', '나타'를 '도덕적 악성병'에 비유하면서 철저히 배척해야
할 것으로 강조한 까닭이 여기에 있는 것이다. 나아가 이광수가 직업윤
리와 노동윤리를 강조한 것이 그의 이상적인 노동관에서 비롯되었다는
사실도 근대 금욕 윤리의 특성과 관련하여 주목해 보아야 할 특징이다.
근대 금욕의 도덕의식은 근대의 이상적인 노동 표상과 동전의 양면처럼
결부되어 있기 때문이다. 이와 관련하여 이광수가 「예술과 인생」에서

---

43) 위의 책, 201-201쪽.

'인생의 도덕화'와 '인생의 예술화'를 주장하는 맥락에서 '직업의 예술화'를 제시하고 있는 아래의 진술을 주목해 볼 필요가 있다.

> 　직업이란 본질상 쾌락의 감정을 반(伴)할 것이요, 고통을 반할 것이 아니외다. (…중략…) 다만 여기서 하나 볼 것은 그 노역의 기쁨에 중요한 요건이 자유인 듯합니다. 자기가 하고 싶은 자기의 직업을 함인 듯합니다. 기쁨은 노례적 노역의 산물이 아니요, 자유인의 노역의 산물인 듯합니다. 이것은 대단히 중요한 점이니, 사회조직의 합리·불합리의 표준이 여기서 나올 것이외다. 곧 각인(各人)으로 하여금 자유인으로 자유의 직업을 취하게 하는 것이 이상적 사회조직의 근본원리가 될 것이외다. (…중략…) 직업의 예술화하는 가장 중요한 길은 개인의 심적 태도의 적응여하에 있습니다.[44]

인용문에서 이광수는 '사회조직의 합리·불합리'를 판단하는 표준이 '자유인의 노동'에 있으므로 '이상적인 사회조직의 근본원리'는 각 개인이 자유롭게 직업을 취할 수 있는 상태라는 점을 역설한다. 노동이 문화적·사회적 가치의 기준이 되고, 금욕 윤리에 의해 내면적으로 작동되는 근면주의가 대두한 시기가 근대라는 사실에 비추어 보면, 이광수가 '이상적인 사회조직의 근본원리'로 자유로운 노동과 직업을 제시하고 이에 근거하여 '직업의 예술화'를 강조한 것은 '무실'과 '역행'을 실천 원리로 하는 '민족성 개조론'이 근대의 금욕 윤리에 기반하고 있음을 뒷받침해 주는 또 하나의 중요한 근거라 하겠다.

　그러나 문제는 '직업의 예술화' 가능성이 '개인의 심적 태도의 적응여하'에 놓이게 됨으로써 '노예적 노역'이 표상하는 역사적 현실의 고통 문제 해결을 '개인의 심적 태도의 적응여하'의 문제로 대체하는 이념적

---

44) 이광수, 「예술과 인생」, 『이광수전집』 16, 삼중당, 1963, 36쪽.

효과를 낳는다는 데 있다. 이광수의 제기한 '이상적인 사회조직의 원리'로서의 노동 및 직업 표상이 다이쇼 일본의 문화주의의 대표적인 인물 쿠와키 겐요쿠의 '노동즉이상론(勞動卽理想論)'에 바탕을 두고 있다는 점[45]도 고려할 때, '민족성 개조론'이 낳는 이념적 효과는 궁극적으로 문화와 정치의 분리, '인격'의 완성, '내적 개조', '예술적 개조'를 목적으로 하는 '문화'의 특권화 등을 특징으로 하는 '문화주의'에서 비롯된 것이라 할 수 있다.

4. 맺는 말

지금까지 민족주의가 보편주의와 특수주의의 역설적 접속을 자기 본질로 하는 이념이라는 점에 주목하여 1920년대 전반기 이광수 '민족성 개조론'의 이념적 특성을 내재적인 측면에서 고찰하였다. 이는 이광수의 '민족성 개조론'에 내재된 문화적 민족주의의 역설적 양상을 규명할 수 있는 단서를 제시하기 위한 목적에서 비롯된 것이다. 이를 위해 이광수의 '민족성 개조론'의 두 가지 특성에 주목하였다. 이광수의 '민족성 개

---

45) "노동과 이상이란 이원적으로 구별될 수 있는 것이 아니라 물질즉 이념(物質卽理念)이라고도 칭할 수 있는 것처럼 노동즉이상(勞動卽理想)에 다름아니다. (…중략…) 노동은 노동자가 자기의 자유를 위해 생활의 자기목적을 달성하는 과정에 다름 아니다. 따라서 노동에 대한 분배의 문제 즉 정의, 자유의 문제와 연결하여 표면상 물질적 관계의 일에 불과하지만 그 이면에는 사람의 자유를 얻고자 하는 욕구를 나타나는 것임이 분명하다. (…중략…) 노동문제 등의 외부 생활을 통하여 드러나는 내부 생활 발전의 요구인 것이다. 사람들의 내부생활 즉 그 자아가 자유로운 발전을 추구하는 것을 문화라 부른다. 따라서 세계 개조의 선천적 기초는 문화를 제일의로 하는 것에 있다."라는 언급에서 알 수 있듯이, 쿠와키 겐요쿠가 제기한 '노동즉이상론'의 요체는 노동의 목표를 직업을 통해 자아의 자유로운 발전을 도모하는 데 둔다는 점에서 이광수가 주장한 직업의 예술화와 상통한다고 할 수 있다. 桑木嚴翼, 『文化主義と社會問題』, 東京, 至誠堂, 135쪽.

조론'이 다이쇼 시기 일본의 보편주의 담론, '문화주의'를 이념적인 근거로 하여 형성되었다는 점, 그리고 근대의 금욕 윤리를 내재화하고 있다는 점 등이 그것들이다. 이 장에서 논한 논점은 아래 두 가지 측면에서 정리할 수 있다.

첫째, 이광수의 '민족성 개조론'은 다이쇼 시기 식민 제국 일본의 '문화주의'를 그 이념적 근거로 하여 형성되었다. 이광수는 '민족성 개조론'에서 정치성을 배제하고 단체를 중심으로 도덕적인 방면에서 민족개조 운동을 전개할 것을 강조한다. 이와 같은 '민족성 개조론'의 특성은 정치와 문화의 분리, '문화'의 특권화 등을 특징으로 하는 다이쇼 문화주의의 이념적 효과에 기인한 것이다. 이광수가 '민족성 개조'의 목적을 '수양'을 통한 '인격'의 완성, '내적 개조', '예술적 개조' 등에 제한함으로써 예술과 인생, 정신과 권력을 대립적으로 보고, '문화' 그 자체가 정치의 매우 타당한 대체물이 될 수 있다는 인식을 갖게 된 것은 바로 다이쇼 '문화주의'의 이념적 효과가 구체화된 양상이다. 그 결과 '민족성 개조론'은 역사적 현실 자체를 괄호화하는 특성을 내포하게 된다.

둘째, 이광수 '민족성 개조론'은 '무실'과 '역행'의 실천 사상으로 구체화된다. 이광수가 제시한 '무실'과 '역행'은 민족을 구성하는 개인이 '자기규율'의 정신에 따라 성실하고 근면한 '직업인'으로 성장해가는 것을 삶의 목표로 설정하고 있다. 이처럼 '직업윤리' 및 '노동윤리'의 내면화를 강조한다는 점에서 '무실'과 '역행'은 근대 금욕 윤리를 내재화한 논리라고 할 수 있다. '자기규율'의 내면화와 근면주의에 입각한 노동 표상이 바로 근대 금욕 윤리는 근본 특징이기 때문이다. 이광수가 이처럼 근대의 금욕 윤리를 표상하는 '무실'과 '역행'의 실천 원리를 통해 '민족성 개조'의 가능성을 제시할 수 있었던 것은 르봉의 '민족심리학'의 수용을 통해 '민족성'이라는 민족의 형이상학적 원리를 구축할 수 있었기 때문에 가능했던 것이다. 그러나 이광수의 '민족성 개조론'의 배면에 놓인 근대의 금욕 윤리는 고통에 찬 역사적 현실 문제의 해결을 개인의 심리적 태도의 전환 문제로 치환함으로써 현실 그 자체를 괄호화하는 이념적 효과를 낳는다.

이광수의 '민족성 개조론'은 3·1운동의 실패에 대한 성찰을 바탕으로 '문명한 민족'으로서의 '조선민족의 갱생'을 도모하려는 의도에서 기획된 문화적 민족주의의 한 형식이었다. 그러나 이러한 이광수의 기획 의도는 '문화주의'와 근대의 금욕 윤리라는 두 가지 보편주의 담론의 이념적 효과로 인해 조선민족이 처한 역사적·정치적 현실을 괄호화하고 만다. 그런 점에서 이광수가 '완전한 범인'으로 표상한 '민족개조라는 대종교'의 '사도'들은 추상적이고 보편적인 근대적 '개인'으로 환원되고 만다. 바로 여기에 보편주의와 특수주의의 역설적 접속을 본질로 하는 민족주의 이념의 한 양상을 확인할 수 있는 단서가 있다.

제 3 장

고전부흥의 기획과 '조선적인 것'의 형성

1. 들어가는 말

1930년 중·후반기 저널리즘 상에 나타난 두드러진 특징의 하나로 민족 문화의 수립, 전통 창조 등에 관한 관심이 그 어느 때보다 고조되었다는 점을 꼽을 수 있다. 이에 호응하여 평단 또한 자연스럽게 이들 문제를 놓고 비평 담론의 장을 형성하게 된다. 이전부터 문단의 일각에서 꾸준히 관심을 표명해 왔던 문제라 '민족문화'나 '전통'이란 화제 자체가 그리 새로울 건 없다. 새로운 사태라면 이들 화제가 문단의 주도권을 상실한 마르크스주의 문예 운동이 관심을 보여 왔던 문제의 영역을 대체하였다는 점이다. 정치적 상황이 초래한 사태이긴 하였지만 '계급이냐 민족이냐'라는 이분법적인 대립을 초월하여 민족 문화의 수립과 전통 창조의 문제가 이 시기 문단 전체의 주요 관심사로 부각되었고, 나아가 '세계 이해의 인식론적 토대를 구성하는 요소'[1]로까지 작용하게 되었다.

1) 이 점에 대해서는 차원현, 「1930년대 중·후반기 전통론에 나타난 민족 이념에 관한 연

그리하여 비평 담론의 장에서는 이 문제들을 둘러싼 논의가 분분해지게 되었는데, 이런 일련의 논의의 과정에서 제출된 다양한 쟁점들은 이른바 '조선적인 것'의 형성을 둘러싼 문제로 수렴되는 모습을 띠었다.

이처럼 민족 문화 혹은 전통 창조의 문제와 관련된 여러 쟁점을 '조선적인 것'의 형성이라는 문제로 수렴시키는데 매개적인 역할을 한 것이 고전부흥 논의였다. 1935년 1월 ≪조선일보≫ 학예란 특집 「조선 고전문학의 검토」(1.1-13) 및 「조선 문학상의 복고사상검토」(1.2-31)를 시작으로 1938년 ≪조선일보≫ 특집 「고전부흥의 이론과 실제」(6.4-15)과 「서구정신과 동방정취」(7.31-8.7)에 이르기까지 단속적으로 평단의 관심을 이끌어갔던 고전부흥의 기획을 둘러싼 논의 과정은 '고전 연구의 의의와 방법', '전통 창조의 조건', '문화의 일반성(세계성)과 특수성(민족성)의 관계' 등 여러 쟁점 사안을 만들면서 '조선적인 것'을 문제화하였다.

그런 만큼 고전부흥의 논의가 갖는 문화사적 의의는 결코 작지 않다. 「조선 문학상 복고사상 검토」의 기획자는 "새로운 문학이 탄생할 수 없는 불리한 환경 아래 오히려 우리들의 고전으로 올라가 우리들의 문학유산을 계승함으로써 우리들 문학의 특이성이라도 발휘해 보는 것이 시운(時運)에 피할 수 없는 양책(良策)"[2]이라고 밝힌 바 있다. 이렇듯, 비록 고전부흥 논의가 마르크스 문예 운동의 좌절로 인해 초래된 '전형기'의 정신적 공백을 메우기 위해 촉발된 것이라 하더라도, "과거 경향적인 비평의 일 방수로(一放水路)였던 고전에의 관심을 시사성을 가진 명제로 재등장"시킴으로써 "조선의 현대정신의 근저 속에 잠재된 내셔널한 심정을 부단히 표현"[3]하게 했다는 언급처럼, '조선적인 것'의 문제를 자연화

구」, 『민족문학사연구』 제24호, 소명출판, 2004, 96-97쪽 참조.

2) 「조선문학상의 복고사상 검토-고전문학과 문학의 역사성」, ≪조선일보≫, 1935.1.22.

3) 임화, 「최근 십년간의 문예비평의 주조와 변천」, 『비판』 제110호, 1939.6.

시키는 효과를 낳았던 점에서 고전부흥의 기획은 적극적으로 평가될 만
하다. 이런 의미에서 고전부흥 논의는 '조선적인 것'이란 무엇이고 그것
을 어떻게 정립해 나가야 하는가라는 민족적 동일성을 확립하려는 문제
틀에 입각하여 이루어진 문화적 기획으로서의 의의를 지닌다.

　또한 민족이 과거의 다양한 의장을 환기하고 그것을 현재와 결부지음
으로써 성립한 근대의 인공물이라는 관점에 설 때, 고전부흥 논의는 이
른바 '상상의 공동체'로서의 근대적인 민족국가(nation=state)의 형성을 이
해하는데 있어서도 매우 중요한 하나의 단서를 제공한다. 민족국가를 형
성하는 데 있어서 민족 문화의 표상을 확립하는 것이 불가결하다고 할
때, 이런 문화적 표상 체계를 포괄하는 용어인 '조선적인 것'은 통념상
동일한 언어와 피와 친족 등과 같은 근원적인 것과 결부되어 있다는 생
각과는 달리 오히려 문학 또는 고전이 새롭게 만들어내야 할 과제였기
때문이다.[4) 따라서 고전부흥의 기획을 둘러싼 논의는 밑바탕에 '상상의
공동체'로서의 근대적 민족국가를 창안하고자하는 내셔널한 욕망을 내
장하고 있었다고 할 수 있다.

　이 장에서 주목하고자 하는 것은 30년대 중·후반기에 전개된 고전부
흥의 기획에 내장된 이러한 문화사적 의미망이다. 특히 고전부흥의 기획
을 추동한 내셔널한 욕망이 왜 끊임없이 분열을 반복할 수밖에 없었는가
를 문제의 대상으로 삼고자 한다. 고전부흥의 기획은 한편에서는 식민지
적 현재를 넘어 새로운 미래를 열기 위해 필연적으로 정립되어야 할 '조
선적인 것'을 과거의 '고전'에서 찾고자 하는 노력의 일환으로 긍정되었
고, 동일한 이유로 다른 한편에서는 '민족적 파시즘', '반동적 복고사상
의 부활' 등의 부정적 표지가 붙여진 채 극복해야 할 대상으로 받아들여

---

4) 이에 대해서는, 가라타니 고진[柄谷行人], 『“戰前”の思考』, 講談社, 2001, 24-27쪽 참조.

졌다. 이 장은 식민지적 상황을 의식하면서 '조선적인 것'의 확립을 통해 민족적 동일성 추구하려는 욕망이 이와 같이 '특수'와 '보편' '사이'를 끊임없이 유동할 수밖에 없었던 이유는 무엇인가라는 물음에서 출발한다. 이 물음에 대한 실마리는 적대적인 길항 관계를 형성하면서 서로에게 기생할 수밖에 없는 식민 제국과 식민지 사이에 작동하는 대립의 정치학적 성격에서 찾을 수 있다. 국가가 부재한 식민지적 조건에서 표출된 내셔널한 욕망 자체는 궁극적으로 그 욕망의 대상인 '조선적인 것'을 폐기할 때에야 비로소 성취될 수 있다.5) 이런 대립의 정치학이 갖는 아이러니한 성격에 대한 해명을 전제할 때 고전부흥의 기획이 '특수'와 '보편' 사이에서 유동하게 된 근본적인 이유를 이해할 수 있다. 왜냐하면 '조선적인 것'에 대한 욕망의 발신자는 근원적으로 식민 제국 일본이었기 때문이다.

이런 문제의식을 바탕으로 이 장에서는 고전부흥의 기획에 대한 각 주체들의 입장이 어떻게 차별화되어 나타났는가를 논의의 대상으로 삼기보다는,6) 고전부흥의 기획 자체에 함축된 '조선적인 것'에 대한 욕망

---

5) 이 점에 대해서는 민족주의에 관한 테리 이글턴의 다음과 같은 논의에 시사받은 바가 크다. 그는 민족주의가 계급과 비슷하다고 지적하며 그것을 계급과 동일한 범주의 개념으로 파악한다. 그에 따르면, 계급은 그 자체 소외의 한 형태로 개인적인 삶의 특이성을 말소시키는 기능을 한다. 그러나 동시에 그것이 소외를 초극하려면 계급 존재를 회피해서는 안 되며 오히려 그것의 존재를 전제해야만 한다. 이와 동일한 논리로 테리 이글턴은 민족주의를 최종적으로 폐지할 수 있는 유일한 방법은 민족주의를 의식하고 유지하는 것이라고 파악한다. 왜냐하면 민족주의는 다른 민족의 지배를 근절하기 위해 민족적 동일성을 추구하지만 그 동일성이 식민주의적 억압자의 구성 개념인 한에 있어서는 그 자체 위험이 수반되기 때문이다.

6) 연구자에 따라 논점의 상이함은 다소 있지만, 김윤식, 「고전론과 동양문화론」, 『한국근대문예비평사연구』, 일지사, 1976, 320~342쪽과 황종연, 「1930년대 고전부흥운동의 문학사적 의의」, 동국대학교 한국문학연구소 편, 『한국문학과 근대성의 형성』, 아세아문화사, 2001 등의 연구를 시작으로 하여 이미 1930년대 중·후반 '고전부흥' 논의의 성격과 그 전개에 양상 및 특징에 대해서는 대체적인 해명이 이루어졌다. 본고의 논의와 관련해서 중요한 참고가 될 만한 최근의 주요 성과로, 차승기, 『1930년대 후반 전통론 연구—시간,

이 식민 제국의 욕망과 상호 관련되면서 드러내게 되는 모순적인 성격에
논의의 초점을 맞추고자 한다. 이 점을 고전부흥 기획의 이론적 기초가
되었던 조선학 운동이 제도적으로 안정화되는 맥락에서 살펴보고자 한
다. 그리고 이를 바탕으로 고전부흥 기획이 갖는 모순적이고도 양가적인
의미망을 고찰하고자 한다.

2. 고전부흥의 기획과 조선학 운동의 제도화

고전부흥은 1930년대 중반 제창된 조선학 운동의 일환으로 기획된
것이라 할 수 있다. 조선학 운동이란 민족주의 계열의 지식인들이 조선
사편수회, 청구학회, 경성제대 조선경제연구소 등의 관학 연구 조직들
이 수행한 조선 연구에 대한 대타 의식에서 출발한 민족주의 사상·문
화운동이었다. 안재홍, 정인보 등이 주축이 되어 개최한 '茶山逝去九九週
年記念行事'(1934.9)를 계기로 본격화 된 조선학 운동은 '조선의 고유한
전통'을 학문적으로 체계화함으로써 문화 및 사상 전반에 걸쳐 조선적
이면서 동시에 세계적인 새로운 민족적 주체의 형성을 궁극적인 목표로
내걸었다.

조선학 운동을 주도한 안재홍은 1934년 12월 『신조선』에 발표한 글에
서 "일개의 동일 문화 체계의 단일화한 집단에서 그 집단 자신의 특수한
역사와 사회와의 문화적 경향을 탐색하고 구명하려는 학"[7]이라는 관점

공간 의식을 중심으로』, 연세대학교 박사학위논문, 2003. 차원현, 앞의 글, 趙寬子, 「日中
戰爭期の「朝鮮學」と「古典復興」」, 『思想』 7月号, 岩波書店, 2003 등의 연구를 들 수 있다.
7) 저생(樗生), 「조선학의 문제」, 『신조선』, 1934.12, 1쪽. 원래 목차에는 「조선학의 문제」가
'권두언'으로 제시되어 있다. 그런데 목차에서 2~5쪽에 걸쳐 안재홍의 「위난중국의 벽전
대관」이 제시되고 있음에도 어떤 이유에서인지 누락되어 있다. 대신 이 부분을 '저생'이

에서 조선학을 정의하며, 조선학 운동의 필연성 및 핵심 과제를 다음과
같이 제시하고 있다.

> 오늘날의 조선인은 현실에 있어 일개의 후진 낙오자로 되어 있다. (…중
> 략…) 그리하여 우리 자신의 문화와 사상에서 조선인적이면서 세계적이
> 요 세계적이면서 조선 및 조선인적인 제삼 신생적인-현대에서 세련된
> 새로운 자아를 창건하고 아울러 그들의 자신에게 구전(俱全) 타당한 신생
> 적인 사회를 그의 적당한 장래에 창건하자는 숭고하고 엄숙한 현실의 필
> 요에서 출발, 파악, 지속 또 고조되는 것이다. (…중략…) 오늘날 20세기
> 상반기에 가장 온건 타당한 각 국민 각 민족의 태도는 즉 민족으로 세계
> 에-세계로 민족에 교호되고 조제되는 일종의 민세주의(民世主義)를 형성
> 하는 상세이오. (…중략…) 그러므로 세분하면 일 국민 일 민족과 사이에
> 교호되고 접촉되는 자리에서 우리는 보다 더 조선의 회고와 조선의 인식
> 이 필요한 것이요 전적으로 말하자면 전 세계 전 국제에 처해서의 우리
> 로도 보다 더 조선의 회고와 인식이 긴절한 것을 새록새록 인식하게 되
> 는 것이다.[8]

인용문에서는 식민지 조선이 '후진적인 낙오자'의 상태에서 벗어나 발
전과 생장을 도모하려면 전 세계적으로 확대되어가는 '민세주의(民世主
義)', 즉 민족주의의 추세에 호응하여 '세련된 현대적 자아'를 창건하는
일이 무엇보다 시급하다는 점을 역설하고 있다. 조선학 운동이 궁극적인
목적을 세계사적 흐름에 부응하면서 장차 다가올 신생의 사회('일 민족,
일 국가') 건설을 위한 민족적 자아의 형성에 두고 있었음을 추론할 수 있

란 필명으로 된 「조선학의 문제」가 메우고 있다. '저생'이 안재홍이라 단언할 수는 없지
만, 안재홍이 『신조선』 창간에 상당한 영향력을 행사했다는 점, 조선학 운동을 주도한 인
물이라는 점 그리고 이 글에 나타난 논조가 그의 핵심 사상인 '신민족주의'의 맹아를 보
여주고 있는 점 등을 고려할 때, 이 글은 적어도 '조선학 문제'에 대한 안재홍의 입장과 서
로 궤를 함께 한다고 볼 수 있다.
8) 위의 글, 2쪽.

는 대목이다.

그런데 여기에서 눈여겨 볼 점은 조선학 운동의 목적을 달성하는데 긴요한 과제로 '조선의 회고와 조선의 인식'이 제시되고 있다는 사실이다. 인용문에 이어지는 글에서 급진적인 신진 연구자들에 의해 수행되는 조선 연구가 '현실에 즉한 통계적, 숫자적, 사회동태적인 방면'에 편향되어 있는 사실을 비판하면서 조선학이 '역사적, 전통적, 문화 특수적 방면'에 더욱더 관심을 가져야 하며 이를 통해 '조선소(朝鮮素)', '조선색(朝鮮色)'을 확산시켜야 한다고 주장하고 있는 점9)도 이런 맥락과 잇닿아 있다. 요컨대 조선학 운동이 추구하는 민족적 자아의 확립이란 '조선소' 및 '조선색'의 강화에 다름 아니며, 이것은 '조선의 회고와 인식'을 통해 가능하다는 것이다. '조선의 회고와 인식'을 통한 '조선소', '조선색'의 확립을 주장하는 이러한 조선학 운동의 논리는 기실 '조선 문화의 재인식'이라는 명분을 내걸고 과거의 문학적 유산 속에서 '조선 특유의 것'을 발견하고자 한 취지에서 출발한 고전부흥의 기획 의도와 상통한다고 할 수 있다.10)

또한 조선학 운동의 과제인 '조선의 회고와 인식'과 관련된 연구 성과들이 여러 영역에서 산출되고 있는 것도 고전부흥의 기획을 활성화시킨

---

9) 위의 글, 3쪽.

10) 예컨대, 전향을 선언한 직후 누구보다 발 빠르게 역사, 문화, 어문학 전반에 걸쳐 조선 연구의 기운이 확산되어가고 있는 흐름에 주목한 박영희는 조선 문화의 재인식이 필요하다는 것을 역설하며 '과거 조선 문화유산의 체계화', '방법론의 구축', '과거 조선 문화유산이 현대 조선 문화에 미치는 가치 측정'을 조선 문화 재인식의 전제 조건으로 제시하며 그것의 의의를 다음과 같이 말하고 있다. "조선 문화의 재 인식 과정에 있어서 오인이 주장코자 하는 바는 보편성보다도 특수한 연구에 보다 더 중요시할 것이오, 단순성보다도 복잡성을 이해할 것이며 원리보다도 실천의 성장을 주장하는 바이다." 「조선문화의 재인식-기분적 방기에서 실제적 탐색」, 『개벽』, 1934.12. 이와 같은 박영희의 주장은 조선학 운동의 논리에 부합할 뿐만 아니라 「고전문화의 이해와 비판」(≪조선일보≫, 1937.6.10) 및 「고전부흥의 현대적 의의」(≪조선일보≫, 1938.6.4)에 나타난 자신의 고전부흥 옹호 입장과 고전부흥을 옹호하는 사람들의 기본적인 문제의식을 보여주고 있다.

주요 요인이 되었다. 가령, 민족적 주체의 형성을 목표로 한 문화 운동이 민족 언어에 대한 자각 및 과거 문화의 체계화 작업과 궤를 같이 하는 게 보편적인 양상이듯, 1933년 '조선어학회'에 의해서 '한글맞춤법통일 안'이 제정된 바 있고, '조선어문학회'가 김태준의 『조선한문학사』 및 『조선소설사』, 김재철의 『조선연극사』 등 문학적 유산을 체계화한 총서를 간행된 것도 이때였다.[11] 뿐만 아니라 성리학적 가치 체계를 부정하고 이른바 '현실학파'에 대한 관심을 지식인 사회에 환기시키는데 결정적 구실을 한 정인보의 「양명학연론(陽明學演論)」이 1933년 9월부터 66회에 걸쳐 ≪동아일보≫에 연재되었다.[12] 그리고 그 여파로 '현실학파'를 대표하는 정약용과 연암 박지원의 문집 등의 고전 간행도 활성화되었다. 나아가 정인보, 안재홍 등과는 상이한 입장에서 조선 연구의 한 축을 형성한 백남운의 기념비적인 저서 『조선사회경제사』[13]가 간행된 것도 이때였다.

한편 '조선의 회고와 인식'과 관련된 조선에 관한 이와 같은 연구 성과가 1920년대의 조선인에 의한 조선 연구와 계보적으로 이어져 있다는 사실에도 주목할 필요가 있다. 1920년대에 이미 일본인들에 의해서 언어학, 역사학, 민속학 등 다방면에 걸친 조선 연구가 이루어졌다. 즉 1920년대의 조선 연구를 실질적으로 주도한 것은 일본인들이었다. 가령, 1920년대를 배경으로 하고 있는 염상섭의 『사랑과 죄』(『東亞日報』, 1927.8.

---

11) 김윤식, 앞의 책, 321-322쪽 참조

12) 鶴園裕, 「近代朝鮮における國學の形成-'朝鮮學を中心に」, 『朝鮮史研究會論文集』 35, 1997, 64쪽 참조

13) 백남운은 『조선사회경제사』 서문에서 조선의 학문 발전사를 개괄하면서 근세 조선 사상에서 유형원, 이익, 이수광, 정약용, 서유구, 박지원 등 '현실학파'라고 할 만한 탁월한 학자가 배출되었음을 지적하고 오늘날 경제학의 영역에서 이들이 남긴 업적을 과소평가해서는 안 된다고 주장하였다. 여기에서 백남운이 '정인보 교수의 시사에 빚진 바 크다'고 밝히고 있음을 보아, 정인보의 「양명학연론」이 조선학에 미친 영향을 짐작할 만하다. 백남운, 하일식 역, 『조선사회경제사』, 이론과실천, 1994, 2쪽.

15-1928.5.4, 總 257回)를 보면 조선의 전통 문화에 대한 일본인들의 연구가 상당히 오랜 기간에 걸쳐 정책적인 차원에서 이루어졌음을 알 수 있다. 이 작품에는 심초매부(深草埋夫)라는 일본인이 주요 인물로 등장하는데 작가는 그에 대해 다음과 같이 언급하고 있다.

> 이 심초매부라는 노인은 육십이 넘도록 반생을 반도(半島)의 풍물과 우로(雨露)에 젖어 난 사람이다. 처음에 금강산 구경온 것이 인연이 되어서 조선팔도의 명산대천 쳐 놓고 이 사람의 발길이 안 간 데가 업다고도 하거니와 (…중략…) 상류 사회와 접촉이 많던 관계로 궁중 용어의 연구와 조선 고전문학(古典文學)과 속요(俗謠)에 대한 조예가 깊은 것은 조선 사람으로도 낯이 붉을 일이다. 용비어천가를 번역하여 일본 학계에 소개한 것을 볼지라도 이 사람이 얼마나 조선어와 조선 사정에 정통한가를 알 수 있을 것이다.[14]

바로 이러한 일본인 주도의 조선 연구를 의식하면서 최남선이 '학문의 독립' 및 '정신상의 독립 운동'으로 제창한 것이 조선학이었다. 1921년 '조선어연구회'의 발족을 계기로 최현배, 김윤경, 이병기 등이 벌인 한글 운동이나 민립대학 설립운동 등 자문화 연구 및 학술 연구에 대한 분위기가 형성된 것도 이런 흐름과 맥을 같이 한다.[15]

그러나 1920년대 조선인에 의한 조선 연구가 국지적·산발적으로 이루어졌던 것에 반해, 1930년대의 조선 연구는 '조선학(=국학) 진흥'의 시

---

14) 염상섭, 『사랑과 죄』, 민음사, 1987, 308-309쪽. 한편 趙寬子의 글에 따르면, 1924년 조선총독부가 편찬한 『조선자료』에서 볼 수 있듯 조선의 시장, 상업, 물산, 풍속, 귀신, 향토오락, 언론과 세상(世相) 및 조선인의 사상과 성격 등 다양한 항목에 걸쳐 조선에 대한 조사 연구가 이루어졌을 뿐 아니라, 『목민심서』, 『삼국유사』, 『홍길동전』, 『구운몽』 등 고전 서사를 중심으로 한 『통속조선문고』가 동경과 경성에서 동시에 출판되었다. 趙寬子, 앞의 글, 61쪽 참조.
15) 趙寬子, 앞의 글, 62쪽 참조.

대라 할 만큼, 경성제국대학을 비롯하여 각 대학에서 과학적인 학문의 세례를 받은 다수의 국학자들에 의해 문학, 역사, 민속, 언어 등의 인문학과 정치, 경제 등 사회과학을 망라한 학문의 제 영역에서 조직적으로 펼쳐졌다. 이처럼 1930년대의 조선학은 근대적인 지적 담론의 면모를 띠고 있다는 점에서 1920년대의 그것과 질적인 차이를 드러내었다. 너욱이 이 시기의 조선학 연구자들은 각종 학회 및 출판 저널을 통해 활발한 학술 활동을 벌임으로써 조선 연구에서 방법과 이념의 다양화라는 성과를 낳기도 하였다. 예컨대 문헌학적 실증주의를 표방한 진단학회의 활동, 최남선, 정인보, 안재홍 등 한문 교양을 겸비한 세대의 활동, 사회주의자들의 유물변증법적 역사 문화론 등 다양한 경향의 활동이 전개되었던 것이다.[16]

그런데 조선학이 근대적인 학문으로서의 면모를 갖추게 되었다는 것은 고전부흥의 기획이 비록 민족주의 계열의 인사들이 제창한 조선학 운동과 직접적으로 상응하는 관계에 놓여 있지만, 이 시기 조선학의 방법과 이념적 분화가 말해주듯이, 심층에 있어서는 지적 담론의 영역에서 벌어진 헤게모니 투쟁의 자장 안에 위치하고 있었음을 뜻하기도 한다. 따라서 고전부흥의 기획이 1930년대에 전개된 조선학 운동을 기초로 이루어진 것이라 한다면, 식민 제국 일본의 후원 아래 이루어진 조선 연구에 대해서 대립각을 세우며 민족적 동일성 회복의 욕망을 표출한 조선학 운동이 어떻게 활성화될 수 있었는가라는 의문이 당연히 제기될 수밖에 없다. 중일 전쟁을 기점으로 현실 정치 운동뿐만 아니라 문화 및 사상운동에 대한 식민 제국의 탄압이 도를 더해가던 때였음을 고려할 때, 일본을 잠재적인 타자로 간주하고 민족적 자아의 확립을 통해 식민지 상황의

---

16) 이에 대해서는, 전윤선, 「1930年代 '조선학' 진흥운동 연구」, 연세대학교 석사학위논문, 1998, 14-32쪽 참조.

극복 의지를 표출한 조선학 운동이 활발하게 전개될 수 있었다는 것은 상식적으로 수긍하기 어려운 사태이기 때문이다.

그렇다면 이 같은 역설적 상황 자체는 식민 제국 일본이 '조선적인 것'에 대한 욕망을 암암리에 관리하고 통제하였다는 것을 반증하는 것으로 이해될 수도 있다. 즉 고전부흥의 기획에 내재된 '조선적인 것'에 대한 욕망은 식민 제국 일본의 학술적, 문화적, 제도적 제 장치에 의해 걸러진 결과라고 할 수 있는 것이다. 나아가 이 시기의 조선학은 '조선적인 것'에 대한 욕망을 제도적 틀 안에 묶어두고 제국과 식민지 사이의 적대성을 순화시키는 일종의 정류 장치의 역할을 한 것으로 이해할 수 있다. 문제는 1930년대 조선학의 이 같은 제도적 안정화가 낳은 효과가 무엇일까에 놓이게 된다. 이에 대해서는 한마디로 조선학 개념의 기원을 망각케 하는 효과를 낳았다고 말할 수 있는데, 바로 여기에 '조선적인 것'에 대한 욕망이 식민 제국의 욕망에 포섭될 수밖에 없는 비밀이 숨겨져 있다.

보통 조선학 운동은 '식민지 하에서 조선인의 조선인에 의한 조선인을 위한 조선 연구, 즉 일종의 학문적 민족주의 운동'[17]으로 평가된다. 그래서 그것은 국학이라는 용어와 동일한 의미를 갖는 말로 인식되는 게 일반적이었다. 그러나 식민지 조건을 고려할 때 조선학은 관습적인 차원에서 정의된 '국학' 개념으로 그 의미를 환원시킬 수는 없다. 조선학이란 개념이 형성된 기원의 맥락을 사상해버리기 때문이다. 예컨대, 일본에서 '국학'은 정치, 경제, 문화 전반에 걸쳐 구 제국 중국의 영향권 아래 있었던 일본이 근대적 민족국가로 자립하는 과정에서 탄생된 개념이었다.[18]

17) 鶴園裕, 앞의 글, 57~62쪽 참조.
18) 가라타니 고진[柄谷行人]은 제국과 제국주의 개념을 구분한다. 전자는 민족국가가 형성

이런 맥락에서 '조선학' 개념 자체를 역사화하여 파악할 때, 식민지 조건 아래서 탄생한 조선학이 자기 모순적인 성격을 내포한 개념임을 알게 된다. 왜냐하면 조선학은 본래 식민 제국 일본의 제국주의적 욕망에 의해 형성된 '東亞學(=동양사학)'이 고안해낸 것이기 때문이다. '동아학'이란 청일 전쟁 이후 일본이 서양과 구 제국 중국으로부터 자신을 분리시키고 특권화하는 과정에서 형성된 식민주의 담론이었다. 객관성과 학술성이란 외관을 취했지만 식민 제국 일본이 아시아의 맹주로써 자신의 패권을 확립하고 일본 민족의 동일성을 구축하려는 목적에서 조선과 중국을 타자화시켜 그들과의 차이를 역사적으로 정당화한 학문이 바로 '동아학'이었던 것이다.[19]

특히 '동아학'을 고안하는데 결정적인 구실을 한 것으로 알려진 시라토리[白鳥庫吉]가 일본 민족의 동일성을 확립하려는 의도에서 「단군고(檀君考)」를 집필하였다는 사실은 조선학 개념의 기원 문제와 관련해서 시사하는 바가 크다.[20] 조선인 학자 중 '조선학'이란 명칭을 처음 사용한 이가 최남선인데, 그는 식민 제국 일본의 조선 연구를 타자로 인식하고 이른바 조선의 '종교적 고고학' 구축이라는 목적에서 고조선 연구에 집중했다. 이런 사실은 바로 조선학이 그 기원에 있어서 조선과의 차이를 통

되기 이전 중국을 중심으로 통일된 세계를 후자는 민족국가 형성 후의 일본과 아시아의 관계를 나타낸다. 이런 구분 아래 本居宣長에 의해 이루어진 '국학'을 전자에, 일본 낭만파의 '국학'을 후자에 대응시키고 있다. 그리고 이 둘의 질적인 차이를 전자가 구 제국 중국을 타자로 의식한 데 반해 후자가 아시아 전체를 타자화한 데서 찾고 있다. 柄谷行人, 앞의 책, 25~36쪽 참조.

19) 村井寬志에 따르면 '동아학'은 일종의 지역 연구로 식민주의와 공범 관계에 있다. 동아학의 이런 특징을 "일청전쟁 전에는 '조선학'이 있으며, 조선은 멸망했다. 일로전쟁 전에는 '만선학'이 있으며 요녕성이 함락되었다. 만주사변 전에는 '만몽학'이 있으며 동북 사성은 멸망했다. ....."는 역사학자 憑家昇의 말을 인용하여 압축적으로 제시하고 있다. 村井寬志, 「日本のオリエンタリズム」, 姜尙中 編, 『ポストコロニアリズム』, 作品社, 2001, 124~126쪽 참조.

20) 이에 대해서는, 강상중, 『오리엔탈리즘을 넘어서』, 이산, 1997, 125~129쪽 참조.

해 일본의 동일성을 확립하고자 한 식민 제국 일본의 욕망에 의해 고안
된 조선학과 서로 통한다는 것을 뜻한다. 이런 면에서 조선학은 근본적
으로 자기모순적인 성격을 함축한 개념이라 할 수 있다.[21]

이와 같은 조선학 개념의 기원에서 확인할 수 있는 것은 민족주의와
식민주의, 민족적 동일성의 욕망과 식민 제국의 욕망이 서로 공모 관계
에 있다는 점이다. 물론 이것은 개별 주체의 의시 차원의 문제만은 아니
다. 문제의 핵심은 식민 제국 일본이 자신의 정체성을 확립하기 위해 만
들어낸 타자의 표상 체계로서의 조선학 개념을 1930년대 조선 연구자들
이 자연스럽게 받아들였다는 데 있다. 물론 그것은 식민 제국 일본이 구
축한 학교, 학술, 출판 등 여러 제도적 장치를 통해 조선학이 근대적인
지적 담론으로 안정화된 결과였다. 또한 이것은 조선학 개념의 기원에
내포된 제국주의의 시선이 일정 정도 조선 연구자들에게 내면화되었다
는 것을 뜻하기도 한다. 요컨대 '조선적인 것'에 대한 욕망에 의해 추동
된 조선학은 식민 제국의 조선 연구를 성립 조건으로 한다는 점에서 제
국주의의 파생 담론이라 할 수 있다. 이런 맥락에서 조선학은 식민 제국
일본에 의해 관리, 통제되었던 것이다.[22]

---

21) 최남선의 조선학은 '고조선'의 종합 연구 성격을 지닌다. 특히 그의 연구는 종교 또는
정신사에 치우쳐 있었다. 1927년 『계명』 19호 권두언에서 그는 "조선학의 건설은 그 종
교적 고고학으로 시작"한다고 하였다. 이와 같은 태도로 1928년 조선사편수회 촉탁으로
참여하여, 단군 조선과 기자 조선을 둘러싸고 今西龍과 논쟁을 벌였다. 鶴園裕, 앞의 글,
62-64쪽 참조.
22) 가령, 일본 총독부 산하의 朝鮮司法協會에서는 1926년 영문학자 藤井秋夫를 초빙하여
아일랜드 '민족운동과 문예부흥'에 관한 강연을 개최하였다. 이 강연에서 藤井秋夫는 아
일랜드 민족운동이 언어 및 문학과 맺는 관계, 영국에 대한 정치운동, 문예부흥운동 등
을 자세하게 소개하고 있다. 그런데 이 강연회 서두에서 그는 "조선은 일본의 아일랜드"
라는 취지로 자신의 글을 참고할 것을 청중에게 권하고 있다. 단순한 사례이지만, 이 글
을 통해 식민 제국 일본의 조선학에 대한 통제가 얼마나 치밀하게 이루어졌는가를 짐작
해 볼 수 있다. 朝鮮司法協會, 「アイルランド゜の民族運動とその文藝復興」, 1925, 1쪽
참조.

따라서 식민 제국 일본과의 대립에 의해서만 성립할 수 있는 '조선적인 것'에 대한 욕망은 근원적으로 자기모순적인 성격을 내포할 수밖에 없다. 고전부흥 기획의 밑바탕에 깔려 있는 '조선적인 것'에 대한 욕망이 함축한 이 같은 자기 모순적인 성격을 인식하지 않는 한 '조선적인 것'은 특권화되거나 부정될 수밖에 없다. 고전부흥의 기획이 '특수'와 '보편' 사이를 유동하는 양가적 의미를 띠게 된 이유는 그것이 조선학의 자장권 안에 놓여 있었던 데 있다고 할 수 있다.

3. 고전부흥 기획의 양가적 의미망

고전부흥의 기획은 당시 민족주의 계열의 인사들이 제창한 '조선학 운동'의 일환으로 이루어진 것이었다. 마르크스주의 문예운동이 좌절되고 조선학 운동이 제창되자 지식인 사회 일각에서는 '조선 사람이 조선을 너무 모른다'는 위기의식이 고조되어갔다. 이런 상황과 연동되어 '조선적인 것'에 대한 각성의 필요성이 일정 정도 공감을 얻게 된 결과, 과거 문학적 유산의 전유를 통해 '조선적인 것'을 환기시키려는 작업의 일환으로 고전부흥이 기획된 것이었다.

「조선 문학상 복고사상 검토」와 더불어 고전부흥의 논의를 불러일으키는데 촉매 작용을 한 1935년의 ≪조선일보≫ 특집 「조선 고전문학의 검토」의 기획자가 "찬란한 옛 문화를 잊어버린 차대(此代)의 우리는 너무도 외래의 문화를 수입하기에 급급하였다"는 반성 아래 "우리의 생명수였던 우리의 문학을 찾아 우리의 명패를 빛내고자 한다"[23]는 고전 검토

---

23) X기자, 「조선 고전문학의 검토」, ≪조선일보≫, 1935.1.1.

의 취지를 밝히고 있는 데서 짐작할 수 있듯이, 고전부흥을 기획하고 추진한 사람들에게는 하나의 공통된 인식이 자리 잡고 있었다. 조선인 스스로 자신의 문화를 타자화한 지나간 역사에 대한 반성이 그것이다. 말하자면 고전부흥의 기획은 서구적 보편성을 맹목적으로 추종함으로써 '조선적인 것'을 스스로 타자화해 온 흐름을 자성하는 토대 위에서 출발한 것이었다.

따라서 고전부흥의 기획은 이와 같은 자성에 기초해서 '잊혀진' 조선 문화 본래의 고유성을 자신의 역사적 과거로 되돌아가 확인하고자 하는 민족적 동일성 회복의 의지를 표출한 운동의 차원에서 이해될 수 있다. 그리고 이러한 민족적 동일성 회복의 전제 조건인 조선 문화의 고유성을 과거 우리의 문학적 고전 속에서 찾고자 했던 것이다. 이른바 '교양론'에 입각해서 고전 탐구의 의의를 강조한 김진섭의 다음과 같은 진술은 고전 부흥의 기획이 갖는 이러한 의미를 집약적으로 드러내주고 있다.

> 자기 역사의 탐구에서 참된 교양의 제 일보가 놓여야 할 것은 두말할 것도 없다. 이럼으로 의하여 비로소 우리는 우리의 교양과 진보를 도모할 수 있도록 최선의 자기를 축조할 수 있는 것이다. 이리하여 이제 조선은 잃어버렸던 우리를 그 고유의 역사적 매력을 가지고 놓치지 않으려 하고 있다.[24]

> 우리가 조선의 고전문학에서 얻을 수 있는 대부분의 것은 그 풍부한 역사적 재료에 틀림없다. 역사적 서술에 있어서나 또는 문학적 구성에 있어서나 한 가지고 많은 지장을 야기시키는바 이 역사적 재료란 물론 그 자체 허한 것을 실하게 하는 바 창조적 근원은 아니다. 그것이 과거에 임하든 현재에 임하든 모든 존재를 있는 그대로 형성시킬 수 있는바 모체가 창조적 상상력인 것은 두말할 것이 없다.[25]

24) 김진섭, 「고전탐구의 의의-역사의 매력(2)」, ≪조선일보≫, 1935.1.23.

인용문에서는 '잃어버린 우리 고유의 역사'에 대한 인식의 필요성을 제기하고 있다. 그리고 과거에 대한 '역사적 감각의 각성'을 위해서는 역사적 재료로서의 문학 고전에 대한 탐구 및 창조적 상상력이 필요하다는 점을 강조하고 있다. 그럴 때 문화(=교양)의 진보가 이루어질 수 있다는 것이다.

이와 같이 '역사적 감각의 각성'이 요청된다는 인식 아래 고전 탐구의 의의가 강조되던 흐름과 때를 같이하여 고전에 대한 역사적 재조명 작업이 저널리즘 상에서 활발하게 전개되었다. 가령 ≪조선일보≫ 특집 「조선 고전문학의 검토」에는 권덕규의 「훈민정음의 기원과 세종대왕 반포」, 김윤경의 「월인천강지곡해제-한글로 노래한 최고의 문헌」, 이병기의 「시조의 기원과 그 형태」, 김태준의 「신라 향가의 해설-민중예술로서 가요를 말함」, 일보학인의 「조선 고전에서 찾아온 잃었던 우리 문학의 음미-구소설에 나타난 시대성」, 이희승의 「용비어천가의 해설」 등이 실렸고, 같은 해 1월의 ≪동아일보≫ 특집 「조선문학의 독자성-특질의 구명과 현상의 검토」에도, 정인섭의 「현 문단의 제 분야와 조선문학의 특질」, 천태산인의 「춘향전의 현대적 해석」, 김태준의 「우리 문학의 회고」, 박사점의 「조선문화의 유산과 그 전승의 방법」 등이 발표되었다. 뿐만 아니라 뒤에서 살피겠지만 고전부흥 기획의 비판론자들에게 표적이 되었던 정인보의 「오천년 조선의 얼」이 연재되었다. 나아가 「건설기의 민족문학」이란 제목 아래 이헌구의 「불란(佛蘭) 자국어의 옹호」 및 「애란(愛蘭) 민족극의 수립」을 비롯하여 미국, 독일, 러시아 등에서의 민족문화에 대한 동향이 소개되었다. 저널리즘 상에 나타난 이 같은 고전 탐구열은 1938년 ≪조선일보≫ 특집 「고전부흥의 이론과 실제」 및 「서구정신과

---

25) 김진섭, 「고전탐구의 의의-『햄릿』과 『흥보』의 우열(3)」, ≪조선일보≫, 1935.1.24.

동방정취」에 이르기까지 지속적으로 이어졌다. 물론 고전 탐구열이 저널리즘 상에만 국한되어 나타난 현상은 아니었다. 이와 같은 고전 탐구열은 학술계나 출판계에서도 두드러진 현상이었는데,26) 이러한 열기가 고전부흥의 논리에 힘을 보태었음은 물론이다.

이처럼 조선 고유의 동일성을 회복하려는 차원에서 제기된 고전부흥의 기획이 우리 문화에 대한 역사적 성찰의 계기를 부여했다는 점, 그리고 조선의 과거 문화적 유산에 대한 발굴 및 역사적 재조명 작업을 고조시켰다는 점은 적극적으로 평가할 만한 일이다. 그러나 조선 고유의 본래적인 문화적 정체성을 회복하자는 차원에서 제기된 고전부흥의 기획은, 그것이 어떤 현실적 요청에서 이루어진 것인지의 여부를 차치하고 볼 때, 일종의 '인식론적 · 가치론적 전도 위에서 이루어진 것'이라는 점에 주목할 필요가 있다. 조선 고유의 본래적인 문화적 정체성의 회복이 민족이라는 집단적 주체의 동일성을 상정하고 '서구적인 것'과 '조선적인 것'을 이원론적으로 대립시킨 바탕 위에서 후자에 가치론적으로 우월한 지위를 부여하는 인식론적 틀을 전제하고 있는 한, 그것은 '외래문화를 수입하기에 급급'하여 자신의 문화를 타자화시켜 바라보았던 과거의 사유 구조를 역전시킨 것에 지나지 않는다.27) 이런 점에서 고전부흥의 기획은 '우리 고유의 것' 혹은 '조선적인 것'을 과거 속에서 인위적으로

---

26) 이와 같은 저널리즘 상의 관심과 더불어 학계 및 출판계에서 고전에 대한 재 발굴 작업과 그것에 대한 역사적 조명이 한껏 고양되어 나타났다. 김윤식은 당시의 고전 연구 및 고전 발굴 작업에 자세히 소개하고 있다. 예컨대 진단학회의 학술지 「진단학보」 창간호(1934.12)에 조윤제의 「조선시가태생」, 이병기의 「시조발생과 가곡과의 구분」, 손진태의 「조선고대 산신의 성에 취(就)하여」, 송석하의 「풍신고(風神考)」 등이 발표되었다. 그리고 김태준이 편집 교열한 『고려가사』, 『청구영언』, 『이조가사』, 『원본춘향전』 등과 임화가 편집한 『조선민요선』 및 김태오가 편집한 『조선전래동요』 등이 1938년 학예사에서 간행되었다. 당시 고전 연구열을 짐작케 하는 이외의 다양한 성과들에 대해서도 상세하게 소개하고 있다. 김윤식, 앞의 책, 320~328쪽 참조.

27) 이에 대해서는, 차승기, 앞의 글, 14~24쪽 참조.

소환하여 그것을 절대화한 나머지 조선의 현실을 가리게 하는 이데올로 기적 봉쇄 효과를 낳을 가능성을 함축하고 있었다.

김남천, 임화, 이청원 등 마르크스주의 계열의 지식인들이 고전부흥의 기획에 대해 일관되게 부정적 입장을 취했던 것은 고전부흥의 기획이 안고 있는 바로 이런 문제점 때문이다. 나아가 고전부흥의 기획에 대한 이들의 부정적 태도가 분석적이라기보다 다분히 이데올로기 비판의 성격을 띠고 나타난 것도 이에 연유한다. 그들은 '조선적인 것', '민족적인 심정'을 환기할 필요성에는 공감하면서도, 고전부흥의 기획이 '세계적인 것', '국제적인 것'과 대립되는 의미에서의 '지방적인 것', '향토적인 것'에 이끌려 그 안에 갇히게 될 경우, 의도치 않은 결과를 낳을 가능성을 우려했던 것이다. 즉 이들은 고전부흥의 기획이 '반동적인 복고주의', '낭만적 사대주의', '민족 파시즘'의 논리로 귀착될 가능성을 경계하는 차원에서 고전부흥의 기획에 대한 이데올로기 비판을 반복적으로 행했던 것이다.28)

이들과는 달리, 전문적인 식견을 갖고 고전 탐구에 진지한 자세를 견지하며 고전의 해제 및 편집, 과거 문학 유산의 역사적 조명 작업에 전념했기 때문에, 고전 연구가 갖는 시대적 의의를 누구보다도 잘 인식하고 있었던 김태준이 고전부흥의 기획에 시종일관 비판적 입장을 표명했던 것도 바로 이들과 동일한 이유에서이다.

과거에 대한 정당한 인식이 없는 문화운동은 또한 정당한 진로로 향할

---

28) 고전부흥의 기획에 대하여 이데올로기 비판을 행한 대표적 글로 김남천의 「조선은 누가 천대하는가?」(≪조선중앙일보≫, 1935.10.18), 「고전에의 귀환」(『조광』 23, 1937.9), 임화의 「역사적 반성에의 요청」(≪조선중앙일보≫, 1935.7.6), 이청원의 「'조선얼'의 현대적 고찰」(『비판』 36, 1937.2), 「문화의 특수성과 일반성」(≪조선일보≫, 1937.8.10), 「조선의 문화와 그 전통」(≪동아일보≫, 1937.11.5) 한식의 「문화의 민족성과 세계성」(≪조선일보≫, 1937.4.29) 등을 들 수 있다.

수가 없는 것이다. 맹목적으로 무비판적으로 매진하던 문화운동이 그 불리한 환경과 조우하여 전진도중에 저립(佇立)하게 되었을 적에 필연적으로 지나온 자취를 회상하는 것이다. 조선의 고전 연구는 바로 이러한 계단에 일보를 인(印)하려는 자이다. (…중략…) '조선' 연구열은 급작이 대두를 하게 된 것이다. 그러나 나는 이렇게 말하려 한다―우리는 우리의 형제자매에게 읽히어줄 '역사' 책 한 책도 갖지 못하였다. 그리하여 그 역사 연구의 출발은 그리고 그 진정한 의미의 역사 연구는 이제부터 시작되는 것이라고 (…중략…) 종래에 고전연구의 경향을 보면 고전연구자는 동시에 골동수집자, 고물상, 오방재가(五房在家)와 같은 느낌을 주었다. (…중략…) 그리기 때문에 고인(古人)의 생활을 엿보거나 또 거기로부터 지금까지의 발전 단계를 엿보아 미래의 건설에 자조한다든지 할 수는 없었다.[29]

인용문에서는 김남천, 임화, 이청원 등의 고전부흥의 기획에 대한 비판에서 볼 수 있는 격렬한 표현은 보이지 않는다. 다만 고전 탐구에 대한 '골동취미적' 연구 경향을 비판하면서 과거 조선 문화에 대해 '정당한 이해와 인식'이 요구된다는 것을 강조하고 있을 뿐이다. 그리고 이같은 '정당한 이해와 인식'은 과거의 조선 문화를 당시의 사회적 맥락 속에서 파악하고 현재의 조선 현실과 연관지어 고찰할 때에만 가능하다는 주장을 펴고 있다. 그렇게 될 경우 '미래로의 새로운 출발'을 기대할 수 있다는 것이다. 이는 곧 과거 문화유산에 대한 '골동취미적' 연구 경향이 현실과의 연관성을 배제함으로써 과거를 특권화하고 현실을 억압하는 것으로 귀결될 가능성이 있음을 우회적으로 비판한 것으로 읽을 수 있다.

고전부흥의 기획에 대한 이런 비판 논리는 김태준뿐만 아니라 마르크스주의 계열의 지식인들에게 공유된 이데올로기 비판의 기본 전제였다.

---

29) 김태준, 「'조선' 연구열은 어데서」, 《조선일보》, 1935.1.26~1.27.

즉 고전부흥의 기획에 대한 이들의 이데올로기 비판에는 '세계사적' 또는 '국제적인' 관점에서 조선의 특수한 현실을 인식해야 한다는 전제가 깔려 있었다. 세계사적 시야에서 이들에 의해 '과학적', '비판적' 조선학의 필요성이 강조된 것도 바로 이런 맥락과 관련된다. 물론 이들이 고전부흥의 기획에 대한 '과학적', '비판적' 정신을 강조하였던 것은 파시즘의 발호라는 당시의 세계사적 상황과 밀접한 연관을 맺고 있다. 파시즘이 과거의 민족 문화를 절대화함으로써 근대 지성 일반의 위기가 초래되었기 때문이다. 마르크스주의 계열의 지식인들이 고전부흥의 기획에 대해 '민족파쇼의 부활', '낭만적 사대주의', '반동적 복고주의' 등이라 부르며 이데올로기 비판을 행한 것은 이 같은 위기의식이 낳은 결과이기도 했다.

이런 맥락에서 볼 때 고전부흥의 기획은 한편으로 시대적 압력으로 인해 민족적 동일성의 회복이 절실하게 요청되던 현실적 차원에서 이루어진 것이었지만, 다른 한편으로 그것은 '조선적인 것'이라는 것을 호명하여 절대화한 나머지 현실을 괄호 안에 넣음으로써 식민 지배의 논리로 귀착될 위험성을 함축하고 있었다는 이중적 의미망을 갖는다. 이 점이 고전부흥에 대해 비판적인 자세를 견지했던 이들이 '조선적인 것' 또는 '과거적인 것'에 대해 이데올로기적 비판을 가한 근본 이유였던 것이다. 이러한 '고전부흥'의 기획이 갖고 있는 양가적 의미망 및 그것에 대한 이데올로기 비판은 이른바 '조선의 얼'에 대한 비판으로 구체화되어 나타났다.

4. '조선의 얼'과 '조선적인 것'에 대한 욕망의 아이러니

민족적 동일성을 확인하려는 욕망은 모든 문화가 실천하는 활동 중의 하나이다. 그것은 나름의 독특한 수사를 지니고 있으며 다양한 장치나 권위, 가령 국민적 축제, 고전, 기원의 역사 등과 같은 의례적이고 상징적인 수단을 통해서 표출된다.[30] 이런 문화적 실천의 과정을 통해 민족문화의 내재적인 것과 외재적인 것을 나누는 관념이 작동한 결과, 민족문화의 경계 바깥에 놓인 타자에 대한 차별이 행해짐으로써 민족적 동일성이 구축되는 것이다. 이처럼 민족적 동일성이란 문화의 내부와 외부를 경계 짓고 그 '사이'의 차이를 절대화하는 대립의 정치학이 작동한 결과로 형성되기 때문에 그것은 필연적으로 본질주의적이고 형이상학적인 성격을 갖게 된다. 고전부흥의 기획을 추동한 '조선적인 것'에 대한 욕망이 형이상학적 국면을 갖게 되는 것은 바로 이러한 맥락에서 이해될 수 있다. 물론 '조선적인 것'에 대한 욕망은 식민지적 상황의 극복과 가능성의 상태로 주어진 새로운 민족적 주체의 형성이라는 역사적 요청에 부응하여 추구된 것이었다. 그리고 이런 역사적 요청에 따라 '조선적인 것'에 대한 욕망은 민족의 고유한 본질을 특수하면서도 이해할 수 있는 형태로 인식시키고자 하는 차원에서 고전부흥 또는 문화적·문학적 전통 확립을 필요로 했던 것이라고도 할 수 있다.

그렇다면 문제는 '조선적인 것'에 대한 욕망 속에 함축된 형이상학적 본질이 어떻게 구체적으로 발현되었는가에 놓인다. 이와 관련하여 주목할 만한 것은 '조선적인 것'에 대한 욕망의 형이상학적 본질이 민족의 대서사(=역사)를 모색하는 일로 현상하고 있었다는 점이다. 특히 기원으

---

30) 이에 대해서는, 강상중, 앞의 책, 13-14쪽 참조.

로 거슬러 올라가 '조선적인 것'의 원초적이고 순수한 동일성을 발견하고자 하는 노력이 민족 대서사 모색 과정에서 핵심을 이루었다. 앞에서 논의한 바와 같이 1920년대에 최남선이 조선의 '종교적 고고학'을 구상한 이래로 1930년대 역사학계의 관심 또한 고대사 영역에 편중되는 경향을 보여주었다.[31] 이에 호응하여 고전부흥 기획을 둘러싼 논의에서도 당연 '조선적인 것'의 기원에 대한 문화적 표상을 확립하는 것이 주된 관심사의 하나로 부각되었다. 이런 관심은 신화적 인물 '단군'에게서 '조선적인 것'의 원초적이고도 순수한 동일성의 표상을 찾고자 하는 움직임으로 나타났는데, 이른바 '단군적인 것'이란 '조선적인 것'의 원초적이고 순수한 표상의 다른 이름이었다.

이와 같은 '조선적인 것'의 기원의 표상을 체계화하고자 한 의도에서 쓴 전형적인 논설이 백철의 「조선문학의 한계성」(『사해공론』 23, 1937.3)이었다. 그는 이 논설에서 과거 조선 문화의 흐름을 '기자적인 것(=외래적인 것)'과 '단군적인 것(=조선적인 것)'으로 나누어 '조선적인 것'이라는 민족의 자기 표상을 문화사적으로 정립하려 했다. '조선적인 것'의 문화적 표상을 구축하는 것은 '기자적인 것', '외래적인 것'과의 길항 관계를 통해서만 이루어졌다는 것을 여기에서도 확인할 수 있다. 요컨대 '조선적인 것'에 대한 욕망은 그것의 순수한 기원을 이루는 '단군적인 것'을 '기자적인 것'이라는 타자와의 대립을 통해 확립하고, 이를 '화랑도'와 '이순신' 및 '정다산' 등으로 이어지는 전형적인 인물의 표상과 연결하여 '조선적인 것'의 순수한 동일성의 계보를 작성함으로써 민족의 대서사 구축을 모색하였던 것이다.

이러한 '오천년' 민족의 대서사를 구축하는 형이상학적 원리로 초점화

---

31) 이에 대해서는, 전윤선, 앞의 글, 33~40쪽 참조.

되었던 것이 바로 '조선의 얼'이란 범주였다. 원래 '조선의 얼'이란 양명학자 정인보가 개인 주체의 자아 개념으로 상정한 '얼'을 사회와 민족의 차원으로 확장시키면서 제기한 정신사적 범주였다.[32] 하지만 이런 정인보 개인의 의도와는 상관없이 그것은 역사적 현실의 다양한 국면을 억압하는 형이상학적 원리를 지시하는 일종의 '기호'로 받아들여졌기 때문에, 김남천, 이청원, 김태준 등 마르크스주의 계열의 지식인들이 고정부흥의 기획에 대한 이데올로기 비판의 중심 대상으로 초점화하였던 것이다. 이청원의 다음과 같은 진술은 이에 대한 비판의 핵심을 압축적으로 보여준다.

> 모든 전환기적 과도기에는 낭만적 사대주의가 대유행하는 것이다. 결국 역사적인 의식과 논리와 규범, 분화를 초월하고 우리의 과거생활의 총 경험의 집약으로서의 현실의 도달한 과학적 지식을 신뢰하지 않고 비합리적, 무의식적인 그러나 통일적(모순된 현실의 토양의 분열을 추상적인 민족애로서 통일하려고 하는) 직관적 절대생명을 고양하는 신비적인 기회주의적인 정신태도인 것이다. '조선의 얼'이 일반 공중으로부터 경탄과 항쟁 속에서 외치고 있는, 따라서 단군사상의 전체적 영웅과 천재들의 역사적 해석가에 의해서 대언장담되고 있는 것은 현실 조선의 상태를 그대로 반영한다. (…중략…) 일반적 조건으로부터 제약을 받는 '조선의 얼'은 현실 조선의 무한히 다른 사유와 입장을 가지고 있는 역사적 현실을 무시하고 세계사의 역사적 과거의 모든 민족이 가진 공동 정신과 발전을 압살하고 조선 현실의-특히 과거의 역사적 현실에 있어서의 사실과 행동을 측량할 수 없는 신적 섭리의 표현으로서 미화, 성화하며 이상화하고 과거의 조선 사회의 정예한 선구적 분자의 전통과 유산을 무조건적으로 인민에게 강요하면서 그 중에서도 특점-장점만을 과거의 민족적 특성이라고 주장하는데 의하여 세계사적 일반합법칙성으로부터의 해

---

32) 이에 대해서는, 이상호, 「정인보의 얼사관」, 한국동양철학회 편, 『동양철학』 제12집, 33-37쪽 참조

방과 따라서 조선 고유의 발전 행정을 설명하고 그에 특징적인 생명(내용)을 부여하려고 하는 것이다.[33]

인용문에서는 '조선의 얼'에 내장된 형이상학적 본질에 대해 비판이 가해지고 있다. '조선의 얼'은 민족적 특성의 장점만을 '미화, 신성화, 이상화'하여 그것을 인민들에게 무조건적으로 강요할 뿐만 아니라 '현재적 현실의 다양성'을 바라보지 못하게 만들고 마치 그것만이 현실의 전체인 양 꾸미는 모든 사물을 설명하는 형이상학적 '원리'라는 것이 비판의 요체이다.

물론 '조선의 얼'은 '낭만적 사대주의'라는 표현이 함축하고 있는바, 상황에 따라서는 진보 또는 반동으로 귀결될 수 있는' 태도의 문제이기도 하다.[34] 그러나 이청원을 비롯한 고전부흥의 기획에 대해 부정적 입장을 보인 이들에게는 '조선의 얼'이라는 형이상학의 범주에 의해 구축된 민족의 대서사가 전제하고 있는 역사 인식 및 그것이 낳을 수 있는 부정적 효과가 더욱 큰 문제로 받아들여졌다. 즉 '조선의 얼'에 의해 구축된 민족의 대서사의 기저에는 지금의 역사적 현실이란 순수하고 원초적인 동일성으로 충만된 축복의 상태로부터 소외된 상태라는 인식이 전제되어 있다. 따라서 이런 인식에 근거한다면 역사적 '전환기'의 위기는 '단군사상의 전체적 영웅과 천재들'이 표상하는 실체 없는 '조선의 얼', 곧 순수한 '민족성'의 쇠퇴가 초래한 결과가 된다. 그리고 바로 이런 이유에서 고전부흥의 기획을 비판하는 지식인들에게 '인민의 생활에 관련된 직접적 생명의 재생산에 기반하지 않은' 채 일반 공중을 '경탄과 항쟁 속'에 '직관적 절대생명'의 차원으로 고양시키는 '조선의 얼'은 '민족

---

33) 이청원, 「'조선얼'의 현대적 고찰」, 『비판』 36, 1937.2.
34) 이에 대해서는, 趙寬子, 앞의 글, 70쪽 참조.

파시즘'으로 인식되었던 것이다.

요컨대 '조선의 얼'이란 식민지적 조건 하에서 양명학의 대가 정인보가 취한 행동과 의지와 관계없이 '조선심', '조선소', '조선색' 등 끊임없이 표현을 달리하며 변주되어 온 '조선적인 것'을 절대화시킨 문화적 본질이다. 그리고 고전부흥의 기획에 대해 비판적 입장을 견지했던 이들이 우려했던 바는 바로 '조선적인 것'의 절대화가 초래할 수 있는 위험성이었다. '조선적인 것'에 대한 욕망이 식민 제국 일본에 대한 대타적인 의식의 차원에서 추구된 것이라 하더라도 '조선심'의 확산을 위해 '단군론'을 내세웠던 최남선이 '내선일체'의 식민 제국의 지배 논리에 동화되어 간 궤적[35]에서 볼 수 있듯이, 민족 문화의 본질을 절대화하는 형이상학적 범주인 '조선의 얼'이 추구하는 욕망은 식민지 지배자의 논리에 흡수 동화될 가능성을 내포하고 있었다고 할 수 있다.

백철의 「조선문학의 한계성」에 대한 비판의 형식으로 쓴 김태준의 「조선의 문학적 전통」에 기술된 다음의 일절은 바로 이 같은 본질주의적 형이상학에 기초한 '조선적인 것'의 욕망이 어디에서 비롯된 것인지에 대해 시사해 주는 바가 크다.

> '단군을 위주한 신도'란 그 무엇인지 정체를 모른다. 이것은 옛날에 김교신, 나철, 최남선 제씨가 단군교를 세울 적에 일본 내지의 신도를 흉내 내서 임시로 만들어 쓰는 진부한 용어이다. (…중략…) 현해 저편에서 '日本的なもの'을 떠든다고 곧 이곳에 그것을 수입하는 것은 현명한 전통 문학의 옹호책이 아니다. 독일에서 독일의 것만을 찾고 비독일적인 것을 배척하던 것도 작금의 일이다. 일본 내지에서 어떤 종류의 인간들에게 무슨 필요로써 '日本的なもの'이 제창되고 있는지 잘 알고 있다. 우선 '日本的なもの'이 떠들게 되는 사회적 근거를 명백히 보여주고 그것

---

35) 이에 대해서는, 趙寬子, 앞의 글, 70-71쪽 참조.

의 조선에의 수입이 얼마나 무의미한 희필일이라는 것을 반성하기를 바란다.36)

인용문에서는 '조선적인 것', 그리고 그것의 순수하고도 원초적인 동일성의 표상인 '단군'이란 결국 '일본적인 것'과 '신도'를 수입하여 모방한 것에 지나지 않는다는 점을 환기시키고 있다. 달리 말하자면 민족적 동일성을 나타내기 위해 표현된 '조선적인 것'이라는 범주는 '일본적인 것'을 전제하지 않는 한 존재할 수 없는 것이다. 이것은 또한 '일본적인 것'이라는 범주가 '조선적인 것'의 도전을 받아들이는 한에 있어서만 요구된다는 것을 뜻하기도 한다. 요컨대 '일본적인 것'이란 보편적 동일성을 추구하는 식민 제국의 자기부정을 의미하며, '조선적인 것'이란 보편적 동일성으로부터의 일탈이자 민족적 차이의 긍정임을 뜻한다. 민족적 차이에 근거를 둔 조선학 자체가 제국주의의 파생 담론이었듯, '조선적인 것' 또한 '일본적인 것'과 적대적인 길항 관계를 맺으면서도 '일본적인 것'을 자신의 성립 조건으로 전제함으로써 그것에 기생할 수밖에 없다는 아이러니를 함축하고 있다.

이와 같은 사태가 말해주는 것은 자명하다. 즉 '조선의 얼'로 표상되는 '조선적인 것'은 민족주의가 생사를 건 투쟁의 대상으로 삼은 식민 제국의 자기 표상인 '일본적인 것'과 동일선상에 있다. 그리고 이러한 의미에서 민족주의적 형이상학으로서의 '조선적인 것'에 대한 욕망은 역설적으로 욕망의 대상 그 자체를 폐지하는 한에서만 비로소 목적을 이룰 수 있다는 아이러니한 성격을 갖는다.

---

36) 김태준, 「조선의 문학적 전통(하)」, 『조선문학』 14, 1937.7.

5. 맺음말

고전부흥은 1930년대부터 본격화된 조선학 운동과의 연관 속에서 이루어진 문화적 기획이었다. 그러나 좀 더 시야를 확장할 때, 조선에서 신문학 운동이 시작된 이래 각종 신문학 유파들의 '근대'에 대한 성찰이 고전부흥의 기획을 형성하게 된 근본 배경이 되고 있음을 알 수 있다. 서구 문학 규범이나 관례 속에 근대 문학(=정신)의 보편성이 구현되어 있다는 신념은 정치적 외압에 의해 초래된 카프 해산을 계기로 전면적인 회의의 대상이 되었고, 그 결과 문학적 주체들은 '근대'라는 보편주의 이념이 억압해 온 자신들의 과거 역사로 눈을 돌리게 되었다. 요컨대 시대적 상황이 '역사에 대한 반성', 나아가 보편과 특수에 대한 관계의 재설정을 주체들에게 요청하였던 것인데, 바로 이와 같은 보편적 근대-카프의 이념적 주춧돌이었던 사회주의 이념을 포함한-에 대한 역사적 반성의 전면화가 고전부흥이라는 새로운 문화적 기획 및 '조선적인 것'에 대한 재인식의 필요성을 낳은 사상적 배경이 되었다.

이러한 역사에 대한 반성을 토대로 고전부흥의 기획이 '조선적인 것'에 대한 욕망, 즉 민족적 동일성 회복의 욕망을 추구하였다는 점에서 그것은 국가가 부재한 식민지적 상황에서 '상상의 공동체'를 창안하고는데 일조한 문화적 기획이었다고 평가할 수 있다. 그러나 식민지적 상황에서 '상상의 공동체'를 창안하는 일이란 식민 제국 식민주의와의 교섭 및 길항 관계를 전제로 하지 않고서는 가능할 수 없기 때문에 고전부흥의 기획은 양가적인 의미를 지닐 수밖에 없다. 식민 제국의 식민주의 자체가 동화와 차별을 반복적으로 재생산하는 모순적이고 이중적인 구조를 지닌 것인 한에 있어서 식민지 주체는 근원적으로 동일성과 차이, 보편과 특수, 자아와 타자, 포섭과 배제 사이를 끊임없이 유동하면서 내적인 긴장과 대립 상태 놓일 수밖에 없기 때문이다. 따라서 고전부흥의 기획은 한편으로 '조선적인 것'을 과거로부터 소환하여 절대화한 나머지 역사적 현실을 괄호로 묶음으로써 식민 제국의 논리로 귀결될 가능성 또한 내포하고 있었다. '조선적인 것'이 '일본적인 것'과의 동일성에 기반하고 있었기 때문이다. 그런 의미에서 고전부흥이 기획했던 '조선적인 것'은 식민 제국의 파생 담론이라 할 수 있는데, 식민지적 조건에서 표출된 민족적 동일성 회복의 욕망은 궁극적으로 그 욕망이 대상으로 설정하고 있는 '조선적인 것'을 폐기할 때에야 비로소 성취될 수 있다는 것을 의미한다.

물론 고전부흥의 기획을 추동한 '조선적인 것'이 아이러니한 성격을 지니게 된 것은 제국과 식민지가 서로 적대하는 길항 관계를 맺으면서도 서로에게 기생할 수밖에 없는 대립 정치학이 작동하는 식민지적 상황에서 비롯된 것이다. 해방 이후의 역사적 과정이 보여주듯이, 관념적 실체인 '조선적인 것'에 대한 욕망이 스스로 '조선적인 것'의 폐지를 목표로 하지 않는 한, 그러한 욕망은 끊임없이 현실을 억압하는 기제로 작용할 수 있다. 이것이 식민지적 조건에서 형성된 '조선적인 것'에 대한 욕망이 지닌 아이러니한 성격이다. '조선적인 것'의 형성을 둘러싸고 제기된 고전부흥의 기획이 문화사적 의의를 지닌다고 한다면, 바로 '조선적인 것'에 대한 욕망이 지닌 아이러니한 성격을 확인시켜 준 담론의 장이었다는 데 있다.

제2부

이광수 장편소설과
제국주의에 대한
동일화의 서사

제1장

'민족'을 위한 소명의식과 식민지 지식인의 자기기만
─『무정』

1. 들어가는 말

이광수의『무정』은 한국 근대 소설의 형성 과정을 논할 때마다 논의의
정점에 놓여 관심과 논란의 대상이 되어 왔다. 일찍이 김동인은『무정』
에 대해 '조선 신문학이라 하는 대건물의 가장 긴한 주춧돌'[1]이라는 소
설사적인 의의를 부여한 바 있다. 그러나 다른 한편으로 그는 같은 글에
서 작가의 이념을 소설 형식에 '억지로' 빚어 놓은 데서 '성격의 불통일'
이 초래되었다는 점과, '조선 국어체'로 장편을 썼음에도 불구하고 구투
를 완전히 탈각하지 못한 문체상의 문제점 등을 들어『무정』이 안고 있
는 내용적·형식적 문제에 대해 혹독한 비판을 가하기도 하였다. 즉 김
동인은 소설사적 의미 부여와는 상반되게『무정』이 근대소설로서는 한계
가 있음을 지적한 것인데, 이런 김동인의 양가적 평가는 이후『무정』의

---

1) 김동인,『춘원연구』, 신구문화사, 1956, 52쪽.

위상과 가치와 관련하여 하나의 비평적 범례가 되었다. 『무정』을 둘러싸고 빚어진 논란의 밑바탕에 과연 『무정』이 소설적 근대성을 '진정'으로 구현한 작품인가라는 보다 근본적인 문제의식이 깔려 있음은 물론이다. 논자마다 강조점을 어디에 두고 어떻게 평가하느냐 따라서, 말하자면 신소설과의 연속적인 측면에 강조점을 둘 것인지 아니면 불연속적인 측면에 강조점을 둘 것인지에 따라서 근대 소설의 형성 과정에서 『무정』이 차지하는 의미에 대하여 서로 상반된 평가가 노정되었다고 할 수 있다.[2]

그렇지만 『무정』이 지속적으로 논란거리가 되어왔다는 사실 자체가 한국 근대 소설사의 '발아기를 독점'하는 『무정』의 위상을 실감케 해 주는 것이기도 하다. 따라서 『무정』의 문학사적 가치에 대하여 비록 논자마다 차이가 나는 평가를 내리고 있다 하더라도, 적어도 '신소설에서 관념적으로 제기되었던 근대적 이념의 문제들을 정서적인 흥미화와 더불어 새로운 서사법과 형태 미학으로 발전시켰다'[3]는 지적만큼은 부인하기 어려울 듯싶다. 그런 한에서 『무정』을 한국 근대 소설의 시작을 알리는 작품으로 자리매김하기에 큰 무리는 없을 것이다. 문제가 있다고 한다면, 『무정』에 대한 기존의 '해석적 관습'이 보여주는 평가의 잣대를 어떻게 넘어설 수 있는가 하는 점일 것이다. 사실 『무정』에 대한 해석적 관습은 공히 '근대적 정신'과 '근대적 양식'이라는 추상적으로 상정된 서구 소설의 모델을 잣대로 이 기준에 『무정』이 얼마만큼 부합하는가를 따지는 차원에서 이루어짐으로써 평가에 있어서 다소간 차이점을 드러

---

2) 김동인의 논의를 비롯하여 『무정』에 대한 대표적인 논의들은 다음과 같은 것을 들 수 있다. 임화, 「조선 신문학사론 서설」(≪조선중앙일보≫, 1935.10.15), 백철, 『신문학사조사』, 신구문화사, 1972. 송민호, 「춘원의 초기작품의 문학사적 연구」, 『고려대60주년기념논문집』, 1965. 조연현, 『한국현대문학사』, 인간사, 1961, 218~265쪽. 김우창, 「한국현대소설의 형성」, 『궁핍한 시대의 시인』, 민음사, 1972. 김윤식, 김현, 『한국문학사』, 민음사, 1972. 정한숙, 『현대한국작가론』, 고려대출판부, 1976. 이재선, 『한국현대소설사』, 홍성사, 1979.
3) 이재선, 『한국문학의 원근법』, 민음사, 1996, 401쪽.

내고 있음에도 불구하고 동어반복이라는 느낌을 지울 수 없기 때문이다.

이런 사실을 고려한다면, 『무정』의 소설적 근대성에 대한 논의가 텍스트가 생산된 조건 및 맥락과의 보다 구체적인 연관 속에서 이루어져야만 할 필요성이 제기되는 것은 당연할 터이고, 그러한 조건이 충족될 때 한국 근대 소설사에서 『무정』가 갖는 가치에 대하여 더욱 설득력 있는 평가 또한 가능할 것이다. 이런 점에서 기존의 해석적 관습의 틀을 넘어서 『무정』에 대해 새로운 시각에서 접근해 들어간 일련의 연구들은 의미 있는 성과라고 할 수 있다. 페미니즘의 시각에서 『무정』의 소설 문법을 해독하려는 작업이나, '사랑', '육체', '강간' 등을 근대성 해독의 코드로 삼아 『무정』을 다시 읽으려는 시도들, 나아가 『무정』이란 텍스트가 비평적 맥락에서 권력화 되어 간 양상에 주목하여 그것의 탈정전화를 모색한 논의 등 다양한 차원에서 새롭게 시도된 연구들4)은 『무정』의 소설적 근대성에 대한 논의의 지평을 확장시켰을 뿐만 아니라 『무정』에 대한 새로운 해석의 가능성을 열어놓았다는 데서 적지 않은 의의를 갖는다.

이 장에서는 이와 같은 일련의 연구 성과를 바탕으로 『무정』 텍스트의 '식민성'에 대하여 논하고자 한다. 식민지 상황 아래서 근대의 경험이 이루질 수밖에 없었던 문학 생산의 조건과 함께 『무정』의 탄생이 갖는 사건사적 의미를 유념한다면, 한국 근대 소설의 첫 장을 연 『무정』의 '식민성'에 대한 논의는 불가피할 수밖에 없다. 이런 문제의식에 서서 식민지 상황 속에서 생산된 『무정』의 의미 구조에 식민지적 사회 구조가 미

---

4) 이재선의 위의 글을 비롯하여, 서영채, 「『무정』과 소설적 근대성 : 춘원 이광수 탄생 100주년」,(『문학사상』, 1992, 2월호), 김경수, 「현대소설의 형성과 겁탈-『무정』의 근대성 再論」,(문학사와비평연구, 『한국 현대문학의 근대성 탐구』, 새미, 2000), 최혜실, 『신여성들은 무엇을 꿈꾸었는가』(생각의나무, 2002), 이영아, 「이광수 『무정』에 나타난 '육체'의 근대성 고찰」,(『한국학보』 106집, 2002 봄), 김병길, 「『무정』은 권력이다」(『한국근대문학연구』, 2003 하반기) 등이 이와 관련된 대표적인 논의로 꼽을 수 있다.

친 효과를 살피고자 하는 것이 본 장의 목적인 것이다.

일반적으로 소설이라는 서사 형식의 탄생은 식민주의의 확장과 불가분의 관계를 맺고 있다. 소설이란 서사 형식은 신이 사라진 근대 서구의 산물로서, 국어의 성립과 국민의 형성을 핵심으로 하는 민족국가(nation-state) 건설의 요청과 역사적으로 긴밀한 관련을 맺고 형성된 것이다. 이것은 소설이 식민주의의 확산과 더불어 전 세계적으로 유통되면서 보편적인 서사 형식으로 자리잡아갔음을 의미하기도 한다.5) 그런 점에서 소설의 세계를 가공하는 데는 신의 자리를 대신한 민족국가의 시점이 전제되게 마련이다. 말하자면 소설 형식은 민족적 경험을 암묵적으로 내포하고 있다. 따라서 식민지적 상황과 근대의 경험이 서로 맞물려 들어간 식민지 시기 한국의 문학사적 조건을 고려할 때 이 같은 사태는 주목을 요하는 사안일 수밖에 없다.

이러한 맥락에서 『무정』의 탄생은 적지 않은 의미를 갖는 사건이라 할 수 있다. 왜냐하면 서구에 기원을 둔 새로운 문학적 장르 관념을 염두에 두고 의식적으로 글쓰기 실천을 행한 사람이 춘원이 처음이었고6), 임화의 지적처럼 '정치와 민족과 도덕과 전통과 그 외의 초개인적인 전체'의 경험을 큰 스케일을 갖고 시도한 이광수의 첫 장편소설이 바로 『무정』7)이기 때문이다. 뿐만 아니라 대중적인 독자 사회가 도래하기 이전이었음에도 불구하고 『무정』이 당시의 독서계에 엄청난 반향을 불

---

5) 오카 마리, 김병구 역, 『서사 기억』, 소명출판, 2004, 57~64쪽 참조.

6) 황종연의 따르면, 이광수는 근대 서양 및 일본의 문학이론을 번안하는 통언어적 실천을 통해 문학을 심미화하고 민족문학의 이념적 원점을 제시했다. 그러한 문학에 대한 새로운 담론의 형성은 '신문학'이라는 한국문학에서의 근대의 추구에 중추적인 역할을 하였다. 이광수의 문학론은 특히 문학에 의한 미적 교육을 민족주의적 헤게모니의 일환으로 포섭하려는 논리를 보여줌으로써 근대적 기획의 성격을 명확히 드러낸다. 황종연, 「문학이라는 譯語」, 문학사와 비평, 『한국문학과 계몽담론』, 새미, 1999, 38~39쪽 참조

7) 임화, 「소설문학의 20년」, ≪동아일보≫, 1940.4.12.

러 일으켰다는 사실8)로 미루어 보아, 출판 및 유통의 체계가 채 안정되
지 못했던 초기 식민지적 상황에서 『무정』이 근대적인 독자 대중을 탄
생시키는데 견인차 구실을 한 작품이라고 평가할 수 있는 점 또한 한국
근대 소설의 형성 과정에서 『무정』이 갖는 사건사적 의미를 뒷받침해
준다.

이렇게 볼 때, 『무정』은 한국 근대 소설의 본격적인 시작을 알리는 작
품으로서의 의미를 갖는다고 할 수 있을 터인데, 『무정』이 식민지적 조
건 아래서 이루어진 민족적 경험을 어떻게 내면화하고 있으며 그것의 정
서적 구조의 특징이 무엇인가는 『무정』의 '식민성' 이해의 핵심 물음이
라 할 수 있다. 바로 이런 맥락에서 식민 제국 일본의 문화적 지배가 배
태한 식민지 정신성(colonial mentality)9)의 양상을 『무정』의 서사 분석을 통
해 밝히는 것이 본 장의 주된 논점이다.

2. '민족을 위한' 소명의식의 자연화 전략

이광수는 자신이 '문사(文士)'로 규정되는 것을 의식적으로 거부하면서
『무정』을 비롯한 자신의 모든 글쓰기 행위의 궁극적인 동기가 "내가 신

---

8) 『무정』은 1910년대 말부터 1920년대 중반까지 가장 많이 읽힌 소설이다. 『무정』은 1918
년 단행본 발간 이후 1924년까지 1만부 이상 팔렸다. 『무정』이 창작된 시대보다 여러 면
에서 대중적인 독자 사회가 상대적으로 안정된 배경에서 창작을 했던 염상섭의 소설이 2
쇄(2천부)를 찍게 되기까지 약 14~15년의 시간이 걸렸던 것을 감안해 보면, 대중적인 독
자 사회의 형성에 있어서 『무정』이 갖는 의미가 결코 작다고 할 수 없을 것이다. 천정환,
『근대의 책읽기』, 푸른역사, 2003, 285~314쪽 참조.
9) '식민지적 정신성'이란 식민 제국과 식민지국 사이의 정치적·권력적 관계성, 즉 식민주의
적 관계성에 의해서 규정되는 식민지 주체의 위치성에서 배태된 정신적인 특징을 나타내
는 개념이다. 그것은 일본인/조선인, 선/악, 구원/파멸, 문명/야만, 우월감/열등감, 자아/타
자, 주체/객체라는 이분법적 구조에 의해 규정된다.

문기자가 되는 구경(究竟)의 동기, 교사가 되는 구경의 동기, 내가 하는 모든 행위의 구경의 동기와 일치하는 것이니, 그것은 곧 「조선과 조선민족을 위하는 봉사—의무」의 이행"10)에 있음을 술회한 적이 있다. 이러한 진술에서 무엇보다 문제적인 것은 이광수가 '조선민족' 전체와의 관계 속에서 자신을 교사의 위치에 놓고 있다는 점이다. 이것이 이광수가 소설을 쓰면서도 '문사'라고 자처하기를 꺼려했던 이유이기도 한데, 『무정』의 서사적 기획의 근원성이 '조선민족'의 계몽에 놓여 있음을 짐작케 해주는 대목이다. 『무정』의 서사가 '가르침의 담론'에 근거하고 있는 '교육적 형성소설'의 형태를 취하게 된 것도 따지고 보면 이러한 서사 내적 요구에서 말미암은 것이라고 볼 수 있다.

그러나 여기에서 생각해 보아야 할 점은 누가 이광수를 호명한 것도 아닌데, 무엇이 그로 하여금 스스로를 '조선민족'의 교사 지위에 정립케 하였으며, 또 '조선민족의 지위의 향상과 행복의 증진에 기여해야' 한다는 일종의 소명 의식을 갖게 만들었는가 하는 것이다. 작가의 전기적 맥락과 관련지어 춘원의 민족주의적 신념에서 그 이유를 찾는 것은 아마도 이 물음에 대한 가장 손쉬운 답변일 것이다. 그러나 이는 작가의 전기적 맥락으로 환원하여 설명할 수 있는 성질의 문제도 아니거니와, 거기에서 답을 찾는 것 자체가 동어반복의 논리에 지나지 않을 터이다.

소설이라는 서사 형식이 근대의 제도화 과정의 산물이란 점을 고려할 때, 이 물음에 접근하려면 오히려 식민지적 상황 속에서 춘원의 민족주의가 근대의 경험을 어떻게 내면화하고 있으며, 그것의 바탕을 이루는 정서적 구조는 무엇인가를 밝히는 데 중심을 두어야 할 것이다. 이에 대한 해명을 통해 춘원이 상상한 민족이란 범주의 내용을 가늠할 실마리를

---

10) 이광수, 「여(余)의 작가적 태도」, 『이광수 전집』 16, 삼중당, 1963, 195쪽.

얻을 수 있기 때문이다. 요컨대 이 같은 물음에 대한 해명은 이광수의 민족주의 신념의 구체적인 정서적 구조를 밝히는 일과 긴밀한 관계를 맺고 있는 것인데, 춘원은 『무정』에서 자신의 분신이라 할 수 있는 '경성학교 영어교사' 이형식을 내세워 '민족을 위한 봉사'라는 소명 의식을 강박적이리만치 반복적으로 드러내고 있을 뿐만 아니라 이를 합리화하기 위한 서사전략을 구사하고 있기에, 우선 이형식을 중심으로 펼쳐지는 『무정』의 서사를 주목해 볼 필요가 있다.

『무정』은 '여명기 신진 지식 계급 남녀들의 고민을 새로운 연애문제, 새로운 결혼문제 등을 통해 그려보려 했다'는 작가의 말[11])에서 짐작할 수 있듯이, 이형식, 박영채, 김선형 세 사람 사이에서 연애와 결혼 문제를 둘러싸고 빚어지는 갈등에 서사의 초점을 맞추고 있다. 이 갈등의 중심에 바로 경성학교 교사인 이형식이 놓여 있다. 그가 박영채와 김선형을 사이에 두고 자신의 반려자로 적합한 여성을 선택하는 과정을 『무정』의 서사는 일차적으로 문제 삼고 있는 것이다. 이 두 여성 사이를 저울질하면서 유동하는 이형식의 내면을 묘사하는데 『무정』의 서술 초점이 놓여 있다는 사실이 이를 뒷받침해 준다.

『무정』의 이러한 서술 양상은 다분히 의도성을 내포한 것이다. 우선 『무정』의 독특한 서사 시간의 구성이 이를 잘 말해준다. 등장인물들의 후일담적 성격을 띤 『무정』 마지막 절, 영채가 황주 병욱의 집에서 행복한 나날을 보내는 한 달여 시간(91절-101절), 그리고 서사의 흐름에 급격한 전환을 가져오는 말미 부분, 곧 각각 미국과 일본으로 유학길을 떠나던 이형식, 김선형 짝과 김병욱, 박영채 짝이 삼랑진에서 홍수로 고통받는 민중들의 참상을 목도하고는 그들을 위해 구제 활동을 벌이는 이틀

---

11) 이광수, 「『무정』 등 전작품을 어(語)하다」, 『이광수 전집』 16, 삼중당, 1963, 300쪽.

(102절-125절) 등을 제외하면, 『무정』의 서사 시간은 1916년 6월 27일부터 7월 2일까지 고작 닷새 남짓에 지나지 않는다. 바로 이 닷새 동안에 이형식과 박영채, 그리고 김선형이 연애와 결혼 문제를 놓고 빚게 되는 갈등 양상이 집중 부각되는데, 이는 작품 전체에서 3분의 2에 해당하는 분량으로, 갈등 관계의 중심에 위치해 있는 인물들, 특히 이형식과 박영채의 내면에 대한 서술이 그만큼 확장되고 있다는 것을 말해준다.

　김선형과 박영채를 사이에 두고 끊임없이 유동하는 이형식의 마음은 결국 자신의 배우자로 김선형을 선택하는 것으로 귀착된다. 『무정』의 서사가 이형식의 내면을 전경화하는 이유는 궁극적으로 이와 같은 이형식의 배우자 선택 행위를 극적으로 제시하여 합리화하고자 하는 데 있음은 물론이다. 왜냐하면 이형식이 '서울에서 지위와 재산 면에서 두 세 째에 꼽히는 유력자'이자 선형의 부친인 김 장로의 집을 방문하는 것으로 소설이 시작하는 데서 이형식의 선택은 이미 예견되어 있던 것이기 때문이다. 즉 김 장로가 일찍이 형식의 학식과 인격에 대한 소문을 듣고, 딸과 함께 유학을 보내려는 계산으로 그를 선형의 영어 가정교사로 '고빙'하였고, 이에 대한 암묵적인 동의 아래 이형식은 만나지도 않은 선형에 대해 기대감과 환상을 갖게 되는 데서 이를 짐작해 볼 수 있다.

　　어제 김 장로에게 그 부탁을 들은 뒤로 지금껏 생각하건마는 무슨 묘방이 아니 생긴다. 가운데 책상을 하나 놓고, 거기 마주앉아서 가르칠까. 그러면 입김과 입김이 서로 마주치렷다. 혹 저편 히사시가미(양갈래로 딴 머릿단)가 내 이마에 스칠 때도 있으렷다. 책상 아래에서 무릎과 무릎이 가만히 마주 닿기도 하렷다. 이렇게 생각하고 형식은 얼굴이 붉어지며 혼자 빙긋 웃었다. 아니 아니, 그러다가 만일 마음으로라도 죄를 범하게 되면 어찌하게. 옳다, 될 수 있는 대로 책상에서 멀리 떠나 앉았다가 만일 저편 무릎이 내게 닿거든 깜짝 놀라며 내 무릎을 치우리라. 그러나

내 입에서 무슨 냄새가 나면 여자에게 대하여 실례라. 점심 후에는 아직
담배는 아니 먹었건마는, 하고 손으로 입을 가리우고 입김을 후 내어 불
어 본다. 그 입김이 손바닥에 반사되어 코로 들어가면 냄새의 유무를 시
험할 수 있음이라. 형식은, 아뿔싸! 내가 어찌하여 이러한 생각을 하는가,
내 마음이 이렇게 약하던가 하면서 두 주먹을 불끈 쥐고 전신에 힘을 주
어 이러한 약한 생각을 떼어 버리려 하나, 가슴속에는 이상하게 불길이
확확 일어난다.[12]

인용문에서는 이성으로서의 김선형에 대한 이형식의 기대감과 환상이
묘사되고 있다. 더욱이 이형식이 김 장로 집으로 향하는 길에서 우연히
만난 신문기자 신우선이 일러준 그녀의 구체적인 신상정보-정신여학교
를 우등으로 졸업한 미인-는 그로 하여금 선형에 대한 기대감 및 환상을
더욱더 자극하게 되고, 급기야 신우선이 던진 '약혼'이란 단어를 듣고 형
식은 기쁨을 느끼기까지 한다. 바로 이러한 맥락에서 형식이 선형을 선택
한 행위는 이 같은 소설의 '시작'에 내장된 의도, 즉 김 장로와 형식 사이
에서 이루어진 묵계에 의한 거래 관계가 현실화되어 나타난 것에 지나지
않는다.[13] 그러므로 『무정』이 서술의 초점을, 뜻하지 않은 영채와의 칠년
만의 재회가 계기가 되어 시작된 형식의 심적 갈등에 맞춘 것은 이형식
의 내면 깊숙한 곳에 자리 잡은 선형과 그녀의 존재가 환기시키는 배경
에 대한 선망 의식을 감추고, 궁극적으로는 형식의 선택 행위를 합리화하

---

12) 이광수, 『무정』, 『이광수전집』 1, 삼중당, 1963, 7-8쪽.
13) 소설에서 '시작'이 갖는 의미는 각별하다. 사이드는 "소설은 특정한 방식으로 <시작>하
고, 독자와 작자 양자가 암묵적으로 인식하는 전개의 논리에 따라 진행된다."는 전제 아
래, 시작을 그 이후의 전개를 가능케 하는 "의미의 의도적 생성의 첫 단계"로, 텍스트를
"시작할 때의 어떤 의도로부터 구성되는 과정에 있는 구조, 즉 구조를 실현하는 과정에
있는 구조"로 파악한다. 에드워드 사이드(E. Said), *Beginnings : Intention and Method*, Basic
Book, New york, 1975, 5쪽, 157-158쪽 참조. 이광수 장편소설에서 '시작'이 갖는 의미
에 대해서는, 아사까와 신, 「이광수 장편소설의 시작의 구조」, 『한국소설연구』 제2집,
한국소설학회, 1998 참조.

고자 하는 작가의 의도된 서사전략의 일환이라고 해석할 수가 있다.

『무정』의 서사를 추동해가는 사건들 또한 이러한 맥락에서 의미화할 수 있다. 특히『무정』서사의 '중핵사건'인 영채의 '겁탈' 사건은 형식의 심적 갈등을 일거에 해소하는 결정적인 계기로 작용할 뿐만 아니라 그의 선택 행위를 정당화해 주는 적극적인 역할을 한다는 점에서 중요한 의미를 갖는다. 사실 영채의 뜻하지 않은 방문에서 비롯된 형식의 심적 갈등 이면에는 그가 망각하고 있었으나 늘 마음의 빚으로 남을 수밖에 없었던 과거 기억이 자리하고 있다. 이형식이 어린 시절 영채의 부친 박응진과 맺은 인연이 그것이다. 박 진사는 서양 사정과 일본의 형편을 꿰뚫어 보고 남보다 일찍 새로운 문명운동을 전개한 선각자로, 형식에게는 고아인 자신을 거두어 준 은인이자 은사이다. 더욱이 그 때 박 진사와 맺는 인연으로 형식은 영채와 언약까지 한 사이였다. 그런 그에게 영채의 뜻하지 않은 등장은 이 같은 과거의 기억을 환기시키는 매개적인 작용을 한다. 그래서 형식은 7년만에 재회한 영채의 입을 통해 발설되는 '기구한 사연'을 듣고서 그녀를 '구원해야 할 의무감'에 사로잡혀 그녀와 새 가정을 꾸릴 상상도 해 본다.

그러나 다른 한편으로 형식은 영채의 순결성을 끊임없이 의심하는 모습을 암암리에 드러내고 있다. 그리고 이처럼 영채의 순결성을 의심하는 형식의 행동은 '열녀전'과 '소학'으로 표상되는 구시대적 가치관에 지배받아 온 영채를 자살하도록 유도하는 동기를 부여하기도 하는데, 바로 김윤수와 배학감이 '청량사'에서 짜고 벌인 영채의 겁탈 사건은 그녀의 자살을 촉진시키는 결정적인 계기로 작용한 것이다. 이 사건 이후 유서를 남긴 채 자취를 감춘 영채를 찾아 간 평양에서 이형식은 옛 은사인 박 진사의 무덤을 찾아 성묘하고 그 동안 마음의 빚으로 남았던 그와의 과거 인연을 청산한 뒤, '꿈에서 깬 듯한' 무한한 기쁨을 안고 다시 귀경 길에 오른다. 요컨대 영채의 '강간 사건'은 형식의 의식을 결박하고 있던 과거와의 인연을 완전히 끊고 선영과의 결혼이 가져다 줄 희망찬 미래로의 도약을 위한 발판을 마련해 주는 결정적인 계기로 작용하고 있는 것이다.

이처럼 이형식, 박영채, 김선형을 축으로 한 『무정』의 연애 서사는 이형식이 자신의 과거를 청산하고 새로운 미래를 향한 기획을 정당화하기 위해 작가가 전략적 차원에서 구성한 것이라 할 수 있다. 그렇다면 『무정』의 작가는 왜 형식의 옛 연인 영채를 죽음으로까지 내몰면서 이처럼 기만적인 서사 전략을 구사하고 있는 것인가. 바꿔 말하면 형식을 중심으로 전개되는 『무정』의 연애 서사가 숨기고 있는 형식의 선형에 대한 선망 의식은 어디에서 비롯된 것이며, 그것의 이념적 함의는 무엇인가.

이 물음에 접근하려면 우선 연애 서사의 전개 과정에서 적지 않은 비중으로 다루어지고 있는 영채의 '기구한 운명'이 갖는 서사적 효과를 이해할 필요가 있다. 영채가 형식을 찾아 온 이유는 표면적으로는 과거 그와 맺었던 언약을 이행하는 데 있었다. 이미 영채는 '삼종지도(三從之道)'로 표현되는 구도덕에 속박된 삶을 살아왔기 때문이다. 그러나 다른 한편으로 그 이면에는 부친과 오빠들이 누명을 쓰고 옥사한 탓에 집안이 몰락하고 그 뒤 기생의 몸으로 전락하여 자신이 겪어야 했던 온갖 고초와 그로 인해 '가슴 속에 간직하였던 회포'를 들어 주고 보듬어 줄 유일한 사람이 형식밖에 없다는 그녀의 절대적이고도 절박한 믿음이 자리하고 있었던 것이다. 그만큼 절박한 것이었기에, 영채가 겪을 수밖에 없었던 온갖 고초와, 급기야 '청량사'에서 당한 겁탈로 인해 입은 그녀의 심적 외상(trauma)은 독자에게 전이되어 공감을 불러일으켜 당시의 독자들에게도 깊은 상처를 남겼던 것[14]이고, 이러한 사실이 『무정』을 페미니즘적 시각에서 여성 성장소설로 읽을 수 있는 주요 근거가 되기도 하였던 것이다.

　　그러나 문제는 형식에게 영채가 입은 심적 외상은 자신이 고아로 성장하면서 겪었던 과거의 아픈 기억을 떠올리게 하는 매개적 기능을 하지만, 그에게 상처를 남기지는 않았다는 사실이다. 형식에게 영채의 기구한 삶은 연민의 대상이 될 따름이다. 오히려 형식은 영채의 기구한 운명과 그녀 집안의 몰락을 놓고 "불쌍한 나를 구원하여 주던 복 있는 집 딸이 복 있던 지 사오 년이 못하여 또 불쌍한 사람이 되었는가. 세상일을 어찌 믿으랴. 젊은 사람의 생명도 믿을 수 없거든 하물며 물거품 같은 돈과 지위랴"[15]라고 탄식하며, 이 모든 불행의 원인을 세상의 '무정'함 탓으로 돌릴 따름이다. 이러한 바탕 위에서 『무정』의 서사는 '돈'과 '지위'로써 표상되는 세상의 '무정함'을 강하게 환기시키고 있는 것이다. 그 '무정'한 세상이란 김윤수와 배학감으로 표상되는 것, 곧 '강간'을 서슴지 않고 저질렀음에도 불구하고 그것을 강간으로 받아들이지 않는 폭력의 세계이며 무질서의 세계인 것이다. 요컨대 영채의 '기구한 운명'에 대한 장황한 서술은 이처럼 '무정'한 세계를 부각시킴으로써, 현실을 지배하는 그 '무정'한 세상이 부정되고 '개선'되어야 할 당위성을 독자들에게 정서적으로 환기시키는 이념적 효과를 낳고 있는 것이다.

　　이러한 사정과 맞물려 자연스럽게 부각되는 것이 바로 '조선에서 가장 진보한 사상을 가진 선각자'로 자임하는 이형식의 소명의식, 즉 '조선 문명의 주춧돌을 놓겠다'는 신념이다. 『무정』의 작가는 이형식, 박영채, 김

---

14) 『무정』에 대해 비판적인 거리화가 충분히 이루지지 않은 채 행해진 비평이지만, 김동인의 다음과 같은 지적은 당시 독자들에게 영채의 심적 외상이 전이되어 공감을 불러일으켰을 개연성이 있음을 시사해 준다. "매일신보 연독자(連讀者)는 열광하였다. 독자는 영채의 죽음을 바라지 않았다. 작자는 영채라는 여인을 한 개 낡은 전형의 여성으로 조소를 하려는 의도로 이 소설을 출발시켰지만 독자의 온 동정은 영채에게 모여 있었다. 구탈을 벗으려 하면서도 아직 채 벗지 못한 작자라, 영채를 조소하려 하면서도 열정의 붓은 영채를 너무도 미화했기 때문이다. 낡은 사상 위에 억지로 새로운 사상을 도금하려 하였지만, 도금보다는 본지의 은색이 찬연히 빛났다." 김동인, 앞의 책, 36쪽.
15) 이광수, 앞의 책, 20쪽.

선형 사이에서 빚어지는 연애 서사를 의도적으로 전경화하는 가운데 이형식에게 '무정'한 세상을 개선할 소명의식을 자연스럽게 부여한 것이다. 그러므로 『무정』의 연애 서사에서 형식이 선형을 선택한 궁극적인 이유는 바로 '무정'한 세상을 개선해야 한다는 형식의 사명을 이루기 위한 발판을 마련하려는 데 있는 것이라 할 수 있다. 그런 점에서 『무정』의 연애 서사는 '무정'한 사회의 개혁의 당위성을 자연화시키는 서사적 포섭전략16) 위에서 구성되고 있는 것이라 할 수 있다. 그리고 그러한 개혁의 주체는 형식일 수밖에 없다는 필연성을 강조하기 위해 폭력적이고 무질서한 '무정'의 세계를 표상하는 인물들에게는 없는 특별한 자질들이 그에게 부여된다. '동경유학생' 출신이자 '경성학교 교사'가 상징하는 '수양과 도덕'의 힘, 그리고 학식, 지식의 힘은 이형식만이 갖고 있는 능력이자 자질이다. 이런 바탕 위에서 이형식의 교육 사업과 구제 사업이 펼쳐지는 것이다.

3. 식민지 지식인의 자기기만과 원한의 이데올로기

『무정』은 여러 서사 장치를 통하여 이형식의 '민족을 위한' 소명의식의 당위성을 자연화시키고 있다. 그렇다면 이처럼 서사의 표층에서 공공연하게 강조되는 이형식의 '민족을 위한' 소명의식을 떠받치고 있는 정

---

16) 프레드릭 제임슨에 따르면, 포섭전략(stratiges of containment)이란 이데올로기의 기본 전략이다. 그것은 서사의 경계를 설정하고, 배제와 조작을 행하여 자신의 관심이라든지 사상을 자연적이며 전체적인 것으로 그럴싸하게 보이게 만드는 효과를 낳는다. 그렇게 함으로써 자신의 외부라든지 타자를 존재하지 않는 것처럼 꾸미는 서사전략을 일컫는다. 이러한 포섭전략은 재현의 대상에 형식적 통일성을 부여하는 기능을 하며, 대상이 일체의 역사적·사회적 관계와는 아무런 관계가 없는 것으로 자족하고 있는 것 같은 인상을 부여하는 기능을 한다. F. Jameson, *The Political Unconscious*, Cornell Uni. P., pp.49-55 참조.

서적 구조의 내용은 무엇인가. 이 물음과 관련하여 이형식의 소명의식이 '가치의 전도' 위에서 구축된 기만 의식의 산물임에 주목할 필요가 있다.

경성학교 영어 교사인 이형식은 학생들을 위해 교육 사업을 헌신적으로 펼친다. 그가 교육 사업에 몸을 바치는 궁극적인 목적은 "우리 조선 사람의 살아날 유일한 길은 우리 조선 사람으로 하여금 세계에 가장 문명한 민족, 즉 우리 내지(일본) 민족만한 문명 정도에 달하"는 데 있다. 그리고 그러한 목적을 이루기 위해서 그는 "우리나라에 크게 공부하는 사람이 많이 생겨야 한다"는 신념을 갖고 얼마 되지 않는 자신의 월급을 쪼개가며 불쌍한 학생들이나 재주 있는 학생들에게 학비를 대며 도와주는 활동을 펼쳐 온 것이다. 물론 이러한 이형식의 교육 사업 목적이 앞에서 논의한 바, '무정'한 사회를 개혁해야 한다는 대의(大義)와 동전의 양면 관계에 있다는 사실은 말할 필요도 없다.

그러나 여기에서 주목해야 할 점은 이형식이 '민족을 위해'라는 대의의 차원에서 펼치는 교육 사업이란 게 실상 그 토대가 허약하기 짝이 없는 것일 뿐만 아니라 철저한 자기기만에 근거한 것이라는 사실이다. 그 근거의 일단을 다음의 인용을 통해 살필 수 있다.

> 과연 형식은 아무 힘도 없다. 황금시대에 황금의 힘도 없고, 지식시대에 남이 우러러볼 만한 지식의 힘도 없고, 예수 믿는지는 오래나 워낙 교회에 뜻이 없으며 교회 내의 신용조차 그리 크지 못하다. 아무 지식도 없고, 아무 덕행도 없는 아이들이 목사나 장로의 집에 자주 다니며 알른알른하는 덕에 집사도 되고, 사찰도 되어 교회 내에서 젠체하는 꼴을 볼 때마다 형식은 구역이 나게 생각하였다.[17]

인용문에서 작가는 우선 이형식이 '황금시대에 황금의 힘도 없고, 지

---

17) 이광수, 앞의 책, 9쪽.

식 시대에 남이 우러러볼 만한 지식의 힘도' 없는 현실적으로 무기력하기 짝이 없는 존재라는 사실을 말하고 있다. 생각해 보면 이형식의 이러한 무력감이 『무정』의 연애 서사에서 김선형을 선택하게 만든 근본 원인일 터이다. 그리고 이형식이 '인격'과 '수양' 및 '지식'을 표 나게 내세우며 펼친 교육 사업이란 것도 이 같은 자신의 무력감을 감추기 위한 차원에서 이루어진 것이라 할 수 있다.

그런데 여기에서 유념해 보아야 할 점은 이형식이 '민족을 위한' 대의의 차원에서 행한 교육 사업의 이면에 '아무 지식도 없고, 아무 덕행도 없는' 이들이 '젠체하는 꼴을 볼 때마다' 느끼는 역겨움, 즉 분노가 자리하고 있다는 사실이다. 물론 그가 세상에 대하여 느끼는 분노는 직접적인 행동으로 표출하지 않는다. 그것은 그가 지닌 남다른 자질인 '수양'과 '인격' 때문이다. 오히려 이형식은 세상에 대하여 느끼는 역겨움을 '학생들을 위한' '사랑'으로 역전시켜 표출한다. 요컨대 이형식이 '사랑'의 차원에서 '조선민족을 위해' 펼치는 일체의 행위의 심층에는 무력감 및 그것에서 배태된 분노의 정서가 자리하고 있는 것이다. 그런 점에서 이형식의 행위에는 분노의 정서를 사랑으로 꾸며내는 가치의 전도에 의한 기만이 자리 잡고 있다고 해석할 수 있는 것이다.

이와 같은 가치의 전도에 기초한 이형식의 기만적인 행위는 그 뿌리가 깊다. 이 점과 관련하여 그가 고아였다는 사실에 유의해 볼 필요가 있다. 그는 어려서 부모를 잃은 탓에 부모 형제의 사랑이나 동무의 사랑을 받지 못하고 자라났다. 더욱이 그는 고아인 탓에 주변으로부터 온갖 설움과 고초를 겪으며 성장하였다. 이형식은 이러한 자신의 과거를 회상하며 '나는 소년시대를 건너뛰었어!', '나는 인생에서 가장 크고 즐거운 권리를 빼앗겼다', '그리고 그 권리는 인생에서 가장 크고 즐거운 권리라'[18]고 자탄하기까지 한다. 이처럼 주변 세상으로부터 거부당한 존재였기 때문에 굴욕을 감수해야 했던 이형식이 교육 사업을 펼치는 것은 '학생들을 위해' 나아가 '조선 민족을 위해' 헌신하는 위치에 서는 것을 뜻한다. 그리고 '조선 민족을 위해' 헌신하는 자신의 행위를 통하여 이형식은 정신적으로 누구보다 우월한 위치에 설 수 있는 심리적 보상을 받을 수 있었던 것이다. 요컨대 자신을 거부하였던 세상을 증오하는 대신에 사랑하는 것, 바로 이러한 가치의 전도가 이형식 내면의 정서적 구조를 특징짓고 있는 것이다. 따라서 그가 표 나게 내세우는 '조선 민족을 위해' 헌신해야 한다는 일종의 소명의식은 사실 지식인의 자기기만에 근거한 것이다. 그런 점에서 그것은 니체가 '노예의 도덕'의 기초라고 말한 '원한'의 정서[19]와 상통하는 것이라 할 수 있다.

이러한 맥락에서 『무정』의 서사가 영채가 입은 심적 외상을 봉합하는 근본 이유 또한 헤아릴 수 있다. 즉 영채의 심적 외상이 이형식에게 전이되어 공명되지 않은 까닭은 이형식의 이와 같은 기만적인 행위와 불가분의 관련을 맺고 있는데, 이형식의 '조선 민족을 위한' 소명의식의 밑바탕에는 '보편적 인류애'의 이념이 자리하고 있기 때문이다. 그에게는 한 개인의 상처를 어루만지는 일보다 기만의 논리에 근거하여 상상된 '조선 민족' 전체, 나아가 인류 전체의 행복을 위한 대의가 우선이었기 때문이다. 그래서 그는 영채에게 연민을 느끼는 것과 똑같이 영채의 가해자들에게도 연민을 느끼게 되었던 것이다. 가령 김 장로의 집에 걸려 있는

---

18) 이광수, 앞의 책, 175쪽.

19) 프리드리히 니체에 따르면, "도덕에서의 노예 반란은 원한(ressentment) 자체가 창조적이 되고 가치를 낳게 될 때 시작된다. 이 원한은 실제적인 반응, 행위에 의한 반응을 포기하고, 오로지 상상의 복수를 통해서만 스스로 해가 없는 존재라고 여기는 사람들"의 입장이다. 그런데 이런 노예의 도덕은 "처음부터 '밖에 있는 것', '다른 것', '자기가 아닌 것'을 부정한다. 그리고 이러한 부정이야말로 노예 도덕의 창조적인 행위인 것이다. 가치를 설정하는 시선을 이렇게 전도시키는 것-이렇게 시선을 자기 자신에게 되돌리는 대신 반드시 밖을 향하게 하는 것-은 실로 원한에 속한다." F. 니체, 김정현 역, 『선악의 저편·도덕의 계보』, 책세상, 2002, 367쪽.

'십자가에 달린 예수의 초상'을 바라보면서 '사랑'의 의미를 새삼스럽게 깨닫게 되는 이형식의 내면을 묘사하고 있는 다음의 인용문은 이러한 정황을 잘 드러내주고 있다.

> 십자가에 달린 자도 사람, 가시관을 씌우고 옆구리를 찌른 자도 사람, 그 밑에서 치맛자락으로 눈물을 씻는 자나 무심하게 우두커니 구경하고 섰는 자도 사람, 저편에서 사람을 죽여 놓고 그 죽임받는 자의 옷을 저마다 가질 양으로 제비를 뽑는 자도 사람—모두 다 같은 사람이로다. 날마다 시마다 인생 세계에 일어나는 모든 희극 비극이 모두 다 같은 사람의 손으로 되는 것이로다. 퇴학 청원을 하는 학생들이나 학생들의 배척을 받는 배학감이나, 또는 내나 다 같은 사람이 아니며, 저 불쌍한 영채나, 영채를 팔아 먹으려 하는 욕심 사나운 노파나 영채를 사려 하는 짐승 같은 사람들이나, 영채를 위하여 슬퍼하는 내나 다 같은 사람이 아니뇨 필경은 다 같은 사람끼리 조금씩 조금씩 빛과 모양을 다르게 하여 네로다 내로다 하고, 옳다 그르다 함이 아니뇨. 저 예수가 예수의 옆구리를 찌른 로마 병정도 될 수 있고, 그 로마 병정이 예수도 될 수 있을 것이라. 다만 알 수 없는 것은 무엇이 어떠한 힘이 마치 광대로, 혹은 춘향을 만들고, 혹은 이도령을 만드는 모양으로, 혹은 예수가 되게 하고, 혹은 예수의 옆구리를 찌르는 로마 병정이 되게 하고, 또 혹은 무심히 그것을 구경하는 사람이 되게 하는가 함이라. 이렇게 생각하매 형식은 모든 인류가 다 나와 비슷비슷한 형제인 듯하고, 또 알 수 없는 어떤 힘에 지배되어 날마다 시마다 저희들의 뜻에도 없는 비극 희극을 일으키지 아니치 못하는 인생을 불쌍히 여겼다. 사람들이 악한 일을 하는 것이 마치 신관 사또 남원 부사 된 광대가 제 뜻에는 없거마는 가련한 춘향의 볼기를 때림과 같다 하면 용서하지 아니하고 어찌하리요 그럴진대 배학감도 그리 미워하는 것은 아니요, 예수의 얼굴에 침을 뱉고 예수를 죽여 달라한 간악한 유태인도 그리 미워할 것은 아니라 하였다.[20]

---

20) 이광수, 앞의 책, 69-70쪽.

이와 같은 이형식의 깨달음은 피해자나 가해자나 동등하게 '알 수 없는 어떤 힘'의 희생자일 따름이라는 보편적 인류애의 이념에 근거하고 있다. 영채를 '기구한 운명'에 빠뜨린 것도 궁극적으로 이 '알 수 없는 힘'이 지배하는 '무정'한 사회의 탓으로 돌려지게 되는 것이다. 그가 영채의 상처를 받아들일 수 없었던 것은 바로 이 때문이며, 그런 한에서 기생으로서의 영채는 형식에게 애초부터 타자의 영역에 가두어질 수밖에 없는 존재였던 것이다.

이처럼 영채의 외상을 봉합하는 이념적 토대가 된 형식의 '보편적 인류애'의 논리는 『무정』 서사의 대미를 장식하는 삼랑진 홍수 현장에서 구호 활동을 벌이는 형식의 태도와 언행 속에서 반복되어 제시된다.

> 그네는 과연 아무 힘이 없다. 자연(自然)의 폭력(暴力)에 대하여서야 누구라서 능히 저항(抵抗)하리요마는 그네는 너무도 힘이 없다. 일생에 뼈가 휘도록 애써서 쌓아 놓은 생활의 근거를 하룻밤 비에 다 씻겨 내려 보내고 말리만큼 그네는 힘이 없다. 그네의 생활의 근거는 마치 모래로 쌓아 놓은 것 같다. 이제 비가 그치고 물이 나가면 그네는 흩어진 모래를 긁어모아서 새 생활의 근거를 쌓는다. 마치 개미가 그 가늘고 연약한 발로 땅을 파서 둥지를 만드는 것과 같다. 하룻밤 비에 모든 것을 잃어버리고 발발 떠는 그네들이 어찌 보면 가련하기도 하지마는 또 어찌 보면 너무 약하고 어리석어 보인다.
>
> 그네의 얼굴을 보건대 무슨 지혜가 있을 것 같지 아니하다. 모두 다 미련해 보이고 무감각(無感覺)해 보인다. 그네는 몇 푼어치 아니 되는 농사한 지식을 가지고 그저 땅을 팔 뿐이다. 이리하여서 몇 해 동안 하느님이 가만히 두면 썩은 볏섬이나 모아 두었다가는 한번 물이 나면 다 씻겨 보내고 만다. 그래서 그네는 영원히 더 부(富)하여짐 없이 점점 더 가난하여진다. 그래서 (몸은 점점 더 약하여지고 머리는 점점 더) 미련하여진다. 저대로 내어버려 두면 마침내 북해도의 '아이누'나 다름없는 종자가 되고 말 것 같다.

저들에게 힘을 주어야 하겠다. 지식을 주어야 하겠다. 그리해서 생활
의 근거를 안전하게 하여 주어야 하겠다.

"과학(科學)! 과학!" 하고 형식은 여관에 돌아와 앉아서 혼자 부르짖었다.[21]

인용문에서 확인할 수 있듯이, '자연의 폭력'으로 인해 농민들이 겪는
참상의 고통은 형식에게 공감되지 못한다. 다만 그들은 형식에게 연민의
대상으로 다가올 따름이다. 따라서 형식이 농민들을 위해 펼치는 구호
활동도 그가 추구하는 '보편적 인류애'의 차원에서 이루어진 것이다. 처
음부터 형식에게 기생 영채가 타자의 영역에 머물러 있듯이, 비참한 고
통을 겪고 있는 농민들 또한 형식에게는 타자의 위치에 머물러 있을 뿐
이다. 형식은 그들의 '무지', '무기력', '무감각'을 탓할 따름이다. 오직 그
에게는 이들 무지한 농민들이 '북해도의 아이누의 종자'처럼 되는 것이
두려울 뿐이다. 그런 한에서 농민들의 참상은 이형식이 추구하는 보편적
인류애를 부각시키기 위한 하나의 배경에 지나지 않는다. 다만 이들이
영채와 다른 점은 영채에게는 자신이 당한 심적 외상을 억압하는 대가로
'새로운 삶'을 찾아 떠나는 유학이라는 보상책이 주어진 반면, 그들에게
는 아직 그러한 보상책이 주어지지 않은 채 가능성의 영역으로만 남아
있다는 것뿐이다.

4. 맺는 말

지금까지 식민지 사회구조가 개별 텍스트의 의미화에 어떠한 영향을
미치는가를 살피려는 취지에서 이광수의 『무정』을 분석 대상으로 그것

---

21) 이광수, 위의 책, 310쪽.

의 '식민성'을 논의하였다. 그리고 『무정』의 식민성을 해명하기 위한 일환으로 『무정』의 서사를 떠받치고 있는 정서적 구조의 특징을 밝히는데 초점을 맞추었다. 주된 논점은 다음의 두 가지로 정리할 수 있다.

첫째, 춘원 이광수는 『무정』에서 자신의 분신이라 할 수 있는 주인공 이형식을 내세워 '민족을 위한 봉사'라는 소명의식을 공공연하게 드러내고 있다. 이 같은 『무정』의 의도는 이형식, 박영채, 김선형 간에 연애와 결혼 문제를 둘러싸고 빚어지는 주요 서사를 통해서 합리화된다.

둘째, 『무정』에서 공공연하게 표명되고 있는 '민족을 위한 봉사'라는 소명의식은 식민지 지식인의 기만적인 의식의 산물에 지나지 않는다. 즉 이광수가 이형식을 내세워 서사의 표층에서 공공연하게 강조하는 '민족을 위한 봉사'라는 대의(大義)는 '보편적 인류애'에 근거를 둔 것이지만, 이 '보편적 인간애'의 심층에는 세상에 대하여 이형식이 느끼는 무력감과 분노의 정서가 자리하고 있다는 점에서 '민족을 위한 봉사'라는 소명의식은 무력감과 분노를 사랑의 가치로 위조한 가치 전도의 산물인 것이다. 이는 곧 니체가 '노예의 도덕'의 정서적 특질로 지적한 '원한'의 정서와 상통한다.

이와 같이 '민족을 위한' 소명의식을 공공연하게 표출했던 『무정』의 계몽 서사의 정서적 구조는 식민지 지식인의 자기기만성으로 특징지을 수 있다. 바로 이 같은 식민지 지식인의 자기기만이 식민 제국 일본으로 표상되는 강자의 문명과 자신을 동일시하는 것을 합리화하는 식민지적 정신성의 내적 계기가 될 수 있다. 이광수가 이후 식민 제국 일본의 식민지 지배 논리를 자발적으로 받아들이게 된 것이 이 같은 심리 구조에 근거한 것이라 것은 부인할 수 없는 사실일 터이다.

제 2 장

자기희생적 삶과 자기 원한 감정
— 『재생』

1. 들어가는 말

이광수의 장편소설이 식민지 시기 전체를 통틀어 모든 계층의 독자들에게 가장 대중적으로 읽혀졌다는 것은 익히 알려진 사실이다. 『무정』, 『흙』, 『사랑』과 더불어 이광수의 4대 장편소설의 하나로 꼽히는 『재생』(≪동아일보≫, 1924.11.9-1925.3.12 및 1925.7.1-9.1) 또한 대중적 인기의 측면에서 예외는 아니었다. "동아일보상에 연재될 때 얼마나 많은 학생(그 중에서도 여학생)이 신문 배달부를 마치 정인(情人)이나 기다리듯 기다렸으며, 서로 소설의 전개를 토론하며 슬퍼하고 기뻐하였던가"[1]라는 김동인의

---

1) 김동인, 『춘원연구』, 신구문화사, 1956, 68쪽. 『재생』을 비롯한 이광수 장편소설에 대한 당대의 인기가 어느 정도였는지는 실증적인 자료를 통해서도 입증된다. 가령 <한성도서>, <이문당>, <박문서관>, <영창서관> 등 1930년대 조선에서 가장 큰 서점이자 출판사를 대상으로 조사한 한 보고에 따르면, '『무정』, 『개척자』, 『재생』 등이 출판된 지 오래되었지만 4천 부 가까이 판매'되었다고 한다.(「서적시장 조사기-한도(漢圖)·이문(以文)·박문(博文)·영창(永昌) 등 서시(書市)에 나타난」, 『삼천리』 7권 9호(1935.10) 천정환,

회고적 진술만 보더라도, 연재 당시『재생』의 인기가 어느 정도였는지 짐작할 만하다.

그러나『재생』의 이와 같은 대중적 인기는 다른 한편으로『재생』에 대하여 당대의 비평가들로 하여금 '흥미본위'로 쓰여진 '통속소설의 전형' 이라는 부정적인 딱지를 붙게 만든 주요한 요인으로 작용하기도 하였다. 『재생』에 대하여 부정적인 견해를 밝힌 당대의 대표적인 비평가로 김기진을 들 수 있다. 그는 「문단시대관 단편—통속소설 소고」에서 "돈과 사랑과 이것으로 말미암아 일어나는 갈등을 그리는 소설이라야만 독자 대중을 획득할 수 있다"는 춘원의 말을 근거로 들어『재생』을 '보통인이 사회와 인생에 대하여 가지고 있는 견문의 한계를 초월하지 않는' 통속소설의 본질에 딱 들어맞는 작품으로 평가하고 있다.[2]『재생』의 서사는 '돈'의 욕망에 사로잡혀 사랑과 신의를 저버리고 성적으로 타락한 끝에 자살로 삶을 마감하는 김순영이라는 젊은 여성의 비극적 삶에 초점을 맞춤으로써 '사랑하고, 탄식하고, 슬퍼하고, 기도하고 원망하는 것의 연쇄인 센티멘탈리즘'[3]에 기초하고 있다고 할 수 있다. 그런 점에서 김기진이 인용한 이광수의 말마따나『재생』은 대중이 원하는 바를 충족시키고 있는 통속소설의 본질에 부합하는 작품이라 할 수 있다. 더욱이『재생』이 연재되던 1920년대 중반 사회 문화적 담론의 장에서 구도덕에 대한 저항의 성격을 지녔던 연애의 의미가 '육체와 성'을 강력하게 환기시키는 용어로 의미론상의 변화가 일어나고, 이에 따라 자연스럽게 '연애'가 '독자들의 최대 관심사이자 흥밋거리'된 때였다는 시대적 문맥[4]을 고려

『근대의 책읽기』, 푸른역사, 2003, 299쪽에서 재인용.)

2) 김기진,『김팔봉문학전집 1』, 문학과지성사, 1988, 117-119쪽 참조. 김기진이 인용한 이 광수의 발언은 이광수, 「문단 제가(諸家)의 견해—문제 중 대문제 국문독자의 체감(遞減)」 (≪중외일보≫, 1928.8.4)에 나온 것이다.

3) 김기진, 위의 책, 116쪽.

한다면, '사랑이냐 돈이냐'라는 갈등을 축으로 전개되는『재생』의 서사를 대중의 욕망에 부합해 들어간 '흥미 본위'의 통속소설로 보는 것은 무리한 견해라고는 할 수 없을 터이다.[5]

문제는 사실이 이러함에도 불구하고 정작 이광수 본인은『재생』을 '흥미 본위'의 '통속소설'로 보는 견해를 적극적으로 부정하고 있다는 점이다. 그는 자신은 결코 독자의 즐거움을 위해 '윤리적 동기'가 없는 '흥미 본위'의 소설을 써 본 일이 없다는 이유를 들어『재생』을 '통속소설의 전형'으로 보는 김기진의 견해를 반박한다. "사랑 이외에 더 큰 일이 있다"[6]는 것을 말하고자 했기 때문에『재생』을 비롯한 자신의 작품을 통속소설로 보는 견해를 받아들일 수 없다는 것이다. 이광수 자신의 입으로 독자 대중을 얻기 위해서는 대중의 욕구를 만족시킬 수 있는 소설을 써야 한다는 것을 강조했음에도 불구하고, 정작 자기 작품에 대해서는 창작 동기의 정당성만을 내세워『재생』을 통속소설로 보는 견해를 부정하는 것은 지극히 자의적일 뿐만 아니라 이율배반적이라고까지 할 만하

---

4) 1920년대 중반이 되면 영육일치로서 사랑이라는 관념은 깨지고, 신성한 연애와 통속 연애의 구분이 형성되고 남녀 교제는 언제든지 여성을 남성 육욕의 희생물로 만드는 영역으로 간주된다. 그래서 연애는 구질서로부터의 자유가 아니라 병리적인 사회 문제의 중심에 놓이게 되었다. 김수진,『신여성, 근대의 과잉』, 소명출판, 2009, 304~307쪽 참조.

5) 통속적 성격 때문인지『재생』에 대해서는 이광수의 다른 장편소설들에 비해 상대적으로 논의가 활발히 이루어지지는 않았다. 지금까지 이루어진 논의의 대부분은『재생』이 지닌 '통속적' 성격을 전제로 하여 장르적 특성을 구체화하거나 그것이 계몽 이념과 맺고 있는 상관성 측면에 초점을 맞추고 있다.『재생』에 관한 대표적인 논의로, 김윤식,「문단에 나서다–장편『재생』」(『이광수와 그의 시대』2, 솔, 1999), 정혜영,「이광수와 환영의 근대문학–『재생』을 중심으로」(『한국현대문학연구』, 제10집, 2001), 긴가 치미코,「이광수의『재생』연구」(사에구사 도시카쓰 외,『한국 근대문학과 일본』, 소명출판, 2003), 홍혜원,「『재생』에 나타난 멜로드라마적 양식」(『한국근대문학연구』, 제5집 제2호, 2004), 김지영,「1920년대 이광수 문학에 나타난 '자아'와 '육체' 문제」(『한국현대문학연구』, 제16호, 2004), 박혜경,「계몽의 딜레마 : 이광수의『재생』과『그 여자의 일생』을 중심으로」(『우리말글』, 제46호, 2009), 김경미,「이광수 연애소설의 서사전략과 민족 담론–『재생』과『사랑』을 중심으로」(『현대문학이론연구』, 제50호, 2012) 등을 들 수 있다.

6) 이광수,「『혁명가의 아내』와 모(某)가정」,『이광수전집』16, 삼중당, 1963, 277쪽.

다. 그렇지만『재생』에 대한 이광수의 이러한 자기변호 논리가 이율배
반적이라 하더라도『재생』의 서사적 의미를 해석할 때 작가의 창작 의
도를 고려하지 않을 수는 없다. 작가의 기획 의도는 서사의 인식론적
구조를 해석하는 데 있어서 일차적인 요소이기도 하거니와, 서사의 정
서적 구조를 해석하는 데 있어서 기본 조건이 되는 사안이기도 하기 때
문이다.

 본 장은『재생』서사의 인식론적 구조 및 정서적 구조의 분석을 통해
이광수가 이율배반적이게도『재생』을 통속소설로 보는 견해를 반박하는
논리적 근거로 제시한 '윤리적 동기'의 정치 시학적 함의를 밝힐 수 있는
실마리를 제시하는 데 목적이 있다. 이는 이광수의 이율배반적인 소설적
글쓰기 실천이 무지하고 불쌍한 민중의 계몽이라는 정치 행위의 일환으
로 이루어졌다는 사실을 주목하고자 하기 때문이다. 이광수 자신 소설
쓰는 행위를 '여기(餘技)'로 치부하면서 자신이 '문사(文士)'로 일컬어지는
것을 의식적으로 거부했다는 점에서 무엇보다 그의 소설은 민중 계몽의
정치적 담론의 구성물로 이해할 필요가 있다.『흙』의 서사 분석에서 주
요한 논점으로 다루겠지만, 이는 곧 이광수의 소설에는 지식인과 민중
사이의 정치적 역학 관계[7]가 내장되어 있음을 의미하는데, 바로 이러한
민중과 지식인 계급 사이의 정치적 역학 관계가 어떤 정서적 구조에 바
탕을 두고 정당화되고 있는지를 살피는 일은 그의 소설을 이해하는 데
관건이 되는 문제일 수밖에 없다. 더욱이 이광수가 '윤리적 동기'란 말로
정당화하고 있는『재생』의 서사가『무정』의 서사와 마찬가지로 니체가

---

7) 『재생』이 집필된 시기를 전후로 하여 이광수는 '중추계급'이라 할 수 있는 지식인이 민중
   에 대하여 가져야 할 사명을 강조한 논설을 집중적으로 발표하고 있다. 이런 지식인과 민
   중 간의 역학 관계를 보여주는 대표적인 논설로, 「중추계급과 사회」(『개벽』, 1921.7), 「국
   민생활에 대한 사상의 세력-르봉 박사 저 <민족심리학>의 일절」(『개벽』, 1922.4), 「민족
   개조론」(『개벽』, 1922.5), 「민족적 경륜」(≪동아일보≫, 1924.1.2-1.6) 등을 들 수 있다.

말한 '원한'의 감정을 기저에 깔고 형성되고 있음을 여실히 보여준다는 점에서도8) 『재생』은 새로운 독해를 필요로 하는 작품이라 할 수 있다.

2. '자기희생적' 삶의 자연화

『재생』의 서사를 이광수가 밝힌바 '윤리적 동기'에 의해 의도적으로 포치된 것으로 읽을 필요가 있다면, 그가 『재생』을 '흥미 본위'의 통속 소설과 구별 짓는 핵심 근거이자 그 서사적 기획의 근원으로 강조하고 있는 '윤리적 동기'가 무엇을 뜻하는지 살펴보지 않을 수 없을 터이다. 이 물음에 대해 이광수는 『재생』을 비롯한 자신의 소설을 통속소설로 보는 견해를 부정하는 맥락에서 "내가 소설을 쓰는 구경(究竟)의 동기는 내가 신문기자가 되는 구경의 동기, 교사가 되는 구경의 동기 내가 하는 모든 작위의 구경의 동기와 일치하는 것이니, 그것은 곧 「조선과 조선민 족을 위하는 봉사—의무의 이행」"9)이라고 분명히 밝히고 있다. 이에 따 르면, 이광수가 『재생』을 비롯한 자신의 소설들이 '흥미 본위'의 통속소 설과는 다르다는 차별화의 근거로 말한 '윤리적 동기'란 곧 '조선과 조 선 민족을 위한 봉사—의무의 이행'을 뜻한다. 그러니까 김순영이라는 젊 은 여성의 타락과 파멸의 과정을 서사화하고 있는 『재생』은 '조선과 조

---

8) 『무정』의 이형식과 달리, 『재생』에서는 밖을 향한 '원한'의 감정이 한층 심화된 형태로 지식인 주인공 '신봉구' 자신에게로 향하고 있다. 니체는 이처럼 한층 심화된 원한의 감 정을 조상에 대한 상상상의 '부채의식'에서 기원하는 '죄의식', '양심의 가책'과 관련지 어 설명한다. F. 니체, 김정현 역, 『선악의 저편·도덕의 계보』, 책세상, 2002, 413-416 쪽 참조. 『재생』의 서사는 바로 이와 같은 한층 심화된 형태의 자기 원한 감정을 기저에 깔고 구축되고 있다는 점에서 중요한 의미를 갖는다. 이에 대해서는 3장에서 자세하게 논 의할 것이다.
9) 이광수, 앞의 책, 195쪽.

선 민족을 위한 봉사—의무의 이행'의 관점에서 다시 읽을 필요가 있는 것이다.

그렇다면 『재생』의 서사적 기획의 근원에 해당하는 '조선과 조선 민족을 위한 봉사—의무의 이행'이라는 '윤리적 동기'란 구체적으로 무엇을 말하는 것인가. 『재생』의 연재를 앞두고 이광수가 「작자의 말」을 통해 밝히고 있는 아래의 인용을, "만세 운동 이후 1925년경 조선"의 "청춘계급의 사실적인 일 단면"을 드러내 보이고자 했다는 『재생』의 기획 의도와 관련된 이광수의 또 다른 진술과 겹쳐 읽는다면, 이 물음에 답할 실마리를 얻을 수 있다.

> 나는 이 말을 미리 여러분의 앞에 하여 둔다. 나는 내가 가진 모든 동정과 모든 정성과 모든 힘을 다하여 이것을 씁니다고 지금 내 눈앞에는 벌거벗은 조선의 강산이 보이고, 그 속에서 울고 웃는 조선 사람들이 보이고, 그중에 조선의 운명을 맡았다는 젊은 남녀가 보인다. 그들은 혹은 황금의, 혹은 명예의, 혹은 이상의 불길 속에서 웃고 눈물을 흘리고 통곡하고 미워하고 시기하고 죽이고 죽고 한다. 이러한 속에서 새 조선의 새 생명이 아프게, 쓰리게, 그러나 쉬임 없이 돋아 오른다. 이런 것이 지금 내 눈앞에 보인다. 그러나 내 소설은 어떤 것이 될는지 미리 알지 못한다. 나는 <선도자>를 중편까지만 쓰다가 경무국의 불인가로 중지하고 <금십자가>를 쓰다가 사정으로 중지하였다. <금십자가>를 계속하려 하였으나 <재생>을 쓰기로 하였다. 그것이 쓰고 싶기 때문이다.[10]

이 인용문으로 미루어 볼 때, 『재생』은 만세 운동 직후를 시대적으로 배경으로 하여 '조선의 운명'을 책임져야 할 지식 청춘 계급이 조선의 피폐한 현실, 즉 '벌거벗은 조선의 강산'을 개선해야 할 의무를 망각한 채 '황금'과 '명예'가 표상하는바 세속적 욕망의 포로가 되어 서로 반목하고

---

10) 위의 책, 270쪽.

시기하고 갈등하면서 타락한 삶을 영위해 나가는 모습을 서사화하고자한 것이라 할 수 있다. 그리고 이들 지식 청춘 계급이 자신들의 타락한삶을 극복하고 '조선과 조선 민족의 봉사—의무의 이행' 차원에서 '새 조선의 새 생명'의 가능성을 열어보이고자 하는 데『재생』의 서사적 기획의 근원이 있다고 하겠다.

이와 같은『재생』의 서사적 기획은 학생 신분으로 '기미년 만세운동'에 적극적으로 참여하면서 인연을 맺었던 두 청춘 남녀, 김순영과 신봉구가 과거 '나랏일'을 위해 헌신한 삶의 대의를 망각하고 결혼 문제로 서로 반목하고 갈등하면서 타락한 삶을 영위하다가 '재생'의 삶을 찾아나가는 연애 서사로 구체화된다. 이들 두 남녀가 결혼 문제로 갈등하며 타락한 삶을 살아가게 된 배후에 '돈'으로 상징되는 '훼손된 가치의 세계'가작용하고 있음은 물론이다. 삼년 간 감옥살이의 고초를 겪으면서도 오직자신만을 사랑했던 신봉구를 기만하고, 조선의 거부 백윤희가 가진 돈의힘에 이끌려 그의 성적 노리개로 전락하여 '거짓된 생활'을 하다가 결국파멸해가는 김순영의 삶이『재생』서사의 한 축을 이루고 있다면, 조선을 사랑한 이유이자 자신의 존재 이유이기도 했던 김순영이 '돈'의 유혹에 넘어가 자신과 맺은 신의를 저버리고 백윤희를 택한 것을 알고서는'나라를 위한 헌신과 의무'를 버린 채 그녀에 대한 복수의 화신이 되어김영진으로 자신의 이름조차 위장하고 '인천 마루킨 미두취인 중매점'사환으로 들어가 돈 버는데 몰두하는 신봉구의 삶이『재생』서사의 또다른 한축을 형성하고 있다. 신봉구가 미두취인 중매점 주인을 살해한주범으로 몰려 법정에서 사형을 선고받고 죽을 위기에 처하게 되는 사건을 계기로 이 서사의 두 축이 서로 얽혀 들어가면서『재생』의 서사가 전개되고 있다.

이처럼 청춘 남녀의 결혼과 애정 문제를 둘러싸고 벌어지는 구애와 갈등, 배신과 용서, 오해와 죽음을 기본 내용으로 하여 서사가 전개되고 있다는 점에서 『재생』은 지극히 통속적이라고 볼 수 있다.11) 그런데 『재생』의 서사 전개 과정에서 김순영의 배신이 '돈'에 대한 신봉구의 사적인 분노와 원한을 촉발하게 되고, 그로 인해 그가 조선을 위한 의무와 헌신이라는 대의를 망각하고 그 자신 그토록 부정해마지 않았던 돈을 버는데 몰두하게 되는 타락의 길로 나아가는 데 결정적인 계기가 되고 있다는 사실은 특별히 주목해 보아야 할 대목이다. 이는 작가가 『재생』의 서사에서 김순영과 신봉구로 표상되는 지식 청춘 계급의 타락한 삶을 문제화하고는 있지만, 특히 김순영의 타락한 삶, 그녀의 '더럽고 거짓된 생활'을 전경화하고자 했다고 볼 수 있기 때문이다. 『재생』의 서사가 순영이 백윤희와의 약혼 사실을 숨기고 봉구와 금강산으로 여행을 떠나는 것으로 시작하여 봉구에게 자신의 행위를 속죄하는 마음으로 백윤희와의 사이에서 태어난 소경 딸과 함께 금강산 구룡연에 몸을 던져 죽는 것으로 종결되고 있다는 것이 이러한 사실을 뒷받침해 주고 있다. 뿐만 아니라 이러한 김순영의 삶이 자신의 타락한 삶을 정리하고 '전곡'이라는 농촌에서 새로운 삶을 일구어나가는 신봉구의 모습과 극명한 대비를 이루고 있는 것도 이러한 작가의 의도를 방증해 준다고 할 수 있다. 이런 맥락에서 당연히 김순영을 헤어나올 수 없는 타락의 길로 이끌어 종국에는 스

---

11) 서영채, 「한국 근대소설에 나타난 사랑의 양상과 의미에 관한 연구」, 서울대학교 박사학위논문, 36쪽. "봉구는 (…중략…) <금색야채>라는 일본소설에 나오는 주인공 「하자마 강이찌」를 생각한 것이다. 그는 가끔 자기를 「강이찌」에게 비겨본다. 비겨 보면 어떻게도 그렇게도 같은가 하고 감탄하게 된다. 그러나 「강이찌」가 왜 그렇게만 「오미야」에게 원수를 갚았나, 왜 더욱더욱 철저하게 통쾌하게 시원하게 갚지를 아니했나 하였다."(이광수, 『재생』, 『이광수전집』 2, 삼중당, 1963, 138쪽)에서 알 수 있듯이, 『재생』은 돈의 유혹에 빠져 사랑을 배신하는 '오미야'와 자신을 배신한 '오미야'에게 복수하려는 '강이찌'의 삶을 그려 신파적 눈물을 자아냈던 오자키 고요의 통속소설 『금색야차』를 노골적으로 차용하고 있다는 점에서 이광수의 여타 장편소설 중에서도 특히 통속성이 짙은 소설로 평가된다. 김윤식, 앞의 책, 143~146쪽 참조.

스로 자살하게끔 만든 원인이 무엇인지를 살피는 것이 『재생』 서사의 인식론적 구조를 이해하는 데 핵심적인 사안이 될 터이다. 순영의 '더럽고 거짓된 생활' 자체가 스스로 목숨을 끊을 만큼 필연적인 이유는 되지 않기 때문이다.

그러면 순영이 자살로 자신의 삶을 마감하게 한 이유는 무엇인가. 사실 김순영은 '서울 장안에서 이름을 모를 사람이 없을 만큼' 빼어난 외모로 뭇 청년들의 이목을 끄는 여성이다. 용모만 빼어난 것이 아니다. '돈과 육의 쾌락'을 맛본 뒤 백윤희의 첩살이를 하면서부터 그녀의 삶은 끊임없이 나락으로 추락해가기는 하지만, 순영이 본래부터 그랬던 것은 아니다. 오빠 순홍의 영향으로 '기미년 독립운동'에 적극적으로 참여하여 옥고를 치른 경험도 있거니와, 부모와도 같은 미국인 P 부인의 헌신적인 모습에 감화를 받아 자신도 '인격이 높은 교육자가 되어 불쌍한 조선 여자들을 교육하려'는 신념을 지닌 이화학당의 주목받는 여학생이었다. 그런 그녀이기에 둘째 오빠 순기의 계략에 속아 넘어가 백윤희의 대저택을 방문하여 그 화려함을 보고는 '알 수 없는 힘'에 이끌리면서도, 한편으로 백윤희로 표상되는 돈을 혐오하기까지 하는 속내를 내비치며 흔들리는 마음을 다잡으려 한 것이다. 돈의 유혹에 흔들리기는 하지만 이것은 지금까지 처녀성을 지켜 온 자기 '프라이드'의 원천이 되었던 어떤 도덕적 신념이 순영의 내면 한구석에 작용하고 있다는 것을 뜻한다. 그러나 비록 그녀가 '돈'과 '사랑' 사이에서 무엇을 선택할 것인지를 놓고 저울질하다가 결국에는 '돈'을 택함으로써 '거짓된 생활'에 끝없이 빠져드는 빌미를 스스로 제공했을지라도, 백윤희로 표상되는 돈을 선택한 그녀의 행위는 그녀의 주체적인 판단에 따른 것이라기보다는 '알 수 없는 힘'의 작용에 의한 것이다. 작가 이광수는 내면 한구석에 자리하고 있는 순영의 도덕적 감화의 영향마저 무화시키며 그녀를 육체적 타락의 길로 이끈 이

'알 수 없는 힘'에 대하여 "독립운동이 지나가고 사람들의 마음이 모두 식어서 나라나 백성을 위하여 인생을 바친다는 생각이 적어지고, 저마다 저 한 몸 편안히 살아갈 도리만 하게 된 바람"[12] 탓으로 설명하고 있다. 이런 맥락에서 작가는 순영으로 하여금 자신의 행위를 정당화하는 근거를 부여하기 위해 의도적으로 설정한 명선주와 같은 신여성들의 타락한 삶의 모습을 아래와 같이 반복해서 환기시키고 있다.

> 연애는 신성하지. 사랑만 있으면 나이가 많거나 적거나 본처가 있거나 없거나 상관있나? 하는 것이 그들의 연애관이다. 이 연애관이 서로 같기 때문에 그들은 서로 친하는 것이다. 그 여자들은 대개 예수교회에 다녔다. 그들이 예배당에서 허락할 수 없는 혼인을 하기까지는 대개는 예배당을 다녔고 혹은 찬양대원으로 혹은 주일학교 교사로 예수교회 일을 보았다. 또 혹은 그들의 가정의 영향으로, 혹은 삼일운동 당시의 시대정신의 영향으로, 그들은 거의 다 애국자였다. 만세통에는 숨어 다니며 태극기도 만들고 비밀 통신도 하고 비밀 출판도 하다가 혹 경찰서 유치장에도 가고 그 중에 몇 사람은 징역까지 치르고 나왔다. 그때에는 모두 시집도 안 가고 일생을 나랏일에 바친다고 맹세들을 하였다. 그러한 여자가 서울 시골을 합하면 사오백 명은 되었다. 그러나 만세 열이 식어가는 바람에 하나씩 둘씩 모두 작심삼일이 되어 버려서 점점 제 몸의 안락만을 찾게 되었다. 첨에 한 사람이 시집을 가 버리면 돈도 잘 쓰고 좋은 집에 아들딸 낳고 사는 것을 보면 그것이 부러운 맘이 점점 생겨서 하나씩 하나씩 시집들을 가 버렸고, 아직 시집을 못 간 사람들도 내심으로는 퍽 간절하게 돈 있는 남편을 구하게 되었다. "조선을 위하여 몸을 바친다."는 것은 옛날 어렸을 때의 꿈으로 여기고 도리어 그것을 비웃을 만하게 되었다. "연애와 돈." 이것이 그들의 정신을 지배하는 종교다. 그러나 이것은 여자뿐이 아니다. 그들의 오라비들도 그들과 다름없이 되었다. 해가 가고 달이 갈수록 그들의 오라비들의 맘이 풀어져서 모두 이기적 개

---

12) 이광수, 『재생』, 『이광수전집』 2, 삼중당, 1963, 68쪽.

인주의자가 되고 말았다. 오라비들이 미두를 하고 술을 먹고 기생집에서 밤을 세우니, 그들의 누이들은 돈 있는 남편을 따라 헤매지 않을 수가 없었다. 이리하여 조선의 아들과 딸들은 나날이 조선을 잊어버리고 오직 돈과 쾌락만 구하는 자들이 되었다.[13]

이에 따르면, '3·1 운동' 이후 '조선을 위하여 몸을 바친다'던 '조선의 아들과 딸들'이 '조선을 잊고' '돈과 쾌락'만 추구하는 자들이 된 것처럼, '이년 전만 하더라도 처녀의 프라이드'를 갖고 '불쌍한 조선의 여성을 교육'하고자 했던 김순영 또한 이들과 별반 다르지 않게 타락한 삶을 살아가게 된 것이다. 그런데 『재생』의 서사에서 문제가 되는 것은 순영이 타락한 삶을 살아가게 된 것을 작가가 이처럼 시대의 흐름에 휩쓸려 들어간 탓으로 설명하면서도, 종국에는 그녀 스스로 죽음을 선택하는 것으로 서사를 종결하고 있다는 점이다. 이러한 서사적 종결이 문제인 까닭은 작가가 부정적으로 그리고 있는 여느 '조선의 아들과 딸들'이 아무런 문제없이 타락한 삶을 살아가듯, 순영이 타락한 삶을 살아가는 것 또한 굳이 그녀를 자살로 내몰 필연적인 이유가 되지 않기에 그러하다. 그렇다면 이는 작가가 김순영의 '더럽고 거짓된 삶'에 대하여 의식적으로 단죄를 내린 것이라고 해석할 수밖에 없다.

이런 맥락에서 거듭해서 '거짓된 생활'을 일삼으며 타락해가는 순영의 내면에 그녀가 자살을 선택할 수밖에 없게 만든 서사 내적 논리가 함축되어 있다는 사실에 주목해 보지 않을 수 없다. 그것은 순영에게 자기 삶에 있어서 자긍심의 원천이 되었던 것, 즉 그녀에게 부모와도 같은 역할을 하였던 P 부인에게서 받은 '도덕적 감화'가 그녀가 '거짓된 생활'의 나락으로 빠져들 때마나 그녀의 내면에서 끊임없이 환기되고 있는 사

---

13) 위의 책, 259-260쪽.

실과 무관하지 않다. 이것이 명선주로 표상되는 '조선의 아들 딸'들과 마찬가지로 타락한 삶을 살아가는 김순영을 그들과 차별화하는 것인데, 순영이 자신도 어찌할 수 없는 '알 수 없는 힘'에 의해 거짓된 생활의 구렁텅이로 빠져들 때마다, 그녀가 받은 '도덕적 감화'는 그녀의 내면에 '양심', 곧 '죄의식'을 환기하고 심화시키는 매개로 작용하는 것이다.

> 과연 자기는 벌써 두 남자에게 몸을 허해 버렸다. 인제는 자기는 정조를 말할 사람이 되지 못하였다. 그렇게 생각할 때마다 자기가 작년 가을까지도 지니고 온 처녀의 자랑과 깨끗함을 생각해서 슬펐다. (…중략…) 자기의 맑아 보이지 아니하는 양심을 보고 하늘과 땅에 대하여 면목이 없는 듯하였다. 「그래도 양심에 찔리는 것을 어찌해요. 정조한 반드시 이해관계만은 아니겠죠.」 하는 순영은 가엾게 들렸다. 「양심, 그것이 사람의 마음속에 만들어 놓은 먼지가 켜켜이 앉은 귀신 그릇입니다. 그 속에 빈대도 들어가고 쥐며느리도 들어가서 가끔 꼭꼭 찌르기도 하고 스멀스멀하기도 합니다. 그놈의 귀신 오장이를 번쩍 들어네요. 내다가 훅 불어 버리란 말이야. 그러면 아주 마음이 깨끗합니다. 그놈의 오장이를 끼고 다니는 사람은 밤낮 우는 소리만 하여서 인생을 슬프게 만들어 놓지요. 당신도 당장에 그놈의 먼지 앉은 양심 오장이를 내어 던져요.14)

인용된 글에서 알 수 있듯, '양심 오장이' 따위는 내어버리라는 명선주의 말에서 순영은 정조를 버리고 '돈과 쾌락'을 선택한 자신의 행위에 대하여 심리적 위안을 얻는다. 그러나 한편으로 순영은 끊임없이 자신이 선택한 삶에 대하여 자신을 책망하기도 한다. 순영이 자신을 책망하는 까닭은 그녀의 내면 한구석에 자리하고 있는 양심 때문이라는 것은 말할 것까지 없다. 양심 곧 죄의식에서 발원하는 순영의 자기 책망은 '인천 마루김 미두 취인 중매점' 주인을 살해한 누명을 쓰고 법정에서 사형 판결

---

14) 위의 책, 100-101쪽.

을 받은 신봉구의 누명을 벗기려고 자청해서 한 증언을 부인함으로써 그의 죽음을 방기하였을 때 최고조에 다다른다.

이렇게 볼 때 순영의 내면에 내재된 양심이 순간순간 고개를 내밀면서 그녀로 하여금 현재의 삶을 부정하게 만들어 결국 자살에 이르게 만든 것이라 할 수 있을 터이다. 그런데 여기에서 다시 한 번 주목해 보아야 할 점은 순영을 자살로 내몬 죄의식이 일찍이 그녀가 받아온 교육이 그녀의 내면을 지배한 데에서 연유한 것이기는 하더라도, 순영이 '돈과 육의 쾌락'을 쫓는 자신의 타락한 삶을 명선주와 같은 타락한 인물의 매개에 의해 정당화하는 것과 마찬가지로, 그녀의 죄의식의 발로 역시 어떤 매개 작용에 의해 심화된 것이라는 사실이다. 즉 '이기적 개인주의'에 물들어 살아가는 사람들의 정반대편에 서 있는 P 부인과 강인애와 같은 인물들의 엄격하고도 자기규율적인 삶이 반복적으로 환기되면서 순영의 죄의식은 더욱더 심화되어 간 것이다. 순영에게 도덕적 감화를 준 P 부인과, 순영이 유일하게 의지했던 동료이자 언니인 강인애는 '불쌍한 조선 여자의 교육'이라는 소명의식을 갖고 '자기희생적'으로 남을 위해 헌신하는 삶을 살아가는 인물들이다. 그러기에 이들에게는 '제 욕심을 채우려고 애쓰는' 이기적인 삶은 구원받을 수 없는 '죄악'일 수밖에 없다. 바로 이들의 소명의식이 끊임없이 순영의 내면을 비추는 거울의 기능을 담당하면서 순영의 내면에 꿈틀거리는 양심과 죄의식을 심화시키고, 이것이 그녀로 하여금 현재적 삶을 부정하게 만들어 결국 자살을 행하게 하는 주요한 계기로 작용하였던 것이다. 순영을 아꼈던 그녀들이지만 순영이 '더럽고 거짓된 생활'에서 벗어나지 못하자 순영을 냉혹하게 외면하게 됨에 따라 결국 순영은 자살을 결심하고 금강산 구룡연을 찾아 나서게 된 것이라 할 수 있다.

이러한 맥락에서 볼 때 순영의 자살은 '이기적 개인주의'를 부정하고 하느님의 말씀에 따라 자기희생과 남을 위한 헌신적인 삶의 실천을 강조한 P 부인이나 강인애의 소명의식이 순영의 내면에 잠자고 있던 양심과 죄의식을 일깨우는 매개로 작용하여 그녀의 자기 책망을 심화시켜간 결과라고 볼 수 있다. 그런데 여기에서 P 부인과 강인애로 표상되는 자기희생과 남을 위한 헌신적인 삶의 태도가 지닌 역설에 주목해 보지 않을 수 없다. 왜냐하면 P 부인과 강인애는 하나님의 사랑으로 불쌍한 이웃을 위해 헌신적으로 살아야 한다는 것을 강조하고 있음에도 불구하고, 정작 '거짓된 생활'로 인해 괴로워하는 순영에게는 매우 무정한 태도를 보여주고 있기 때문이다. 가령, 순영이 법정에서 봉구의 구명을 위해 한 자신의 증언을 스스로 부정함으로써 그가 사형을 당할 위기에 처하게 되자, 이를 자신의 탓이라 자책한 나머지 자신의 더러워진 육체와 영혼에 대하여 용서를 구하려고 P 부인을 찾았을 때, P 부인은 '나는 순영이 사정 다 들을 필요'가 없다며 '순영의 책임'만을 강조하며 냉정하기 그지없게 순영을 대하는데, 이는 P 부인과 강인애로 표상되는 남을 위한 '자기희생적' 삶의 신념이 지니고 있는 역설적인 성격을 방증해 준다. 이와 동일한 맥락에서 자살을 결심하고 금강산 구룡연을 찾아 나선 길에 우연히 마주친 강인애와 P 부인이 순영을 냉랭하게 대한 것은 우연은 아닌 셈이다.

『재생』의 서사에서 순영을 자살로 몰아간 내적인 논리로 작용한 '자기희생적' 삶이 내포한 역설적 성격이 문제일 수밖에 없는 이유는 그것이 순영의 삶과 극명한 대비를 이루며 '새조선의 새 생명'의 가능성을 제시하고자 하는 차원에서 설정한 인물 신봉구의 그것과 궤를 같이한다는 데 있다. 앞에서 말했던 바와 같이, 신봉구는 자신이 존재하는 이유의 전부였던 순영에게 버림받고 복수의 화신이 되어 '돈' 버는데 혈안이 되었다가 자신의 주인을 살해한 누명을 쓰고 사형을 당할 위기에 처하지만, 감옥 안에서 자신의 지나 온 삶에 대한 반성을 매개로 새로운 깨달음을 얻게 된다. 그리고 사형에 처해질 순간 누명을 벗고 바깥 세상에 나온 그는 감옥에서 얻은 깨달음을 바탕으로 지난 날 자신의 타락한 삶을 청산하고 새로운 삶을 찾아 '전곡'이라는 농촌에서 '불쌍한 백성'을 위해 헌신하는 삶을 실천해 나간다. 이런 그의 모습과 태도는 P 부인의 그것과 별반 다르지 않다. 뿐만 아니라 만상창이가 되어 자신에게 용서를 구하러 온 순영을 외면하는 봉구의 냉정한 모습 또한 P 부인의 그것과 흡사하다. 신봉구가 깨달음을 얻는 감옥 장면에서 작가의 서술 초점이 그의 내면에 맞춰지고 있다는 점에서 그는 작가의 서사적 원근법을 담지한 인물이라 할 수 있다.[15] 이렇게 볼 때 '거짓된 생활'로 인해 파멸해가는 김순영의 삶을 문제의 대상으로 삼아 전개되는 『재생』의 서사는 바로 봉구의 행위와 실천으로 구체화되는 불쌍한 백성과 나라를 위한 자기희생적 삶을 정당화하고 자연화하기 위한 것이라 할 수 있다.

3. 자기 원한 감정의 내면화

『재생』은 '더럽고 거짓된 생활'로 인해 스스로 파멸해가는 김순영의 삶을 문제화함으로써 '나라와 불쌍한 이웃'을 위한 '자기희생적'인 삶의 실천 가능성을 제시하고 있다. 작가는 순영의 도덕적 타락이 그녀의 성격에서 기인하는 것이 아니라는 것을 강조하면서도, P 부인과 강인애가 철저하게 내면화하고 있는 '자기희생적'인 삶의 신념을 순영의 내면을

---

15) 『재생』은 전지적 작가 시점에 의해 서술되고 있음에도 불구하고, 봉구의 내부 시점을 사용하여 그를 반영자로 설정한 서술이 지배적인 특징을 보인다. 이는 서술자의 감정적 동화가 봉구에게 기울어지게 하는 효과를 낳고 있다는 점에서 신봉구는 작가의 서사적 비전을 담지한 인물이라 할 수 있다. 홍혜원, 앞의 글, 81-83쪽 참조.

비추는 거울로 작용하게 함으로써 그녀의 죄의식을 심화시키고 있다. 그 결과 김순영은 스스로 자신의 현재적 삶을 부정하고 만다. 이것은 작가가 순영의 성적 방종과 거짓된 생활을 단죄함으로써 순영의 삶으로 표상되는 '이기적 개인주의'의 삶을 타자의 영역에 가두어 두고자 하는 서사적 의도를 드러낸 것으로 읽힐 수 있다. 이런 맥락에서 『재생』의 서사는 '자기희생적' 삶의 신념과 실천을 자연화하기 위한 일종의 '포섭 전략'에 의거해서 전개되고 있다고 볼 수 있다. P 부인과 강인애를 매개로 하여 순영의 내면에 환기되는 '자기희생적' 삶의 신념이 그녀를 자살로 내모는 기능을 하지만, 동시에 그것을 자연적인 것인 양 꾸미는 『재생』의 서사전략은 출옥 후 신봉구가 '전곡'에서 펼치는 '불쌍한 백성'을 위한 헌신적인 삶에 당위성을 부여하는 효과를 낳는다.

　　봉구도 혼자 누워 기나긴 반생 일을 생각하고는 울기도 하고 탄식도 하였다. 비록 내 한 몸을 위한 모든 기쁨과 슬픔을 다 잊어버리고 죽다 남은 이 몸을 불쌍한 백성들을 위하여 바치기로 굳게 맹세한 얼음과 같이 차고 쇠와 같이 굳은 이 몸이라 하더라도 피는 여전히 뜨겁고 눈물은 여전히 흐르지 않는가. 지나간 삼년 동안에 봉구는 과연 기계와 같이 냉랭한 생활을 하여 왔다, 낮에는 노동하고 밤에는 자고 겨울에는 이 동네 저 동네를 돌아다니며 농사하는 백성들의 편지도 써 주고 또 원하는 이들을 모아 데리고 가거거 국문도 가르쳐 주고 그들과 같이 새끼 꼬고 신 삼으며 이야기도 하여주고 그리하다가 봄이 되면 다시 농사하기를 시작하였다. 만일 늙은 어머니만 안 계시던들 그는 전혀 집 한 간도 가지지 않고 아주 의지가지 없는 사람이 되어 버렸을지도 모른다. 그처럼 봉구는 아주 일산상의 모든 행복을 떼어 버리려고 애를 써 왔다. 또 그대로 실행도 하여 왔다. 그러나 그러하는 삼년의 긴 세월에 그는 일찍 순영을 잊어버린 일이 있었던가.16)

---

16) 이광수, 앞의 책, 338쪽.

인용문은 살인 누명을 벗고 감옥에서 풀려난 신봉구가 도시 경성의 생활을 정리하고 자신의 모친과 함께 정착한 전곡에서 보낸 삼년간의 생활을 작가가 요약적으로 제시하고 있는 대목이다. 신봉구는 매일 규칙적으로 노동을 하고, 무지한 백성들에게 글을 가르쳐주며 그들의 삶을 개선하기 위해 '일신상의 행복'을 버리고 헌신하는 삶을 살아왔다. 비록 요약적으로 제시되고 있지만, 이광수의 소설에서 신봉구와 같은 지식 계급의 청년이 농촌으로 내려가 '백성'들을 일깨우고자 벌이는 계몽 활동은 그리 낯설지 않은 장면이다. 그것은 이미 『무정』의 주인공 이형식이 '삼랑진'의 '무지하고 가난한 민중'의 삶을 '문화의 향상과 교육을 통해 개선'하고자 하는 다짐의 형태로 표출된 바 있거니와, 『재생』에 이어 발표된 『흙』에서는 허숭이 '살여울'이란 농촌에서 펼치는 행위들, 즉 '야학을 통한 한글 보급, 생산·판매·소비의 합리화를 도모하기 위한 협동조합의 조직화, 위생사상의 보급' 등 농촌 계몽의 실험적 행위들로 구체화되어 나타나기도 한다.[17] 따라서 『재생』의 신봉구는 『무정』에서 이념적

---

[17] 이광수가 자신의 장편소설에서 그리고 있는 계몽 실천은 주로 농촌을 배경으로 하여 무지한 농민을 대상으로 이루어지고 있다. 여기에는 '도회의 노동자'에 대한 이광수의 뿌리 깊은 불신이 개입되어 있다. 예컨대, 이광수는 '예술과 인생'의 관계를 논하면서 인생의 최고 이상은 '인생의 생활 자신을 전부 예술화'하는 데 있다고 역설한 논설, 「예술과 인생─신세계와 조선민족의 사명」(『개벽』, 1922.1)에서 '도회의 노동자는 제 일을 하는 데서 얻는 예술적인 기쁨을 얻는 농부와 달리 오직 「돈」을 위하여 노예적 노역에만 종사'하기 때문에 '자포자기의 언어와 동작'을 가질 수밖에 없어 '개인적으로는 살인, 강도와 같은 죄악'을 짓기 쉽고 '단체적으로는 동맹파공(同盟罷工)과 기타의 혁명적 파괴적 폭동'을 일으키기 쉬운 부정적인 존재로 묘사하고 있다.(이광수, 『이광수전집』 16, 삼중당, 1963, 38-39쪽 참조) 이러한 도시 노동자에 대한 이광수의 부정적인 인식은 『재생』에서 성적 방종과 '거짓된 생활'로 인해 '매독과 임질에 걸려 배오개에 있는 정미소와 영등포 방직 공장 여공을 전전하다가 결국 자신의 지난날 삶을 속죄하기 위해 자살을 결심하고 신봉구가 있는 전곡을 찾은 순영의 비참한 모습을 통해 환기되고 있다. 한편 도시 노동자에 대한 부정적 인식과 달리, 이광수는 신봉구가 정착한 전곡과 같이 농촌은 '예술적 창조'의 기쁨을 누릴 수 있는 공간으로 이상화·낭만화하여 제시한다. 그런데 여기에서 주목해 볼 것은 비록 농촌 공간이 이상화되어 제시되어 있는 듯하지만, '예술적 창조'가 금욕 윤리에 입각하여 방법적으로 노동과 생활을 조직화하는 것에 있다는 점에서 이광

당위의 형태로 제시된 이형식의 비전을 실천하고 있는 인물일 뿐만 아니라,『흙』에서 구체화되고 있는 허숭의 계몽 실험 행위를 미리 선취해 보여주는 인물이기도 하다.

이처럼 민중의 삶을 개선할 필요성을 역설한 계몽의 서사화가 이광수 소설의 일관된 문제틀이라고 하더라도, 인용문에서와 같이 신봉구가 보여주는 실천 행위 자체가『재생』에서 그리 중요한 사안은 아니다.『무정』이나『흙』에서 보여주는 바와 같이, 민중을 위한 계몽 이념의 당위성을 제시하거나 그것의 실험 가능성을 구체적으로 제시하는 것이『재생』서사의 핵심 문제는 아니기 때문이다.『재생』의 서사가 중요한 것은『무정』이나『흙』과 달리, '불쌍한 백성'의 삶을 개선하기 위해 벌이는 신봉구의 자기희생적인 신념이 어떠한 정서적 구조에 바탕을 두고 있는지를 여실히 보여주고 있다는 데 있다. 그러니까『재생』에서는 신봉구의 '자기희생적' 삶의 실천이 어떠한 정서적 기반 위에서 이루어졌는지 그 논리를 눈여겨보아야 한다.

이러한 맥락에서 신봉구의 '불쌍한 백성'을 위한 '자기희생적' 삶의 실천이 근대적인 의미에서 말하는 '세속 내 금욕 윤리'에 입각하여 이루어지고 있다는 사실에 우선 주목할 필요가 있다. 근대적인 의미에서 세속 내 금욕 윤리의 가장 큰 특징은 인간의 감정과 감각에서 비롯되는 모든 세속적 욕망을 거부하고 자신의 삶 자체를 방법적으로 조직해나가는 데 있다. 인간이 육체적인 존재인 한 감각 및 감정 없이 살아가는 것은 불가능하다. 바로 일체의 욕망이 억압될 때 발생할 수밖에 없는 황량하기 그지없는 내면을 오직 근면한 노동을 통해 철저한 자기규율의 정신을 단련하고 자신의 삶을 마치 기계처럼 관리해나가는 데서 찾고 있는 것이

수가 계몽 실험의 대상으로 설정한 '농촌'은 낭만적인 목가적 공간이 아니라 철저하게 근대성의 원리가 구현된 공간이라 할 수 있다.

바로 세속 내 금욕 윤리인 것이다.18) 근대적인 의미를 갖는 노동이 금욕적 도덕의식과 불가분의 관련을 맺고 있는 것은 이런 맥락에서 이해될수 있는데, 전곡에서 삼 년 동안 '불쌍한 백성'을 위해 자기 '한 몸을 위한 모든 기쁨과 슬픔'을 잊고 '일신상의 행복'을 떼어버린 채, 매일 규칙적으로 노동을 하면서 '얼음과 같이 차고', '쇠와 같이 굳'으며, '기계와같이 냉랭한 생활'을 해 온 신봉구의 삶은 개인적인 욕망을 억누르고 자기규율의 정신을 단련함으로써 생활을 조직해가는 세속 내 윤리 규범에따른 삶을 표상하고 있다고 볼 수 있다.

그렇다면 자신이 살아가는 존재 이유뿐만 아니라 조선을 사랑하는 이유조차 김순영을 사랑하는 데에서 찾았던 신봉구가 이처럼 철저하게 자기 규율을 내면화한 삶을 실천하게 된 까닭은 무엇이고, 그러한 봉구의내적 변화를 정당화하고 있는 논리는 무엇인가. 봉구의 이런 내적 변화가 돈 때문에 자신의 사랑을 배신한 순영에게 복수하고자 세상을 저주하면서 오직 돈만 벌기 위해 '도적질이나 다름없는 미두까지' 서슴지 않던지난 날 자신의 타락한 생활에 대한 반성에서 비롯된 것임은 틀림없는사실이다. 문제는 신봉구가 보여주는 자기반성의 양상이 세상을 향해 쏟아냈던 분노와 저주를 자기 자신에게로 돌리고 있다는 데 있다. 그러니까 자기 규율의 금욕 윤리에 입각하여 '불쌍한 백성'을 위해 헌신하는 봉구의 삶은 자기 자신에 대한 '분노와 저주'에서 비롯된 것이라 할 수 있는데, 아래의 인용은 이러한 자기 자신에 대한 원한 감정에 기반을 둔그의 금욕적 삶이 어떻게 정당화되고 있는지를 시사해주고 있으므로 주목해 볼 필요가 있다.

참으로 봉구는 그 동안 세상을 원망하였거니와 세상에서 받은 은혜와

---

18) 이마무라 히토시[今村仁司], 『近代の思想構造』, 人文書院, 1998, 137-142쪽 참조.

사랑을 생각하여 보지 못하였던 것 같다. "그야 사람들이 나에게 물려준
것 가운데는 이런 감옥 같이 좋지 못한 것도 있지만 대체로 보면 다 고
마운 것들이다. 길 하나를 보아라. 그것이 몇 천년 동안 또는 몇 만년 동
안에 우리 조상들이 밟아 만들어 놓은 것인가. 밥은 누가 내었나, 벼 심
어 쌀 만드는 법, 집 짓는 법, 옷 집는 법, 이 모든 것을 만들어 내고 지
켜 오는 이들은 누구인가, 내 몸뚱이는 몇 만 년 몇 만 대 동안에 몇만
사람의 피와 살이 합한 것인가. 내가 추위와 볕을 피하고 자라난 집은
뉘인가. 그것은 인류의 집이다. 내가 먹고 살아온 밥은 뉘 밥인가. 그것
은 인류의 밥이다. 내가 걸어 다니던 길이 인류의 길인 것은 말할 것도
없거니와 말이나 사랑이나 내가 가진 무엇이 인류의 것이 아닌 것이 어
디 있나? 내 것이라 할 것이 어디 있나? 만일 인류의 모든 유산이 다 없
고 내가 이 세상에 혼자 떨어졌다면 나는 그날로 죽어버렸을 것이다."
"그렇다! 세상을 원망할 아무 이유도 없다. 나는 오직 인류에게 빚을 진
사람이다. 그 빚이 얼마나 되나, 한없이 큰 빚이다. 인류의 한없는 사랑
으로 내게 그네의 피땀의 유산을 물려줄 때에 오직 한 가지 부탁이 있었
다. 그것은 그 유산을 더 좋은 것, 더 많은 것을 만들어서 후손에게 전하
라는 뜻이다. 그런데 나는 이것을 잊었다!" 봉구는 옛 잘못을 바로 깨달
을 때에 맛보는 기쁨과 슬픔을 동시에 깨달았다.[19]

인용문은 미두취인 중매점 주인 살해범으로 몰려 사형을 선고 받고
난 후 삶을 체념했던 봉구가, 자신을 사랑하는 중매점 주인 딸 경주가
자신을 대신해서 살인죄를 뒤집어쓰고자 했다는 사실, 그리고 순영이 자
신의 누명을 벗겨주기 위해 자청해서 증언을 해 주었다는 사실을 알고
나서는 자기에 대한 순영의 '희생적 행위'와 경주의 '충성심'에 감격하여
그녀들을 혐오했던 자신을 부끄러워하면서 갑자기 살려는 의지를 보이
면서 얻은 깨달음의 내용을 서술하고 있는 대목이다. 너무 작위적인 냄
새가 나서 작가 자신도 겸연쩍었는지 '봉구의 인생에 관한 태도는 사오

---

19) 이광수, 『재생』, 『이광수전집』 2, 삼중당, 1963, 212-213쪽.

일 내로 일변하였다'고 변명할 정도로 여기에 서술된 그의 깨달음은 사실 작가 자신의 생각을 그대로 드러낸 것이라 할 수 있다. 그렇다 하더라도 이 대목은 자기 규율적인 금욕 윤리에 바탕을 두고 이루어진 신봉구의 실천 행위가 기반하고 있는 자기 자신에 대한 원한의 감정이 무엇에서 비롯된 것인지를 파악하는 데 실마리를 제공해 준다는 점에서 주목해 보지 않을 수 없다.

인용문에 따르면, 신봉구가 감옥에서 얻은 깨달음의 핵심은 자신의 현재의 삶이란 오랜 기간 동안 '우리 조상들이 밟아 만들어 놓은' 것, 곧 '인류의 모든 유산'에서 기원한다는 것, 그래서 자신은 '오직 인류에게 한없이 큰 빚을 진 사람'이라는 것이다. 이에 따르면, 자신은 모든 인류에게 무한한 빚을 진 사람이기에 '세상을 원망할 아무런 이유'가 없다. 원망해야 할 것이 있다면, 인류에게 진 빚을 망각하고 그동안 '빌어먹을 세상'을 원망했던 자기 자신인 것이다. 그리고 신봉구는 이런 자기 자신에 대한 원한 감정에서 '더 좋은 것, 더 많은 것을 만들어서 후손에게 전'해야 하는 의무감을 이끌어낸다. '전곡'이란 농촌에서 펼치는 그의 금욕적 삶의 실천이 이와 같은 의무감의 일환으로 이루어진 것임은 물론이다. 바로 여기에 '돈'이 지배하는 '빌어먹을 세상'을 향해 쏟아 냈던 신봉구의 원한 감정이 방향을 선회하여 자기 내면으로 향한 이유가 숨겨져 있다. 그러니까 '인류'에게 빚을 졌다는 부채의식이 그로 하여금 '빌어먹을 세상'을 향했던 그의 증오와 반감을 바로 그 감정을 소유한 '자신에게 대한 격렬한 저주'로 나아가게 만든 것이다. 이제 "돈의 욕심과 연애의 욕심과 살려는 욕심과 따라서 나오는 모든 번뇌를 벗어난 봉구"에게 남은 일은 '돈 때문에 사람들의 영혼이 썩'어서 '살인과 전쟁과 욕과 미워함'으로 가득 찬 '낡은 세상을 고쳐서 새 세상을 만들어야 하는 의무'뿐이다.[20] 이처럼 자기 자신에 대한 증오와 반감에서 비롯된 부채의식은 봉구를 '인

류에게 사랑의 복음을 전하고 인류를 바른 길로 인도한' 성인 성도와 같
은 위치에 올려놓은 것이다.

　이렇게 볼 때 자기 규율에 입각한 신봉구의 금욕적 삶의 실천, 곧 '불
쌍한 백성'을 위해 펼치는 그의 삶은 자기 자신에 대한 원한 감정에 그
기원을 두고 있는 것이라 할 수 있다. 다시 말해 신봉구가 '인류에게 사
랑의 복음을 전하고 인류를 바른 길로 인도'하려는 차원에서 펼치는 전
곡에서의 삶은 자기 자신에 대한 '원한의 감정'을 역전시킨 결과인 셈이
다. 이광수가 『재생』에서 개인적인 '사랑' 이외 더 큰 일이 있다는 것을
말하고자 했을 때, '더 큰 일'이란 표면적으로는 '자기희생적' 금욕 윤리
에 의거해 펼쳐지는 '불쌍한 백성'을 위해 헌신하는 삶의 실천을 가리킬
것이다. 그러나 여기에서 '불쌍한 백성'을 위해 헌신하는 삶의 실천이란
결국 자기 자신에 대한 '원한'의 감정을 전 인류에 대한 사랑으로 가치를
전도시킨 바탕에서 이루어진 것이라는 점에서 역설적일 수밖에 없다. 그
러한 '불쌍한 백성'을 사랑하는 마음으로 행하는 헌신적인 삶의 실천 자
체가 현실의 자기 삶을 철저하고도 엄격하게 부정하는 원한의 정서에 기
반하고 있는 만큼, 헌신적인 삶의 실천의 대상이 되는 바로 그 '불쌍한
백성'들에게도 그것은 현실적인 삶을 부정하게 만드는 '무정'한 힘으로
얼마든지 작용할 수 있기 때문이다. 신봉구가 김순영이 스스로 삶을 부
정하는 것을 방조한 것은 '불쌍한 백성'을 위한 자기희생적인 삶이 지닌
'무정'한 성격을 반증해 준다. 이런 점에서 작가 이광수가 「작가의 말」에
서 "나는 내가 가진 모든 동정과 모든 정성과 모든 힘을 다하여" 『재생』
을 쓴다고 했을 때, 그가 강조한 '동정'[21]이란 것도 사실은 '불쌍한 백

---

20) 신봉구의 깨달음이 보여주고 있는 이러한 논리는 '양심의 가책' 즉 '죄의식'이라는 것이
　　공동체와 조상 사이에 설정된 '무언가에 대한 채무감' 곧 부채의식에서 기원한다는 니
　　체의 논법을 연상시킨다. F. 니체, 앞의 책, 436~443쪽 참조
21) 이광수는 '사회'를 '민족'으로 조직하고 작동하게 하는 원리, 즉 '사회적 공동성'의 만들어

성'을 위한 자기희생적 삶이 '무정'함의 원천이 되었던 자기 원한의 감정에 기원을 둔 것이라는 점에서 역설적일 수밖에 없는 것이다.22) 따라서 『재생』이 서사적 기획의 근원으로 내세운 '조선과 조선 민족을 위한 봉사—의무의 이행'이라는 '윤리적 동기' 또한 원한 감정의 산물에 지나지 않는다.

4. 맺는 말

지금까지 이광수가 『재생』을 비롯한 자신의 모든 장편소설의 기획의 근원으로 강조하고 있는 '윤리적 동기'의 정치 시학적 특성을 파악하고자 하는 취지에서 지식인과 대중 사이의 정치적 역학 관계가 어떻게 형성되는지를 『재생』의 서사 분석을 통해 살펴보았다. '윤리적 동기'란, 니체의 독법에 따르면, 세계와 삶을 부정과 긍정의 이분법적 가치 체계에 따라 구축함으로써 불가피하게 정치적 의도를 내포할 수밖에 없다. 왜냐하면 그것은 '타자성' 또는 '악'을 선험적으로 규정하기 때문이다. 『재생』의 서사는 이런 '윤리적 동기'의 특성을 여실히 드러내 보여준다.

『재생』은 인식론적 구조의 층위에서 돈의 유혹에 넘어가 파멸해가는 김순영의 타락한 삶을 서사적 문제의 대상으로 초점화함으로써 '나라와 이웃'을 위한 '자기희생적'인 삶의 실천 가능성을 제시하고 있다. 작가는 P 부인과 강인애가 철저하게 내면화하고 있는 '자기희생적' 삶의 신념을

내기 위한 원리로 '동정(同情)'을 표 나게 강조하였다. 그에 따르면, 동정이란 '자비·헌신·관서·공익' 등의 '인도에 가장 아름다운 행위'가 나오는 원천으로 '나의 몸과 맘을 그 사람의 처지와 경우에 두어 그 사람의 심리와 행위를 생각하여 주'는 마음이다. 이광수, 「동정」, 『이광수전집』 1, 삼중당, 1963, 557쪽.

22) Audery Jaffe, *Scenes of Sympathy*, Cornell University, Press, 2000, p.82..

순영의 내면을 비추는 거울로 작용하게 함으로써 그녀의 죄의식을 심화시키고 있다. 그로 인해 김순영은 스스로 자신의 현재적 삶을 부정하고 마는데, 이것은 그녀의 성적 방종과 거짓된 삶을 단죄함으로써 순영의 삶이 표상하는 '이기적 개인주의'를 타자의 영역에 가두어 두고자 하는 작가적 의도의 산물이라 할 수 있다. 따라서 『재생』의 서사는 '자기희생적' 삶의 신념과 실천의 당위성을 자연화하는 이념적 효과를 낳고 있다.

한편, 이러한 자기희생적 삶은 작가의 서사적 비전을 담지한 인물 신봉구가 농촌 '전곡'에서 철저한 자기규율과 금욕 윤리에 의거하여 펼치는 '불쌍한 백성'을 위한 헌신적인 삶의 모습으로 구체화된다. 그러나 이런 신봉구의 자기 규율에 입각한 금욕적 삶의 실천은 자기 자신에 대한 원한 감정에 그 기원을 둔 것이기 때문에 역설적인 의미를 갖는다. 그것은 현실에서 느끼는 삶의 무력감을 가리기 위해 상정한 전 인류에 대한 상상상의 부채의식을 매개로 이루어진 실천이기 때문이다. 신봉구의 '불쌍한 백성'을 위해 헌신하는 삶의 실천이란 결국 자기 자신에 대한 원한의 감정을 전 인류에 대한 사랑으로 가치를 전도시킨 바탕 위에서 이루어진 것이라 할 수 있다. 그런 점에서 '불쌍한 백성'을 사랑해야 한다는 부채의식에서 수행하는 실천 자체가 자신의 현재적 삶을 철저하게 부정하는 원한의 정서에 기반하고 있는 만큼, 헌신적인 삶의 실천 대상이 되는 바로 그 '불쌍한 백성'들에게도 그것은 현실적인 삶을 부정하게 만드는 '무정'한 힘으로 작용할 수 있다.

이런 맥락에서 『재생』의 서사가 강조하고 있는 '조선과 조선 민족을 위한 봉사-의무의 이행'이라는 '윤리적 동기' 또한 현실을 부정하는 자기 원한의 감정에 근거한 것이라고 해석할 수 있다.

제 3 장

금욕 윤리와 양반계급에 대한 원한

―『흙』

1. 들어가는 말

이광수의 글쓰기 특징은 '민족'과 '계몽', 이 두 개의 용어로 대변된다. '민족을 위한 봉사―헌신'의 의무감에 강박되어 있다고 할 만큼, 이광수의 글쓰기는 일관되게 '민족의 힘'을 욕망한 '계몽' 담론의 실천 차원에서 이루어졌다. 일제 말 자신의 친일 부역 행위마저도 '민족의 보존'을 위한 불가피한 선택이었다고 합리화할 정도로 '민족의 힘'을 욕망한 이광수의 계몽 담론 실천은 내적인 일관성을 지녔을 뿐만 아니라 자기 확신에 근거해서 이루어진 것이라고 할 수 있다.[1] 이광수에게 있어서 '민족'과 '계몽'은 현실 세계를 해석하고 평가하는 인식틀이었던 셈이다.

그런데 이광수의 일관된 계몽 담론 실천은 그의 장편소설을 논할 때

---

[1] 조관자, 「'민족의 힘'을 욕망한 '친일 내셔널리스트' 이광수」, 『기억과 역사의 투쟁』, 삼인, 2002, 342-344쪽 참조.

방법론상 한 가지 역설적인 문제를 제기한다. 이광수 스스로 소설 쓰는 행위를 '여기(餘技)'로 치부하면서 자신이 '문사'로 거명되는 것을 의식적으로 거부하였음에도 불구하고, 『무정』, 『흙』 등 한국 문학사에서 끊임없이 관심과 논란의 대상이 되어 온 장편소설들을 비롯하여 적지 않은 양의 소설들을 지속적으로 생산해내는, 일견 모순적인 모습을 보여주었기 때문이다. 소설 쓰기를 지속하면서도 작가로 불리는 것을 부정하는 이율배반적 태도는 그의 소설 독법과 관련하여 한 가지 시사점을 던져준다. 「여(余)의 작가적 태도」에서 밝힌 바와 같이, 소설 쓰기를 포함한 자신의 모든 행위가 궁극에 있어서 '조선과 조선민족을 위한 봉사─의무의 이행'[2]에 있다고 한 이광수의 말을 전제한다면, 그의 작품은 근본적으로 '민족을 위한 봉사─의무'의 차원에서 수행된 계몽 담론 실천의 구성물로 접근될 필요가 있다는 것이다. 그럴 때라야 이광수가 소설 쓰기를 통해 욕망한 '민족의 힘'에 함축된 의미를 한층 분명히 할 수 있기 때문이다.

　이광수의 소설을 '민족의 힘'을 욕망한 계몽 담론 실천의 구성물로 파악하는 것은 논란의 대상이 되어왔던 이광수 소설의 근대성에 대한 새로운 대안적 해석의 가능성을 모색하는 의미를 갖는 것이기도 하다. 근대 문학의 '발아기를 독점'하는 작가 이광수의 문학사적 무게로 말미암아 그의 소설이 진정 근대성을 구현하고 있는가에 관해서는 진작부터 쟁점이 되어 왔던 사안이다. 그러나 이 문제에 관한 수많은 논의들이 '근대적 정신'과 '근대적 양식'이라는 추상적으로 상정된 서구 소설의 모델을 잣대삼아 이 기준에 이광수 소설의 내용과 형식이 얼마나 부합하는가를 재는 차원에서 이루어졌기 때문에, 그 평가의 상이함에도 불구하고 동어 반복적이라는 인상을 남기고 있음 또한 부인하기 어렵다. 이런 문제점은

---

2) 이광수, 「여(余)의 작가적 태도」, 『이광수전집』 16, 삼중당, 1963, 195쪽.

근본적으로 이광수 소설의 근대성을 외적 현실 반영 문제로 국한하여 접근하는 해석적 관습에서 비롯된 것이다.[3] 그 결과 이광수가 소설을 통해서 전달하고자 하는 서사이자 근대성의 표상이며 동시에 그러한 서사 및 표상을 생산해내는 근본적인 인식틀이기도 한 민족 및 계몽의 담론적 성격을 온전히 해명하는 데에 미흡함을 보여주었다.

따라서 이광수 소설의 민족 계몽 담론의 특성을 이해하려면, 현실의 반영을 잣대로 이광수 소설의 근대성을 파악했던 해석적 관습을 넘어서야 한다. 즉 이광수 소설의 근대성의 표상 및 서사를 현실의 반영이 아니라 그 자체 수행적 차원에서 현실을 생산해내는 실천적 담론 구성물로 이해해야만 한다. 이러한 맥락에서 이광수 소설의 근대성 문제에 대하여 새롭게 접근해 들어간 일련의 연구들은 주목할 만하다. 이광수의 소설이 비평적 맥락에서 권력화되어 간 양상에 주목하여 그것의 탈정전화를 모색한 논의나 탈식민주의적 시각에서 이광수 소설의 식민지 재현 양상의 특성을 구명하려는 연구, '신여성', '사랑', '육체', '강간', '동정', '문화' 등의 범주들을 근대성 해독의 코드로 삼아 그의 논설 및 소설의 특성을 다시 읽으려는 논의 등[4]은 기존의 해석적 관습을 넘어서 이광수의 계몽

---

3) 이광수 소설의 근대성에 대하여 해석적 관습을 보여주는 논의들로, 김동인, 『춘원연구』 (신구문화사, 1956), 임화, 「조선신문학사론서설」(≪조선중앙일보≫, 1935), 백철, 『신문학 사조사』(신구문화사, 1972), 송민호, 「춘원의 초기작품의 문학사적 연구」(『고려대60주년 기념논문집』, 1965), 김우창, 「한국현대소설의 형성」(『궁핍한 시대의 시인』, 민음사, 1972), 이재선, 『한국현대소설사』(홍성사, 1979), 지수걸, 「식민지 농촌현실에 대한 상반된 문학적 형상화」(역사문제연구소, 『역사비평』 제1호, 1993) 등을 들 수 있다.

4) 조관자의 앞의 글을 비롯하여, 김경수, 「현대소설의 형성과 겹탈-『무정』의 근대성 재론」, (문학사와비평연구, 『한국 현대문학의 근대성 탐구』 새미, 2000), 김현주, 「이광수의 문화적 파시즘」(한국문학연구학회, 『현대문학연구』 114호, 2000), 서영채, 「한국 근대소설에 나타난 사랑의 양상과 의미에 관한 연구」(서울대학교 박사학위논문, 2002), 최혜실, 『신여성들은 무엇을 꿈꾸었는가』(생각의나무, 2002), 이영아, 「이광수 『무정』에 나타난 '육체'의 근대성 고찰」(『한국학보』 106집, 2002), 김병길, 「『무정』은 권력이다」(『한국근대문학연구』, 태학사, 2003), 김현주, 「1910년대 '개인', '민족'의 구성과 감정의 정치학」(한국문학연구학회, 『현대문학연구』 122호, 2004) 등을 이와 관련된 대표적 논의로 들 수 있다.

담론 실천의 특성을 사회문화적 맥락에서 역사화하여 조명하였다는 점
에서 이광수 소설의 근대성에 대한 논의의 지평을 확대시켰을 뿐만 아니
라 그의 소설에 대한 새로운 해석의 가능성을 여는 데 적지 않은 의의를
갖는다.

　이 장에서는 이와 같은 일련의 연구 성과를 바탕으로 이광수의 계몽
담론 실천의 근본적인 사안인 지식인과 대중 사이의 권력 관계가 구조화
된 양상을 『흙』의 분석을 통해 살펴보고자 한다. 이를 통해 이광수 장편
소설에 있어서의 정치시학적 특성을 해명할 수 있는 실마리를 마련하고
자 하는 것이 본 장의 목적이다. 이광수의 장편소설에 나타난 계몽 담론
이 지식인의 시혜적 특성을 지닌다는 점, 그리고 그것이 식민주의 담론
에 의해서 구성된 것인 한 식민지 지식인의 자기기만적 성격을 드러내준
다는 점 등에 대해서는 어느 정도 논의가 이루어졌다.[5] 그러나 이광수
장편소설의 계몽 담론이 기반하고 있는 정서적 구조에 대해서는 적절한
해명이 이루어지지 않아 '『무정』에서 『사랑』에 이르는 20여 년 동안 모
든 계층에서 가장 대중적으로 읽힌 유일무이한 작가'[6]인 이광수 장편소
설의 계몽 담론이 대중들을 통어할 수 있었던 힘의 원천, 즉 그것의 정
서적 구조의 특징을 밝히지는 못했다고 판단된다. 이른바 상상의 공동체
로서의 민족을 창안하는 것이 근대소설의 과제였다는 점[7]에 비추어 보
더라도 이광수의 민족 계몽의 담론이 바탕하고 있는 정서적 구조를 해명
하는 것은 이광수 장편소설의 정치시학의 특징뿐만 아니라 이광수 소설
의 근대성을 이해하는 데 중요한 의미를 갖는다고 할 수 있다.

---

5) 이와 관련하여, 이보영, 『식민지시대문학론』(필그림, 1983, 340-362쪽), 이주형, 「1910년
　대 이광수 장편소설과 계몽의식」(국어교육학회, 『국어교육연구』 제34집) 등이 대표적인
　논의들이다.
6) 천정환, 『근대의 책읽기』, 푸른역사, 2003, 299쪽.
7) 가라타니 고진[柄谷行人], 『"戰前"の思考』, 講談社, 2001, 24-27쪽 참조.

이와 같은 문제의식에서 이 장에서는 이데올로기소[8] 개념에 유념하고
자 한다. 계급 담론의 최소 단위로 정의되는 이데올로기소는 지식인과
대중 사이의 정치 역학을 살피는데 유용한 의미를 갖는 개념이기 때문이
다. 이광수가 '윤리적 동기'에 의해 소설을 집필했다는 점에서 이른바 니
체적인 의미에서의 '원한'의 이데올로기소가 그의 장편소설의 정서적 구
조의 특징을 파악하는데 관건이 된다는 점이 아래의 논의를 통해 밝혀질
것이다.

2. 자기희생적 금욕 윤리에 입각한 서사의 인식론적 구조

『무정』, 『흙』 등 이광수 주요 장편소설은 청춘 남녀의 연애 문제를 서
사의 주요 대상으로 초점화하고 있다. '결혼과 애욕 문제를 둘러싸고 벌
어지는 구애와 갈등, 배반과 용서, 오해와 죽음'[9]을 기본 내용으로 하는
연애 서사가 그의 장편소설 서사의 주요한 골격을 이룸으로써 이광수의
장편소설에 대해 일찍부터 '흥미본위의 통속소설'이라는 부정적인 평가
가 내려지곤 했다. 연애와 애욕을 서사의 주요 대상으로 문제화하고 있

---

8) 이데올로기소(ideologeme)란 프레드릭 제임슨에 따르면, 계급 담론을 구성하는 최소 단위
로 항상 다른 계급을 염두에 둔 대화 형식을 취한다. 즉 개별 텍스트를 계급적·정치적
역학의 층위에서 생각하고, 그것의 보편 문법에 해당하는 것으로서 계급 담론을 고려할
때, 그러한 계급 담론을 구성하는 최소 단위가 이데올로기소인 것이다. 제임슨에 따르면
이데올로기소의 특징은 가변적인데, 의사—개념의 형식을 취함과 동시에 서사의 원형의
형식을 취하기도 한다. 말하자면 의견이기도 하며 서사이기도 한 이데올로기소를 상정하
여 그것이 다양한 변형을 거쳐 발달하여 철학 체계가 되기도 하며 문화 텍스트가 되기도
한다. 따라서 문화적 산물이 아무리 복잡하고 정교하게 보이더라도 원재료인 이데올로기
소의 변형 가공의 산물이라고 할 수 있는데, 제임슨은 이 과정을 해명하는 것이 이데올로
기 분석의 역할이라고 말한다. F. Jameson, *The Political Unconscious*, Cornell, Uni, P.,
pp.50-70 참조.
9) 서영채, 앞의 글, 2002, 36쪽.

는『무정』,『흙』등이 쓰여진 시기가 '연애'와 '성' 담론이 '독자들의 최대 관심사이자 흥밋거리'[10]가 되었던 때라는 사실을 감안한다면, 이광수가 장편소설에서 '애욕'을 문제화하고 있는 연애 서사를 통해 동시대 대중들의 욕망에 영합해 들어간 측면을 부인할 수는 없다. 그렇다고 애욕의 문제가 서사의 초점이 된다는 것만을 갖고 그의 장편소설을 '흥미본위의 통속소설'이라 단정할 수는 없다. 중요한 것은 이광수의 장편소설에서 애욕의 문제가 어떠한 맥락에서 어떠한 방식으로 서사화되고 있는가를 살피는 일일 것이다. 이광수가 자신의 장편소설에서 애욕의 문제를 서사의 대상으로 초점화한 근본 동기가 그의 표현대로 '민족정신 밀수입의 포장'을 통하여 민족의 힘을 욕망한 계몽 담론 실천에 있는 것이라면, 작가의 서사적 기획의 의도 차원에서 연애 서사의 인식론적 구조 및 효과를 해명하는 것이 그의 장편소설에 대한 이해의 핵심 사안이 될 것이다.

이광수 스스로 자신의 장편소설들이 동시대의 평자들에 의해 '흥미본위의 통속소설'로 폄훼당하는 평단의 행태에 대하여 "나는 독자를 기쁘게 하기 위해서 윤리적 동기가 없는 소설을 써 본 일이 없다"[11]고 강변하고 있는 점도 이광수 장편소설의 연애 서사를 계몽 담론의 실천 전략 차원에서 읽을 필요가 있음을 말해주는데, 여기에서 이광수가 자신의 소설들이 '윤리적 동기'에 의해서 쓰여진 것이기 때문에 '흥미본위의 통속소설'과는 차원을 달리한다는 것을 강조하고 있음에 주목할 필요가 있다. 이 말은 곧 대중들의 관심사였던 '연애'와 '애욕'의 문제를 초점화한 이광수 장편소설의 연애 서사가 이분법적인 윤리적 가치 체계 속에 포섭되어 있다는 것을 시사해주는 것으로, 이광수 장편소설의 인식론적 효과를 이해하는 데 주요한 열쇠가 되기 때문이다. 그러면『흙』의 연애 서사에 대

---

10) 천정환, 앞의 책, 193-202쪽 참조
11) 이광수, 앞의 책, 1963, 195쪽.

한 분석을 통해 인식론적 구조 및 그것의 이데올로기적 효과를 살펴보기로 하자.

『흙』은 '새봄에 싹트는 조선의 흙 위에 새로 깨는 조선의 아들들, 딸들의 청춘의 사랑, 동족의 사랑, 동지의 사랑을 그려보려 한 것'[12]이라는 「작가의 말」에 유념해 볼 때, 허숭과 윤정선, 김갑진, 이건영, 심순례 등 지식 계급의 청춘 남녀들이 애욕의 문세에서 비롯되는 길등을 해소하고, '동족의 사랑'을 펼치는 새로운 삶, 곧 '살여울 농민들'로 표상되는 '가난하고 무지한' 민중을 위해 헌신하는 삶의 길을 제시하는데 서사적 기획의 근원성이 있다고 할 수 있다. 이와 같은 『흙』의 서사적 기획은 지식인 청춘 남녀의 애욕 문제를 둘러싸고 전개되는 연애 서사와, 이들이 민중을 위한 삶의 실천 가능성을 '실험'하는 계몽 서사가 중첩되며 구현되고 있다. 이 두 서사의 중심에 서서 이질적으로 보이는 이들 서사를 유기적으로 매개해주면서 『흙』의 서사적 기획 의도를 대변해주는 인물이 허숭이다. 요컨대 허숭의 행위를 매개로 하여 애욕 문제로 인해 방황하는 '도시' 속 지식 계급 청춘 남녀들이 '농촌'에서 갱생의 삶을 '실험'하는 길로 나아가는 과정이 『흙』의 서사 골격을 형성한다고 할 수 있다.

이와 같은 『흙』의 서사 골격은 그리 새로운 것은 아니다. 이광수의 첫 장편소설 『무정』이 연애 서사와 계몽 서사가 중첩된 서사 골격을 선취한 형태로 보여주고 있기 때문이다. 『무정』에서 지식인 주인공 이형식이 의지의 차원에서 제시한 민중을 위한 계몽이념이 『흙』에서는 살여울 농민들의 삶 속에서 펼쳐지는 허숭의 실천적 행위로 구체화되는 것이 차이라고 할 수는 있겠지만, 이런 차이가 본질적인 것은 아니다. 『무정』에서 이형식에 의해 관찰된 '삼량진'의 '무지하고 가난한 민중'의 모습이 살여

---

12) 이광수, 「작자의 말」, 위의 책, 1963, 281쪽.

울 농민들의 구체적인 삶의 모습으로 대체되고 '문화의 향상 및 교육을 통한 생활 개선'이라는 이형식의 민중 계몽이념이 허숭의 구체적인 실험적 행위로 나타나고 있는 것에 지나지 않기 때문이다. 즉 "제일 가난한 동포가 어떻게 하면 넉넉하게 먹고 살아갈 수 있을까를 실험해 봅시다. 그래서 만일 그 실험이 성공한다 하면, 그야말로 조선을 구원하는 큰 발명이 아니겠소?"13)라는 허숭의 발언에서 알 수 있듯이, 그가 살여울에 내려와서 펼치는 실천들, 말하자면 야학을 통한 한글 보급, 생산·판매·소비의 합리화를 도모하기 위한 협동조합의 조직화, 위생사상의 보급 등 계몽 '실험'은 『무정』에서 문화의 향상과 교육을 통한 생활 개선을 목표로 내건 이형식의 계몽이념을 구체화한 것에 지나지 않는 것이다.14)

오히려 『흙』의 계몽 서사에서 주목해야 할 점은 민중을 위한 '실험' 활동이 '섬김', '구실', '맡은 일', '금욕', '우리를 위한 나의 희생', '구실과 맡은 일을 위한 나 한 사람, 또는 내 한 집의 향락의 희생', '주되는 일은 민족의 일, 개인이나 나 가정의 일은 남은 틈에 할 둘째로 가는 일, 평등, 무저항'15) 등을 신조로 하는 허숭의 자기희생적이고 금욕적인 생활 윤리에 입각해서 이루어지고 있다는 사실이다. 허숭의 행위에 감화를 받아 기생을 그만두고 살여울의 계몽 실험에 동참하여 유치원을 연 선희가 '시간관념', '질서관념', '복종하는 관념' 등을 교육방침으로 내세우고 있는 데서 알 수 있듯이, 허숭의 계몽 실험 또한 그와 같은 엄격한 근대적 규율 체계에 따라 농민들의 삶을 재조직화해 나가는 것을 핵심 내용

---

13) 이광수, 『흙』, 『이광수전집』 6, 1963, 394쪽.

14) 허숭의 계몽 '실험'이 사회에 구조적으로 내재하는 착취를 비정치적이고 개인적인 방법으로 해결하려 한다는 점, 문화의 향상과 교육을 핵심 동기로 하고 있다는 점에서 그것은 일종의 '자선 이데올로기'의 산물이라 할 수 있다. 자선 이데올로기의 특정에 대해서는, F. Jameson, op. cit., pp.191-192 참조

15) 이광수, 앞의 책, 1963, 251쪽.

으로 하고 있다. 따라서 그와 같은 규율 체계에 입각하여 이루어지는 허숭의 계몽 실험은 전근대적인 삶을 영위해 왔던 살여울 농민들에게는 낯선 것이며 수용되기 어려운 것이다. 그럼에도 불구하고 허숭의 계몽 실험이 그들에게 받아들여질 수 있었던 까닭은 계몽 실험 '프로그램' 자체의 내용보다는 '동포의 행복을 위해 나를 죽인다'는 신념에 입각한 그의 금욕적 생활 때문이라 할 수 있다. 그러나 허숭의 계몽 실험은 이처럼 개인의 자기희생적 금욕 윤리에 기초한 것이므로 만일 그가 도덕적 결점을 노출할 경우 그것은 언제든지 실패할 가능성을 안고 있는 것이기도 하다. 『흙』의 후반부에서 농민들이 허숭의 계몽 실험에 등을 돌려 '살여울의 평화가 깨진 것'이 '지사가면을 쓴 색마'라는 제목을 단 ○○일보의 날조된 기사 내용을 근거로 지주 유정근이 퍼뜨린 허숭과 관련된 '추문' 때문이었다는 사실이 이를 잘 보여준다.

　한편, 자기희생적 금욕 윤리에 기반해서 이루어지는 허숭의 계몽 활동이 농민들을 대상으로 한 '실험'인 한에서 살여울 농민들은 주체적인 목소리를 내지 못하는 타자의 영역에 머물 수밖에 없다. 그들은 허숭이 대변해야 할 존재 이상의 의미를 갖지 못하는 존재들인 것이다. 이것은 살여울 농민이 겪고 있는 현실적인 문제인 가난의 해결을 윤리적인 차원에 묶어두는 이데올로기적 효과를 낳는 근본 요인이 된다. 물론 『흙』의 작가는 살여울 농민들의 삶이 '평화로움과 한가함'에서 '괴로움과 고달픔'으로 변하게 된 것이 '무슨 회사, 무슨 은행, 무슨 조합, 무슨 농장'으로 표상되는 식민지 지배 구조와 관련이 있다는 점을 암시하고 있기는 하다. 그러나 계몽 서사에서 농민들이 겪는 현실 문제는 '현 사회조직을 그대로 두고' '건설적인' 방법으로 펼쳐지는 허숭의 '비정치적' 계몽 실험을 뒷받침하고 있는 금욕 윤리의 전망 속에서 해결되어야 할 사안으로 환원된다. 이런 의미에서 작가의 현실 비평적 진술들은 결과적으로 허숭의 실험에 정당성을 부여해주기 위한 장식적 수사 이상의 의미를 갖지 못한다. 유정근의 책략에 살여울 농민들이 부화뇌동하여 허숭의 실험이 위기에 봉착했을 때, 허숭이 "이 살여울은 너무도 경치가 좋고 토지가 비옥하고 배들이 불러. 좀 더 부자들헌테 빨려서 배가 고파야 정신들을 차릴 모양이야"[16]라고 말한 것은 어찌 보면 지극히 자연스러운 반응이라 할 수 있다. 나아가 살여울의 평화가 깨지고 농민들의 삶이 다시 곤궁해진 것이 허숭에 대한 유정근의 시기와 질투에서 촉발되었다는 것, 그리고 이 문제가 유정근의 반성 및 '무한한 사랑'에 기초한 허숭의 '용서'로 해결되고 있다는 것 등이 보여주듯, 지주와 농민 사이의 계급 갈등의 해결을 지주 개인의 도덕적인 태도 변화에서 찾고 있는 점도 허숭의 계몽 실험이 농촌이 안고 있는 구조적인 문제 해결 전망을 개인의 윤리적인 차원에 묶어두는 정치적 효과를 낳고 있다는 점을 뒷받침해 준다.

따라서 『흙』의 계몽 서사는 '가난하고 무지한' 살여울 농민들의 목소리를 허숭의 자기희생적 금욕 윤리의 지평 안에 포섭해 들임으로써 그의 계몽 실험에 정당성을 부여해 줄 뿐만 아니라, 결과적으로는 식민지적 착취 구조를 자연화시키는 효과를 낳고 있다고 할 수 있다. 여기에다 허숭의 회고적 상상력을 통해 제시되는 바, '개인과 전체, 나와 우리와의 완전한 조화'를 이상으로 하던 살여울 공간의 태고적 공동체의 삶은 자기희생적 금욕 윤리의 지평에서 펼쳐지는 허숭의 계몽 '실험'을 역사 초월적인 가치의 차원으로까지 끌어올리고 있다.

> 비록 제일 조, 제이 조 하는 시끄럽고 알아보기 어려운 성문율이 없다 하더라도 조상 적부터 입에서 입으로 전해 오는 거룩한 율법이 있었고, 영혼에 밝히 기록된 량심률이 있었다. 그들은 어느 한 사람의 이익을 위

---

16) 위의 책, 394쪽.

하여 어느 한 사람에게 손해를 지우는 것은 말할 것도 없거니와 무릇 온 동네의 이익이라든지 명예에 해로운 일을 생각할 줄 몰랐다. 그것은 이 홰나무가 가장 잘 안다. 개인과 전체, 나와 우리와의 완전한 조화—이것을 이상으로 삼았다.[17)

'거룩한 율법'과 '영혼에 밝히 기록된 량심률'로 상징되는 과거 공동체적 삶의 규범은 허숭이 현재 벌이고 있는 계몽 '실험'의 토대인 자기희생적 금욕 윤리와 중첩되고 있을 뿐만 아니라, '흙'에 뿌리를 둔 회복해야할 본래적인 가치, 즉 '시골적인 것'으로 표상되는 '조선적인 것'을 환기시키는 효과를 낳고 있다. 그리고 그것은 허숭의 행위에 대해 한치의 의심도 없이 그를 신뢰했다가 결국 남편의 폭력에 의해 희생된 '옛 조선식 여성의 맘'을 소유한 유순의 삶이 보여준 미덕, 곧 '순종', '절제', '인내'와 의미가 포개진다. 요컨대 가난하고 무지한 살여울의 농민들은 한편으로 계몽 '실험'의 무지한 대상이 되지만, 다른 한편으로 소설의 제목 '흙'이 상징하듯, 역사적 현실을 초월하여 대지적 힘의 원천을 가진 회고적 향수의 이상화된 대상으로 상상되기도 하는 양가적 존재인 것이다

김갑진, 윤정선으로 대변되는 도시 속 지식계급 청춘 남녀들을 중심으로 전개되는 『흙』의 연애 서사가 갖는 인식론적인 의미 또한 허숭이 '살여울'에서 펼치는 계몽 서사를 한정하고 있는 자기희생적 금욕 윤리의 지평에서 규정된다. "이 부부는 과연 행복되게 살아갈 수 있었는가. 만일 이 부부생활이 파탄이 생겼다면 무슨 이유로, 어떤 모양으로 생겼으며, 그 결과는 어찌 되었을까. 이건영 박사, 김갑진은 어찌되었을까"[18)라는 작가의 직접적인 언급이 암시해주듯, 『흙』의 연애 서사는 허숭과, '장안에서 부명'을 얻은 윤 참판의 딸 정선 사이의 격에 맞지 않는 혼인에서

---

17) 위의 책, 104쪽.
18) 이광수, 「『흙』에 대하여」, 『이광수전집』 16, 삼중당, 281쪽.

비롯된 애욕의 갈등을 그리면서 현대 도시 지식인 청춘 남녀의 '돈과 성욕을 중심으로 한 향락 생활'을 서사적 문제의 대상으로 초점화하고 있기 때문이다. 이들 도시 청춘 남녀들의 삶의 모습을 작가는 다음과 같이 특징짓고 있다.

> 일본말에 이른바 에로, 그로, 넌센스에 사는 종교는 조선의 인텔리겐치아 여성까지도 완전히 정복하고 말았다. 십 년 전 여성들의 입에 오르내리던 애국이니 이상이니 하는 도덕적 말들은 긴 치마, 자주 댕기와 같이 영원한 과거의 쓰레기통에 집어던지고 말았다 (…중략…) 그것이 현대인의 비위에 맞는지도 모른다. 또는 이것이 병균이라고 하면, 현대인은 현대의 시골인 조선 여성도 거기 대한 저항력을 잃어버렸나 보다. 이 여자들의 가십거리에 나오는 인물은 교사, 의사, 신문기자, 총각, 여자 꽁무니 따라다니는 사람, 첩으로 간 여자, 사내들과 같이 다니는 여자, 이러한 사람들이었다. (…중략…) 그들이 문제 삼는 연애는 모든 봉건 시대적 의식, 예절과 떼어 버린 악수, 포옹, 키스, 랑데부, 동거, 별거 등등을 프로세스로 하는 단도직입적인 연애였다. 실로 과학적이요 비즈니스적인 연애였다.19)

『흙』의 연애 서사의 인물들은 허숭을 제외하면 하나같이 삶의 '이상'을 상실하고 '에로, 그로, 넌센스', 즉 '돈'과 '성욕'으로 상징되는 '향락적인 소비문화'가 배태한 욕망의 그물망에 포획된 채로 타락한 삶을 영위해나가고 있다. 바로 『흙』의 연애 서사는 김갑진과 윤정선으로 대변되는 개인주의적이며 향락적인 삶을 영위해가는 인물들이 타락한 삶을 청산하고 '검불랑'과 '살여울'로 표상되는 가난한 민중들이 사는 농촌으로 나아가는 과정을 그리고 있다. 유일하게 타락한 현대 도시의 삶에서 빗겨나 있는 허숭이 이 과정을 매개하고 있다. 이 연애 서사는 김갑진과 윤

---

19) 이광수, 앞의 책, 169쪽.

정선의 '불륜'을 중심 사건으로 하고 있는데,『흙』에서 이들의 '불륜'에 대한 감정 처리를 놓고 갈등하는 허숭의 내면이 반복적으로 제시되는 것도 이와 같은 맥락에서 파악할 수 있다. 정선과 갑진의 '불륜'에 대한 감정을 처리하는 과정을 통하여 '이상'을 위해 이들의 불륜까지도 용서하는 허숭의 '숭고한' 자기희생적 금욕 태도가 부각되고, 그러한 허숭의 태도가 타락한 삶을 비추는 거울로 작용한 결과 윤정선과 김갑진이 민중들을 위한 삶의 길로 나아가기 때문이다. 그런 점에서『흙』의 연애 서사 또한 허숭의 자기희생적 금욕 윤리의 지평 안에 포섭됨으로써 결과적으로 그의 계몽 '실험'의 정당성을 강화시켜주는 역할을 하고 있다.

그러나 이 연애 서사에서 주목해야 할 점은 불륜의 당사자인 윤정선과 김갑진이 삶의 태도에 있어서 동질성을 갖고 있음에도 불구하고, 허숭이 이들의 '불륜'에서 촉발된 분노의 감정을 처리하는 방식이 각각 달리 나타나고 있다는 사실이다. 김갑진과 윤정선은 '이기적 천성'과 '유전적 기질'로 인해 도시 청춘남녀의 타락한 삶을 표상하는 인물이라는 점 외에도, '양반계급' 출신의 고등교육을 받은 지식인이라는 계급적 동질성과 '조선적인 것'을 '시골적인 것', '낯선 것', '부정적인 것'으로 바라보는 가치관을 서로 공유하고 있다. 그런 점에서 이들의 인식을 규정하는 것은 '조선적인 것'을 넘어선 외부의 그것이라 할 수 있다. 그러나 이와 같은 동질성에도 불구하고, 갑진은 허숭의 설득과 권유로 새로운 삶을 찾아나가는 데 반해, 정선은 암묵적으로 자살을 강요받은 결과 '한쪽 다리를 잃는' 가혹한 처벌을 받은 뒤에야 갱생의 삶을 얻게 된다. 허숭의 자기희생적 금욕 윤리에 바탕을 둔 감정 처리 과정이 정선과 갑진에게 이처럼 달리 나타나는 것은 곧 사회의 '병균'과도 같은 것이기 때문에 '단도직입적'이고 '비즈니스적'인 연애로 표상되는 현대 여성의 타락한 성적 욕망은 철저히 관리되고 통제되어야 한다는 이데올로기적 효과를 낳는다. 또한 그것은 윤정선의 가치관과 사고가 '조선적인 것' 외부에 의해 규정된 것이라는 점에서 그녀와 대립되는 위치에 서 있는 유순과 한갑 모친의 미덕이 표상하는 '조선적인 것'의 긍정성을 강화시켜주는 기능을 한다.[20]

결국 『흙』의 계몽 서사가 허숭의 자기희생적인 금욕 윤리에 의해 '무지하고 가난한' 농민들의 목소리를 억압함과 동시에 그들을 이상화시킴으로써 '조선적인 것'을 환기시키고 있듯이, 연애 서사 또한 윤정선으로 표상되는 성적 욕망에 사로잡힌 서울의 현대 여성의 육체를 철저하게 관리해야 할 부정적인 대상으로 타자화하는 방식을 통하여 '조선적인 것'을 환기시키는 인식적 효과를 낳고 있다는 점에서 공통점을 갖는다. 『흙』에 등장하는 모든 지식 청춘 남녀의 사표로 '조선적인 것'을 체현한 지평인물[21]인 한민교가 서사의 배후에 장치되어 있는 이유도 이런 맥락에

20) 『흙』에서 정선으로 대표되는 현대적 여성을 타자화함으로써 조선적인 여성의 이미지를 부각시키는 담론은 당시 매우 보편적이었다. 현대 여성에 대한 부정적인 담론은 이미 일본에서 1920년대 광범위하게 유포되었는데, 이른바 '모던 걸'로 불리는 신여성들은 새로운 세대의 도래를 상징하면서도 사치, 태만, 성적 방종 등을 표상하는 부정적인 존재로 묘사되었다. 이러한 바탕에서 현대 여성의 욕망을 관리하기 위한 남성 중심의 '개조' 논의가 전개되었다. 그리하여 신여성에 대한 '추문'과 더불어 사치의 금기 및 검약, 질박한 신여성의 필요성 및 모성의 중요성 강조되었는데, 이와 같은 맥락에서 현대 여성을 응시하는 시선의 주체인 남성은 여성들에게 서울에서 사람을 유혹하는 것을 멈추고 농촌으로 되돌아가는 것이 '조선적 신여성'의 미덕이라는 담론을 광범위하게 유포하였다. 따라서 식민지 조선의 신여성은 식민 제국 일본의 '모던 걸'과 마찬가지로 남성의 근대화를 보증하는 이미지였고 전통 규범을 일탈하는 행위가 담론 상에서 엄격하게 비판받았다는 점에서는 동일했지만, 식민지의 신여성에게는 전통과의 조화가 요구되었다는 점에서 일본의 '모던 걸'과는 차이를 보이고 있다. 식민지의 엘리트 남성은 신여성에게 근대 도시 공간을 채색하는 역할을 기대하는 한편, 흙에 뿌리박은 모성을 강하게 희망했기 때문이다. 그것은 '민족의 힘'을 기르기 위해서는 여성해방과 여성의 전통적 역할을 중시하는 것이 가장 큰 일이라는 이론이 근간에 있었던 것이다. 김혜신·池田忍「植民地<朝鮮>と帝國<日本>の女性表象」, 吉見俊哉 外, 『擴大するモダニティ』, 岩波書店, 271-298쪽 참조.

21) '지평인물(horison-figure)'이란 프레드릭 제임슨에 따르면, 서사에서 동경의 대상과 욕망의 대상이 되는 이상적인 인물이다. '지평인물'은 다른 인물들에게는 없는 이상적인 조

서 헤아릴 수 있다.

3. 양반계급에 대한 원한의 정서적 구조

『흙』의 서사 골격을 떠받히고 있는 자기희생적인 금욕 윤리는 도시 지식인 청춘 남녀의 결혼과 애욕 문제를 갈등의 중심으로 해서 전개되는 연애 서사를 계몽 서사 속에 포섭함으로써 계몽 서사의 인식론적 지평에 놓여 있는 '조선적인 것'의 긍정성을 자연화하는 이념적 효과를 낳고 있다. 이광수의 장편소설을 '정치와 민족과 도덕과 전통과 그 외의 초개인적인 전체의 경험을 큰 스케일을 갖고 시도된 낭만적·도덕적 이상주의'22)의 산물로 보는 문학사적 평가는 『흙』의 인식론적 구조가 보여주는 이와 같은 특징과 무관하지 않다. '도덕적 이상주의'와 더불어 이광수 장편소설에 '인도주의'라는 이념적 표식이 붙는 이유 또한 허숭의 자기희생적 금욕 윤리가 '이웃', '동포', 나아가 '전 인류'에 대한 '무한한 사랑'의 실천을 표 나게 강조하고 있는 사실에 근거한 것일 터이다. 이러한 동포에 대한 사랑의 실천이 '흙'이 상징하는 '조선적인 것'의 지향성으로 나타났기 때문에, 김기림의 언급대로 허숭과 윤정선의 대립이 '현대를 호흡하는 조선의 일부의 지식 청년의 내부에서 암투를 계속하는 심적 갈등의 표징'으로 받아들여지는 한편, '도시의 홍진에 시달린 무리의 감정을 잘 세탁'해 줌으로써 『흙』의 작가 춘원을 '근래 젊은 층으로부터 가장 많은

건과 자격을 갖추고 있으며 그 어느 누구의 손에도 미치지 않는 곳에 위치하고 있는 인물이다. 그렇기 때문에 서사 속에서 지평인물은 현실의 세계와는 다른 대안 가능성의 세계를 암시하는 기능을 담당한다. F. Jameson, *The Political Unconscious*, Cornell Uni., Press, 1980, pp.168-169 참조.

22) 임화, 「소설문학의 20年」, ≪동아일보≫, 1940.4.20.

화살을 맞'은 기록의 소유자로 만든 것일 게다.[23] 김기림의 이러한 언급은 『흙』이 당대의 젊은 독자 대중들에게 커다란 정서적 반향을 일으켰다는 것이라 할 수 있는데, 이런 점에서 『흙』의 인식론적 구조를 지지하고 있는 허숭의 자기희생적 금욕 윤리에 내재된 정서적 구조에 주목하지 않을 수 없다.

이 문제와 관련하여 "양반들이 죄를 지어서 농촌을 저 모양을 만들었으니 양반이 그 죄를 속해야 하지 않겠소. 어디 당신 양반을 대표해서 한번 농민 봉사를 해보구려."[24]라고 허숭이 정선에게 '대속(代贖)'의 차원에서 가난한 동포를 위한 사랑의 실천을 요구하고 있다는 점에 유념할 필요가 있다. 이 말에는 양반계급에 대한 허숭의 뿌리 깊은 원한의 감정이 짙게 베어 있다는 점에서 『흙』의 인식론적 구조를 한계 짓고 있는 허숭의 자기희생적 금욕 윤리가 강조하는 '사랑'이 사실 '원한' 감정의 산물에 다름 아니기 때문이다.

앞에서 논의했듯이, 『흙』의 연애 서사는 김갑진과 윤정선 등으로 대표되는 도시 청춘 남녀의 타락한 삶을 문제의 대상으로 올려놓고 있다. 이 문제와 관련해서 주목할 점이 이광수가 '에로, 그로, 넌센스'로 표상되는 돈과 성욕에 사로잡혀 이들이 타락한 삶을 살게 된 이유를 '오늘날의 조선 청년계가 혼돈하여 갈피를 잡을 수 없게 만든 시대의 탓'에서 찾고 있다는 사실이다. 이들의 타락이 '시대의 탓'인 만큼, '한 유기적 큰 조직체의 힘 있는 조성 분자'가 되려면 이들을 '사랑'으로 보듬어가야 한다는 것이 이들 인물에 대한 작가의 기본 입장이라 할 수 있다.[25] 『흙』의 연애 서사에서 타락의 극단을 보여주는 '불륜'의 당사자 김갑진과 윤

---

23) 김기림, 「신문소설 '올림픽' 시대」, 『김기림전집』 3, 심설당, 1988, 166쪽.
24) 이광수, 앞의 책, 159쪽.
25) 위의 책, 282쪽.

정선이 허숭의 사랑으로 용서받을 수 있었던 것은 바로 그들의 잘못을 '시대의 탓'으로 파악하는 이러한 작가의 입장 때문이 아니라면 달리 해석할 방법이 없다. 물론 『흙』에서 허숭이 이들을 용서하고 심지어 그들 '불륜' 씨앗까지도 자신의 자식으로 거둘 수 있었던 것은 '억제하는 것이 힘'이라는 자기희생적 금욕 윤리가 그에게 내면화되어 있었기에 가능할 수 있었던 것이다.

그런데 『흙』의 서사에서 김갑진과 윤정선 등 도시 지식인 청춘 남녀가 타락한 원인에 대하여 허숭은 작가와는 강조점을 달리하는 진단을 내리고 있다는 사실에 주목해야 한다. 허숭은 이들이 타락한 근본 원인을 '시대의 탓'보다는 양반계급의 '자기중심주의'적이고 '이기주의'적인 천성에서 찾고 있다. 말하자면 『흙』의 서사에서 김갑진과 윤정선이 타락하게 된 이유와 관련해서 허숭이 강조하고 있는 것은 '시대의 탓'보다 '양반의 죄'이다. 그도 그럴 것이 김갑진과 윤정선 모두 '권세 있는' 양반계급의 자제들이다. '경성제국대학 법대생'인 김갑진은 '칠조약 때에 관계있어 남작을 받았지만 주색과 투기사업의 실패로 몰락한 양반 김남규'의 아들이고, '숙명' 학교를 나온 윤정선은 '전라 감사'를 지냈고 지금은 장안에서 제일가는 '부명'을 얻은 윤 참판의 딸이다. 그래서 그들은 허숭에게 '유전의 희생자'로 받아들여진 것이다. 요컨대 '윤 참판'과 김남규로 대변되는 양반계급이 허숭에게 오늘날 부정되어야 타락한 현실을 낳은 모든 악의 근원인 셈이다.

『흙』의 서사 곳곳에서 모든 악의 근원이라 할 수 있는 양반 세급에 대한 허숭의 반감이 반복적으로 제시되고 있는데, '서울 양반'과 '시골 양반'의 문제를 둘러싸고 김갑진과 벌이는 논쟁 과정에서 나온 아래와 같은 허숭의 발언은 양반계급에 대한 그의 적대감이 얼마나 뿌리 깊은 것인지를 짐작케 해준다.

"자네는 가치 비판의 표준을 전도한단 말일세. 중하게 여길 것을 경하게 여기고 경하게 여길 것을 중하게 여긴단 말야. 조선 하면 농민 대중이 전인구의 팔십 퍼센트가 아닌가. 또 사람의 생활 자료 중에 먹는 것이 제일이 아닌가. 그 다음은 입는 것이고—하고 보면, 저 농민들로 말하면 조선민족의 뿌리요 몸뚱이가 아닌가. 지식계급이라든지 상공계급은 결국 민족의 지엽이란 말일세. (…중략…) 단도직입적으로 말하면 고래로 조선의 치자계급이던 양반계급이 말야, 그 양반계급이 오직 자기네 계급의 존재만을 알았거든. 자기네 계급—그것이야 전민족의 한 퍼센트가 될락말락한 소수면서도—자기네 계급이 잘살기에만 몰두하였거든. 그게야 어느 나라 특권계급이나 다 그러했겠지마는, 조선의 양반계급이 가장 심하였던 것이 사실이 아닌가. 그래서는 국가의 수입을 민중의 교육이라든지, 산업의 발달이라든지 하는 전국가적 민족적 백년대계에는 쓰지 아니하고, 순전히 양반계급의 생활비요 향락비인—이를테면 요샛말로 인건비에만 썼더란 말일세. 그 결과가 어찌 되었는고 하면 자네도 아다시피 전민족은 경제적으로나, 도덕적으로나, 지식적으로나, 기술적으로나, 예술적으로나, 모든 방면으로 다 쇠퇴하여져서 마침내는 국가 생활에 파탄이 생기게 하고, 그리고는 그 결과가 말야, 극소수, 양반 중에도 극히 권력 있던 몇 십 명, 몇 백 명은 넘을까 하는 몇 새 양반계급을 남겨 놓고는 다 몰락해 버리지 않았느냐 말야."[26]

허숭에 따르면, '중하게 여길 것을 경하게 여기고 경하게 여길 것을 중하게 여기는' 조선 양반계급의 '전도된 가치판단' 및 '계급적 이기욕'에 바탕을 둔 정치가 경제, 문화, 기술, 예술 등 조선의 모든 분야의 쇠퇴를 초래한 근본 원인이다. 바로 이와 같은 양반계급의 '전도된 가치판단'과 '계급적 이기욕'이 유전되어 그들의 아들과 딸들인 현재의 지식계급이 천성적으로 타락한 삶을 살고 있다는 것이 허숭의 생각이다. 따라서 갑진과 정선의 불륜도 근원적으로는 '양반의 죄'일 수밖에 없고, 그런

---

26) 위의 책, 38–39쪽.

점에서 그들은 '유전의 희생자'인 셈이다.

또한 허숭은 '조선민족의 뿌리요 몸통'인 농민들이 현재 고통스러운 삶을 살아가는 것도 양반계급의 정치 탓으로 돌리고 있는데, 여기에서 주목해야 할 것이 허숭이 모든 악의 근원으로 양반계급을 강조하는 기저에 그의 양반계급에 대한 개인적인 원한 감정이 작용하고 있다는 사실이다. 본래 허숭의 집안은 '과거상이나 하고 기와집간이나 쓰고 살아왔'던 시골 양반이었다. 그러나 그의 부친 허겸이 양반계급의 실정이 초래한 질서를 바로잡고자 벌인 '세상 일', 즉 '신민회사건', '북간도사건', '서간도사건', '만세사건' 등의 형사사건에 걸려들어 집안이 몰락하고 그 여파로 허숭은 모든 가족을 잃고 고아로 온갖 풍상을 겪으며 살아왔던 것이다. 따라서 허숭의 논리에 따르면, 자신의 집안이 몰락한 것이나 자신이 고아로 불행한 삶을 살아온 것 모두 근본적으로 '권력 있는 서울 양반계급의 탓'일 수밖에 없는 것이다.

이러한 맥락에서 『흙』의 연애 서사의 애욕 갈등을 촉발시킨 허숭과 정선의 혼인은 예사로운 사건이 아닐 수 없다. 왜냐하면 정선이야말로 허숭에게 뿌리 깊은 원한의 대상일 수밖에 없는 '권력 있는 새 양반' 윤 참판의 딸이기 때문이다. 말하자면 허숭이 정선을 배우자로 선택한 것은 양반계급에 대한 복수의 감정이 작용한 결과로 해석할 수 있다. 따라서 허숭이 윤 참판에게서 정선과의 혼인을 제의받은 뒤 살여울의 유순 및 농민들과 맺은 '두 가지 의리', 즉 변호사 자격을 얻으면 유순과 일생을 같이하면서 농민을 위하여 일생을 바친다는 의리 때문에 혼인 제의를 거절하는 모습을 취하며 내적 갈등을 하는 모습은 정선과의 혼인을 합리화하고 자신의 마음 속 깊은 곳에 자리하고 있는 양반계급에 대한 원한 감정을 위장하기 위한 자기기만의 산물에 지나지 않는 것이다. 허숭이 윤 참판에게서 혼인 제의를 받자마자 '속으로는 백번이나 승낙했다'는 속내를 드러내 보이고 있는 점, 유순과의 의리에 대하여 '자신처럼 고등교육을 받고 고등한 생활을 하는 사람이 무식한 유순과 혼인을 하게 되면 서로가 불행해질 것'이라고 합리화하고 있는 점, 그리고 살여울 농민들과의 약속에 대해서도 '농촌사업을 정선과 함께 하면 된다고 정리하고서는 가슴에 막힌 것이 다 뚫린 듯이 시원'해 하는 점 등은 이런 맥락에서 이해될 수 있다.

그러므로 허숭이 윤 참판의 제의를 받아들인 것은 '권세'와 '돈'을 소유한 양반계급이 지배하는 현실에서 아무런 힘을 발휘할 수 없는 자신의 현실적인 무력감을 지우고 우월한 힘을 얻기 위한 방편이었다고 해석할 수 있다. 왜냐하면 가난뱅이 청년 허숭이 가진 것이라곤 '인격', '수양', '지식'밖에 없는데, 이러한 것들은 돈과 권력이 지배하는 현실에서는 무력하기 짝이 없는 것들이기 때문이다. 그러나 허숭이 현실적인 무력감에서 벗어나려면 돈과 권력이 필요하지만, 돈과 권력은 허숭이 부정하는 타락한 현실을 초래한 악의 원천이므로 이를 대체할 명분이 그에게 필요한데, 그것이 바로 허숭이 표 나게 내세운 '동포에 대한 사랑'이었던 것이다. 혼인 문제로 정선을 사이 놓고 경쟁을 벌였던 김갑진의 '기고만장함'에 대해 무력감을 보였던 허숭의 태도가 윤 참판의 혼인 제의가 있은 뒤 자신감으로 일변한 것도 현실 부정을 통해서 자신의 원한 감정을 사랑으로 전도시키는 가치 전도의 논리가 작용한 것이라 할 수 있는데, 이를 정당화하기 위해 그가 동원하는 것이 다름 아닌 보편적 인류애의 이념에 입각한 '동포에 대한 사랑'의 실천인 것이다.

"갑진 군, 자네는 너무도 양반에 관심을 가지는 모양이야. 지금 우리 조선 사람은 모조리 세계적 시골뜨기요 상놈이 아닌가. 그런데 이 조그마한 조선, 몇 명 안 되는 조선 사람 중에서 양반은 다 무엇이고 상놈은

다 무엇인가. 서울 사람은 다 무엇이고 시골 사람은 다 무엇인가. 또 관립학교는 다 무엇이고 사립학교는 다 무엇인가. 김갑진이나 허숭이나 다 한 가지 이름밖에 없는 것일세—'조선 사람'이라는." (…중략…) "(…전략…) 자네 같은 고등교육을 받는 사람까지 그런 생각을 가져서 쓰겠나. 자네와 나와 같이 친한 경우에야 무슨 말을 하기로 허물이 있겠나마는 시골놈, 상놈 하고 입버릇이 되어 말하면 민족통일상 불미한 영향을 준단 말야. 자네나 내나, 더구나 자네와 같이 귀족의 혈통을 받은 사람이 나서서 양반이니 상놈이니, 서울놈이니 시골놈이니 하는 걸 단연히 깨뜨리고 오직 조선 사람이라는 한 이름 밑에 서로 사랑하도록 힘써야 될 것 아닌가." 숭의 말에는 정성과 열이 있었다.[27)]

즉 '정성과 열'이 나타내주듯 갑진에 대한 허숭의 태도가 무력감에서 우월감으로 바뀌는 데에는 '조선 사람 모두를 세계적 시골뜨기'로 바라보는 보편적 관점에서 '상놈 양반 구별 없이 조선 사람이라는 한 이름 밑에 서로 사랑하도록 힘써야 된다'는 사랑의 실천 논리가 자리하고 있는 것이다. 윤정선과 김갑진의 불륜을 허숭이 용서할 수 있었던 힘의 원천이자 '조선민족의 뿌리이자 근간인 농민을 위한 사랑'의 실천으로 그들이 나가도록 반성의 거울이 되었던 허숭의 자기를 억제하는 힘, 즉 자기희생적 금욕 윤리는 허숭이 원한을 보편적 인간애로 전도시킨 결과인 셈이다. 몰락한 시골 양반 집안 출신의 무력하기 짝이 없는 소외된 지식인인 허숭이 자신의 현실적 무력감을 지우기 위해 현실을 타락시킨 모든 악의 근원으로 자신의 가계를 몰락시킨 양반계급을 내세움으로써 자신의 행위를 '이웃', '동포', 나아가 '전 인류'에 대한 '무한한 사랑'의 실천으로 역전시키고 있는 것이다.

따라서 『흙』의 계몽 서사와 연애 서사의 인식론적 구조를 한계 짓고

27) 위의 책, 23쪽.

있는 허숭의 자기희생적 금욕 윤리의 기저에는 원한의 감정이 짙게 스며들어 있는 것이라 할 수 있다. 허숭이 자신들을 용서하는 모습을 보고 갑진이 '생각하지 못한 무슨 무서운 힘이 있는 것 같다'고 느끼는 것이나 정선이 '알 수 없는 두려움'을 느끼는 것에서 알 수 있듯이, 허숭의 '무한한 사랑'은 다른 한편으로 이들에게 일종의 '공포'를 환기시키는 것이기도 하다.

이러한 맥락에서 『흙』의 계몽 서사에서 살여울 농민들이 표상하는 민중이 타자의 영역에 머무를 수밖에 없는 이유 또한 헤아릴 수 있다. 허숭이 민중을 위한 계몽의 실험을 하게 된 직접적인 동기는 '빚에 졸리고 병에 졸리고, 희망을 빼앗긴' 무리로서의 민중을 보는 괴로움에 있었다. 즉 그것은 고통을 받고 있는 농민들의 삶에 대한 허숭의 동정에서 비롯된 것이다. 그러나 허숭의 민중에 대한 동정은 그가 고아로 가난한 삶을 살아왔을지라도 농민과 함께 한데서 비롯된 것은 아니다. 그것은 단지 민중을 양반계급이 지은 죄의 희생자로 보는 허숭의 의식에서 비롯된 것이다. 즉 살여울 농민들로 표상되는 민중들은 타락한 현실을 낳은 근원적인 악, 양반의 '계급적 이기욕'의 선한 희생자로써 그의 원한 감정에 의해 발견된 존재인 것이다. 가난하고 불쌍한 '동포를 위한 사랑'의 실천으로 행해진 허숭의 계몽 활동이 시혜적인 성격의 '실험'일 수밖에 없는 이유가 여기에 있다.

4. 맺는 말

지금까지 이광수 장편소설의 정치시학적 특성을 파악할 수 있는 단서를 마련하려고자 하는 취지에서 지식인과 대중 사이의 권력 관계가 어떻게 구조화되어 있는지를 『흙』의 인식론적 구조와 정서적 구조의 연관성 속에서 살펴보았다. 이 장에서 주목했던 것은 이광수 자신이 밝히고 있듯이, 그의 소설이 철저하게 '윤리적 동기'에 의해 집필되었다는 사실이다. 세계와 삶을 부정과 긍정의 이분법적 가치체계 의해 구축하는 '윤리적 동기'는 타자성 또는 악을 미리 규정하기 때문에 필연적으로 정치적인 의도를 함축할 수밖에 없다. 『흙』의 인식론적 구조와 정서적인 구조는 이광수 장편소설에 함축된 '윤리적 동기'의 특성을 잘 드러내 보여준다.

『흙』의 인식론적 구조는 허숭이 '동포에 대한 사랑'으로 펼치는 계몽 실험의 기반인 자기희생적인 금욕 윤리에 의해 틀지어지고 있다. 그러나 허숭의 금욕 윤리는 살여울의 농민들로 대표되는 가난하고 무지한 민중과 윤정선이 체현하고 있는 현대 도시 여성에 대한 타자화를 수반하고 있다. 이를 통해서 『흙』의 인식론적 구조는 '조선적인 것'의 이상을 환기시키는 효과를 낳고 있다. 그러나 『흙』에서 민중과 현대 도시 여성이 타자화되는 근본 이유는 허숭의 자기희생적 금욕 윤리 밑바탕에 자리한 양반계급에 대한 그의 뿌리 깊은 원한 감정 때문이다. 그래서 허숭은 현실을 타락시키고 민중들을 비참한 상태로 전락시킨 악의 근원이 양반계급이라는 점을 표 나게 내세워 속죄의 차원에서 양반계급의 선한 희생자인 민중들을 위한 사랑의 실천을 양반계급의 자식들에게 요구하였던 것이다. 『흙』의 계몽 서사와 연애 서사는 원한의 감정을 사랑의 이념으로 전도시킨 허숭의 자기기만적인 가치전도에 의해 구축된 것이라 할 수 있다.

이런 맥락에서 원한의 감정을 사랑으로 전도시키는 논리 위에 구축된 『흙』의 서사가 갖는 현실 정치적 효과를 생각해 볼 수 있다. 그것은 『흙』의 계몽 서사가 민중들이 양반계급의 선한 희생자라는 의식을 도시의 지식계급 청년에게 환기시킴으로써 그들의 속죄 의식을 자극하는 한편, 민중들의 계급적 속성을 억압함으로써 그들을 식민지 지배 구조에 순치시키는 정치적 효과를 낳는다고 볼 수 있다. 또한 경찰의 취조를 받는 과정에서 소장에게 '문화적으로 경제적으로 더 잘살아보겠다고 하는 농민의 노력을 죄로 여긴다면, 그야말로 인민으로 하여금 반항할 길밖에 없게 하는 것'이라는 허숭의 말이 보여주듯, 『흙』의 서사는 식민지 지배자들에 대해서도 일종의 경고와 함께 타협의 필요성을 제기하는 정치적 효과도 낳고 있다. 『흙』의 서사가 마르크스주의에 대한 부정적인 시각을 드러내 보이고 있다는 점, 실제 『흙』이 집필된 1930년대 초반의 시점이 신간회가 해체되고 사회주의자들의 영향을 받은 노동자 농민의 대중운동이 급격히 고양되고 확산됨에 따라 민족독립 운동에서 민족주의 세력이 점차 그 주도권을 상실하고 있었던 시기였던 점 등을 감안한다면, 『흙』이 이러한 정치적인 효과를 의도하고 있다고 판단할 수 있다. 바로 이런 맥락에서 『흙』에서 낭만적으로 내세우고 있는 '조선적인 것'의 담론, 즉 민족 계몽의 담론은 식민 제국과 길항 관계를 맺으면서도 그것에 기생할 수밖에 없는 내적 한계를 지닌다고 할 수 있다.

제3부

제국주의에 대한 차이화의 서사

—염상섭의 『사랑과 죄』, 『삼대』, 『무화과』

제1장

사회주의의 이념적 지평과 여성의 타자화

—『사랑과 죄』

1. 들어가는 말

식민지 시대를 경험한 작가들 중에 염상섭만큼 일관되게 민족적 동일성 회복의 욕망을 소설로써 드러낸 작가도 드물 것이다. 염상섭은 이민족의 지배 아래서 정체성의 혼란을 경험할 수밖에 없는 식민지민의 운명과 그와 같은 정체성의 위기를 낳은 식민지 상황의 극복 가능성을 소설적 문제의 대상으로 삼아 탐색해 들어간 작가였다. 이러한 염상섭의 소설적 기획이 이루어낸 성과의 정점에『만세전』과『삼대』가 놓여 있음은 새삼스런 논의를 필요치 않는다. 염상섭이 이러한 소설적 성과를 거둘수 있었던 근본 이유는 이미 알려진 바와 같이, 그가 '보수주의적 현실주의' 또는 '민족주의'로 명명되곤 하는 이념적 비전을 확고히 견지하면서도 그것과 경쟁적 관계에 있던 다양한 이념적 비전들, 그 중에서도 특히 사회주의 이념을 자신의 서사적 원근법 속에 용해시켜낼 수 있었던 데 있다.

그렇지만 식민지 상황의 극복과 민족적 동일성의 회복 차원에서 이루어진 염상섭의 소설적 실천이 단일한 양상을 보인 것은 아니다. 염상섭 소설의 전개 과정에서 그의 민족적 동일성을 회복하려는 욕망의 양상이 사뭇 다른 차원에서 발현되는 낙차를 볼 수 있기 때문이다. 『만세전』이전과 그 이후 전개된 장편소설들 사이의 거리, 논점을 좁혀 말하자면, 『만세전』과 『삼대』 사이의 거리, 즉 이 두 작품 간 이념적·형식적 차이를 어떻게 설명할 수 있는가의 물음으로 바꿀 수도 있다. 이에 대하여는 『만세전』 이후의 염상섭 소설을 특징짓는 '정치성'과 '통속성'에 초점을 맞추어 많은 논의가 이루어져 왔다. 말하자면, 『만세전』에서 『사랑과 죄』를 거쳐 『삼대』와 『무화과』 연작에 이르는 염상섭 소설의 전개 과정은 한편으로는 풍속의 재현 또는 '돈'과 '性'과 같은 세속적 욕망의 탐구를 통한 구체적인 일상성의 획득 과정으로 파악되기도 하고, 다른 한편으로는 사회주의 이념의 포섭을 통한 식민지 상황의 극복 가능성에 무게 중심을 옮겨가는 과정으로 이해되기도 하였다.[1]

통속성과 정치성이 『만세전』 이후 염상섭 소설의 두드러진 경향이고 보면, 이 양 범주를 극으로 한 진자 운동의 자장권 안에서 『만세전』 이후의 염상섭 소설의 변모를 이해하는 것이 매우 유효한 방식이라는 점은 부인할 수 없다. 그렇지만 이와 같은 설명 방식이 『만세전』과 『삼대』의 거리를 이해하는 데 중요한 사안이라 할 수 있는 식민지 사회 구조의 효

---

1) '통속성'과 '정치성'이라는 범주는 『만세전』 이후의 염상섭 소설을 특징짓는 두 개의 구성 요소이다. 그러므로 논의의 초점과 층위를 어디에 두느냐에 따라서 이 시기 염상섭 소설의 경향을 특징짓는 방식이 달라지게 된다. 그러나 이 시기 염상섭의 소설에 관한 논의는 대체적으로 양 범주를 극으로 한 자장권 안에서 이루어져 왔다. 전자의 측면을 강조한 대표적인 논의로 김윤식, 『염상섭 연구』(서울대출판부, 1987)를, 후자의 측면을 강조한 대표적인 논의로 이보영, 『난세의 문학-염상섭론』(예지각, 1991)을 들 수 있다.

과가 갖는 의미 맥락을 심도 있게 고려하고 있지 않다는 것은 문제가 아닐 수 없다. 즉 이와 같은 논의 방식 대부분이 식민지 현실을 단순히 반영의 대상, 주어진 맥락이나 상황으로 이해함으로써 식민 제국과 식민지 사이에서 필연적으로 빚어질 수밖에 없는 긴장 관계가 작품의 의미를 구축하는 데 갖는 복합적인 성격을 다면적으로 설명하지 못했던 것이다.

그러나 식민지 사회는 일반적으로 식민 제국의 식민주의적 지배의 효과로 인해 불안정과 동요가 일상화될 수밖에 없고, 이 때문에 식민지 작가 주체는 식민 제국과 식민지, 자아와 타자, 차이와 동일성, 보편과 특수 사이에서 끊임없이 유동적으로 사유할 수밖에 없다. 식민 제국의 지배는 정치·경제·군사적인 차원에서 행해지는 가시적인 지배 효과만이 아니라, '문화의 힘의 차이'를 통한 비가시적 지배 효과를 갖기 때문이다. 이러한 문화적 차원에서 행사되는 지배 전략을 통해 식민 제국은 식민지민을 타자화하고 식민 제국과 식민지국 사이의 안정화를 도모하고자 한다. 따라서 식민주의의 담론적 실천을 통하여 행사되는 문화적 지배의 논리가 식민지 작가 주체에게 어떻게 내면화되는가 하는 문제는 식민지 시대 문화 연구에서 지나칠 수 없는 중요한 사안이라 할 수 있다.

이와 같은 문제의식에 바탕하여 식민지 사회 구조의 효과의 맥락에서 『사랑과 죄』의 서사적 의미를 고찰하고자 하는 것이 본 장의 목적이다. 『사랑과 죄』는 '염상섭의 전기(前期) 문학을 결산하면서 다음 단계로 이어지는 분수령적인 의미'[2]를 가진 작품이자, '식민지 시대 현실의 서사적 형상화라는 과제를 성공적으로 수행한 1920년대 우리 소설의 한 정점이 되는 작품'[3]으로 그 소설사적 위상을 부여받고 있다. 이와 같은 소설사적 위상을 고려하면서 여기에서는 『사랑과 죄』가 식민지 상황의 극복과

---

2) 정호웅, 「식민지현실의 소설화와 역사의식」, 『염상섭전집 2』, 민음사, 1987, 462쪽.
3) 김경수, 『염상섭 장편소설 연구』, 일조각, 1999, 61쪽.

민족적 동일성의 회복 가능성의 물음에 대하여 서로 다른 해결책을 제시하고 있는 『만세전』과 『삼대』 및 『무화과』 연작 간의 낙차를 이해하는 데 매개적인 역할을 하는 작품이라는 데 주목하고자 한다. 사실 『만세전』과 『삼대』는 각각 '보편주의'적 관점과 '특수주의'적 관점에서 식민지 현실의 극복 가능성을 탐색하고 있다.4) 『사랑과 죄』는 이러한 염상섭의 소설적 전환이 어떠한 문제의식을 바탕으로 하여 이루어졌는가를 잘 보여주는 작품이다. 외부의 추상적·보편적 근대성으로 향한 『만세전』에서의 작가적 시선이 내부의 구체적인 민족적 현실에 대한 탐색으로 회귀하는 과정에서 민족적 동일성 회복의 욕망을 장편의 형식 속에 처음 담아낸 작품이 바로 『사랑과 죄』라고 할 수 있기 때문이다. 이러한 맥락에서 본 장에서는 『사랑과 죄』에서 민족적 동일성을 회복하려는 서사적 욕망이 어떻게 발현되고 있는지를 고찰하고자 한다.

2. 사회주의 지향의 지평인물을 매개로 한 정체성 찾기

염상섭은 연재가 시작되기 전 '사고(社告)'란의 「작자의 말」을 통하여,

---

4) 『만세전』은 제국의 수도 '동경'이 환기하는 근대성의 관점에서 주인공 이인화가 식민지적 타자, 즉 '무덤'으로 표상되는 조선의 부정적 현실을 새롭게 발견해가는 여행 서사라면, 『삼대』는 조덕기가 지향하는 가족적 윤리를 중심에 두고 민족적 동일성의 회복을 욕망한 서사라 할 수 있다. 『삼대』에서 이러한 욕망은 조상훈으로 대표되는 근대주의적 개화 세력과 김병화로 대표되는 사회주의 세력에 대하여 염상섭이 보이는 부정과 포섭이라는 이중적 태도를 통하여 드러난다. 이처럼 염상섭에게서 그리 길지 않은 시간적 격차를 두고 서로 상반되는 관점이 동시에 공유될 수 있었던 것은 사상과 문화, 의식에서 '세계적인 동시성'이 성립되었던 1920년대의 상황과 무관하지 않다. 『만세전』과 『삼대』의 관계에 대해서는 다음 장에서 자세하게 다룰 것이다. 다만 여기에서 강조하고 싶은 것은 1920년대가 문화와 정치, 국경을 넘어서는 지식과 지역적인 문맥, 첨단의 기술과 토착적 민중문화 등과 같이 이항 대립으로는 파악되기 힘든 분열과 굴절이 체험된 시기였다는 사실이다. 이에 대하여는 吉見俊哉 外, 『擴大するモダニティ』, 岩波書店, 2002, 47-56쪽 참조.

『사랑과 죄』(≪동아일보≫, 1927.8.15-1928.5.4, 총 257회)가 '인생의 형용과 자기와 자기가 놓여 있는 현실을 깨닫게'하려는 '공리적 사명'에서 쓰여질 것임을 예고한 바 있다. 그리고 그는 '죄와 불행'을 낳은 '시대와 환경 속에서 지금 조선 사람은 어떤 생각을 가지고 어떻게 사는가'를 그림으로써 '행복의 길-사랑의 길-갱생의 길'을 모색하는 데『사랑과 죄』의 창작 의도가 있음을 밝히고 있다.5) 이러한「작자의 말」에서 짐작할 수 있듯이,『사랑과 죄』는 식민지 상황으로 인해 정체성의 혼란을 겪을 수밖에 없는 식민지민의 운명과 그것의 극복 가능성을 윤리적인 차원에서 열어 보이는 데 서사적 기획의 근원성이 있다고 할 수 있다.

　『사랑과 죄』의 이와 같은 서사적 기획은 1924년 서울을 무대로 하여 '애욕'의 문제를 둘러싸고 갈등을 빚는 청춘 남녀의 연애 서사와 다분히 정치적 의도성을 함축하고 있는 지하운동 세력의 활동상을 담은 이야기가 서로 맞물리면서 구체화되어 나타난다. 김호연, 한희, 최진국 등을 축으로 하여 전개되는 후자의 이야기는 인물들의 구체적인 활약상이 묘사되지 않고 간접적으로 암시되고 있을 따름이다. 그래서 그 성격이 무엇인지를 명확하게 단정할 수는 없다. 그렇지만 지하운동 세력의 핵심 인물인 김호연이 애욕의 갈등을 중심으로 펼쳐지는 이야기의 주요 인물 지순영, 이해춘, 류진 등을 '갱생의 길'로 이끄는 데 견인차 구실을 한다는 점에서 지하 활동의 이야기는『사랑과 죄』의 인식론적 차원의 의미를 탐색하는 데 적지 않은 의미를 갖고 있다.

　사실『사랑과 죄』에서 김호연을 제외하면, 등장인물들은 근대 자본주의적 욕망의 그물망에 포획되어 타락한 삶을 영위해가는 존재와 저마다 처지와 입장은 다르지만 한결같이 자기 정체성의 혼란을 겪고 있는 존재

---

5) 염상섭,『사랑과 죄』,『염상섭전집』2, 민음사, 1987, 9-10쪽.

로 양분된다. 정마리아, 류택수, 지덕진, 해주댁 등이 전자를 대표하는 인물들이라면, 지순영, 이해춘, 류진 등은 후자를 대표하는 인물들이다. 『사랑과 죄』 서사는 이들 대립되는 인물군 간에 빚어지는 다양한 갈등을 기본 축으로 전개되면서 후자의 인물들이 정체성의 위기를 극복하고 새로운 삶의 길을 찾아가는 데 서사의 초점을 맞추고 있다.

지순영은 한희 사건에 연루되어 옥살이를 하고 나온 뒤, 김호연의 보호 아래서 세브란스 병원의 간호사로 근무하고 있다. 그녀는 김호연과 한희에 감화를 받아 그들이 추구하는 '진리를 위한 사업'에 동의하면서도, 한편으로 해춘과 운명적인 사랑에 빠지게 됨으로써 내적인 갈등의 상태에 놓이게 된다. 올해 봄 동경미술학교 양화과(洋畫科)를 졸업한 청년 화가 이해춘은 구한말 일본 공사를 지내면서 을사보호조약 체결에 한몫을 한 이판서의 아들이다. 그로 인해 '자작(子爵)'이라는 귀족의 위치에 놓이게 되는데, 이와 같은 신분의 제약이 낳은 부자유스러운 행동과 '동경에서 집어넣은 급진적 자유사상' 사이의 불일치로 인해 괴로움의 상황에 빠져 있다. 한편, 류진은 '내 피가 오분(五分)은 감투로 되고 오분은 <게다>짝으로 되었다'는 그의 자조적인 말에서 짐작할 수 있듯이, 조선인 아버지와 일본인 어머니 사이에서 태어난 자신의 태생적 한계로 인해 허무주의적 경향성을 보이고 있다. 이들이 겪는 정체성의 위기는 이처럼 개인과 사회 사이의 갈등을 전제로 하고 있다.

따라서 이들 인물이 겪는 이와 같은 정체성의 위기감은 근원적으로 식민지 상황에서 비롯된 것이라 할 수 있다. 작가는 이를 『사랑과 죄』의 도입부인 '서울' 장에서 논평적 개입을 통하여 암시하고 있다.

남대문 동편 벽에서부터 남산으로 향하여 마주 건너다보고 시원스럽게 치처 뚫어 올라간 조선 신궁의 신작로는 다지다가 내어버려 둔 조약

돌판이 북쪽으로 치우쳐서 사태가 났든지 반간통 넘어나 고랑이 깊숙이 패어져서 씻겨내려간 것을 어제 오늘 날이 들자마자 벌써 다시 뭇고 달구질을 하기 시작하였다. 잠방고의 위에 시커멓게 땀에 용초를 한 등거리를 걸친 인부들이 우글우글 끓는다. (…중략…) 끓는 듯한 더운 김이 입을 확확 막는 속에서 모든 것이 다 꾸물거릴 뿐이다. 하늘 밑까지 지쳐 올라간 듯한 신궁 앞의 축대 위에서나 남대문 문루 위에서 내려다보면 하릴없이 개미새끼들이 달달 볶는 가마솥 바닥에서 아물아물하는 것 같을 것이다. 그러나 이 개미새끼들은 질서도 훈련도 없이 오직 피곤만이 그들의 볕에 익은 얼굴에 느즈러져 있을 따름이다. 『....장안에 높기론 -北岳山(北岳山)의 아방궁 남산의 조선 신궁! 에헤에헤 에헤야-넓은 길엔 자동차요 좁은 길엔 외씨같은 발씨로 아장아장.....엘넬네 상사듸아. 에-에헤두 조쿠나 기생 아씨님네 소풍하실 길 하나 생겼단다......엥헤라엥?』 (…중략…) 오후 세 시가 넘었으니 웬만큼 서퇴도 되었으련만은 모진 비에 뿌옇게 바랜 남대문 밖 넓으나 넓은 <아스팔트> 바닥은 구두 신은 발밑까지 후끈후끈 달아오르는 듯싶었다. 그러나 이 더위도 무릅쓰고 남대문이 메어서라고 쏟아져 나오느니 사람의 떼다. (…중략…) 이 사람들은 나흘 전에 무너졌다는 용산 인도교의 조상을 가는 손님들이다. 그러나 허리가 부러진 철교를 붙들고 통곡이나 할 듯한 얼굴빛을 가진 사람은 하나도 보이지 않는다. 수해에 시달린 사람들의 안부를 걱정하는 듯한 눈치를 보이는 사람도 없었다. 사람이 몰린다니까 나선 것이다. 십여 일 동안을 갇혀 있다가 별로 볼일은 없고 계딱지 같은 집 안은 무덥고 하여 빨아 다린 새옷이나 떨쳐 입고 바람 쏘일 겸 행기나 하여 보겠다고 나선 것이다. 서울 사람들에게는 한여름 내 유일한 놀이터-소풍터로 생각하는 한강 철교조차 없어졌다는 것은 수많은 동포가 고초를 겪는다는 가엾은 생각보다 아쉬운 일일지 모를 것이다. 과연 그네들은 그만치나 천하태평이요 팔자 좋은 인생들이다. 그러나 또 그만큼 불쌍하고 가엾은 백성도 없을 것이다.[6)]

인용문은 을축년 대홍수 직후의 식민지 수도 공간 서울이 갖는 문화

---

6) 위의 책, 11-13쪽.

지정학적인 의미 구조를 함축적으로 제시하고 있다. 우선 인용문은 '조선 신궁'으로 통하는 신작로를 닦고 있는 '요보'들의 피곤에 찌든 모습과 그들을 위에서 굽어보고 있는 조선 신궁의 위상을 서로 대조적으로 묘사하고 있다. 이러한 대비적 묘사는 인부들의 노동요를 통해 제시되고 있는 바, '북악산의 아방궁'이 상징하는 '식민 제국 일본의 식민지적 통치 체제'에 의한 식민지민의 억압과 수탈이 일상의 차원에서 진행되고 있음을 환기시킨다. 여기서 더 나아가 작가는 서울 남산의 '조선 신궁'으로 통하는 신작로가 놓이고 있다는 사실에 대한 묘사를 통하여 식민 제국 일본의 문화적 식민화, 식민지민의 의식의 식민화 과정이 진행되고 있음을 강조하고 있다. 이와 같은 을축년 대홍수 직후의 식민지 수도 서울에 대한 문화지정학적 묘사에서 작가가 특히 주목하고 있는 것이 바로 이 문화적 식민화의 과정이다. 왜냐하면 '몇 십 년래의 처음이라는' 대홍수로 겪게 된 '동포의 고초'에는 아랑곳하지 않은 채, '유일한 놀이터'인 한강 인도교가 홍수로 무너졌다는 사실만을 아쉬워하는 서울의 '팔자 좋은 인생'들의 일상적 의식에 대하여 작가는 냉소적이면서도 풍자적인 어조로 강하게 비판하고 있기 때문이다. 『사랑과 죄』에서 서사적 갈등의 한 축을 이루는 부정적 인물인 류택수, 정마리아, 해주댁 등은 바로 이와 같은 '팔자 좋은 인생'들의 표상으로 식민 제국 일본이 의도한 문화적 식민화 과정에 동화된 존재들이라 할 수 있다.

이들과 대척적인 위치에 있는 인물이 바로 김호연이다. 그는 동경제대 독법과(獨法科)를 졸업한 변호사로 상해 등에도 왕래가 있으며, 5년 전의 '한희 사건'을 무료로 변호하는 등 지하 운동 세력의 적극적인 지원자이다. 이러한 그의 활동은 '진리를 위한 사업', '인류의 큰 고민'으로 상징되는 '조국의 해방과 무산자 해방'을 위한 차원에서 이루어진 것이다. 이와 같은 '진리를 위한 사업'에 헌신하는 그의 모습은 자기 정체성의 혼란을

겪고 있는 주변의 인물들에게 반성적인 거울로 작용함으로써 그들이 새
로운 삶을 찾아나가는 데 매개적인 구실을 하고 있다. 따라서 김호연은
『사랑과 죄』의 인식론적 지평을 틀 짓는 위치에 놓인 '지평인물'7)이라
할 수 있다.

이와 같은 맥락에서 지순영과 이해춘이 동경행을 포기하고 봉천행 열
차에 오르는 것으로 매듭지워지는『사랑과 죄』의 결말은 상징적인 전언
을 함축하고 있다고 할 수 있다. 지순영은 동경에서 의학을 공부할 작정
이었고 이해춘은 이미 동경 미술전람회에 그림을 출품한 상태였다. 그러
한 점에서 이들에게 동경행은 '홍수의 조선-퇴폐의 서울-음험과 살기와
음마(陰魔)의 기분'에서 벗어나 안락한 삶의 가능성을 보장받을 수 있는
선택지였다. 그러나 김호연이 경찰에 연행되는 돌발적인 사건으로 그들
은 예정되어 있던 동경행을 포기하고 검거를 피하기 위해 급작스럽게 봉
천행 기차에 오르게 된 것이다. 사실 김호연의 사건은 이들과는 전혀 상
관없는 일이다. 따라서 자신들의 뜻과는 상관없이 봉천행 열차에 오를
수밖에 없는 지순영과 이해춘의 부조리한 선택은 결국 식민 제국 일본의
감시와 통제가 일상화된 식민지적 상황에서 어느 누구의 삶도 자유로울
수 없다는 싱징적인 메시지를 전하고 있는 것이라 해석할 수 있다. 그러
한 점에서『사랑과 죄』는 '식민지적 삶의 조건과 윤리적 선택'8)을 주제
적인 차원에서 형상화하고 있는 작품이라 할 수 있다.

---

7) '지평인물(horison-figure)'이란 프레드릭 제임슨에 따르면, 서사에서 동경의 대상과 욕망
   의 대상이 되는 이상적인 인물이다. '지평인물'은 다른 인물들에게는 없는 이상적인 조건
   과 자격을 갖추고 있으며 그 어느 누구의 손에도 미치지 않는 곳에 위치하고 있는 인물이
   다. 그렇기 때문에 서사 속에서 지평인물은 현실의 세계와는 다른 대안 가능성의 세계를
   암시하는 기능을 담당한다. F. Jameson, *The Political Unconscious*, Cornell Uni., Press, 1980,
   pp.168-169 참조.
8) 김경수, 앞의 책, 59쪽.

3. 여성의 타자화와 민족적 동일성 회복 욕망

『사랑과 죄』의 인식론적인 지평은 김호연이 추구하는 '진리를 위한 사업'에 놓여 있다. 물론 김호연이 추구하는 '진리를 위한 사업'은 그 자체로 지극히 추상적인 것이기 때문에 성격을 분명하게 단정할 수는 없다. 다만, 작품 중반에서 김호연과 이해춘 일행이 우연히 들른 카페에서 유진 일행, 즉 공산주의 색채의 잡지를 경영하는 적토(赤兔), 조선에 들어와 있는 무정부주의자 야마노 등과 만나 주고받은 이념 논쟁을 통해서 김호연이 추구하는 '진리를 위한 사업'의 이념적 내용을 간접적으로 확인할 수 있을 따름이다. 주로 이해춘과 적토 간에 '민족주의와 사회주의의 문제'를 놓고 오간 설전에서, 이해춘은 "나는 위선 김군과 같이 민족주의와 사회주의의 중간을 타고 나가는 것이 오늘날의 조선 청년으로는 옳은 길로 들어서는 줄 안다"[9])고 발언하고 있다. 이러한 해춘의 발언을 통해 김호연이 추구하는 '진리를 위한 사업'의 이념적 내용이 사회주의적 지향성을 함축하고 있음을 유추해 볼 수 있다.

그러나 『사랑과 죄』의 인식론적 지평이 이처럼 김호연이 지닌 사회주의적 시각에 의해 틀지어지고 있다 하더라도, 이를 곧 작가의 그것과 동일한 것이라고 단정할 수는 없다. 왜냐하면 사회주의를 표상하는 인물인 김호연은 정체성의 위기에 처한 인물들의 삶에 적극적으로 개입해 들어가 그들의 삶을 자신의 이념적 전망 속에 적극적으로 포섭해 들이거나 견인하려 하지 않기 때문이다.[10]) 김호연은 『사랑과 죄』 서사의 배면에서 정체성의 위기를 겪음으로써 삶의 방향성을 상실하고 혼란과 방황을 거

---

9) 염상섭, 앞의 책, 210쪽.
10) 염상섭 소설의 이러한 사회주의자의 표상은 카프(KAPF) 계열 작가의 작품에서 빈번하게 등장하는 긍정적 인물(positive hero)이 주변의 인물들을 적극적으로 포섭하여 자신의 전망 하에 이끌어가는 계몽적인 성격을 지니는 점과 극명한 대조를 이룬다.

듭하는 인물들에게 반성적 거울로 작용하고 있을 따름이다. 즉 김호연은 다른 인물들보다 인식론적으로 우월한 위치에 놓여 있음에도 불구하고 그들이 자율적으로 자신들의 삶을 선택할 수 있는 가능성을 열어놓고 있다. 그러한 점에서 『사랑과 죄』에서 김호연은 지순영, 이해춘, 류진 등과 같이 작가에 의해서 긍정적인 가치를 부여받고 있는 인물들과 일종의 '대화적 관계'를 맺고 있다고 볼 수 있다. 이것은 다른 한편으로 『사랑과 죄』의 인식론적 지평, 즉 김호연이 추구하는 사회주의적 전망과는 다른 차원에 작가의 서사적 욕망이 놓여 있다는 것을 뒷받침해 주는 근거가 된다. 물론 이러한 작가의 욕망을 직접적으로 확인할 수는 없다. 그것은 간접화된 방식, 즉 서술자의 발화 속에 드러나는 강박적 반복이나 불일치, 균열 등의 양상은 그 징후적이다.

작가의 욕망을 살피기 위해 『사랑과 죄』 서사에서 애욕의 갈등을 겪고 있는 인물들에 대한 작가의 태도에 주목해 볼 필요가 있다. 이해춘, 지순영, 정마리아가 맺고 있는 삼각관계는 작가의 욕망, 즉 『사랑과 죄』의 정서적 구조를 살필 수 있는 단서를 제공해 주기 때문이다. 이 세 사람 사이에서 빚어지는 갈등은 『사랑과 죄』 이야기의 핵심을 이루고 있다. 이 세 인물들 중 특히 정마리아는 작가의 욕망의 양상을 살피는데 있어서 매우 중요한 의미를 갖는 인물이다.

그녀는 미국에서 귀환한 음악가로서, 예술가인 체하며 여러 남자를 전전하는 인물로 묘사되고 있다. 해춘을 사랑하여 그를 유혹하여 관계를 갖는 한편, 돈을 얻기 위해 '병적인 성욕'의 화신인 해준의 사돈 유택수와 관계를 맺기도 한다. 그런가 하면 그녀는 총독부 경무국의 '중산(中山)' 사무관과도 모종의 거래를 하고 있다. 이러한 정마리아의 행위 일체는 작가의 시선에 '<살롱>의 귀부인으로 자처는 하였지만 입에서 나오는 수작은 칠판 밑에 앉았는 여학생밖에 아니'되는 '신여성'의 그것처럼 비치고 있다. 이렇듯 정마리아에 대하여 작가는 강박적이리만큼 부정적인 태도로 일관하고 있다. 이러한 정마리아에 대한 작가의 강박적인 부정적 인식을 잘 보여주는 것이 바로 그녀의 외양에 대한 의도적인 전경화이다.

> 천재(天才)가 고향에 용납되지 못함과 같이 선각자(先覺者)란 매양 시대(時代)에 용납되지 못하는 것이다. 그의 발발한 진취력(進取力)은 우둔한 민중이 쫓아 오기를 기다릴 여유가 없기 때문이다. 그들은 끌고 가던 민중의 손목을 척격 놓치기가 쉽다. 그러나 그 죄는 민중의 우둔에 있는 것이요 앞선 자의 선각에 있는 것은 아니다. 그러면 시대에 앞선 자는 어떠한 사람이냐?....그러나 지금 내가 이 말은 왜 하였는가? 아니 어리석은 나는 단발미인의 이야기를 하려던 것이다.[11]

인용문에서 작가는 '단발'을 한 정마리아의 자태를 '시대가 용납하지 못하는 선각자'에 비유하며 풍자적인 조롱의 대상으로 삼고 있다. 『사랑과 죄』에서 '단발머리'가 독립된 장의 제목으로 설정되어 있을 만큼, 이러한 풍자를 통하여 작가는 '단발'을 한 그녀의 모습에 대하여 극단적인 부정 의식을 드러내고 있다. 『사랑과 죄』의 시대적 배경이 되는 1920년 대에 '단발'은 양장(洋裝)과 더불어 '신여성(모던걸)'의 상징이 될 만큼, 회화의 주요 제재이었다. 뿐만 아니라 여성의 '단발'은 이 당시 다양한 매체의 담론 공간에서 논란의 대상이 되었는데, 이 담론 공간에서는 신여성의 이러한 신체 및 외양에 대하여 부정적인 견해가 지배적이었다. 요컨대 정마리아는 1920년대 다양한 매체의 담론 공간에서 논의되던 '신여성'의 부정적인 문학적 표상이라 할 수 있다.[12] 그리고 근대적인 도시

---

11) 염상섭, 앞의 책, 223쪽.
12) 예컨대 『신여성』 1925년 6・7월 통합호에 실린 「젊은 여성의 고독한 심리」라는 평론은 현대의 모던한 생활이 젊은 여성을 복잡하며 향락적인 방향으로 이끌고 있다고 하면서,

풍경을 특징짓는 이와 같은 신여성의 표상이 근대성과 동일한 의미를 가진 기호였다는 점에서 『사랑과 죄』의 작가는 정마리아에 대한 강박적인 부정을 통하여 근대성에 대한 부정적 인식의 일단을 드러내고 있다고 볼 수 있다.

한편, 정마리아에 대한 작가의 극단적인 부정적인 인식은 거꾸로 이해춘을 사이에 두고 그녀와 직접적인 대립 관계에 있는 지순영의 긍정적인 이미지를 부각시키는 효과를 낳는다. 지순영은 작가에 의해서 "인물로든지 세상에 알리운 이름으로든지 길에 지나는 사람들까지라도 한 번 볼 것을 두 번 보고 젊은 아희들이면 무심히 한 번 거들떠 보아 주기만 하여도 눈이 부시어"[13] 할 만큼, 모든 이의 시선을 끄는 아름다운 자태를 가진 여인으로 서술되고 있다. 뿐만 아니라 그녀는 자신의 미모를 알면서도 '남자 앞에 만심(慢心)을 품지' 않고 '어떠한 행복과 기쁨에 쌓여서도 자기의 분수를 잊어버리지' 않는 겸양지심(謙讓之心)을 지닌 여인으로 지각되기도 한다. '자기가 경모하는 사람을 위하여 부조(扶助)가 된다는 것을 기쁘고 달게 생각하'면서 해춘의 그림 모델을 자처하는 그녀의 행위에서도 짐작할 수 있듯이, 지순영은 근대적인 아름다움과 아울러 전통적인 여인의 부덕을 동시에 갖추고 있는 여성인 것이다. 이러한 지순영의 이미지는 아래의 인용문에서처럼 '영원한 생명을 가진 예술미'의 차원으로까지 승화되고 있다.

순영이는 숨이 흑 꺼진 듯이 문 밑에 그대로 얼어붙었다. 백랍같은 그

신여성을 상징하는 특징으로 첫째, 치마를 짧게 입는 것, 둘째 앞머리를 자르는 것, 셋째, 굽이 높은 구두를 신는 것, 넷째 편지를 쓰는 것 등을 지적하고 있는데, 『사랑과 죄』에서 드러나고 있는 정마리아의 외양과 행위는 이 네 가지 특징을 골고루 구현하고 있다. 吉見俊哉 外(2002), 『擴大するモダニティ』, 岩波書店, 290-298쪽 참조.

13) 염상섭, 앞의 책, 103쪽.

얼굴은 영원한 활동의 상[活動之相]이오 또한 영원한 정지의 상[靜止之相]
이었다. 제군은 미인의 절망한 얼굴을 보았는가? 또한 미인의 노기등등
한 얼굴을 상상할 수 있는가? 순영이는 그 절망과 노기를 한꺼번에 그
불출세의 미모에 찰라적으로 새기었다. 그리고 그 마음에 잡된 티끌이
섞이지 않은 것은 이 여자의 숭고(崇高)한 영혼이 보는 자에게 위대한 힘
으로 수결(秀潔)이라는 감화를 무의식간에 주게 하는 것이다. 또 그 찰나
(刹那)의 상(相)을 포착하는 자는 거기에 영원한 생명을 가진 예술미가 실
재한 것을 감격하리라.[14]

　　이상과 같이 정마리아와 지순영은 작가에 의해 극단적으로 대립되는
이미지로 표상되고 있다. 그런데 이 두 여성에 대한 서술에서 문제가 되
는 것은 이들이 공히 남성의 시선에 의해 '보여지고' '구성된' 타자라는
점에서 공통점을 지닌다는 점이다. 말하자면, 정마리아는 남성의 성적
욕망을 충족시키기 위해 구성된 존재라면, 지순영은 『사랑과 죄』의 인식
론적 지평을 틀 짓고 있는 '진리를 위한 사업'을 위해 절대적으로 필요한
여성적 타자인 것이다. 이해춘이 이 두 여성과 맺고 있는 관계가 이를
잘 뒷받침해 준다. 이해춘은 정마리아의 자유분방하고도 위선적인 행동
거지에 대하여 부정적인 인식을 갖고 있다. 하지만 한편으로 그는 정마
리아의 유혹의 덫에 걸려들어 그녀와 함께 '퇴폐적인 정욕'을 탐닉하기
도 한다. 그는 또한 인용문에서 드러난 작가의 시선처럼, 자신이 그린 지
순영의 초상화에서 '영원한 생명의 맑은 샘이 스미어 나오는 것'같은 인
상을 받고 그녀에 대한 '애욕'을 추구하게 된다. 이러한 점에서 이 두 여
성을 바라보는 이해춘의 시선은 작가의 그것과 중첩되고 있다고 볼 수
있다. 따라서 지순영과 정마리아는 이해춘과 작가 등 남성 주체가 그들
의 근대적(=민족적) 자아를 구축하는 데 필요한 존재로 표상된 타자인 셈

14) 위의 책, 359쪽.

이다. 그녀들은 이해춘을 사이에 두고 서로 대립하는 위치에 놓여 있지만, 남성 주체의 시선에 구성되고 표상된 존재에 지나지 않는다는 점에서는 동일한 위치를 부여받고 있다.

이러한 맥락에서 이해춘이 정마리아와 지순영을 관찰하고 표상하는 시각 제도 안에 놓인 화가라는 점은 다분히 상징적인 의미를 갖는다.15) 1920년대는 국권을 상실한 유교 사회의 지배층 자식들이 서양화를 배우기 위해 유학의 길을 떠나는 일이 많았다. 이해춘도 조선의 이씨 왕가의 후예라는 신분을 고려할 때 이들의 범주에서 벗어나지는 않는다. 더욱이 그는 도화(圖畫) 스승 심초매부(深草埋夫)의 후원 하에 일본 유학을 했으며 서사적 현재에도 그의 도움을 받아 동경 미술전람회에 자신의 작품을 출품하게 된다. 문제는 이해춘의 시선이 작가에 의해 그 정체가 모호한 인물로 그려지고 있는 심초매부의 그것과도 겹쳐지고 있는 사실이다.

심초매부는 조선에 거주한 지 30년이나 된다. 작가가 제시하고 있는 정보에 따르면, 그는 금강산에 오게 된 것을 계기로 조선 반도의 산천을 유람하고, 수학원(修學院)의 도화 교사로 조선에 서양화를 도입한 인물이다. 이해춘의 부친 이판서의 초상화를 그린 인연으로 그에게 도화를 가르치게 되었다. 조선의 고전문학과 속요에 대한 조예도 깊을 뿐 아니라, 현재 그는 궁중 용어의 연구에 몰두해 있다. 물론 작가는 심초매부가 '일한병합'의 '숨겨진 공로자'이자 '대화혼(大和魂)' 소유자라는 점에서 그의 행위에 대하여 의심의 시선을 보이고 있다. 그러나 심초매부가 이해춘, 지순영 등 어려움에 처한 '조선 청년'들을 음으로 양으로 원조하고 있을

15) 이해춘이 작품을 출품한 '동경미술전람회'는 제도사적인 측면에서 볼 때 국가가 보증한 미술의 권위의 틀 안에서 국가가 추구하는 문화적 동일성의 근거로 작용한 제도적 장치였다. 이와 같은 남성 중심의 시각 제도는 제국적 남성의 요구에 맞게 여성의 이미지를 창조 유포함으로써 사회의 젠더 편성에 깊게 관여하였다. 吉見俊哉 外, 앞의 책, 259-270쪽 참조.

뿐만 아니라, '조선의 풍습과 문화가 취미에 맞고 그만큼 이해하고 있다'
는 점을 들어 작가는 그에게 긍정적인 시선을 보내고 있는 것 또한 사실
이다. 아래의 인용문에서 제시되고 있는 것처럼, 작가는 일본과 서양의
근대성의 부정적인 영향을 받아 정체성을 상실해가고 있는 예의 '서울'
의 근대적 풍경으로 상징되는 조선의 앞날에 대하여 걱정하는 그의 심리
를 이해하려고 한다.

> 젊은 조선 청년을 보면 「당신네들은 <정말 조선>이 어떠한 것을 아
> 시오. 지금 조선은 <퇴기>입네다. 진짜 조선은 거의 다 헐려 나가고 지
> 금 남은 것은 조선인지 일본인지 서양인지 까닭을 모를 반신불수가 되었
> 오. 인제는 조선에 더 흥미조차 잃었소」하며 무연히 탄식하는 일이 많
> 다.16)

이처럼 작가의 심초매부에 대한 시선은 양가적이라 할 수 있다. 물론
심초매부에 대한 작가의 양가적 태도는 '정치'와 '문화'를 별개의 것으로
분리시켜 바라보는 데서 연유한 것이다. 즉 심초매부가 '일한병합'의 '공
로자'라는 점에 대해서는 부정적인 인물이지만, '조선의 풍습과 문화'에
대한 그의 열정은 나름의 긍정적 의의를 갖고 있다는 것이 작가의 판단
이다. 그러나 정치와 문화를 분리시켜 바라보는 관점 자체도 문제이겠지
만, 작가에 의해 제시된 정보에 근거하여 볼 때 심초매부의 조선의 전통
적인 문화에 대한 열정과 관심은 사실 '취미'의 차원에서 이루어진 것이
다. 그런 점에서 심초매부는 자신이 귀속된 문화의 우월성을 입증하기
위해 식민지 문화를 타자화시켜 단순한 '취미'의 대상으로 바라보는 전
형적인 '오리엔탈리즘'적 사고 방식의 소유자라고 할 수 있다. 이러한 맥
락에서 이해춘과 작가 및 심초매부가 시선은 서로 중첩된다고 볼 수 있

16) 염상섭, 앞의 책, 309쪽.

다. 그들의 시선이 만나는 곳이 바로 타자화된 여성의 신체와 외양인 것이다. 따라서 작가가 사회주의자의 표상인 김호연이라는 지평인물을 통하여 드러내고자 했던 민족적 동일성 회복의 욕망은 제국의 욕망과 일정한 공모 관계를 맺고 있다는 점에서 역설을 수반할 수밖에 없다.

4. 맺는 말

지금까지 민족적 동일성 회복을 희구하는 작가 염상섭의 서사적 욕망이 『사랑과 죄』에서 발현되는 양상을 서사의 인식론적 구조와 정서적 구조의 변증법적인 연관 속에서 고찰해 보았다. 『사랑과 죄』의 인식론적 구조는 '지평인물' 김호연이 추구하는 사회주의적 가치 체계에 의해 틀 지어지고 있다. 그것은 식민지적 삶의 조건으로 인해 정체성의 혼란을 겪는 인물들이 새로운 삶을 정립해 가는데 김호연이 반성적인 거울로 기능하고 있기 때문이다. 한편 『사랑과 죄』는 정서적 구조의 층위에서 정마리아로 표상되는 근대성에 대한 부정 의식을 기저에 깔고서 남성 주체 중심의 민족 정체성 회복의 욕망을 드러내고 있다. 이러한 서사적 욕망은 정마리아와 지순영 등과 같은 여성의 신체를 타자화하는 과정을 통해 드러나고 있다. 그리고 여성의 신체에 대한 타자화[17]가 심초매부로 대표되는 제국의 시선과 일정 정도 겹쳐진다는 점에서 『사랑과 죄』에서 드

---

17) 여성의 신체는 근대화의 추진 주체인 남성들에게 성적 욕망의 대상이다. 여성의 신체는 시각 제도를 통하여 남성의 욕망에 상응하여 이미지화됨으로써 그것을 바라보고 소유하는 자의 근대성을 보증하는 역할을 한다. 이러한 점에서 식민지의 신여성은 자신들에게 시선을 향하는 남성 주체의 근대화를 보증하는 이미지였다. 그러나 다른 한편으로는 식민지 하의 신여성은 민족의 힘을 기르기 위해서 토착적이고 전통적인 모성성을 요청받기도 하였다.

러난 작가의 서사적 욕망은 역설을 수반할 수밖에 없음을 살펴보았다.

그렇다면『사랑과 죄』가 보여주고 있는 서사의 인식론적 구조와 정서적 구조 사이의 불일치의 원인은 어디에서 비롯된 것인가. 이 물음과 관련하여 주목해야 할 것이 사회주의 이념에 대한 염상섭의 인식이다. 염상섭에게 있어서 사회주의 이념의 문제는 상황 변화에 따른 전략적 포섭의 차원에서 이해되어야 할 성질의 사안이다. 말하자면 기존의 논자들처럼 작가 염상섭이 단순히 사회주의적 휴머니즘의 정신을 갖고 있었다고 해석할 수만은 없는 것이다. 이는『사랑과 죄』의 주제 의식을 잇고 있다고 평가되는『삼대』에서 묘사되고 있는 사회주의자 김병화에 대한 작가의 입장과의 관련 속에서 확인할 수 있다.

『사랑과 죄』의 인식론적 지평을 한계 짓는 인물인 김호연은『삼대』의 김병화와 계보적으로 유대성을 지닌 인물이다. 그러나 이들 사이에는 분명한 차이를 살필 수 있다. 작가는『사랑과 죄』의 김호연을 일관되게 긍정적으로 서술하고 있는 반면,『삼대』의 김병화에 대해서는 태도의 변화를 보이고 있다. 즉 김병화의 형상을『삼대』의 인식론적 지평을 틀 짓고 있는 '시대의 동화자'로 서술하고 있지만, 동시에 그의 행위와 신념을 긍정적으로만 인식하고 있지 않다. 작가는 김병화를 한편으로 '수난자'의 이미지로 묘사함과 동시에 다른 한편으로는 그의 관념적 과격성과 소아병적인 기질을 암암리에 전경화시키고 있기 때문이다. 사회주의자의 표상에 대한 이러한 작가의 태도 변화는『사랑과 죄』와『삼대』가 창작되던 상황과 긴밀한 관련성을 갖고 있다.『사랑과 죄』가 창작된 시점이 신간회가 조직된 시기와 맞물려 있다는 점에서 사회주의 진영과 민족주의 진영의 협력이 절실히 요구되었던 시기였다면,『삼대』가 창작된 1930년대 초반의 시점은 이미 신간회가 해체되고 사회주의자들의 영향을 받은 노동자 농민의 대중운동이 급격히 고양되고 확산됨에 따라 민족 독립 운동에서 민족주의 세력이 점차 그 주도권을 상실하고 있던 시기였다. 바로 이와 같은 상황의 변화가 민족주의적 성향을 지닌 작가 염상섭에게 사회주의에 대한 태도의 변화를 낳은 주요 동인이 되었다고 유추해 볼 수 있다.

제 2 장

식민지 정치 현실의 전체화와 사회주의 이념에 대한 강박
—『삼대』

　『삼대』[1](≪조선일보≫, 1931.1.1-9.17)는 '30년대의 사회적 현실이 안고 있는 잡다한 문제들을 집요한 리얼리즘의 소설 미학으로 형상화'[2]한 작품으로, 염상섭의 '작품 중에서뿐만 아니라 식민지 시대의 작품 중에서 가장 뛰어난 작품 중의 하나'[3]로 주목받아 왔다. 이미 우리 현대 소설사에서 리얼리즘 소설의 정전(canon)이 되다시피 할 만큼,『삼대』에 대한 논의가 끊임없이 다양한 수준에서 밀도 있게 이루어졌다는 사실은『삼대』가 갖는 소설사적 위상의 공고함을 짐작하게 해 준다.[4]

---

1) 여기에서『삼대』텍스트는 신문 연재본인 한국소설문학대계5권(동아출판사, 1995)을 대상으로 한다. 1931년 ≪조선일보≫ 연재본은 총 36장으로 구성되어 있음에 비해 1947년 을유문화사에서 간행된 단행본은 총 42장으로 구성되어 있다. 단행본의 전반부는 신문연재본의 문구 수정이라고 할 수 있으나 제19장 김의경 이후에는 상당한 부분이 개작되고 있다. 지금까지『삼대』에 대한 논의는 연재본보다 개작된 단행본을 대상으로 이루어진 경우가 많았다. 그러나 식민지 시대의 문학을 사적으로 논의하는 텍스트는 본질적으로 동시대의 상황 속에서 생산된 텍스트를 우선해야 한다는 점과 이 책에서 다루는 주제가 '식민성'이라는 점 등을 고려할 때, 신문 연재본을 텍스트로 삼는 것이 적절하다고 판단된다.

2) 이재선,『한국현대소설사』, 홍성사 1979, 377쪽.

3) 김윤식·김현,『한국문학사』, 민음사 1973, 158-159쪽.

4)『삼대』에 대해서는 다양한 관점에서 수많은 논의가 이루어져 왔는데, 대표적인 것을 들자면 다음과 같다. 김현,「식민지시대의 문학」(『문학과지성』, 1971. 가을), 신동욱,「염상섭의<삼대>」(김윤식 편,『염상섭』, 문학과지성사, 1971), 정한모,「염상섭의 문체와 어휘

　『삼대』에 대한 기존 논의의 대부분은 그 방법과 초점을 달리하더라도 항용 리얼리즘 소설로서의 정전성을 인정하는 전제에서 이루어졌다. 특히 작가 염상섭이 서울 '중산층 보주주의'의 세계관적 한계에도 불구하고 식민지 현실을 핍진하게 그려냈다는 것이 『삼대』의 리얼리즘적 성취를 논하는 데 있어서 핵심을 이룬다. 말하자면 『삼대』의 리얼리즘적 성취는 한편으로는 작가의 세계관적 특성에서, 다른 한편으로는 작가 특유의 창작방법에서 비롯되었다는 것이다. 나아가 이와 같은 『삼대』의 리얼리즘적인 성취는 현재적인 맥락에서 민족문학의 한 본령으로 평가되기도 한다.

　『삼대』가 '식민지 시대의 문학적 응전의 최고봉'이라는 문학사적 위상을 갖고 있음은 부인할 수 없는 사실일 것이다. 그러나 『삼대』에 대한 논의가 다양한 수준에서 끊임없이 이루어져 왔다는 사실 자체는 한편으로 이 작품에 대한 해석의 여지가 많다는 점을 말해주는 것이기도 하다. 『삼대』에 대한 논의들에서 반복적으로 지적된 것이지만, 작가의 '중산층

구성의 특성」(『문학사상』, 1973.3), 김종균, 『염상섭 연구』(고려대출판부, 1974), 김현, 「염상섭과 발자크」(『염상섭』, 문학과지성사, 1977), 이재선, 『한국현대소설사』(홍성사, 1979), 유기룡, 「가족적 삶을 미학으로 한 인물형」(『염상섭 연구』, 새문사, 1982), 이주형, 「민족주의 문학운동과 <삼대>」(『염상섭 연구』, 새문사, 1982), 조남현, 「염상섭의 『삼대』와 갈등사회학」(『염상섭 연구』, 새문사, 1982), 김윤식, 『염상섭 연구』(서울대출판부, 1987), 정호웅, 「식민지 중산층의 몰락과 새로운 방향성」(『염상섭문학연구』, 민음사, 1987), 이보영, 『난세의 문학』(예지각, 1991), 유문선, 「식민지시대 대지주계급의 삶과 역사적 운명」(『민족문학사연구』1, 창작과비평사, 1991), 유보선, 「전망 부재의 공간으로서의 <삼대> 또는 근대 초기 시민계급의 자화상」(『한국의 현대문학』1, 1992), 최시한, 『가정소설 연구』(민음사, 1993), 김동환, 「<삼대>·<태평천하>의 환멸구조」(『한국소설의 내적 형식』, 태학사, 1996), 김양선, 「식민지적 근대성의 한 양상-염상섭의 「삼대」와 「무화과」를 중심으로」(『서강어문』 제12집, 1997), 이선영, 「주체와 욕망 그리고 리얼리즘」(문학과사상연구회, 『염상섭 문학의 재인식』, 깊은샘, 1998), 김경수, 『염상섭 장편소설 연구』(일조각, 1999), 이보영, 「민족의식과 정치소설적 특성」(김종균 편, 『염상섭소설연구』, 국학자료원, 1999), 김동환, 「<삼대>와 낭만적 이로니(Ironie)」(김종균 편, 『염상섭소설연구』, 국학자료원, 1999)

보수주의'로 인하여 『삼대』가 미래에 대한 뚜렷한 전망을 보여주고 있지 못함에도 불구하고 동시대 식민지적 현실을 폭넓게 드러낼 수 있었던 것이 작가 특유의 창작 방법에서 근거한다는 것은 틀림없는 사실이다. 그러나 작품에 드러나는 작가의 보수주의적 세계관의 실제 내용에 대해서는 그 의미가 충분히 규명되지는 못했다는 것이 필자의 판단이다. 즉 작가의 보수주의적인 세계관이 식민지 상황에서 갖는 의미는 아직 연구의 공백으로 남아 있다. 이와 더불어 보수주의적 세계관과 동일한 맥락에서 논의되는 민족주의에 대한 이해도 피상적인 수준에 머물고 있다. 이는 염상섭이 『삼대』를 통하여 보여준 민족주의의 실체는 무엇이며, 그 지향점은 무엇인가 하는 문제를 식민지적 상황의 맥락에서 객관적으로 규명하지 못한 데서 기인한다. 『만세전』에서 『삼대』로 이어지는 과정에서 보여주었던 이념적 동요에 대한 해명이 적절히 이루어지지 못한 것도 이와 관련되어 있다. 따라서 작가 염상섭의 보수주의적 세계관이 갖는 내적인 의미와 『만세전』에서 『삼대』로의 이행 과정에서 보여주는 이념적인 동요의 문제는 식민지 상황의 맥락에서 새롭게 조명되어야 할 필요가 있다.

이 장에서는 이와 같은 문제의식에 서서 『삼대』의 서사가 갖는 의미를 『만세전』 서사와의 차이를 중심으로 논의하고자 한다. 사실 『만세전』과 『삼대』는 공히 식민 제국 일본에 대한 대결 의식 속에서 기획된 작품이지만, 작가 염상섭이 소설적 실천을 통해 지속적으로 다루었던 식민지 상황의 극복과 민족적 정체성의 회복 가능성의 문제와 관련하여 시로 상이한 해결책을 제시하고 있다. 즉 이 두 작품은 각각 '보편주의'적 관점과 '특수주의'적 관점에서 그 해결 방안을 모색하고 있는 것이다. 여기에서 주목할 점은 상반되는 듯이 보이는 이런 해결책들이 서로 상보적인 거울 관계를 맺고 있다는 점이다.5) 이와 같은 역설적인 상황은 바로 식민지 사회구조의 효과로 이해해야 할 사안이라는 전제에 입각하여 『만세전』과 『삼대』의 서사적 의미를 고찰하고자 하는 것이다.

1. 보편주의적 근대를 향한 동일화의 서사 : 『만세전』

(1) 식민지 발견의 여행

『만세전』은 외적 행위보다 고립된 자아의 자의식에 서술의 초점을 둔 작품이다. 즉 『만세전』은 줄거리가 주인공의 의식과 일치하게 되는 시점소설의 양상을 보여준다. 소설의 세계가 '나(이인화)'의 지각의 범위에 즉하여 서술되고 있기 때문에, 시점 인물의 역할을 맡은 '나'의 자의식은 『만세전』 서사의 의미를 탐색하는 데 매우 중요한 구실을 한다. 이런 의미에서 『만세전』의 인식론적인 지평은 '나'의 자의식 한계 안에 놓여 있다고 말할 수 있다.

『만세전』은 이인화가 동경에서 서울에 이르는 여정을 서사의 기본 골격으로 하고 있는 여행 서사로, 그가 제국의 중심에서 식민지 주변부로 향하는 순차적인 공간 이동을 통해 식민지 조선의 어두운 현실을 비판적 시선으로 관찰한 내용을 서사의 핵심으로 하고 있다. "조선에서 만세가 일어나던 전해의 겨울이었다……그때의 일은 지금도 눈에 선히 보이는 듯"[6]하다는, '과거'와 '현재'의 시간적 대비의 진술로 『만세전』은 시작한다. 구체적인 시간적 배경이 환기되고 있음을 고려할 때, 『만세전』이

---

5) '보편주의'와 '특수주의'가 맺고 있는 상보적 관계에 대해서는 나오키 사카이, 「모더니티와 그 비판 : 보편주의와 특수주의의 문제」, 『포스트모더니즘과 일본』, 시각과 언어, 1996, 121-127쪽 참조.

6) 염상섭, 『만세전』, 『염상섭전집』 1권, 민음사, 1987, 11쪽.

3·1운동이 일어나기 직전 식민지 조선의 부정적인 현실에 대한 성찰 및 이를 극복할 새로운 가능성을 열어 보이는데 서사적 기획의 근원성이 있음을 자연스럽게 추론해 볼 수 있다.

『만세전』에서 우선 주목해야 할 점은 이인화가 놓인 '위치성'[7]과 그로 인해 빚어지는 그의 여행이 갖는 독특한 성격이다. 이인화의 여정은 엄밀한 의미에서 여행이라 할 수 없다. 그 동기의 측면에서 이인화의 여정은 아내가 위독하다는 '전보'를 받고 그녀의 임종을 지켜보려고 자신의 집으로 향하는 길이기 때문이다. 아내에게 애정을 갖고 있지 않기에 그에게 아내의 죽음은 귀국길을 서둘러야 할 이유가 되지 못한다. 그래서 그는 '연종시험'을 미루고 자신이 '지금 시급히 떠나야만 하는 이유가 무엇인지'에 대하여 반성적으로 자문하기까지 한다. 그는 서둘러야 할 귀국길을 미룬 채, 카페 여급 정자[시즈꼬]를 찾아가고 동경 시내를 배회하기까지 한다. 그럼에도 불구하고 이인화의 행보를 여행이라고 할 수 있는 이유는 바로 그가 놓인 위치성 때문이다.

이인화는 제국의 중심 동경에 있는 W대학 문학과에 재학 중인 유학생이다. 『만세전』 후반부에서 이인화가 정자에게 보내는 편지에서 제시되고 있는 것처럼, 그에게 동경이란 '자유'와 '기쁨'을 마음껏 누릴 수 있게 해주는 공간이다. 따라서 제도(帝都) 동경은 이인화에게 '가치의 기준·문화의 중심지'로서 의미를 갖는다.[8] 즉 이인화에게 동경은 전근대

7) 위치성(positionality)이란 주체의 정치적·권력적 위치를 나타내는 개념이다. 인간은 사회적 존재이기 때문에 타자와 관계를 맺게 마련이고, 이러한 의미에서 위치성에서 자유롭지 못하다. 예컨대『만세전』에서 그려지는 '조선인'은 '일본인'과의 정치적·권력적 관계에 의해서 규정된 것이다. 이때 양자의 관계에서 '일본인'은 강요하는 측에 놓이고 '조선인'은 강요받는 측에 놓이게 된다. 따라서 '위치성'이란 개념은 이러한 양자의 정치적·권력적 관계성, 즉 식민주의적 관계성을 문제로 삼게 된다. '위치성' 개념에 대해서는, 姜尙中 編, 『ポストコロニアリズム』, 作品社, 2001, 178-179쪽 참조.
8) "동경역의 밤을 생각하여보고는 혼자 기뻐합니다. 그러나 나의 주위는 그러한 기쁨을 마음껏 맛보도록 나를 편하고 자유롭게 내버려두지 않습니다. (…중략…) 나의 주위는 마치

적인 가족제도가 낳은 '그릇된 도덕관념'에서 해방되어 '절대자유'를 누리며 '진정한 생활'의 목표를 추구할 수 있는 거점이 되는 공간인 것이다. 이인화가 추구하는 '진정한 생활'은 '사랑', '미', '생명' 등과 같은 추상적인 가치로 제시되는데, 제국의 수도 동경이 환기하는 이러한 문화적 가치는 이인화에게 모든 사물 및 현실을 인식하고 판단하는 절대적인 준거가 된다. 그리고 이러한 가치들이 자기[=개아]의 해방과 등가적이라는 점에서 이인화는 근대적인 의미에서의 자율적 개인을 욕망하는 주체라고 할 수 있다.9)

그러나 이인화가 추구하는 이러한 욕망은 억압될 수밖에 없다. 그는 '자기의 생활을 자율하여 나갈 수 있는' '진정한 생활'을 욕망하지만, 자신의 내면을 속박하고 있는 또 다른 조건에서 자유로울 수 없기 때문이다.

> 몸무림을 하는 일종의 발작적 상태는, 자기의 내면에 깊게 파고 들어 앉은 「결박된 자기」를 해방하려는 욕구가 맹렬하면 맹렬할수록, 그 발작의 정도가 한층 더하였다. 말하자면, 유형무형의 모든 기반(基盤), 모든 모순, 모든 계루(繫累)에서 자기를 구원하여 내지 않으면 질식하겠다는 자각이 분명하면서도, 그것을 실행할 수 없는 자기의 약점에 대한 분만과 연민과 변명이었다.10)

공동묘지 같습니다. 생활력을 잃은 백의의 민=망량같은 생명들이 충동하는 이 무덤 가운데 드러앉은 지금의 나로서 어찌 「꽃의 서울」을 꿈꿀 수 있겠습니까." 염상섭, 위의 책, 104쪽. 이 인용문이 환기하고 있는 '가치의 기준·문화의 중심지'로서의 동경의 이미지는 염상섭 소설에 반복적으로 나타나는 특징이기도 하다. 白川 豊, 「廉想渉の長篇小說に見える日本」, 『近代朝鮮文學における日本との關聯樣相』, 綠陰書房, 160-169쪽 참조.
9) 그렇다고 이인화가 동경이 환기하는 근대성을 긍정적인 의미에서만 파악하고 있는 것은 아니다. 이인화는 '현대의 도회 생활'이 지닌 온갖 모순을 지적하면서 그것을 뚫고 나가기가 어렵다는 것을 충분히 자각하고 있다.
10) 염상섭, 앞의 책, 22쪽.

말하자면, 이인화는 '자기의 내면에 깊게 파고 들어앉은 「결박된 자기」'를 의식하고, 자신이 추구하려는 '생활의 목표가 스러져버리는' 듯한 느낌을 받는다. 이로 인해 그는 어느 쪽에도 귀속될 수 없는 '고독한' 주체의 위치에 머물게 된다. 여기서 이인화의 내면을 결박하고 있는 것은 바로 그가 현재 위치해 있는 동경이라는 공간이 표상하는 문화적 가치와 타자적인 관계를 맺고 있는 윤리적 규범이다. 물론 이를 전근대적·봉건적인 '그릇된 도덕관념'을 가리키는 것이라 일반화할 할 수 있다. 그런데 이인화가 식민지 출신의 유학생이라는 사실을 고려한다면, 그것은 근원적으로 식민지 조선의 현실, 더 구체적으로는 그에게 '무덤'으로 비추어지는 가족 윤리가 표상하는 문화적 가치와 포개진다고 볼 수 있다. 이인화 스스로 '결박된 자기'의 모습이 '기형적인 성장' 탓이라고 인식하고 있다는 사실이 이를 뒷받침해 준다. 이것은 또한 이인화가 정자가 발산하는 '젊은 생명'의 매력에 이끌리면서도, 아내를 사랑할 수 없는 만큼의 또 다른 이유로 그녀를 사랑할 수 없는 이유이기도 하다. 바로 이러한 상황이 그가 놓여 있는 위치성의 문제에서 비롯된 것이라고 할 수 있다.

그런데 여기에서 주목해 볼 점은 이인화의 자의식을 규정하고 있는 위치성과 관련된 이 두 개의 대립항, 즉 제국 수도 동경이라는 공간이 환기하는 문화적 표상과 봉건적인 가족 윤리로 상징되는 식민지 조선의 문화적 가치 중에서 전자가 이인화에게 가치론적인 우위를 점하고 있다는 사실이다. 이것은 제국과 식민지 사이의 권력 관계를 나타내주는 것이기도 한데, 이인화의 여정은 바로 제도 동경으로 표상되는 문화적 가치의 시선을 수반하고 있기 때문에 여행이 될 수 있었던 것이다. 그러한 점에서 이인화의 여행은 근대적인 가치 기준에 의해서 타자화된, '「결박된」 자기'의 구체적인 이미지를 확인해 가는 과정이기도 하다. 말하자면 자기 안에 내면화되어 있는 식민지 타자인 조선을 향한 여행이 시작되는 것이다. 이처럼 '결박된 자기'의 모습이 근대적인 시선에 의해 구성되고 발견된 것인 한에 있어서, 식민지 조선의 현실은 근대적인 자율적 주체를 욕망하는 이인화에게 철저하게 부정되어야 할 대상이 될 수밖에 없다. 그런 여행 과정을 통하여 『만세전』의 여행 서사는 이것이 바로 '식민지 현실이다'라는 현실 효과를 낳게 된다.

(2) 표상으로서의 '조선'과 보편주의적 근대 지향의 욕망

이인화가 조선을 여행하는 과정에서 관찰의 대상으로 초점화하고 있는 것은 '망량과도 같은 생명'으로 표상되는 식민지민의 삶이다. 그는 기차와 관부연락선을 이용하여 동경-신호-하관-부산-김천-대전-서울에 이르게 되는 여정에서 다양한 부류의 사람들의 삶을 목도하게 된다.[11]

일본인 형사를 따라다니며 이인화를 미행 감시하는 '조선인 순사'와 '헌병보조원', 조선인 어머니에게서 자라나고도 자신을 버린 일본인 아버지를 동경하는 부산 요리집의 어린 기생, 일본인 사무원에게 비인간적인 대우를 받는 조선인 역부, 일본인 관리에게 아첨하여 사기 칠 궁리만 하는 부류의 사람들, 머리를 깎지 않으면 '요보'라도 웬만한 잘못은 용서를 받을 수 있기 때문에 망건을 쓴다는 식으로 자기 비하의 태도를 보이는 갓장수, 헌병에게 포박된 채 공포에 질려 있는 대전 역사의 사람들 등이 '망량'과도 같은 존재들인 것이다. 이인화의 시선에 포착된 이들은 한결같이 정체성을 상실한 채 '구차한' 삶을 영위하는 식민지의 군상일 따름

---

11) 이인화의 여정이 철도라는 근대 교통 수단을 통해 이루어진다는 것은 매우 상징적이다. 철도는 대상을 동일성과 차이성 속에서 비교·선별하는 '근대적 시선'이 구성되기 위한 전제 조건이기 때문이다. 철도의 보급으로 인해 개개인은 '세계'를 균질적인 것으로 보는 경험을 하게 되었다. 이효덕, 박성관 역, 『표상 공간의 근대』, 소명출판, 2002, 241-245쪽 참조

이다. 물론 이인화는 그들 식민지 군상들이 '구차한 삶'을 영위하게 된 주요 원인이 식민 제국 일본의 식민지 지배에 있다는 사실을 자각하고 있다. 관부연락선 욕실의 일본인이 "생번이라 하여도 요보는 온순한데다가 도처에 순사요 헌병인데, 손 하나 꼼짝할 수 있나요. 그걸 보면 사내(寺內) 상이 참 손아귀심도 세지만 인물은 인물이야!"라고 한 발언을 듣고, 이인화는 데라우치[寺內] 총독으로 대변되는 감시와 통제가 일상화된 식민지 무단 통치 체제가 조선인들의 삶을 굴종적이고 구차하게 만들어 가고 있다는 사실을 직감한다. 그래서 '원래 정치 문제에 무취미'했던 이인화가 현해탄을 건널 때 '연락선에만 들어오기만 하면 웬 셈인지 공기가 험악하여지는 것 같고 어떠한 압력이 덜미를 잡는 것 같은 것이 보통'이어서 동경서 하관까지 오는 동안에는 의식하지 못했던 '망국민족의 일분자'로서 타자화된 자신을 깨닫게 되는 것도 이 때문이다.

이인화의 식민지 지배 체제에 대한 정치적 자각은 경제적인 인식으로까지 이어진다. 그는 관부연락선 안의 목욕실에서 순박한 조선인 노동자를 꾀어 일본 각처의 공장으로 팔아넘기는 일본인 모집책[12]의, "일 년 열두 달 죽도록 농사를 지어야 반년 짝을 시래기로 목숨을 이어나가지 않으면 안 되겠으니까"라는 말을 듣고, "과연 사실일까 하는 의심이 날 만치" 조선의 현실에 무감각했던 자신에 대하여 반성하는가 하면, 부산에 도착해서는 점차 '단층집이 이층집으로 변하고 온돌이 다다미가 되고 석유불이 전등'으로 '왜색화' 되어가는 시가지를 돌아보면서 일본 제국주의의 식민지 지배가 식민지민의 노동력 착취와 경제적 수탈에 그 본질을 두고 있다는 인식을 드러내며, '흰옷 입은 백성의 운명'을 떠올리게

---

12) 염상섭은 예의 '관부연락선' 욕실에서 일본인들 사이에 오고 간 '조선 노동자 이출'의 문제에 대하여 비슷한 시기에 그 해결책을 제시하는 시사적인 평론을 쓴 바 있다. 「신사현(新潟縣) 사건에 감(鑑)하여 이출노동자에 대한 응급책」, 『동명』, 1922.9.3.

된다. 이러한 과정을 통해 이인화는 식민지민의 운명과 자신을 동일시함으로써 '그 불쌍한 흰옷 입은 백성의 운명'에 대한 연민과 아울러 '조선 사람으로 하여금 민족적 타락에서 스스로를 구하여 하겠다는 자각'의 필요성을 인식하고, '조선 사람이 오랜 몽유병에서 깨어날 기회'를 주었으면 하는 속내를 드러내고 있다. 뿐만 아니라 '지금 내가 하는 것, 일로부터 하려는 일이 결국 무엇인가 하는 의문', 즉 자신의 지금까지의 삶의 태도에 대한 반성과 회의를 통하여 소극적이지만 자신이 해야 할 일이 무엇인지를 생각하게 된다.

이처럼 이인화는 식민 제국 일본의 식민지 조선의 침탈 과정과 그 본질을 놓치고 있지 않고 있으며 일본인들의 시선에 의해서 타자화된 존재로서의 자신의 모습을 새삼 발견하고는 식민지 조선의 기형화된 모습에 자신을 일체화시키고 있는 것이다. 이러한 맥락에서 볼 때, 『만세전』은 식민지 상황에 대한 이인화의 민족적 자의식을 드러내고 있는 작품이라고 충분히 말할 수 있다.

그러나 이인화의 이러한 인식은 여기에서 멈추고 만다. 이후 식민지 공간을 여행하는 과정에서 서사는 예의 '구차한 삶'을 영위해가는 식민지 군상들이 어떻게 식민지민으로 전락할 수밖에 없었는가라는 물음에 대한 '나'의 탐색으로 그 중심을 이동한다. 이 물음에 대한 이인화 대답은 그들의 도덕적 타락에 그 핵심이 있다. 심지어 일본 제국주의의 식민지 지배에 대한 그의 정치·경제적인 인식은 도덕적인 층위에서의 우열의 문제로 치환되기까지 한다. 예컨대 식민지 조선의 축도인 부산 시가지가 왜색화되어가는 것은 '어떠한 세력에 밀리기 때문'이지만, '자기가 착실치 못하거나 자제력과 인내력이 없어서 깝살리고 마'는 '까불리는 백성'의 '민족적 타락' 때문이라는 것이 이인화의 판단인 것이다.

그렇기 때문에 식민지 군상들은 '그 불쌍한 흰옷'에서 '그'라는 언표가

나타내듯이 이인화에게 차이화의 대상이자 연민의 대상일 따름이다. 이
인화는 식민지 군상과 결코 정서적으로 동일화될 수 없는 존재인 것이
다. 그는 여행 과정에서 발견한 이들 식민지민의 생활상을 "공포(恐怖),
경계(警戒), 미봉(彌縫), 가식(假飾), 굴복(屈服), 도회(韜晦), 비굴(卑屈) (…중
략…) 이러한 모든 것에 숨어 사는 것이 조선 사람의 가장 유리한 생활
방도요, 현명한 처세술"로 일반화하고 있으며, 여행의 목적지에 다다라
서는 '조선'과 그 안의 '조선인'의 모습 일체를 '구더기가 들끓는 무덤'에
견주게 된다. 그에게 조선과 조선인의 생활상은 '진화론적 조건과 자연
도태' 법칙에 따라서 '구더기가 낱낱이 해체되어 원소가 되듯' 망해버려
야 할 대상인 것이다. 이인화의 시선에 포착된 조선인들의 이러한 표상
은 일본 제국주의자들이 식민지 지배의 정당화를 위해 인종적 편견에 따
라 고안한 조선인의 이미지와 중첩되고 있음은 물론이다.[13]

그렇다면 이인화가 조선의 '민족적 타락'을 어떻게 해결하려 하였는가
하는 것이 문제로 부상할 수밖에 없다. 아래의 인용문은 이 물음에 대한
해결의 실마리를 제공한다.

이제 구주의 천지는 그 참담하든 도륙도 종언을 고하고 휴전조약이 완
전히 성립되지 않았습니까? 구주의 천지, 비단 구주 천지뿐이리요, 전 세
계에 신생의 서광이 가득하여졌습니다. 만일 전체의 「알파」와 「오메가」
가 개체에 있다할 수 있다면 신생이라는 영광스런 사실은 개인에게서 출

---

13) 예컨대 일본의 대표적인 오리엔탈리스트 후쿠자와 유키치는 자신의 시사적인 평론에서
조선인을 다음과 같이 표상한 바 있다. 즉 그는 조선에 대한 이미지를 '완고하고 고루
함', '고루하고 편협함', '의심 많음', '구태의연' '겁 많고 게으름', '잔혹하고 염치없음',
'거만', '비굴', '참혹', '잔인' 등으로 분석했다. "이러한 아시아와 서구의 '존재론적, 인
식론적인 구별에 기초를 둔 사고양식'은 아시아에서 '문명의 우두머리가 된' 일본과 '미
개'의 '고루한 인접 국가'인 중국이나 한국과의 경계를 고정된 것으로 만들고 결국 스스
로 대표할 수 없는 아시아를 대신해서 그들을 대표해야 한다는 도착된 자부심(식민지
지배의 '문화적 사명')을 강화하게 된 것이다." 강상중, 『오리엔탈리즘을 넘어서』, 89쪽.

발하여 개인에게 종결하는 것이 아니겠습니까. 그러면 우리는 무엇보다
도 새로운 생명이 약동하는 환희를 얻을 때까지 우리의 생활을 광명과
정도로 인도하십시다.14)

인용문은 아내의 장례를 치른 뒤 정자에게 보낸 편지글의 일부이다.
여기에서 그는 정자와의 관계를 비롯하여 자신을 구속하고 있던 가족 관
계에서 벗어나 새로운 길을 모색하려는 의지를 드러내고 있다. 그러한
그의 지향점은 개인주의에 토대를 둔 '신생이라는 영광스러운 사실'을
따르는 데 있다. 그가 지향하는 '신생의 서광'이란 '구주' 대전 이후, '세
계', '개조' 등의 세계사적 흐름을 가리키는데, 그것은 다이쇼[大正] 데모
크라시의 보편주의적 '동일성' 담론의 산물이기도 하다. 이처럼 이인화
의 사고방식이 이러한 담론에 제약되고 있다는 점에서 식민지 현실의 모
순을 극복하고 '민족적 타락'을 해결하기 위해 그가 제시한 길은 보편주
의적 성격을 띤 것이라 할 수 있다.15) 이러한 의미에서 『만세전』은 추상
적인 차원에서 논의되었던 '보편주의'적 근대를 향한 동일화를 욕망하는
서사라고 할 수 있는 것이다.

---

14) 염상섭, 앞의 책, 105-106쪽.

15) 대정기의 문화적·사회적 담론의 특징은 구체적인 갈등과 모순의 장을 간과하고 차이를
소멸시키는 '보편성', '추상성', '대행성'으로 요약된다. '자연주의', '민주주의', '문화주의',
'인격주의', '철저한 개인주의', '사회주의', '무정부주의' 등은 이러한 성격을 지닌 논의들
이었고, 동일한 맥락에서 '민중적 경향', '데모크라시', '개조', '해방', '생명', '미' 등의 표
어가 만개한 시기이기도 하였다. 蓮實重彦, 「大正的 言說と.批評」, 柄谷行人 編, 『近代日
本の批評III-明治·大正篇』, 講談社, 1998, 146-176쪽 참조. 이인화의 사고 방식이 대정
기의 보편적 가치를 향한 신앙과 긴밀한 상관성을 가졌다는 징후를 『만세전』과 비슷한
시기에 발표된 염상섭의 평문에서 찾아볼 수 있다. 가령, 앞에서 언급한 바 있는 '조선
노동자 이출'의 문제에 대하여 자신의 견해를 밝힌 시사적인 평론, 「신사현(新寫縣)사건
에 감(鑑)하여 이출노동자에 대한 응급책」은 당시 '인격주의'를 주창한 대정 데모크라시
의 대표적인 이론가 요시노 사쿠조[吉野作造]에게 영향을 받고 쓴 글이다.

2. 식민 제국 일본에 대한 차이화의 서사 :『삼대』

(1) 식민지 사회, 그 상징으로서의 '가족'

『삼대』는 서울의 중산 계층인 조덕기 일가의 운명을 서사의 골격으로 하고 있다. 그러나『삼대』는 조덕기 일가의 운명적인 몰락을 문제화하면서도, 다른 한편으로는 김병화를 중심으로 한 사회주의자들의 지하 정치 활동을 서사의 또 다른 축으로 설정하고 있다. 이처럼 식민지 현실의 정치적 지형을 환기시키는 실제 사건들을 소설적 허구 안에 끌어들이는 정치적 인유(allusion)의 서사전략을 구사함으로써『삼대』는 시대적 긴장감을 확보하고 있다. 이런 점에서『삼대』는 한 가족의 운명과 사회주의자들의 정치 활동이라는 상이한 서사의 중첩을 통하여 식민지 정치 현실에 대한 총제적인 밑그림을 제시하는 데 서사적 기획의 근원성이 있다고 추론할 수 있다.16)

이와 같은『삼대』의 서사적 기획은 1927년 가을부터 그 이듬해 1월까지를 서술시간17)으로 하여 재산 분배를 둘러싼 조덕기 일가 구성원들

---

16) 염상섭은『삼대』의 집필 의도에 대하여, "삼대가 사는 중산계급의 한 가정을 그려보랴 합니다. 한 집안에서 살건마는 삼대의 호흡하는 공기는 다릅니다. 즉 같은 시대에 살면서도 세 가지 시대를 대표합니다. 또한 종래의 작품에 나타난 뚜렷한 사건은 유심적 신구사상·신구도덕의 충돌이었으나 시대의 진전을 따라서 유심적 경향에서 유물적 경향으로 옮겨가서 단순한 도덕문제라든지 가족제도의 구습관 파기라는 부분적 노력에서 한 걸음 더 나가서 사회적 의식이 깊어 간 데에 같은 신구충돌에도 그 뜻이 새롭습니다. 필자는 그 새로운 뜻을 뼈로 삼고 조선의 현실 사회의 움직이는 모양을 피로하고 중산계급의 살림과 그들의 생각을 살로 붙여서 그리려는 것이 이 소설입니다."(염상섭,「작자의 말」, ≪조선일보≫, 1930.12.27)라고 밝히고 있다.

17)『삼대』의 서술시간을 이처럼 설정하는 것에 대하여 '사실주의적 기율'의 문제를 근거로 들어 좀 더 내려잡는 견해도 있다.『삼대』에서 '제2차 공산당' 사건 이외에, 당시의 시간적인 배경을 환기시키는 소재, 즉 '쌀값 폭락'(1929), 조선어자전 편찬 사업의 시작(1929) 등을 근거로 들어 이러한 실제의 사건들이 행해진 시간을 종합해 볼 때『삼대』의 서술시간은 1928년 겨울 이후로 설정해야 한다는 견해가 그것이다.(유문선,「식민지시대

간의 암투라는 일상적인 삶의 양상을 매개로 구체화된다. 그런 가운데 조-부-손으로 이어지는 조덕기 집안 인물 관계에서 빚어지는 세대 간 갈등과, 조덕기, 김병화, 홍경애, 이필순 등의 활동을 매개로 한 동일 세대 인물들 간의 이념적 갈등을 서로 교차시킴으로써, 시대의 변화상을 가족 관계를 매개로 한 공시적인 평면 위에 응축하여 제시하고 있다. 이런 점에서 조덕기 일가를 중심으로 맺어진 이들 인물들의 관계는 식민지 현실의 모순을 매개하고 그것을 비추는 '사회적 상징'으로서의 의미를 갖는다고 할 수 있다. 요컨대 조덕기 일가를 중심으로 한 가족 관계 자체는 식민지 현실의 축소판이라 할 수 있으며, 상호 양립할 수 없는 다양한 가치들이 충돌하는 장 그 자체를 상징하는 것이다.

이런 맥락에서 무엇보다 주목해 보아야 할 사실은 『삼대』의 서사에서 문제화하고 있는 조덕기 일가의 운명적인 몰락이 사회주의자 김병화의 시각에서 조명되고 있다는 점이다. 즉 조덕기 집안의 몰락을 예기하는 『삼대』 서사의 인식론적인 지평이 사회주의 이념에 의해 매개되어 있는 특징을 보이고 있는 것이다.

  "자네 댁도 인제는 십구세기에서 넘어서서 이십세기로 들어오게 되네 그려?" (…중략…) "자네 조부만으로는 의의가 없을지 모르지만 확대경 아해 놓고 보면 그야 물론 시대적으로나 사회적으로나 의의가 있지 않은

───────────

대지주계급의 삶과 역사적 운명」,『민족문학사연구』 1, 창작과비평사, 1991) 세밀한 독법에 근거하여 실증적으로 접근하였다는 점에서 참신한 견해이지만, 이들 소재들이 '제2차 공산당' 사건만큼, 『삼대』의 서사에서 중요한 기능을 하지 않는다는 점, 그리고 작가가 창작의 과정에서 범할 수 있는 착오의 개연성이 있을 수 있다는 점, 더욱이 염상섭에게 있어서 정치적인 인유가 작품을 해석하는 서사적 장치로서 중요한 기능을 한다는 점 등을 감안할 때, 『삼대』의 서술시간은 1927년 가을에서 1928년 봄으로 보는 것이 합리적이라 할 수 있다. 이러한 사실은 다음 장에서 살펴보겠지만 『삼대』의 연작 『무화과』가 정치적 인유로 제시하는 '만주사변'(1931)이 발발한 직후를 시간적 배경으로 하고 있는데, 이 작품에서 김병화의 다른 이름 김동국이 4년 간 복역 후 상해로 떠났다는 정황을 볼 때도 1927년으로 보는 것이 타당하리라 생각된다.

가. 가령 말하면 손가락으로 코를 푸는 것만 보더라도 지금 이 연대에는 사십 이상 사람에게 아직 남은 습관이 십 년 이십 년이 지난 뒤에 가서는 육칠십 먹은 사람....즉 지금의 사오십 된 사람이나 그런 행습을 그저 가지고 있을 것이 아닌가. 그런 조그만 행습 하나에도 시대적 의의가 있는데 자네 댁 같은 명문거족의 가정현상이 어째 사회적, 또 시대적 반영이 아닐 수 있나. 나는 자네 가정을 흥미있는 연구재료로 보고 있네."[18]

인용문은 '비소중독'으로 조의관의 죽음이 임박한 시점에서 '흥미 있는 연구의 재료'인 '명문거족의 가정현상'이 김병화의 시각에서 포착되고 있다는 사실을 보여준다. 여기에서 '명문거족의 가족현상'이란 『삼대』 서사에서 초점이 되고 있는 조덕기 일가의 '난가성(亂家性)', 즉 가족 구성원들 간의 반목과 갈등을 가리키는데, 바로 이 조덕기 일가의 '난가성'을 문제화하는 과정에서 『삼대』의 서사는 서로 대립하는 가치 체계의 갈등을 드러내고 있는 것이다. '제사' 문제를 둘러싸고 벌어지는 조의관과 조상훈의 대립이 직접적인 계기가 되어 촉발된 갈등은 가족 구성원 전체로 확산되는 양상을 띠는데, 이러한 갈등의 배면에 실질적인 가권을 쥐고 있는 조의관의 재산 분배를 둘러싸고 벌어지는 가족 구성원 간의 심리적인 암투가 깔려 있다. 이러한 가족들 간의 암투는 급기야 '비소중독' 사건으로 조의관의 죽음을 재촉하는 계기가 되고, 바로 그 시점에서부터 전면화되기에 이른다. 이런 점에서 조씨 집안은 돈을 획득하기 위한 각축장이라 할 만한데, 문제는 이러한 가족 간의 갈등과 반목의 이면에 이념적 대립이 놓여 있다는 사실이다.

우선 주목해 보아야 할 것이 조의관과 조상훈 사이의 대립이다. 이들 부자간의 충돌과 대립이 '난가'의 직접적인 원인이 되고 있을 뿐만 아니라 재산 분배를 둘러싸고 각축을 벌이는 가족 구성원들 간 반목과 대립

---

18) 염상섭, 『삼대』, 두산동아, 345-346쪽.

을 초래하는 근본적인 원인이기도 한 때문이다.

조의관의 삶이 지향하는 가치는 '사당'과 '금고열쇠'로 표상된다. 그에게 이 이상의 가치란 존재하지 않는다. 『삼대』 서사에서 그려지는 그의 모든 행위는 '사당'과 '금고열쇠'가 표상하는 가치에 의해 결정된다. 작가가 요약적으로 제시하고 있는, 이른바 '세 가지의 오입'이란 비유적 표현은 이와 같은 조의관의 가치관을 단적으로 드러내 준다.

> 조의관에게는 평생의 오입이 세 가지 있다. 하나는 을사조약 한창 통에 그때 돈 이만 냥, 지금 돈으로 사백 원을 내놓고 사십여 세에 옥관자를 붙인 것이니 차함은 차함이로되 오늘날의 조의관이란 택호(宅號)가 아주 터무니없는 것이 아니요, 또 하나는 육 년 전에 상배하고 수원집을 들여앉힌 것이니 돈은 여간 이만 냥으로 언론이 아니나 그 대신 귀순이를 낳고 또 여든다섯에 죽을 때는 열다섯 먹은 아들을 두게 될지 모르는 터인즉 그다지 비싼 오입이 아니나, 맨 나중으로 하는 오입이 이번 이 대동보소를 맡은 것인데 이번에는 좀 단단히 걸려서 이만 냥의 열곱 이십만 냥이나 쓴 것이다. 그것도 어엿이 자기 집 자기 종파의 족보를 꾸민다면야 설혹 지금 시대에 역행하는 일이라 하더라도 덮어놓고 오입이라고 하여서는 말이 아니요 인사가 아니겠지만 상훈이로 보아서는 대동보소라는 것부터 굳이 반대는 안 한다 하여도 그리 긴할 것이 없는데 게다가 ××씨의 족보에 한몫 비집고 끼려고―덤붙이가 되려고 사천 원 탬이나 생돈을 내놓는다는 것은 적어도 오입 비슷한 일이라고 생각하는 것이었다.[19]

물론 여기에서 설명되는 조의관의 사고방식이 철저한 의미에서 유교적 이념을 표상하는 것은 아니다. 본래 유교 이념은 국가와 가족 모두에 있어서 공히 가부장적인 위계적 권력 관계를 규정한다. 그러나 조의관에

---

19) 위의 책, 105-106쪽.

게 가족의 확대로서의 국가라든지 민족이란 관념은 존재하지 않는다. 그에게 유일한 가치는, '오입'이라는 성적 메타포가 암시하듯이, 오직 일 가문의 씨족적인 번영일 뿐이다. 나이 칠십에 들어선 그가 여전히 아들 볼 욕심을 버리지 않고 있다는 사실이 이를 잘 말해준다. 그래서『삼대』의 서사에서 그가 보여주는 행위란 주변을 에워싸고 있는 방계 가족들과 더불어 조상의 산소 주변을 '치산'한다거나 '서원'을 짓는 일을 도모하는 것이 고작이다.

조의관이 비록 구시대적인 인물이기는 하지만,『삼대』의 서사에서 그의 역할과 위상은 죽음을 맞이하기 전까지 조금도 변하지 않는다. 즉 그는 현실적인 힘의 소유자이다. 물론 작품 말미에서 암시되고 있듯이, 그가 현실적인 힘을 유지할 수 있었던 까닭은 일경(日警) 고등계 과장과 '돈'을 매개로 하여 맺은 친분 관계에 있다. 그런 점에서 조의관은 현실을 지배할 수 있는 권력을 지닌 집단의 비유 형상이라고 할 수 있다. 그의 이 같은 현실 지배력은 '금고'의 힘에 근거한 것이다. 물론 '금고'가 갖는 힘이란 그의 또 다른 일면에서 나온 것이다. "후반생을 산가지와 주판으로 늙은" 그는, '산가지와 주판'이라는 기호가 나타내 주듯, 계산적 합리성의 소유자이다. 막스 베버에 따르면, 계산적 합리성이야말로 근대적인 사고방식을 특징짓는다. 그렇게 보면, 조의관이 자신의 가족을 번영시킬 수 있었던 것은 철저한 계산적 합리성에 바탕을 둔 사고와 실천 때문이다.

> 영감은 아들의 말이 옳다고는 생각하였으나 실상 그 삼사천 원이란 돈이 족보 박는 데 직접으로 들어간 것이 아니라 XX 조씨로 무후(無後)한 집의 계통을 이어서 일문일족에 끼려 한즉 군식구가 늘면 양반의 진국이 묽어질까 보아 반대를 하는 축들이 많으니까 그 입을 씻기 위하여 쓴 것이다. 그러기 때문에 마치 난봉자식이 난봉 핀 돈 액수를 줄이듯이 이

영감도 실상은 한 천 원 썼다고 하는 것이다. 중간의 협잡배는 이런 약
점을 노리고 울궈 쓰는 것이지만 이 영감으로서는 성한 돈 가지고 이런
병신구실 해보기는 처음이다.[20]

그는 자신의 삶이 지향하는 가치관과 일견 모순되는 근대적인 사고방
식인 계산적 합리성을 동시에 체현하고 있는 비유 형상이라 할 수 있다.
그러나 조의관에게 있어서 '돈'이란 전근대적인 사고방식, 즉 씨족적 차
원에서 이루어진 일문의 번영을 표상하는 기호인 '사당'에 대해 종속적
인 의미를 가질 수밖에 없다. 돈을 향한 그의 열정은, '오입'이라는 성적
인 비유가 암시하는 것처럼, 사당을 지키기 위한 목적에서 비롯된 것이
기 때문이다.[21]

이런 맥락에서 조의관의 가치관을 표상하는 '사당'과 '금고'는 국가가
부재한 식민지 상황에서 각각 구시대적 가치 체계들이 새로운 시대의 가
치 체계를 나타내며, 바로 이런 가치 체계가 조의관의 형상 속에 절묘하
게 결합되어 있는 것이다. 그리고 돈을 매개로 하여 현실적인 권력의 소

---

20) 위의 책, 111쪽.
21) 여기에서 '돈'을 향한 조의관의 태도에 주목해 볼 필요가 있다. 막스 베버의 논리에 따
르면, 사회심리학의 관점에서 '돈'을 축적하려는 욕동[drive]은 어떤 자연적이거나 보편
적인 인간적 충동[impulse]이 결코 아니다. 그것은 인간 정신의 역사적 재구축, 욕구 충
족의 지연 속에서 주체의 고통스러운 단련과 관련을 맺고 있는 역사적으로 독창적인 새
로운 인간의 습관이다. 즉 그러한 습관의 등장은 자본 축적의 첫 단계인 상업 자본주의
단계의 요구에 상응하여 이루어졌다. 이것은 제4부 1장에서 논의하게 될 『고향』의 주요
인물인 안승학이 보여주는 '돈'에 대한 태도와 흡사하다. 안승학에게 있어서 돈은 그 소
유 자체가 기쁨이며 욕망의 대상이다. 그런 의미에서 그는 발자크적 고리대금업자와 같
은 자본 축적을 위한 형상이라 할 수 있다. 그러나 안승학과 마찬가지로 식민지 지배 계
층의 비유 형상이라 할 수 있는 조의관이 보여주는 '돈'에 대한 태도는, '성적' 비유가
시사하듯이, 특정 대상과 밀착되어 있다. 그것이 곧 '사당'으로 표상되는 가치이다. 따라
서 조의관에게서 '돈'은 '사당'으로 표상되는 가치 체계가 사라지면 어떤 의미도 갖지
않는다. 그런 점에서 '돈'에 대한 조의관은 태도는 전(前) 자본주의적 관념을 보여준다고
할 수 있다.

유자란 점에서 조의관은 식민지 지배 계층의 비유 형상으로서 의미를 갖는다.

　이러한 조의관의 사고방식과 행위들은 조상훈에 의해 '오입 비슷한 일'로 지각되고 있다. 조상훈이 조의관의 행위와 사고방식을 '오입'이란 성적인 비유로 지각하는 것은 그것들을 비정상적인 것으로 받아들이고 있음을 뜻하고, 이는 곧 조상훈이 근대적 가치관의 소유자임을 말해주는 것이기도 하다. 물론 조의관의 의식을 지배하고 있는 '일문일족'의 번영이라는 가치관에서는 조의관의 행위가 결코 비정상적인 것일 수도 없을 뿐더러 오히려 자연스러운 것이라 할 수 있다. 그러나 "이삼십 년 전 시대의 신청년이 봉건사회를 뒷발길로 차버리고 나서려고 허비적거릴 때에 누구나 그리하였던 것과 같이", '젊은 지사'로 나섰던 조상훈에게 조의관의 행위들이 당연히 비정상적인 성적 거래, 즉 '오입'으로 비칠 수밖에 없다. 그는 개화기 세대 지식인의 전형적인 가치관을 표상하는 인물로 정치에의 길이 막히자 기독교와 신지식을 받아들여 사회 운동을 적극적으로 후원하고 교육 사업과 문명 보급에 앞장섰기 때문이다. 물론 홍경애와의 불륜 사건을 계기로 놀음, 축첩 등의 행위를 일삼는 등, 현재는 파락호로 전락해 있기는 하지만, 근대적 가치관의 소유자인 그에게 양반을 돈 주고 사는 일이란 일종의 굴욕일 수밖에 없는 것이어서 부친 조의관의 행위에 대하여 보이는 그의 반응은 자연스러운 것이라 할 수 있다. 이런 점에서 조상훈은 외적인 상황의 압력으로 인해 정치에 참여할 기회가 가로막힌 개화기 세대를 표상하는 비유 형상이라 할 수 있다.

　한편, 조부와 부친 간의 갈등 및 충돌의 와중에 놓인 조덕기는 이 둘 사이를 조정하는 위치에 서 있지 못하다. '누구의 편은 더 들고 누구의 편은 덜 드는 것이 아닌', 그야말로 조부와 부친의 가치관으로부터 일정한 거리를 유지할 뿐이다. 그에게 있어서 조부의 삶의 양식은 '고루한 사상'이 '마지막 개가의 승리를' 울리고 있는 것으로 지각될 뿐이다. 마찬가지로 부친인 조상훈이 보여주는 사상과 행위의 불일치, 즉 '위선적 이중생활'과 '이중성격'은 조덕기에게 정치적 활로가 두색당한 자의 억압된 리비도가 왜곡되어 분출된 것으로 지각될 뿐이다.

> 이번에 덕기가 돌아와서 부친과 병화의 이야기를 하다가 사회사상 문제와 실제 운동 문제에까지 화제가 돌아갔을 때, 덕기가 부친에게 종교를 내던지라고 하니까 부친은 이와 같은 대답을 하였던 것이다. 덕기는 부친의 이러한 의견에 반대하고 싶지 않은 것은 아니었으나, 역시 구습상 부친에게 반대할 수도 없고 또 제 주제에 길게 논란할 수도 없는 터이어서 그만두었다. 그뿐 아니라 부친이 생각하였던 것보다는 현대 사상 경향이나 사회현상에 대하여 아주 어둡고 무관심한 것이 아닌 것을 발견한 것이 반갑기도 하고, 부자간의 이런 토론은 처음이었으나 그로 말미암아 부친과 자기 사이가 좀 가까워진 것 같은 기쁜 생각이 들어서 그대로 웃고만 말았지만, 어쨌든 부친은 봉건시대에서 지금 시대로 건너오는 외나무다리의 중턱에 선 것 같다고 생각하였다. 마침 집안에서도 조부와 덕기 자신의 중간에 끼어서 조부편이 될 수도 없고 아들이 덕기 자신의 편도 못 되는 것과 같은 어지중간에 선 사람이라고 새삼스레이 생각하였다. 따라서 그만치 사회적으로나 가정적으로나 또는 자기의 사상 내용으로나 가장 불안정한 한 번민기에 있는 처지인 것이 사실이다.[22]

이와 같이 조의관과 조상훈에 대한 거리두기가 가능한 것은 무엇보다도 조덕기가 시대의 흐름에 대하여 민감하게 반응하는 청년이기 때문이다. 그는 "밥 걱정 없는 집안에 자라나서 구차살이란 어떠한 것인지 딴 세상 일 같지마는 그래도 워낙 판이 곱고 다감한 성질이니만큼 진순한 청년다운 감격성과 정열을 가"졌으며, "세상의 못된 물이 들지 않고 지

---

22) 위의 책, 46쪽.

각도 들 만큼" 든 20세의 동도삼고에 재학 중인 '지식 인텔리' 청년이다. 그가 시대에 민감하게 반응하는 성격의 소유자라는 사실은 여러 인물의 시점을 매개로 조명된다. 가령, 『삼대』 서사의 중요한 한 축을 형성하는 '공산당사건'과 관련하여 금천 형사가 경도에 연락하여 알아낸 정보, 즉 "덕기의 하숙에 두고 나온 책장에 마르크스와 레닌에 관한 저서가 유난히 많다는 점"이라든지, 서사의 초입부에서 일본인 주부의 눈에 비친 덕기의 모습이 "부잣집 귀둥아기로만 자라난 모던 보이 같지 않"을 뿐더러 오히려 "새로운 생각을 가지고 사회비평이나 정치비평을 도도히" 하는 일본인 오정자와 동일시되고 있다는 점 등은 조덕기가 시대에 민감히 반응하는 성격의 소유자란 사실을 뒷받침해 주는 사실들이다. 그러나 조덕기가 시대 의식에 민감하다는 것을 단적으로 보여주는 것은 자신의 사회적 위치 및 계급적 운명에 대한 강박 관념이다. 조덕기가 부친의 '이중성격'에 대하여 거리를 두면서도 동정심을 보이는 것은 자신의 계급적 운명에 대한 자의식에서 비롯된 것이다. 또한 자신과 부친의 운명을 '유산계급' 전체의 운명으로 일반화시키고 있는 것도 그만큼 계급적 운명에 대한 그의 강박 관념을 나타내는 것이라 할 수 있다.

그렇다면 문제는 이와 같은 조덕기의 강박 관념이 어디에서 비롯되었는가 하는 데에 있을 것이다. 그것은 바로 자기와 동세대의 인물 김병화와의 관계로부터 비롯된 것이다. 즉 '현대인'의 표상으로 새로운 시대의 이념적 가치를 체현하고 있는 사회주의자의 표상, 김병화의 존재가 그의 자의식 한자리에 자리하고 있는 데서 조덕기의 강박 관념이 발생한 것이다. 그런 점에서 병화 또한 조의관이나 조상훈과 마찬가지로 이념의 화신일 뿐이다. 그가 지향하는 이념적 가치는 '새로운 신앙'과 '빵을 위한 싸움'으로 표상된다. 이러한 점에서 『삼대』를 시작하는 장이 '두 친구'라는 사실은 매우 의미심장하다. 이 둘은 서사의 종결까지 끊임없이 상대를 의식하면서 대화적인 관계를 유지하고 있기 때문이다. 물론 이 둘의 관계에서 인식론적으로 우위에 놓인 인물은 김병화이다.

　　만일 사람에게는 빵만이 아니라면 봉건적 유폐의 마지막 희생이라고
　나 볼 것일세. 오는 시대의 여성은 결코 결혼을 잘못 했다거나 실연을
　했다고 자살하지 않네. 제 갈 길을 뚫어 나갈 것일세. 사람은 빵만이 아
　니라 하지만 빵이 없을 때 사람은 대담하여지네, 용감하여지네. 지금의
　중산계급더러 몰락하라고 하는 것은 결코 아니나 자연지세로 몰락하는
　날 그들은 생활난으로 자살할지는 몰라도 그런 제이타쿠한 조건이나 생
　각으로 자살하지도 않을 것이요, 또 그때에는 봉건적 유물도 불살라 버
　리게 될 것일세……그러나 누가 뒤처져 남을 건가? 자네인가? 나인가? 자
　네보다는 나일세. 자네는 자네 조부나 춘부보다 시대적으로나 의식으로
　나에게 가까운 것을 아네마는 그래도 지금의 자네대로서는 나와 함께 숨
　을 쉬기는 어렵다는 것일세. 그런데 내가 뒤처져 산다는 말은 내 목숨을
　가리켜서 한 말이 아닐세. 따라서 내가 관상쟁이가 아닌 다음에야 자네
　가 와석종신을 못 하리라고 예언을 하는 것도 아무것도 아닐세. 내가 산
　다는 것은 내가 가진 사상이 산다는 말이요, 내가 가진 소위 이데올로기
　가 산다는 말일세. 물론 지금의 내 사상이나 이데올로기가 영원성을 가
　진 고정한 것이 아닌 것은 나도 모르는 것은 아니나 더 새롭고 더 안정
　한 인류생활로 나가는 큰 계단으로서 가치가 있음을 의심하는 자네와 및
　자네의 동류는 뒷발길로 걷어차고 시대는 앞으로 나가는 것일세. 내가
　시대를 앞으로 끄는 것일까? 아닐세! 그것은 자네가 시대의 꼬리를 뒤에
　서 잡아다닐 수 있다고 생각하듯이 망상일세. 나는 다만 시대에 끌려가
　는 시대의 동화자일 따름일세. 시대의 御者라고 생각하는 것도 건방진
　생각일세……그러나 그 땅문서까지 대수롭지 않게 될 날이 올 걸세. 자네
　에게는 시대에 대한 민감과 양심이 있는 것을 내가 잘 아니까 말일세.
　자네 부친-그이는 자네 조부에게는 기독교도로서 이단이었지마는, 자네
　에게는 시대의식으로서 이단일 것일세.23)

─────────────

23) 위의 책, 320-321쪽.

'시대가 시대니 만치' 친구 병화에게 '부르주아'라는 소리를 듣기 싫어하는 만큼, 조덕기가 시대적인 의식에 민감한 것도 이러한 김병화와 맺고 있는 일종의 대화적인 관계에서 비롯된 것이라 할 수 있다. 그리고 그가 조부와 부친 조상훈에 대하여 이념적 거리화가 가능했던 것도 병화와의 관계에서 비롯된 것이다. 앞서 언급했듯이, 연구의 대상으로서의 '명문가정의 현상'을 관찰하고 연구하는 자의 위치에 놓인 인물은 김병화와 같이 새 시대의 의식을 갖고 있는 인물이기 때문이다. 따라서『삼대』가 공공연하게 드러내고 있는 '중산층 몰락의 필연성'이라는 인식론적인 층위의 주제는 근본적인 의미에서 사회주의자 김병화에 의해 매개된 조덕기의 강박 관념을 표현한 것이라 하겠다. 서사의 종결부에서 '운명에의 지배'의 반복적인 표명은 이를 뒷받침해 주는 단적인 예이다. 이러한 점에서『삼대』의 서사적 원근법은 사회주의자 김병화에게 열려있다고 할 수 있다. 그렇다고 하더라도 사회주의자에 대한 작가의 태도가 양가적이라는 사실을 간과해서는 안 된다. 이러한 양가성 또는 모순 및 불일치는『삼대』서사의 정서적 구조의 층위에서 발원하는 서사적 욕망의 흔적을 드러내는 징후라고 할 수 있기 때문이다.

(2) 종족적 민족주의와 민족적 동일성 회복의 욕망

『삼대』서사에서 주목해 보아야 할 모순 중 하나는 조덕기 가문으로 대표되는 중산 계층 몰락의 필연성이 사회주의자인 병화의 이념적 가치 체계를 매개로 하여 이루어지면서도, 사회주의 이념의 표상이라 할 수 있는 김병화와 그 주변의 동질적인 인물들이 긍정적으로만 서술되지 않는다는 사실이다. 이와 같은 서사적 불일치 또는 모순은『삼대』가 정서적 구조의 층위에서 다른 지향성을 함축하고 있다는 것을 나타내는 징후라 할 수 있다. 우선 이런 불일치가 『삼대』의 서사적 종결이 두 개의 차원에서 이루어진다는 사실과 밀접한 관련성을 갖는다는 점에 주목해 보아야 한다.

(1) 그러면서도 덕기는 자기 부친이 경애 부친의 장사를 지내 주던 생각을 하며 자기네들도 그와 같은 운명에 지배되는가 하는 이상한 생각이 들었다. (…중략…)

(2) 시체를 침대차로 옮겨 오니 안면 있는 형사들이 호위하듯이 따라왔다. 병원에서 미리 약속이 있어서 기별을 해준 모양 같다. 덕기가 경찰부 소식을 물으니까 부친의 사건과 서조모들의 사건은 불원간 검사국으로 넘어가게 되겠지만 김병화 사건은 폭탄의 출처 때문에 아직도 끌리라는 말눈치였다. 폭탄은 실험해 본 결과 놀랄 만한 위력을 가진 것인데 외국에서 들어온 것 같지 않은 특수성을 띤 것이 더욱 의문이라 한다.[24]

『삼대』의 서사 종결은 (1)처럼 조덕기 가문의 몰락을 필연적인 '운명'으로 받아들이는 덕기의 자의식을 드러내 보임과 동시에, (2)와 같이 공산당 조직 사건이 지속될 것임을 암시하는 두 개의 차원에서 이루어지고 있다. 후자의 사건이 김병화를 중심으로 하여 전개된 것임은 물론이다. 얼핏 보아 이러한 서사적 종결 양상은 조덕기의 '가족 공동체'와 산해진을 중심으로 맺어진 '정치적 공동체'의 몰락과 상승의 대조로 이해될 수도 있다.[25] 이런 해석은 '산해진'이라는 공동체를 꾸려나가는 중심인물

---

24) 위의 책, 539-540쪽.
25) 이보영과 김경수의 글이 이런 해석의 대표적인 논의들이다. 이들의 견해에 따르면, 『삼대』의 서사적 종결이 열려져 있는 것은 근본적으로 작가의 일본 제국주의에 대한 저항의식의 표출이다. 그리고 그 중심에 김병화를 중심으로 하는 사회주의자들의 활약상이 놓여 있다. 이런 해석은 "자기의 애국사상과 이에 따르는 모든 행동을 좌익에 동조하는 길로 돌려서, 독립운동을 잠행적으로 실천하는 길"이었다는 염상섭의 회고적 진술에 근거를 둔 것으로, 염상섭이 『삼대』에서 제시하는 사회주의자들의 활약상이 지니는 실제적인 의미는 민족주의라는 약호에 의해 재해석되어야 한다는 것이 이들 논의의 요체이

김병화에 대하여 작가의 평가가 긍정적이지 않다는 점, 조덕기와 김병화
가 서로 대화적 관계를 유지하지만 끝까지 둘 간의 이념적인 긴장 관계
가 해소되지 않는다는 점 등을 고려할 때, 타당성이 약화될 수 있다.

그렇다면『삼대』의 서사적 종결이 갖는 의미에 대하여 각도를 달리하
여 생각할 필요가 있다. 작가 염상섭의 서사적 기획대로 조덕기 집안으
로 표상되는 '중산 계층'의 운명적인 몰락을『삼대』가 문제화하고 있다
면,『삼대』의 서사가 보여주는 불일치와 모순은 몰락할 운명에 처한 계
급의 생존 가능성에 대한 욕망을 드러내는 징후로 평가할 수 있다. 이에
근거할 때,『삼대』의 서사적 종결이 갖는 궁극적인 의미는 몰락할 수밖
에 없는 운명에 처한 집단이 현실의 모순을 상상적으로 해결하려는 차원
에서 미래로 향해 열려진 집단에 자신들의 욕망을 투사한 것이라는 해석
이 가능하다. 이는 서사의 후반부에서 본격적으로 활동을 개시하는 '산
해진'이라는 공간이 갖는 상징성, 그리고 '산해진'의 활동에 소극적인 형
태로나마 참여하는 조덕기의 행위가 갖는 의미에 대한 해석을 통해 확인
할 수 있다.

이런 맥락에서『삼대』서사적 불일치를 낳는 권위적 서술자, 즉 작가
의 역할이 중요한 의미를 갖는다.『삼대』서사의 불일치가 근원적으로
권위적 서술자가 견지하고 있는 가치 규범에서 비롯된 것이기 때문이다.
『삼대』의 서사를 이끌어가는 작가는 일종의 규범의 권화로서의 위상을
갖고 있다.26) 인물에 대하여 다양한 시점에서 객관적으로 그리는 듯하면

다. 사회주의를 민족주의적 약호에 의해 해석해야 한다는 것은 타당하지만, 문제는 "잠
행적" 실천이라는 표현의 양가적 의미에 있다. 즉『삼대』가 드러내고자 한 정서적 구조
층위에서의 이념적 지향성이 무엇인가 하는 데 문제의 초점이 놓여 있기 때문에, 단순하
게 사회주의를 민족주의의 암호로 해석할 것이 아니라, 그러한 문제의식을 더욱 밀고 나
가 그 이면에 숨겨져 있는 이데올로기적 함축을 살펴『삼대』의 궁극적인 이념적 지향성
이 무엇인지를 밝히는 것이 중요하다.
26)『만세전』은 시점 소설의 성격을 지니고 있기 때문에 소설의 상황에 대한 독자의 판단은

서도, 『삼대』의 작가는 오히려 이를 통하여 은연중 독자에게 인물에 대한 가치 판단을 유도하는 역할을 하고 있는 것이다. 서사의 인식론적 구조의 층위에서 조덕기의 인물 설정[27]과 달리, 정서적 구조의 층위에서 『삼대』의 작가는 그를 통하여 새로운 주체 형성의 소망을 드러내고 있다. 이러한 작가의 규범적인 태도는 인물에 대한 서술의 배분, 선택성 등을 통하여 확인할 수 있는데, 이와 관련하여 『삼대』의 작가가 조상훈이 대표하는 개화 세력 및 김병화가 대표하는 사회주의 세력에 대하여 부정적인 인식을 보이고 있다는 사실에 주목할 필요가 있다.

우선 작가의 규범적인 태도는 『삼대』 서사의 인식론적 구조의 지평을 매개하는 사회주의 이념과 불일치를 드러낸다. 즉 사회주의적 가치를 표상하는 인물인 김병화에 대한 작가의 태도는 시종일관 부정적인데, 이 같은 태도는 다양한 인물들의 시점으로 간접화되어 반복적으로 강조되고 있다.

"자네는 투쟁의욕—이라느니보다도 습관적으로 굳어 버린 조그만 감정 속에 자네의 그 큰 몸집을 가두어 버리고 쇠를 채운 것이 나 보기에는 가엾으이. 의붓자식이나 계모시하에서 자라난 사람처럼 빙퉁그러진 것도 이유 없는 것이 아니요, 동정은 하네마는 그런 융통성 없는 조그만

'나'의 지각과 감각에 의해 제약된다. 반면, 『삼대』의 전지적 특권을 가진 서술자, 즉 내포 작가는 독자에게 인물을 적절하게 판단할 수 있는 기준을 제공하는 긍정적인 문화적 가치의 절대적인 권화의 의미를 갖는다. 이러한 시점의 차이가 갖는 의미에 대하여는 프레드릭 제임슨, 여홍상 외 역, 『변증법적 문학이론의 전개』, 창작과비평사, 1984, 348-352쪽 참조.

27) 서사의 인식론적 층위에서 조덕기는 경쟁적 이념을 표상하는 세력들 사이에 낀 채 자신이 귀속된 '유산 계급'의 필연적인 몰락이라는 운명 의식에 강박되어 있다. 그런 점에서 그는 이른바 '소멸하는 매개자'이다. 즉 그는 역사적 현실의 변화 속에서 상호 대립하는 두 개의 세력 또는 집단 사이를 매개하면서 변화가 완료되면 해소되어 사라질 인물이다. '소멸하는 매개자(vanishing mediator)' 개념에 대하여는, F. Jameson, *The Political Unconscious*, Cornell Uni., Press, 1980, p.172 참조.

투쟁 감정을 가지고 큰 그릇을 큰일을 경륜한다는 것은 나는 믿을 수 없네. 그건 고사하고 내게까지 그 소위 계급투쟁적 소감정으로 대하는 것이 옳은 일일까? 자네는 평범한 사교적 우의보다는 동지로의 우의−동지애를 구한다고 하데마는 그것이 그릇된 생각이 아니라 너무 곧이곧솔로만 나가기 때문에 공과 사를 구별치 못하는 것이 아닌가? 자네 가정에 대하여 반기를 들고 부자간 의절까지 한 것도 그런 편협한 감정 때문이지만 만일 자네가 기혼한 사람으로서 그 부인이 자네 일에 이해하는 정도로 내조만 하는 현부인있을지라도 동지가 아니라는 반감으로 이혼하였을 것이 아닌가? 동지애를 얻으면 거기에서 더한 행복은 없을지 모를 것이지만 그렇다고 사생애와 실제생활도 돌아보아야 할 것이 아닌가? 투쟁은 극복의 전(全)수단은 아닐세. 포용과 감화도 극복의 유산탄(榴散彈)만한 효과는 얻는 것일세. 투쟁은 전선적(全線的), 부대적(部隊的) 행동이라 하면 포용과 감화는 징병과 포로를 위한 수단일세. 포용과 감화도 투쟁만큼 적극적일세. 지금 자네는 자네 춘부(春府)께 대하여 당당한 포진을 하고 지구전을 하는 듯싶지만 나 보기에는 그 조그만 감정과 결벽과 장상(長上)에 대하여 어찌하는 수 없다는 단념으로 퇴각한 셈이 아닌가?[28)]

인용한 편지글은 조덕기가 김병화에게 보이는 반응을 압축적으로 요약해 주고 있다. 물론 조덕기는 자신에게는 없는 병화의 "굳건한 수난자의 정신"에 감격하여 나름대로 김병화에게 '유조한' 일을 모색한다. 바로 이런 이유로 소극적이나마 조덕기는 '산해진'이라는 공간에 대하여 그 구성원들이 보여주는 "우정"과 "동지애"에 감동을 받아 동조를 하게 된 것이다. 그러나 김병화에 대한 이와 같은 긍정적인 면모보다 더욱 부각되는 것은 그가 '융통성'이 없고, '공과 사'를 구별치 못하며, '포용과 감화'를 결여한 채, '습관적으로 굳어져 버린 투쟁 의욕'에 갇혔다는 부정적인 평가이다. 즉 작가는 김병화의 관념적 과격성이나 사물화된 인간

---

28) 염상섭, 앞의 책, 242-243쪽.

관을 은연중에 부각시키고 있는 것이다. 김병화에 대한 작가의 부정적인 태도는 다른 인물들의 시점을 통해서도 반복적으로 드러난다. 예컨대, 김병화는 애욕의 상대자인 홍경애에게 '헐렁개비'이자 '룸펜'으로 지각되고 있으며, 필순에게는 '잔칫집에 데리고 다녔으면 좋을 사람'으로 지각되고 있다. 더욱이 이러한 작가의 태도는 김병화와 계통은 다르지만 사상과 신념에 있어서 동질적인 집단이라 할 수 있는 장훈 패거리에 대한 서술에서도 동일하게 나타난다. 그들은 한결같이 '부랑자'와 '기분적 테러리스트'의 모습으로 제시되고 있는 것이다.

한편, 이와 같은 『삼대』 작가의 가치 개입은 개화기 세대의 가치관을 표상하는 인물인 조상훈에 대해서도 마찬가지로 나타난다. 조상훈은 재산 분배를 둘러싼 가족 간의 암투에서 중요한 축을 이루는 인물이다. 그는 홍경애와의 불륜 사건뿐만 아니라 일본 경찰에게 보이는 굴욕적인 태도, 마작 노름, 축첩 행위, 재산 탈취 음모 등 온갖 사건에 연루되어 있다. 그는 조의관의 가권이 아들 덕기에게로 넘어가자 음모를 꾸며 '문서 탈취 소동'을 벌이는 장본인이기도 하다. 이처럼 조상훈은 이러한 온갖 세속적인 사건에 연루되면서 도덕적 타락의 화신으로 부각되고 있다. 상훈의 부도덕성에 대한 의도적인 전경화 또한 다양한 인물의 시점을 통해 이루어지고 있다. 가령, 딸 덕희에게 조상훈의 행위는 '젊은이 망령'으로 지각되고 있으며, 문서 탈취 소동으로 경찰에 붙잡혀 취조를 받는 도중 아들과 대면한 자리에서 그는 일본인 형사 금천에게서 다음과 같이 극단적인 비난을 받는다.[29]

---

29) 흥미로운 점 하나는 해방 후의 개작본에서는 김병화를 비롯한 사회주의자들에 대한 부정적인 태도는 일관되게 유지되는 반면, 조상훈에 대한 부정적인 평가는 상당히 약화되고 있다는 사실이다. 이것은 해방 후의 정치적인 맥락, 즉 좌우 이데올로기 대립이 격화되는 맥락을 고려할 때, 흥미로운 결과를 낳을 수 있는 실마리가 된다. 왜냐하면 『삼대』의 연작 『무화과』에서도 조상훈의 분신인 이정모는 아편 중독에 빠질 만큼 극단적인 타

"나 같은 젊은 놈이 난봉을 피운다면 욕을 하면서도 그래도 마음 잡을 날이 있거니 하고 용서도 하겠지만, 이거야 늦게 배운 도적놈이 날 새는 줄 모른다고 어디 영감 생전에 마음 잡을 날 있겠소? 여든을 먹어도 이 모양이면야 얼른 죽는 게 자손을 위하고 사회를 위하여 다행한 일이 아니겠소?.....조선이 오늘날 왜 이렇게 되었소? 모두 당신 같은 늙은이 때문이 아니오? 그 큰일났소! 난 이 덕기 군이 가엾소...."[30]

이처럼 『삼대』의 규범적 작가는 다양한 인물의 시점을 통한 전략적인 개입을 행함으로써 김병화로 표상되는 사회주의자 및 조상훈으로 표상되는 개화 세대에 대하여 부정적인 의식을 은연중에 전경화하고 있다. 이 두 개의 이념적 표상에 대한 부정적인 전경화를 통해서 부각되는 것이 바로 조덕기의 절대화된 윤리관이다. 이러한 점에서 작가의 규범적인 태도는 덕기의 그것과 일치하는 바가 많다고 할 수 있는데, 조덕기 가족의 '이용'의 논리와 대조적으로 김병화가 강조하는 '우정'과 '동지애'라는 가치는 사회주의자들의 가치를 표상하는 것이라기보다는 덕기 집안의 '난가성'에 결여된 것을 나타내는 의미소라 할 수 있다.

"타협? 자네 따위의 하염직한 소릴세!" 하고 병화는 코웃음을 친다. "요컨대 아버지와 타협이 아니라 밥하고 타협하고 밥을 옹호하는 부르주아의 파수병정하고 타협을 하라는 말이지?" "부자간에 그런 이론을 세워서 담을 쌓는다는 게 말이 되는 수작인가? 타협이 아니라 이용으로 생각하면 어떤가?" "그러면 부자간에 이용이란 말은 되는 말인가? 하여간에 자기의 직업적 신앙에 따라오지 않고 입내를 내지 않는다고 내쫓는 부모면야 자식이 부모의 소유물이나 노예가 아닌 이상, 자식도 제 생활이 있는 이상 어찌하는 수 없지 않은가?" 병화는 취기와 함께 점점 열변이 되어간다. "이용이라는 말은 자네 부친을 이용하라는 말이 아닐세. 자네 말

락상을 보이는 인물로 다시 부상하기 때문이다.
30) 위의 책, 533쪽.

마따나 밥을 옹호하는 부르주아의 파수병정을 이용하는 것은 해로울 게 없다는 말일세....그는 하여간에 부자간 윤리라는 것이야 어찌하는 수 없지 않은가? 거기에는 타협이니 이용이니 하는 문제가 애초에 붙을 리가 있나!" (…중략…) "정말 우정에는 이용이란 것이 없는 걸세. 더구나 동지애면야...." 병화는 무슨 생각에 팔려 앉았다가 한마디 내놓는다. "소위 동지애—동지의 우정이란 점으로는 자네게 불만일지 모르네. 그러나 어쨌든 자네만이 괴로운 것은 아닐세....." 덕기는 침울한 표정이었다.

『삼대』에서 가족이 사회적 상징의 의미를 지닌다고 볼 때, 조덕기는 시대를 비추는 거울이자 작가의 욕망을 드러내는 기능을 한다. 그렇다면 조덕기라는 인물의 장치를 통하여 부각되는 '의미소'들이 함축하는 바는 사회·역사적 맥락에서 재해석되어야 하는데, 그것은 '부자간 윤리'라는 표현이 말해주듯, 인륜의 절대화라고 요약할 수 있다. 이는 서사의 전개 과정에서 드러나는 조덕기의 행위와 사고의 여러 양상을 통해 확인할 수 있다. 가령, 부친 조상훈과 홍경애 사이에서 낳은 아이를 자신이 돌봐야 할 '한 핏줄'로 의식하는 것이 단적인 예라 하겠다.

이와 같이『삼대』는 김병화와 조상훈에 대하여 부정적 태도를 통하여 조덕기가 지향하는 가치를 부각시키고 있다. 사실 조덕기는 이들과 달리 특정 이념을 표상하는 인물은 아니다. 자신이 귀속된 '유산계급' 몰락의 필연성에 강박되어 그것을 비추어내는 '소멸하는 매개자'의 위상을 가질 뿐이다. 즉 그는 봉건적 가치관을 지닌 조의관, 개화기 세력의 가치관을 대표하는 조상훈, 사회주의적 가치관을 대표하는 김병화 등의 사이에 끼여 있는, 마치 이념적 공지(空地)와 같은 위치를 점하고 있는 인물이라 할 수 있다. 그러나『삼대』는 서술의 배분 및 선택성, 인물에 대한 태도 등을 통하여 간접화된 방식으로 작가가 지향하는 가치를 드러나고 있다. 그러한 작가가 지향하는 가치는 바로 이들 인물들 간의 관계 체계에서 확인할 수 있는데, 그것은 사회주의 세력과 개화세력에 대한 적극적인 부정을 통해 제시되는 절대화된 윤리관이었다. 조상훈과 김병화가 지향하는 이념적 가치 체계가 문화적 타자의 장에서 파생된 것이라는 점을 고려한다면, 작가가 조덕기를 매개로 절대화된 인류적 가치를 강조한 것은 『삼대』의 서사가 정서적 구초의 층위에서 혈연에 근거한 민족의 자기동일성 회복에 대한 욕망을 드러내고 있는 것이라 해석할 수 있다.

이런 맥락에서 볼 때 조덕기라는 인물 설정을 통하여 드러내고자 한 민족적 자기동일성 회복의 욕망은 조의관이 표상하는 이념적 가치와 일면 겹치는 부분이 있다. 조의관의 그것이 조상훈이 표상하는 개화 세력의 이념적 가치와 직접적인 대립 관계를 맺고 있기 때문이다. 그러나 이것만으로 조덕기가 지향하는 이념적 가치를 규정할 수는 없다. 이미 조덕기는 구시대적 인물의 전형인 조의관으로부터 이념적인 차원에서 거리를 두고 있기 때문이다. 만약 조의관과 조상훈 간의 대립 관계에 근거하여 조덕기의 이념적 지향을 추론할 경우, 조의관과 조덕기 간 이념적 가치의 차별성은 무화될 것이다. 여기에서 작가가 조덕기를 '소멸하는 매개자'로서 설정한 까닭을 환기할 필요가 있다. 그것은 궁극적으로 작가가 조덕기라는 인물 설정을 통하여 자신의 서사적 욕망을 미래를 향해 투사시켜 새로운 주체의 형성 가능성을 모색하고 있었던 것이라 할 수 있다. 이렇게 볼 때 봉건적인 가치관의 소유자인 조의관과의 차별성을 통하여 조덕기가 점하고 있는 그 이념적 공지의 내용이 채워질 수 있는 것이다. 그럴 경우 조덕기가 참여하게 된 '산해진'이라는 공간이 상징하는 것을 해석할 수 있는 단서를 얻을 수 있다.

조의관은 그가 죽기 전까지 현실의 지배권을 쥐고 있는 인물이었다. 물론 그가 현실적인 힘을 가질 수 있었던 것은 바로 '돈'의 힘에 근거한 것이었다. 바로 그 '돈'을 매개로 식민지 통치 세력과 유대관계를 맺을 수 있었기에 조의관은 현실의 힘을 소유할 수 있었던 것이다. 그런 점에서 돈의 있고 없음은 곧 권력의 유무와 상통한다. 조의관에게 있어 식민지 통치 세력과 맺는 유대성은 또한 일문의 씨족적 번영과 동궤에 놓여 있다. 바로 이러한 '돈'의 논리에 대한 태도에서 조덕기와 조의관은 동일성과 차별성을 보이게 된다.

> 결국 영감의 봉건사상이 마지막으로 승리의 개가를 불러보는 것이다. 그러나 덕기가 재산은 상속하였을망정 조부의 유지도 계승할 것인가? 그는 금고 문지기는 될 수 있을지언정 사당문지기로서도 조부가 믿듯이 그처럼 충실한 것인가.[31]

조덕기가 조의관과 함께 살게 된 것은 "재산이 아직도 조부의 수중에 있고 단돈 한푼이라도 조부가 치하를 하는 터이라 조부의 뜻을 맞추어야 하겠다는 따짐"에서이다. 그만큼 그는 돈이 갖고 있는 현실적인 위력을 직감적으로나마 알고 있다. 따라서 돈이 상훈 대를 거르고 덕기에게 상속된다는 사실은 조덕기가 현실적인 힘을 갖게 됨을 의미하기도 한다. 그러나 조덕기는 '사당문지기'가 되는 것에 대해서는 거부 의사를 은연중 내비치고 있다. 그에게 '봉건적인 사상'이란 이미 낡은 것이기 때문이다. 이것은 식민지 지배 세력과의 유대 관계를 파기하겠다는 의미를 함축하는 것이라 볼 수 있다. 조부에게 돈은 봉건적인 가치관을 신봉하고 현실의 힘을 유지하기 위한 하나의 수단이었다. 그러나 조덕기에게 돈의 용처는 김병화로 대표되는 사회주의 세력에 '유조한 일'을 하는 데 있다. 이 '유조한 일'이라는 것이 '산해진'이라는 공간과 밀접한 관련을 맺고 있는 것은 물론이다. 바로 이런 점에서 '산해진'은 조덕기가 지향하는 인류의 절대화라는 가치가 투영된 공간으로서 의미를 갖는다. 즉 '산해진'

---

31) 위의 책, 337쪽.

은 가족적 차원의 윤리가 사회적인 차원으로 확대되어 투영된 공간이라는 상징적 의미를 갖는 것이다.

이런 맥락에서 규범의 권화인 작가가 구사한 서사전략은, '공산당 사건'과 같은 동시대의 매우 민감한 정치적 사건을 허구 속에 끌어들이고 있는 점을 상기해 볼 때, 식민 제국 일본과 식민지 조선 사이에서 빚어지는 모순적 상황을 극복할 수 있는 새로운 주체 형성의 가능성을 모색하기 위한 것이라고 해석할 수 있다. 물론 작가가 욕망하는 새로운 주체 형성의 비전을 담지한 인물은 김병화가 아니라 조덕기이다. 즉『삼대』의 서사는 서로 상충하는 이념적 가치를 표상하는 인물들 간 관계의 체계를 통하여 조덕기가 지향하는 이념적 가치를 부각시키고 있는 것이다. 그와 같은 새로운 주체 형성의 욕망은 개화기 세대가 지향하는 이념적 가치에 대한 부정과 사회주의에 대한 강박 관념의 자장 속에 자리하고 있다. 그렇다면 그 이념적 가치의 내용은 조의관, 조상훈, 김병화에게는 결여된 것들의 모순적인 조합으로 구성될 수 있을 것이다. 조부에게 결여된 국가와 민족 관념, 부친 세대에게 부재한 윤리적 도덕성, 사회주의자들에게 결여된 '돈'과 '가족 윤리' 등의 조합, 바로 그것이 조덕기라는 인물 설정을 통하여 작가 염상섭이『삼대』를 통해 드러내고자 한 서사적 욕망의 구체적인 내용이라 할 것이다. '산해진'이 조덕기의 가족적 이념이 외부로 확대되어 투영된 공간이라는 의미를 갖는 까닭이 여기에 있다. 조덕기가 물려받은 물적인 토대, 즉 조부의 유산을 근거로 할 때,[32]『삼대』의 서사는 조덕기로 대표되는 민족주의 지향의 지주 계급의 욕망을 정서적 구조의 층위에 함축하고 있다고 판단할 수 있다.

---

32) 조의관이 남긴 '분재'의 내용을 근거로 판단할 때, 조덕기 집안이 축적한 부의 원천은 토지에서 나온 것이라고 할 수 있다. 따라서 조덕기 집안의 계급적 성격은 대토지를 소유한 지주 계급으로 보는 것이 합리적이라 할 수 있다.

3. 맺는 말

『삼대』의 시·공간적인 배경은 작품에 암시된 정치적 인유만을 근거로 할 때, 1927년 겨울에서부터 1928년 1월 사이의 서울이다. 염상섭 소설의 특유의 서사전략이라 할 수 있는 정치적 인유로부터 유추할 수 있는 『삼대』의 시간적인 배경을 고려해 보면, 『삼대』의 의미를 재평가할 수 있는 하나의 단서를 얻게 된다. 『삼대』의 시간적인 배경을 이루는 1927과 1928년 사이는 사회주의 이념이 정치 세력으로 부상하던 시기였다. 사회주의가 정치 세력으로 부상했다는 것은 동시에 민족주의 세력이 독립 운동에서 그 주도권을 점차 상실해 갔다는 것을 의미하기도 한다. 이를 감안할 때, 이 시기는 '핏줄(=혈통)'에 근거한 민족주의 지향의 지주 세력의 헤게모니가 약화되던 시기였다고 할 수 있다. 그렇다면 『삼대』는 민족주의 지향의 지주 계급의 위기의식이 원망 충족의 형태로 투영된 작품이란 추론이 가능하다. 더욱이 『삼대』가 연재되던 1931년은 그 어느 때보다도 사회주의 세력의 영향을 받은 노동자·농민의 대중운동 기운이 최고조에 달했던 때라는 점도 이러한 추론의 개연성을 뒷받침해 준다. 『삼대』에서 조덕기라는 인물이 표상하는 이념적 가치 체계는 이들 계급의 가치지향성에 상응한다. 물론 민족주의적 지주 계급이 내부 요인에서 기인하는 위기의식을 해소하고 지배력을 회복하기 위해서는 외부의 적대적 세력을 설정할 필요가 있는데, 바로 그 외부의 적대적 세력으로 설정된 것이 식민 제국이라는 타자이다. 요컨대, 『삼대』는 식민 제국과의 대결 의식을 통하여 쇠퇴하여가는 민족주의 지향의 지주 세력의 원망이 서사 구조 내부에 투영된 작품이라 할 수 있다. 이를 통해 드러나는 정서적 구조 층위의 서사적 욕망은 '혈통'에 근거한 종족적(ethnic) 민족주의로 특징지을 수 있다.

그러나 '혈통'이라는 형이상학적 관념에 근거한 민족적 주체 형성의 소망이 식민 제국의 식민주의적 억압자에 의해 구성된 개념인 한,[33] 그와 같은 민족주의는 항상 위험을 수반될 수밖에 없다. 식민주의는 근본적으로 식민지에 대한 경제적인 수탈에 관심을 갖고 있음에도 불구하고, 민족 특유의 본질로 인해 지배받는다는 허구를 만들어 내는데, 민족주의는 이에 호응하는 이념이기 때문이다. 즉 민족주의는 민족 구성원 내부의 차이를 배제하는 형이상학적 관념에 근거하고 있기 때문에 그들에 대하여 언제든 억압적인 기제로 작용할 가능성이 있는 것이다.[34]

『만세전』과 『삼대』의 관계는 이러한 염상섭의 민족주의 관념이 지니는 역설적인 측면을 잘 보여준다. 『만세전』이 식민지 상황의 극복과 민족적 동일성의 회복의 문제를 보편주의적 관점에서 해결하려는 욕망을 드러내었다면, 『삼대』는 특수주의적 관점에서 이에 대한 해결을 모색하려는 의지를 드러냈다고 할 수 있다. 그러한 점에서 『삼대』는 『만세전』에 대한 작가의 자기 비판의 성격을 갖는 작품이기도 하다. 그러나 식민지 사회구조의 맥락에서 볼 때, 염상섭이 이들 소설에서 보여준 관점들은 거울 관계를 맺고 있다. 보편주의나 특수주의 공히 제국주의가 구성한 개념인 한에 있어서 그만큼 식민주의적 담론의 공간에 포섭될 가능성이 크기 때문이다.

바로 이러한 점에서 민족적 동일성 회복을 지속적으로 추구해 들어간 염상섭의 소설은 역설적인 의미를 갖는다. 물론 염상섭 소설의 이와 같

---

33) 일본 제국주의의 식민지 지배의 특징 중의 하나는 종족적인 동일성을 피의 관념에서 구하는 '혈족 내셔널리즘'이라는 특성을 갖고 있다. 그리고 이러한 '혈족 내셔널리즘'의 원리에 기초하여 식민 제국은 일본은 이민족에 대한 지배와 배제 정책을 구사하였다.

34) 『삼대』에서 일제의 직접적인 수탈의 대상인 '민중'을 대표하는 인물이 부재하다는 점, 그리고 '매당집'을 제외한 여성들 모두가 남성에 의해 대표되어야 할 존재로 서술되고 있다는 점이 이를 뒷받침한다.

은 역설은 작가 개인의 세계관의 한계 문제로만 볼 수 없다. 그것은 근본적으로 정치·권력적 관계를 나타내는 작가의 '위치성', 즉 식민지 사회구조의 효과로 인해 제국과 식민지, 보편과 특수, 동일성과 차이 사이에서 유동적으로 사유할 수밖에 없는 식민지 작가 주체를 둘러싼 식민지 상황에서 비롯된 것이기 때문이다. 그만큼 제국의 문화적인 지배는 작가 주체의 주관적인 의지와는 상관없이 강력하게 관철되면서 식민지적 무의식을 형성한다. 탈식민의 과제는 바로 그러한 식민지적 무의식의 한계를 분명히 하는 바탕 위에서 출발해야 할 사안이다.

제3장

자본주의 물신성 비판과 사회주의 이념의 부정
─『무화과』

1. 들어가는 말

염상섭의 장편소설 가운데서도 『사랑과 죄』, 『삼대』, 『무화과』 등이 주목받는 까닭은 이들 장편소설들이 '성욕'과 '돈'에 대한 욕망을 매개로 물신화된 자본주의적 욕망이 지배하는 식민지적 근대의 불안정한 일상을 그려내면서도, 그러한 식민지 근대의 불안정한 일상을 통제하는 식민 제국 일본의 억압적 정치 상황을 문제화했다는 데 있을 것이다. 이를 통해 염상섭은 이들 작품에서 식민지적 삶의 조건을 극복하고자 하는 서사적 욕망을 적극적으로 드러낼 수 있었다. 이들 장편소설에서 염상섭이 특유의 정치적 인유를 통하여 식민지민이 처한 억압적인 정치 현실을 환기하면서 사회주의 운동 세력이 주축이 된 정치적 저항 행위를 전체 서사 속에 용해시켜 냄으로써 식민지 정치 현실에 대한 극복 의지를 암암리에 드러내 보여주고 있다는 사실이 이를 뒷받침해 준다. 염상섭 스스로 이를 두고 '잠행적 실천'[1]이라 회고하였듯이, 『사랑과 죄』, 『삼대』, 『무화과』 등이 보여주고 있는 이러한 서사전략은 식민지적 삶의 문제에 대하여 실천적으로 개입해 들어가고자 한 염상섭의 정치적 의도에서 구사된 것이라 할 수 있다. 이러한 서사 전략을 통해 염상섭은 자신이 지향하는 이념적 가치와 경쟁적 대립 관계에 있던 사회주의 이념을 자신의 서사적 퍼스펙티브 속에 포섭해 들일 수 있었던 것인데, 『사랑과 죄』, 『삼대』, 『무화과』 등의 소설적 성취는 이런 사실에 기인한 바 크다.

이런 맥락에서 이 장은 『무화과』 서사에 함축된 정치적·이념적 의미망을 고찰하는 데 목적이 있다. 『무화과』는 '사회주의 운동의 퇴조라는 객관적 정세의 악화로 인해 『삼대』에서 보여주었던 작가의 삶의 감각이 결여된 실패작'[2]으로 평가되는가 하면, '『사랑과 죄』, 『삼대』와 더불어 작가 염상섭의 적극적인 난세의식이 나타난 마지막 작품'으로 평가되기도 한다. 얼핏 상반된 듯 보이지만, 후자의 평가가 『무화과』를 '저항적 중심의 혼미'로 인해 『삼대』의 '발전적 속편'일 수는 없다는 전제에서 내려진 것임을 감안한다면,[3] 이 두 견해 모두 『삼대』와 연관지어 『무화과』의 한계를 논의하고 있다는 점에서는 동일하다. 이와 더불어 '소설적 구조의 파탄과 새로운 유형의 인물 제시로 표출된 새로운 방향성의 추상성'을 근거로 리얼리즘적 한계를 지적하는 논의[4]나 '자본주의적 가부장의 원리가 이념 자체의 추상성과 물적 기반의 부재로 인해 구현되지 못했음'을 지적하는 논의[5] 등은 『삼대』와 비교하여 『무화과』의 한계를 거

1) 염상섭, 「횡보문단회상기」, 『염상섭전집』 12, 민음사, 1987, 237쪽.
2) 김윤식, 『염상섭 연구』, 서울대학교출판부, 1989, 592쪽.
3) 이보영, 『난세의 문학』, 예지각, 1992, 354쪽.
4) 정호웅, 「식민지 중산층의 몰락과 새로운 방향성」, 『염상섭문학연구』, 민음사, 1987.
5) 김양선, 「식민지적 근대성의 한 양상」, 『1930년대 소설과 근대성의 지형학』, 소명출판, 2003.

론한 대표적 견해들이다. 물론 이와는 달리 '무화과 세대 청춘 남녀의 동지애를 전경화하고 동정자를 비판함으로써 변화된 식민지 현실을 충실히 반영'한 작품으로『무화과』를 읽은 논의,6) 인물 분석을 바탕으로『무화과』에 나타난 '아이러니한 세계인식'의 특성을 분석한 논의,7)『무화과』에 나타난 자본의 성격을 근거로『삼대』와 다른『무화과』세계의 내적 특성을 분석한 논의,8) 욕망의 구조 분석을 통하여『무화과』를 '중산층의 허영과 몰개성 비판'을 보여준 작품으로 읽는 논의,9) '돈의 상징적 의미 고찰을 바탕으로『무화과』서사의 식민지적 성격'을 고찰한 논의10) 등,『삼대』의 연작이란 사실을 전제하면서『무화과』의 새로운 특성을 제시하는 데 무게중심을 둔 논의들도 꾸준히 이루어졌다.

이와 같이『무화과』에 대한 논의는 대부분 한계에 초점을 맞추든 아니면 새로운 특성에 강조점을 두든 간에『삼대』와의 연관 속에서『무화과』를 다루었다는 데 공통점을 갖는다.『무화과』를『삼대』의 '자매편'으로 기획했다는 염상섭의 발언에 근거한다면,『무화과』를『삼대』와 연관지어 읽는 것은 당연한 귀결일 터이다. 그런데 한 가지 주목해 보아야 할 점은 이들 논의의 대부분이『삼대』의 연작『무화과』에 나타난 새로운 변화를 동시대 식민지 정치 상황의 변화에 근거하여 설명하고 있다는 사실이다. 즉 이들 논의는『삼대』와 비교해『무화과』에 나타난 변화가 식민지 정치 상황 변화에 상응하는 작가 염상섭의 변화된 세계관이 투영된 결과라는 인식을 공유하고 있다.『무화과』창작의 배경이 된 '만주사

---

6) 김경수,「식민지의 집과 사회, 우정과 동지애」,『염상섭 장편소설 연구』, 일조각, 1999.
7) 김종균,「『무화과』와 아이러니 세계인식」,『염상섭 소설연구』, 국학자료원, 1999.
8) 김성연,「염상섭 <무화과> 연구」,『한민족문화연구』제16집, 한민족문학회, 2005.
9) 김학균,「<삼대> 연작에 나타난 욕망의 모방적 성격 연구」,『한국현대문학연구』22, 한국현대문학회, 2007.
10) 박헌호,「소모로서의 식민지, '불임자본의 운명'」,『외국문학연구』제48호, 외국문학연구소, 2012.

변'을 전후한 시기 '객관적인 정세의 악화'가 염상섭의 현실 대응 방식에
위축을 가져왔을 개연성이 충분히 있는 만큼, 『무화과』에는 염상섭의 변
화된 작가 의식이 투영되었을 것이라는 점은 분명하다. 따라서 이런 인
식에 근거하여 『무화과』에 나타난 변화를 설명하는 것은 합리적이라 할
수 있다. 특히 민족적 동일성 회복 욕망에 의해 추동된 염상섭의 작가적
실천이 식민지 상황의 변화에 따라 서사적 대응을 달리했던 점도 『무화
과』에 나타난 변화를 설명하는 논리가 기본적으로 전제하고 있는 인식
의 타당성을 뒷받침해 준다.

그러나 『삼대』의 연작 『무화과』를 좀 더 폭넓게 이해하기 위해서는
한 가지 사실이 고려되어야 한다. 즉 식민지 상황의 변화에 따라 작가의
세계관이 유동적일 수 있는 가능성이 높다 하더라도, 작가 염상섭의 세
계관을 구성하는 내재적 요소로서의 민족 동일성 회복의 욕망이 『무화
과』에 나타난 변화에 끼친 영향과 그 함의를 살펴야만 그러한 변화의 의
미가 좀 더 분명해질 수 있다는 것이다. 염상섭이 일찍이 계급문학 및
사회주의 계열 운동 세력에 대해 비판적인 견해를 표명하면서도 식민지
현실 상황의 요청에 부응하여 그들과의 제휴의 가능성 및 당위성을 역설
하는 '중정(中正)'의 관점에서 작가적 실천을 도모해왔다는 점을 생각한다
면, 염상섭의 민족 동일성 회복의 욕망이 『무화과』와 맺고 있는 관계에
대한 의미를 규명할 필요성은 더욱 커질 수밖에 없다.11) 더욱이 염상섭
이 식민지 시기 자신의 작가적 실천을 '잠행적'이라 표현한 것도 이와 같
은 상황 맥락을 고려한 것이라면, 염상섭의 세계관을 구성하는 내재적
요소로서의 민족 동일성 회복의 욕망이 『무화과』에서 발현되는 양상과

---

11) 「민족·사회운동의 유심적 일 고찰-반동·전통·문학」(《조선일보》, 1927.1.1.-1.15),
    「조선문단의 현재와 장래」(『신민』, 1927.1) 등은 염상섭의 이 같은 입장을 잘 보여주는
    대표적인 논설이다.

그것이 갖는 정치적·이념적 함의를 연작『삼대』와의 관련성 속에서 파악하는 것은 중요한 사안이 아닐 수 없다.

이와 같은 문제의식에 입각하여 이 장에서는『무화과』가『삼대』와 동일하게 '중산계급의 몰락' 문제를 사회주의 이념을 표상하는 인물의 시각을 매개로 서사화했음에도 불구하고, 정서적 구조의 층위에서는 사회주의적 이념과는 사뭇 다른 이념적 욕망을 드러내고 있는 서사적 불일치 양상에 주목하고자 한다. 이런 서사적 불일치는『무화과』에 함축된 민족 동일성 회복 욕망의 이념적 의미와 성격을 파악할 수 있는 실마리를 제공해 준다. 이런 맥락에서『삼대』의 연작으로 기획된『무화과』에 나타난 변화의 양상 및 그러한 변화에 내포된 정치적·이념적 함의를 살피는 것이 본 장의 주된 논점이다.

2. 물신화된 자본주의적 욕망이 지배하는 세태 비판

염상섭은 연재를 시작하기 직전 《매일신보》에 게재한 「작자의 말」에서『무화과』(《매일신보》, 1931.11.13-1932.11.12 총 329회)가 '『삼대』의 자매편이 될 것'임을 예고하며 독자에게 '될 수 있으면 함께 읽어주길' 권하고 있다. 그리고 그는 '꽃 속에서 나고 꽃 속에서 길리어진' 부모 세대와 대비되는 의미에서 자기 세대의 삶을 '꽃이 없이 나고 자란 무화과'에 견주며 '자식의 일생은 우리의 생애와 달리 꽃 속에서 기르고 싶은 축원'으로『무화과』를 쓰고자 한다는 창작 동기를 밝히고 있다.12) 비유적 표현으로 말하고 있어『무화과』의 창작 의도를 정확하게 헤아리기는

---

12) 염상섭, 「작자의 말」, 《매일신보》, 1931.11.11.

어렵다. 그러나 작품의 제목이기도 한 '무화과'가 어떤 생명도 잉태할 수 없는 식민지적 삶의 조건을 비유한 것이라는 통상적인 해석13)을 따른다면, 『무화과』는 불임 상태의 식민지 상황에서 나고 자란 세대의 불행한 운명을 문제화하고 그것을 극복할 수 있는 대안적 삶의 가능성을 모색해 보고자 하는 데 서사적 기획의 근원성이 있다고 추론해 볼 수 있다.

『무화과』가 『삼대』의 '자매편'으로 기획되었다는 염상섭의 발언도 이런 추론의 개연성을 높여준다. 『삼대』가 조·부·손 '삼대'로 이루어진 조덕기 일가의 세대 간 갈등을 서사 전개 축으로 하여 '중산계급'의 운명적인 몰락의 필연성을 문제화한 작품이라는 것은 익히 알려진 사실이다. 특히 『삼대』는 김병화로 표상되는 사회주의자들의 지하 운동의 서사를 중산계급 몰락의 필연성을 예기하는 서사 속에 녹여내어 식민지 사회의 정치적 역학 관계를 전체적으로 조명해 보여주고 있다. 이런 서사적 특성은 식민지적 삶의 조건을 극복할 수 있는 가능성을 제시하려는 데 『삼대』의 서사적 기획 의도가 있음을 시사해준다.14) 이런 맥락에서 염상섭이 「작자의 말」에서 『무화과』를 '자매편' 『삼대』와 '될 수 있으면 함께 읽을 것'을 권하고 있는 사실은 『무화과』와 『삼대』의 서사적 기획 의도

---

13) 정호웅은 '무화과' 장에서 자신의 유산에 대한 이문경의 절망적인 발언을 근거로 '무화과'가 '인간다운 삶이 거의 불가능한 시대'를 상징한다고 보고 있다(정호웅, 앞의 글, 149쪽). 김양선 또한 정호웅의 논의와 동일한 맥락에서 '무화과'가 불모 상태에 처한 식민지 상황에 대한 은유라고 해석하고 있다(김양선, 앞의 글, 302쪽).

14) 작가 염상섭이 밝힌 다음과 같은 『삼대』에 대한 창작의 변은 『삼대』의 서사적 특징뿐만 아니라 그것의 서사적 기획 의도가 무엇인지를 잘 말해준다. "삼대가 사는 중산계급의 한 가정을 그려보랴 합니다. 한 집안에서 살건마는 삼대의 호흡하는 공기는 다릅니다. 즉 같은 시대에 살면서도 세 가지 시대를 대표합니다. 또한 종래의 작품에 나타난 뚜렷한 사건은 유심적(唯心的) 신구사상-신구도덕의 충돌이었으나 시대의 진전을 따라서 유심적 경향에서 유물적 경향으로 옮겨가서 단순한 도덕 문제라든지 가족제도의 구습관의 파기라는 부분적 노력에서 한걸음 더 나가서 사회적 의식이 깊어 간 데에 같은 신구충돌에도 그 뜻이 새롭습니다. 필자는 그 새로운 뜻을 뼈로 삼고 조선의 현실 사회의 움직이는 모양을 피로하고 중산계급의 살림과 그들의 생각을 살로 붙여서 그리려는 것이 이 소설입니다." 염상섭, 「작자의 말」, ≪조선일보≫, 1930.12.27.

가 근원적으로 동일하다는 것을 뒷받침해 주는 중요한 근거라 할 수 있다. 또한 『무화과』가 『삼대』의 연장선상에서 이름만 달리한 주요 인물들을 등장시켜 '중산계급'의 몰락 과정을 기본 골격으로 서사를 전개해 가면서 '무화과' 세대 인물들의 운명을 문제화하고 있다는 사실도 『삼대』와 『무화과』의 서사적 기획의 근원이 동일하다는 것을 말해준다.15) 따라서 『무화과』의 서사적 기획 의도가 인간적인 삶의 영위가 불가능한 식민지적 삶의 조건을 문제화하고 그것을 극복할 가능성을 제시하는 데 있다고 보아도 큰 무리는 아닐 것이다.

『무화과』의 서사적 기획은 1931년 10월 중순부터 그 이듬해 봄까지 서울을 주 무대로 하여 '중산계급'의 표상 이원영 집안이 몰락해 가는 서사와, 김봉익, 이문경, 박종엽, 조정애, 완식 등 '무화과' 세대 청춘남녀가 사회주의자 조직의 지하 운동에 직간접적으로 연루되어 정체성의 위기를 경험하고 새로운 삶의 가능성을 찾아나가는 이야기가 서로 맞물리면서 구체화되어 나타난다. '중산계급'을 표상하는 이원영 집안의 운명적인 몰락 과정을 그리는 이야기는 『삼대』에서 이미 예기되었던 바이기에 그리 새삼스러울 건 없다. 그러나 『삼대』에서 조부의 '돈'을 둘러싸고 '중산계급 몰락'의 이야기를 추동하였던 가족 구성원 간 갈등이 법적으로 일단락된 결과, 조부의 유산 대부분을 승계한 이원영이 『무화과』에서 조부를 대신해 집안의 중심에 서게 되었다는 점은 의미 있는 변화이기에 주목해 볼 필요가 있다. 이런 변화는 이원영이 가족 구성원 간의 반목과 대립에서 벗어나 조부에게서 물려받은 유산을 바탕으로 새로운 삶을 스

---

15) 『무화과』의 서사는 『삼대』의 중심 사건들이 법적으로 종결되고 난 뒤 사년 뒤의 일을 그리고 있다. 『삼대』의 주요 인물 조덕기, 조덕희, 김병화, 홍경애, 필순 등이 이원영, 이문영, 김동국, 최원애, 조정애 등으로 이름만 바뀐 채 등장하고, 여기에다 채련, 김봉익, 박종엽, 완식 등 새로운 인물들이 등장하는데, 『무화과』는 바로 이들 '무화과' 세대의 운명을 문제화하고 있다.

스로 영위해 나갈 수 있는 조건이 마련되었다는 것을 의미하기 때문이다. 더욱이 『삼대』에서 조덕기(이원영) 집안의 계급적 한계를 비추는 거울과 같은 역할을 하며 그의 의식과 행위를 제약했던 사회주의자 김병화(김동국)가 『무화과』에서는 'X차 공산당 사건'에 연루되어 옥고를 치른후 상해로 나가 있는 상황도 이원영이 자기 삶을 모색할 수 있는 조건이되고 있다. 『무화과』에서 이원영이 조부가 물려준 무역상회 '삼익사'에서 나오는 자금을 'X신문사'에 투자하여 새롭게 자기 삶을 도모해 가는자본가의 모습으로 그려진 것은 그가 가족 간 갈등이나 이념적 제약에서 자유롭게 된 이 같은 상황을 반영한 것이다. 그런 점에서 '중산계급'의 몰락을 문제화한 『무화과』의 서사는 자본가로 자기 변신을 시도한이원영의 좌절담이라고 고쳐 말할 수 있을 것이다. 이것이 『삼대』의 연작 『무화과』에 나타난 이야기상의 중요한 변화라 할 수 있을 터인데, 바로 이 점이 『무화과』를 '봉건적 토지자본의 영향 아래서 가부장 권력이수직적 질서를 통해 모든 구성원을 통제하는 데에서 자본이 유동적인 형태로 변해가자 인물들 간의 관계 역시 수평적 질서로 재편되는 현상'[16]을 반영한 작품이자 '대지주 출신의 식민지 자본가에 의해 돈이 투자되고 소모되는 과정을 그려낸 파노라마'[17]로 읽힐 수 있는 중요한 근거가된다.

그러나 『무화과』의 서사적 기획 의도가 불임 상태의 식민지 상황으로인해 정체성의 위기를 겪는 '무화과' 세대 청춘 남녀가 대안적 삶의 가능성을 모색하는 데 놓여 있다는 점에서 본다면, 비록 자본가 이원영의 몰락 과정이 『무화과』 서사의 골격을 형성하고 있다 하더라도, 그것은 정체성의 위기를 겪고 있는 '무화과' 세대 청춘 남녀가 새로운 삶의 가능성

16) 김성연, 앞의 글, 187-188쪽.
17) 박헌호, 앞의 글, 115쪽.

을 찾아나가는 이야기를 전경화하기 위한 발판으로 서사적 의미가 한정
될 수밖에 없다.18) 자본가 이원영의 몰락 과정을 그리는 작가의 이념적
시각이 '무화과' 세대를 대표하는 젊은 사회주의자 김봉익의 그것과 일
치하고 있다는 점이 이 같은 사실을 뒷받침해 준다. 김봉익은 'X신문사'
의 기자로 경영난을 구실로 월급을 제때 지급하지 않는 신문사 경영진의
행태에 반발해 '태업'을 주동했다가 해고를 당한 뒤 동료 기자 박종엽의
소개로 이원영의 여동생 이문경을 알게 되고 연애와 신념 사이에서 내적
갈등을 겪다가 '마르크시스트'로서의 자신의 정체성을 확인하기 위해 모
종의 '사명'을 띠고 동경으로 떠나는 인물로 그려진다. 『무화과』는 비록
간접적인 방식이기는 하지만 바로 젊은 사회주의자 김봉익의 이념적 시
각을 매개로 자본가 이원영의 몰락 과정을 비판적으로 조명하고 있다.
이는 '중산계급'의 몰락을 예기한 『삼대』의 서사를 사회주의자 김병화의
시점을 매개로 조명하고 있는 것과 동일한 맥락으로 이해할 수 있다. 그
런 점에서 김봉익은 『삼대』의 김병화를 대신하여 『무화과』 서사의 인식
론적 구조의 지평을 표상하는 인물이라 할 수 있다. 김병화가 『삼대』에
서 가족 간 갈등으로 인해 정체성의 위기를 경험하는 조덕기의 자의식을
비추는 반성적 역할을 하고 있는 것과 마찬가지로, 김봉익이 '돈' 문제로
시댁 및 남편과 불화를 겪으며 정체성의 위기를 경험하는 이문경이 자신
의 과거를 청산하고 새로운 삶을 찾아나가는 데 반성적 거울로 작용하고
있다는 사실도 그가 『무화과』 서사의 인식론적 구조의 지평을 표상하는
인물임을 말해주는 중요한 근거가 된다.

그렇다면 문제는 『무화과』가 인식론적 구조의 층위에서 자본가 이원
영의 몰락 과정을 사회주의자 김봉익의 이념적 시각을 매개로 그려내면

---

18) 김경수, 앞의 글, 116쪽.

서 작가가 드러내고자 한 것은 무엇인가에 있다. 이를 살피기 위해서 먼저 이원영이 소유한 '돈'이 『무화과』에 등장하는 인물들에게 욕망의 대상이 되고 있다는 사실에 주목해 보아야 한다. 『무화과』에서 서사적 탐색의 대상이 되고 있는 이원영의 몰락이 그의 돈에 대한 타자의 욕망에서 비롯된 것으로 그려지기 때문이다. 작가가 김봉익의 시점을 매개로 문제 삼고 있는 것도 바로 이 점이다. 사실 이원영의 '돈'은 『무화과』에 재현된 세계의 모든 사람들 간 관계를 결정화(結晶化)하는 매개의 중심에 놓여 있다고 해도 과언이 아니다. 그런 만큼 그의 돈은 사람들의 의식과 행위에 영향을 미치는 현실적 힘으로 작용한다. 이원영이 소유한 '돈'이 현실적 힘을 갖는 까닭은 무엇보다 엄청난 규모에 있다.

이원영이 조부에게서 상속받은 유산은 실로 엄청나다. 『삼대』에 제시된 '분재기'에 근거할 때, 그 규모는 '토지 2150석, 17,000원 가량의 예금, 4채의 집, 대성정미소' 등으로 추산된다. 이 정도 규모라면 『무화과』의 시공간적 배경이 되고 있는 1930년대 서울에서 최고 상류층에 해당한다.[19] 이를 토대 삼아 이원영은 'X신문사'에 투자하는 등 자본가로서 자기 변신을 시도한 것이다. 그러나 중요한 점은 그가 'X신문사' 영업국장 자리에 오르게 된 것이 신문사 경영진들이 그의 '돈'을 욕망한 결과이지 그에게 그 직분에 합당한 능력이 있어서가 아니라는 사실이다. 이런 사실은 그가 소유한 돈이 지닌 현실적 위력을 단적으로 보여준다. 여기에서 짐작할 수 있듯, 이원영이 소유한 '돈'은 『무화과』에 등장하는 많은 사람들에게 음모와 협잡을 통해서라도 갈취하고픈 욕망의 대상이 되고 있는 것이다. 물론 이원영이 소유한 '돈'은 친구 김동국에게는 사회주의 지하 운동의 대의를 실현하는 데 필요한 '요구'의 대상이기도 하다. 그러

---

19) 김성연, 앞의 글, 183쪽.

나 사회주의자들이 운동의 대의를 위해 그에게 요구하는 돈은 정치적 위험을 수반할 뿐 극히 미미해서 이원영의 몰락에 직접적인 영향을 끼치지는 않는다. 반면 협잡과 음모를 써서라도 갈취하고자 하는 그의 '돈'을 향한 욕망은 그것이 완전히 소모될 때까지 무한히 확장되는 성질을 갖고 있어 그의 몰락은 필연적일 수밖에 없었던 것이다.

이런 맥락에서 『무화과』에 재현된 세계는 가히 이원영이 소유한 '돈'의 쟁탈을 둘러싼 각축장에 비견할 만하다. 자신들의 배만 불리기 위해 신문사 경영난을 구실 삼아 미리 짜놓은 각본에 따라 영업국장 직을 내걸고 이원영에게 거금 일만 오천 원의 돈을 더 투자할 것을 요구하는 김홍근과 'X신문사' 경영진들, 결혼한 지 얼마 되지도 않은 이문경을 볼모삼아 사업 실패로 진 자신의 빚을 변제해 줄 것을 요구하는 사돈 한갑진과 매제 한인호 등은 이원영이 소유한 '돈'의 쟁탈을 위한 각축장에 뛰어든 타락한 욕망의 표상들이다. 이들은 이원영의 '돈'을 뺏기 위해서라면 협잡과 술수, '위혁(威嚇)'마저도 마다하지 않는다. 그야말로 『무화과』의 세계는 자본주의적 욕망의 그물망에 포획된 타락한 자들이 지배하고 있다고 해도 지나치지 않을 정도이다. 그래서 이원영이 이들 물신화된 자본주의적 욕망의 표상들과 영합하지 않는 한 그의 몰락은 예정되어 있는 것이나 다름없다.

이와 같이 『무화과』의 서사는 인식론적 구조의 층위에서 자본가 이원영의 몰락 과정을 통하여 무한히 확장되어가는 '돈'을 향한 욕망과 그로 인해 빚어지는 타락한 세계상을 드러내고 있다. 이원영의 돈이 거의 '소모'되어 더 이상 그에게서 끌어들일 돈이 없게 된 것을 알게 되자, 또 다른 물주 이탁의 투자를 이끌어내려고 여성들의 육체를 미끼로 협잡을 벌이는 김홍근과 'X신문사' 경영진들의 행태는 무한히 확장되어가는 '돈'에 대한 타락한 욕망이 『무화과』의 세계를 지배하고 있음을 여실히 보여준다. 이처럼 자본가 이원영의 몰락에 대한 이야기를 통해 '돈'의 쟁탈을 위한 각축장이 되어가는 『무화과』의 세계상을 비판적으로 조명하고 있는 작가의 이념적 시각을 매개하는 것이 바로 사회주의자 김봉익인 것이다. 아래의 인용은 작가가 김봉익의 시점을 매개로 '돈'의 쟁탈을 둘러싼 각축장이 되어버린 세태를 부정적으로 드러내고 있다는 사실을 단적으로 뒷받침해 준다.

> "요새 사람요? 그러고 보니 요새 사람의 정의도 내기 어렵군요만, 첫째 쾟내를 잘 맡는 훌륭한 코가 있고, 혓바닥이 프로펠러 돌 듯 해야 하고, 얼굴 가죽이 두꺼워야 하고..." "하하! 선생님도 픽 험구하십니다그려. 또 뭐예요?" "많지요만 자격 심사는 그만두겠습니다. 그러나 결코 험담이나 험구가 아니예요. 세태가 이러니까 그렇지 않고는 제아무리 똑똑해도 살 도리가 없는 것을 어쩌나요. 사상가인 체, 도덕가인 체, 지사인 체, 혁명가인 체....또 혹시는 조방구니도 되고, 기생 외투도 들어다 주고, 부자 밑도 씻어 주고....그저 돈푼 걸릴 듯한 일이면 닥치는 대로 만물상을 벌이거든요. 그러나 그것도 똑똑한 놈이어야 되는 일이지, 저마다 하는 일은 아니지요. 우리 같은 쭐딱보는 밤낮 가야 담배 한 개 없이 빙빙 도는 세상이거든요." "그도 그렇지만, 그러고야 사람값에 가나요." "지금 사람값 찾는 세상인가요. 통틀어 말하면 있는 놈과 없는 놈의 싸움인데, 싸우는 수단이 여러 가지거든요. 미인은 얼굴로 싸우고, 김홍근이는 입심으로 싸우고, 노름꾼은 마작으로 싸우고....하하하." 하며 봉익이는 웃어 버리다가 다시 정색으로 결론을 맺는다. "하지만 나는 그 사람들을 미워하거나 놀리거나 흉보지는 않아요. 요새 청년-소위 인텔리 분자로서 할 일이 있어야지요. 먹을 도리가 있어야지요. 그 사람들만 나무라겠습니까. 공창(公娼)을 허락한 이 사회에서, 사창(私娼)을 묵허하듯이, 그런 좀팽이도 사회적으로 묵인해 두는 수밖에 없지 않습니까."[20]

---

20) 염상섭, 『무화과』, 두산동아, 1997, 350-351쪽.

인용문은 '모던 걸'들이 모여 마작을 하는 자리에서 박종엽의 소개로 처음 만나 서로에 대해 연애 감정을 느끼게 된 김봉익과 이문경이 두 번째 만남을 가진 자리에서 나눈 대화의 한 대목이다. 여기에서 주목해 볼 점은 김봉익의 이른바 '요새 사람 논란'이다. 문경이 봉익에 대해 '사랑과 존경'의 마음을 갖게 되고 남편 한인호와 결별을 결심하게 된 결정적인 계기가 된 것도 그녀에게 '일관된 사상이 있는 것'처럼 비쳐진 봉익의 '요새 사람 논란'이다. 김홍근의 행위에 빗대어 말한 김봉익의 '요새 사람 논란'은 자본가 이원영이 몰락할 수밖에 없는 근본 원인에 대하여 압축적으로 제시해 준다는 점에서 중요한 의미를 갖는다. 그에 따르면 '사상가인 체, 도덕가인 체, 지사인 체, 혁명가인 체' 하면서 기만과 협잡으로 '돈푼 걸릴 듯한 일이면 닥치는 대로 만물상을 벌이는' 게 '요새 사람'의 특징이다. 이런 '요새 사람'이 득세하는 '세태'이다 보니 '아무리 똑똑해도 인텔리들은 할 일이 없어 먹고 살 도리'가 없다. 그 결과, '지금 사람 값 찾는 세상인가요'란 반문이 암시하듯, 사람을 인격으로 대하지 않고, 오직 돈 벌이의 수단으로만 여기는 물신화된 욕망이 지배하는 세상이 되고 있다는 것이 김봉익의 '요새 사람 논란'의 요체이다. 김봉익이 자신을 '쫄닥보'에 견주며 김홍근을 '똑똑한 놈'이라고 한 것은 물신화된 자본주의적 욕망이 지배하는 세태를 꼬집는 역설적 표현이다. 왜냐하면 "이 세상에서 마음대로 못하는 것은 돈밖에 없지요"[21]라는 김홍근의 발언이 말해주듯, '요새 세상'을 지배하는 이치를 꿰뚫고 있는 이가 바로 김홍근이기 때문이다. 김봉익의 '요새 사람 논란'에 따르면, 그야말로 '인 체'하는 사람들에게 '돈'은 '요새' 세상을 지배하는 신의 위치에서 모든 사람들 간의 관계를 결정화하는 매개의 중심에 놓여 있는 것이다. 더욱이 '공창

---

21) 위의 책, 246쪽.

을 허락한 이 사회에서 사창을 묵허하듯이'이라는 발언이 말해주듯, 김 봉익은 '인 체'하는 '요새 사람'이 판치는 세상이 식민지 권력에 의해 조 장되고 있다고까지 말하고 있다. 박종엽이 'X신문사'의 경영진을 두고 '낮에는 민중을 속이고 밤에는 시수가 흐르는 상여에 꼬이는 파리처럼 죄악을 감추려고 좌청우촉을 하려 권력자의 집 문턱이 닳도록 댁대령을 하는'22) 이들이라고 한 것도 김봉익의 '요새 사람' 논란과 같은 맥락에서 '돈'에 대한 타락한 욕망이 권력과 유착되어 있음을 꼬집는 것이라 할 수 있다.

이와 같이 작가 염상섭은 '무화과' 세대를 대표하는 사회주의자 김봉 익의 이념적 시각을 매개로 물신화된 자본주의적 욕망의 표상 '요새 사 람'이 지배하는 식민지적 근대의 세태를 비판적으로 조명하고 있다. 이 런 작가의 관점에 따르면, 자본가 이원영의 몰락은 필연적일 수밖에 없 다. 무엇보다 그는 엄청난 '돈'을 바탕으로 자본가로 자기 변신을 시도하 지만, '돈푼 있는 집 자식'으로 태어나 '돈 쓰는 법은 배웠지만, 돈 낳는 법은 배워 본 일이 없었기'23) 때문이다. 사실 이원영이 무역상회 '삼익사' 의 간부들을 설득하여 'X신문사'에 투자를 하고 영업부장에 취임한 것도 '일본의 양대 신문의 오십 적공을 바라보며' 'X신문사'를 개혁하는 것을 '내 평생의 시금석'으로 삼아 성공해 보이고자 한 '깨끗한 마음'에서 출발 한 것이었다. 그러나 '남아 일대의 사업'을 일으켜 보고자 하는 이원영의 순수한 의도는 '돈푼 걸릴 듯한 일이면 닥치는 대로 만물상을 벌이는' '똑똑한 놈'이 지배하는 세상에서는, 작가의 말마따나, 한갓된 '공상'이고, '지식으로 얻은 이상론'에서 나온 것에 불과하다. 순수한 뜻에서 시작한 그의 '사회사업'은 김홍근과 같은 물신화된 자본주의적 욕망의 표상들에

---

22) 위의 책, 538쪽.
23) 위의 책, 223쪽.

게 그저 '어린애' 같은 행동에 지나지 않기 때문이다.

이처럼 『무화과』는 인식론적 구조의 층위에서 김봉익의 이념적 시각을 매개로 자본가 이원영의 몰락의 필연성을 그려내고 있다. 이를 통해 물신화된 자본주의적 욕망이 지배하는 식민지 근대의 일상과 그것을 방조하는 식민지 권력을 비판하고자 한 것이 작자의 의도인 것이다. 그런 점에서 염상섭이 『무화과』에서 문제화하고자 한 '무화과' 세대의 불행한 운명이란 물신화된 자본주의적 욕망이 지배하는 식민지 근대의 불안정한 일상에 근원이 있다고 할 수 있다. 김봉익을 비롯하여 이문영, 박종엽, 완식, 조정애 등 '무화과' 세대를 표상하는 인물들이 '돈'에 대한 물신화된 욕망에 거리를 두고 있다는 것, 나아가 그들 모두 자신들의 불행한 운명을 극복할 수 있는 대안 가능한 삶을 찾아 떠나는 것으로 서사가 종결되고 있다는 것 등이 이를 뒷받침해 준다.

3. 사회주의 이념의 부정, 민족적 동일성 회복 욕망의 역설

『무화과』에서 작가 염상섭은 젊은 사회주의자 김봉익의 이념적 시각을 매개로 자본가 이원영의 몰락 과정을 그려냄으로써 물신화된 자본주의 욕망이 지배하고 있는 세태를 비판적으로 조명하고 있다. 이는 『삼대』가 김병화의 시점에서 '명문거족의 가정 현상', 즉 재산을 둘러싼 가족 간의 반목과 대립으로 인해 조덕기 집안이 몰락할 수밖에 없음을 비판적으로 관찰하고 있는 것과 동일한 차원에서 이해할 수 있는 것이다. 이처럼 『삼대』나 『무화과』는 공히 인식론적 구조의 지평에 사회주의자를 설정하여 '중산계급의 몰락'을 조명하고 있다. 그렇다고 해서 이것이 작가 염상섭이 사회주의 이념을 지향했음을 뜻하는 것이 아님은 물론이다. 염상섭은 조덕기의 시점에서 '포용과 감화'의 결여, '습관적으로 굳어져 버린 투쟁 의욕' 등 김병화의 성격을 비판하고 있거니와 동일한 맥락에서 여러 인물의 시점을 빌려 '룸펜', '부랑자' 등 그에 대해 부정적으로 묘사하고 있는 것이 이를 말해준다. 『무화과』의 김봉익에 대한 작가의 태도 역시 크게 다를 바 없다. 이문경을 제외하곤 이원영은 물론 박종엽을 비롯한 여러 인물들의 눈에 그는 '룸펜', '헐렁개비', '부랑자' 등 부정적인 이미지로 비춰지고 있을 따름이다. 이와 같이 『무화과』는 『삼대』와 마찬가지로 사회주의자의 이념적 시각을 매개로 자본가 이원영의 몰락 과정을 서사화하고 있지만, 실제 서사의 전개 과정에서 사회주의자에 대한 작가의 태도가 긍정적인 것만은 아니다. 그런 점에서 『무화과』 역시 『삼대』와 마찬가지로 서사적 불일치 또는 모순의 양상을 보여주고 있다고 할 수 있는데, 바로 이러한 서사적 불일치는 『무화과』에서 작가 염상섭이 정서적 구조의 층위에서 사회주의와 다른 이념적 지향성을 내포한 서사적 욕망을 드러내는 단서가 된다는 점에서 주목할 필요가 있다.

실제 작가 염상섭은 『무화과』 서사의 후반부에서 '뒷사람'이라 지칭하며 '무화과' 세대를 표상하는 새로운 인물 완식을 등장시켜 김봉익이 표상하는 사회주의와 다른 이념적 지향성 속에서 불모의 식민지적 삶의 조건을 극복할 수 있는 가능성을 모색하고 있다. 그러나 작가 염상섭이 완식을 내세워 제시하고자 한 이념적 함의를 보다 정확히 파악하기 위해서는 먼저 『무화과』와 『삼대』의 서사적 불일치 양상에 중요한 차이가 있다는 사실을 고려해야 한다. 이 차이를 통해 작가가 『삼대』와 달리 새로운 인물 완식을 내세워 자신의 서사적 욕망을 드러내고자 한 까닭을 이해할 수 있기 때문이다.

『삼대』에서 사회주의자 김병화가 조덕기의 자의식을 비추는 반성적 거울의 기능을 할 수 있었던 것은 이 둘이 이념적 차원에서 대화적 관계

를 맺고 있었기에 가능했다. 이것은 조덕기의 계급적 한계를 부각하여
그로 하여금 사회주의자들의 비합법적 지하 운동에 '유조한' 일을 모색
하게 만드는 동기로 작용한다. 그러나 『무화과』에서 김봉익은 인식론적
구조의 지평을 매개할 뿐, 이념적으로 대화적 관계를 맺는 존재가 없다.
따라서 그는 『무화과』에서 서사적 탐색의 대상이 되고 있는 자본가 이
원영의 계급적 한계를 드러내는 역할을 하지 못한다. 이런 사실은 거꾸
로 이원영 또한 이념적 차원에서 대화적 관계를 맺고 있는 인물이 없다
는 것을 의미하기도 한다. 이와 같은 이념적 차원의 대화적 관계의 부재
가 서사적 불일치 문제와 관련하여 『무화과』와 『삼대』가 보여주는 중요
한 차이이다.

　이원영이 사회주의자와 이념적으로 대화적 관계를 형성하지 못한 까
닭은 물론 김동국이 'X차 공산당 사건'에 연루되어 옥고를 치르고 난 뒤
국내에서 활동할 수 있는 거점을 잃고 상해로 떠나게 된 정치적 상황에
서 말미암은 것이다. 김동국은, 사회주의자들의 국내 활동 거점 '조일사
진관'의 인수 자금을 요구하는 데서 알 수 있듯, 부재하는 현전으로 이원
영에게 간접적인 영향을 미치기는 하지만, 『삼대』에서와 같이 이념적 차
원에서 그의 계급적 한계를 드러냄으로써 그로 하여금 '유조한' 행위를
하도록 이끄는 역할을 하지는 못한다. 이원영이 자본가로 자기 변신을
시도한 것이나, 자신의 몰락을 '신문사나 삼익사를 탓할 것 없이' '돈푼
있는 집 자식의 교육'[24)과 '인텔리(지식계급)의 비애요 프티부르(중산계급의
소시민)의 공통한 약점'[25]탓으로 돌리는 것 등에서 알 수 있듯이, 오히려
이원영은 현실을 긍정하는 태도까지 보인다. 이원영이 보이는 이 같은
태도는, 『삼대』에서 김병화와의 관계 속에서 소극적이지만 사회주의자

24) 위의 책, 828쪽.
25) 위의 책, 827쪽.

들의 활동에 '유조한' 일을 모색하면서 자신의 계급적 한계를 넘어서고
자 했던 조덕기의 행위에 비추어 볼 때, 근본적으로 사회주의자 김동국
과 이념적 차원의 대화적 관계 상실에 그 까닭이 있다고 할 수 있다.

　염상섭이 새 인물 완식을 내세워『무화과』의 인식론적 구조의 지평을
매개하는 사회주의자 김봉익의 이념적 비전과는 다른 차원의 이념적 지
향성을 드러내고자 것 역시 이원영과 김동국 사이의 대화적 관계가 단절
된 상황에서 기인한 것이다. 이런 의미에서『삼대』의 조덕기(이원영)가 작
자의 이념적 분신이라는 사실을 감안할 때, 김봉익이 김병화(김동국)의 뒤
를 이어『무화과』의 인식론적 구조의 지평을 매개하는 인물이라면, 완식
은 정서적 구조의 층위에서 작가의 이념적 분신 조덕기(이원영)의 서사적
욕망을 매개해 주는 인물이라 할 수 있다. 이것은 아래의 글에 나타난
것처럼 이원영이 완식의 삶에 거는 기대감을 통해 확인할 수 있다.

　　　"너는 우리가 팔자 좋다고 실없이라도 그런다만, 나는 네가 부럽다. 지
　　금 내가 쫓겨다니는 신세라 해서 그런 말이 아니라, 너나 나나 같은 사
　　회, 같은 시대, 같은 우리 계급 속에서 자라났지만, 너는 앞으로 나갈 사
　　람이다, 나는 삼십밖에 안 되었지만, 벌써 뒤처진 사람이다……." 같은
　　'우리 계급'이라는 말은 빈부로 보면 다르다 하겠지만 김참장의 외손인
　　점으로 보아서 동색(同色)이라는 말인 모양이다. "어쨌든 너는 네 근거지
　　거나 무어거나 다 잊어버리고 너는 독립한 너대로 혼자 굳세게 걸어 나
　　갈 도리를 차려라. 어떤 학교에 가서 공부를 더 한다느니보다도, 내가 너
　　를 공부시킬 돈이 있으면 조그만 철공장 같은 것을 내어주어서 확실히
　　자수성가하기를 바란다. 물론 공부는 자습으로 해야 할 것이다. 가만 있
　　거라. 무슨 도리든지 마련해 주마. 얼굴에 핏기가 없는 나와 같은 인텔리
　　가 된다는 것은 나는 그리 찬성이 아니니까……."[26]

---

26) 위의 책, 844-845쪽.

　　여기에서 이원영은 '같은 사회, 같은 시대'에 살고 있지만 자신은 '뒤처진 사람'이고 완식은 '앞으로 나갈 사람'이라 칭하며 그의 삶에 새로운 기대감을 나타내고 있다. 이원영의 기대감은 완식이 구한말 몰락한 독립지사 김참장의 외손자라는 점에서 서로 계급적 뿌리를 공유하고 있다는 인식에 근거한다. 그러나 그가 완식의 삶에 기대를 거는 더 중요한 이유는 이원영 자신의 계급적 한계, 즉 '인텔리의 비애와 프티 부르의 공통한 약점'을 극복할 수 있는 자질을 소유한 인물이라는 데 있다. 그도 그럴 것이 작가는 완식을 가난한 환경에 처해 있지만 '부지런'만이 '자기의 경우를 지배해 갈' 수 있다는 신념을 갖고 일본인이 운영하는 철공소에서 성실히 일하는 '직공'으로 묘사한다. 뿐만 아니라 작가에 의해 그는 '현대를 살아가는 데 제 구실을 하기 위해서는 경제 지식'이 필요하다는 생각에서 독학으로 '『경제학 강의록(經濟學講義錄)』'을 보고자 결심할 만큼 주체적인 삶의 의지가 강한 성격의 소유자로 서술되고 있다.[27] 인용문에서 이원영이 자신처럼 '핏기 없는 인텔리'로 살지 말고 '자수성가' 할 것을 그에게 권하는 것도 이 때문이다. 그런 점에서 완식은 「작자의 말」에서 『무화과』의 창작동기로 밝히고 있는바, '자식의 일생은 우리의 생애와 달리 꽃 속에서 기르고 싶'다는 작가 염상섭의 '축원'을 대리 표상한 인물이라 할 수 있다. 완식이 이원영의 계급적 한계뿐만 아니라, 김봉익으로 표상되는 사회주의 이념의 한계까지 넘어설 수 있는 새로운 이념의 표상으로 그려지고 있다는 사실은 이를 뒷받침해 주는 결정적 근거가 된다.

　　　내가 당신께 대한 감정은 가령 운동자로서도 자기 누이나 아내만은 그
　　　일에 나서지 말아 달라고 바라는 그런 육친적 애정이나 이성을 비호(庇

27) 위의 책, 737-738쪽.

護)하는 순정과 같은 그런 감정을 가지고 있는 것도 사실이외다. 그러나
또 한편으로는 우리들은 그들의 뒤에 갈 사람이라는 생각을 요즈음 하였
기에, 당신도 아직 발을 멈추고 그들과는 좀 떨어졌다가 나하고 같이 가
시자는 그런 사상이 내 머리에 터득되었기 때문에, 당신은 나와 같이 길
을 걸읍시다고 전자에도 말씀한 것이외다. 실상은 그들 뒤에 내가 걷겠
다는 그 길이 어떠한 길인지 그것도 아직 나 자신이 분명히 깨닫고 바라
보지는 못하고 있습니다. 그러나 우리는 선천적 타고난 성질로나, 또는
사회에서 받은 영향—즉 교육이나 취미나 행습이나 머리에 젖은 생각이
나 그 모든 것이 그들과 같이 나가기 어려울 것같이 생각이 됩니다. 여
기 아저씨(이원영이를 가리킨 것이다)만 하더라도, 그는 부르주아니까 말
할 것도 없습니다만, 그이 역시 그럴 것이외다. 나는 재산도 없고 배운
것도 없으나 자연히 그 아저씨와 가까운 점이 많은 것을 깨닫습니다. 그
러나 우리가 그이와도 또 다른 것은 그이는 몰락해 가는 중산계급이요,
무기력한 인텔리가 아닙니까? 만일 그이에게서 돈을 뺏어 버리면 그는
아무 데도 쓸데없는 룸펜입니다. 그러므로 우리는 당신이 추축(追逐)하시
는 그들과도 다르지만, 그렇다고 아저씨와 유사하면서도 아저씨와도 다
릅니다. 통틀어 그이네들은 두 가지 방면을 앞서가는 이들이나, 우리는
그 뒤에서 가야 할 새 사람이 아닌가? 그리고 우리의 길은 그들이 걷지
않은 새 길이 아닌가—이렇게 생각하는 것입니다.[28]

인용문은 이원영의 경제적 원조로 동경 'XX여자의학전문학교'를 다니
다가 김동국 사건에 연루되어 사법당국의 감시를 받게 되자 채련의 주선
으로 완식의 집에 피신한 조정애에게 '육친적 애정'과 '이성적 순정'의 감
정으로 '새 길'을 함께 나설 것을 설득하기 위해 써 놓은 완식의 일기 내
용의 일부분이다. 여기에서 완식은 자신이 나가고자 하는 '새 길'이 어떤
길인지 적극적으로 말하고 있지는 않다. 그러나 그는 이원영과 '가까운
점'을 들어 소극적인 의미에서 자신이 걷고자 하는 '새 길'이 '그들'이라

---

28) 위의 책, 819쪽.

지칭되는 사회주의 운동자들이 걷는 길이 아니라는 점은 분명히 밝히고
있다. 즉 완식은 자신이 '선천적 타고난 성질'이 '사상'과 '정신'적인 면에
서 이원영과 '가깝기' 때문에 근본적으로 '그들'과 함께 할 수 없다는 것
이다. 그렇다고 완식이 이원영의 삶을 긍정하는 것은 아니다. 완식은 이
원영이 '돈'으로 지탱된 '무기력한 인텔리' '부르주아'라는 점에서 그의 삶
또한 부정하고 있다. 이에 근거할 때, 완식이 걷고자 하는 '새 길'이란
'그이네들의 두 가지 방면'이 함축하고 있는바, '부르주아'의 길과 '사회
주의'의 길을 변증법적으로 지양한 지평 위에 놓여 있다고 할 수 있다.
그런 점에서 완식은 정서적 구조의 층위에서 작가의 서사적 욕망을 대리
표상하는 지평인물로서 의미를 갖는다고 볼 수 있다.

이와 같이 『무화과』는 인식론적 구조의 층위에서 사회주의자 김봉익
의 이념적 시각을 매개로 자본가 이원영의 몰락 과정을 그려내고 있지
만, 정서적 구조의 층위에서는 완식의 '새 길'을 내세워 사회주의 이념을
지양하는 지평에서 식민지적 삶의 불모성을 극복하고자 하는 서사적 욕
망을 드러내고 있다. 이 점이 『삼대』와 마찬가지로 『무화과』가 보여주는
서사적 불일치의 중요한 특징이다. 그러나 이 두 작품이 보여주는 서사
적 불일치에는 중요한 의미의 차이가 내포되어 있는 점에 주목해 보이야
한다. 『삼대』의 경우 사회주의자 김병화와 작가의 이념적 분신 조덕기가
대화적 관계를 형성함으로써 식민지적 삶의 조건을 극복하는데 있어서
상이한 이념적 세력 간의 협력의 가능성을 열어두고 있다. 그러나 김봉
익과 완식의 경우, 『무화과』 서사 전체를 통틀어 어떠한 대화적 관계를
맺지 않는 것으로 나타나 있다. 『무화과』는 김봉익이 '연애'와 '사상' 사
이에서 내적 갈등을 겪은 뒤 결국 문경과의 연애 관계를 정리하기로 결
심하고 자신의 신념을 실현하기 위해 모종의 '사명'을 띠고 동경으로 떠
나고, 완식이 조정애와 함께 걸을 '새 길'을 기약하는 것으로 끝을 맺는

다. 이러한 『무화과』의 서사적 종결에서 알 수 있듯이, 그들은 결국 대화적 관계를 맺지 않은 채 각자의 길을 찾아 떠난다.

『삼대』와 『무화과』가 보여주는 이와 같은 서사적 불일치 양상의 차이는, 일찍부터 염상섭이 사회주의 세력과 민족주의 세력의 협력을 중시한 '중정' 노선의 관점에서 작가적 실천을 모색해 왔던 사실을 고려한다면, 매우 중요한 정치적 함의를 내포한다. 즉 『삼대』의 김병화와 조덕기가 맺는 대화적 관계가 식민지적 삶의 조건을 극복하기 위해 동시대 현실에서 요구되었던 두 이념 세력 간 협력 가능성을 상징하는 정치적 의미를 내포한다면, 완식과 김봉익이 서로 대화적 관계를 맺지 않고 각자의 길을 찾아 나서는 것으로 끝나는 『무화과』의 서사적 종결은 작가 염상섭이 사회주의 이념적 세력과의 협력 가능성에 대한 포기의 징후를 나타내는 것으로 읽을 수 있다.

그렇다면 문제는 연작으로 기획되어 연이어 발표된 『삼대』와 『무화과』 사이에 나타난 이러한 변화를 어떻게 설명할 것인가이다. 이 문제와 관련하여 작가 염상섭이 식민지 정치 상황의 변화에 민감한 반응을 보이면서 정치적 인유를 통해 작가적 실천을 수행해 왔던 사실을 고려한다면, 그로 하여금 사회주의 세력과의 협력 가능성에 대한 기대를 접게 할 만큼 위기의식을 갖게 만든 정치적 상황이 개재되어 있을 것이란 추정이 가능하다. 『무화과』 전체 서사의 흐름과 다소 동떨어지게 외삽된 '안달외사의 비평' 장에서 수상쩍은 일본인 안달외사(安達外史)의 다음과 같은 발언은 염상섭이 가졌을 위기의식을 해명하는 데 하나의 단서를 제시해 준다는 점에서 주목해 볼 필요가 있다.

요새 들어앉아서 가만히 신문을 보면, 사회의 공기가 어쩐지 그전보다 매우 불안한 모양인데, 그것은 불경기 탓이라든지 정치적 변동이라든지 재래의 적색운동이라든지 동경의 테러리스트의 폭거로 인심이 동요됐다든 지 하는 것이 아니라, 맞춰 말하면 몸뚱어리의 어느 구석에서인지 뜨끔 뜨끔하고 곪아 터지려는 것 같은 그런 무엇이 이 서울 안에 있는 것을 신문 보도만 보고도 짐작이 든단 말야. 그러나 가만히 그것을 생각하면 도시가 내 불찰에서 나오지 않았는가 하는 양심상 책임감이 저절로 생긴 단 말야. (⋯중략⋯) 내가 책임감을 느낀다는 것은, 원체 김동국이를 봉 천으로 가게 주선해 준 것이 내 주선이기 때문에 말요 (⋯중략⋯) 어느 덧 상해로 달아나서 또 불온한 획책을 하고 앉았는 줄 누가 알았겠소. (⋯중략⋯) 상해가 중심이 되어 가지고 동경 서울로 음모단이 잠입한 것 은 사실은 모양인데, 조선 경찰이 아무리 무능하다기로 어림이나 있나! 미구불원간 터지고 말 것이니, 터지는 날이면 까닭없이 거기 휩쓸려 들 어가는 사람들을 어떻게 하겠느냐는 말요. 음모라야 경성이 무너야 지겠 소---무슨 별일이야 없겠지만 별일도 없이 무고한 다수 유위 청년남녀 가 일생을 희생할 그 점을 생각하면, 밤에 잠이 안 온단 말씀요. 우선 이 원영이로 두고 봅시다. 그 사람이 주의자요? 그러면 소위 심파(원조자) 요? 나 보건대 그 아무것도 아니요, 주의로 말하면 민족주의자라 하겠지 만, 부르주아로서 몰락해 가는 인텔리가 아니오. 그가 김동국이와의 교 분으로 돈 십 원 돈 백 원 주었다는 사실--쉽게 말하면 궁한 친구가 구 걸을 하니까 조금 도와 주었다는 사실밖에 아니 되지만, 결과에 있어서 는 그렇게 단순치가 않을 뿐 아니라, 법률이 아무리 동정하여 보아도 그 대로 둘 수 없는 경우가 있단 말요.[29]

인용문은 안달외사가 새로운 삶을 찾기 위해 일본으로 떠나기 전 물 질적 도움을 구하러 온 박종엽을 앞에 두고 건넨 말 가운데 일부분이다. 신문기자 출신 안달외사는 조선어에 능통하고 조선 역사에도 관심이 많 은 인물이다. 또한 곤경에 처한 조선의 '유위 청년남녀'들을 물질적으로 돕고 있다. 그러나 '언론계와 정계에 은연한 세력'을 가졌다는 데서 알

---

29) 위의 책, 811-812쪽.

수 있듯, 그는 식민 제국 일본의 옹호자라고 할 수 있는 인물이다.[30) 여기에서 안달외사는 신문에 보도된 내용을 근거로 상해로 피신해 있는 '주의자' 김동국의 '불온한 획책'에 의한 모종의 '음모 사건'이 조만간에 터질 것이고, 그로 인해 그를 도운 민족주의자 '이원영'을 비롯해 '다수의 유위 청년남녀'가 '무고하게' 희생될 것을 염려하는 듯 말하고 있다. 작가 염상섭은 이처럼 정체가 모호하지만 식민 제국 일본의 옹호자인 안달외사의 입을 통해 '사회적 공기'의 '불안정'과 그것이 몰고 올 파장을 암시하면서 당시의 정치적 상황에 대한 위기의식을 간접적으로 드러내고 있다.

염상섭으로 하여금 이와 같은 위기의식을 갖게 한 근원에는 인용문에 제시되어 있는 바와 같이 'X차 공산당 사건'으로 삼년 간 복역을 마친 뒤 상해로 피신한 김동국의 '불온한 획책'이 자리잡고 있음은 물론이다. 그런데 주목해 볼 것은 안달외사가 '사회의 공기'가 '불안정'하게 된 직접적인 계기가 신문에 보도된 '적색운동'과 '동경의 테로리스트의 폭거'라는 점을 은연중에 말하고 있다는 사실이다. 인용된 글이 ≪매일신보≫에 연재된 날짜가 1932년 10월 22일이라는 사실을 감안한다면, 안달외사가 신문에서 본 '적색운동', '동경의 테로리스트의 폭거'는 이른바 '적색갱그 사건'과 연관되어 있을 개연성이 매우 높다. 『무화과』가 연재 중인 1931년 10월 6일 동경에서 발생한 이 사건은 당시 일본뿐만 아니라 『무화과』를 연재하고 있던 ≪매일신보≫뿐만 아니라 ≪동아일보≫ 등 공적 담론의 장에 대서특필될 만큼 식민 제국 일본에 저항하는 운동 세력에 엄청난 파장을 몰고 올 가능성이 큰 사건이었다. 이 사건에 대한 보도 이후 사회주의자들이 주동이 된 대중운동에 대한 탄압과 검속이 대대적

---

30) 위의 책, 164쪽.

으로 이루어졌다는 사실이 이를 입증해 준다.[31] 바로 이 사건이 식민 제국 일본에 저항하는 국내 운동 세력 전체에 몰고 올 정치적 파장에 대한 염상섭의 위기의식이 『무화과』에서 김봉익과 완식 간의 대화적 관계의 단절, 그것이 상징하는 사회주의 세력에 대한 협력 가능성의 포기로 나타났을 개연성이 크다. 문제는 이런 협력 가능성의 포기는 다른 한편으로 염상섭의 작가적 실천을 추동해 온 민족 동일성 회복 욕망의 역설적인 성격을 드러내 준다는 데 있다.

　도대체 내 생각 같아서는 정애 씨가 그런 일에 간섭을 안 하였던 것이 좋았을 것은 더 말할 것 없거니와, 금후라도 계속해서 그 길로 나가실 굳은 결심을 가지셨다면, 나는 구태여 이런 권고까지 하고 싶지는 않습니다. (…중략…) 정애 씨는 그처럼 철저한 동지는 아니신 듯하며, 따라서 이번 일도 어떤 사정에 부득이 끌리신가 봅니다. 부득이한 사정이 끌렸다 하여도 물론 법률은 용서치 않을 것이외다. 그러나 만일 법망에 걸리지 않고 일신이 온전함을 얻어 다시 새 생활에 출발하실 수가 있다면, 도덕적 효과로 보아서 그처럼 다행한 일이 없겠고, 또한 그때는 나의 새로운 동지가 되실 것이 아닙니까?[32]

　인용문은 완식이 '김동국 사건'에 연루되어 괴로워하는 조정애에게 사회주의자와의 관계를 청산할 것을 설득하는 내용을 담은 일기의 한 대목이다. 여기에서 완식은 조정애가 '김동국 사건'에 연루된 것이 본인의 의지에 의한 것이 아니라 '어떤 사정에 부득이 끌'려서 일 것이라 판단하고 있다. 그런데 주목해 보아야 할 점은 설사 자신의 의지에 따라 행한 일

---

31) '적색갱 사건'과 염상섭 장편소설의 연관성에 대해서는 졸고, 「적색갱그 사건과 염상섭의 통속소설 『백구』」, 『어문연구』, 제41권 제3호, 한국어문교육연구회, 2013, 218-228쪽 참조.
32) 염상섭, 앞의 책, 814-815쪽.

이 아니더라도 '법률은 용서치 않을 것'이라고 한 완식의 발언이다. 완식의 이 발언에는 앞서 인용한 식민 제국 일본의 옹호자 안달외사의 음성이 스며들어 있다는 점에서 문제적이다. 물론 이런 완식의 발언이 안달외사의 논리와 일치한다는 것을 뜻하지는 않는다. 마찬가지로 『무화과』에 내포된 사회주의 세력과의 협력 가능성에 대한 포기가 곧바로 민족동일성 회복의 욕망을 접고 식민 일본 제국의 논리에 부합해 들어가는 것을 의미하는 것도 아니다. 문제는 민족적 동일성을 추구하는 욕망 자체가 식민 제국의 억압자에 의해 구성된 것인 한에 있어서 현실에서 실천의 동력을 상실했을 경우 식민지적 상황을 극복하고자 하는 의도와는 상관없이 식민 제국의 논리로 전화될 수 있는 위험성을 수반하는 아이러니를 내포할 수 있다는 사실이다. 『무화과』에서 각각 민족주의와 사회주의를 표상하는 인물 완식과 김봉익 사이의 대화적 관계가 부재하다는 사실은 이와 같은 민족적 동일성 회복 욕망의 아이러니한 성격을 단적으로 드러내주는 정치적 징후라 할 수 있다. 바로 이런 맥락에서 『무화과』의 정서적 구조의 층위에서 작가의 서사적 욕망을 대리 표상하는 인물 완식에 의해 제시한 '새 길'은 염상섭의 작가적 실천을 추동해 온 민족적 동일성 회복 욕망의 역설적 성격을 보여준다 할 수 있다.

4. 맺는 말

지금까지 『삼대』의 연작으로 기획된 염상섭의 장편소설 『무화과』 서사의 정치적·이념적 의미를 고찰하였다. 이 장에서 다룬 논점은 다음과 같이 정리할 수 있다.

첫째, 작가 염상섭은 『무화과』에서 젊은 사회주의자 김봉익의 이념적 시각을 매개로 '중산계급'의 표상 이원영의 몰락 과정을 서사화함으로써 물신화된 자본주의적 욕망이 지배하는 식민지 근대의 불안정한 일상을 비판적으로 드러내고자 했다. 염상섭이 『무화과』에서 문제화하고자 한 '무화과' 세대의 불행한 삶은 이처럼 물신화된 자본주의적 욕망이 지배하는 식민지 근대의 불안정한 삶의 조건에서 비롯된 것이다. 김봉익, 이문경, 조정애, 완식, 박종엽 등 '무화과' 세대 청춘남녀가 한결같이 정체성의 위기를 경험하는 인물로 그려지고 있는 까닭은 바로 이 때문이다.

둘째, 작가 염상섭은 『무화과』의 정서적 구조의 층위에서 새로운 인물 제시한 '새 길'을 내세워 인식론적 구조의 지평을 매개하는 김봉익의 사회주의 이념과 다른 지향성을 함축한 서사적 욕망을 드러내고 있다. 김봉익에 대한 작가의 태도가 양가적이라는 것이 이를 간접적으로 증명해 주거니와, 보다 직접적으로는 완식을 매개로 작가 염상섭이 제시하고 있는 '새 길'이 사회주의 이념과 부르주아 이념을 극복한 지평 위에 놓여 있다는 사실이 이를 뒷받침해 준다. 이는 작가 염상섭이 비록 『무화과』의 인식론적 구조의 층위에서는 사회주의자의 이념적 시각을 매개로 '무화과' 세대의 불행한 운명을 배태한 식민지적 삶의 조건을 문제화하고 있지만, 그러한 식민지적 삶의 조건을 극복할 수 있는 가능성은 사회주의 이념을 넘어선 다른 이념적 지향성 속에서 모색하고 있음을 시사해 준다. 그 이념적 지향성이 식민지 시기 염상섭의 작가적 실천을 추동해 온 민족 동일성 회복의 욕망에 근거를 둔 것임은 물론이다.

셋째, 작가 염상섭이 『무화과』에서 '새 길'을 통해 드러내고자 한 민족 동일성 회복의 욕망은 정치적·이념적으로 역설적인 성격을 갖는다. 염상섭이 완식을 매개로 제시한 '새 길'은 사회주의 이념을 넘어선 지평 위에서 식민지적 삶의 조건을 극복할 가능성을 모색해 보여주고 있지만, 사회주의 이념과 대화적 관계를 형성하지 못함으로써 그것은, 전작 『삼대』에서 보여주었던 것과 달리, 사회주의 세력과의 협력 가능성에 대한 포기의 징후를 드러내는 상징적 의미를 담고 있다. 뿐만 아니라 그것은 의도와는 상관없이 식민 제국 일본의 지배 논리에 휘말려 들어갈 가능성을 내포한 것이기도 하다. 완식을 입을 빌려 제시된 '새 길'의 내용에 식민 제국 일본의 옹호자 안달외사의 음성이 은연 중 스며들고 있다는 것이 이를 뒷받침해 준다. 이는 물론 『무화과』가 창작된 시기 악화된 식민지적 정치 상황을 반영한 것이지만, 거꾸로 민족 동일성 회복의 욕망에 의해 작가적 실천을 수행해 온 염상섭의 동시대 정치 상황에 대한 위기의식이 투영된 결과이기도 하다. 『무화과』와 보름 정도 연재 시기가 겹칠 만큼 연이어 발표된 『백구』에서 사회주의자들의 활동이 식민 체제에 대한 저항 행위로 의미화되기는커녕 한낱 '쌍그' 집단의 범죄적 행위에 견주어져 매우 부정적으로 그려지고 있는 것이 염상섭의 작가적 실천을 추동한 민족 동일성 회복 욕망이 지닌 이 같은 역설적인 성격을 간접적으로 뒷받침해 준다.

제4부

제국주의에 대한
대립적 동일화의 서사
— 이기영의 『고향』, 『신개지』, 『봄』

제1장

식민지 현실의 총체화와 사회주의적 이상향의 억압적 승화

1. 들어가는 말

『고향』은 '프로문학의 본래적 달성의 최고의 수준'[1]이라 할 만큼, 식민지 시대 프로문학 최대의 성과작으로 주목받아 왔다. 『고향』이 주목을 받은 주된 이유는 경향소설의 가장 큰 문제점으로 지적받았던 관념성과 도식성을 극복하였다는 점이다. 식민지 근대화 과정에서 변화를 겪는 농촌 현실을 밀도 있게 형상화함으로써 시대적 전형성을 획득하고 사회적 총체성을 구현했다는 것이 『고향』의 리얼리즘적 성취에 대하여 지금까지 이루어진 일관된 평가의 요체이다.[2]

---

1) 임화, 「조선 신문학사론 서설」, 《조선중앙일보》, 1935.11.13.
2) 다음은 대표적인 논의들이다. 김남천, 「지식계급 전형의 창조와 『고향』 주인공에 대한 감상-이기영 <고향>의 일면적 비평」, 《조선중앙일보》, 1935.6.28, 7.4. 민병휘, 「춘원의 『흙』과 민촌의 『고향』을 읽고서」, 『조선문단』 23, 1936.12.1. 안함광, 「로만 논의의 제 과제와 『고향』의 현대적 의의」, 『인문평론』, 1940.11. 한형구, 「『고향』의 문학사적 의미망」, 권영민 편, 『월북문인연구』, 문학사상사, 1989. 김재용, 「일제하 농촌의 황폐화와 농민의

『고향』이 리얼리즘 미학의 원리에 따라서 '전 조선적인 농촌 현실을
정확히 파악하는 총괄적 인식'을 담아냈음은 분명하다. 이러한 『고향』의
리얼리즘적 성취는 작가가 카프 중앙위원으로 매우 의식적인 관점에서
시대 현실의 변화를 총괄할 수 있었고, 생활 체험적 요소, 특히 농촌에서
의 '유년기 체험의 결정적 인상'이 창작의 밑바탕을 이루고 있었기에 가
능했다. 그만큼 인식론적 층위와 정서적인 층위에서 작가가 잘 아는 제
재를 자신 있게 그려낼 수 있었던 것이다.

그러나 『고향』의 리얼리즘을 평가하는데 있어서 이러한 인식론적인
층위와 정서적인 층위가 서로 상충하고 모순하고 있다는 점에 새삼 주목
할 필요가 있다. 즉 『고향』 서사의 인식론의 기저를 형성하고 있는 것은
'사회주의'라는 이념적 시각이다. 이것은 작가 이기영이 '철도'로 표상되
는 근대화 과정에서 황폐화되어 가는 식민지 농촌의 현실에 주목하고 그
것을 극복하기 위한 시각으로 취택한 것이다. 그런 점에서 사회주의는
미래로 열려져 있는 서사적 원근법이라 할 수 있다. 그러나 작가 스스로
'가위를 눌리고 말았다'[3]고 고백했듯이, 그러한 서사의 이념적 원리가
절대화됨으로써, 한편으로는 이기영에게 고유한 내적 정서를 억압하는
기제로 작용하였음도 부인할 수 없다. 오히려 『고향』의 성취는 서사를

주체적 각성」, 『고향』, 풀빛, 1989. 김윤식, 「이기영론」, 『한국현대현실주의소설연구』, 문
학과지성사, 1989. 이재선, 「반항의 시학과 상상력의 제한-이기영의 <고향>론」, 『세계의
문학』 50, 1988.12. 김병걸, 「이기영의 『고향』론」, 『1930년대 민족문학의 인식』, 한길사,
1990. 한기형, 「『고향』의 인물전형창조에 대한 연구(1)」, 『반교어문연구』 제2집, 1990. 윤
지관, 「리얼리즘문학에서의 반영성·전형성·민중성-이기영의 『고향』의 경우」, 『민족과
문학』, 1991 봄. 김동환, 「『고향』론」, 『민족문학사 연구』 창간호, 민족문학사연구소,
1991. 김외곤, 「노동동맹의 성과와 한계」, 『문학정신』, 1991.11. 류보선, 「현실적 운동에
의 지향과 물신화된 세계의 극복. <고향>론」, 『민족문학사연구』 3, 1993. 이상경, 「이기
영-시대와 문학」, 풀빛, 1994. 문흥술, 「이기영 <고향>에 나타난 미적 특수성에 관한 연
구」, 『한국의 현대 문학』 4, 1995.
3) 이기영, 「사회적 경험과 수완-창작의 태도와 실제」, ≪조선일보≫, 1934.1.25.

구성하는 이 두 가지 층위가 착종되고 모순을 일으키고 있다는 점에서 그 이유를 찾을 수 있다. 실제로『고향』의 서사에서 이 두 가지 층위는 서로 내적인 긴장을 형성하며 서사의 균열을 낳는다. 요컨대 '이종혼질적인' 서사적 원근법들이『고향』의 서사에 투영되어 내적인 구성을 가능케 하는 근본 원리가 되고 있다고 할 터이다. 따라서『고향』을 해석할 때 주목해야 할 점은 미래로 향한 열려 있는 서사적 시각인 '사회주의' 이념이 정서적인 층위에서 과거로 회귀하는 서사적 시각을 억압하면서 상호 긴장의 관계를 형성하고 있다는 사실이다. 바로 이와 같은 서사의 균열, 내적 긴장이 창작의 원리로 작용하고 있었기에『고향』은 이전의 경향소설이 보였던 문제점을 극복할 수 있었던 것이다.

이와 같은 판단에서 이 장에서는『고향』서사의 인식론적인 층위와 정서적인 층위 사이의 상호 모순과 내적 긴장에 주목하여『고향』을 식민지적 상황의 맥락에서 새롭게 해석할 수 있는 가능성을 모색해 보고자 한다.

2. 지평인물의 설정을 통한 서술의 특권화와 계급 대립의 관계 구조

『고향』(≪조선일보≫, 1933.11.15-1934.9.21)[4]은 '원터'라는 농촌 마을을 공간적 배경으로 하여 지주와 소작인 사이에서 벌어지는 대립과 투쟁의

---

4)『고향』은 1933년 11월 15일부터 1934년 9월 21일까지 ≪조선일보≫에 연재되었다. 해방 이전인 1937년 한성도서에서 상·하 두 권(상권 1936.10; 하권 1937.1)으로 개작되어 출간되었다. 해방 이후인 1947년에는 한성도서본을 저본으로 하여 다시 한 번 개작되어 아문각에서 출판되었다. 여기에서는 1937년 한성도서에서 상·하권으로 간행된『고향』을 텍스트로 삼는다.『고향』은 연재본과 단행본 사이에 일정한 수정과 변화가 발견되는데, 여기에 대해서는 이상경,『이기영-시대와 문학』(풀빛, 1994, 179-201쪽)에서 치밀하게 검토되고 있다

과정을 서사의 중심으로 하고 있다. 이와 같은 지주와 소작인 사이의 계급적 갈등과 투쟁 과정을 통해 소작 농민들이 계급적·집단적 주체로서 자기를 정립할 수 있는 가능성을 모색하며 새로운 세계에 대한 비전을 제시하고자 하는데『고향』의 서사적 기획의 근원성이 놓여 있다고 할 수 있다. 이같은『고향』의 서사적 기획은 구체적으로 계급적 적대에 기반을 둔 '반항의 시학'을 통해 구현된다.

『고향』의 시작부에 해당하는 제 1장인 '농촌점경' 장은『고향』의 이와 같은 서사 기획의 근원이 어디에 있는가를 잘 보여준다. 작가는 원경으로부터『고향』서사가 전개되는 주 무대인 '원터'라는 농촌 마을의 구도를 지주의 대리인인 마름의 집과 소작인의 집을 병치시켜 제시한다. 그리고 원경에서 '마름' 안승학 집의 한가로움과 인동이 모자로 대표되는 소작농들의 고되고 궁색한 생활상을 대조적으로 묘사한다. 그러면서도 작가는 시점을 이동시켜 소작농 원칠의 딸 인순의 '지향 없는 앞날에 대한 두려움'을 내적 초점화하여 보여주고 있다.

> 마을 사람들은 오늘도 논으로 밭으로 헤어졌다. 오후의 태양은 오이려 불비를 퍼붓는 듯이 뜨거운데 이따금 바람이 솔솔 분대야 그것은 화염(火焰)을 부채질 하는 것뿐이었다. 숨이 콱! 콱! 막힌다. 논꼬에 고인 물이 부글 부글 끓어 오른다. 팀벙! 뛰어드는 개구리는 두다리를 쭉- 뻗고 뻐드러진다. 그놈은 비시감치 자뻐지면서 입을 딱딱 벌리었다. 인순이는 빈집에서 인학이를 보고 있었다. 그는 아침나절 서늘한 무렵에는 감나무 밑에 깔아놓은 멧방석 위에서 색!색! 자고 있었다. 인순이는 그 옆에 앉어서 군소리를 해가며 아버지의 버선 굼치를 기였다. 작년 봄에 보통학교를 졸업한 인순이는 그만 앞길이 콱 막히고 말았다. 부모가 수근거리는 것이 은근히 무서웠다. 그는 그들을 떠나서는 드므지 살수없을것 같었다. "아 나는 어떻게 하나?……" 그는 지향없는 앞길을 놓고 자기의 조그만 가슴을 태웠다. 그는 자나 깨나 무시로 만단 궁리를 해보아도 도무

지 이렇다 할 묘책은 나서지 않았다. 그것은 마치 캄캄한 어둔 밤중에 명멸(明滅)하는 등불을 켜들고 의로히 산꼴길을 해매는 사람처럼 밤새도록 그 생각을 되푸리 할뿐 이었다. 그의 인생의 조그만 등불은 아직 '광명'을 비추기는 너무도 희미하였다. 그보다도 그의 주위에는 아채와 같은 '암흑'이 둘러쌌다. 감나무 밑에도 볕이들자 어린아이는 땀흘린 머리를 긁으며 부수수 일어나 앉는다.[5]

이처럼 시점의 이동을 통하여 서술자는 인순을 둘러싼 주변의 현실을 '암흑'이란 비유에 기대어 환기시켜 주고 있다. 그런데 인순의 심리를 내적 초점화하고 있다는 것은 이후에 전개될 서사가 인순으로 대표되는 신세대 농민의 자식들이 '암흑'의 현실을 극복해가는 과정에 놓여 있음을 은연중 드러내는 것이라 하겠다. 이것은 또한 서사의 초점이 가난한 소작농의 자식들이 '무지'의 상태에서 '앎'의 상태로, 즉 현재 '암흑'의 상태에서 미래 '광명'의 상태로 나아가는 과정에 있음을 암시하는 것이기도 하다.

이것은 곧 『고향』 서사의 인식론적 지평이 대상화된 객체에서 자기 삶의 주체로 성장해 가는 신세대 소작농의 삶에 있음을 보여주는 것이기도 한데, 젊은 세대의 수련 및 성장의 과정[6]이 반복 제시되고 있다는 점에서 『고향』의 서사적 기획의 초점이 무엇인지 알 수 있다. 말하자면 인순의 오빠 인동이를 비롯하여 방개, 막동이 등 원터의 젊은 세대들이 자신들을 에워싼 가난한 현실에 말미암은 절망과, 앞날에 대한 두려움을 극복하고 새로운 삶의 좌표를 찾아 성장해 가는 과정이 『고향』 서사의 핵심이라 하겠다.

---

5) 이기영, 『고향』(상), 한성도서, 1937, 1-2쪽.
6) 로뱅에 따르면, 사회주의 리얼리즘 계열 소설의 서사는 '수련의 구조'와 '대립의 구조'이다. R. Robin *Socialist Realism : An Impossible Aesthetic*, Stanford Uni., 1992, pp.261-262 참조.

따라서 『고향』에서 서사의 핵심은 이들 인물들이 자기 삶의 주체로서 스스로를 정립해 가는 과정이 어떤 삶의 좌표 속에서 이루어질 것인가에 놓여 있음은 당연하다. 그러한 삶의 좌표를 제시하는 인물이 바로 김희준이다. 그의 존재는 이미 '농촌점경' 장에서 마름 안승학과 호구조사를 나온 순사 사이에서 이루어지는 대화를 통해 환기되고 잇는데, 그는 새로운 시대에 부응하여 소작농이 자기 삶의 주체로 정립해가는 과정을 매개해 주는 인물로 서사에서 중요한 기능을 맡고 있다. 요컨대 김희준은, '지향할 수 없는'이라는 수식어가 나타내 주듯이 암흑한 현실에서 막다른 상황에 놓인 소작농민의 자식 세대들이 겪는 절망과 울분 그리고 두려움의 심리적 방황을, 암흑에 대립되는 이미지인 '광명'이라는 긍정적 가치의 방향으로 적극 추동시켜 가는 인물이다.

그와 같이 삶의 좌표를 제시하는 위치에 있는 만큼 김희준은 서술자가 소망하는 새로운 세계상을 체현하는 '지평인물'로서 의미를 지닌다. 그렇기 때문에 김희준이 서사에서 그와 같은 역할을 완수하기 위해서는 서사 전략상 특권화된 위상을 부여받을 수밖에 없다. 즉 독자들은 『고향』의 서사에서 펼쳐지는 세계뿐만 아니라 그가 지향하는 새로운 삶의 세계상을 김희준의 눈을 통해 지각하도록 유도된다.

'지평인물'로서의 김희준은 서사에 등장하는 인물들 간의 관계망을 통하여 특권화된다. 우선 김희준의 특권화는 그가 소작농민들로부터 자신을 차별화함과 동시에, 다른 한편으로는 그들의 구체적인 삶 속으로 자신을 동화시켜가는, 이른바 '이론과 실천'을 겸비한 인물이라는 점에서 확인된다. 이전의 경향소설의 주인공들이 민중을 타자화시키고 그들에게 일방적으로 '계급해방'이라는 추상적인 진리만을 설파했던 양상과는 달리, 바로 이와 같은 그의 특권화된 자질 덕분에 김희준은 농민들의 삶 속에 자연스럽게 받아들여질 수 있었던 것이다. 나아가 『고향』이 '민중성'을 획득할 수 있었던 것도 김희준의 이러한 특권화된 자질에 기인한다.

이와 같은 그의 자질이 극적으로 부각되는 계기가 바로 그가 귀향하여 제일 먼저 펼치게 되는 읍내 청년회 활동이다. '진리의 사도'가 되려는 원대한 포부를 품고 동경으로부터 귀향하여 그가 제일 먼저 하는 것이 바로 청년회 활동이다. 특히 그는 노동 야학 활동에 열중한다. 그러나 그가 1년 동안의 청년회 활동 속에서 느꼈던 것은 환멸과 회의밖에 없다. 그에게 청년회는 '유흥 기분'에 들뜬 '비빔밥'에 지나지 않는 아무짝에도 쓸모없는 군상들의 집합소일 따름이다. 김희준은 소작농민들의 구체적인 삶과는 유리된 채, '바람에 불리는 갈대와 같이 신념을 잃고', 단지 지난날 지사였다는 명분만 앞세워 자기 삶에 안주하는 청년회 회원들에게서 '소시민적인 인생관'을 보게 된다. 이를 통하여 그는 귀향 후 자신의 활동에 대하여 준열한 자기비판을 행한다. 물론 이처럼 그가 '소시민적 인생관'에 대하여 철저한 자기비판을 하게 된 데에는 소작농민들의 질책이 결정적인 계기가 된다.

"말이 났으니 말이지─ 아저씨도 아까 그러한 말씀을 합디다마는 그까짓 청년횐 무엇 하러 가는 겐가? 그까지껏들 하고 무슨 일을 같이 하겠다고. 하긴 자네가 나온 뒤로는 좀 달러진 것도 같데마는! 어떻게 했으면 오늘은 심심 푸리를 잘할까? 하는 유복한 자식들이나, 그렇지 않으면 제 에미 애비가 뼛골이 빠지게 일을 해서 보통학교나마 공부를 시켜 노니까, 번둥번둥 처먹고 놀면서 '공'인지, 급살인지 치러까질르는 놈들이 무슨 제법 큰일을 하겠다는 말인가. 흥! 그래도 내세우는 말들은 장관이지─뭐? 그런 운동을 하면 몸이 튼튼해지고 소화가 잘된다고! 아니 못먹어서 부앙나 죽을 놈이 부지기수인데 돼지죽으로만 알던 지게미도 못얻어 먹어서 양조소 굴뚝을 하누님 처다보듯하고 한숨을 짓는 이러한 살어름판인데, 그래 기껏 걱정이 밥먹은 것을 삭을 걱정이로구면! 천하에 기

급을 할 놈들 같으니!" (…중략…) 희준이는 김선달에게서 무슨 자기와
공통되는 것을 발견한것 같은것이 있자 심중에 진득한 생각을 갖게 하였
다.(그렇다! 참으로 그런 자식들과 무슨 일을 할 것이냐?) 그는 비로소 자
기의 가진 신렴이 더욱 굳어지는 것을 느끼는 동시에 다시 한편으로 자
기의 인테리 근성을 자책하기 마지 않었다.[7]

인용문에서 확인할 수 있듯이, 김희준은 소작농민들의 질책을 계기로
그들과 자신과의 일체감, 동일성을 확인하게 되고, 귀향할 때 품었던 자
신의 신념을 가다듬게 된다. 그런데 이러한 김희준의 자기비판의 과정에
서 한 가지 주목해야 할 점은 '지평인물'로서 그가 갖고 있는 진리에의
신념, 즉 그가 지향하는 가치 체계가 무엇인가 하는 것이다. 다음의 인용
은 이 문제를 파악하는데 중요한 단서를 제공한다.

희준이가 현해탄을 건너간 것은 물론 그때 청년들이 동경하든 신풍조
에 휩쓸녀서 자기도 원대한 포부를 가지고 문명국의 신학문을 배우기 위
한 것이 첫째 원인이였겠지만, 만일 희준이도 가정의 불화가 없었다면
동경까지 건너가지 않었을는지도 몰은다. 만족하면 배가 불너서 타락하
기가 쉽고 불행한 사람은 앙심이 나서 향상할랴는 로력을 크게 한다─희
준이의 동경행은 이와 같은 결과를 가저왔다.
그는 지금 개인의 행불행은 그리 문제로 삼찌않는다. 그럼으로 련애
같은 것은 더구나 문제도 되지 안는다. 인간생활은 련애보다는 훨신 고
상한 생활이있다. 누구나 만일 진리의 사도가 되랴할진대, 그리고 두가
지를 동시에 겸할 수가 없을 것 같으면 그는 반드시 진리를 위해서 살어
야만 할 것이다─그러나 또한 그 역시 아직도 청춘이 새파랗다. 그런인
생관을 가질수록 본능의 충동이 맹렬하다. 그도 맹수와 같이 가처있든
성적 충동이 때마다 발작하면 것잡을수 없었다. 그럴수록 그는 안해가
더 미웠다.[8]

7) 이기영, 앞의 책(상), 234-236쪽.

인용문을 통해서 추론해 볼 수 있는 것은 김희준이 근본적으로 타자의 욕망을 매개하는 인물이라는 점이다. 그의 동경행은 '현해탄' 저편 너머에 있는 '문명국의 신학문'을 배우는 데서 비롯된 것이다. 그리고 프로이트의 '승화' 개념9)에 근거하면, 그의 동경행은, '조혼'으로 표상되는 구래의 봉건적인 질서가 낳은 인습에 의해 억압된 그의 욕망이 표출된 것이라 할 수 있다. 물론 '휩쓸녀서'라는 표현이 잘 나타내 주듯이, 그의 억압된 욕망은 처음에는 무정형의 상태였지만, 동경으로부터 돌아왔을 때 무정형 상태의 그의 억압된 내적 욕망은 '진리를 위해서 살아야 한다'는 대사회적인 차원으로 '승화'되었다.

바로 이와 같은 사실에서 또한 그의 사회적 자아로서의 김희준을 결정짓는 '타자의 욕망' 문제가 제기될 수 있는데, 앞에서 언급했던 것처럼, 귀향 후 일 년 동안 자신의 소시민적인 생활 태도에 대한 준열한 자기비판은 사실 사회적 자아로서의 김희준을 규정짓는 '타자의 욕망'이 윤리적 규범으로 내면화된 결과라는 점에서 문제적이라 할 수 있다. 이렇게 볼 때, 근본적으로 '김희준'의 특권적 자질은 그를 결정짓는 문화적 타자의 장에서 비롯된 것이며, 그와 같이 김희준에게 내면화된 신념, 즉 '현해탄' 저 너머의 문화적 타자의 장에서 파생된 신념은, '반드시 진리를 위해서 살아야만 할 것'이라는 표현이 드러내주듯이, 그에게는 너무

---

8) 위의 책(하), 343-345쪽.

9) 프로이트는 『정신분석입문』에서 "인간 사회의 동기는 궁극적으로 경제적인 것이다."라는 전제 아래, '모든 인간은 현실 원리[reality principle]-노동의 필요성-를 가지고 이른바 쾌락 원리[pleasure principle]라고 부른 것을 억압만 한다'는 것을 주장한다. 이것은 '욕망 충족의 보류'를 나타내며, 그런 의미에서 인간은 '신경증을 앓는 동물'[neurotic animal]이라 할 수 있다. 그러나 '중요한 것은 신경증이 불행의 원인이 될 수도 있지만, 인간으로서 창조적인 작업을 해나가는 면도 관련을 맺고 있다는 사실이다. 욕망의 '승화'가 바로 그것인데, 프로이트 이론에서 '승화'란 충족시킬 수 없는 욕망을 좀 더 가치있는 사회적 목적에로 전화시키는 것을 의미하고 문명의 탄생은 이것의 결과로 설명된다. 테리 이글턴, 김명환 외 역, 『문학이론입문』, 창작과비평사, 1986, 186-188쪽 참조.

나도 확고한 것이다. 따라서 처음부터 김희준에게는 '자기반성'이라는 자의식적인 내면이란 있을 수 없다고도 할 수 있다. 그가 자신에게 행했던 자기비판이라는 것도 '동물적인 본능'의 차원에 한정된 것이다. 그에게는 오직 내면화된 절대적인 신념밖에 존재하지 않고, 그가 행하는 모든 행위는 근원적으로 그와 같은 절대화된 신념에 의해서 규정된다. 요컨대, 김희준의 자기비판은 농민들과의 관계 속에서 견인된 바가 크다 할지라도, 본질적으로 '진리를 위한 삶'으로 요약되는 '절대적 타자성'이란 신념의 부름에 의해 이루어진 행위인 것이다. 따라서 '진리', '고상한 생활'이 표상하는 가치 체계의 핵심적인 내용은, 동물적인 본능과 대립되는 의미에서 바로 윤리적인 견결성이라 특징지을 수 있다. 그의 특권화된 위치는 바로 이와 같은 윤리적 견결성을 바탕으로 구축된 것이다.

그렇기 때문에 김희준이 객체로서 새로운 세대의 열정을 일정한 방향으로 이끌어가는 것은 '타자의 욕망' 즉 절대적 신념의 체계 속으로 그들을 인도해 가는 것을 의미한다. 『고향』에서 김희준이 소농민들의 구체적인 삶 속으로 자신을 동화시켜 가면서도, 다른 한편으로는 '재판관' 또는 '지도자'의 위치에 놓이게 된 것 또한 결국 동일한 상황이 낳은 결과인 것이다. 김희준에게 내면화된 이와 같은 윤리적 견결성은 그가 대표하고자 하는 소작농과는 해소할 수 없는 긴장감을 보여준다. 그는 소작농들과 동일성을 획득함으로써 농민들에게 자연스럽게 받아들여지지만, 한편으로는 이른바 '절대적 타자성'으로부터 발원하는 그의 내면화된 가치 체계는 소작농들의 정서와는 끊임없는 긴장 관계를 형성하는 계기가 되기도 하기 때문이다.

여기에서 또 다른 문제점이 도출된다. 즉 김희준의 특권화가 윤리적인 견결성에서 비롯된 것이라고 할 때, 김희준과 대립되는 위치에 놓여 있는 안승학을 비롯한 권경철 등의 인물들과 그가 갖는 차이가 절대적일 수 있느냐는 것이다. 왜냐하면, 윤리적 견결성이라는 자질을 제외하고 김희준이 지향하는 가치 체계는 근본적으로 근대화의 논리에 포섭되어 있기 때문이다. 즉 김희준의 가치 체계는 근대화의 논리에 의해 구성된 것이라 할 수 있을 터인데, 귀향 후 고향의 현실 변화에 대하여 그가 보여준 태도가 이를 확인해 준다.

> 오년동안에 고향은 놀날만치 변하였다. 정거장 뒤로는 읍내로 연하여서 큰 시가(市街)를 이루웠다. 전등(電燈) 전화(電話)가 가설되었다. 사철 (私鐵)은 원터 앞들을 가로뚫고 나갔다. 전선(電線)이 거미줄처럼 서로 얼키고 그 좌우로는 기와집이 즐비하게 느러섰다. 읍내 앞 큰내에는 굉장하게 제방(堤防)을 쌓았다. (…중략…) 그동안 변한 것은 그뿐만 아니었다. 상리로 올라가는 넓은 뽕나무밭-개울 옆으로는 난데없는 제사공장이 높은 담을 두르고 굉장히 선 것이었다. 양회 굴뚝에서는 거문 연기가 밤낮으로 쏟아저 나왔다. 십여 년 전만해도 이 밭 가운데는 뽕나무가 약간 심기고 한 구퉁이에는 잠업전습소(蠶業傳習所)라는 누에치는 강습소가 빈약한 널판집 십여 간 속에 붙어있었다. (…중략…) 그는 그 뒤에 이 큰 근대적 대공장을 견학하러 갔을 때에 자기의 전습생(傳習生) 시대를 생각하고 격세 지감이 없지 않었다. 수백명의 여공(女工)이 큰 공장안에 일렬로 몇줄씩 느러앉어서, 일제히 번개불치듯 도라가는 전기 자세에다 실을 감고 있다. 남비속에 있는 고치는 물고기 뛰듯 하였다. 그들은 눈 한 번을 팔지 못하고 고시란니 기계를 직히고 있었다-희준이가 그날저녁때 정거장에서 차를 나러서 본정동으로 새로된 시가지를 보고 앞내의 방축을 보고 신설한 제사공장을 보고 놀랜 것은 자기가 어렸을 적만 해도 불과 몇 백 호 되지 않든 시골 읍내가 아주 대도히지로 변한 것이다.10)

전등, 전화, 제사공장의 전기장치로 표상되는 근대화 과정에 대하여 '지평인물' 김희준은 무엇보다도 희열을 느낀다. 그것을 보고 느낀 희열

---

10) 이기영, 앞의 책(상), 20-22쪽.

이 고향에 돌아온 기쁨보다 더 크다는 것은 그의 인식 기저에 '현해탄' 저 너머의 타자에 대한 지향성이 깔려 있음을 뜻한다. 그가 현해탄을 건너 기차를 타고 오면서 '살풍경한 농촌을 보고 느끼는 흥분'은 그와 같은 정서의 표현이다.11) 물론 그는 한편으로 '황폐해져 가는 농촌의 풍경'을 보며 마음이 무거워진다. 그러나 그에게 그것은 단지 극복해야 할 대상이고, 그것을 극복할 수 있는 힘은 '진리'로부터 파생된 윤리적인 견결성에 있다. 바로 인간의 주체적인 의지의 힘, 즉 노동의 실천이 그 바탕이 된다. 김희준의 신념이 안승학을 비롯한 권상철, 읍내의 유지 등이 추구하는 일신의 '명예', '부'에 대한 욕망과는 다른 차원에 놓인 것임은 물론이다. 이와 같이 김희준의 가치 체계가 이들과 대립한다는 점에서 그는 진정한 의미의 근대주의자라고 말할 수 있다.12) 다음의 인용은 이 점을 잘 드러내 준다.

> 그들은 오이려 원시적의 우매한 생각에 사로잡혀 있었다. 인간의 생산력이 유치하였을 때 자연에게 압박을 당하고 사회 환경의 지배를 받을 때 그들은 이것을 불가항력으로 돌리는 동시에 인간을 무력하게 보고 따라서 '숙명적' 인생관을 갖게 되지 않었는가? 지금 이들에게 노동은 신성하다. 사람은 누구나 병신이 아닌 다음에는 노동을 해서 먹고 사는 것이 가장 옳은 일이라고 농사짓는 것과 석탄 캐는 것과 고기 잡는 것과 길삼

11) 『신개지』(삼문사, 1938)에서 김희준이란 인물의 위치는 '윤수'로 대체된다. 기존 논의에서 이를 두고 '전망의 상실'과 연관지어 『고향』과 『신개지』 사이에는 질적인 차이를 드러내고 있다고 평가한다. 카프의 해산과 일제의 사상 검열 등 외적 상황의 악화로 인한 작가의 자기 검열 문제를 고려해야 하겠지만, 『신개지』와 『고향』 더 나아가 『봄』에서 보여주는 작가의 발상은 근본적으로 동일한 것이다. 이기영이 이들 장편소설에서 '문명개화'가 인간의 삶에 어떠한 영향과 파급력을 가져왔는가의 문제를 지속적으로 추구해 들어갔다는 점에서 그렇다.

12) 이런 맥락에서 볼 때 김희준은 근대적 타자이다. 따라서 김희준을 서사시적 영웅과 동일시하여 『고향』의 지향성을 서사시적 세계에서 찾는 견해는 재고할 필요가 있다. 서사시적 영웅은 공동체의 내부에 근거한 운명의 일체감에 바탕을 두는 반면, 김희준은 공동체의 동일자이면서 동시에 공동체의 외부에서 들어온 타자적인 존재이기 때문이다.

하는 것 같은 생산적 노동은 그것들이 우리 사람의 생활에 직접으로 필
요한 것인 만큼 더욱 귀중한 일이라고 설명을 한댓자, 잘 아러듣지 못한
다. 그들은 놀고서도 잘사는 사람을 부러워한다. 놀면서 잘사는 까닭이
웬일인지는 몰라도 사실이 그런 것만은 거짓말이 아니다.13)

　이와 같이 김희준의 가치체계를 특권화하는 서사전략을 고려할 때, 『고
향』의 서사는 근대화 과정에 불가피하게 수반되는 삶의 물상화 과정을
받아들이면서 동시에 극복하려는 의지를 드러내 보이고 있다고 평가할
수 있다. 물상화란 생활 세계를 합리화하는 추동력이자 인간의 의식 자
체를 파편화, 사물화시키는 과정이다. 인용문에서 말해주듯, 김희준이 부
정하는 것은 농민들의 '숙명적' 인생관이다. 그것은 비합리적인 봉건적
사고방식으로 그로 하여금 현해탄을 건너게 했던 결정적인 계기로 작용
하였던 것이기도 하다. 따라서 이를 부정하는 것은 비합리적인 봉건적
인습을 거부하는 것을 넘어 농민들의 비합리적인 생활 세계를 한층 높은
차원에서 합리적으로 조직화하려는 의지를 표현한 것이기도 하다. 다만
그것을 어떻게 극복하는가 하는 문제가 남게 되는데, 『고향』 서사에서
이는 인간에게는 불가항력적인 힘으로 다가오는 자연의 폭력을 인간 주
체의 실천적 의지를 통해서 극복 가능한 것으로 강조되고 있다. 사실 서
사적 갈등의 핵심에 물상화의 부정적인 면, 즉 사물화된 의식을 어떻게
극복하는가 하는 물음이 자리하고 있는 것도 이처럼 진정한 근대주의자,
김희준이라는 지평인물의 설정을 통해서 가능해진 것이다. 또한, 『고향』
이 변화하는 시대상의 전형성을 획득할 수 있었던 것도 물상화 극복 과
정을 계급 간 '관계'를 매개로 그려내었기 때문이다. 이러한 점에서 '수
재' 즉, 자연의 폭력적인 힘이 마름과 소작농 사이의 서사적 갈등을 증

---

13) 이기영, 앞의 책(상), 370쪽.

폭시키는 계기가 되는 것은 자연스러운 것이다.

　이러한 김희준이 보여주는 근대주의자로서의 면모는 그를 매개로 자기 삶의 주체로 성장해 나가는 인순의 의식 변화를 통해서도 확인할 수 있다. 인순은, 아래의 인용이 보여주는 바처럼, 김희준의 소개로 들어간 제사공장에서 노동의 고통과 엄격한 공장의 규율을 체험한 뒤 인간이 노동으로부터 소외되어 있음을 깨닫고, 노동자로서 새롭게 자기를 정립해 나가기 때문이다.

> 　이렇게 하루를 시달리고 나면 두 손이 홍당무처럼 익고 눈은 아물아물하고 귀에서는 전보때(電信柱) 우는 소리가 나고 목에는 침이 마르고 등허리는 붙어지는 것 같이 아프다. 수족은 장작같이 뻣뻣해서 도무지 자유를 듣지 않았다. 손등은 마른논 터지듯 터졌다. 이것은 참으로 노동 XX(지옥)이 아닌가! 농촌에는 이와 같은 노동이 없는 대신에 거기는 기아가 대신하고 있다. 노동과 기아! 그 어느 편을 났다 할 것이냐? 아니 그들에게도 농민만 못지않은 기아가 있고 농민에게도 그들만 못지않은 노동이 있다. 결국 그 두 가지는 그들에게 공통된 운명이 아닐까? 지금 인순이는 막연하나마 이런 생각을 하고 속으로 이상이 생각했다.[14]

　『고향』의 리얼리즘적 성취의 하나는 소작농민이 극한적인 가난 상황에 빠질 수밖에 없는 과정을 핍진하게 형상화한 점이다. '춘궁' 장에서 먹을 양식이 없어서 술을 빚고 남은 찌꺼기인 술재강을 구하려고 '영생양조소' 앞에 가난한 소작농들이 몰려드는 장면 묘사는 비참의 궁경에 놓여 있는 그들의 생활상을 적나라하게 보여주는 단적인 예이다. 가난과 재난은 흔한 소설적인 주제이지만, 『고향』에서 가난의 상황이 특별한 의미를 갖는 것은 그것이 인간과 인간과의 관계, 사회적 관계의 총체 속에

---

14) 위의 책(상), 111쪽.

서 포착된다는 데 있다. 이것이 이기영의 『고향』을 가난을 다룬 여타 경
향소설과 가르는 근본적인 차이인데, 『고향』에서 가난의 상황은 단순히
환경의 지배나 자연 재난 탓이 아니라, 인간관계의 상승과 몰락이라는
운명의 전변 속에서 드러나고 있다. 말하자면 『고향』은 "세상은 점점 개
명해가도 인심은 점점 각박해가니 이것이 도무지 무슨 까닭인가"15)라는
서사적 원근법(perspective)16) 속에서 가난의 문제를 다루면서, 식민지 농
촌의 삶을 황폐화시키는 물상화의 과정을 예리하게 묘파하고 있다. 『고
향』이 동시대 사회적 관계의 총체성을 포착함으로써 리얼리즘적 성취를
이루었다는 평가는 바로 이런 사실에 근거한 것이다.

　농민들이 처한 비인간적이고 극한적인 가난의 상황은 바로 점증하는
삶의 물상화 과정과 긴밀하게 맞물려 있다. 지평인물 김희준의 눈을 통
해 지각되고 있는 바처럼, 농촌 원터를 에워싼 읍내는 급격한 물상화 과
정에 놓여 있다. 그리고 그것은 소작농들의 어깨를 짓누르는 "정거장 좌
우로 즐비한 일본 사람들의 드높은 상점"17)이 암시해주듯이, 식민지 외
래 자본의 침투라는 식민화의 과정과도 맞물려 있다. 재래의 습속을 고
수하고 있지만, 이러한 사회적 삶의 물상화 과정은 원터 농민들의 의식
에 각인되어 있다. 희준이 돌아왔을 때 동네 사람들이 보인 반응은 이미
그들의 의식 한편에 그만큼 물상화의 부정적인 영향의 파고가 미치고 있
음을 단적으로 드러내준다.

　　희준이가 동경에서 나오든 그날 저녁때 원터 동리는 별안간 발긱 뒤집

---

15) 위의 책(하), 135쪽.
16) 이상경, 『이기영』, 16-23쪽 참조. 이상경은 이 같은 물음이 『고향』뿐만 이기영이 처음부
　터 일관되게 작품 속에서 추구했던 문제 틀이며 작품 형상화의 원리라고 지적한다. 매우
　타당한 견해이지만, 『고향』이 과거와 현재 그리고 미래로 향해 있는 서사적 원급법 간
　의 상호 교차 및 내적 긴장 속에서 구성되고 있음에도 유념할 필요가 있다.
17) 이기영, 앞의 책(상), 81쪽.

혔었다. 동리개는 있는대로 다나와 짖고 닭이 풍기고 돼지가 꿀꿀거리고 송아지가 네굽을 놓고 뛰며 어미소를 불렀다. (…중략…) 그런데 웬일이냐? 그들은 희준의 행장이 너무나 초라한데 그만 놀래였다. 그들의 생각에는 그도 좋은 양복에 금테 안경을 쓰고 금 시계줄을 느리고 그리고 짐군에게는 부담을 잔뜩 지워가지고 호기 있게 드러올 줄 알었다. 그것은 그들뿐 아니라 희준의 모친과 그의 안해까지도-. 한데 그는 식거먼 학생 양복에 테 둘이가 오골쪼골한 모자를 쓰고 행장이라고는 모서리가 해여진 손가방 한 개를 들었을 뿐이다. 그는 일본으로 건너간지 오륙 년만에 나오지 않는가. 서울 가서 중학을 마치고 다시 일본까지 건너가서 유학을 하고 나올 적에는 그는 무엇이든지 장한 일을 하고 온 줄 아렀다. (그들의 장한 일이라는 것은 돈을 많이 버렀거나 무슨 월급자리를 얻었거나 그런 것인데 그는 아모것도 못한 것 같기 때문에-18)

즉, 원터는 '자고 이래로 특별한 사건이 없었던 곳'으로, 그곳 사람들은 외부의 변화와 격리된 채 공동체적 유대감을 맺고 살아왔다. 그러나 공동체적 유대감에 바탕을 둔 원터 농민들의 삶은 물상화의 영향으로 인하여 변하기 시작한 것이다. 이와 같은 변화가 소작농들의 삶에 미치는 여파는 서사 전개 속에서 다각도로 감지된다. 그들이 소작을 하면서 동시에 읍내 공사판에 나가서 일을 해야만 간신히 생계를 꾸릴 수 있는 처지가 된 것은 원터 공동체의 삶이 부단히 물상화의 과정 속에서 침탈돼 가고 있음을 드러내주며, 마을 사람들이 '이리의 마음'이 되어간다는 것도 외부의 자극에 의해서 사람들의 의식이 사물화되어 가는 것을 상징한다. 이런 물상화의 과정이 유기적인 공동체 원터가 해체되어가고 있음을 함축한 것임은 물론이다.

물상화 과정이 필연적인 현상이라면, 이 문제를 다루는데 있어서 『고향』의 두드러진 특징은 물상화의 과정에 필연적으로 수반되는 삶의 변

---

18) 위의 책(상), 22-23쪽.

화 양상을 역동적으로 포착하고 있다는 점이다. 이것은 '타자와의 관계'를 통해 문제를 다루었기 때문에 가능했던 것이다. '지평인물' 희준의 설정을 통해 제시되는, 미래로 향해 열려진 서사적 원근법이 이를 가능케 한 주요 서사 요소의 하나임은 물론이다. 왜냐하면 소작농들은 자신들 삶의 궁핍화에 대하여 의문을 가지기는 하지만, 스스로 그것을 명료하게 인식할 수는 없기 때문이다.

> 농민도 옛날과 같지 않게 사람대접을 제법 받는 것 같다. 이야말로 개명한 세상 덕이었다. 그런데 어느 날 조첨지는 양식이 떠러저서 읍내 권철상의 집 전장에 뚝막이 하는 모군일 품파리를 갔다. 권철상의 조부와는 어려서부터 친구간이 아닌가. 그런데 비단옷을 입고 잎에 권연을 물은 권철상은 품값 삼십 전으로 자기를 제집 종처럼 왼 종일 흙짐을 지우고 부려 먹었다. 이것은 또한 그전 시대에는 당해보지 못한 일이였다. "후-세상은 이렇게 변했구나 늙은 놈은 어서 죽어야지!" 그날 해저물게 조첨지는 품값을 찾어 가지고 돌아서며 속절없는 탄식을 하였다. 그러나 세상이 변해 가는데 놀래고 한하기는 비단 조첨지 하나뿐이려? 그것은 누구에게나 - 마치 먼 길을 가는 나그네와 같이 흘러가는 세월은 주위의 환경을 변하게 하였다. 원칠이는 사십년 세월을 하루같이 농사를 지었다. 그는 한해도 농사를 안 지은 적은 없다. 아니 그것은 비단 원칠이 한집뿐 아니라, 이 마을의 원터인들은 모두 다 그렇다. 조첨지는 농사를 칠십년 동안을 저여왔다. 그들은 대를 물려가며 - 쇠득이가 지는 지게는 그의 부친이 지든 것이다. 낫과 지게와 호미는 아버지에게서 아들에게로 - 아들에게서 다시 손자에게로 손자는 또다시 그 아들에게로 - 대를 물려 나려왔다. 그들은 그 밖에는 후손에게 선할 것이 없었음으로- 그러니 버는 그때나 마찬가지로 쌀을 열고 쌀은 그때나 마찬가지로 그들에게, 양식으로 필요하였다. "그런데 웬일일까?-"[19]

---

19) 위의 책(상), 217-218쪽.

'개명'으로 인하여 농민들에게도 "사람대접을 제법 받"는 새로운 시대가 되었지만, 그들은 한결같이 경제적으로 몰락할 수밖에 없다. "십여 년 전만 해도 논 섬지기나 농사를 짓고 큰 소를 먹이기까지 했"던 원칠이 그렇고, "그 고장에서는 제법 행세를 하는 축으로서 생활이 그리 어렵지 않았"던 최명보가 그러하며, 조부 시절 큰 객주를 운영하던 김희준의 집 또한 예외가 아니다. 이런 농민들의 몰락 과정은 여러 삽화를 통하여 반복하여 강조된다.[20]

농민들의 몰락과는 대조적으로 '개명'이라는 시대적 추세를 처음부터 잘 이용한 사람들, 안승학과 권상철로 대표되는 이들은 하나같이 "부"와 '새양반'이라는 칭호를 얻게 된다. 서사적 갈등의 핵심 인물 중 하나인 안승학이 '마름의 세력과 금전의 권리'로 원터를 지배할 수 있었던 것도 물상화 과정에 민첩하게 적응한 덕분이었다. '출세담' 장은 안승학이 '권력과 금전'을 획득하는 과정을 여실히 보여준다. 그는 원터에서 "우편으로 보내는 편지를 제일 먼저 써본 이 중에 한 사람이었던 위대한 선각자"였으며 "사립학교에도 자기가 선등으로 입학"하였고 일본말을 구사하여 군청에 들어갔다. 요컨대 '남보다 개화'한 덕택으로 그는 금전과 권력을 손에 넣을 수 있었다. 무엇보다 중요한 것은 "그가 측량도 할 줄" 아는 능력을 갖고서 민 판서집 전장의 지적도를 위조했다는 사실인데, 다음 인용문은 안승학이 '금전과 권력'을 획득할 수 있었던 본질적인 계

---

20) 이것은 작가 이기영의 『고향』의 창작 동기와 직접적으로 관련되어 있음을 다음을 통해 확인할 수 있다. "필자는 여러 해 만에 농촌을 가보았다. 하긴 필자가 있던 곳은 고사(故 寺)였지마는. 십여 년 만에 다시 대하는 농촌은 물론 그전의 농촌과는 판이하도록 변하였다. (…중략…) 그러면 그들의 생활은 얼마나 유족해졌던가? 그런데도 수 30호 농촌이라면 빈촌이라도 중농(자작농)이 몇호씩 되고 소작농이라도 소바리를 두고 「광작」을 하는 작인이 있었다. 그런데 필자가 가본 곳의 그 전의 자작농은 모두 소작농으로 몰락하고, 소작농은 다시 빈농으로, 머슴으로 일고 농업노동자로 유리하였다." 이기영, 「문예적 시감 수제」, 《조선일보》, 1933.10.25.

기가 무엇인지 짐작할 수 있게 해 준다.

> 안승학은 언제와 같이 금테안경에 금시계줄을 느리고 금 막우리한 단
> 장을 짚었다. 그는 유지 제씨의 발기라면 어느 모임에든지 대개는 참예
> 하였다. 그것은 명예와 지위를 높여가는 데는 가장 유리한 처세술이기
> 때문에 그는 시간을 엄수하는 성벽을 갖었다. 시간은 황금이다. 참으로
> 그에게는 다시없는 금언이었다. (…중략…) 그래서 안승학은 우선 좋은
> 시계라면 돈을 애끼지 않고 사들였다. 누구나 그의 집을 가보면 시계가
> 많은 데 놀랠 것이다. 그의 집에는 마치 시계점을 벌린 것처럼 가진 시
> 계를 진열해 놓았다. 그는 그전에 관청에를 다닐 때에도 지각을 한일이
> 한 번도 없다. 그는 어느 모임에 든지 남 먼저 출석하였다. 그리고 "조선
> 사람은 시간관념이 부족하다. 저렇게들 늦게 오니까 외국사람들에게 게
> 으름방이 라는 비방을 듣는다"고 뒤에 오는 사람들을 빈정대여 주었다.
> 그는 시간데-의 기념으로 표창장과 금시계 한 개까지 상을 탔다.21)

인용문에서는 안승학의 시계에 대한 집착과 철저한 시간관념이 두드
러지게 강조되고 있다. 그가 출세하는데 가장 중요한 발판이 된 '측량'의
능력은 근대의 정신과 근대의 경험을 압축적으로 표현하는 시계와 불가
분의 관계에 있다. 시계란 인간 존재와 세계의 법칙성에 관한 비유 자체
로 근대 특유의 시간 의식을 대표한다. 안승학의 시계에 대한 집착과 시
간관념은 이와 같은 근대 특유의 시간 의식과 결부된 것이다. 그에게 '시
간은 곧 돈'인 셈이다. 그가 고리대금을 통해 돈을 버는 행위는 바로 이
러한 시간의 이용에 상응한다. 왜냐하면 고리대금이란 시간의 차를 이용
해서 화폐 가치를 부풀리는 행위이기 때문이다. 그리고 이러한 시간 의
식은 '미래에 대한 선취 의식'과 맞물려 있다22)는 점에서 원두막을 짓는

---

21) 이기영, 앞의 책(상), 59-60쪽.
22) 이마무라 히토시[今村仁司], 이수정 역, 『근대성의 구조』, 민음사, 1999, 65-70쪽 참조

비용을 계산하는 대목은 안승학의 이 같은 합리적인 면모를 극적으로 부각시킨다.23) 그렇기 때문에, 그가 '장래를 내다보는 선견지명이 있는 사람'이라는 작가의 평가는 그의 성격에 대한 희화화만은 아니다.

이처럼 계측 가능한 것이 된 시간의 새로운 리듬을 통해 세계를 합리적으로 재편해 가는 물상화 과정을 인물들 운명의 변전을 통해 드러내고 있는 점이『고향』의 리얼리즘적 성취의 핵심이라 할 수 있다. 더욱이 이렇게 변화하는 삶의 파고 속에서도『고향』은 물상화 과정의 부정적인 측면을 주체적으로 극복하려는 가능성을 모색하고 있다. 그 과정에서 계급 대립의 현실이 부각되고, 희준은 그러한 대립을 매개하는 역할을 한다. 희준을 통해 매개되는 시각은 현재를 넘어서 미래에 대한 기획으로 연결되어 있다. 그것은 윤리적 견결성에 의해 뒷받침되는 미래의 기획이다. 희준의 세력이 부상함에 대하여 안승학이 느끼는 다음과 같은 반응은 이를 암시한다.

> 희준이가 나오기 전 까지는 원터 동리에서야 안승학의 말 한마디면 누구하나 거스를 사람이 없었다. 그는 마름의 세력과 금전의 권리로 원동리를 자기 장중에 쥐락펴락 할수 있었다. 그런데 희준이가 나온 뒤로는 차차 그의 인망이 높아지는 것 같은 반면에 자기의 위신은 은연중 깎겨지는 것 같은, 자기에게 있든 세력이 조곰씩 그에게로 빠져나가는 것같은 위험을 느끼게 한다.24)

안승학과 김희준은 미래에 대한 기획이란 면에서 동일한 시간 의식을 갖고 있다. 안승학에게 있어 시간은 '상인의 시간'25)으로 나타난다. 김희

---

23) 이기영, 앞의 책(상), 279-283쪽.
24) 위의 책(상), 278쪽.
25) 이마무라 히토시, 위의 책, 68쪽.

준이 근대화 담론에 포섭된 존재라는 점에서 그가 안승학과 차별성을 갖는 것은 윤리적 견결성을 소유하고 있다는 점에 있다. 요컨대, 김희준과 안승학의 대결은 '미래를 선취하는 상인의 시간 의식'과 세속적인 금욕 윤리에 기반을 둔 '미래를 위해 기도하는 시간 의식'의 대결이라고 해석할 수 있다.

그러나 『고향』에서 사회적 관계의 총체화가 가능하게 되는 것은 근원적으로는 서사적 원근법들이 서로 교차하고 있다는 데에서 비롯한다. 그도 그럴 것이 『고향』의 서사 기획은 두 축, 곧 바람직한 미래적 기투를 나타내는 지평인물 김희준의 인물 설정 축과, 과거로 귀착되고 있는 농민들의 정서에 기반하고 있는 축의 결합으로 이루어져 있기 때문이다. 이와 같은 상호 이질적인 서사적 원근법의 교차가 『고향』의 리얼리즘적 성취를 낳았다고 할 수 있다.[26]

3. 사회주의적 이상향의 억압적 승화

『고향』의 해석에 있어서 지나칠 수 없는 것의 하나가 작가의 목소리가 분열되어 있다는 점이다. 이러한 사실이 『고향』을 이해하는 데 있어서 중요한 이유는 이러한 작가 목소리의 분열 양상을 통하여 작가의 억

---

26) 이런 맥락에서 짚어 보아야 할 점이 『고향』의 서사를 '계몽이성의 귀양'에 근거한 계몽 구조로 보는 견해이다. 최원식, 「한국문학의 근대성을 다시 생각한다」, 『창작과비평』, 1994, 겨울, 26-27쪽. 최원식에 따르면 『고향』의 서사는 이광수의 『흙』의 서사나 심훈의 『상록수』의 서사와 근본적인 차이점이 없다. 『고향』의 서사에서 계몽의 도식이 보이는 것은 틀림없는 사실이지만, 이런 견해는 구체적 상황을 도식적 구조로 환원시켜 파악함으로써 『고향』의 서사가 보여주는 물상화 과정의 핍진성은 물론이거니와, 육체적 생동성에 기반하여 '시적인 것'에 대한 지향을 보여주는 농민적 정서의 역동성이 갖는 서사적 의미를 간과한 견해라는 점에서 재고할 필요가 있다.

압된 무의식적 욕망의 흔적을 살펴볼 수 있기 때문이다. 우선, 다음의 인용을 통하여 『고향』의 지배적인 서술 양상에 대하여 살펴보자.

　　1) 웬일일까? 참으로 그것은 희준의 말과 같이 예전에는 간단한 기구를 손으로 만들어서 모든 물건을 생산했으니까 집집마다 제각기 만들어 쓸 수 있었지만 지금 세상은 모든 것을 기계로 만들어 쓰게 되니까 생산자와 소비자가 분리하게 되고 따라서 모든 물건은 돈으로 사지 않으면 안 되는 상품이 된 것이 아닌가 (…중략…) 그런지 저런지 무식한 박성녀는 자세히 모르나 어떻든지 세상은 딴 시대로 변한 것 같다.[27]

　　2) "그렇습니다! 피차에 서로 그렇읍니다.……그리고 웨 그리고 또, 이번에 우리가 명심해야 할것은 이번 행동을 정정당당한 수단에 의해서, 우리의 튼튼한 실력으로 하지못하고 한 개의 위협재료를 가지고 굴복 받았다는 부끄러운 사실을 잊어버려서는 안될것입니다." 희준이는 열정이 끓른 어조로 자기의 소신을 말했다. 모두들, 참말 그렇다! 희준의 말이옳다!-하는듯이 고개를 끗덕이고 있다. 그들은 가슴속 으로는 희준이의 사상에 공명하나 그의사를 확실하게 말로 표현 할줄은 알지 못했다.[28]

　　1)은 작가가 박성녀의 내면을 초점화하여 서술하고 있는 대목이다. 2)의 경우는 작가가 직접 작중에 개입하여 상황을 평가하고 있는 부분이다. 즉 1)은 작가의 의도가 지평인물 김희준에 의해 매개되어 발화되고, 2)는 작가가 직접적으로 자신의 신념과 주장을 드러내고 있다. 이 둘 모두 『고향』의 지배적인 서술 양식에 해당한다. 그러나 주목해야만 할 것은 작가의 목소리가 김희준에 의해 매개되든 아니면 직접적으로 표현되든 간에 소작농들이 자신의 목소리를 직접 낼 수 없다는 것이다. 그들은 작가와 지평인물 김희준에 의해 표상되어야 할 대상적인 존재인 것이다.

----

27) 이기영, 앞의 책(상), 421~423쪽.
28) 위의 책(하), 443쪽.

1)에서 '김희준의 말과 같이'와 '무식한'이라는 수식어가, 2)에서는 '말로 표현할 줄은 알지 못했다'는 술어가 이를 뒷받침 해준다. 말하자면,『고향』에서 작가는 다양한 인물들의 내면을 초점화하지만, 그들의 내면을 자신의 목소리로 동화시키고 있다. 그런 점에서 작가는 사상 및 신념의 측면에서 '지평인물' 김희준과 동일하다고 말할 수 있다.

그런데 다음의 인용은 이와 같은『고향』의 지배적인 서술양식과 사뭇 다른 양상을 보여준다는 점에서 주목해 볼 필요가 있다.

> 지금부터 삼십여년 전에는 원터 앞내 양편으로 참나무 숲이 무성했다. 원터 뒷산에도 아름드리 소나무가 울창하게 드러서서 대낮에도 하늘이 잘 안 보엿다. 그 숲위로 달이 떠오르고 뒷산송림 속으로 해가 점으럿다. 여름에 일꾼들은 녹음에서 땀을 드리고 젊은 남녀들은 달밤에 으슥한 숲 속을 찾어서 청춘의 정열을 하소연 하였다. (…중략…) 나무갓을 비고 나서 추수를 앞두고 일손을 잠시 쉴 동안에 젊은이 들은 그들을 따러 와서 작난치고 농담을 붙였다. 넓은 들안에 벼이삭은 황금빛으로 익어가는데 그들은 유쾌하게 청추(淸秋)의 하루 날을 보내였다. 남자들은 상수리를 터러주고 누가많이 줏나「저르미」르르 하였다. 극서으로 묵을 쑤고 떡을 해서 그들은 서로 돌려주며 먹었다. 그때는 그들에게도 생활이 있었다. 그들의 생활에는 시(詩)가 있었다.[29]

이런 서술은『고향』의 작가나 김희준에 의해 매개되고 있는 지배적인 서술 양식과 전혀 다른 정서적인 함축을 담고 있다. 그것은 작가에 의해 이끌려가는 서사 진행에서 벗어난, 일종의 '예비적인 영역(praparatory section)' 혹은 잉여의 영역이라 할 수 있는 만큼, 작가의 무의식적 욕망을 드러내는 장이다.[30] 인용문은 자연을 묘사하면서 다른 것을 지시한다.

---

29) 위의 책(상), 214-215쪽.
30) 프레드릭 제임슨에 따르면, '예비적인 영역(praparatory section)'이란 지배적인 서사의 진

그것은 작가를 매개하는 인물 희준의 눈을 통해 지각되는 현실 묘사와는 차원을 달리하고 있다. 사실 『고향』에서 자연 풍경에 대한 묘사는 강박적일 만큼 자주 반복되면서 인물의 심리를 매개하는 역할을 한다. 이 같은 자연 풍경에 대한 묘사는 작가 이기영의 장편소설에서 양식화되어 전경화 되는데, 그것은 작가가 의식적인 층위에서 지향하는 가치에 포섭되지 않는 무의식적 욕망의 흔적이라 할 수 있다.

여기에서 작가는 기억 속에 남아있는 '시적인 생활'을 환기하고 있다. '그때/지금'의 시간을 나타내는 지시어를 통해서 알 수 있듯이, 시적인 것에 대한 기억은 현실에 부재하는 것을 가리킨다. 욕망은 부재의 형식이다. 이러한 묘사가 그 자체 과거에 대한 지향성을 함축하고 있지만 낭만적인 향수는 아니다. 이를 통해서 환기되는 것은 사물화 되지 않은 욕망 그 자체라 할 수 있다. 그리고 그 이면에 놓인 물상화된 현실이 그것을 억압하는 실체로 부각된다. 물론 작가는 '그들'이라고 하면서 농민들과 끝까지 거리를 유지하고 있다. 그럼에도 불구하고 이러한 묘사적 서술은 물상화되기 이전 상태로의 지향을 은연중에 나타내는 것이라 할 수 있다. 그러한 시적인 생활의 상태는 자연과의 일체된 삶의 지향성을 함축한다. 그러한 점에서 시적인 생활은 김희준이 지향하는 자연 극복을 통한 공동체적 세계의 재구축과도 양립할 수 없는 것이다. 그것은 공동체적인 유대감에 바탕을 둔 유토피아적 충동의 표현이며 농민적 정서의

행 과정에서 벗어나 있는 부분으로 작가 고유의 욕망이 투영되어 있는 특권화된 장이다. 제임슨은 프로이트가 「창조적 작가와 백일몽」에서 논한 시적 창조 과정의 특징을 라캉이 말한 '상징적인 것'과 '상상적인 것'에 연관지어 '예비적 영역'이 상징적 질서에 대한 '상상적인 것'의 저항을 나타내는 것이라 특징짓는다. F. Jameson, *The Political Unconscious*, pp.174-177 참조. 이에 근거할 때, 작가 및 김희준이 지향하는 가치 체계가 '현해탄' 너머 문화적 타자의 장으로부터 발원하고 있을 뿐만 아니라 상징적인 질서를 구축한다는 점에서 지배적인 서술양식과 다른 정서적 함축을 드러내는 목소리는 상상적인 것의 저항으로 해석할 수 있다.

표출이라 할 수 있다.

『고향』의 서사에서 작가 목소리의 균열을 통해 드러나는 유토피아적 삶에 대한 욕망은 본질적으로 김희준이 지향하는 세계와 양립할 수 없는 것이다. 두 개의 지향성이 양립할 수 없음은 『고향』 서사의 이면에 놓여 있는 이성과 감성의 대립, 정신과 육체의 대립을 통해 나타난다.

앞에서의 인용문에서 확인할 수 있듯이, 작가가 욕망하는 '시적 생활'의 밑바탕에는 생동적인 육체성의 영역이 놓여 있다. '시적인 것'에 대립하는 물상화된 '산문적 현실'은 이와 같은 육체의 생동성을 억압하는 기제이다. 그리고 바로 그 산문화된 현실은 생활 세계 자체의 합리적인 재편의 결과이다. 그 육체적인 생동성을 억압하는 물상화된 현실은, 『고향』 서사의 인식론적인 구조의 지평에서 살펴보았던 것처럼, 근대화의 담론에 포섭된 존재 김희준, 안승학의 사고방식을 떠받치는 근대 이성의 산물이다. 그렇기 때문에 작가의 시각을 매개하는 김희준이 지향하는 가치는 『고향』 서사의 정서적인 구조 층위의 유토피적 충동과는 양립할 수 없는 것이다. 왜냐하면 김희준이 추구하는 윤리적 견결성에 기반한 현실 질서의 합리적 재구축 자체가 근대적 이성의 산물이기 때문이다. 요컨대 『고향』 서사가 인식론적 구조의 층위에서 문제화하고 있는바, 소작농민들의 주체적인 자기 정립의 과정은 '절대적 타자'의 영역으로부터 비롯된 것이기 때문에, 『고향』 서사의 정서적 구조 층위에서 드러나는 욕망의 세계, 즉 육체적 생동성의 시적인 세계는 근본적으로 그것과 양립할 수 없는 긴장 관계를 유지한다. 이런 대립 및 긴장 관계는 지평인물 김희준과 농민들 사이의 동일성 및 차이를 나타내 주는 지표이기도 하다.

우선, 김희준과 농민들과의 관계에서 동일성은 '두레'를 통하여 확인된다. 두레는 희준이 발론을 하고 농민들의 자발적인 참여에 의해 이루어진 것이다. 따라서 두레는 이들 간의 상호 동화의 과정을 나타내준다. 그

리고 두레를 통하여 물상화의 부정적인 측면에 대한 극복의 가능성을 확
인하게 된다.

> 잇해 동안 두레를 내서 이웃 간에 친목이 두터운 마을사람들은 불의의
> 손해를 입은 사람들에게 동정을 아끼지 않았다. 그전 같으면 앞뒤집에서
> 굶머도 서로 모르는 척하고 또한 그것을 아모렇지도 않게 녁였는데 그것
> 은 그들의 처지가 서로 절박하여서 마치 남을 돌아볼 여유가 없을뿐더러
> 날노 각박해지는 세상인심은 부지중 그렇게만 맨드러 놓았든 것인데 -
> 지금은 굶는 사람이 있으면 서로 도아주랴는 훗훗한 인간의 훈김이 떠돌
> 았다. 뒤되만 있어도 서로 꾸어먹고 한푼이라도 남의 사정을 보러 들었
> 다. 그것은 누구를 무서워서 그러는 게 하니라 그렇게 해야만 자기네에
> 게도 유익이 도라오기 때문이었다. 만일 이웃 간에서 누가 굶는데 양식
> 있는 집으로 먹이를 꾸러갔다가 그 집에서 거절을 하는 지경이면 그 집
> 과는 수화를 불통하고 안팢 없이 발을 끈는다. 지금 학삼이네가 그렇게
> 원동리 사람에게 돌녀내서 일군도 타동리에서 얻어와야 할 형편이 되였
> 다. 마을 사람들은 그것이 두렵기도 하였다-.31)

마을 사람들은 두레를 통해 '인간의 훈김'을 느끼게 된다. 그리고 물상
화 과정의 부정적인 결과를 상징하는 '이리의 마음' 때문에 소원해졌던
이웃 간의 관계도 회복된다. 이처럼 두레는 공동체적 유대감 회복의 가
능성을 보여준다. 그렇지만 '두렵기도 하다'는 표현이 나타내 주듯이, 그
것은 다른 한편으로 억압의 기제를 나타내주는 것이기도 하다. 이것은
곧 김희준과 농민들 사이의 차이성을 드러내는 것이다. 그리고 그 차이
를 이루는 것이 다름 아닌 감성과 이성의 대립이다.

이러한 대립을 극적으로 나타내주는 것이 김희준과 인동의 연애 감정
에 대한 차이이다. 물론 인동은 김희준을 매개로 새로운 세계에 대한 지

---

31) 이기영, 앞의 책(하), 270-271쪽.

향성을 갖게 되며, 자기 삶의 주체로서 성장해 가는 인물이다. 그럼에도 불구하고, 인동과 김희준의 삶이 기묘한 대립과 차이를 보여주는 것이 바로 애욕의 문제를 둘러싸고 진행되는 그들의 연애담이다.

인동은 김희준이 다리를 놓은 음전과 원치 않은 결혼을 한다. 그에게 는 방개가 있었기 때문이다. 인동은 음전이 자신에게 많은 것을 기대하 는 점을 부담스러워한다. 오히려 그는 방개의 자유분방함이 좋다. 그래 서 인동은 결혼 후에도 방개와 지속적으로 관계를 갖는다. 이 같은 삼각 관계에서 비롯되는 어긋난 욕망은 희준에게도 동일하게 나타난다. 즉 희 준의 출가는 원치 않은 조혼 때문이었고, 귀향 후 과거 연정을 품었던 안갑숙과 재회하고 그녀를 욕망하지만, 그 욕망은 실현되지 못한다. 그 것은 그가 추구해야 할 당위적 가치 때문이다. 즉 그는 현실의 욕망과 당위 사이에서 갈등하지만, 후자를 택한다. 왜냐하면 그에게 연애 감정 은 하찮은 '동물적 본능'에 지나지 않기 때문이다. 그리고 그것을 강제하 는 근본적인 힘은 현해탄 너머 문화적 타자의 공간으로부터 파생된 '진 리'이다.

인동과 희준의 연애담은 이런 식으로 동일한 구조를 이루고 있지만 그 해결 방법에서는 뚜렷한 차이를 드러낸다. '먼동' 장의 마지막 장면은 이 양자의 차이가 해소할 수 없는 긴장감을 갖고 있음을 보여준다.

> 무엇 때문에 자기는 옥희를 생각하는가? 옥희를 꼭 사랑해야만 할 필 요가 있는가? 옥희는 벌서 경호와 사랑하는 사이가 아닌가? 자기는 사랑 하는 두 사람 사이에 새로 침입하는 방해자가 아닌가? 자기는 도리여 두 사람의 행복을 위해서 뒤에서 축복을 해주어야 할 사람이 아닌가? 그렇 다면 자기는 당연히 옥희에게 대해서 야릇한 감정을 끊어야한다! "인동 이! 너는 내가 옥희를 사모한다면 어떻겠니?" "어떻기는 무에 어때?" "찬 성이냐? 반대냐? 말이야" "반대는 무슨 반대, 사랑하면 좋지. 누구 자식

인지도 모르는 경호하고 사는 것 보다야 옥희로서는 성님하고 련애하는 편이 났지…. 난 경호가 웬일인지 보기 실트라" "아니다 내가 잘못이다. 옥희를 지금까지 다소라도 사모하여온 내 행동을 나는 지금 이 자리에서 뉘우친다. 나는 옥희를 사랑할 사람이 아니다!" 별안간 희준이는 자기를 꾸짖는 것 같이 힘있는 목소리로 말했다. 그의 음성은 가늘게 떠리었다. 만일 어둡지만 아니하면 그의 흥분한 얼굴빛 까지도 인동이에게 보였을 게 아닌가? 인동이는 웬 영문인지 모르는 것 같이 희준이의 얼굴만 바라보고 아무 말이 없다. 자기에게 방개 생각을 하지 못하게 할려고 일부러 저런 말을 하는가부다. 이렇게 생각하며 인동이의 마음은 실즉해지지 않을 수 없다. "왜 나더러 방개생각을 끊어버리란 말이유?" 인동이는 불쑥 이렇게 질문을 했다. "아니다 그렇게 하는 말이 아니다. 너는 방개하고 좋와지내도 좋다. 그것을 방개도 역시 히망하니까. 그러나 나만은 지금 누구를 단순한 애정에 끌니어서 사랑할 처지가 못된다….네 이야기를 한 것으로 듣지는 말어다구"[32]

인용문을 통해서 알 수 있듯이 양자의 차이는 해소되지 않은 채로 남는다. 그리고 그와 같은 긴장감은 이성에 의한 감성의 억압을 통해 이루어진다. 물론 『고향』의 서사에서 이성의 측면이 두드러지게 부각된다. 그러나 그 이면에는 감성의 끊임없는 반발이 내재되어 있다. 그러므로 소작 쟁의의 승리 과정은 육체적인 생동성에 바탕을 둔 농민의 본원적인 욕망이 억압되면서 상상적으로 투사한 것이라 할 수 있다. 요컨대 『고향』의 성취는 김희준으로 대표되는 미래의 서사적 시각과 인동을 비롯한 농민들 정서의 기저를 이루는 과거지향적 시각 사이의 긴장에 의해 가능했던 것이다.

---

32) 앞의 책(하), 434-436쪽.

4. 맺는 말

『고향』 서사에서 인식론적인 구조의 지평은 지평인물 김희준에 의해 구축되는 새로운 세계상을 제시하는 데에 있다. 이것은 『고향』의 서사 기획의 중심에 자기 삶의 주체로 성장해가는 소작농의 삶이 놓였음을 통해 확인할 수 있다. 반면, 정서적 구조의 층위에서 볼 때, 『고향』의 서사는 '시적인 생활'로 표상되는 농민의 본원적인 정서에 바탕을 둔 유토피아 충동을 보여주고 있다. 이와 같이 『고향』의 서사가 보여주는 텍스트상의 불일치는 형식적인 차원에서는 작가 목소리의 균열을 통해서 살필 수 있는데, 그러한 목소리의 균열은 『고향』 서사가 이질혼종적인 서사적 원근법의 상호 교차를 통해 구성되고 있음을 말해준다. 그리고 서사적 원근법의 교차가 보여주는 이성과 감성, 정신과 육체 사이의 내적인 긴장과 대립이 『고향』의 서사가 단순한 '계몽의 도식'으로 전락하는 것을 막아주는 내적 요인이 되었음은 물론이다. 서사의 전면에서는 김희준이라는 '지평인물'이 표상하는 이념적 가치 체계를 통하여 이성과 정신의 측면이 압도하고 있지만, 적어도 『고향』 서사의 기저에는 감성과 육체의 측면이 끊임없이 파동치고 있는 것이다.

이와 같은 맥락에서 주목해 보아야 할 사실은 『고향』의 서사에서 육체적인 생동성 및 시적인 생활로 표상되는 농민의 본원적인 욕망이 현해탄 저 너머로부터 파생되어 온 '진리'를 탈구축할 가능성을 보여주고 있다는 점이다. 왜냐하면 육체성의 영역이란 '진리'로 표상되는 근대화 담론이 포섭할 수 없는 것이기 때문이다. 사실, '진리'를 표상하는 인물 김희준의 사고방식과 행동에는 근본적으로 배제와 차별의 논리가 작용한다. 그가 귀향하여 벌이는 행위는 근본적으로 "세계라는 무대 위에서 뒤떨어진 조선 사회를 굽어볼 때" "하루바삐 그들노 하야금 남과같이 따러

가게 하고 싶었든 것"에서 비롯한다. 그렇기 때문에, 그는 "누구보다도 먼저 고토의 동포를 진리의 경종으로 깨우치고저"[33] 열정을 다해 농촌 개혁에 뛰어들었던 것이다. 이와 같은 김희준의 행위에서 부각되는 것은 악한 자연의 위협을 인간 주체의 의지를 통하여 실천적으로 극복해냄과 동시에 낡은 습속을 합리적으로 재편해가는 과정이다. 그가 철저한 합리적인 계획 속에서 전통적인 생활양식인 '두레'를 재조직하는 과정은 이러한 그의 면모를 잘 드러내준다.

이와 같은 김희준의 활동에서 최고의 가치로 놓여 있는 것이 윤리적 견결성이다. 이러한 점에서 안승학의 사고방식과 김희준의 사고방식은 근본적으로는 동일하다고 할 수 있다. 즉 '미래를 선취하는 의식'을 소유한 점에서 안승학과 김희준은 동일성을 갖는 것이다. 단지 이들이 차이를 보이는 것은 안승학이 '상인의 시간'에 고착되어 있는 반면, 김희준은 '윤리적 견결성'이란 기도하는 정신에 입각해 있다는 사실이다. 요컨대, 그들은 억압적 타자라는 점에서 동일성을 획득한다. 그런 점에서 김희준으로 표상되는 가치체계는 타자로서 근대화 담론의 또 다른 얼굴이라 할 수 있다. 문제는 김희준의 사고방식과 행동의 이면에 동물적인 것과 자연적인 것, 나아가 인간 자체도 인간/비인간으로 구별지어 배제하는 인간중심주의의 논리가 깔려 있다는 사실이다. 이는 『고향』의 서사에서 이성/감정, 정신/육체의 대립으로 현상하고 있는데, 앞서 살펴보았듯이 그와 같은 대립은 김희준과 인동 사이에 해소할 수 없는 내적인 긴장으로 나타난다. 이것이 시적인 것의 억압을 통한 공동체 구축의 전망이 지닌 역설이라 하겠다.

---

33) 앞의 책(하), 362쪽.

제 2 장

식민지 물상화 과정 비판과 금욕 윤리의 역설
—『신개지』

1. 들어가는 말

식민지 시기 민촌 이기영의 최고의 작품이라 평가되는『고향』의 소설적 성취가 서사의 인식론적 층위와 정서적 층위 사이의 대립적 긴장에서 비롯된 것임을 앞 장에서 논의한 바이다. 그런데『고향』이 보여준 두 층위 간의 긴장은 식민지 시기 농촌을 제재로 한 이기영의 장편소설에서 변주되어 지속적으로 나타나는 내재적 특성이라는 점에 주목할 필요가 있다. 가령 개화기를 배경으로 자신의 유년 시대를 문제화한 자전적 장편소설『봄』[1])의 경우, 인식론적 층위에서 미래로 향한 문명개화의 당위성을 역설하면서도 정서적 구조의 층위에서는 '유년 시대의 결정적 인상'으로 남아 있는 전근대적 농촌 공동체 '민촌' '방깨울'을 향한 서사적

---

1)『봄』은 1940년 6월 11일부터 8월 11일까지 ≪동아일보≫에 연재되었다가 총독부에 의해 ≪동아일보≫가 폐간되자『인문평론』에 1940년 10월부터 이듬해 2월까지 다시 연재되었다.

동경을 드러내고 있다. 이와 같은 사실은 식민지 시기 농촌을 제재로 한 이기영 장편소설들의 경우 서사를 구성하는 두 층위 간 내적 긴장 관계를 고려해서 독해할 필요성이 있음을 시사한다.

이런 맥락에서 『고향』과 『봄』 사이에 발표된 『신개지』의 경우도 예외는 아니다. 1938년 1월 19일부터 9월 8일까지 ≪동아일보≫에 연재되었던 『신개지』는 『고향』과 마찬가지로 식민지 근대화 과정의 여파로 물상화되어가는 농촌 현실을 서사적 탐색의 대상으로 문제화한 장편소설이기 때문이다. 그러나 『신개지』는 작위적인 통속적 서사 구성으로 인해 '전망의 부재', '작가 의식의 퇴조', '시각의 동요'를 드러낸 작품으로 부정적 평가의 대상이 되어 왔다.2) 이런 평가들은 대개의 경우 『신개지』를 『고향』에 견주어 해석하는 관습에서 비롯된 것이다. 시공간적 배경이나 제재의 측면에서 『고향』과 유사성을 띠고 있음에도 불구하고 『고향』과 달리 지주와 소작의 계급 관계를 서사 전개의 동력으로 삼지 않음으로써 식민지 농촌의 현실을 총체적으로 그려내지 못했다는 것, 그 결과 식민지 근대화 과정을 역사적으로 탐구해 들어가려는 의도에 반해 1930년대 후반 작가 이기영이 처한 위기와 그 속에서 작가로서 할 수 있었던 최대치를 가늠할 수 있는 세태소설3)에 그치고 말았다는 것이 지금까지 이루어진 『신개지』에 대한 해석적 관습의 주된 논점이었다.

『신개지』가 식민지 근대화의 과정에 놓인 농촌 현실의 계급적 역학 관계를 그려내지 못하고 통속적 서사의 양상을 띠고 있다는 것은 부인할

---

2) 논점의 상이함은 다소 있지만 지금까지 『신개지』에 대한 대부분의 논의는 부정적인 평가가 주를 이루었다. 대표적인 논의로, 이상경(1994), 『이기영 : 시대와 문학』, 풀빛, 김경원(1992), 「『신개지』의 동참 체험과 리얼리즘의 성취」, 『한국현대문학연구』 vol2, 김한식(2003), 「이기영 장편소설 『신개지』 연구」, 『한국문학이론과비평』 제18집, 김현주(2013), 「창작배경 재조명을 통한 『신개지』 재고」, 『한민족어문학』 제64집 등을 들 수 있다.
3) 이상경, 앞의 책, 242쪽.

수 없는 사실이다. 그러나 『신개지』에 대한 해석적 관습이 『고향』의 리얼리즘적 성취 비교에 근거를 두고 있는 한, 『신개지』 서사의 통속성을, '작가 의식의 퇴조', '시각의 동요', '전망의 부재' 등의 평가 범주가 시사하듯, 식민 제국 일본의 사상적 통제가 강화된 1930년대 후반 상황의 압력에 따른 결과로 해석할 경우, 식민지 시기 이기영의 장편소설 전개 과정에서 『신개지』의 서사가 갖는 내재적 특성이 간과될 우려가 있다. 이런 맥락에서 『신개지』를 '근대적 노스텔지어의 이야기'로 독해한 논의[4]나 일본의 군국주의 논리가 새로운 질서로 강요되던 시대적 상황 속에서 농민들이 정치주체로 자리매김할 수 있는 가능성을 소문이 지닌 속성의 유비를 근거로 하여 『신개지』의 특성을 규명한 논의[5] 등은 『신개지』에 대한 해석의 지평을 넓혔다는 점에서 의미 있는 성과라 하겠다.

이 장에서는 이기영 장편소설 특유의 리얼리즘적 성취를 가능하게 했던 서사적 특성이 변주되는 양상에 초점을 맞춰 『신개지』 서사의 의미를 고찰하고자 한다. 식민지 시기 농촌을 제재로 한 이기영의 장편소설들이 상호 대립적인 긴장 관계를 맺고 있는 두 개의 서사적 원근법의 결과라는 점에 주목하여 『신개지』의 서사가 갖는 내재적 의미를 규명하고자 하는 것이 이 장의 목적이다. 여기에서는 작가 이기영이 『신개지』의 서사에서 세속적 금욕 윤리를 근대적 삶의 성립을 가능하게 한 발전을 동력으로 인식하고 있다는 사실에 주목하고자 한다. 즉 세속적 금욕 윤리는 『신개지』 서사의 내적 구성 원리가 되고 있다는 점에 유념하고자 하는 것이다. 이런 문제의식에 서서 세속적 금욕 윤리가 『신개지』의 서사에서 구조화되어 나타나는 양상을 살피고 그것의 역설적 의미망을 규

---

4) 김철, 「프로레타리아 소설과 노스텔지어의 시공(時空)」, 『한국문학연구』 30집, 2006.
5) 황지영, 「식민권력의 외연과 소문의 정치-이기영의 『신개지』를 중심으로」, 국제어문』 제57집, 2013.

명하는 것이 이 장의 주된 논점이다.

2. 금욕 윤리에 의한 식민지 근대화 과정의 비판적 서사화

이기영은 『신개지』의 연재를 시작하기 전 「작자의 말」을 통하여 아래와 같이 창작의 배경을 밝히고 있다. 이는 인식론적 측면에서 『신개지』의 서사가 갖는 의미를 파악하는 데 중요한 단서를 제공해 주기에 주목할 필요가 있다.

> 근대 문명은 철도로 수입된다. 철도 연변의 항읍이 지방적 소도시로 갑자기 발전하는 소위 신개지를 배경으로 하여 거기에서 전개되는 신구 생활의 대조를 재미있게 그려보자는 것이 작자의 주안이다. 거기에는 원시적 무지와 근대적 모양이 착잡히 교류하는 동시에 전원적 도시의 향토색과 양자의 조화된 자연미를 다분히 느낄 수 있을 것이다. 그러나 신개지에 대한 지식이 부족한 작자로서는 현실과 동떨어진 지나간 시대로 올라가고 그나마 추상적이 될까 두려워한다.[6]

작가 이기영은 '철도'를 매개로 수입된 '근대문명'이 초래한 삶의 변화 양상을 '신개지'에서 펼쳐지는 '신구 생활의 대조'를 통해 제시하는 데 창작 의도가 있음을 밝히고 있다. '근대 문명은 철도로 수입된다.'라는 진술이 시사하듯, '신개지'는 식민 제국 일본의 압력에 의해 추진된 식민지 근대화 과정을 표상하는 공간이다.[7] 여기에서 식민지 근대화의 과정은

---

[6] 이기영, 「작자의 말」, 《동아일보》, 1939.1.18.

[7] 근대화의 과정에서 철도는 매우 상징적인 의미를 갖는다. 그것은 대상을 동일성과 차이성 속에서 비교·선별하는 '근대적 시선'이 구성되기 위한 전제 조건이다. 즉 철도의 보급으로 인해 개개인은 '세계'를 균질적인 것으로 보는 경험을 하게 된다. 이효관·박성관 역,

'철도 연변의 향읍'이 '지방적 소도시'로 '발전'하는 것으로 표상된다. 이런 맥락에서 '신개지'를 배경으로 펼쳐지는 '신구 생활의 대조'를 서사화함으로써 식민지 근대화 과정을 역사적인 관점, 즉 '발전'의 관점에서 탐색하는 데 『신개지』의 서사적 기획의 근원성이 있다고 할 수 있다.

이러한 『신개지』의 서사적 기획은 1930년대 초 달내강 인근 읍내를 배경으로 하여 '신흥세력으로 흥해가는' 하감역 집안과 '몰락한 양반의 그림자로 망해가는' 유구성 집안 간의 반목과 갈등을 서사 전개의 축으로 하여 구체화된다.[8] '시대의 거울'로서 '신구 세력의 전형'인 이 두 집안의 '대표인물' 하감역과 유경준 간 거래로 성사된 하감역의 둘째 아들 하상철과 유경준의 딸 숙근의 혼인이 두 집안의 반목과 갈등을 촉발하는 계기로 작용한다. '하잘 것 없는 근본' 탓에 유구성 집안의 '문벌'을 필요

『표상 공간의 근대』, 소명출판, 2002, 241-245쪽 참조. 이 같은 입론에 서서, '신개지'가 '철도'에 의해 구축되는 식민 제국 일본이 확장된 '균질공간'을 표상한다는 황지영의 논의는 타당하다. 그에 따르면, 철도는 '시계'와 더불어 식민권력이 통치의 합리성과 효율성을 제고하기 위해 전근대적 식민지 농촌을 균질화하는 과정을 상징하며 근대적 기제들이 인간 내면을 규율하는 기능을 한다. 황지영, 앞의 글, 282-285쪽 참조.

8) 『신개지』의 시대적 배경에 대해서는 상이한 견해가 존재한다. 대체로 1920년대 후반에서 1930년대 초반을 배경으로 한다는 견해가 지배적이지만, 최근 1910년대를 배경으로 한다는 견해가 제출되었다. 사실 『신개지』에서 시대적 배경을 알 수 있는 구체적 표식이 나타나 있지 않지만, 작품에 제시된 여러 정황을 감안해 볼 때 1933년 무렵으로 볼 수 있다는 것이 필자의 판단이다. 우선 작중 인물 윤수의 시점에 '총독부' 건물과 '화신상회'가 지각되고 있다는 점에서 적어도 1920년대 후반을 시간적으로 배경으로 하고 있다고 할 수 있다. 여기에다 『신개지』에서 근대문명의 수입 통로로 표상되고 있는 '○○철도'가 윤수가 감옥에 들어간 해이자 하감역 부자가 읍내로 진출한 해인 서사적 현재로부터 4년 전이라는 사실, 그리고 작가에 의해 '○○철도'가 읍내가 '○○선의 유일한 도시로서 나날이 발전되어 가는 ○○지방의 중심지대'라는 언술을 작가 이기영이 천안을 배경으로 하여 썼다는 사실에 비추어 판단하면, '○○철도'는 1929년에 부설된 '경남철도'일 개연성이 크다. 아사노(淺野)라는 일본인이 양질의 미곡 단지인 장호원과 그 주변 평야에서 생산되는 쌀을 수탈할 목적으로 세운 철도가 바로 '경남철도'인데 순남(금남)의 표현을 빌려 '당신이 들어가던 그해 겨울인가 한쪽부터 개통'이 되었다는 사실과 부합하기 때문이다. 1929년 천안서부터 장호원까지가 먼저 개통되었고, 천안에서 장항까지는 1931년에야 완공되어 전 구간이 개통되었기 때문이다. 이와 같은 사실을 종합해 보면, 『신개지』의 시대적 배경은 1933년 전후라고 할 수 있다.

로 했던 하감역과 하감역 집안의 '돈'을 욕망했던 유경준의 이해가 맞아 떨어져 맺어진 두 집안 간 혼인 관계가 『신개지』의 서사를 이끌어가는 갈등의 축을 형성하는 것이다.

그러나 하감역 집안과 유구성 집안의 혼인 관계를 갈등의 축으로 하여 전개되는 『신개지』의 서사는 '보통학교'를 함께 다닌 하감역의 큰아들 하상오와 유경준 간의 사적 복수담의 형태를 취하고 있어 통속적 수준을 벗어나지 못하고 있다. 금점판에 뛰어들었다가 가산을 탕진하고 빚에 내몰린 유경준이 딸 숙근의 금비녀를 몰래 저당 잡힌 일이 발각되어 시댁에서 쫓겨날 위기에 처한 숙근이 자살을 기도하게 된다. 이에 대한 복수로 유경준이 유포한 하상오의 사생아 경호의 존재를 알게 된 하감역이 하상오에 대한 신뢰를 거둠으로써 두 집안 간 갈등은 봉합된다. 이와 같은 갈등의 해결 방식이 보여주는바, 『신개지』의 서사는 유경준의 복수, 그에 따른 하상오의 처벌이라는 윤리적 동기에 의해 구조화되어 있어 작위적인 한계를 드러내고 있다.

이와 같은 작위성에도 불구하고, 『신개지』 서사에서 가장 두드러진 점은 '철도 연변의 향읍'이 '신개지'로 '발전'하기 이전 '달내장터'를 발판 삼아 부자가 된 하감역의 삶을 서술하고 있는 부분이다. 이를 통해 근대 형성의 동력이 되었던 세속 내적 금욕 윤리의 보편성을 핍진하게 제시하고 있기 때문이다. 그것은 '신구 생활의 대조'를 위한 준거가 됨과 동시에 '신개지'로의 발전이 낳은 '퇴폐성'을 비추는 거울로 기능을 함으로써 윤리적인 관점에서 식민지 근대화 과정을 문제화하고자 한 작가의 서사적 시각을 이해할 수 있는 단서를 제공해 준다.

좌처를 둘러보니 촌장으로는 제법 이리 장터가 오히려 일빠진 큰 장보다는 어수룩한 구석이 없지 않다. 그는 그 점에 착안했다. 동시에 그는 너무 돌아다녀서 멀미가 나던 차에 하여간 앉아보자고 그대로 좌전을 벌여보았다. 그가 달내장에 좌처를 잡고 처음으로 난가게를 볼 때에 주막에다 밥을 붙어 먹고 있었다. 다행히 기대했던 바와 같이 장사가 차차 커짐을 따라서 셋방을 얻어가지고 송방을 벌이었다. 그는 전라도와 서울 물건을 직수입해다가 읍내장에 들여먹었다. 그 바람에 재산은 불일 듯해서 수십 년간에 부명을 듣게 되니 미상불 이 근처 사람들이 하늘이 낸 부자라고 그를 쳐다보는 것도 그리 괴이할 게 없을 줄 안다. 그때 무렵만 해도 달내장은 물건이 많이 먹혔다. (…중략…) 그러다가 그해 늦은 봄에 그는 우연히 달아나는 소년 과부를 붙들어서 손쉽게 장가를 들고 보니 오다가다 잡은 손목이 그 역시 연분이라 할까. 뜻밖에 장가를 잘 들었으니 이 또한 성수라 할까? 그때부터 그는 살림을 시작하고 송방을 보게 된 것이다. 그러나 그 무렵은 아직도 지기를 펴지 못할 만큼 군색한 형편이어서 그는 최소한도의 생활비를 지출하지 않으면 안되었다. 더구나 장가를 드느라고 목돈을 쓴 자옥이 나서 그 구멍을 절약으로 메꾸지 않으면 안되었다. 그래 미상불 한때는 이웃집에서 찬밥을 얻어다 먹기까지 하면서 근근히 지내왔다.[9]

인용문은 '전라도 접경 아래 내포 태생'의 외지인 하감역이 '조고여생'하여 '장돌뱅이로 떠돌다가 이십 전후인 40여 년 전 달내 장터에 들어와 부를 축적하게 된 내력을 서술하고 있는 대목의 일부분이다. 여기에서 작가는 하감역을 '하늘이 낸 부자', '운수를 탄 사람'이라고 하는 세간의 평과는 달리 '하감역이 부자가 되는 수밖에' 없었던 이유를 그가 보여준 새로운 삶의 태도에서 찾고 있다. 우선, 그것은 장돌뱅이로 떠돌던 하감역이 '달내 장터가 일빠진 큰 장보다는 어수룩한 구석이 있'어 '물건이 많이 먹히고', '사람들이 많이 몰려들 것'이라는 데 '착안'하여 달내장에

---

9) 이기영, 『신개지』, 풀빛, 1989, 52쪽. 『신개지』는 1938년 《동아일보》에 연재되었다. 본고에서는 세창서관(世昌書館)에서 1943년에 발간한 단행본을 저본으로 하여 재간행한 1989년 풀빛사 대본을 대상으로 한다.

정착하게 된 그의 안목과 관련된다. '다행히 기대했던 바와 같이 장사가 차차 커지게 되었다'는 진술이 말해주듯, 이는 곧 하감역이 미래를 선취하는 시간 의식의 소유자라는 사실을 말해준다. 달내장터의 상인들과 달리 미래를 선취할 수 있었던 하감역의 안목은 장돌뱅이로 여러 지역을 떠돌아다니면서 눈뜨게 된 '상리'에서 비롯된 것이다. '상리'란 여러 위험을 선취하여 물건의 가격을 계산하여 얻는 상업적 이득이다. 하감역은 달내 장터의 불확정한 요소를 미리 계산하여 '전라도와 서울에서 직수입'한 물건을 달내장터에 내다 팖으로써 돈을 벌 수 있었던 것이다. 이와 같이 하감역이 달내장의 상인들과 달리 장돌뱅이로 여러 지역을 돌아다니며 경험적으로 체득한 정보를 바탕으로 미래를 선취하여 계산하는 근대 특유의 시간 의식을 지녔기에 '부자가 되는 수밖에' 없었다는 것이 작가의 인식이다. 그런 점에서 하감역은 근대적인 의미에서 상인의 전형을 보여준다.10) 하감역이 유구성 집안과 혼인 관계를 맺었던 것도 '상노판 경계'를 잘 아는 그에게 장차 더 큰 이익을 가져다 줄 것이라는 미래를 내다 본 투자였듯이, 『신개지』의 서사에서 하감역의 모든 행위는 미래를 선취한 상인의 시간 의식, 즉 계산적 합리성에 근거하여 이루어진다. '읍내'가 '신개지'로 갑자기 발전하면서 '달내 장터가 망하고 부근 동민이 영락(零落)한 대신 오직 하감역 집만은 금시발복이 된' 이유가 여기에 있는 것이다.

그러나 미래를 선취하는 계산적 합리성과 더불어 하감역이 부자가 될 수밖에 없었던 근본 이유로 작가가 더 주목하는 것은 그에게 철저하게 내면화되어 있는 금욕적인 삶의 자세이다. '치부를 위해서 필요한 일에는 돈을 아끼지 않'지만 '공연히 허비하는 데는 일전 한 푼을 떠는' 하감

---

10) 이마무라 히토시[今村仁司], 이수정 역, 『근대성의 구조』, 민음사, 1999, 70쪽.

역의 '성미'가 말해주듯, 그것은 '절약'과 '근면'으로 특징지어진다. '상리'
에 눈을 뜬 뒤 실행에 옮긴 그의 '무서운 결심'은 이러한 삶의 자세를 잘
보여준다. 장돌뱅이로 돌아다닐 때 발이 부르트고 다리가 아프면 '감발
에 솔잎을 깔고', '발이 시릴 때는 고추를 쪼개서 붙이기도 하며', '배가
쉬 꺼진다는 이유로 짭짤한 반찬은 입맛에 당겨도 일부러 먹지 않았으
며', 달내 장터에 좌처를 정하고 '송방'을 벌여 어느 정도 돈을 모은 뒤에
도 추파를 보내는 주변 '계집'들의 유혹에 아랑곳하지 않고 '주머니끈'을
더욱 졸라매었다. 뿐만 아니라, 결혼 비용으로 축난 구멍을 메우기 위해
'이웃집에서 찬밥을 얻어먹기'까지 하는 등 그는 '무서운 결심'으로 인간
의 감각과 감정에서 비롯되는 일체의 세속적 욕망을 거부하고 자신의 삶
을 조직해 나갔던 것이다. 이와 같이 세속적 욕망을 억누르고 자신 자신
은 물론 자신과 타인, 세계와의 관계를 방법적으로 조직화해 간 금욕적
삶의 태도가 '상리'를 뒷받침해 주었기에 하감역은 부자가 될 수밖에 없
었다는 것이 작가 이기영의 진단인 것이다.[11]

　하감역이 부를 축적하는 과정에서 보여준 이와 같은 두 가지 삶의 자
세, 즉 미래를 선취한 시간 의식과 세속 내 금욕 윤리는 구시대의 전형
유경준으로 대표되는 전통에 구속된 삶과 대비를 이루는 새로운 근대적
삶을 표상한다. 하감역의 삶의 자세가 '신구생활의 대조'를 위한 준거로
서 서사적 의미를 갖는 것은 바로 그의 삶이 역사적인 관점에서 근대의
새로운 삶을 표상하기 때문이다. '구시대의 전형' 유구성 집안의 '대표인

---

11) 이상경은 하감역의 부의 축적 문제와 관련하여 그가 지닌 계산적 합리성을 근거로 초기
　부르주아의 합리성과 건강성을 지닌 인물로 평가한다. 이상경, 앞의 책, 248-253쪽 참
　조. 황지영은 이상경의 견해에 동의하면서 하감역의 이동하는 삶 또한 부를 축적한 중요
　한 동력이었음을 지적한다. 황지영, 앞의 글, 290-291쪽 참조. 이 두 견해 모두 타당하
　지만, 이동하는 삶과 계산적 합리성은 원격지 상인의 두 가지 속성이었다는 점에서 동일
　한 면의 두 측면일 따름이다. 무엇보다 근대의 탄생을 주도했던 상인의 가장 중요한 속
　성은 세속화된 금욕 윤리에 있었다는 점을 주목할 필요가 있다.

물' 유경준이 몰락하게 된 까닭이 '낭비생활', '방종한 삶'에 있다는 것이 이를 뒷받침해 준다. 왜냐하면 이러한 유경준의 삶의 태도는 하감역이 보여준 삶의 태도와 정확히 '대조'를 이루고 있기 때문이다.

> 유경준이가 차차 몰락해가는 근본적 원인은 그의 방탕한 소위라기보다도 그가 시대를 거스른 소극적 처세술에서 오는 낭비생활을 일삼은 것이 그중에도 가장 큰 패가할 장본이었다. 만일 그가 하상오와 같이 읍내로 진출을 했든지 그렇지 않으면 집안 살림을 돌보아 살았을진댄 그 역시 하상오만 못지않게 출세를 하고 가산을 지켰을 것이다. 그런데 경준은 옛날 선비와 같이 책상머리를 떠나지 않고 그렇다고 규모 있게 치가(治家)를 하지도 못하기 때문에 고풍에 젖은 양반 식 살림은 자연히 안팎으로 비용이 과다한데다가 더구나 주색잡기에까지 방종한 생활만 하려드니 석숭(石崇)의 부자인들 그 뒤를 어찌 당할 것이냐? 한말로 말하자면 그는 실속 있는 개화를 못하고 있는 재산을 낭비하는 소비자에 불과하였다.[12]

인용문에서 작가는 유경준이 몰락하게 된 근본 원인을 '시대를 거스른 소극적인 처세술'에서 찾고 있다. '소극적인 처세술'이란 '신개지'로 발전하는 시대의 흐름에 편승해 '실속 있는 개화'를 하지 못하고 '옛날 선비와 같이 책상머리를 떠나지' 않는 고루한 삶의 자세를 가리킨다. 즉 유경준은 '비록 망해가는 양반이라 할지라도 양반의 고결함'을 본보여 주고자 한 '시대를 거스른' '소극적 처세', 그리고 그로 인한 '자기 분열'로 '지나간 시대를 지키지도 못하고 새 시대를 맞을 준비'를 하지 못함으로써 '재산을 낭비하는 소비자'로 '방종한 생활'을 하였던 것이다.

그러나 하감역의 삶에 내면화된 세속 내적 금욕 윤리를 주목하고 있다고 해서 작가 이기영이 그의 현재적 삶을 긍정하는 것은 물론 아니다.

---

12) 이기영, 앞의 책, 61–62쪽.

서사적 현재 그는 식민 통치 권력과의 유착 관계를 통하여 '신개지'로 발전해가는 '읍내'를 발판 삼아 끊임없이 부를 축적해가는 물신화된 욕망의 화신으로서 '왕가와 같은 권세'를 누리는 삶을 살고 있기 때문이다. 그가 '대부청원'한 '달내강변 개펄 개간공사'를 식민 통치 권력을 대리하는 '군 당국'이 허가해 준 것이나, '읍내'의 관료들이 달내골에 출장을 오게 될 일이 생기면 제일 먼저 그를 찾아 문안을 올린다거나 '신개지'에 '변고'가 생기면 시각을 다투어 발표했던 지역 신문사들도 숙근의 자살 사건은 '유력한 하감역 집안의 불미한 일'이어서 자발적으로 보도를 하지 않는 등의 사실들이 상징적으로 말해주듯, 그는 식민지 근대화 과정을 표상하는 공간 '신개지'에서 권력의 중심에 놓여 있다. 작가 이기영이 '하감역 집안의 발전이 곧 읍내의 발전'이라 한 까닭이 여기에 있다.

이런 맥락에서 주목하지 않을 수 없는 점은 아이러니하게도 하감역의 과거 삶이 표상하는 세속 내적 금욕 윤리가 하감역 집안 자체의 몰락의 가능성을 비추는 거울이라는 사실이다. 하감역의 큰아들 하상오가 근면을 미덕으로 하는 세속 내적 금욕 윤리와는 정면으로 배치되는 삶을 살고 있기 때문이다. 물론 '매가리'와 미곡상 경영으로 돈을 벌고 철도 부설로 '읍내가 개발'되어 '조만간 이 고장이 도회지로 발전될 가능성'을 '미리 알고' 남들은 비웃음에도 불구하고 유구성 집 땅을 고가로 매입한 사실이 말해주듯이, 하상오 또한 부친 못지않게 '식리'에 밝은 인물이다. 하상오도 미래를 선취하는 계산적 합리성을 지닌 인물인 것이다. 그러나 그에게는 하감역이 자신이 축적한 부를 정당화하는 근거, 말하자면 '자수성가를 했다는 자세가 금전의 위력과 아울러 불문율로 세운 위령'이 없다. 그의 삶에는 세속 내적 금욕 윤리가 부재하다는 것인데, 그가 '여자라면 사족을 못 쓸' 만큼 윤리적으로 타락해 있다는 것이 이를 잘 대변해 준다. 두 집 살림을 하는 것도 그러하거니와, 무엇보다 돈과 지주

권력을 동원해 소작농 춘선의 처 순점을 꾀어 자신의 성적 욕망을 채우
고 나서는 순점을 헌신짝처럼 버린 사실은 하상오의 윤리적 타락상을 말
해주는 단적인 예이다. 특히 순점과의 불륜으로 낳은 경호를 사생아로
방치한 사실은 하감역 집안과 유구성 집안 간 반목과 갈등을 봉합하는
결정적인 계기로 작용한다. 그것은 유경준의 폭로가 계기가 되어 경호의
존재를 알게 된 하감역이 경호를 자신의 집안에 받아들이고 하상오에 대
해서는 신뢰를 거두게 되는 단초가 되었기 때문이다. 주목할 점은 하감
역 스스로 하상오의 윤리적 타락을 두고 '가운의 불길함'을 예감하면서
'행복이란 금전에만 있지 않다'는 '세상이치' 깨닫게 된다는 점에서 세속
내 금욕 윤리는 역설적이게도 '신개지'에서 '왕성한 한길을 밟아온' 하감
역 집안의 몰락 가능성을 비추는 거울로서 의미를 갖는다.

　이와 같이 작가 이기영은 『신개지』에서 '신구 생활의 대조'를 서사화
하는 가운데 하감역이 전근대적인 '달내장터'를 발판으로 하여 부를 축
적해간 내력을 부각함으로써 근대적 삶으로의 '발전'을 가능하게 한 추
동력이 세속 내 금욕 윤리에 있다는 인식을 드러내고 있다. 나아가 이런
인식을 바탕으로 작가는 식민지 근대화 과정의 공간적 표상 '신개지'로
의 발전이 윤리적 타락의 과정이라는 문제의식을 유경준과 하상오 간 복
수담의 형태를 띤 통속적 서사를 통해 은연중 드러내고 있는 것이다. 그
러나 '신구 생활의 대조'를 서사화한 『신개지』가 인식론적 측면에서 과
거 하감역의 삶이 표상하는 세속 내적 금욕 윤리에 의해 구조화되고 있
다고 하더라도, 작가 이기영이 하감역의 삶을 대안으로 제시한 것은 물
론 아니다. 그는 식민지 근대화 과정을 표상하는 공간 '신개지' 발전의
최대 수혜자로 지배 권력을 표상하기 때문이다.

3. 근면 노동을 통한 물상화된 농촌 현실 극복 욕망의 역설

하감역이 식민지 근대화 과정의 표상 공간 '신개지'에서 '왕가와 같은 권세'를 쥐고 부를 무한히 확대해가는 물신화된 욕망의 화신이지만, 달 내장이 '신개지'로 발전하기 이전 그의 삶이 표상하는 세속 내 금욕 윤리 는 인식론적 측면에서 '신구 생활의 대조'를 위한 준거로서 뿐 아니라 식 민지 근대화 과정에 수반된 윤리적 타락상을 비추는 거울로서 의미를 갖 는다. 이는 '철도'를 매개로 '수입'된 근대 문명에 대한 작가의 비판적인 인식에 의해 간접적으로 뒷받침되고 있다.

근대 문명은 철도로 수입된다. 몇해 전만 해도 시골읍내의 낡은 전통 밑에서 한가히 백일몽을 꿈꾸었던 이 지방도 ○○철도가 개통되고 근자 에는 읍제(邑制)가 실시된 뒤로부터 별안간 활기가 띠워져서 근대적 도시 의 면목을 일신하기에 주야로 분망하였다. (…중략…) 초가집 틈에 기와 집이 들어앉고 바라크와 벽돌집이 그 사이로 점철(點綴)한 것은 마치 조 각보를 주워모은 것처럼 빛깔조차 얼쑹덜쑹하다. 붉고 희고 검고 푸르고 누런 지붕을 뒤덮고 섰는 집들이 뚝딱거리는 건축장과 하천장리의 제방 공리의 제방공사와 또는 거기로 모여드는 노동자떼하며 그리고 그들을 생계로 하는 촌 갈보 술집들의 난가게가 한데 엄불린데다가 하루에 몇차 례씩 발착(發着)하는 기적 소리의 뒤를 이어 물화(物貨)가 집산되는 대로 상공업은 흥왕하고 인구는 불어간다. 따라서 사회적 시설도 템포를 빨리 하여 나날이 발전하는 이 지방은 어느 곳이나 신개지(新開地)에는 공통된 현상으로 볼 수 있는 신흥 기분에 들떠 있다. 그러나 그것은 건강성보다 는 퇴폐성이 더 많고 영구적이 아니라 일시적인 부황한 경기에 휩쓸려서 부질없이 졸속주의를 모방하기에 여념이 없는 것 같다. 그래도 주민들은 어깨바람이 절로 났다. 그들은 내 고장이 개화되는 것을 입뜬 이마다 자 랑한다.[13]

---

13) 위의 책, 49쪽.

작가는 여기에서 '낡은 전통 아래' 얽매여 있던 시골 읍내가 '철도'가 상징하는 '근대 문명'의 유입으로 인해 '근대적 도시의 면목을 일신'한 것을 '발전'으로 인식하고 있다. 그러한 '발전'은 '물화의 집산으로 인한 상공업의 흥왕과 인구가 증가', '제방공사'에 몰려든 '노동자떼'가 말해주는 일자리의 창출, '철도'로 상징되는 '사회적 시설'의 '템포' 있는 건설 등 전례 없는 역동적 변화로 표상된다. 그러나 작가는 동시에 '신개지'의 역동적 변화에 내재된 '퇴폐성'과 '일시성'에 주목하고 있다. 그런 점에서 과거 하감역의 삶이 표상하는 세속 내적 금욕 윤리는 '신개지'로의 발전에 수반된 '퇴폐성'을 비추는 거울로서 서사적 의미를 갖는 것이다.

그런데 이와 관련하여 또 한 가지 주목해 보아야 할 것은 '신개지'로의 발전을 '신흥 기분'에 취해 '자기 고장이 개화되는 것'이라고 자랑하는 '주민들'의 태도가 비판적으로 문제화되고 있다는 점이다. 이는 곧 신개지'로의 발전을 일상적 삶의 수준에서 물상화가 심화되어 가는 과정으로 바라보는 작가의 인식을 드러낸 것이라 할 수 있다. 물상화 과정이란 '재판소', '우편국', '농업학교' 등의 근대의 제도적 장치들이 상징하듯, '낡은 전통 밑에서 백일몽을 꿈꾸던' 전근대적인 삶을 근대적으로 합리화해가는 추동력이자, 그것에 수반되는 인간 의식 자체를 사물화 내지 파편화시키는 과정을 일컫는 것이기 때문이다. 이런 점에서 '읍내'의 발전을 자신의 자랑으로 받아들이는 주민들의 태도는 물상화 과정에 수반된 의식의 물화 양상을 상징적으로 나타낸 것이라 할 수 있다. 왜냐하면 '이 지방의 발전은 하부자집의 발전'이기 때문에 '읍이 발전된대야 읍내 사람들이나 부근동에서 새로 편입된 촌사람들에게 거기 따르는 아무런 이익이 없다'는 진술이 시사해주듯, 주민들은 '신흥 기분'에 취해 '신개지'로의 '발전'에 내재된 '퇴폐성'과 '일시성'을 깨닫지 못한 채, 하감역 집안의 발전을 마치 자신의 발전인 양 동일시하고 있기 때문이다. 이처럼 주민들이 '신개지'로의 '발전'을 정당화하는 지배 이념에 포섭된 것은 물상화의 과정이 낳은 부정적 효과의 단면을 드러낸다. '읍제의 실시' 이후 '읍내 시장'을 키우려는 목적에서 도입된 '시장 규칙'이나 '미곡검사소' 등과 같은 근대적 제도에 저항하여 '시장폐지반대운동'을 펼친 '달내장터 삼거리 사람들'이 '소리만 탐하지 말고 널리 대국을 살펴보는 것이 백성의 도리'라는 '군 당국'의 '일장훈시'를 듣고 운동을 중지한 사실은 물상화 과정에 수반될 수밖에 없는 이념적 효과를 상징적으로 보여주는 예라 할 수 있다.

  '철도'를 매개로 수입된 '근대문명'에 의해 물상화되어가는 현실에 대한 이와 같은 작가의 비판적 인식은 하감역이 지배하고 있는 달내골 농민들의 삶의 변화로 구체화되어 나타난다. '부족함이 없이' '놀이터'로 유명한 '달내강'을 위안 삼아 '소박한 농촌생활'을 영위해 왔던 달내골 농민의 삶이 '읍내가 점차 대처로 발전함에 따라 옛날처럼 자연을 즐길 겨를이 없'게 되었다는 진술은 물상화 과정에 의해 생긴 그들의 일상적 삶의 변화가 어떠한 것인지를 단적으로 말해준다. 하감역 집이 번창하는 대 반하여 달내골 농민들은 극한적 가난의 상황에 놓이게 된 것이다. 그들 대부분이 하감역 집의 소작을 부치면서도 '칠궁', '춘궁' 등의 '극난한 시기'에 지친 몸을 쉴 새도 없이 '개간공사'나 '금점판' 등에 '품파리'를 나가야 겨우 생계를 유지할 수 있는 처지가 된 것이 이를 잘 말해준다. '농촌의 인심이 사나워져 묶어놓은 나락을 저가는 일'이 발생하고 '금점판'에서 노름이 성행하는 등 달내골 농민들의 타락한 삶이 문제화되는 것도 바로 점증하는 물상화 과정에 의해 그들이 처하게 된 극한적 가난의 상황과 맞물려 있다. 약혼한 사이였던 소작농 김선여의 딸 순남과 강첨지의 아들 윤수의 사랑이 파국을 맞는 것은 물상화 과정이 '달내골' 농민들의 삶에 미친 이와 같은 영향을 극적으로 뒷받침해 준다. '숫되기 짝이 없던' 순남이 서울의 유곽에서 몸을 파는 '논나니' 금향으로 전락하게 됨으로써 이들의 사랑은 파국을 맞게 된다. 극한적 가난에 몰린 순남 부모는 윤수가 '뜻밖의 횡액'으로 '전과자'가 되어 잡혀가자 '돈' 욕심에 순남을 '첩'으로 팔고자 했는데 이는 물화된 의식에서 비롯된 것이기 때문이다.

바로 이와 같은 맥락에서 작가 이기영은 달내골 농민들의 삶이 물상화되어가는 현실의 극복 가능성을 '견실한 시골 청년' 윤수를 내세워 모색하고 있다. 순남과의 비극적 사랑이 말해주듯, 그는 '신개지'로의 발전으로 인해 물상화 되어가는 농촌 현실의 희생자이지만, 다른 한편으로 물상화 과정의 직접적인 수혜자 하감역집을 '상대할' 달내골의 유일한 인물로 제시되고 있기 때문이다. 물론 그가 처음부터 하감역을 '상대할' 만큼의 능력을 가진 인물은 아니었다. 그 또한 순남과의 소박한 행복을 꿈꾸며 '일 년 내 가야 신기한 꼴이라고는 아무것도 보지 못하고 붙박이로 사는' 무지한 달내골 촌사람 중 하나에 지나지 않았다. 그런 그가 하감역을 상대할 인물로 성장하게 된 계기는 '뜻밖의 횡액', 즉 한재로 인한 '논물싸움' 과정에서 학성이 죽게 되자 살인 누명을 쓰고 사년의 감옥생활을 하는 동안 '그 전에 모르던 사색하는 법'을 배운 데 있다.

> 늙은 부모와 어린 동생들하고 장차 이 앞으로 어떻게 살아야 할까? 장래 생활도 걱정이 된다. 윤수는 그 안에서 하던 버릇과 같이 생각에 골똘했다. 그는 사 년 동안에 그전에 모르던 사색하는 법을 배웠다. "천천히 생각해 보면 얼마 살 수가 있겠지." 그는 생각 없이 사는 사람들을 민망히 아는 동시에 또한 생각으로만 살려는 사람들을 비웃고 싶었다. 무지한 사람에게는 생각하는 길을 열어줄 것이다. 그 대신 지식 있는 사람들은 그것을 남에게도 노나 주고 자기의 실제 행동이 그 지식과 부합하도록 사는 것이 떳떳하지 않을까.[14]

인용문은 출옥한 윤수가 귀향하면서 장래에 대하여 걱정하는 내면을
서술하고 있는 대목이다. 여기에서 그가 감옥에서 '사색하는 법'을 깨우
쳤음을 말하고 있다. 그러나 그것이 구체적으로 무엇을 뜻하는지는 나타
나 있지 않다. 다만 그것은 '생각 없이 사는' 것과 '생각만으로 사는 것'
을 동시에 부정한다는 맥락에서 생각과 행동, 지식과 실천의 통일을 지
향하는 사고방식이라 할 수 있다. 그런 점에서 '사색하는 법'은 생각과
실천의 주체가 자기 자신임을 확신하고 그것을 모든 실천적·정신적 삶
의 기준으로 삼는 근대의 이성적 자아의 자기 관계를 나타낸 것이라 할
수 있다. 그리고 근대의 이성적 자아의 자기 관계가 반성을 핵심으로 한
다는 점에서 '사색하는 법'이란 자기의 내면에서 자기와 대면하여 대화
하는 반성적 행위를 뜻한다고 볼 수 있다.[15]

윤수가 하감역집과 '상대할' 유일한 인물이 될 수 있었던 근본 까닭은
바로 달내골 농민들과는 달리 근대적 자아의 이상적 규범인 자기를 반성
할 수 있는 능력을 배웠다는 데에 있다. 그가 '순량한 양민'이 되어 하감
역에게 잘 보이려는 달내골 농민들의 '비루한 공리심'을 경멸하고, 하감
역이 자신의 동생 윤순이를 고공살이로 거둔 것에 대해 그를 은인으로
여기는 어머니를 보고 과연 그가 자기 집의 은인인지 의심한다. 읍제가

---

14) 위의 책, 46-47쪽.

15) 이마무라 히토시에 따르면 근대성의 구조는 자기와의 관계, 타자와의 관계, 인간과 자연
    의 관계 등 세 가지를 기본 축에 의해 뒷받침된다. '사색하는 법'이란 이 중 근대적 자아
    의 자기 관계를 표상하는 개념이라 할 수 있다. 그에 따르면, 근대적 자아, 그 동력으로
    서의 이성은 인식 및 행위의 원점이자 원리이고 근거가 된다. 사고와 실천의 일제가 자
    아로부터 출발하여 관념적이든 실천적이든 또는 자연현상이든 그것은 예외 없이 자아의
    이성적 인식에 의해 구성된다. 따라서 인간의 행위는 그것이 어떠한 것이든 자아의 결단
    으로부터 생겨나는 것이다. 이런 점에서 근대인은 자기관계를 가장 중요한 출발점으로
    하고 있다. 요컨대 근대의 자아는 '나는 생각한다', '나는 할 수 있다'를 확신하며 그것을
    모든 실천적 및 정신적 행위의 기준으로 하며 살고 있다는 점에서, 윤수가 배운 '사색하
    는 법'이란 이와 같은 근대적 자아의 이상적인 규범을 나타낸다고 해석할 수 있다. 이마
    무라 히토시[今村人司], 『近代の思想構造』, 人文書院, 1998, 14-16쪽 참조.

되기 전 공금횡령을 한 전과자였던 면서기가 읍제 실시 후 신용을 얻어 버젓이 활동함에도 불구하고 죄값을 치르고 나온 자신을 죄인 다루듯 하는 하감역 태도의 정당성을 의심하는 것 등에서 알 수 있듯, 그는 감옥에서 깨우친 '사색하는 법'을 매개로 하감역이 지배하는 달내골에서 유일하게 그와 맞설 수 있는 근대적 주체로 성장할 가능성을 보여주고 있다. '식목하던 날' 하상오를 비롯한 '읍내' 유지들의 모임 '번영회' 회원들의 행태에 대하여 윤수가 보인 반응은 이를 가장 극적으로 제시해준다.

> 윤수는 식목을 하던 이튿날부터 별안간 일손이 잡혀서 머슴처럼 일을 세우 하기 시작했다. 그는 어떤 동기로 들뜬 마음을 바로잡았는지 모른다. 그것을 생각할 겨를도 사실 없었다. 그러나 어제 식목하던 날 당하고 보던 가지가지의 현실적 생활면은 그로 하여금 무의식중에 큰 충동을 받게 했다. 진실한 생활은 오직 일하는 가운데 있음을 깨달았음이다. 그날 읍내사람들의 노는 광경을 목도한 윤수로는 더욱 그러한 생각을 강조하게 하였다. 그들은 어떤 피로에서 오는 휴식을 얻기 위함이 아니다. 오직 권태를 못이기는 발광 같았다. 그런데 유경준이가 그날 자기네와 술을 같이 먹었다고 하상오가 타내서 시비를 걸고 그 일로 그의 온 집안까지 떠들며 마치 무슨 큰 망신이나 당한 것처럼 기세를 부린다는 것은 윤수 자신까지 인격의 모독을 당하는 느낌이 없지 않았다.[16]

인용문은 '번영회'의 발기로 이루어진 '식목'하는 날 부역에 동원된 윤수가 '하상오와 유경준의 충돌'을 목격하고 깨닫게 된 '진실한 생활'에 대하여 서술하고 있는 대목이다. 이 충돌은 유경준이 부역에 동원된 달내골 농민들과 어울려 술을 마신 것에 대해 사돈인 하상오가 집안 망신을 시킨다고 시비를 걸어 일어난 사건이다. 윤수는 '평민사상'을 내세워 농민들도 동등한 인간이라고 주장한 유경준에게 면박을 준 하상오의

---

16) 이기영, 앞의 책, 280쪽.

양반 행세를 보고 마치 자신이 '인격의 모독'을 당한 것처럼 느낀다. 하상오를 비롯하여 '번영회' 회원들이 부역에 동원되어 일을 한 농민들과 자신을 동등한 인간으로 보지 않는다고 생각하였기 때문이다. 이런 맥락에서 윤수의 '깨달음'에 '큰 충동'을 준 '현실적 생활면'이란 기생들과 향연을 벌이며 '돈'으로 양반 행세를 하는 그들의 '권태를 못이기는 발광'이 표상하는 허위의 삶인 것이다. 따라서 윤수가 깨닫게 된 '진실한 생활'이란 현실을 지배하는 하상오와 읍내 유지들의 허위의 삶과 대립적 관계에 기초해 있는 것이라 할 수 있는데, 윤수만이 이런 깨달음이 가능했던 이유가 바로 그가 '사색하는 법'을 배웠다는 데 있는 것이다.

그런데 여기에서 또 한 가지 주목해 볼 점은 윤수가 깨달은 '진실한 생활'이, '오직 일하는 데 있는 것'이란 진술이 말해주듯, 노동하는 삶만이 가치 있는 것이라는 근대적인 노동 관념에 바탕을 둔 것이라는 사실이다. 사실 여가 생활이나 유희와 같은 행위의 가치가 전복되고 그 대립항인 비여가(非餘暇), 즉 노동이 사회 문화적 가치의 기준으로 정립된 시기는 근대이다. 이와 같은 노동에 대한 근대적 가치의 전환에 따라 노동은 생산 개념과 일체화되었을 뿐만 아니라 금욕 윤리에 의해서 내면적으로 구동된 근면주의가 대두하게 된 것이다.[17] 이에 근거할 때, '이튿날부

17) 이마무라 히토시는 근대에 들어서 노동이 사회문화적 가치의 표준이 된 연유를 다음과 같이 설명하고 있다. 고대나 중세인은 노동을 사회 형성의 원리로 생각하지 않았을 뿐만 아니라 문화를 비추는 표준으로 생각할 수 없었다. 즉 고대나 중세에 '생활에 필요한 것'은 사회적·문화적으로 '가치'일 수 없었다. 따라서 이 시대에 생활의 필요로부터 벗어나 있다는 의미에서 '여가'는 사회적으로도 문화적으로도 낮은 평가를 받지는 않았다. 반면 비여가로서의 상업 활동이나 직인의 생산 활동은 항상 사회의 저변에 위치지어진다. 이와 같은 노동에 대한 가치 절하 작업은 당시의 가치체계로부터 생겨난 것이다. 그러나 근대로 이행함에 따라 이와 같은 가치의 축은 전도되기 시작한다. 시장 경제가 확장되고 심화됨에 따라 생산과 근면한 산업 활동(industry)은 사회를 움직이는 중심적인 지위를 차지하게 된다. 노동이 근대 자본주의의 원리가 되고, '노동가치설'이 등장하게 된 것은 이런 맥락에서이다. 요컨대 근대는 '여가' 원리를 전복하여 노동을 가치로 정립하고 금욕 윤리에 바탕을 둔 근면주의를 대두하게 하였던 것이다. 이마무라 히토시[今村人司],

터 일을 세우' 하기 시작하였다는 진술이 말해주듯, 윤수가 깨달은 '진실한 생활'이란 근면화된 노동이라 할 수 있다. '무슨 일에든지 한사람 몫이 되기'를 바라는 마음으로 배우기 힘든 일을 일부러 하려하고, '실천을 떠난 지식'을 비웃으며 '야학으로 진흥회'로 동리의 일이라면 발 벗고 나서는 윤수의 열성적인 행동은 바로 이와 같이 금욕주의에 기반을 둔 근면화된 노동을 표상한다. 윤수가 자신을 '전과자'로 바라보는 농민들의 편견을 극복하고 달내골 상중하 삼동리의 '중견청년'으로 받아들여지게 되고 나아가 하감역 집을 '상대할' 유일한 인물로 부상하게 된 까닭은 '진정한 생활', 즉 근면화된 노동의 실천에 있는 것이다.

> 그는 마을 사람들처럼 어떠한 수단으로든지 돈을 벌려고는 들지 않았다. 물론 그들도 돈을 모을 생각으로만 그런 것은 아니다. 그래서 여유없는 생활에서 돈에 갈급증이 난 때문이라 하겠지만 그들보다 다소 안다는 자들까지 그들처럼 이욕에만 눈이 벌겋다면 도대체 안다는 보람이 어디 있는가. 세상에는 지식 있다는 사람들이 흔히 그렇다. 그들이 지식을 악용하여 불의를 일삼는 까닭은 무지한 사람은 그들을 닮아가지 않는가. 자기는 농민의 아들이다. 그전에는 대학생을 부러워하고 그래서 보교를 졸업한 후에 상급학교에 못 가는 것을 한탄하였으나 지금은 그런 생각을 근본적으로 깨쳐버렸다. 그는 도리어 실천을 떠난 지식은 비웃고 싶었다. 그러면 자기는 지금 비록 가난한 생활을 하며 날마다 품을 파는 노동자라 할지라도 그것은 조금도 남에게 부끄러울 것이 없고 마음에 거리낄 것이 없는 자족한 생활이었다. 마치 그것을 독신자의 생활과 같다 할까? 그의 생활은 신자가 되기 전과 조금도 다른 바 없건마는 그의 마음은 믿음의 낙을 발견한 것과 같았다. 따라서 신자는 자기만 믿는 것으로 만족하지 않고 다른 사람들에게 신앙을 전하고 싶듯이 그 역시 자기가 체험하는 심신의 여유를 주위의 사람들과 동화하고 싶었다.[18]

앞의 책, 133-134쪽 참조.
18) 이기영, 앞의 책, 414-415쪽.

　인용문은 '진실한 생활'에 대한 깨달음을 얻은 뒤 달내골 농민들과 함께 노동하는 삶을 실천하는 과정에서 윤수가 받은 느낌을 서술하고 있는 대목이다. 여기에서 그는 '여유 없는 생활' 때문에 '돈'에 '갈급증'이 난 무지한 농민들에게 '심신의 여유'를 가질 수 있는 삶을 전파하고자 하는 의지를 피력하고 있다. 그가 '무지한' 농민들에게 전파하고자 하는 삶은 노동을 실천하는 데서 오는 '자족한 생활'이다. 왜냐하면 그들이 '돈'에 갈급하여 '여유 없는 생활'을 하고 더욱이 '안다는 자들까지' 이욕에 눈이 멀어 '무지한' 농민들을 잘못된 길로 인도할 가능성이 있기 때문이다. 비록 노동을 통해 '심신의 여유'를 주위 사람들과 나누고자 하는 윤수의 내면이 '무지한' 농민들을 향한 추상적인 차원의 계몽 의지를 피력한 것에 지나지 않지만, 작가가 윤수의 삶에 체현된 근면화된 노동을 통해 물상화 되어가는 농촌 현실에 대한 극복의 가능성을 제시한 것은 '돈'에 대한 물화된 욕망이 현실의 삶을 지배하고 있다는 인식에 근거한 것이다. 그런 점에서 윤수는 작가의 서사적 욕망이 투영된 지평인물로서의 의미를 갖는다고 할 수 있다.

　그러나 이와 같이 '지평인물' 윤수를 내세워 물상화 되어가는 농촌 현실을 극복하고자 한 작가의 서사적 욕망은 역설적인 의미를 내포할 수밖에 없다. 왜냐하면 윤수가 '진실한 생활'로 제시한 '오직 일하는 것'을 실천하는 삶이란 것이 일체의 세속적 욕망을 부정하는 금욕 윤리에 바탕을 두고 있기 때문이다. 목적과 동기가 다를 뿐, 그것은 '달내장터'를 발판으로 하여 부를 축적해간 과정에서 하감역이 보여준 삶의 태도와 원리적으로 동일하다. 하감역의 금욕 윤리가 '돈'을 벌고자 하는 상인의 생활 감각에서 비롯된 것인 반면, 윤수의 삶으로 표상되는 금욕 윤리는 '믿음의 낙'을 확신하는 근대적 자아의 이성에서 비롯된 것이다. 윤수가 하감역 집을 '상대할' 유일한 인물인 까닭은 근본적으로 이 같은 동일성과 차이성에 근거한 것이라 할 수 있다.

이런 맥락에서 작가가 윤수의 삶을 매개로 제시한 '진실한 생활'은 하 감역의 과거의 삶이 그러했듯이, 세속적 욕망을 거부하고 자기의 삶을 근대적 자아의 근면화된 노동에 의해 방법적으로 조직해 나갈 수밖에 없다. 농민들과 '동화'하고자 하는 삶의 실천을 윤수 스스로 '육지의 개간'에 비유하고 있는 것이 이를 뒷받침해 준다. 그것은 세속적 금욕의 규범에 근거한 일상의 노동 활동 속에서 '심신'을 단련하고 그것을 바탕으로 생활 전체를 방법적으로 조직화해 나가는 생산적 행위에 다름 아니기 때문이다. 하감역이 세속의 욕망을 거부하는 데서 오는 내면의 황폐함을, '첫 살림을 하던 소반과 바가지'를 '순금으로 장식하여' '집안 식구를 불러 앉히고 자기가 돈 모으던 경력담'을 들려주며 기념하는 행위가 말해 주듯이, '황금'이 상징하는 물화된 욕망으로 보상받고 있는 것과 마찬가지로, 세속적 욕망을 거부하는 윤수의 황폐한 내면은 '오직 일하는 데'서 오는 '믿음의 낙'으로 채워진다. 따라서 윤수가 지향하는 근면화된 노동의 실천은 필연적으로 육체의 감각과 감정에 근거한 구체적인 욕망을 억압한다는 점에서 역설을 수반할 수밖에 없다.

이와 같은 역설을 상징적으로 보여주는 것이 고향 달내골 인근 유곽으로 귀향한 순남이 '봉천행' 기차에 몸을 싣고 다시 고향을 떠나는 것으로 끝나는 『신개지』의 서사 종결 방식이다. 순남은 약혼자 윤수가 감옥에 가자 돈 몇 푼에 자신을 남의 '첩'으로 시집보내려는 부모에 대한 반발심에 스스로 서울의 유곽에 자신의 몸을 팔았다. 주목할 점은 이처럼 자포자기의 타락한 삶을 살던 순남이 서울의 유곽을 벗어나 원산의 기생집을 거쳐 자신의 의지로 더 많은 몸값의 빚을 지고 고향 인근 유곽까지 내려 온 까닭이 윤수가 보낸 편지 내용에 자극받았던 데 있다는 사실이다. 윤수는 이른바 '도덕의 본령'을 내세워 순남이 타락한 삶을 살게 된

것이 그녀의 '무지'와 '부모의 구속' 탓이라 위로하며 '순남을 만나기 전
에 다른 여자와 결혼하지 않겠다'는 다짐을 한 것이다. 바로 이런 윤수의
다짐이 순남의 '상사일념'을 자극하여 그녀를 고향 인근 유곽에까지 오
게 만든 것인데, 문제는 근면화된 노동의 삶을 실천해가는 윤수의 금욕
적 삶의 태도가 그녀를 받아들일 수 없었던 데 있다. 왜냐하면 순남의
'상사일념', 즉 순남의 윤수를 향한 사랑은 '진실한 생활'을 위해서는 억
압되어야 할 감정에 지나지 않았기 때문이다. 순남이 떠난 뒤 작가가 윤
수의 입을 통해 자신의 '노둔한 감정'을 한탄하게 한 것은 윤수의 삶이
표상하는바 금욕주의에 바탕을 둔 근면화된 노동 윤리의 한계를 무의식
적으로 드러낸 것이라 할 수 있다.

4. 맺는 말

지금까지 『고향』과 유사하게 식민지 근대화로 인해 물상화되어가는
농촌의 현실을 문제화한 장편소설 『신개지』 서사의 내재적 의미를 밝히
고자 했다. 이를 위해 작가 이기영이 『신개지』의 서사에서 세속적 금욕
윤리를 근대의 성립을 가능하게 한 발전의 동력으로 인식하고 있다는
사실에 주목하였다. 세속적 금욕 윤리는 『신개지』 서사의 내적 구성 원
리로 작용하고 있는 것이다. 이런 문제의식에 서서 세속적 금욕 윤리가
『신개지』의 서사에서 구조화되어 나타나는 양상 및 그것의 역설적 의미
망을 규명하고자 한 것이다. 이 장에서 다룬 논점은 다음과 같이 정리할
수 있다.

첫째, 『신개지』는 '시대의 거울'로 '신구 세력의 전형'인 유구성 집안과
하감역 집안 간 반목과 갈등을 서사 전개의 축으로 하여 '신구 생활의

대조'를 문제화하고 있다. 유경준과 하상오 간 복수담의 통속적 양상을 띠며 전개되는『신개지』의 서사는 하감역이 미래를 선취하는 계산적 합리성과 세속 내적 금욕 윤리를 바탕으로 '달내장터'에서 부를 축적하게 된 내력을 은연중 부각하고 있다. 하감역이 보여준 이 두 가지 삶의 태도는 구시대의 전형 유구성 집안의 대표 인물 유경준의 삶의 태도와 대조를 이루고 있다는 점에서 새롭게 부상하는 근대적 삶을 표상한다. 이와 같은 맥락에서 하감역의 삶에 내면화되어 있는 세속적 금욕 윤리는 '신구 생활의 대조'를 위한 준거로서의 서사적 의미를 갖는다. 뿐만 아니라 하감역의 금욕적인 삶의 태도는 아이러니하게도 식민지 근대화 과정을 표상하는 공간 '신개지'의 발전이 초래한 윤리적 타락을 비추는 거울로서의 의미도 갖는다. 자신의 아들 하상오의 윤리적 타락에 대하여 하감역 스스로 자기 집안의 몰락 가능성을 예감하고 있기 때문이다.

둘째,『신개지』의 서사는 일상적 삶의 물상화 과정으로 인한 달내골 농민들의 궁핍한 삶과 의식의 파편화 양상을 비판적으로 문제화하고 있다. 이와 같은 물상화된 농촌의 현실은 '신개지'의 발전이 낳은 결과이다. 이런 맥락에서 작가 이기영은 '견실한 시골 청년' 윤수를 내세워 물상화된 농촌의 현실을 극복하고자 하는 서사적 욕망을 드러내고 있다. 윤수는 서사적 현재 '신개지'를 지배하는 권력의 표상 하감역 집을 '상대할' 수 있는 유일한 인물로 제시되고 있기 때문이다. 그가 하감역 집안을 '상대할' 유일한 인물인 까닭은 그의 모든 행위가 감옥에서 배우게 된 '사색하는 법'에 근거하여 이루어진다는 데 있다. 이를 가장 잘 나타내는 것이 하상오로 대변되는 읍내 유지들의 허위의 삶과 대립적 관계 속에서 그가 제시한 '진실한 생활'이다. 그것은 근대적 노동 관념을 표상하는 근면화된 노동의 실천으로 특징지어진다. 바로 작가는 윤수에게 체현된 근면화된 노동의 실천을 통하여 물상화되어가는 농촌의 현실을 극복하고자 하는 서사적 욕망을 드러낸 것이다.

그러나 윤수를 매개로 제시한 근면화된 노동의 실천이라는『신개지』
의 서사적 원근법은 인간의 육체적 감각과 감정에서 비롯되는 구체적인
욕망을 억압할 수밖에 없다. 근면화된 노동의 실천 또한 세속적 금욕 윤
리의 산물이기 때문이다. 이런 맥락에서 과거 윤수의 약혼녀 순남이 그
를 향한 '상사일념'으로 고향을 찾아왔지만 윤수의 금욕주의적 태도로
인해 '봉천행' 기차에 몸을 싣는 것으로 끝나는『신개지』서사의 종결은
금욕 윤리에 바탕을 둔 근면화된 노동 실천을 탈구축하는 역설적 의미를
상징적으로 드러내준다.

제 3 장

개화기 세태 풍속 비판과 문명개화 이념의 역설
— 『봄』

1. 들어가는 말

이기영의 자전적 장편소설 『봄』[1]이 1930년대 후반 평단의 주요 화두 가운데 하나였던 장편소설개조론의 맥락에서 창작되었다는 것은 익히 알려진 사실이다. 임화의 '본격소설론'과 김남천의 '로만개조론'으로 대표되는 장편소설개조론은 1935년 카프 해체 이후 한층 강화된 식민 제국 일본의 사상적 통제로 인해 이념적 주체의 붕괴 위기, 창작 방향의 상실 등을 경험할 수밖에 없었던 카프 출신 작가들에게 현상 타개의 일환으로 제기된 비평 담론이었다. 이전처럼 사회주의 이념에 근거한 리얼리즘적 창작 실천이 불가능해진 상황에서 동시대 현실에 대한 역사적 성

---

1) 이기영의 『봄』은 1940년 6월 11일부터 8월 11일까지 ≪동아일보≫에 연재되었다가 총독부에 의해 ≪동아일보≫가 폐간되자 『인문평론』에 1940년 10월부터 이듬해 2월까지 다시 연재되었다. 본 논문에서는 경성 대동출판사 1942년판을 저본으로 한 1989년 풀빛사 대본을 대상으로 한다.

찰을 통하여 새로운 주체 형성의 가능성을 장편소설을 매개로 도모하고자 기획된 것이 장편소설개조론이었던 것이다. 특히 김남천의 '로만개조론'은 『대하』의 창작 실험을 통해 제출되었던 까닭에 카프 출신 작가들에게 일정한 반향을 이끌어낼 수 있었다. 김남천의 '로만개조론'에 호응하여 창작된 장편소설 가운데 하나가 바로 이기영의 『봄』이다.

이기영은 『봄』을 연재하기 전 「작자의 말」을 통해 개화기 "남도의 어느 읍촌을 배경으로 농촌생장인 소년주인공이 역경과 맞서 싸워가며 새 시대를 준비해나가는 발전의 경로를 연대기적으로 그려" 봄으로써 "농촌 분해과정의 역사적 경제적 사상(事相)의 시대적 현실을 자연과 습속을 통하여 들여다보고자 하는"[2] 데 창작 동기가 있다고 밝히고 있다. 이기영의 이와 같은 전언은 『봄』이 '풍속 개념의 재인식'과 '가족사 연대기 소설'[3]을 골자로 하는 김남천의 '로만개조론'에 응답한 결과였음을 보여준다. 이기영이 「작자의 말」에서 밝힌 창작 동기가 '풍속'을 "사회의 물질적 구조상의 제 계단을 일괄할 하나의 공통적인" "사회적 습관, 습속"[4]이라고 정의한 김남천의 관점과 맥을 같이하고 있기 때문이다.

이기영의 『봄』이 『대하』, 한설야의 『탑』 등과 더불어 주로 '가족사 연대기 소설'의 범주 안에서 논의되어 온 것은 이와 같은 비평사적 맥락에서 연유한다.[5] 김남천의 『대하』와 유사하게 『봄』은 '개화기'라는 문제적

---

2) 이기영, 「작자의 말」, ≪동아일보≫, 1940.6.7.

3) 김남천은 이에 대하여 "풍속 개념의 재인식과 가족사의 연대기에의 길을 제시"하고 "풍속이라는 개념을 문학적 관념으로 정착시키고 그것을 들고 가족사로 들어가되 그 가운데 연대기를 현현시키"는 것이라 말하고 있다. 김남천, 「현대 조선소설의 이념」(≪조선일보≫, 1938.9.17) 정호웅·손정수 편, 『김남천 전집 I』, 박이정, 2000, 403쪽.

4) 김남천, 「일신상(一身上) 진리와 모랄」(≪조선일보≫, 1938.4.22) 위의 책, 358~359쪽.

5) 1930년대 후반 장편소설 개조 논의의 맥락에서 가족사 연대기 소설의 범주로 『봄』을 다루었던 대표적인 논의로, 박헌호, 「1930년대 후반 '가족사연대기' 소설의 의미와 구조」 (『민족문학사연구』 4, 1993), 김동환, 「1930년대 후반 장편소설에 나타난 '풍속'의 의미」 (『한국소설의 내적 형식』, 태학사, 1996), 이혜령, 「1930년대 가족사연대기 소설의 형식과

시대로 거슬러 올라가 가족 간 갈등을 서사 전개의 동력으로 삼으면서
작가 자신의 유년기 체험에 바탕을 둔 풍속을 '연대기' 형식에 담아내고
있다. 그런 점에서 이기영의『봄』을 김남천이 제기한 '가족사 연대기 소
설'의 맥락에서 다루는 것은 역사 시학의 관점에서 당연한 귀결일 것이
다. 그래서『봄』은 '가족사소설', '가족사연대기 소설', '가족 내적 교양소
설' 등 김남천의 '가족사 연대기 소설' 개념을 변주한 다양한 범주에 입
각하여 해석되어 왔다. 그러나 김남천의 '로만개조론'을 자기화하는 작가
나름의 방식6)을 고려하지 않고『봄』을 김남천이 제시한 '가족사 연대기
소설'의 맥락에서 접근할 경우, 식민지 시기 이기영의 장편소설 전개 과
정에서『봄』이 갖는 내재적 의미가 간과될 우려가 있다. 「작자의 말」에
서 "자서전적 일면"을 비쳐보는 데 "이 소설의 흥미"를 느낀다는 이기영
의 고백에 비추어 볼 때,『봄』은『고향』으로 대표되는 식민지 시기 그의
리얼리즘적 성취의 원천을 헤아리는 데 빼놓을 수 없는 중요한 작품이라
는 점에서 특히 그러하다.『고향』의 리얼리즘적 성취는 미래의 기획 속
에서 농촌 현실의 변화를 총괄할 수 있게 해 준 사회주의 이념을 이기영
이 선취할 수 있었기 때문이기도 하지만, 다른 한편으로는 생활 체험적
요소, 특히 농촌에서 받은 '유년 시대의 결정적인 인상'이 창작의 밑거름
이 되었기 때문이기도 하다.7) 이기영이 자신의 '유년 시대의 결정적인

이데올로기」(『상허학보』제10집, 2003) 등을 들 수 있다.

6) 박헌호는 "30년대 후반의 상황을 겪으면서 각 작가들에게는 자신의 과거를 통해 자기긍
정의 계기를 확인코자 하는 욕망이 잠재해 있었으며, 김남천의 로만개조론은 이러한 욕망
을 정식화하여 구체적인 창작지침의 차원으로까지 격상시킨" 것으로 "로만개조론을 각
작가들이 자기화하는 방식에 차이가 있었다"고 적절한 지적을 하고 있다. 박헌호, 앞의
글, 263쪽.

7) 이기영이 자신의 창작 관습과 관련하여 밝힌 다음과 같은 발언은 이와 같은 사실을 직접
적으로 뒷받침해 준다. "생활의 정체는 작품을 고정화할 수밖에 없다. 다른 사람도 그런
지 모르나 나의 빈약한 경험으로 본다면 생활 체험의 작품에 미치는 영향이 크다고 본다.
나는 지금도 농촌소설을 쓸 때는 내가 살던 농촌의 과거를 눈앞에 전개시켜 놓고 그 시대

인상'을 『봄』 서사의 원재료로 하고 있다는 점을 감안한다면, 『봄』은 『고향』의 리얼리즘적 성취를 가능하게 했던 창작의 동력을 이해하는 데 중요한 의미를 갖는 작품이라 할 수 있다.

실제 시공간적 배경이나 주요 등장인물들의 성격 등 『봄』의 서사를 구성하는 주요 요소들은 작가 이기영이 「헤매이던 발자취」(『조선지광』, 1926.11), 「나의 수업시대」(≪동아일보≫, 1937.8.5-8.8) 등의 자전적 에세이들에서 밝히고 있는 유년 시절의 경험 내용과 상당 부분 일치하고 있다. 그런 점에서 『봄』을 자기 정체성을 탐문하는 '자기 창조의 자전적 서사'8)로 읽을 필요가 있다.9) 월북해서 쓴 「이상과 노력」에서도 '어린 시절의 체험과 인상을 더듬어서 구상을 짜낸 작품'으로 『봄』을 『고향』, 『두만강』과 함께 거론하면서 '유년 시대의 농촌 생장과 곤궁한 가정환

로 들어가 본다. 그렇지 않고서는 쓰기가 곤란하다. 물론 이것은 나의 상상력이 부족한 탓인지는 모른다. 그러나 나는 유년시대의 결정적 인상이 제작상에 굳세게 반영된다. (…중략…) 하긴 신문상으로는 날마다 농촌의 사정이 보도되고 추상적으로야 농촌의 현실을 어렴풋이나마 인식치 못하는 것은 아니지만 일단 붓을 들고 앉아 보면 도무지 막연해서 어떻게 써야 할는지 단초를 잡을 수가 없다. 거기에 비하면 어려서 살던 농촌생활을 그리기는 제법 쉽다. 그것은 지금도 눈에 환해서 마치 거울 속을 들여다보는 것처럼 인상이 깊기 때문이다. 내가 쓴 소설 중엣 일전 김남천 씨의 말과 같이 부족하나마 「서화」가 그중 공식주의와 도식적 설명이 덜하고 비교적 산 인물을 그렸다면 그것은 나의 유년시대의 농촌 인상이 가장 뚜렷하게 반영되었기 때문인 줄 안다." 이기영, 「창작의 이론과 실제」(≪동아일보≫, 1938.9.30), 도서출판 풀빛 편, 『이기영 선집 13, 문학론』, 풀빛, 1992, 224-225쪽 참조.

8) 제롬 브루너는 '본래적 자아'란 존재하지 않는다는 관점에서 '자아'는 '자기 창조적 이야기'의 축적을 통해 끊임없이 재구축되는 것이라 말한다. 이런 관점에서 그는 '나는 누구인가'를 자신에게 이야기하는 서사는 과거의 기억에 제약되지만, 현재의 환경을 살아가기 위해 과거의 기억은 선택 변용되어 현재의 자기긍정 또는 부정을 위한 희생물로 제공된다고 말한다. 이에 근거해 볼 때, 자전적 소설은 '자기 창조의 서사'의 한 유형으로 '기억하는 자아'와 '기억된 자아'의 내적 대화를 통한 정체성 탐문을 핵심으로 한다고 말할 수 있다. 제롬 브루너, 김경수·강현석 역, 『이야기 만들기』, 교육과학사, 2010, 97-103쪽 참조.

9) 이기영의 『봄』을 자전적 소설에 중점을 두고 해석한 대표적인 논의로, 서경석, 「자전적 소설의 한 유형-이기영의 『봄』론」(『장편소설로 보는 새로운 민족문학사』, 열음사, 1993), 윤영실, 「1930년대 후반 장편소설 연구-서사구조와 정체성의 관계를 중심으로」(서울대학교 석사학위논문, 2000) 등을 들 수 있다.

경'이 작가로서 자기의 정체성을 형성하는 데 결정적인 계기가 되었음을 회고하고 있는 사실[10]을 보더라도, 자전적 서사『봄』이 식민지 시기 이기영의 소설의 전개 과정에서 갖는 서사적 의미는 결코 작다고 할 수 없다. 따라서 '유년기로의 퇴행으로 인한 총체성의 미달',[11] '세계관의 상실과 전망의 부재가 소설에 미치는 파괴적인 영향을 보여준 작품',[12] '식민지 자본주의 비판과 극복이란 시각이 상실되어 사물의 본질과 현상을 구분하여 유기적으로 연관시키지 못하고 그것을 평균화시킴으로써 인물의 개성이 희미해지고 전체적으로 자연주의적 경향을 노정한 작품'[13] 등 리얼리즘의 성취 수준을 기준으로 하여『봄』을 부정적으로 평가하는 해석적 관습은 재고할 필요가 있다.

이와 같은 문제의식에 서서 이 장에서는 식민지 시대 이기영 장편소설의 전개 과정에서 자전적 소설『봄』의 서사가 갖는 내재적 의미를 살피고자 한다. '자기 창조의 자전적 서사'라는 관점에서『봄』에서 작가 이기영이 자신의 유년 시대 삶의 체험을 어떻게 문제화하고 있는지를 서사의 인식론적 구조와 정서적 구조 사이의 변증법적 연관 속에서 해석하는 것이 본 장의 목적이다. 이를 위해 자신의 유년 시대의 삶을 서술하고 있는 작가의 목소리가 균열되어 있다는 점에 주목하고자 한다. 작가의 목소리의 균열은 정서적 구조에서 작가의 욕망을 환기하는 징후이기 때문이다. 이를 단서로『봄』의 서사에 함축된 작가의 서사적 욕망이 자기 정체성 형성과 맺는 관계를 밝히고자 하는 것이 이 장의 주된 논점이다.

---

10) 도서출판 풀빛 편, 앞의 책, 1992, 77-79쪽 참조
11) 김윤식,『한국현대현실주의소설연구』, 문학과지성사, 1990, 40쪽.
12) 오성호,「닫힌 시대의 소설」,『봄』, 풀빛, 1989, 348쪽.
13) 이상경,『이기영-시대와 문학』, 풀빛, 1994, 269-270쪽.

2. 계몽 이념의 서사화와 그 이데올로기적 효과

『봄』은 십 세의 농촌 소년 석림의 정신적 각성 과정을 서사의 중심으로 하고 있다. '농촌생장인 소년주인공이 역경과 싸워가며 새 시대를 준비해나가는 입지전적인 투쟁의 기록'이란 '작자의 말'이 시사해주듯이, 이러한 서사를 통하여 무엇이 어린 석림으로 하여금 '새 시대를 준비하는' 주체로 거듭나게 했는지를 탐문하는 데『봄』의 서사적 기획의 근원성이 놓여 있다. 이와 같은 서사적 기획은 근대 '자본문명'과의 접촉으로 인해 급격한 변화를 겪게 되는 개화기 농촌 마을 '방깨울'을 배경으로 석림이 전근대적 농촌 공동체 '방깨울'의 세계를 벗어나 '서울'로 표상되는 근대적인 세계를 동경하기에 이르는 의식의 각성 과정으로 구체화되어 나타난다.

『봄』이 '자전적' 소설이라는 사실에 근거해 본다면, 자신의 과거 삶을 상기하는 자아, 작가의 기억은 이러한 서사적 기획을 구현하는데 결정적인 원리일 것이다. 서사의 구성이 자신의 유년기 삶에 대한 작가의 기억에 바탕을 두고 있는 한,『봄』에서 서사적 탐색의 대상이 되는 석림의 행위와 의식은 작가의 인식 지평에서 의미화 될 수밖에 없기 때문이다. 『봄』이 어린 석림의 '입지전적인 투쟁의 기록'이라는 성장 소설의 외피를 두르고 있지만, 그 서사의 의미는 작가의 인식 지평 안에서 이미 결정되어 있는 것이다. 따라서『봄』의 서사가 갖는 내재적 의미를 해석하려면, 무엇보다 석림의 정신적 각성 과정을 작가가 어떠한 인식 지평에서 구조화하고 있는지를 파악해야만 할 것이다.

이런 맥락에서 집안이 몰락하여 석림이 '민촌(民村)' '방깨울'을 떠나 안참령 집안이 지배하는 '반촌(班村)' '가코지'로 이사하는 것으로 끝을 맺는 『봄』의 서사 종결 방식은 매우 상징적인 의미를 갖는다. 그것은 석림이 자신의 삶 전체를 이루었던 전근대적 농촌 공동체 '방깨울'의 세계와 단절하는 것을 나타내는 한편, 그가 겪은 '고투의 기록'을 의미화하는 작가의 인식 지평을 드러내 주는 지점이기도 하기 때문이다.

> 안참령집 사랑에 모이는 소위 유식한 양반들도 세상사와는 너무도 거리가 먼 한문 타령과 양반 이야기가 절반 이상이다. 그밖에는 정감록을 되풀이하고, 십승지(十勝地)의 피난처를 다시없는 이상향으로 점도록 지껄이면서, 짜장 세상은 어떻게 변해가는지 모르는 화상들이다. 석림은 가끔 큰 사랑으로 놀러가보면 그들은 무시로 그런 이야기를 하고 있었다. 그것은 마치 암흑한 딴 세상에 사는 유령들 같았다. 그들의 생활은 깊이 들여다볼수록 모든 층계에 회색의 장막이 둘러 씌웠다. 어디를 보든지 명랑하고 생기 있는 구석은 안 보인다. 그것은 있는 사람도 그렇다고 없는 사람도 그렇게 보이었다. 그 속에는 모든 것이 묵고 곰팡 슬고 먼지가 케케로 앉은 굴속의 생활과 같다. 웬일일까? …… 방안에는 요강과 타구가 널려 있는데 머리는 상투와 망건으로 겹겹이 결박을 하고 텁텁한 공기를 마시면서 정신적으로 또한 고대소설의 태고적 세상을 파고드는 그들! 그들은 참으로 그 속에서 무슨 신선한 생활을 찾아낼 것이냐? 그 속에서 먹고 자고 울고 웃고 늙고 앓고 죽고, 자식을 나서 죽이고, 또 낳고 하는……주야장천 밤낮 그짓을 되풀이하는 인생들은 참으로 무슨 의미로 살려는 것인가. 그것은 부자나 빈자나 한결같이 인생의 고해를 속절없이 허위대는 것만 같이 보인다.14)

인용문은 '부자나 빈자나' 할 것 없이 '세상의 변화'와는 담을 쌓고 '고대소설'이 보여주는 '태고적 세상'을 위안 삼으며 아무런 의미 없이 '인생의 고해를 속절없이 허위대는' 삶을 강한 어조로 비판하면서 『봄』을 마무리하고 있는 대목이다. 여기에서 작가는 석림의 입을 빌려 양반을 '세상은 어떻게 변해 가는지 모르는 화상', '암흑한 딴 세상에 사는 유령들'

14) 이기영, 『봄』, 풀빛, 1989, 343쪽.

에 비유하면서, 그들이 지배하는 세계의 삶을 가치 없는 것으로 평가한다. 그들이 '굴속의 생활'을 하는 까닭에 대하여 석림을 내적 초점화자로 내세워 '웬일일까'라는 의문을 던짐으로써 양반들이 지배하는 세계를 부정적으로 문제화하고 그 세계와 단절하고자 하는 인식을 드러내고 있는 것이다. 작가는 양반들이 지배하는 세계를 부정하는 근거를 '세상사의 변화'에 부응하지 못하는 그들의 수구적인 삶의 태도에서 찾고 있는데, 이는 곧 '새 시대를 준비해나가'는 석림의 성장 서사 『봄』이 '세상사의 변화'를 긍정적으로 평가하는 인식 지평에서 의미화되고 있음을 말해준다.

『봄』의 서사 후반부에서 '사립광명학교'가 '세상사의 변화'를 나타내는 표상으로 문제화되는 것은 이런 맥락에서이다. '암흑'과 대비를 이루는 '광명'이라는 명칭이 상징하듯, 그것은 양반이 지배하는 세계에 대한 부정적 인식의 대립항으로 의미화된다. '사립광명학교'란 '시대풍조에 휩쓸려' 석림의 부친 유춘화와 읍내의 '개화꾼' 신참위가 중심이 되어 '학교설립운동'을 펼친 끝에 세워진 '근대적 교육기관'이다. 여기에서 '사립광명학교'는 '서당'과 차별화되는 맥락에서 '근대식 교육기관'으로서의 의미를 부여받고 있다. 한문만을 배우는 '선비의 양성기관' 서당과 달리, 그것은 반상의 구별없이 '지덕체'라는 삼대교육의 근간되는 되는 신학문을 가르치는 곳이다. 처음엔 주먹구구로 운영되었지만, 서울 배제학당 출신의 신 선생을 초빙한 뒤 '사립광명학교'는 '지리, 역사, 박물, 이화, 창가, 도화 등의 중등과목'은 물론 체육과 유희를 체계적으로 '교수'함으로써 석림을 비롯한 학도들에게 절대적인 권위를 갖는 존경과 신뢰의 표상이 된다. 특히 신 선생의 말과 행동은 '남산과 한강을 못 본 산골소년 석림의 가슴'에 '서울을 선명한 과녁'으로 각인하는 결정적인 계기로 작용한다. 이에 반해 '서당'은 '사립광명학교'와 대조적인 의미에서 철저하게 부정해야 할 '묵은 시대'의 이념적 표상으로 부각된다.

> 서당은 평민을 호령하는 선비의 양성기관이요, 선비는 조선의 제일가
> 는 양반의 별명이다. 따라서 서당이나 서원에 모인 사람들은 일국의 귀
> 족이요 선량(選良)이다. 그들은 벌써 일반 백성과는 그 신분적 문벌을 달
> 리 가졌다. 그렇다면 그들이 모인 서당이나 서원을 중심으로 무슨 장난
> 을 친다한들 언감생심 대항할 사람이 누가 있으랴. 지금 안목으로 본다
> 면 멀쩡한 생도적질이지만, 봉건적인 그들의 사상으로 볼 때는 그것이
> 무사기한 합법적 장난으로 훌륭히 될 수 있다. (…중략…) 그런데 세상은
> 개화가 되어서 양반이 몰락되는 한편 서당도 몰락과정을 밟느라고 서리
> 장난도 도명(盜名)을 듣게 된다. 그래서 자취를 감추어가는데, 그런 풍습
> 의 잔재가 오히려 남아서 신시대를 떠메온 학교에서까지 평민의 신분을
> 가진 학도-정병태, 맹창재, 최경화 등이 대장이 되어 서리의 장난을 되
> 풀이한다는 것은 얼마나 풍자적인지 모른다. 그것은 마치 그들이 양반
> 학도들의 정자관을 뺏어 쓰고 장난을 치듯이, 그와 같이 묵은 시대를 비
> 웃는 것으로 보아서 좋을 것이다.[15]

인용문은 '개화'로 인해 양반 세계의 이념적 표상 서당이 어떻게 풍자
의 대상으로 전락하게 되었는지를 서리 풍습이 갖는 사회적 의미의 변화
를 예로 들어 설명하는 대목이다. 양반과 서당이 몰락함으로써 선비들의
'무사기한 합법적 장난'이었던 '서리' 풍습의 잔재가 '신시대'의 '학교'에
서는 '도명'을 얻게 되었다는 것이다. '지금의 안목으로 본다면 멀쩡한 생
도적질'이란 언급이 시사해 주듯, 작가는 '개화'를 일상적 삶의 합리화 과
정으로 인식하고 있다. 이런 합리화 과정이 '사립광명학교'가 상징하는
근대적 제도를 매개로 하고 있음은 물론이다. '서리' 풍습만이 풍자의 대
상이 되는 것은 아니다. 평민들이 '양반 학도들의 정자관을 뺏어 쓰고 장

---

15) 위의 책, 320~321쪽.

난을 치듯이'이란 진술이 말해주듯, 신분의 차이를 나타내는 '망건과 상투' 역시 양반이 지배하는 '묵은 시대'의 이념적 표상으로 조롱의 대상이 되고 있다. 광명학교 교주 신 참위, 일본인 우편소장 중산(中山)이 공모하여 '삭발'을 강제적으로 단행하는 풍경은 '상투와 망건'을 '묵은 시대'의 불합리한 '봉건제도의 유물'로 바라보는 작가의 태도를 극적으로 보여주는 사건이다.

이런 맥락에서 『봄』의 서사는 광명과 암흑, 개화와 수구, 합리와 비합리, 새 시대와 묵은 시대 등 이분법에 바탕을 둔 계몽 이념16)에 의해 구조화되어 있다고 할 수 있다. 따라서 '사립광명학교'를 매개로 '새 시대를 준비하는 주체'로 거듭나는 석림의 정신적 각성 과정을 문제화한 『봄』은 계몽 서사라고 할 수 있다. 석림이 미성숙의 상태 즉 '방깨울'과 '가코지'가 표상하는 양반이 지배하는 불합리한 세계에서 분리되는 것이 유춘화의 손에 이끌려 '사립광명학교'에 입학한 뒤 점차 '서울'로 표상되는 새로운 세계를 구체적으로 깨달아가는 과정과 일치하고 있다는 점에서 그러하다. 물론 '서울'에 대한 석림의 동경이 싹튼 것은 '관립무관학교' 출신의 부친 유춘화가 서울서 가지고 내려 온 행장 속 몸시계, 연필, 종이 등의 물건을 처음 접하고 난 직후이다. '가코지' 안참령과 연척이 되는 강생원이 들려준 '고담' '김장자의 서울박람 이야기' 또한 석림의 서울에 대한 동경을 자극하는 계기로 작용한다. 그러나 이런 계기들을 통해 알게 된 서울은 석림에게 시골과 다른 낯선 추상적인 세계로 받아들여질 뿐이

---

16) '계몽'으로 번역되는 영어 enlightement가 문자 그대로 '어두운 곳에 빛을 비춘다'란 의미에서 계몽의 이념은 세계를 '암흑'한 야만 또는 미개의 세계와 '광명'의 문명한 세계로 나누어 인식하는 이분법적 수사학에 근거하여 '암흑'한 세계에 문명의 '광명'을 던지는 것을 정당화하는 기능을 한다. '광명'과 '암흑'의 이항대립을 특징으로 하는 계몽 이념의 수사학은 식민지 시기 이기영의 소설에서 그리 낯선 것은 아니다. 식민지 시기 이기영의 대표작 『고향』에서 재현된 세계도 이에 바탕을 두고 있다. 그런 점에서 식민지 시기 이기영의 소설들은 계몽의 서사란 범주에서 이해될 수 있는 것이다.

다. 아직 서울은 석림에게 양반이 지배하는 낡은 세계를 타자화하여 비추는 거울로서의 의미를 갖지 못하기 때문이다. 반면 '사립광명학교' 입학 후 서울 친구 장궁과의 만남, 신 선생의 가르침 등은 석림으로 하여금 서울을 자신이 귀속된 '방깨울'이나 '가코지'의 세계를 비로소 타자화하여 비추는 거울로 인식하게 만든다. 따라서 『봄』의 서사 마지막에서 '유령과도 같은' 양반이 지배하는 세계에 대하여 석림이 내비친 회의적인 시선은 지금까지 석림의 삶을 지배해온 세계를 타자화하여 비추는 작가의 인식 지평, 즉 계몽 이념에서 연원한 것이라 할 수 있다.

한편 근대적인 세계에 대하여 눈 떠가는 석림의 정신적인 각성이 '사립광명학교'를 매개로 하여 이루어지고 있다는 것은 그것의 설립과 확장을 주도한 '개화꾼' 유선달과 신 참위의 사고가 작가의 인식 지평과 동궤에 놓여 있음을 의미한다. 그들이 '사립광명학교'의 설립과 확대를 주도한 까닭이 '경부선 철도'로 상징되는 '신문명'의 파도가 밀려들어와 세상이 변화해감에도 불구하고, 여전히 봉건적 수구사상에 침윤된 '양반계급'에 의해 지배되고 있는 조선을 변화시켜야 한다는 '선각자'적인 소명 의식에서 비롯되었다는 사실이 이를 말해준다. 그러나 작가의 인식 지평이 계몽 이념에 근거하고 있는 한, 『봄』의 서사는 역설적이게도 역사적 현실을 괄호화하는 이데올로기적 효과를 낳을 수밖에 없다. 계몽 서사란 '문명개화'의 당위성을 역설한 근대화 담론의 산물로서 세계를 문명과 야만으로 나누어 바라보는 타자성의 수사학에 바탕하여 구축된 것이기 때문이다. 더욱이 그와 같은 수사가 식민 제국 서구와 일본이 문명화의 사명이라는 명분 아래 식민지 지배의 본질이라 할 수 있는 경제적 착취를 가리고 그것을 합리화하기 위해 상상적으로 구축한 허구적 표상이라는 점에서 계몽의 서사는 식민주의의 담론적 실천과 긴밀하게 연관될 수밖에 없다. 사실 '암흑', '비합리', '수구' 등 양반이 지배하는 '묵은 시대'의 표상을 부정적인 것으로 공격함으로써 '개화', '광명', '합리'라는 '새 시대'의 표상을 정당화하는 이 '선각자'들의 사고는 식민 제국 일본의 식민주의 담론을 재전유한 것이라는 점이 계몽 이념의 역설을 잘 말해준다.

> 오랑캐라고 흉보는 저 양국사람들이야말로 이와 같은 학교교육을 남먼저 받았기 때문에 오늘날 그들은 일등국 사람이 되어 있다고 봅니다. 우선 가까운 일본을 보드라도 학교교육을 남먼저 받고 신학문을 남먼저 수입하였기 때문에 나라가 먼저 깨었습니다. 여러분 보십시오! 일본이 로국과 싸워서 이긴 것은 무엇 때문입니까? 여러분 그것이 총과 칼의 힘인 줄만 아십니까? 아니올시다. 그들은 신학문을 학교에서 받았기 때문입니다. 아니 총과 칼과 대포 그것이야말로 신학문의 정신이 아니고는 도저히 예리한 무기로 만들어질 수가 없는 것이올시다. 여러분! 내 말이 거짓말인가 지금 이땅의 형편을 보십시오. 여러분 만국공약이 불여 대포 일방이라는 지금 이땅의 병기 꼴은 어떻습니까? 저들 개명한 나라의 그것과 비교하면 실로 부지깽이만도 못하지 않습니까. 우리는 일본을 배웁시다. 유신 일본이야말로 우리의 좋은 사표(師表)가 될 줄 압니다. 그것은 지금 우리 학교의 중산선생을 보서도 알 것이 아닙니까? 저어 김옥균 내각이 불과 삼일천하로 망한 것은 무슨 때문입니까? 그것은 백성이 너무도 우매하고 위정자가 또한 너무나 완고한 수구사상에 중독되어 있는 까닭이올시다.[17]

인용문은 '사립광명학교'를 확장하는데 필요한 기부금을 모집하기 위해 소집된 학교 평의회에서 유춘화가 행한 연설의 한 대목이다. 여기에서 유춘화는 '양국(洋國)'과 일본을 묶어 '일등국', '개명한 나라'로 지칭하며 조선이 이들 나라처럼 되려면 학교교육을 통해 신학문을 가르칠 필요가 있음을 역설하고 있다. 러일 전쟁에서 일본이 승리할 수 있었던 원천

---

17) 이기영, 앞의 책, 291-292쪽.

이 학교교육에 있었다는 인식 때문이다. 그리고 이런 맥락에서 그는 조선이 '개명한 나라'가 되지 못한 까닭을, '삼일천하'로 막을 내린 김옥균 내각의 몰락을 예로 들어, 완고한 수구사상에 중독된 '위정자'와 우매한 '백성'에게서 찾으며 '유신 일본'이 우리의 '사표'가 되어야 한다고 주장한다. 주목할 점은, '만국공약이 붙여 대포 일방'이라는 진술이 말해주듯, 유춘화가 '양국'과 일본을 같은 위치에 놓고 '만국공법'의 논리를 내세워 이런 주장을 펼치고 있다는 것이다. 이런 주장은 '만국공법'적 논리에 근거하여 학교교육을 통해 '문명개화'라는 이름의 자기 식민지화[18]를 철저하게 수행한 유신 일본의 식민주의 담론과 맥락을 같이 하는 것이다. 유신 일본의 식민주의 담론의 생산자는 후쿠자와 유키치[福澤諭吉]로 대표되는데, 그는 '아시아적 고루함'에서 벗어난 '정신'을 강조하면서, 조선을 "개진(改進)의 길을 알지 못하고" "고풍의 구습에 연연하는 정(情)"에 있어서 그리고 '유교주의'에 기초하는 '외견의 허식'에만 집착한다는 딱지를 붙이고 그 '미개'함이나 '야만'을 모멸적으로 공격하였다.[19]

'만국공법'이란 19세기 후반 서구 열강이 식민지 지배를 합법화하기 위해 만들어낸 국제 관계의 규범이지만, 근대 국민국가를 전제한 상태에서 서구 열강과 동일한 국가 개념에 합당한 시스템을 갖추지 않으면 대등한 조약을 맺을 수 없다는 서구 열강 사이의 조약 외교를 상징한다. 그래서 '만국공법'은 서구 열강에 의한 다양한 형태의 식민지 지배를 추인하듯 정당화하는 역할을 했다. 즉 '세계'를 서구 열강을 중심으로 한 국가를 '문명국'으로 특권화하고 그 밖의 지역을 '미개국'으로 나눔으로

---

18) 자기 식민지화란 자국의 영토를 확보하기 위해 국내의 제도·문화·생활관습, 그리고 무엇보다 국민의 머릿속을 서구 열강이라는 타자에 의해 반(半)강제된 논리 하에서, 자발성을 가장하면서 식민지화하는 상황을 가리키는 것으로 '문명 개화'와 표리를 관계를 맺는다. 고모리 요이치, 송태욱 역, 『포스트콜로니얼』, 삼인, 2002, 24쪽.

19) 위의 책, 58-60쪽 참조.

써 문명국이 미개국의 영토를 '주인 없는 땅'으로 영유하고 지배하는 것을 정당화한 것이 '만국공법'의 논리였던 것이다. 그런데 서구 열강으로부터 불평등조약을 강요받고 있던 일본도 '문명개화'를 국시로 내걸고 학교 교육을 철저히 함으로써 스스로를 자기 식민지화하는 가운데 '문명개화'의 개념을 상대화함으로써 타자로서의 '미개' 내지 '야만'을 날조하여 거기에 자기를 비추면서 자신들을 '문명'에 속한다고 확인했던 것이다.[20)]

　이런 맥락에서 '유신 일본이야말로 우리의 좋은 사표'이고 그 예가 '중산 선생'이라는 유춘화의 발언은 '조선'을 '미개' 또는 '야만'으로 타자화함으로써 자신들을 '문명'에 속하는 것으로 확인한 유신 일본의 '문명개화' 논리를 그대로 차용한 것이라 할 수 있다. '이 고을에서는 가장 신문명의 공기를 흡수한 지식꾼'으로 의미화되고 있는 일본인 중산이 '애장풍속'을 '야만적인 것'으로 규정하고, '시대의 변천을 오불관언하고 부질없이 수구만 하려 드는' 조선인을 구제불능의 '산 백골', '낙백한 인간'에 비유한 것을 가리켜 '사회적 풍자'로 긍정하는 작가의 태도가 이를 뒷받침해 준다. 이와 같이 작가의 인식 지평과 동궤에서 긍정되고 있는 유춘화의 주장이 말해주듯, 계몽 이념에 근거하여 석림의 정신적 각성의 과정을 문제화한 『봄』의 서사는 식민 제국의 일본 식민주의 담론을 모방함으로써 '유신 일본'의 '문명개화'를 자연화하는 이데올로기적 효과를 낳고 있다.

---

20) 위의 책, 31-33쪽 참조.

3. 농촌 공동체 '민촌'을 향한 동경의 억압적 승화

『봄』이 '문명개화'의 필요성을 역설하는 인식 지평에서 석림의 성장 서사를 구조화하고는 있지만, 그렇다고 하여 '개화의 풍조'를 온전히 긍정적인 시선으로 바라보는 것은 아니다.

> 갑오 을미의 동학난 이후로 개화바람을 좇아서 외국문화는 점차 시골 구석에도 퍼지게 되었다. 우선 옷감으로만 보더라도 광당목이 나오고 딱성냥과 권련이 들어와서, 돈푼이나 있고 시쳇물을 먹은 사람은 부시 대신 성냥갑을 사 넣고 엽초 대신 권련을 피우게 되었다. 그들은 속개화보다도 겉개화를 먼저 하였다. 비록 상투는 틀었을망정 젊은 사람들은 조끼를 사 입었다. 그것이 우선 시체 유행의 치레건으로 보이기 때문에.[21]

인용문은 '외국문화'의 영향으로 생긴 변화, 이른바 '개화바람'의 양상을 설명하고 있는 대목이다. 여기서 작가는 개화 풍조를 '속개화'와 '겉개화'로 구분하면서 '겉개화'를 '광당목', '딱성냥', '권련' '조끼' 등이 상징하는 '외국문화'의 유입으로 인해 생겨난 '돈푼이나 있고 시쳇물 먹은 사람'들의 '유행 치레'로 바라보고 있다. 전근대적 삶의 양식을 합리화해 가는 추동력이자 그것에 수반되는 인간 의식 자체를 물화시키는 과정을 의미하는 물상화 개념에 비추어 볼 때, 여기에서 작가는 '겉개화'를 근대 자본 문명괴의 접촉으로 인해 일어날 수밖에 없는 인간 의식의 물화 과정에 빗댄 것이라 할 수 있다. 따라서 개화 풍조를 '속개화'와 '겉개화'로 나누어 바라보는 작가의 인식에는 '외국문화'의 유입에 의해 일상적 삶이 물상화되어가는 현실을 비판적으로 바라보는 시선이 내포되어 있다고 볼 수 있다. 개화 풍조에 대한 이와 같은 작가의 부정적 인식은 '단조

---

21) 이기영, 앞의 책, 75쪽.

하던 산촌' '방깨울'에 '신혈'이 뚫리면서 '별안간 나타난 색다른 풍경'에 대한 서술로 구체화된다.

> 시대의 변천은 촌사람들에게도 사치품의 소용이 늘어간다. 안 피던 궐련을 사피우려고 안 입던 조끼를 사입는다. 아이들은 줄불밖에 놀 줄 모르던 딱총을 사다 터트렸다. 따라서 쓸데는 점점 많아지고 수입은 도리어 그전만 못해가니 그들의 생활에 적자가 나올 것은 뻔한 일이 아닌가. 방깨울 사람 중에도 그래서 차차 난봉꾼이 나기 시작했다. 없어놓고 남과 같이 살아보자니 허영심밖에 날 게 없다. 그들은 자연 안고수비해서 부지런히 생업에 종사할 생각은 없이 어정잽이로 횡재만 바라고 있었다. 그래서 노름판을 쫓아다니고 협잡꾼으로 남의 재산을 노리는 부황한 사람이 늘어갔다. 그런 판국에 아랫말 월성이네 술집에 와서 여러 날을 묵던 뒤대 사람이 있었는데 그는 금점꾼이었다. 그 사람은 마침내 방깨울에서 신혈을 뚫어냈다. (…중략…) 마을 사람들은 금뎅이를 처음 보고 그제야 모두들 놀래었다. 그들은 금이 어떻게 생긴 줄도 몰랐다가 과연 알고본즉 땅속에 그런 보물이 묻혔는가싶어, 저마다 잡아보려고 허욕을 일으켰다.[22]

인용문은 '개화바람'으로 인해 '방깨울' 농민들의 삶이 물상화되어가는 현실을 서술하고 있는 대목이다. 여기에서 작가는 '방깨울' 농민들의 일상적 삶의 변화를 예로 들어 물상화의 과정을 '시대의 변천'에 따라 사치품의 소용이 늘어나고, 그에 따라 '허영심', '허욕' 등이 표상하는 바, '돈'에 대한 물화된 욕망이 커지게 되었고, 이를 충족시키기 위해 '노름'과 '협잡'으로 부황한 사람들이 늘어갔다고 일반화하여 서술하고 있다. 그리고 이에 근거하여 '방깨울'에 '금점꾼'들이 몰려들어 '모든 방면에 금전의 융통'이 잘 되면서 '돈벌이'를 위해 '낮과 밤으로 술판'이 벌어지고, '금점

---

22) 위의 책, 138-139쪽.

꾼에게 반해서 젊은 여자들이 놀아나'고, '글방 아이들까지 금점꾼 물'이 들어가는 등의 전례 없던 '색다른 풍경'이 나타나게 되었다고 진단한다. '금점꾼들'과 노름 시비가 붙어 급기야 유춘화 집 머슴 창길이 살해당하는 '살인 사건'은 물상화된 현실이 빚어낸 '색다른 풍경'의 문제점을 극적으로 제시한 것이라 할 수 있다. '개화바람'으로 인해 '방깨울' 농민들의 일상적 삶이 물상화되어가는 현실에 대한 이와 같은 진단이 말해주듯, 작가는 '개화바람'이 도덕적 타락을 야기함으로써 '방깨울'의 공동체적 유대를 해칠 가능성을 문제화하고 있는 것이다. '돈이 흔한 대신 풍기가 문란해졌다'는 논평적 진술은 이와 같은 작가의 비판적 문제의식을 압축적으로 보여준다.

그런데 '개화바람'에 대한 작가의 비판적 진단은 인식론적 차원에서 '문명개화'를 힘주어 역설하고 있는 것과 서사적 불일치를 보여준다는 점에서 주목해 보아야 할 사실이다. 이런 서사적 불일치는『봄』이 인식론적 차원에서와는 다른 지향성을 내포하고 있음을 시사하는 징후이기 때문이다. 물론 그와 같은 지향성이『봄』의 서사에서 적극적으로 표명되고 있는 것은 아니다. 그러나 작가가 물상화로 인한 '방깨울' 농촌 공동체의 해체 가능성을 문제 삼고 있다는 점을 고려한다면, 그러한 지향성은 '방깨울' 농촌 공동체가 물상화되기 이전의 삶에 대한 작가의 동경을 함축한 것이라는 추론이 가능하다.『봄』에서 반복하여 제시되는 전원적 풍경 묘사는 물상화되지 않은 삶에 대한 작가의 동경이 얼마나 근원적인지를 간접적으로 말해준다. 그것은 현실에 부재하는 물상화 이전의 삶에 대한 작가의 욕망을 살필 수 있는 중요한 단서를 제공해 준다.

한참을 기어서 그들은 저편 밭둑머리까지 나와 앉았다. 숨을 돌리고 가만히 돌아보니 주위는 아까와 같이 고요하다. 두 사람을 둘러싼 밭 속

에는 다만 풀벌레 우는 소리가 처량히 들릴 뿐, 하늘에는 무수한 별들이
반짝인다.... 그런데 정신이 나서 보니 그들은 어느덧 마주 붙어앉았다.
그것은 엉겁결에 똑같은 위험을 서로 느낀 때문이던가. 두 사람은 오히
려 가쁜 숨을 헐떡이었다. 콩밭은 이슬이 내려서 축축하다. 그들의 아랫
도리도 이슬에 젖어서 후줄근하다. 그러나 엷은 옷 위로 두 사람의 살결
이 맞닿은 체온은 따뜻한 폭신한 촉감이 자못 심신을 황홀케 한다. 어스
럼 달밤은 더욱 그들의 심정을 안타깝게 자아내지 않는가. 웬일인지
그들은 울고 싶다. 아, 뜻 아닌 이밤에 소년 남녀의 어린 가슴은, 마치 날
공부를 하는 새 새끼의 죽지처럼 동경하는 공중을 향하여 푸득였다. 국
실은 무의식중에 석림의 목을 끌어안았다. 어느덧 달이 지려 하는데 안
에서는 상룡이의 귀글 읽는 소리가 들려온다.

稽山罷霧鬱嵯峨　계산파무울차아
鏡水無風他自波　경수무풍타자파
莫言春度芳菲盡　막언춘도방비진
別有中流採枝荷　별유중류채지하23)

　　인용문은 여름날 달밤 '물방앗간'에서 어린 석림이 이성에 대한 '호기
심'을 처음 느끼게 된 국실과 만나는 정경을 묘사한 대목이다. 국실은 자
신의 신체와도 같았던 모친을 잃은 석림의 공허한 마음을 채워주는 존재
이다. 더욱이 석림은 모친의 부고 소식을 받고나서야 입신의 꿈을 접고
서울서 낙향한 부친 유춘화가 낯설고 두렵기만 하였기에 더욱더 모친을
그리워하는 상황에 있었다. 그런 석림에게 모친의 빈자리를 메워주는 인
물이 바로 국실이다. 석림이 부친 유춘화에 의해 원치 않은 '조혼'을 한
이후에도 국실에 대한 애틋한 감정을 거두지 않는 것은 석림에게 국실이
갖는 이와 같은 의미를 잘 말해준다. 그런데 여기에서 작가는, '어스름

---

23) 위의 책, 104-105쪽.

달밤은 더욱 그들의 심정을 안타까웁게 자아내지 않는가'라는 진술이 나타내듯, 석림과 국실이 만나는 정경을 대상화하여 그들의 만남에 대한 자신의 안타까운 감정을 '달밤'에 투사하여 직접적으로 표출하고 있다. 주목할 점은 작가의 목소리가 '문명개화'의 당위성을 역설하는 인식 지평에서 양반 세계를 비판할 때와 사뭇 다르다는 사실이다. 인식론적인 층위에서 드러난 작가의 목소리는 논평적이거나 설명적인 양상이 지배적이었음에 반해, 여기에서는 다분히 정서적인 양상을 띠고 있는 것이다. 이러한 작가 목소리의 균열 또는 불일치는 그 자체 억압된 작가의 무의식적 욕망을 환기하는 징후로 읽힐 수 있다. 그런 점에서 전원적 풍경의 묘사 장면은 작가의 고유한 욕망이 투영된 '예비적인 영역'에 해당한다. 이와 같은 작가 목소리의 균열 양상은 비단 『봄』에서만 나타나는 것은 아니다. 그것은 『고향』이나 『신개지』와 같이 농촌을 제재로 하여 창작된 이기영의 장편소설에서도 강박적이라 할 만큼 양식화되어 반복적으로 제시된다. 이는 곧 전원적 풍경의 묘사가 인식론적 차원에서 지향하는 이념적 가치 체계에 포섭되지 않은 작가의 무의식적 욕망을 환기시켜 주는 특권화된 장이라는 사실을 뒷받침해 준다.

그렇다면 전원적인 풍경 묘사가 환기시켜주는 작가의 서사적 욕망이란 무엇인가. 당나라 시인 하지장(賀知章)의 한시(漢詩) '채련곡(採蓮曲)'을 삽입하여 '소년 남녀'의 안타까운 만남의 정경과 병치시키고 있는 것이 시사하듯, 그것은 현실에 부재하는 '시적 생활'에 대한 동경을 환기한다고 할 수 있다. 한 폭의 산수화를 연상시키는 '채련곡'이 근대적인 의미에서의 풍경이 아니라 자연과 인간이 일체가 된 이상향이라는 '선험적 가치'를 표상한다[24]는 것이 이를 뒷받침해 준다. 따라서 전원적 풍경 묘사가

---

24) 가라타니 고진[柄谷行人]에 따르면, 원근법에 의거하여 '풍경'을 풍경 그자체로 받아들이고 인식하는 근대문학의 '풍경'과 달리 전통적인 한문학에서의 풍경의 묘사는 대상을 그

환기하는 작가의 욕망은 물화되지 않은 삶에 대한 욕망 그 자체라고 할 수도 있다. 그리고 그것은 공동체적 유대감에서 나온 유토피아적 충동의 표현이며 근대 이전 흙에 긴박된 농민적 삶의 정서를 표출한 것이라고 할 수 있다.

그러나 이와 같은 물화되지 않은 삶에 대한 작가의 욕망은 물상화되어 가는 타락한 현실을 비추는 거울로서 의미를 갖지만 현실에 부재하는 것이기 때문에 억압된 것일 수밖에 없다. 그것은 마치 석림과 국실의 사랑이 불가능한 것과 같은 이치이다. '철저히 개화할 셈'으로 '관립무관학교'까지 입학했던 인물이지만 '방깨울' 상민의 아이들과 석림을 어울리지 못하게 할 만큼 반상을 엄격히 구분 짓는 '방깨울' 가부장 권력의 표상[25] 유춘화가 지배하는 현실에서 양반의 아들 석림과 상민의 딸 국실은 근원적으로 맺어질 수 없는 관계인 것이다. 작가가 자신의 기억 속 석림과 국실이 만나는 정경을 현재화하여 '안타까움'을 직접 드러낸 까닭이 여기에 있다.

자체로 보지 않고 가치나 관념으로 해석하였다. 즉 '사물'을 보는 것이 아니라 '선험적인 개념'으로 받아들였다는 것을 '산수화'를 예로 들어 논하고 있다. 고진의 논의에 근거할 때, 『봄』에 삽입된 한시는 풍경 그 자체를 드러낸 것이 아라 '강호한정'의 이상향을 표상한 것이라 볼 수 있다. 가라타니 고진[柄谷行人], 박유하 역, 『일본근대문학의 기원』, 민음사, 1997, 26-32쪽 참조. 한편, 『봄』에서 전원적 풍경 묘사와 '한시'가 병치되는 경우는 이뿐만은 아니다. 추석날 석림이 안참령 집으로 인사를 가는 길에 '가코지'의 '활달한 대자연' 풍경을 보고 황홀감을 느끼는 장면에서도 안참령 집 기둥에 붙어 있는 주련의 한시 '裁花紅補墻頭缺 種柳青遮洞口虛'가 그대로 삽입되어 있는데, 이처럼 서사의 잉여로서 한시가 반복된다는 사실은 전원 풍경의 묘사가 작가의 무의식을 드러내는 징후임을 뒷받침해 준다. 이기영, 위의 책, 위의 책, 104쪽.

25) 이혜령은 양반의 사회적 존재방식과 생활양식 등에 근거하여 '가족사 연대기 소설'에 나타난 양반의 가부장의 역할과 성격에 대하여 설득력 있는 논증을 펼치고 있다. 비록 몰락하지만 『봄』의 유춘화가 식솔들과 마을 전체의 유능한 통솔자로서 부각되고 있는 까닭은 이 같은 양반의 가부장적 성격에서 비롯된다. 이런 맥락에서 이혜령은 『봄』에 재현된 조화로운 공동체의 이미지는 가부장적 질서의 자장 안에서 생성된 것으로 계급갈등, 성적 갈등, 세대 갈등을 은폐하는 기능을 한다고 밝히고 있다. 이혜령, 앞의 글, 124-127쪽 참조.

그러나 전원적인 풍경 묘사를 통해 환기된 '시적 생활'에 대한 작가의 욕망은 '방깨울'의 질서를 지배하는 가부장 권력의 표상 유춘화에 의해 억압될 수밖에 없다. 그러나 작가의 심상에 깊이 각인되어 있는 한 물상화되어가는 타락한 현실을 비추는 거울의 역할을 하면서 동시에 새로운 형태를 취하여 다시 소환될 수밖에 없다. 바로 방깨울'의 추석 명절 세시 풍속 장면은 물상화되기 이전 상태에 대한 작가의 서사적 욕망이 투영되어 나타난 또 다른 모습을 보여준다. 석림의 눈에 그것은 '민촌' '방깨울' 마을 사람들의 공동체적 유대감이 표출된 축제의 장으로 비춰지고 있기 때문이다.

> 해가 어슬핏해지며 마을의 젊은 축들은 풍물을 들고 나와서 치기 시작했다. 그들은 기폭(旗幅)을 달아 들고 우선 유선달집으로 와서 한바탕 놀아부치는 판이었다. 여름 한철 모심고 논밭을 맬 때에는 물론이요, 정월이나 추석 같은 이런 명절 때에 그들은 풍물을 치고 노는 것이 유일한 오락이다. 더욱 유선달이 내려온 뒤로 그들의 농악의 신명은 더하였다. 그것은 유선달이 장려하기 때문이다. 호탕히 놀기를 좋아하고 술을 좋아하는 유선달은 이런 자리에도 풍치를 내어서 그들과 한좌석을 꺼려하지 않았다. 그는 상중하 계급을 막론하고 파탈을 하고 놀기 때문에 누구나 유선달을 싫다는 사람이 없었다. 그렇다고 체면을 잃는 일이 없었고, 그것은 더욱 유선달을 존경하게 만들었다. (…중략…) 지금 그들은 깃대를 유선달집 사랑채에 걸쳐세우고 한바탕 풍물을 치며 놀아부치는데, 유선달과 방아다리 이생원과 남서방은 사랑방에 노축들과 함께 앉아서 바깥을 내다본다. 마당가로는 남녀노소의 구경꾼들이 삥 둘러섰다. 그들이 놀고나면 한밥을 먹는 판이었다. 그래 안에서는 그들을 대접할 먹이를 차리느라고 부산하였다. 막걸리를 동이로 거르고, 국을 끓인다. 명태를 쪼갠다. 식구대로 눈코뜰새 없이 덤벙이었다.[26]

---

26) 이기영, 앞의 책, 184쪽.

　　인용문에서는 추석날 저녁 '방깨울' 마을사람들이 유선달 집에 모여 풍물판을 벌이며 한데 어울려 '신명'나게 노는 장면이 묘사되고 있다. '방깨울' 농민들의 현실은 '외국문화'의 유입과 '금전판'의 영향으로 인해 이미 공동체적 유대감이 해체되어 가고 있지만, 석림의 눈에 추석 명절의 풍경은 물화되지 않은 농촌 공동체의 모습으로 비춰지고 있다. 추석 명절과 같은 전통적인 세시풍속에나 있는 일이지만, 반상의 구분을 따지는 '개화 양반' 유선달도 '방깨울' 농민들과 동화되어 어울리고 있다. 말 그대로 추석 날 풍경은 '상중하' 계급의 신분 차이, 남녀노소의 구분을 '파탈'하고 '방깨울' 농민 공동체의 구성원들이 함께 모여 즐기는 축제의 장이다. 상민의 자식들과 놀지 못하는 석림에게도 이 날만큼은 놀이가 허용되고, 부엌 출입이 꺼려졌던 남성들도 여인들과 함께 어울려 추석맞이 준비를 하는 등, 전통적 세시풍속은 신분과 계급, 성별의 차이가 무화되고 '방깨울' 구성원 모두가 동화된 유기적인 공동체를 표상하는 것으로 부각되고 있다. 이런 점에서 추석 날 '방깨울' 농민들의 일체화된 삶의 모습은 물상화되지 않은 삶을 동경하는 작가의 근원적인 욕망이 투영되어 나타난 구체적인 이미지라고 할 수 있다.

　　그러나 '방깨울' 공동체 구성원 모두가 신분과 계급, 성별의 차이에 의해 위계화된 현실의 질서를 허물고 서로 동화되어 어우러지고 있지만, 이 같은 공동체적 유대는 불안정한 것일 수밖에 없다. '방깨울'의 현실이 '개화바람'으로 인해 물상화되어간 때문이기도 하지만, 무엇보다 '방깨울' 마을 사람들의 내면에 가부장적 권력의 표상 유춘화에 대한 두려움이 깊게 각인되어 있기 때문이다.

　　　마을 사람들은 겉으로는 유선달의 명령을 유유복종하는척하나, 속으로는 꼬부장한 갈구리를 저마다 품고 있었다. 그들은 여간 양반은 하찮게

보아오던 종래의 전통을 가졌기 때문이다. 그 점이 다른 곳의 상놈들과
는 팔팔결 다르다. 그들은 유선달집이나 남씨 방아다리 이생원보다 지체
가 높은 양반이라서 할 수없이 눌려 지내지만, 만일 조그만치라도 자기
들편에 유리한 구석이 보인다면 누구나 유선달을 해내려고 금시에 벌떼
같이 일어날 것이다. 다만 그들은 송첨지와 같이 표면에 내세울만한 용
기가 없을 뿐이다. 그런 판국인데 송첨지와 유선달 사이에 충돌이 생겼
으니 그들의 심속은 뻔하였다. 이 기회에 한번 유선달의 인금을 달아볼
겸 또한 두편의 승부를 흥미있게 방관하자는 것이다. 송첨지가 이기느냐
유선달이 이기느냐, 그것은 실로 반상간의 결전이다. 동시에 그들은 어
느쪽이든지 이기는 편으로 가담할 수밖에 없었다. 그래서 자고로 민촌에
서는 양반이 살 수 없다는 것인데, 사실 유선달도 꺽지지 못했다면 그
역시 송첨지의 등쌀에 못 배겨나고, 미구에 쫓겨나갔을지 모른다.[27]

인용문은 『봄』의 서사 모두부에서 '민촌' '방깨울' 사람들이 '다른 곳
의 상놈'들과 다른 특성을 설명하고 있는 대목이다. 작가는 '민촌(民村)'
으로 유명한 '방깨울'은 '여간 양반은 하찮게 보아오던 전통'을 가진 까
닭에 양반이 쉽게 정착할 수 없는 곳이라고 말하고 있다. 그만큼 '방깨
울' 농민들은 양반의 '절제를 받지 않고 살'아왔다. 그런데 '안참령과 같
은 서슬이 시퍼런 양반집'의 마름 자격으로 유선달이 이사를 오게 되자
'방깨울' 사람들은 '불안과 위협'을 느끼고 그를 경계하게 된다. '방깨울'
사람들이 그의 권위를 받아들이고 복종하게 된 것은 서울 조의정집 산지
기 송 첨지의 행동에 대하여 양반의 권위를 내세운 유춘화가 '민촌'을
대표하는 송 첨지를 무릎 꿇게 한 일이 있은 뒤였다는 것이 이를 뒷받침
해 준다. '민촌' '방깨울'의 특성에 대한 이와 같은 설명은 '양반'에 대한
반감이 '전통'이라 할 만큼 뿌리 깊다는 것을 말해준다는 점에서 '개화
양반'과 유선달과 '민촌' '방깨울' 사람들 사이에 화해할 수 없는 위화감

27) 위의 책, 25쪽.

이 잠재되어 있음을 시사한다. 유춘화는 '철저히 개화할 셈'으로 '관립무관학교'에 입학했었던 터라 완고한 양반들과 달리 '방깨울' 사람들과 '호탕하게' 어울림으로써 그들로 하여금 자신을 '존경하게 만들' 수 있었다. 그렇지만 '민촌' '방깨울' 사람들의 양반에 대한 뿌리 깊은 반감은 억압되어 봉인되어 있을 뿐 해소된 것은 아니다. '유선달도 꺽지지 못했다면 미구에 쫓겨나갔을지 모른다'는 가정법적 진술이 말해주듯, 양반의 위력을 내세워 '민촌' '방깨울' 사람들을 눌렀던 만큼 유춘화에 대한 '방깨울' 사람들의 '불안과 위협'은 내면화되어 있을 뿐 언제든 '반상간의 결전'은 재연될 수 있음을 시사해준다.

이런 맥락에서 추석 날 세시 풍속이 보여주는 '방깨울' 농촌 공동체의 풍경은 물상화되기 이전 상태를 동경하는 작가의 서사적 욕망이 투영된 것이지만, '민촌' 방깨울 사람들의 양반 유춘화에 대한 근원적인 반감이 억압된 채 내면화되어 있는 것과 마찬가지로 작가의 욕망 또한 근본적으로 억압될 수밖에 없다. 따라서 석림의 눈을 통해 그려진 추석날 풍경에 투영된 유기적인 공동체의 모습은 현실에서는 불가능한 작가의 환상일 따름이다. 여기에서 주목해야 할 점은 억압된 작가의 욕망과 '민촌' 방깨울 농민들의 정서가 유춘화를 매개로 하여 등가적 관계를 맺는다는 사실이다. 그런 점에서 작가의 욕망은 현실에 부재하는 '민촌'에 대한 동경으로 귀착된다고 할 수 있다. 어린 석림이 '사립광명학교'을 매개로 개화된 문명 세계에 눈뜨게 한 부친 유춘화에 대해 존경을 표하면서도 끝까지 위화감을 해소할 수 없었듯, '민촌' '방깨울' 사람들 또한 그에게 양가적 감정을 갖고 있다는 사실이 이를 말해준다. 따라서 『봄』이 '민촌'이란 제목을 단 장으로부터 시작하는 것은 다분히 상징적인데, 그것은 작가 이기영에게 회귀할 수 없는 영원한 동경의 대상을 표상하는 기호이기 때문이다. 이기영이 자신의 호와 필명을 '민촌', '민촌생'이란 한 까닭의 하나를 여기에서 찾을 수 있다.

4. 맺는 말

이기영의 자전적 서사『봄』은 1930년대 후반 창작계의 현상 타개책의 일환으로 제출된 장편소설개조론의 맥락에서 창작되었다. 특히『봄』은 '풍속의 재인식'과 '가족사 연대기 소설'을 핵심 내용으로 하는 김남천의 '로만개조론'에 대하여 작가 이기영이 응답한 결과였다. 그런 만큼『봄』을 '가족 연대기 소설'의 범주로 다루는 것은 역사 시학적 관점에서 매우 자연스러운 접근법이라 할 수 있다. 그러나 이기영이『봄』대하여 '자전적' 성격을 강조했던 사실을 감안한다면, 식민지 시기 이기영의 장편소설 전개 과정에서『봄』의 서사가 갖는 내재적 의미에 대한 고찰 역시 필요할 것이다.

이와 같은 문제의식에 서서 이 장에서는『봄』을 자기 정체성을 탐문하는 '자기 창조의 서사'로 읽고자 했다. 작가 이기영이 자신의 유년 시대의 삶을 어떻게 문제화하고 있는지를『봄』서사의 인식론적 구조와 정서적 구조 간 변증법 연관 속에서 분석하고자 했던 것이다. 특히『봄』의 서사에서 작가의 목소리가 균열되어 나타나는 양상을 단서로 삼아『봄』의 서사에 함축된 작가의 욕망이 자기 정체성 형성과 맺는 관계를 밝히고자 했는데, 지금까지 논의한 내용은 정리하면 다음과 같다.

첫째,『봄』의 서사는 개화기 '방깨울'이란 농촌을 배경으로 작가에 의해 상기된 자아 석림이 전근대적인 농촌 공동체 '방깨울'의 세계를 벗어나 '서울'로 표상되는 근대적인 세계를 동경하기에 이르는 의식의 각성 과정을 문제화하고 있다. 성장 소설의 형식을 취하고는 있지만, 자전적 서사에서 유년 시대 자신의 삶을 상기하는 자아, 즉 작가의 기억이 서사 구성의 결정적인 원리라는 점에서 석림의 성장 서사는 작가의 인식 지평에서 의미화될 수밖에 없다. 석림의 성장 서사는 인식론적 측면에서 광명과 암흑, 합리와 비합리, 수구와 문명개화, 전근대와 근대 등의 이항대립 기반한 계몽 이념에 의해 구조화되고 있다. 석림의 의식적 각성을 매개하는 것이 '근대적 교육기관' '사립광명학교'이기 때문이다. 그러나 『봄』에서 작가의 인식 지평을 근거짓는 계몽의 이념은 역설적이게도 동시대의 역사적 현실을 괄호화하는 이데올로기적 효과를 낳는다. '사립광명학교' 설립을 주도한 인물로 작가의 인식 지평과 동궤에 놓여 있는 석림의 부친 유춘화, 신 참위 등 이른바 '선각가'들의 사고와 행위가 '조선'을 '미개', '야만'으로 타자화하여 자신들이 '문명국'임을 확인하고자 했던 유신 일본의 식민주의 담론을 모방한 것이기 때문이다. 일본인 중산이 조선인을 '산 백골', '낙백한 인간'에 비유한 것을 작가가 '사회적 풍자'로 긍정하고 있는 것이 이를 입증해 준다.

둘째, 『봄』에서 '문명개화'의 필요성을 역설하고는 있지만, 작가는 개화의 풍조로 인해 '방깨울' 농민들의 삶이 물상화되어가는 현실을 비판적인 시선으로 바라본다. 이런 맥락에서 작가는 개화의 풍조가 초래한 전근대적 농촌 공동체의 유대가 해체될 가능성을 은연중 문제화하고 있다. 이는 『봄』의 서사가 '문명개화'의 필요성을 역설하는 것과는 다른 지향성을 내포하고 있다는 것을 시사한다. 그것은 '방깨울' 농촌 공동체가 물상화되기 이전의 삶에 대한 작가의 동경을 함축한 것이다. '문명개화'의 당위성을 역설할 때와는 달리 전원적인 풍경을 묘사할 때 작가의 목소리가 정서적인 양상을 띠고 있다는 사실이 이를 뒷받침해 준다. 이와 같은 작가적 목소리의 불일치 또는 균열은 작가의 억압된 욕망을 환기시키는 징후이기 때문이다. 물상화되기 이전 상태에 대한 작가적 욕망은

'방깨울' 농민들이 신분과 계급, 성적 차이를 무화시키고 함께 어우러지는 추석날 세시 풍속 묘사에도 투영되어 있다. 그러나 '민촌' 방깨울 사람들이 가부장적 권력의 표상 유춘화에 대한 위화감이 내면화되어 있는 것과 마찬가지로 작가의 욕망 역시 억압될 수밖에 없다. 이와 같이 작가의 욕망과 '민촌' '방깨울' 농민들의 정서가 유춘화를 매개로 등가적인 관계를 맺고 있다는 점에서 작가의 욕망은 현실에 부재하는 '민촌'에 대한 동경으로 귀결된다. 따라서 작가 이기영의 호이자 필명이기도 한 '민촌'은 그에게 회귀할 수 없는 영원한 동경의 대상을 표상하는 기호라 할 수 있다.